ポケットマスターピース06

# マーク・トウェイン

## Mark Twain

柴田元幸＝編
編集協力＝中垣恒太郎

集英社文庫ヘリテージシリーズ

❶

❷

❸
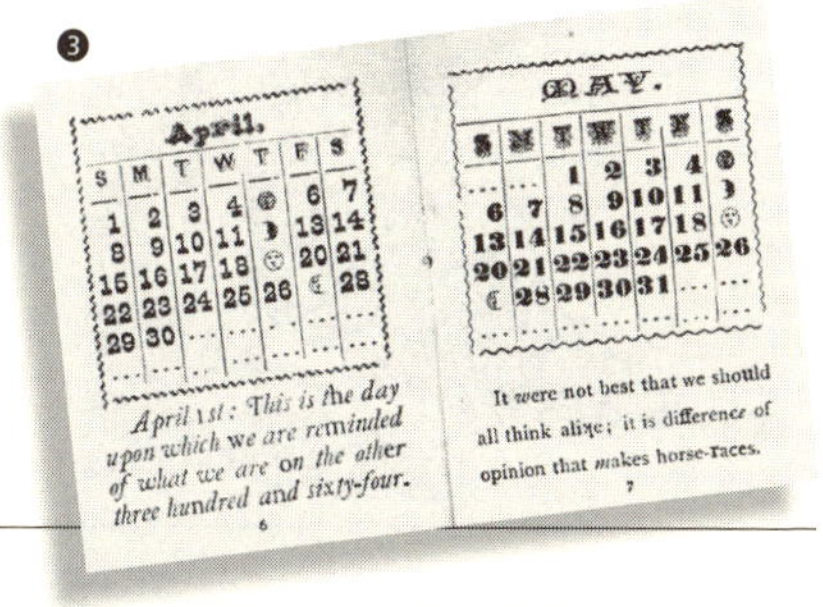


❹

❶ハンニバルでの少年時代(1850年) ❷ハンニバルの「マーク・トウェインの少年時代の家博物館・トム・ソーヤーの塀」(撮影＝中垣恒太郎) ❸『阿呆たれウィルソンのカレンダー』《センチュリー》誌の付録(1894年の暦) ❹『阿呆たれウィルソン』映画版(1916年)

ON A BUST.

❻

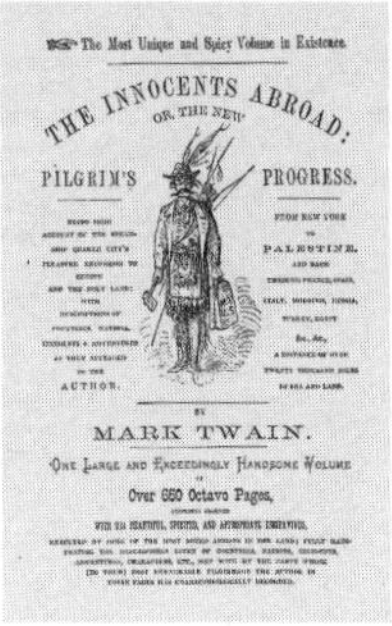



❺

INNOCENT DREAMS.

❼

❽

❺『赤毛布《あかゲット》外遊記』宣伝広告(1869年) ❻観光ガイドをからかう(『赤毛布外遊記』より) ❼西部旅行の期待(『西部道中七難八苦』より) ❽水先案内人に憧れる(『ミシシッピ川の暮らし』より)

❾

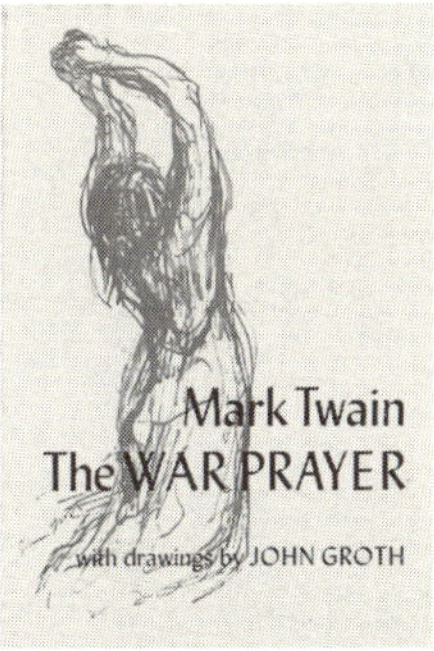


❿

⓫

❾ベトナム戦争期に刊行されたハーパー版『戦争の祈り』表紙（1970年） ❿ オックスフォード大学名誉文学博士号授与（1907年） ❿ベッキー・サッチャーのモデル、ローラ・ホーキンズと（1908年）

# 06 | マーク・トウェイン | 目次

# トム・ソーヤーの冒険

# 序

この本に記録されている冒険の大半は実際に起こった出来事である。一、二の体験は作者自身のものであり、あとは作者の級友たちの体験である。ハック・フィンは現実の人間をモデルにしている。トム・ソーヤーもそうだが、こちらはモデルは一人ではなく、作者の知っていた三人の特徴を組み合わせてあり、ゆえに建築で言えば混合式《コンポジット》オーダーに属する。

この本で触れているもろもろの奇妙な迷信は、どれもこの物語当時、すなわち三、四十年前には西部で子供や奴隷《どれい》のあいだに広まっていた。

本書は主として少年少女に愉《たの》しんでもらうことを意図しているが、だからといって大人が敬遠してしまわぬことを願う。というのも、この本を書くにあたっては、大人たちに、かつての自分がどんなであったか、どんなことを感じ、考え、話していたか、そして時にはどんな変てこな企《くわだ》てに身を投じたか、それを快く思い出してもらうことも目論見《もくろみ》の一環だったからである。

作者

一八七六年　ハートフォードで

妻に　愛情をこめてこの本を捧ぐ

# 第一章

## トムやぁぁぁ――ポリー伯母さん、己《おのれ》の義務を決断――トム、音楽を練習――対決――こっそり帰宅

「トム！」

答えなし。

「**トム！**」

答えなし。

「あの子ったらどうなってるのかねえ？　トムや！」

答えなし。

伯母さんは眼鏡《めがね》を下げて、その上から部屋を見渡した。それから眼鏡を上げて、今度はその下から見てみた。伯母さんは、子供なんていうちっぽけなものを探すのに、めったに、い

や絶対に、眼鏡を通して見たりしない。これは伯母さんのとっておきの眼鏡であって、自慢の種、使うためなんかじゃなく品格のために拵《こしら》えたのだ。見るだけなら、ストーブの蓋一対《ふたいっつい》を通して見たって似たようなもの。伯母さんはしばし戸惑《とまど》っている様子だったが、それから、荒々しいとまでは行かぬものの、それでも家具には聞こえるくらいの声を上げた――

「まったく、捕《つか》まえたらただじゃ――」

伯母さんは最後まで言い終えなかった。このときにはもう屈《かが》み込み、箒《ほうき》でベッドの下を叩《たた》いていたので、息を出し入れして、叩く動作にリズムをつける必要があったからである。けれど発掘《はっくつ》できたのは、猫だけであった。

「まったく、あんな子は見たことないよ！」

伯母さんは開《ひら》いたドアまで行って、戸口に立ち、家の庭を構成しているトマトの枝とジンプソン・ウィード［ナス科の悪臭を放つ雑草］の茂みを見回した。トムの姿はない。そこで伯母さんは、遠くまで届くよう角度をつけて、声を張り上げた。

「トムやぁぁぁ！」

後《うし》ろでかすかに音がして、伯母さんはくるっと向き直るや、小さな男の子の短上着《ランダバウト》のたるみをぎりぎりのタイミングで捕まえ、その逃亡《とうぼう》を阻止《そし》した。

「捕まえた！　戸棚を考えなかったとはあたしもうかつだったね。お前、中で何してたんだい？」

「なんにも」

「なんにも！　その両手は何だね。それに口も。何だい、その筋は！」

「知らないよ、伯母さん」

「ふん、あたしゃ知ってるよ。ジャムだよ、そうだろ。四十ぺん言ったはずだよ、そのジャムに手出したらただじゃ置かないって。よこしなさい、そこの鞭《むち》」

鞭が宙に浮かんだ。絶体絶命《ぜったいぜつめい》――

「わ！　伯母さん、後ろ！」

伯母さんはあわててふり向き、スカートに害が及ばぬようさっと引き寄せた。少年はその瞬間に逃げ出して、高い板塀《いたべい》をよじ登り、その向こうに消えていった。

ポリー伯母さんは一瞬呆然《ぼうぜん》と立ちつくしていたが、やがてあははと穏やかに笑い出した。

「まったくあたしときたら、何べん騙《だま》されたら気が済むんだろう？　あんな手口、もういい加減《かげん》分かっていいのにね。だけど年寄りの馬鹿《ばか》は誰よりも馬鹿、なんて言うからねえ。諺《ことわざ》にもあるよ、老いぼれ犬に新しい芸は仕込めぬって。でもまあ、いつだってちょっとずつ手を変えてくるからねえ、絶対二日同じことはやらない。どう出てくるか、読めやしないよ。どこまで押したらあたしが癇癪《かんしゃく》起こすか、ちゃんと見抜いてるんだ。一分かそこらあたしをごまかすか、笑わすかしとけば、結局こっちは手も足も出ないって分かってる。あたしはあの子に、ちゃんとやるべきことをやってない、そうだとも、本当に。聖書にも言うとおり、鞭をくわえざる者はその子を憎むなり「箴言十三章二十四節」ってやつだねえ。こんなことじゃ、あたしにとってもあの子にとっても罪つくりだ。とにかく悪知恵《わるぢえ》の働く子だよ、でもねえ！　あの子はあたしの死んだ妹の子、どうも鞭打つ気になれないんだ。大目に見てやりゃ良心がキリキリ痛むし、叩けば叩いたで胸がはり裂けそうになる。やれやれ、婦《おんな》の産む人はその日少《すくな》くして艱難《なやみ》多し［ヨブ記十四章一節］、ほんとに聖書のとおりだねえ。今日もまたどうせあの子は学校をサボるだろうから、明日は罰《ばつ》として仕事をさせなきゃいけない。土曜に仕事させるのは至難《しなん》の業《わざ》だよ、よその子はみんな遊んでるし、あの子ときたら仕事が何より嫌《きら》いときてる。だけどやっぱりやるべきことはやらなくちゃねえ、あたしのせいであの子が駄目になっちまう」

トムは事実学校をサボり、大変愉快《ゆかい》に遊んで過ごした。ぎりぎりの時間に帰ってきて、夕食前にいちおう黒人の少年ジムを手伝って翌日分の薪《まき》を鋸《のこぎり》で切り、焚《た》きつけを割った――あるいは少なくとも、ジムがその仕事の四分の三をやっているあいだそこにいて自分の冒険《ぼうけん》譚《たん》を物語った。トムの弟（片親は違うが）シドはもうとっくに自分の仕事（木っ端《こば》を拾い集める）を終えていた。シドは大人しい、冒険に走ったり厄介事《やっかいごと》を起こしたりしない子だったのである。

夕食の最中、トムが隙《すき》を狙《ねら》っては砂糖をくすねていると、ポリー伯母さんがさも狡猾《こうかつ》な、肚黒《はらぐろ》い問いをあれこれ投げてきた。今日こそは何とか、巧みな誘導尋問《ゆうどうじんもん》でトムの悪事を白状させてやろうという魂胆《こんたん》だったのである。無邪気《むじゃき》な心の持ち主がたいていそうであるように、伯母さんも自分では、陰険《いんけん》で謎《なぞ》めいた駆け引きが大の得意のつもりで、おそろしく見えすいた策略《さくりゃく》なのに、本人は老練《ろうれん》きわまるあざとさだと悦《えつ》に入《い》っていた。

「でトム、今日は学校でけっこう暑かったろう？」

「うん伯母さん」

「すごく暑かったろう？」

「うん伯母さん」

「泳ぎに行きたくならなかったかい、トム？」

一瞬、トムは怯《おび》えの念に襲われた。気まずい、ちょっとした疑念。ポリー伯母さんの顔をしげしげと見てみたが、何も読みとれない。そこでトムは言った——

「ううん伯母さん——えっと、それほどでも」

伯母さんは片手を伸ばしてトムのシャツに触《さわ》り、言った——

「もういまは、体もあんまり熱くないねえ」。誰にも目的を気取《けど》られずにシャツが乾いていることを発見できて、伯母さんは内心《ないしん》得意だった。けれどトムの方は、いまや相手の目論見《もくろみ》をしっかり見抜いていた。そこで伯母さんが次の手を繰り出す前に、先手を打って出た——

「みんなでね、頭にポンプで水かけたんだ。まだ濡《ぬ》れてるんだよ。ほら、ね？」

この状況《じょうきょう》証拠《しょうこ》を見逃していたことが伯母さんは悔《くや》しかった。せっかくひと泡《あわ》吹かせてやれたのに。が、そのとき新しい思いつきが浮かんだ——

「ねえトムや、ポンプで頭に水かけるだけだったら、あたしが縫《ぬ》ってやったシャツの襟《えり》、外さなくてもよかったよね？　上着のボタン、外してごらん！」

不安の色がトムの顔から消えた。トムは上着を広げてみせた。シャツの襟はしっかり縫いつけてある。

「やれやれ！　さあ、もうお行き。あたしゃてっきり、あんたが学校サボッて泳ぎに行ったと思ったんだよ。でも今日はもう放免《ほうめん》したげるよ、トム。あんたは言ってみりゃ、焦《こ》げた猫ってやつだ――見た目より善良《ぜんりょう》なんだ。少なくとも今日はね」

伯母さんとしては、自分の慧眼《けいがん》が不発に終わったことが無念でもあり、トムが今度ばかりはひとまず言いつけを守ったことが嬉《うれ》しくもあった。

ところがそこで、シドニーが言った――

「あのさ伯母さん、たしかこの襟、白い糸で縫ってたよね。この糸、黒いよ」

「そうだ、白糸で縫ったんだった！　トムや！」

だがトムは続きを待ちはしなかった。ドアから外に飛び出しながら、言った――

「シディ、覚えてろよ、ただじゃ済まないからな」

もう大丈夫というところまで来ると、上着の折襟《ラペル》に刺した、糸が巻きつけてある二本の太い針をじっくり見てみた。一本には白い糸が、もう一本には黒い糸が巻いてあった。

「シドがいなけりゃバレずに済んだのに。参《まい》るよなあ！　伯母さんときたら、白で縫ったり黒で縫ったり。どっちかに決めてほしいよ。いちいち覚えてられやしない。だけどシドの奴《やつ》、ぶん殴ってやる！　思い知らせてやらなきゃ！」

トムは村の模範《もはん》的少年ではなかった。だが模範的少年のことはよく知っていた。そして忌《い》み嫌っていた。

二分も経《た》つと、いやもっと早く、トムはもう嫌《いや》なことをすっかり忘れていた。子供の悩みは大人の悩みほど重く辛《つら》くはないから、ではない。大人の不幸が新たな企ての興奮によって忘れられるがごとく、新しい、強い興味が生じてトムの悩みごとをしばし押しつぶし、追いやったのだ。そしてこの新たな興味とは、ある黒人から教わったばかりの、新しい口笛吹きの技《わざ》であり、トムはこれを誰にも邪魔《じゃま》されずに練習したかったのである。それは一風《いっぷう》変わった、鳥みたいなメロディで、流れるようなさえずりとでも言うか、音を発しながら舌を口の天井に何度も触れることによって出てくる。男の子だったことがある読者なら、たぶんやり方を覚えているだろう。精を出し、気合いを入れて練習したおかげでじきにコツも摑《つか》み、トムは通りを悠然《ゆうぜん》と、口をハーモニーで一杯に、心は感謝《かんしゃ》の念で一杯にして歩いた。新しい惑《わく》星《せい》を発見した天文学者の気分だった。しかも明らかに、嬉しさの強さ、深さ、混じり気《け》なさで言えば、少年の方が天文学者に優《まさ》っていた。

夏の夕べは長い。まだ日は暮れていなかった。やがてトムは口笛をやめた。見知らぬ人間が一人、目の前にいたのだ。トムより心持ち大きい男の子である。セントピーターズバーグのような何もない小さな村では、年齢を問わず性別を問わず、新しい人間が入ってくれば必ずや大いなる好奇の目に晒《さら》される。しかもこの子は身なりもいい。平日だというのに上等の服を着ている。仰天《ぎょうてん》ものと言うほかない。帽子は上品で、ぴっちりボタンを留《と》めた青い短上着は新品でお洒落《しゃれ》だし、長ズボンも同じである。まだ金曜日だというのに、靴だって履《は》いていて、あまつさえネクタイまでしている——明るい色のリボンを首に締めているのだ。全体にいかにも垢抜《あかぬ》けていて、それがトムの胸をグサッと刺した。立派と言うほかない姿をまじまじと見れば見るほど、その上等な服を蔑《さげす》む思いは募《つの》ったが、と同時に、自分の服がますますみすぼらしく思えてくる気持ちも止められなかった。どちらの子供も喋《しゃべ》らなかった。一方が動けばもう一方も動いたが、あくまで横に、円を描くだけだった。二人は一貫して顔と顔を合わせ、目と目を合わせていた。ようやくトムが口を開いた――

「お前なんかやっつけてやる！」

「ふん、やれるもんならやってみな」

「やれるともさ」

「やれるもんか」

「やれるってば」

「やれるもんか」

「やれるさ」

「やれないさ」

「やれる！」

「やれない！」

気まずい間《ま》。やがてトムが言った――

「お前、何て名前だ？」

「お前の知ったことじゃないだろ」

「何なら力ずくで知ってもいいんだぞ」

「じゃやってみろよ」

「そんなに言うなら、やるぞ」

「いくらでも言うさ――いくらでも、いくらでも、いくらでも！　さあ、どうだ」

「ふん、お前自分じゃすごく賢いつもりなんだな。お前なんかその気になりゃ、片手後《うし》ろに縛られてたってやっつけられるさ」

「じゃあやりゃいいだろ。やれるって言うんなら」

「やるともさ、お前が生意気《なまいき》言うんだったら」

「いくらでも言うさ――いままで何人も束《たば》にして相手にしてきたんだから」

「利口ぶりやがって！　お前、自分じゃずいぶん偉いつもりなんだな？　ふん、何て帽子だ！」

「嫌でも我慢するんだな。叩き落とせるもんなら叩き落としてみろ――だけどあとで吠《ほ》え面《づら》かくなよ」

「嘘《うそ》つき！」

「お前だって」

「お前嘘ついて喧嘩《けんか》吹っかけて、喧嘩売られたら買いもしないいだろ」

「うるさいな――失《う》せろよ！」

「おい、これ以上生意気言ったら、その頭に石ぶつけてやるぞ！」

「ふん、ぶつけてみろよ」

「ぶつけてやるさ」

「じゃあさっさとやれよ！　何でいつまでも言ってばかりなんだよ？　やったらどうだよ！　怖《こわ》くてやれないんだろ」

「怖いもんか」

「怖いんだろ」

「怖くない」

「怖い」

ふたたび間があって、さらにたがいに見合い、じりじり相手の周りを回った。間《ま》もなく肩同士が触れた。トムが言った――

「あっち行け！」

「お前こそあっち行け！」

「行くもんか」

「俺《おれ》だって行くもんか」

かくして二人は、それぞれ片足を突《つ》っかい棒のように開いて立ち、たがいに力一杯押しあい、憎しみの目で睨《にら》みあった。だがいずれも相手を凌《しの》げなかった。組みあい、揉《も》みあっていたが、やがて体も熱く火照《ほて》ってきて、どちらも力は抜いても気は緩《ゆる》めず相手の様子を窺《うかが》った。やがてトムが言った――

「お前なんか腰抜けの仔犬《こいぬ》さ。俺の兄貴に言いつけてやる、兄貴の手にかかったらお前なんか小指でひとひねりさ。兄貴に頼んでやるからな」

「お前の兄貴なんて怖いもんか。俺なんてもっと大きい兄貴がいるんだぞ。お前なんか、その柵《さく》の向こうまで投げ飛ばされちまうぞ」［どちらの「兄貴」も架空であった。］

「嘘だろ」

「お前が嘘だと言ったって、ほんとのことはほんとさ」

トムは足の親指で地面に一本線を引いて、言った——

「この線、踏み越えてみろ、立てないくらい痛めつけてやる。楯《たて》つく奴はただじゃ済まない」

新しい男の子はすぐさま踏み越えて、言った——

「やるって言ったんだから、やってもらおうじゃないか」

「急《せ》かすなよ。さ、覚悟しろ」

「やるって言っただろ——やったらどうだよ！」

「やるさ！　二セントでやってやるさ［「言われなくたってやってやる」の意の成句］」

すると新参《しんざん》の男の子は、大きな一セント銅貨を二枚ポケットから取り出し、嘲《あざけ》りの表情とともに差し出した。トムはそれを叩き落とした。たちまち二人とも地面を転がり、のたうち、猫のようにがっちり組みあった。一分ばかり、たがいの髪や服を引っぱり、むしり、鼻を殴りあい引っかきあい、わが身を土埃《つちぼこり》と栄光で包んでいた。まもなく混沌《こんとん》が形を成していき、戦いの煙の中から、トムの姿が見えてきた――新参の男の子の上にまたがって、拳骨《げんこつ》でボカスカ叩いている。

「参ったと言え！」とトムは言った。

男の子は身を振りほどこうと、もがくばかりだった。泣いていた――何よりまず憤怒《ふんぬ》の念ゆえに。

「参ったと言え！」――ボカスカ拳骨は続く。

とうとう新参の男の子が、押さえつけられた下から「参った！」と叫び、トムは彼を放してやって、言った――

「これで思い知ったろう。次は相手に気をつけろよ」

新参の男の子は、服から埃を払い、しくしくメソメソ泣きながら立ち去り、時おり後ろをふり返っては首を横に振って、「今度見かけたら」ただじゃ置かぬと凄《すご》んだ。トムは嘲りの声で応《こた》え、意気揚々《いきようよう》歩き出した。と、トムが背中を見せたとたん相手は石を拾って投げつけ、背中に命中したと見るや踵《きびす》を返し羚羊《レイヨウ》のごとく駆け出した。トムは卑怯者《ひきょうもの》を追いかけて家まで行き、かくして相手がどこに住んでいるかも知ることとなった。門の前にしばらく陣取って、出てこいとけしかけたが、相手は窓の向こうからあかんべえを返すばかりで出てこようとしなかった。とうとう敵の母親が現われて、トムのことを悪い、邪《よこしま》な、卑《いや》しい子だと罵《ののし》り、帰れと命じた。それでトムも帰っていったが、「お前のこと目をつけてるからな」の一言は忘れなかった。

その夜、随分《ずいぶん》遅く家にたどり着き、そうっと窓から入ると、伯母さんの待ち伏せに遭《あ》った。服の有様《ありさま》を目にすると、トムの土曜の休みを重労働の捕囚《ほしゅう》状態にせんとする伯母さんの意志は、もはや揺るがぬ固さを帯びることとなった。

## 第二章　強い誘惑――戦略的行動――無垢な者たちを騙す

土曜の朝が来て、夏の世界は明るく爽《さわ》やかで、生命に満ちあふれていた。万人《ばんにん》の心に歌があり、心が若ければ唇から音楽が流れ出た。あらゆる顔に悦《よろこ》びが、あらゆる足どりに弾《はず》みがあった。アカシアの木は花咲き、花の香りがあたりを満たした。村の向こう側、上方に広がるカーディフ・ヒルには草木が青々と茂り、こうして程よい距離から見ると、『天路歴程《てんろれきてい》』に謳《うた》われた「喜びの山々」もかくやと、夢のごとき、安らかな、心を誘《いざな》う眺めを成していた。

白漆喰《しろしっくい》の入ったバケツと、柄《え》の長い刷毛《はけ》を持ってトムが歩道に現われた。塀《へい》を見渡すと、歓喜が顔から消えて、深い憂鬱《ゆううつ》が心に降り立った。幅三十メートル、高さ三メートルの板塀。人生は空《むな》しく思え、生きることは重荷としか感じられなかった。溜息《ためいき》をつきながら、刷毛の先をバケツに浸《ひた》し、一番上の板を横になぞっていく。この動作を繰り返す。もう一度。漆喰が塗られたちっぽけな縞《しま》と、まだ塗っていない部分がはるか遠くまで広がる大陸とを交互に眺め、意気消沈《いきしょうちん》してツリーボックス［木の幹を護るための木枠］に腰を下ろした。と、ジムがブリキのバケツを手に、「バッファロー・ギャルズ」を歌いながら足どりも軽く門から出てきた。これまでずっと、共同ポンプまで水を汲《く》みに行くなんて嫌な仕事だとトムは思ってきたが、いまはそう感じられなかった。ポンプに行けば、人が大勢いる。白人、混血《ムラート》、黒人の男の子女の子が順番を待ちながら、のんびり休み、遊び道具を交換し、言い争い、取っ組みあい、ふざけあっている。ポンプは一五〇メートルしか離れていないのに、ジムときたらバケツを持って出かけると、一時間は絶対帰ってこない。しかもたいていは、誰かが呼びに行ってやっと戻ってくる始末《しまつ》なのだ。トムは言った――

「よおジム、この塀少し塗ってくれたら僕が水汲んできてやるぜ」

ジムは首を横に振って、言った――

「駄目ですよ、トム坊ちゃん。奥様にね、水汲んでこい、誰とも余計な口利《き》くんじゃないよって言われてるんで。トム坊ちゃんが塀を塗れって言ってくるだろうけど、相手にしないでさっさと汲んでこいって。塀塗りのことはあたしが仕切るからって奥様おっしゃるんで」

「伯母さんが言ったことなんか気にするなって。年中そういうこと言ってんだから。バケツ、よこせよ――すぐ帰ってくるからさ。分かりゃしないって」

「いけませんよ、トム坊ちゃん。奥様にね、下手な真似《まね》したら頭にタール塗ってやるって言われてるんです。ほんとにやりますよ、奥様」

「やりゃしないって！　指貫《シンブル》で頭叩《たた》くだけさ――そんなの怖《こわ》くも何ともないよ。口ではおっかないこと言うけど、言われるだけなら痛くないって――まあ泣かれるとさすがに困るけどな。なあジム、すごいものやるよ。白ビー玉だぞ！」

ジムの顔に迷いが浮かんだ。

「最高の白ビー玉だぜ、ジム！　そんじょそこらのやつとは違うぜ」

「わぁ、すごいねえ！　でもトム坊ちゃん、やっぱり奥様は怖いし――」

「それとさ、やってくれたら、足の指の腫《は》れ、見せてやるよ」

ジムも人間である。この誘惑には、もう屈するしかなかった。バケツを下ろし、白ビー玉を受けとり、包帯が解《ほど》かれていくのを興味津々《きょうみしんしん》覗《のぞ》き込んだ。次の瞬間、ジムはバケツを手に、ひりひり痛む尻《しり》を抱えて飛ぶように通りを走り、トムは懸命《けんめい》に漆喰を塗り、ポリー伯母さんはスリッパを片手に意気揚々《いきようよう》戦場を去っていった。

だがトムの元気は続かなかった。今日やるつもりだった遊びのことが頭に浮かび、悲しい気持ちが募っていった。そろそろここを、何の束縛《そくばく》もない男の子たちが、あれこれ楽しい用事に向かって軽《かろ》やかに通りかかり、仕事をさせられているトムをさんざんからかうだろう。そう考えただけで、身を焼かれる思いだった。トムは己《おのれ》の全財産を取り出し、検討《けんとう》してみた。玩具《おもちゃ》のかけらがいくつか、ビー玉、がらくた。別の仕事と交換するには十分かもしれないが、全《まった》き自由を買うとなると三十分ぶんにもならない。そこで、整理の済んだ資産《しさん》をポケットに戻し、買収《ばいしゅう》案は放棄した。と、この暗黒なる、望みなき瞬間、ひとつの霊感《れいかん》がトムを見舞った――偉大にして壮麗《そうれい》と言うほかない霊感が！

トムは刷毛を手にとり、静かに仕事にかかった。間もなく、ベン・ロジャーズがのらくら視界に入ってきた。こいつにだけはからかわれたくない、と思っていた正《まさ》にその本人である。

ホップ、ステップ、ジャンプの足どりでベンはやって来る。心は軽く、この先楽しいことが待っている証拠だ。リンゴを齧《かじ》っていて、時おりホーッと、長いメロディアスな叫びを上げては、太い声でディンドンドン、ディンドンドンと続けている。蒸気船《じょうきせん》を演じているのだ。近づくにつれて速度を落とし、道の真ん中を歩いて、右舷《うげん》に大きく傾いたかと思うと、重々しくかつ仰々《ぎょうぎょう》しく船首《せんしゅ》を風上《かざかみ》に向ける。何しろそんじょそこらの蒸気船ではない、「ビッグ・ミズーリ」号を演じているのであり、喫水《きっすい》二・七メートルのつもりなのだ。船と船長と警鐘《けいしょう》を一人でやっているので、自分の最上甲板《ハリケーン・デッキ》の上に立って自《みずか》ら命令を発し、自らそれを遂行《すいこう》しているところを想像しないといけないのである。

「止めろぉ！　ティンガリンガリン！」。船足《ふなあし》がほぼゼロとなり、ベン・ロジャーズは歩道の方にゆっくり身を寄せてきた。

「埠頭《ふとう》に入るぞ！　ティンガリンガリン！」。両腕がまっすぐ脇腹《わきばら》に沿って伸び、静止した。

「右舷に戻せ！　ティンガリンガリン！　チョウ！　チチョウウォウ！　チョウ！」。その間《かん》右手は堂々たる円を描く。十二メートルの外輪《がいりん》なのだ。

「左舷に戻せ！　ティンガリンガリン！　チョウチチョウチョウ！」。左手が円を描きはじめた。

「右舷止めろ！　ティンガリンガリン！　左舷止めろ！　右舷出ろ！　止まれ！　外輪、ゆっくり回せ！　ティンガリンガリン！　チョウオウオウ！　船首舫《ヘッド＝ライン》、出せ！　気合入れろぉ！　さあさあ——斜舫索《スプリング＝ライン》出せ——ほらそこ何してんだ！　そこの杭《くい》に引っかけて回せ！　桟橋に出ろ——放せ！　エンジン、止めろ！　ティンガリンガリン！　シュト！　シュト！　シュト！（験水《ゲージ》コックを試している）」

トムは相変わらず漆喰を塗りつづけ、蒸気船には何の興味も示さなかった。ベンは束《つか》の間《ま》まじまじと見てから、言った——

「よぉよぉ！　御苦労《ごくろう》なこったな！」

答えなし。最新の一塗りを、トムは芸術家の目で眺めわたす。軽くもう一塗りし、ふたたび眺めわたす。ベンはトムのすぐ横まで寄ってきた。トムはリンゴが欲しくて口から涎《よだれ》が出たが、黙々と仕事を続けた。ベンが言った——

「よおトム、仕事させられてんのか？」

トムはくるっと向き直り、言った——

「何だベン、お前か！　気がつかなかったよ」

「あのさ——俺ね、泳ぎに行くんだ、俺はね。お前も行けたらいいと思わないか？　だけどお前は、仕事の方がいいんだよな？」

トムは少しのあいだ相手をじっと見てから、言った——

「仕事って何のこと？」

「え、それ仕事じゃないの？」

トムは塀塗りを再開し、こともなげに答えた。

「ま、そうとも言えるか、言えないか。とにかく俺様には合ってるよ」

「おいおいよせよ、まさかこれ、好きだってのか？」

刷毛は依然動いている。

「好きかって？　好きじゃいけない訳《わけ》でもあるのかい。塀に漆喰塗るチャンス、毎日来るか？」

新しい発想である。リンゴを齧るベンの口が止まった。トムは優美《ゆうび》に刷毛を前後させ、一歩下がって結果を眺め、そこここに軽くひと刷毛加え、ふたたび吟味する。ベンはその一挙《いっきょ》一動《いちどう》を見守り、ますます興味を覚え、次第に惹《ひ》かれていった。間もなくベンは言った——

「なあトム、俺にもちょっとやらしてくれよ」

トムは考え、いまにも同意しようとしたが、思いとどまった。

「駄目駄目——それはできないよ、ベン。ポリー伯母さんはさ、この塀にはすごくこだわりがあるんだ。やっぱり通りに面してるしな。裏の塀だったら俺も伯母さんも気にしないんだけど。うん、この塀にはすごくこだわりがあるんだ。ものすごく丁寧にやらないといけないんだよ。これちゃんとできる子供は千人に一人、いや二千人に一人じゃないかな」

「えっ、そうなの？　なあ、いいだろ、ちょっとやらしてくれよ。ほんのちょっとでいいから。俺だったらやらしたげるぜ、トム」

「俺だってさ、やらせてやりたいのは山々《やまやま》なんだよ、ほんとに。だけどポリー伯母さんがさ——さっきもジムがやりたいって言ったんだけど、伯母さんがやらせてくれなかった。シドもやりたいって言ったけど、やっぱりやらせてもらえなかった。分かるだろ、俺の立場？

この塀お前に塗らせてやって、万一何かあったら――」

「大丈夫、気をつけるからさ。やらしてくれよ。なあ――リンゴの芯《しん》やるから」

「うん、なら――いやベン、やっぱり駄目だ。悪いけど――」

「リンゴ全部やるよ！」

トムはいかにも渋々といった顔で、だが内心いそいそと刷毛を渡した。かくして、元蒸気船「ビッグ・ミズーリ」号が陽なたで汗して仕事に精出すなか、引退した芸術家はそばの日陰の樽《たる》に腰かけ、脚をぶらぶらさせてリンゴを齧りながら、無垢《むく》な者たちをさらに虐殺《ぎゃくさつ》する案を練った。カモはいくらでもいた。男の子たちがひっきりなしに通りかかり、はじめはからかっても、みんな結局、塀を塗ることになった。ベンが疲れたころには、トムは次の番を、どこも傷《いた》んでいない凧《たこ》と引替えにビリー・フィッシャーに譲っていた。ビリー・フィッシャーもくたびれると、今度はジョニー・ミラーが鼠《ねずみ》の死骸《しがい》を、それを振り回す紐《ひも》も添えて権利を得……といった具合に何時間も続いていった。午後もなかばに達したころには、朝は貧困《ひんこん》に喘《あえ》いでいたトム・ソーヤーは文字どおり巨万《きょまん》の富を得ていた。すでに述べた品々に加えて、ビー玉十二個、口琴《ジューズハープ》の一部分、虫眼鏡《むしめがね》代わりに使える青い壜《びん》のかけら、糸巻きパチンコ、どの錠《じょう》にも合わない鍵《かぎ》、短いチョーク一本、デカンタのガラス栓《せん》、ブリキの兵隊、オタマジャクシ二匹、爆竹《ばくちく》六個、片目の仔猫《こねこ》、真鍮《しんちゅう》のドアノブ、犬の首輪（ただし犬はなし）、ナイフの柄《え》、オレンジの皮四切れ、ぼろぼろの窓枠《まどわく》を所有していた。

その間《かん》ずっと、トムはのんびり快適な時を過ごし、話し相手にも事欠かず、塀には三度《みたび》漆喰が塗られた！　あれでもし漆喰が尽きてしまわなかったら、村じゅうの男の子を破産《はさん》に追い込んでいたであろう。

　まあ何だかんだ言ってもこの世界そう捨てたもんじゃないな、とトムは独《ひと》り想《おも》った。人間の行動をめぐる大きな法則を、彼は我《われ》知らず発見したのだった。すなわち、相手が大人であれ子供であれ、何かを欲しがらせるには、それを手に入れるのを困難にすれば事足りる。もしトムが偉大にして賢明なる叡智《えいち》の――本書の著者のように――持ち主であったなら、〈仕事〉とは人が強いられるものであり〈遊び〉とは強いられないものだという真理を看破《かんぱ》したことだろう。そしてさらに、なぜ造花《ぞうか》作りや踏車《トレッドミル》は仕事であって十柱戯《テンピンズ》やモンブラン登頂《とうちょう》は娯楽《ごらく》でしかないかも理解したであろう。英国の富裕な紳士の中には、夏のあいだずっと、四頭立ての乗合馬車《のりあいばしゃ》を操《あやつ》り、毎日同じ三十、四十キロのルートを走らせる人たちがいる。そうするのは、この特権を得るのに相当な金がかかるからであって、もしこれに対し賃金《ちんぎん》の支払いを申し出られたなら、それは仕事となってしまい、彼らはたちまちやめてしまうであろう。

　己の現実的状況の大きな変化をしばし思いやったのち、トムは「仕事」の成果を報告すべく司令部へと向かった。

# 第三章　将軍トム──勝利と報酬──鬱々たる至福──遂行と怠慢

　気持ちのよい裏手の、寝室、朝食室、食堂、書斎《しょさい》が一体になった部屋の、開いた窓のそばに座ったポリー伯母さんの許《もと》へトムは報告に赴《おもむ》いた。芳《かぐわ》しい夏の空気、のどかな静けさ、花の香り、蜂《はち》たちの眠たげな呟《つぶや》き、それらすべてが作用して、伯母さんは編物《あみもの》を手にこっくりこっくり舟を漕《こ》いでいた。一緒にいるのは猫だけ、その猫も伯母さんの膝《ひざ》の上で眠っている。眼鏡《めがね》は落ちないよう白髪頭《しらがあたま》に載せてあった。どうせとっくに脱走《だっそう》したものと決めていたから、トムが毅然《きぜん》とわが身を委《ゆだ》ねてきたので伯母さんは驚いてしまった。トムは言った──

「伯母さん、もう遊びに行っていい？」

「何だって、もうかい？　塀《へい》塗り、どれだけやったんだい？」

「全部やったよ、伯母さん」

「トム、嘘《うそ》はやめとくれ──あたしゃ嘘は耐えられないよ」

「嘘なんかじゃないよ、伯母さん──ほんとに全部やったんだ」

　そのような証言に信頼を置かぬポリー伯母さんは、自分で見に行くことにした。トムの発言が二十パーセントでも本当だったら、伯母さんとしては満足であっただろう。それが何と、塀の隅から隅まで白漆喰が塗られ、しかも丹念に二度塗り、三度塗りしてあって、地面にも一筋《ひとすじ》おまけに塗ってあるのを見て、言語に絶《ぜっ》する驚愕《きょうがく》に伯母さんは襲われた。伯母さんは言った──

「魂消《たまげ》たねぇ！　間違いないよトム、あんたはその気になりゃ仕事ができるんだよ」。そしてもう一言、こう付け加えてその賛辞《さんじ》を薄めた。「だけどめったにその気にならないんだよねえ。ま、とにかく遊びに行っといで。でもいずれちゃんと帰ってくるんだよ、じゃないとまた鞭《むち》でお仕置《しお》きだからね」

その偉業《いぎょう》に圧倒されるあまり、伯母さんはトムを戸棚に連れていき、とびきり上等のリンゴを一個選んでやって、罪を犯さず立派に努力してもらうご褒美《ほうび》は有難味《ありがたみ》も一入《ひとしお》なものだよ、と講釈《こうしゃく》を添えてトムに与えた。伯母さんが聖書から適切な一節を引いて締めくくるのをよそに、トムはドーナツをひとつ失敬した。

軽やかに外へ出ると、シドが二階の裏手に通じる外階段《そとかいだん》を上《のぼ》りかけるのが見えた。手近にたっぷり土くれがあったから、たちまち砲弾《ほうだん》が空中を飛び、シドの周りで雨あられと舞った。唖然《あぜん》とした伯母さんが我に返って救出《きゅうしゅつ》に向かうところには、すでに六つか七つ砲弾が命中《めいちゅう》し、トムはもう塀を越えて消えていた。門というものもそこにあることはあったが、概《がい》してトムは、時間に追われるあまりめったに利用しなかった。黒糸の件を暴露《ばくろ》され叱《しか》られた仕返《しかえ》しができたことで、トムの心は安らかであった。

角を曲がって、家の牛小屋の裏を抜け、泥濘《ぬかる》んだ路地《ろじ》に出た。間もなく、もうここまで来れば大丈夫という距離に達し、村の広場へと急いだ。ここにおいて、少年たちの「軍団」二組が、事前の取決めに則《のっと》って戦闘を繰り広げるべく結集《けっしゅう》していた。トムが一方の団の将軍、もう一方は親友のジョー・ハーパー。高官二人は自ら戦いはせず、実戦は下《した》っ端《ぱ》どもに任せて、自分たちは高台《たかだい》に陣取り、副官《ふくかん》に指令を伝達させて作戦を指揮した。長きにわたる激戦《げきせん》の末、トムの軍が勝利を収めた。死者が数えられ、捕虜《ほりょ》が交換され、次回の戦闘に至る確執《かくしつ》の筋書《すじが》きが合意されて、戦いの日時も定められた。両軍とも列を組んで去っていき、トムは踵《きびす》を返して独り家路《いえじ》に向かった。

ジェフ・サッチャーが住んでいる家の前を通りかかると、見慣れない女の子が庭にいた。愛らしい、青い目の娘《こ》で、黄色い髪を長いお下げに編んで、白い夏物のスモック、刺繍《ししゅう》を施《ほどこ》したパンタレットという装《よそお》いだった。ついいましがた勝利の栄冠を得た英雄は、一発も砲撃することなく陥落《かんらく》した。エイミー・ローレンスなる人物が、ひとかけらの記憶も残さず彼の心から消えていった。エイミーのことを、トムは狂おしいほど愛している気であったし、焦《こ》がれる想いは崇敬《すうけい》の域に達していると思っていたのに、見よ、それは何ともはかない、ちょっとした好意に過ぎなかったのだ。エイミーの心をかち取るのに何か月も苦労し、ほんの一週間前、ついに彼女も思いを打ちあけてくれて、我こそは世界で一番幸福で誇らしい少年とトムは思っていた。だがそれも七日しか続かなかった。ほんの一瞬を境に、束《つか》の間《ま》の訪問が済んだ他所者《よそもの》のように、エイミー・ローレンスはトムの心から消え去った。

この新たな天使を、トムはひそかに崇拝の目で眺めていたが、やがて相手に気づかれたのを看《み》てとると、彼女が存在することすら知らぬふりをしつつ、その賞讃《しょうさん》をかち得ようと、いかにも少年じみた馬鹿《ばか》らしい見せびらかしを次々とやり出した。グロテスクな愚行《ぐこう》をトムはしばらく続けていたが、やがて、危険なアクロバットをひとしきり繰り広げている最中、ちらっと横目で見てみると、少女が家の方に歩いていくところだった。トムは柵《さく》に寄っていき、悲嘆《ひたん》を胸に、いましばらく少女が留《とど》まってくれぬものかと身を乗り出した。家の前の階段で彼女は一瞬立ちどまり、それから玄関に向かった。彼女が敷居《しきい》に片足を載せるとともにトムは大きく溜息《ためいき》をついた。が、すぐそのあと、彼の顔がパッと輝いた。家の中に姿を消す直前、少女はスミレの花を一輪《いちりん》、柵越しに投げてよこしたのである。

少年はぐるっと駆け回ってから、花が落ちた場所の一、二歩手前で止まると、片手を額《ひたい》にかざして通りの先を、あたかもそっちの方に面白いものでも出現したかのように見渡した。そして間もなく、藁《わら》を一本拾い、頭をぐっと後ろに倒して藁を鼻の上に載せようと企てた。バランスを取ろうと左右に細かく動きながら、じわじわスミレの花に近づいていく。とうとう、裸足《はだし》の片足が花に被《かぶ》さるに至り、しなやかな足指が花を抓《つま》んで、トムは宝物を携《たずさ》えぴょんぴょん飛んで角の向こうに消えた。だがそれも束の間、トムが花を上着の内側、心臓のそばのボタン穴に(もっとも解剖学にはさして通じていないし別にこだわりもしないトムなので、胃のそばだったかもしれぬが)留《と》めるあいだのことであった。

戻ってくると、ふたたび柵の前をうろつき、日が暮れる前まで「見せびらかし」に勤《いそ》しんだ。少女は二度と姿を見せなかったが、きっとどこかの窓辺にいて気づいてくれているのだ、そう期待していくらかなりとも自分を慰《なぐさ》めた。結局、不本意ながら、万感《ばんかん》を胸に家路《いえじ》に向かった。

夕食のあいだ、トムはひどく上機嫌で、いったいこの子どうしたんだろうと伯母さんも訝《いぶか》るほどであった。シドに土の砲弾を浴びせたことでたっぷり搾《しぼ》られても、少しも堪《こた》えていない様子であった。と、伯母さんの目の前からトムは砂糖を盗もうとし、手の甲をしこたま叩《たた》かれた。トムは言った――

「伯母さん、シドが盗《と》っても撲《ぶ》たないじゃないか」

「シドはあんたみたいにあたしを悩ませやしないよ。あんたはあたしが見張ってなかったら、年じゅう砂糖に手をつけてるだろうよ」

間もなく伯母さんは台所に入っていき、叱られないことにすっかり気をよくしたシドは砂糖壺《つぼ》に手を伸ばした。こんなふうに見せつけられて、トムは何とも耐えがたい思いだった。ところがシドの指が滑《すべ》って、壺は落ちて割れた。トムは有頂天《うちょうてん》だった。有頂天のあまり、舌を抑《おさ》える余裕まで生じ、何も言わなかった。伯母さんが戻ってきても何も喋《しゃべ》るまい、誰がやったんだと訊《き》かれるまで黙っていようと思った。訊かれたら、答える。模範的「いい子」がお目玉を喰らうのを見るほど快《こころよ》いものはない。あんまり嬉《うれ》しくて、伯母さんが入ってきて惨状《さんじょう》の前に立ちはだかり眼鏡の上から怒りの稲妻《いなずま》を発しはじめたときも、トムは自分を抑えるのに一苦労であった。「さあ、いよいよだ！」と思ったその瞬間、トムは床の上に大の字に倒れていた！　強力なる手の平《ひら》が次の殴打《おうだ》をもたらすべくふたたび持ち上げられると、トムは叫んだ――

「待ってよ伯母さん、何で僕を撲つの？　割ったのはシドだよ！」

ポリー伯母さんは戸惑《とまど》い、手が中空《ちゅうくう》で止まった。心洗われるいたわりの表明《ひょうめい》をトムは待った。だが言葉を取り戻した伯母さんは、こう言っただけだった――

「ふん！　でもきっと撲たれて当然だったんだよ。どうせあたしがいないあいだ、何か別の悪さをしてたに決まってるよ」

そうは言ったものの、良心の咎《とが》めに伯母さんは苛《さいな》まれて、何か優しい、愛情のこもった言葉をかけてやりたかった。でもそうしてしまうと、自分の非を認めたことになって、規律上《きりつじょう》よろしくない。だから何も言わずに、疚《やま》しい心を抱えたまま家事を続けた。トムは拗《す》ねて部屋の隅に引っ込み、ますます悲嘆に暮れていった。伯母さんが胸の内では彼の前で跪《ひざまず》いていることが分かったし、それを思うと陰鬱《いんうつ》な気持ちながら満たされた気持ちにもなれた。自分からは何も合図を出す気はないし、伯母さんから出されても知らん顔でいようと思った。時おり、涙の薄膜《うすまく》を通して切なげな眼差《まなざ》しが自分に向けられていることは承知していたが、それを認めるのも拒《こば》んだ。自分が不治《ふじ》の病《やまい》に伏《ふ》して、伯母さんが枕許《まくらもと》にいる情景をトムは思い描いた。伯母さんはトムの上に身を屈《かが》め、せめて一言でもと、ささやかな許しの言葉を懇《こん》願《がん》するが、トムは顔を壁に向け、その一言を口にせぬまま死んでゆく。ああ、そうなったら伯母さんはどんな気持ちになるだろう？　あるいはまた、死んだ自分が川から運び込まれる情景をトムは思い描いた。巻毛《まきげ》はびしょ濡《ぬ》れ、哀れな両手は永久に動かぬまま、傷ついた心はいまや常《とこ》しえの眠りに就《つ》いた。伯母さんは我が身をトムの亡骸《なきがら》に投げ出し、涙が雨のごとく流れ、昏は、どうかこの子を返してください、もう絶対二度と不当に叱ったりしませんから、と神に祈る！　だがトムはそこに冷たく白く横たわり、何とも応《こた》えない。悲しみも終わりを迎えた、哀れな苦悩《くのう》せる子。こうした夢想の悲哀《ひあい》にトムはすっかり酔いしれ、いまにも息が詰まってしまいそうで、何度もぐっと唾《つば》を飲んだ。目が潤《うる》んで揺らぎ、まばたきをすると涙があふれ、鼻を伝って流れ落ちた。悲しみに浸《ひた》るのがあまりに甘美《かんび》なものだから、俗世《ぞくせ》の陽気さやら耳障《みみざわ》りな上機嫌やらに侵入されるのは耐えがたかった。そんなものに接するには、あまりに神聖な悲しみであった。という訳《わけ》で、じきに従妹《いとこ》のメアリが、延々《えんえん》一週間田舎に居させられた末にやっと帰ってこれた嬉しさも露《あら》わに踊るように部屋に入ってくると、トムは立ち上がり、一方のドアからメアリが歌と太陽を持ってきたのと入れ替わりに、雲と闇《やみ》に包まれ反対側のドアから出ていった。

少年たちが始終《しじゅう》たむろする一連の場から遠く彷徨《さまよ》い出て、いまの気分に調和する陰鬱な場所を探し求めた。川に浮かぶ丸太筏《まるたいかだ》に誘われて、その縁《ふち》にトムは腰を下ろし、荒涼《こうりょう》と広がる大河《たいが》を眺めながら、自然の定めどおり苦しんだりせず、一瞬のうちに意識もなく溺《おぼ》れ死ねたら、と願った。と、あの花のことが思い浮かんだ。取り出してみると、花は枯れ、皺《しわ》くちゃになっていた。鬱々《うつうつ》たる至福《しふく》はますます募った。もし知ったら、あの子は哀れんでくれるだろうか？　涙を流し、トムの首に両腕を回して慰めてあげたいと思ってくれるだろうか？　それとも、この虚《うつ》ろな世界と同じく、冷たく顔を背《そむ》けるだろうか？　その情景に、快い煩悶《はんもん》はいやが上にも深まり、トムはそれを頭の中で何度も何度も、細部や視点を取っ替え引っ替えしながら、すべてが擦《す》り切れてしまうまで反復しつづけた。とうとう、溜息とともにトムは立ち上がり、闇の中を去っていった。

九時半か十時ごろ、未知なる愛《いと》しい人の住む、人気《ひとけ》の途絶《とだ》えた通りをトムは歩いていた。しばし立ちどまったが、澄ませた耳には何の音も聞こえてこない。二階のひとつの窓のカーテンに、蠟燭《ろうそく》が鈍《にぶ》い光を投げかけていた。聖なる人は、あそこに居るのか？　トムは柵をよじ登り、植込《うえこ》みのあいだをこそこそ抜けていって、窓の下に立った。長いこと、溢《あふ》れる思いを胸に見上げていた。やがて、窓の下の地面に身を横たえた。仰向《あおむ》けに横たわり、両手を胸の上で組んで萎《しな》びた花を握った。こうして自分は死んでいく。冷たい世界に放り出されて、家なき頭を覆う屋根もなく、額から死の湿《しめ》りを拭《ぬぐ》ってくれる優しい手もなければ、大いなる苦悶《くもん》が訪れる際に情のこもった顔が哀れみの眼差しを投げてくれることもない。こうしてあの娘《こ》は、晴れやかな朝に向けて窓から顔を出し、彼の姿を目にする——ああ！　もはや命なき体に、彼女は小さな一粒の涙を落としてくれるだろうか？　若く輝かしき生が、あまりに無残に萎《しお》れ、あまりに早く切り落とされたことに、ささやかな吐息《といき》を漏らしてくれるだろうか？

と、窓が開けられて、女中の耳障りな声が聖なる静けさを汚《けが》し、ザバッと水が降ってきて横たわる殉教者《じゅんきょうしゃ》の亡骸《なきがら》を浸した！

ゼイゼイ喘《あえ》ぎ、フウッと鼻から息を吐き出しつつ英雄は飛び上がった。弾丸が空《くう》を切るがごとき音が悪態《あくたい》の呟《つぶや》きとともに生じ、ガラスが砕けるのにも似た音がそれに続いてから、漠《ばく》とした小さな人影が柵を越えて薄闇の中を飛び去っていった。

それから間もなく、寝支度《ねじたく》を整えたトムが、獣脂蠟燭《じゅうしろうそく》の光を頼りにずぶ濡れの衣服を吟味していると、シドが目を覚ました。が、かりにシドがここで、さりげない当てつけか何かを口にしかけたとしても、彼はそれを思いとどまり、何も言わなかった。トムの目に殺気《さっき》が浮かんでいたからである。

お祈りなぞという更《さら》なる面倒は無視してトムは寝床に入り、シドはこの怠慢《たいまん》を心中ひそかにメモした。

## 第四章　知的軽業――日曜学校に行く――校長先生――「見せびらかし」――トム、一躍英雄に

静謐《せいひつ》なる世界に陽が昇り、平和な村を祝福するごとく光が降り注いだ。朝食が済むと、ポリー伯母さんが家庭内の礼拝を執《と》り行なった。まず土台として聖書の引用ががっしりいくつも積まれ、自前の言葉の薄いモルタルで固められる。この壇上から、伯母さんはモーセの律法《りっぽう》中の厳《いか》めしい一章を、かのシナイ山［モーセが神から律法を授かった場］から発するがごとくに朗々《ろうろう》と読み上げた。

それからトムが、言わば褌《ふんどし》を締めてかかり、聖書の暗記に取りかかった。シドはもう自分の割当てを何日も前に覚えてしまっていた。トムは全身全霊《ぜんしんぜんれい》を傾け、五つの節の記憶に努めた。選んだのは「山上《さんじょう》の垂訓《すいくん》」の一部。それより短い節が見つからなかったからである。三十分が経《た》ち、その内容をごく漠然《ばくぜん》と把握《はあく》するには至っていたが、それ以上の成果は上がっていなかった。というのも、心は人間の思考の全領域を行き来し、両手は落着《おちつ》かぬ愉《たの》しみに忙《せわ》しなく動いていたためである。やがて、メアリがトムに暗唱させようと彼の聖書を手にとった。トムは五里霧中《ごりむちゅう》の道を何とか進もうと懸命《けんめい》に足掻《あが》いた。

「幸いなるかな――こ――こ――」

「心の――」

「そうそう――心の。幸いなるかな、心の――心の――」

「貧しき者――」

「貧しき者。幸いなるかな心の貧しき者、天国の――天国の――」

「天国は――」

「天国は。幸いなるかな心の貧しき者、天国はその人のものなり。幸いなるかな悲しむ者、その人は――その人は――」

「な――」

「その人は――えーと――」

「な、ぐ――」

「その人はな、ぐ――ああ、分かんないよ！」

「慰められん！」

「そうか、慰められん！　その人は慰められん――えーと――えーと――悲しみ慰められん――えーと――えーと――幸いなるかな――悲しみ――えーと――悲しみ慰められんその人は――えーと――その人は何だ？　ねえメアリ、教えてよ！　どうしてそんなに意地悪するのさ？」

「トムったら、ほんとに覚えが悪いのねえ。あたし、からかってるんじゃないのよ。そんなことする訳《わけ》ないでしょ。もう一度やってみなさいな。挫《くじ》けちゃ駄目よ。トム、きっと覚えられるわよ――覚えたら、すごくいいものあげるから。さあ、ね、いい子だから」

「うん、分かった！　それで何くれるのメアリ、教えてよ」

「あとのお楽しみよ。あたしがいいものって言うんだから、ほんとにいいものよ」

「そうだよね、メアリ。分かった、もういっちょやってみるよ」

　という訳でトムは「もういっちょやってみ」た。好奇心と、何かが貰《もら》えるという二重の後押《あとお》しを得て、精魂《せいこん》込めて暗記に励み、輝かしい成功を遂げた。メアリは彼に真新しい、十二セント半の値《ね》の「バーロウ・ナイフ」をくれた。トムは嬉《うれ》しさに体じゅうが震え、骨の髄まで揺さぶられる思いであった。たしかにこのナイフ、何も切れはしないけれど、正真正銘「本物」のバーロウであり、想像も及ばぬほどの威光《いこう》が備わっているのだ。いったいなぜ西部の少年たちが、このナイフの偽物《にせもの》が作られてその威光が傷ついているなどと思い込んでいるのかは大きな謎《なぞ》であり、おそらくは今後も謎でありつづけるだろう。トムはこのナイフでもって食器棚を切り刻もうと目論《もくろ》み、まずはタンスに取りかかろうとしたところで、日曜学校の支度をするよう命じられた。

メアリから水の入った盥《たらい》と石鹸《せっけん》を渡され、表に出て、小さなベンチの上に盥を置いた。石鹸を水にちょっとだけ浸し、ベンチに置く。袖《そで》をまくった。水をそうっと地面に流してしまってから、台所に入って、ドアの後ろにかけたタオルでごしごし顔を拭《ふ》きはじめた。だがメアリがそのタオルを奪い、言った——

「トム、あんた恥ずかしくないの。どうしてそんなことするの。水が痛いって訳でもないでしょうに」

トムはいささか狼狽《ろうばい》した。盥にふたたび水が満たされ、今回はトムもしばしその前に立ち、決意を固めていった。それから、ふうっと大きく息を吸い込んで、顔を洗いにかかった。間もなく、両目を閉じたまま台所に入っていって、タオルを手探りし、その顔からは名誉の証拠たる石鹸泡と水がポタポタ垂れていた。ところが、タオルから上げた顔はまだ十分の状態ではなかった。清潔な領域は、仮面のように顎《あご》で終わっていたのである。顎の線を境に、灌《かん》漑《がい》されざる黒々とした土壌《どじょう》が、正面から裏の首回りまで広がっていた。メアリが続きを請《う》け負い、作業を終えると、トムはもはや白も黒もなくなって、「人間にして同胞」となっていた［奴隷制廃止運動の訴え「私は人間にして同胞ではありませんか？」を踏まえている］。水を一杯に吸った髪には綺麗《きれい》にブラシがかけられ、短い巻毛は優美にして左右対称に仕上げられていた。

〔トムはこっそり、さんざ苦労して巻毛をまっすぐに伸ばし、髪を頭に貼《は》りつけた。巻毛なんて女々しいと彼は思っていて、自身の人生も巻毛ゆえに苦々しいものにされていたのである。〕やがてメアリが、この二年間専《もっぱ》ら日曜日にしか着ていない彼の服を出してきた。これがあっさり「もう片っぽの服」と呼ばれていたことから、トムの持《も》ち衣装《いしょう》の規模が知れようというものである。トムが自分で着たあと、メアリがそれを正して、小綺麗な短上着《ランダバウト》のボタンを首まで留め、シャツの巨大な襟《カラー》を肩に折り返し、全体から埃《ほこり》を払って、斑《まだら》入りの麦藁《むぎわら》帽を頭に載せた。いまやトムは、さっきまでより遥《はる》かに向上して見え、遥かに居心地《いごこち》悪そうに見えた。そして見かけどおり、実に居心地悪い思いであった。この服全体、清潔さというもの全体にトムを締めつけるものがあって、それが彼を苛立《いらだ》たせていたのである。メアリが靴のことを忘れてくれるといいが、と思ったが、その望みも空《むな》しかった。習慣どおりメアリは靴に獣脂《じゅうし》を塗りたくり、履《は》きなさいとトムに命じた。トムはカッとなって、どうしていつもいつもやりたくないことをやらされるのさと文句を言った。だがメアリは、諭《さと》すようにこう言った――

「お願い、トム――いい子だから」

かくしてトムは、歯を剥《む》きつつ両足を靴に突っ込んだ。メアリもじきに支度が整い、子供三人、日曜学校に出かけていった――トムが心底《しんそこ》憎み、シドとメアリが愛する場に。

日曜学校は九時から十時半までで、そのあとは教会の礼拝である。子供三人のうち、二人はつねに説教を聞くために言われずともそのまま残った。もう一人も、つねに残ることは残ったが、それはもっと大きな理由ゆえであった。背もたれの高い、クッションのない会衆《かいしゅう》席《せき》にはおよそ三百人が座れる。建物自体は小さく質素《しっそ》で、屋根には松材の囲いのごときものが尖塔《せんとう》代わりに載っていた。玄関まで来るとトムはひと足歩みを遅らせ、やはり日曜の服を着せられた仲間に声をかけた。

「おいビリー、黄色い札《ふだ》持ってるか？」

「うん」

「何と替えてくれる？」

「何がある？」

「甘草菓子《リコリス》一かけと釣針《つりばり》一本」

「見せてみな」

　トムは品を出してみせた。ビリーも満足し、交換が成立した。次にトムは、白ビー玉二個を赤い札三枚と、ちょっとした小物を青二枚と取り替えた。その後も誰か男の子がやって来るたびに呼びとめて、さらに十分か十五分、さまざまな色の札を買いつづけた。やがてそれも終えて、小綺麗で騒々しい男子女子の群れに交じって教会に入り、自分の席に行って、最《も》寄《よ》りの男の子相手に喧嘩《けんか》をはじめた。厳めしい年配の男の先生が割って入ったが、先生が一瞬背を向けると、今度は隣の長椅子《ながいす》にいる男の子の髪を引っぱり、相手がふり向くと聖書に没頭《ぼっとう》していた。じきに今度は、「痛《いて》っ！」と言わせるのを目的に別の男子の体に針を刺し、また先生に叱《しか》られた。トムのクラスは、揃いも揃って落着かない、騒々しい、はた迷惑な子ばかりであった。聖書を暗唱する段になると、完璧《かんぺき》に覚えている子は一人もおらず、終始《しゅうし》助けてもらわねばならなかった。それでも何とか終わりまでたどり着き、それぞれ褒美《ほうび》を貰った。聖書の一節が書かれた、小さな青い札をめいめい受けとる。二節暗唱すると、青い札を一枚貰える。青い札が十枚貯《た》まると、赤い札に交換してもらえる。赤い札十枚が、黄色い札一枚。黄色い札十枚と引替えに、日曜学校の先生がごく質素な装幀《そうてい》の聖書（物価も安い当時で四十セント）をくれる。ドレの絵が入った豪華な聖書を貰えるとしても、我が読者のうち一体何人に、聖書の文句を二千節覚える根気と熱意があるだろう？　にもかかわらず、メアリはすでにこの制度に則《のっと》って聖書を二冊獲得《かくとく》していた。二年間の辛抱強《しんぼうづよ》い努力の賜物《たまもの》である。またドイツ人を両親に持つある男の子は、すでに四冊か五冊を得ていた。あるときその子は、聖書を三千節ノンストップで暗唱したが、さすがに精神への負荷《ふか》が大きすぎたか、その日以来、抜《ぬ》け殻《がら》同然となった。学校にとっては被害甚大《じんだい》である。それまでは、来賓《らいひん》を迎えた大事な式典があるたびに、先生はこの子を前に出して、トムに言わせれば「さんざん吹かせ」ていたのである。札をなくさず貯め、退屈な努力を続けて、聖書を貰うまでに至るのは年長の子供だけであり、この賞の授与《じゅよ》は、めったにない、特筆《とくひつ》すべき出来事であった。その日一日、当の子供は賞讃《しょうさん》の的《まと》となり、周囲の視線を一身に集めたから、その場ではみんな自分も頑張ろうと決意を新たにするのだったが、得てしてその決意は二週間ぐらいしか続かなかった。トムの精神がこの賞品自体を本気で欲したことは終《つい》ぞなかったであろうが、その栄誉と、それが生み出す喝采《かっさい》には、全身全霊、日々焦《こ》がれていることは疑いなかった。

やがて先生が説教壇の前に立った。閉じた賛美歌集《さんびかしゅう》を片手に、人差指をページに挟《はさ》んで持ち、先生は静粛《せいしゅく》を求めた。日曜学校の先生が恒例《こうれい》の説教を行なうとき、片手の賛美歌集は、コンサートで舞台前方に歩み出て独唱《どくしょう》する歌手が手に持った楽譜《がくふ》同様に必須《ひっす》の品であるが、なぜそうなのかは謎である。賛美歌集も楽譜も、苦難の当事者が実際に目を向けることは決してないのだから。この先生は三十五歳の痩《や》せた男性で、薄茶色の山羊鬚《やぎひげ》に、短い髪も薄茶色だった。硬い立ち襟《えり》は上の端がほとんど耳に届き、尖《とが》った先端がぐるっと回って口許《くちもと》付近まで達していた。襟が柵のごとくに機能して、本人はまっすぐ前を見るほかなく、横を見る必要があるときは体ごと回転するしかない。顎は、銀行券［現在の紙幣よりはるかに大きい］並に縦も横も広い、房飾《ふさかざ》りのついたネクタイの上に載っていた。ブーツの爪先《つまさき》は当時の流行どおり、橇《そり》の滑走部《かっそうぶ》のようにぴんと反《そ》り上がっていた。この反り返りを生み出すべく、青年たちは何時間もぶっとおしで爪先を壁に押しつけて座っていたのである。ウォルターズ氏はきわめて真面目《まじめ》な物腰の、非常に誠実で根の正直な人物であった。聖なる事物や場所を崇《あが》め奉《たてまつ》り、世俗の事どもとはっきり峻別《しゅんべつ》していたので、自分でも意識せぬまま、日曜学校での声は、平日にはおよそ聞かれぬ独特の抑揚《よくよう》を帯びるようになっていた。氏はこんな風に話をはじめた――

「さて皆さん、みんなまっすぐ背を伸ばしてきちんとお座りして、少しのあいだ先生のお話をしっかり聞いてくださいね。そう――それで結構。よい子はみんなそうしなくてはね。そこ、女の子が一人、窓のお外を見ていますね――先生がお外にいると思ってるのかな――木に上《のぼ》って鳥さんたちにお説教してると思ってるのかな「さも面白がっている風を装《よそお》ったクスクス笑い」。こういう場所に、明るく清《きよ》らなお顔がこんなにたくさん並んで、正しい行ないを学び善《よ》い人間になろうと努めているのを見て、先生はとても嬉しく思います」云々《うんぬん》かんぬん。演説の残りを記《き》す必要はあるまい。この手の話はどれも似たりよったり、およそ変わりばえしないから、誰もがもうさんざん耳にしているはずである。

説教の最後の三分の一は、悪い男子たちの一部が喧嘩《けんか》その他の娯楽を再開したことによってケチがつき、さらにはソワソワヒソヒソの波も縦に横に大きく広がって、シドやメアリのように孤立した、堕落《だらく》を知らぬ岩の基部《きぶ》にまで打ち寄せた。だがいま、ウォルターズ氏の声が鎮《しず》まるとともにすべての音がぴたっと止《や》み、説教の終わりは無言の感謝の迸《ほとばし》りでもって迎えられた。

ヒソヒソ話の大部分は、いささか稀《まれ》な出来事によって引き起こされていた。すなわち、訪問者の入場である。法律家のサッチャー氏が、ひどく弱った高齢の男性、恰幅《かっぷく》のいい白髪《しらが》交じりの中年紳士、その紳士の妻と思《おぼ》しき威厳《いげん》ある婦人を伴って入ってきたのである。婦人は一人の子供の手を引いていた。トムは何とも落着かず、胸は焦燥《しょうそう》と切望《せつぼう》に満ち、良心の疼《うず》きを感じてもいた。エイミー・ローレンスと目を合わせることができず、愛情に満ちた彼女の眼差《まなざ》しに耐えられずにいた。だが小さな新来者《しんらいしゃ》を目にしたとたん、トムの魂は至福に燃え立った。次の瞬間にはもう、目一杯「見せびらかし」に入って、男の子たちを平手で殴り、髪を引っぱり、自《みずか》らの顔を変な形に歪《ゆが》め、要するに女の子を魅了《みりょう》し女の子の賞讃をかち取れそうな手口を残らず繰り出していた。トムの興奮に影を落とすものはただひとつ、この天使の住む家の庭での屈辱《くつじょく》の記憶のみであったが、砂に刻まれたその記録も、打ち寄せる幸福の波にぐんぐん洗い流されていった。

来訪者たちは最上等の席を与えられ、ウォルターズ氏は説教を終えるとすぐ彼らを皆に紹介した。中年の男性は、とてつもなく偉い人であることが判明した。ほかならぬ郡判事、子供たちがこれまで目にした誰よりも権威ある人物である。こういう人は一体何で出来ているんだろう、と子供たちは思案し、ガオーと吠《ほ》えたりしないかしら、などと半《なか》ば期待し、恐れもした。郡判事は二十キロ離れたコンスタンティノープルから来ていた。つまり、各地を旅し、広い世間を見てきた人であって、正にあの二つの目が、屋根がブリキで出来ていると噂《うわさ》に聞く郡庁舎《ぐんちょうしゃ》に向けられもしたのだ。そう思うと畏怖《いふ》の念は募り、それが重々しい沈黙と、丸く見開かれた数々の目によって表わされた。この人こそ偉大なるサッチャー判事、彼らの村の法律家の兄なのだ。ジェフ・サッチャーがすぐさま歩み出て、親しげに偉人に挨拶《あいさつ》し、皆の妬《ねた》みを一身に集めた。ヒソヒソ声がジェフの耳に届いたなら、彼の心にそれは快い音楽と響いたことだろう――

「あれ見ろよ、ジム！　ジェフの奴《やつ》、あそこに行くぞ。おい――見ろよ！　あの人と握手してる――握手だぜ、すごくないか？　ジェフになりたいと思わないか？」

と、ウォルターズ氏が「見せびらかし」をやり出した。あれこれ格式ばった営《いとな》みに精を出し、命令を発し、裁決を下し、標的が見つかるたびにそこらじゅう指示を投げつけまくった。

図書係も「見せびらかし」を始め、両腕一杯に本を抱えて駆け回り、この手の下《した》っ端官僚《ばかんりょう》の習性に違《たが》わず、さんざブツブツ細かいことを言い立てた。若い女性の先生たちもやはり「見せびらかし」を繰り広げ、ついさっきまではビンタを喰わしていた生徒たちの許《もと》に笑顔で寄っていき、悪い子には可憐《かれん》に警告の指を一本立ててみせ、いい子の頭を愛《いと》しげにぽんぽんと撫《な》でた。若い男の先生たちはちょっとした小言をはじめさまざまな形で権威と規律を誇《こ》示《じ》することでやはり「見せびらかし」をやり――そして男も女も先生たちはやたら図書棚近辺、説教壇近辺に用事を見出《みいだ》し、しかもどの用事も二度、三度と（うわべはさも苛立たしげに）為《な》さねば済まぬらしかった。女の子たちもいろんな手口で「見せびらかし」に励み、男の子たちも精一杯「見せびらかし」たものだから、空中を紙つぶてが舞い、取っ組みあいのさざめきがあたりに満ちた。そして、それらすべてに君臨《くんりん》するがごとく、偉大なる人物は堂々と座り、分け隔《へだ》てない荘厳《そうごん》な笑みを館内全体に向けて発し、己《おのれ》の威光のもたらす暖かい陽光に浸っていた。彼も彼で、やはり「見せびらかし」ていたのである。

ウォルターズ氏の恍惚《こうこつ》を完璧にするために、あとひとつだけ欠けているものがあった。すなわち、聖書の賞品を授与し、神童《しんどう》を披露《ひろう》する機会である。黄色い札を何枚か持っている子は数人いたが、賞に足りている子は一人もいなかった。氏はすでに優等生たちに訊《き》いて回っていたのである。いまここで、あのドイツ人の子供を、健全な精神のまま取り戻せるなら、氏はおよそ何でもしたであろう。

そしていま、望みが途絶《とだ》えたこの瞬間、トム・ソーヤーが黄色い札九枚、赤い札九枚、青い札十枚を手に歩み出て、聖書を要求したのである。青天《せいてん》の霹靂《へきれき》と言うほかない。まさか他ならぬこの相手から申請がなされることなど、今後十年はありえないとウォルターズ氏は予想していたのだ。だが否定のしようはない。正規の札が揃《そろ》っていて、いずれも額面どおりの価値を有している。かくしてトムは判事その他のお歴々《れきれき》が並ぶ場に引き上げられ、当局から大ニュースが発表された。この十年最大の椿事《ちんじ》である。大いなるセンセーションに、新たな英雄は判事と同じ高みまで引き上げられ、館内の皆が見入る驚異の源《みなもと》は一つから二つに増加した。男の子たちは皆、嫉妬《しっと》で気も狂わんばかりになったが、特に誰より激しい苦悶《くもん》に苛《さいな》まれたのは、トムが白漆喰塗りの特権を売って集めた富と引替えに札を譲渡《じょうと》し、この忌々《いまいま》しい栄誉に自ら手を貸したことをいまごろになって思い知った少年たちであった。狡猾《こうかつ》な詐欺《さぎ》のカモとなった自分、陰険なる不実の友に一杯食わされた自分に、彼らはほとほと愛想《そ》を尽かした。

トムに対する授賞の儀《ぎ》は、日曜学校の先生によって、呼び起こしうる限り最大の情感を込めて行なわれた。とはいえそれは、真《しん》の情熱の発露《はつろ》を欠いていた。ここには何か、おそらくは明るみに出すに堪《た》えぬ秘密がひそんでいることを、哀れな教師は直感したのである。ほかの子ならともかく、この子が己の脳内に、二千もの聖書的叡智《えいち》を蓄《たくわ》えたなどとは、およそ考えられない。十も詰め込めば一杯になってしまうに違いないのだ。

エイミー・ローレンスは誇りと喜びに胸が一杯で、顔にもそれを表わしてトムに伝えようと努めたが、トムは見向きもしなかった。いったいどうしたんだろう。やがて、わずかな不安が彼女の胸に忍び込んだ。それから、漠とした懐疑《かいぎ》が訪れ、去り、また訪れた。彼女は見守った。こっそり見るだけで、大きな事実が明らかになった。そして彼女の胸ははり裂けた。嫉妬に苛まれ、怒りに包まれ、涙が流れて、彼女はすべての人間を、とりわけトムを（と彼女は思った）憎んだ。

トムは判事に引き合わされた。だがトムの舌はこわばり、息もろくに出ず、心臓は震えた。相手がおそろしく偉い人であることも一因であったが、何よりまず、この人が彼女の親だったからである。もしここが真っ暗闇《くらやみ》だったら跪《ひざまず》いてこの人を崇《あが》めたい、そう思った。判事は片手をトムの頭に載せて、よくやった、大したものだと言って名を訊《たず》ねた。トムは口ごもり、喘《あえ》ぎ、やっと一言発した――

「トム」

「いや違うだろう、トムじゃないだろう――」

「トマス」

「うん、そうそう。トムじゃ足りないと思ったんだ。結構。だけど、もうひとつあるんじゃないのかな。それも教えてくれるね？」

「もうひとつの名前もお伝えしなさい、トマス」とウォルターズ氏が横から言った。「それに『です《サー》』も言いなさい――礼儀を忘れちゃいけないよ」

「トマス・ソーヤー――です《サー》」

「よし！　いい子だ。立派な子だ。立派で、男らしい。聖書二千節とは大したものだ――実に大したものだよ。それだけ頑張って覚えたことを、君は今後も絶対に後悔しないだろうよ。知識はこの世で何より価値あるものだ。知識があってこそ偉人も善人も生まれる。トマス、君もいつの日か偉人にして善人となることだろう。そのとき、昔をふり返って、みんなあの日曜学校のおかげだ、と思うことだろう。先生がたが教えてくださったおかげだ、校長先生が励ましてくださり見守ってくださり美しい聖書をくださったおかげだ、綺麗《きれい》で優美な聖書を有難《ありがた》いことに僕はいつも肌身《はだみ》離さず持つことができたのだ、すべてはきちんと育ててもらったおかげだ、そう思うことだろう。きっと思うとも、トマス――そして君は、この二千節はどんな金《かね》より大事と思うだろう――そうとも、絶対に。さ、君が学んだことを少し、私とこちらのご婦人に披露してくれるかね――きっと聞かせてくれるよね――よく学ぶ子供は私たちの誇りだからね。君はもちろん、イエスに付き従った十二使徒《じゅうにしと》の名前を覚えているよね。一番最初に二人、使徒になるよう命じられたのは誰と誰だったか、教えてくれるかね?」

トムはもじもじとひとつのボタンを引っぱり、おどおどした表情を顔に浮かべていた。顔が赤らみ、目が床に落ちた。ウォルターズ氏の心は沈んだ。この子はどんな簡単な質問だって答えられやしない。何だって質問なんかするんだ? だが立場上、氏はこう口を挟《はさ》むほかなかった。

「お答えしなさい、トマス――怖がらなくていいから」

トムはまだぐずぐずしている。

「私になら言ってくれるわよね」とご婦人が言った。「最初の二人の使徒の名は――」

「ダビデとゴリアテ！」

続く情景には、憐《あわ》れみのカーテンを下ろしてやることとしよう。

## 第五章　有能な牧師――教会で――クライマックス

十時半ごろ、小さな教会の、ひびの入った鐘が鳴り出し、間もなく朝の説教を聞きに村人が集まってきた。日曜学校に来ていた子供たちはめいめい散らばり、両親の監督下《かんとくか》に置かれるべく一緒に会衆席に着いた。ポリー伯母さんもやって来て、トム、シド、メアリと並んで座った。開いた窓、誘惑《ゆうわく》的な外の情景から可能なかぎり遠ざけるべく、トムは通路側に座らされた。人びとが通路を満たしていった。かつては羽振《はぶ》りもよかった、いまは老いて生活も苦しい郵便局長。村長とその妻――ほかのさまざまな不要なものに加えて、この村には村長もいたのである。治安判事。ダグラス未亡人――美しく小粋《こいき》な四十歳の、気前よく思いやりもあるこの裕福な未亡人は、セントピーターズバーグで唯一《ゆいいつ》豪邸と呼びうる屋敷に住み、村で祝い事があるときは誰より篤《あつ》く、贅《ぜい》を凝《こ》らして客をもてなしていた。腰も曲がった長老のウォード少佐とその夫人。遠方からやって来た新参《しんざん》の名士リヴァソン弁護士。次に、村一番の美女が、寒冷紗《ローン》に身を包みリボンで着飾った若くつれない娘たちを従えてやって来る。続いて一団となって登場する村の勤め人たちは、ステッキの先をくわえんばかりの姿勢で入口広間《ひろま》に立ち、髪にはべたべた油を塗り顔にはにたにた笑いを浮かべ、女性を崇《あが》める者同士、丸く壁を形成しているものだから、娘たちは皆そのあいだをくぐり抜けねばならなかった。そして一番最後に、模範中の模範ウィリー・マファソンが、母親のことを、母があたかもカットグラスで出来ているかのように細心《さいしん》にいたわりつつ教会内に入ってきた。いつも必ず母を教会に連れてくるウィリーは、村じゅうのご婦人の誇りであった。何しろ根っからのいい子だったし、皆何かと言えば「ウィリーを見習いなさい」と諌《いさ》められていたので、男の子たちは誰もが彼を憎んでいた。ウィリーの白いハンカチが、尻《しり》のポケットから——日曜日はいつもそうだった——偶然を装《よそお》って垂れていた。ハンカチなど持っていないトムは、持っている子たちを性根《しょうね》の腐った奴《やつ》らと見なしていた。

信徒たちも揃《そろ》い、遅れた者、はぐれた者に警告すべく鐘がもう一度鳴ると、教会全体に厳《おごそ》かな静寂が広がり、それを乱すものといえば、二階の回廊《かいろう》に陣取った聖歌隊《せいかたい》の子供たちのクスクス笑いやヒソヒソ話のみであった。聖歌隊はいつも、礼拝の最中ずっとクスクスヒソヒソやっていた。かつてはきちんとしつけられた教会聖歌隊というものも存在したのだが、それがどこのことであったか、筆者《ひっしゃ》はもう忘れてしまった。ずっと昔の話であり、ほとんど何も思い出せないが、たしかどこかよその国のことであったと思う。

牧師が今日取り上げる賛美歌の番号を伝え、気持ちよさげに、この地方では非常に好まれている独特の読み方で読誦《どくしょう》した。声が真ん中あたりの高さで始まり、じわじわ上がっていって、ある点に達すると、一番高い言葉にひときわ力を入れてから、飛び板から飛び込むかのごとく一気に下降する——

我一人　安楽《あんらく》の花床《はなどこ》に乗りて　空へ運ばるるべきか、
皆が褒美《ほうび》を勝ち得んと奮闘し　血の荒海《あらうみ》に船を進めているのに？

牧師はすぐれた読み手として通っていた。教会の親睦会《しんぼくかい》でも、いつも詩の朗読を求められた。読み終えるとご婦人方は両手を上げ、また力なく膝《ひざ》に落とし、「言葉では言い表わせませんわ。あまりに美しいから、この俗なる現世《げんせ》にはあまりに美しすぎるから」と言わんばかりに目を瞬《しばたた》かせ、首を横に振るのだった。

賛美歌が済むと、スプレーグ牧師が自らを掲示板に変身させ、集会やら会合やらの告知《こくち》を読み上げていき、それが延々《えんえん》、最後の審判まで続くかと思われた。今日《こんにち》、新聞もふんだんにあるというのに、アメリカ中、大都市においてすらこの奇妙な風習は生き残っている。伝統的な習慣というものは、しばしばその正当性がなければないほど廃《はい》するのが難しかったりするものである。

それから、牧師が祈った。それは善良な、気前のよい祈りであり、さまざまな細部にまで踏み込んでいた。牧師は教会のために祈り、教会に属す幼い子らのために祈った。村のほかの教会のために祈り、村そのもののために祈り、郡のため、州のため、州の役人のために祈り、合衆国のため、合衆国じゅうの教会のために祈り、合衆国議会のため、大統領のため、政府の役人のために祈り、荒海に揺られる気の毒な船乗りたちのために祈り、欧州の君主《くんしゅ》と東洋の暴君《ぼうくん》の圧政《あっせい》に喘《あえ》ぐ数百万の抑圧《よくあつ》された民《たみ》のために祈り、光を得て福音《ふくいん》を受けているのにそれを見る目を持たず聞く耳も持たぬ者たちのために祈り、海の彼方《かなた》の遠い島々に住む異教徒《きょうと》のために祈り、締めくくりに、今後わが言葉が恩寵《おんちょう》と加護《かご》を得て豊饒《ほうじょう》なる土に種子《しゅし》のごとく播《ま》かれ、やがては感謝に満ちた善の実りをもたらしますように、と祈った。アーメン。

衣擦《きぬず》れの音がして、起立した会衆は腰を下ろした。本書の主人公たる少年は、この祈りを少しも楽しまず、耐えたのみだった——というか、耐えたかどうかも実は怪しいものである。始めから終わりまで、少年はずっと落着かなかった。彼は我知らず、祈りの細部を逐一《ちくいち》、脳裡《のうり》に記録していた。気を入れて聞いていた訳《わけ》ではないが、それはさんざん見知ったひとつの場であり、そこを通っていく牧師のいつもの道順も知りつくしていたから、ちょっとした新たな素材が混ぜられたりしたとたんに耳が反応し、体全体がそれに憤《いきどお》った。付加は不当であり、阿漕《あこぎ》であるようにトムには思えたのである。祈りの真っ最中、蠅《はえ》が一匹、トムの前の長椅子《ながいす》の背に止まって、前脚を静かにこすり合わせることで彼の心を苛《さいな》んだ。蠅が両脚で頭を抱え、ごしごし力一杯磨いている姿を見ていると、いまにも頭が胴から捥《も》げてしまうかと思え、糸のように細い首が露《あら》わになった。はたまた後ろ脚で羽《はね》を擦《こす》り、羽が夜会服の後ろ裾《うしずそ》か何かであるみたいに体に撫《な》でつける。こうした身づくろいを蠅は、我が身の完璧《かんぺき》に安全たることを知っているかのように落着き払って行なった。実際、彼は安全であった。トムの手は彼に摑《つか》みかかりたくてうずうずしていたが、お祈りの最中にそんなことをしたらたちまち魂が滅ぼされるものと信じていたので、さすがにその度胸はなかった。が、最後の一文が口にされるとともに、トムの手はじわじわ弧《こ》を描き、そろりそろりと進んでいった。「アーメン」が発せられると同時に蠅は捕虜《ほりょ》となった。伯母さんがその行為を見咎《みとが》め、釈放《しゃくほう》を命じた。

牧師が聖書の一節を読み上げ、単調で散漫《さんまん》な講釈《こうしゃく》がえんえん続くと、そのあまりの長らしさに人びとは一人また一人舟を漕《こ》ぎはじめた。とはいえその内容は、永遠の炎と硫黄《いおう》について語り、選ばれた者たちの数をきわめて少数に、ほとんど救う手間をかけるだけ無駄というほど少数に絞《しぼ》った過激なものであった。トムは説教の原稿のページ数を数えた。いつも説教が終わった時点で、それが何ページあったかをトムはかならず把握《はあく》していたが、中身についてはほとんど何も把握していなかった。けれども今回は、少しのあいだ本気で興味をそそられた。千年王国が訪れ、世界中の者たちが一堂に会して、ライオンと仔羊《こひつじ》がともに横わり、幼子《おさなご》がそれらを導くさまを、牧師が壮麗《そうれい》に、感動的に描き出してみせたのである。だが壮大な情景に込められた想念も教訓も寓意《ぐうい》も、トムには馬の耳に念仏《ねんぶつ》であった。見守る世界中の人びとの前で、晴れの舞台に立つ人物がいかに華々しく目立つか、それしか彼の頭にはなかった。それを思って顔は輝き、自分がその幼子になれたらと――まあただライオンは大人しくないと困るが――願った。

味気《あじけ》ない講釈が再開され、トムはふたたび苦悩に沈んでいった。間もなく、持ってきた宝物のことをふと思い出し、それを取り出した。大きな体、堂々たる顎《あご》の黒いクワガタムシ、トム言うところの「嚙《か》みつき虫」である。これが雷管箱《らいかんばこ》に入れてあった。箱を開けると、クワガタはまずトムの指に嚙みついた。とっさにトムは虫を弾《はじ》き飛ばし、クワガタは通路に落ちて、仰向けに倒れてばたばた足搔《あが》いた。少年は嚙まれた指を口の中に入れた。クワガタは体を元に戻すこともできず、転がったまま脚をばたばたさせていた。トムは虫を取り戻したかったが、とうてい手が届かなかった。説教に退屈したほかの人たちもクワガタに気晴らしを見出《みいだ》し、やはり見物《けんぶつ》を始めた。やがてプードル犬が一匹、ふらふら浮かぬ様子で迷い込んできた。夏の閑《のど》かさ、静けさに犬は倦怠《けんたい》を覚え、囚《とら》われの身を憂《うれ》い、変化を希《こいねが》って溜息《ためいき》をついた。と、クワガタが犬の目に留まった。垂れた尻尾《しっぽ》がぴんと持ち上がり、左右に動いた。犬は獲物《えもの》を眺めわたし、その周りを回って、安全な距離から匂《にお》いを嗅《か》いだ。ふたたび周りを回って、思いきってもっと近くから嗅いだ。それから唇を持ち上げ、そうっと摑《つか》みかかったが、あと少しのところで捕らえそこなった。もう一度試み、さらにもう一度試みた。犬はこの気晴らしを楽しみはじめていた。腹を床にくっつけ、クワガタの左右に前肢《まえあし》を置いて、実験を継続した。だがいつしかそれにも飽きて、興味をなくしてぼんやりしはじめた。頭がうとうとと上下に揺れ、顎が少しずつ下がっていって、敵に触《さわ》り、敵はそれを摑んだ。キャインと甲高い吠《ほ》え声が上がり、プードルの頭がパッと動いて、クワガタは二メートルばかり向こうに放り投げられ、ふたたび仰向けに倒れ込んだ。そばの見物人たちはみな心中ひそかに楽しんで身を震わせ、いくつかの顔が扇《おうぎ》やハンカチの陰に隠れた。トムは愉快で仕方なかった。犬は間の抜けた顔をしていたし、たぶん自分でもそう感じていただろう。が、心には恨《うら》みの念が、復讐《ふくしゅう》への渇望《かつぼう》があった。そこで犬はクワガタに接近して、用心深い攻撃を再開した。

グルグル円を描き、その円周のあらゆる地点から飛びかかり、相手から二、三センチのところに前肢をついて、歯でさらに至近《しきん》距離の攻めを展開し、耳がまたぱたぱた揺れるほど激しく頭を動かした。だがしばらくするとふたたび飽きてしまい、蝿を相手に気を晴らそうとしたが、上手《うま》く行かず、床に鼻をくっつけて蟻《あり》を追いかけそれにもまたすぐ興味を失った。欠伸《あくび》をし、溜息をついて、クワガタのことをすっかり忘れ、その上に座ってしまった！　激しい苦悶《くもん》の声が上がり、プードルは通路を一直線に飛んでいった。吠え声は続き、犬は走りつづけた。祭壇の前を横切って、もう一方の通路を駆け抜け、もろもろのドアの前を通過し、ホームストレッチを駆け上がっていった。前進するにつれて苦悩はますます嵩《こう》じ、やがて彼は、光の煌《きら》めきと速度をもって軌道《きどう》を回る毛だらけの彗星《すいせい》と化していた。とうとう、狂おしく苦悩せる者はその軌道から外れ、飼い主の膝の上に飛び乗った。飼い主は犬を窓の外に放り投げ、悲痛な声は次第に遠ざかっていき、やがて聞こえなくなった。

このころにはもう、教会じゅうの人びとが、笑いをこらえて顔を真っ赤にし、息を詰まらせていた。説教もついさっきから中断していた。じきに話は再開されたが、もはやそこには勢いも流れもなく、聞き手を圧倒する望みはすっかり失われていた。何しろどれほど荘厳《そうごん》な想念を口にしたところで、必死に押し殺した、神聖さとは無縁の笑いがそれを迎えるのだ。哀れ牧師が、ものすごく滑稽《こっけい》なことでも言ったかのように、後方の人びとは前の席の背に顔を埋《うず》めた。試練がついに終わり、祝禱《しゅくとう》の言葉が口にされると、それは会衆全員にとって掛け値なしの救いであった。

トム・ソーヤーは晴ればれした気分で、それなりの目新しさが加われば礼拝も悪くないなと思いつつ家路についた。だがひとつだけ、いい気分に水を差していたことがあった。あの犬が噛みつき虫で遊ぶのは構わないけれど、持っていってしまうのはずるいではないか。

## 第六章　自省――歯科医術――午前零時の呪文――魔女と悪魔――慎重な接近――幸福なる数時間

月曜の朝、トム・ソーヤーは憂鬱《ゆううつ》であった。月曜の朝はいつもそうだった。また一週間、学校での緩慢《かんまん》な苦しみが始まるのだ。その日は概してまず、週末の休みなどなければよかったのに、なまじ休みがあったせいで捕囚《ほしゅう》と束縛《そくばく》がいっそう忌《い》まわしいものになってしまう、と思うのだった。

トムは横になったまま考えた。間もなく、病気だったらいいのにという思いが浮かんだ。そうすれば学校へ行かずに済む。漠《ばく》とした思いつきだが、望みはある。彼は体じゅうを仔細《しさい》に点検してみた。何の病《やまい》も見つからず、もう一度調べてみた。今回は疝痛《せんつう》の徴候《ちょうこう》が看《み》てとれたように思えて、かなりの期待を込めて徴候を応援した。だがそれもじき弱まっていき、間もなくすっかり消えてしまった。トムはさらに考えた。突然、あることを発見した。上の前歯が一本、グラグラになっているのだ。これはツイている。まず、トム本人言うところの

「景気づけ」にうなり声を上げてみたが、この一件を法廷に持ち込んだらきっと伯母さんに歯を抜かれるだろう、そしてそれは痛いだろうと思いあたった。そこで歯は当面取っておいて、ほかを当たってみることにした。しばらくのあいだ何も思いつかなかったが、やがて、ある患者が何かの病気で二、三週間寝込んで指を一本失いかけた話を医者がしていたのを思い出した。腫《は》れた足指をトムはいそいそとシーツから出し、かざして吟味してみた。だが今度はどういう徴候が必要かが分からない。とはいえ試してみる価値は十分ある気がしたので、まずは相当に気合いを入れて呻《うめ》き声を上げてみた。

けれどシドは何も気づかず、すやすや眠ったままだった。

さらに大きく唸《うな》ると、足指が痛くなってきたように思えた。

シドからは反応なし。

懸命に力を込めたせいで、息が切れてきた。トムは一休みしてからまたぐっと身を膨《ふく》らませ、見事な呻き声をいくつも続けざまに繰り出した。

シドはなおも鼾《いびき》をかいている。

トムはだんだん苛々《いらいら》してきた。「シド、シド!」と言って弟の体を揺さぶった。これが功《こう》を奏《そう》しシドが目を覚ましかけたので、トムはふたたび呻き出した。シドは欠伸《あくび》をし、伸びをしてから、鼻を鳴らし片肱《かたひじ》をついて、トムの方をまじまじと見た。トムはなおも呻いた。シドは言った――

「トム! ねえ、トム!」〔反応なし。〕「ねえったら、トム、トム! どうしたのさ?」。シドは彼の体を揺さぶって、心配そうに顔を覗《のぞ》き込んだ。

トムは呻き声を漏らす——

「やめてくれシド、揺らさないでくれ」

「何なの、どうしたのトム？　伯母さんを呼ばなくちゃ」

「いや——いいんだよ。じき退《ひ》くからさ、たぶん。誰も呼ぶなよ」

「だって呼ばなきゃ！　そんなに呻かないでよ、トム、すごく苦しそうだよ。いつからそんなだったの？」

「何時間も前から。いてて！　そんなに動かすなよシド、死んじゃうよ」

「トム、どうしてもっと早く起こさなかったのさ？　ねえトム、やめてよ！　その声聞いてると鳥肌《とりはだ》が立つよ。トム、いったいどうしたのさ？」

「お前のすべてを許すよ、シド〔呻き声〕。お前が俺にしたすべてのことを。俺がいなくなったら——」

「ああトム、まさか死なないよね？　やめてよトム——ああ、やめて。もしかして——」

「俺はみんなを許すよ、シド〔呻き声〕。みんなにそう伝えてくれ。そしてシド、俺の窓枠と、片目の猫を、こないだ引越《ひっこ》してきたあの女の子にあげてくれ、そして伝えてく——」

だがシドはもう服をひっ摑んで行ってしまっていた。トムはいまや本当に苦しんでいた。想像力はかくも見事に働き、呻き声は実に真《しん》に迫った響きを帯びていた。

シドは階段を駆け下りて、言った——

「ねえ来てよポリー伯母さん！　トムが死にそうなの！」

「死にそう！」

「そうなの。ぐずぐずしないで――早く！」

「馬鹿《ばか》なこと言うんじゃないよ！　そんなの信じないよ！」

だがそれでも伯母さんは、シドとメアリを従えて階段を駆け上がった。そして伯母さんの顔も蒼白《そうはく》となり、唇は震え上がった。枕許《まくらもと》に達すると、伯母さんは喘《あえ》ぎあえぎ言った――

「トム！　ねえトム、どうしたんだい？」

「ああ伯母さん、僕――」

「どうしたんだい――いったいどうしたの、お前？」

「ああ伯母さん、僕、足の指が壊疽《えそ》になっちゃった！」

伯母さんは椅子《いす》に座り込んで少し笑い、それから少し泣き、最後に両方を一緒にやった。これで元気を取り戻して、伯母さんは言った――

「トム、ほんとに肝《きも》が潰《つぶ》れると思ったよ。さ、馬鹿なこと言うのはやめて、さっさと寝床から降りといで」

呻き声が止《や》み、痛みが足指から消えた。トムは間の抜けた思いに襲われた。そして彼は言った――

「ポリー伯母さん、ほんとに壊疽になった気がしたんだよ、ものすごく痛くて、歯のことすっかり忘れちゃったくらいだったんだよ」

「歯だって！　歯がどうしたんだい？」

「一本グラグラで、すごく痛いの」

「さあさあ、また唸ったりしちゃいけないよ。口、開けてごらん。ふむ——ほんとにグラグラしてるけど、そんなことで死にゃしないよ。メアリ、絹糸を持っといで。あと台所から、燃えてる石炭も一かけ」

トムは言った——

「ねえお願い伯母さん、抜くのは勘弁《かんべん》してよ。もう痛くないからさ。また痛くなっても、もう騒がないから。お願い、伯母さん。学校休みたいなんて言わないから」

「おや、そういう訳《わけ》かい。要するにさんざん騒いだのは、学校休んで釣りに行けると思ったからかい？　トム、トム、あたしゃお前のこと大好きなのに、お前ときたら、ありとあらゆる悪さやって、この老いぼれの心を引き裂こうってんだね」

このころにはもう歯科《しか》治療《ちりょう》の道具が揃《そろ》っていた。伯母さんは絹糸の一端をトムの歯に巻きつけ、もう一方をベッドの支柱に縛りつけた。それから、熱い石炭をいきなり、トムの顔にほとんどくっつけんばかりに突き出した。次の瞬間、歯はベッドの支柱からぶら下がっていた。

だがこうした試練にも酬《むく》いはある。朝食を終えたトムが学校に向かうと、彼はいまや出会う男の子みんなの羨望《せんぼう》の的《まと》であった。上の歯に隙間《すきま》が出来たおかげで、新しい、華やかなやり方で唾《つば》が吐けるようになったのである。この芸に惹《ひ》かれた大勢《おおぜい》の男子の追随《ついずい》を彼は獲得した。昨日まで、指を切って注目の的となり皆の敬意を一身に集めていた子は、突如信奉者《しんぽうしゃ》も消え、その栄光は見る影もなく失《う》せた。心も重く、感じてもいない侮蔑《ぶべつ》を装《よそお》って、トム・ソーヤーみたいに唾吐くくらい何でもないさと嘯《うそぶ》いてみたものの、誰かに「負け惜しみ！」と言われ、名声も失墜《しっつい》した身で去っていった。

間もなくトムは、村の除《の》け者ハックルベリー・フィンに出会った。村一番の酒飲みの息子ハックルベリーは、村じゅうの母親から心底嫌われ、恐れられていた。何しろ怠《なま》け者で、無《む》法者《ほうもの》で、品《ひん》のない不良ときている。しかも子供たちはみなハックルベリーを崇《あが》めて、つき合ってはは駄目と言われているのに彼と過ごすのが楽しくて仕方なく、自分もハックみたいになれたらと願っていた。その華々しい浮浪者《ふろうもの》の身を羨《うらや》む点ではトムもほかのきちんとした子たちと変わらず、あの子と遊んではいけないときつく言い渡されている点も同じだった。だからこそトムは、機会あるごとにハックルベリーと遊んだ。ハックルベリーはいつも着古《きふる》した大人の服を着ていて、その服は襤褸《ぼろ》があちこちから垂れて、言わば一年じゅう花開いていた。帽子は鍔《つば》から大きな三日月が欠け落ち、全体が一個の巨大な残骸《ざんがい》であった。上着は着ていないことも多いが、着ているときは裾《すそ》が踵《かかと》近くまで垂れ、背中のボタンも背中よりはるか下にあった。ズボンを支えるサスペンダーは片方のみで、ズボンの尻《しり》はだらんと垂れて中は空《くう》洞《どう》だった。擦《す》れて房べりの出来た裾は、折り返していないと土を引きずった。

ハックルベリーは気の向くまま、そこら中を行き来していた。天気がよければそのへんの家の軒先《のきさき》で眠り、雨が降れば空《から》の大樽《おおだる》に入って寝た。学校にも教会にも行かなくてよかったし、誰を先生と呼ぶ必要も誰に従う義務もなかった。いつでもどこでも好きなときに釣りに行ったり泳ぎに行ったりし、好きなだけそこに留《とど》まっていた。誰にも喧嘩《けんか》を禁じられず、いくらでも夜更《よふ》かししていられたし、春になればいつも真っ先に裸足《はだし》になり、秋が来て革《かわ》を足にまとうのは一番最後だった。顔を洗ったり、清潔な服を着たりもしなくていいし、汚い言葉も自在に使ってのける。要するに、人生を貴《とうと》いものにしてくれる何もかもを、この少年は持っている。——と、セントピーターズバーグに住むすべての、親にうるさく言われ、自由を奪われた、きちんとした男の子たちは思っていた。

トムはこの浪漫《ろうまん》的浮浪者を呼びとめた——

「やあハックルベリー！」

「よう、これどうだい」

「何持ってんだ？」

「猫の死骸」

「見せてくれよ、ハック。わ、ずいぶん硬くなってるな。どこで見つけた？」

「そのへんにいた子から買った」

「何と引替えに？」

「青い札《ふだ》一枚と、畜場で拾った胆嚢《たんのう》」

「青い札はどこで手に入れた？」

「二週間前にベン・ロジャーズ相手に、輪回しの棒と取っ替えた」

「ハック、猫の死骸って何の役に立つんだ？」

「役に立つ？ 疣《いぼ》治してくれるのさ」

「まさか！ そうなのかい？ それなら俺、もっといいの知ってるよ」

「そんなのあるもんか。何なんだ？」

「朽木水《スパンク＝ウォーター》［腐った切株にたまった水］」

「朽木水！ そんなの屁《へ》とも思わねえな」

「そうかい？ やってみたことある？」

「ねえよ。でもボブ・タナーがやってみた」

「誰から聞いた？」

「ボブがジェフ・サッチャーに話して、ジェフがジョニー・ベイカーに話して、ジョニーがジム・ホリスに話して、ジムがベン・ロジャーズに話して、ベンが黒《ニガー》に話して、黒が俺に話した。ていうわけさ」

「そんなのどうした？ みんな嘘《うそ》つきじゃないか。少なくとも黒以外はさ。それにその黒は知らないけど、嘘つかない黒なんて見たことないぜ！ で、ボブ・タナーはどうやったわけ？ 教えてくれよ、ハック」

「腐った切株《きりかぶ》の、雨水が溜《た》まったとこに手を浸《ひた》したのさ」

「昼間に？」

「もちろん」

「切株に顔くっつけて？」

「うん。じゃないかな」

「何か言った？」

「言わなかったんじゃないかな。よく知らない」

「なぁんだ！　朽木水で疣治すのにそんなやり方じゃね！　それじゃ全然効かないぜ。たった一人で、森の奥の、朽木水が溜まった切株があると分かってるところに行って、午前零時ちょうどに、切株に背中くっつけて、手をつっ込んでこう言うのさ——

『大麦の粒《バーリー＝コーン》、大麦の粒《バーリー＝コーン》、米蕃菓子《インジャン＝ミール・ショーツ》、
朽木水《スパンク＝ウォーター》、朽木水《スパンク＝ウォーター》、この疣呑み込んどくれ《スワラー・ディーズ・ウォーツ》』

こう唱えたらすぐ、目を閉じてそこから十一歩歩《ある》いて、三べん回って、誰とも口を利《き》かずに帰るんだ。利いたら魔法は解《と》けちまう」

「うん、そのやり方よさそうだな。だけどボブ・タナーはそうやらなかった」

「ああ、きっとそうだよ。だってあいつ、村じゅうで誰よりたくさん疣あるもの。朽木水のやり方ちゃんと分かってたら、いまごろひとつもなくなってるのに。俺、このやり方で手の疣、数えきれないくらい取ったよ。しょっちゅう蛙《かえる》と遊んでるから、疣がいっぱい出来ちゃうんだ。インゲンで取ることもあるよ」

「うん、インゲンはいい。俺もやったことある」

「そうかい？　どうやる？」

「莢《さや》を二つに割いて、疣をちょっと切って血を出して、血を片っぽの莢に垂らして、月のない真夜中に十字路に行って、穴を掘ってそいつを埋める。それからもう一方の莢に火を点《つ》けて燃やす。すると、血のついた方がじわじわじわじわじわ、もう一方を引き寄せる。それで血が一緒に疣も引き寄せて、じきにポロッと取れるのさ」

「うん、そうだよ、ハック——そのやり方だよ。でも埋めるときに『埋もれろインゲン、外れろ疣、金輪際《こんりんざい》来るなよ！』って言うともっと効くんだよ。ジョー・ハーパーはそうやってる。あいつコンスタンティノープルの近くとか方々《ほうぼう》行ったことあるから物知りなんだ。でさ、猫の死骸でどう治すわけ？」

「誰か悪い奴《やつ》が埋葬《まいそう》されたときに、真夜中に猫持って墓地に行くんだ。午前零時になったら悪魔が一人やって来る。二人、三人のこともあるけどとにかく姿は見えなくて、風みたいな音がするだけだったり話し声が聞こえたりする。で、そいつらが悪い奴を連れてくときに、猫を後ろから投げつけて、『悪魔は死体と行け、猫は悪魔と行け、疣は猫と行け、おいら手ぇ切った！』って言うんだ。これでどんな疣だって治るよ」

「よさそうだね。試したことあるのかい、ハック？」

「いいや、でもホプキンズ婆《ばあ》さんから聞いた」

「じゃあきっと効くんだろうな。あの婆さん、魔女だって噂《うわさ》だから」

「噂！　あのなトム、俺は知ってるんだよ、あの人はほんとに魔女さ。俺の親父《おやじ》にも魔法かけたんだ。親父がそう言ってる。ある日親父がのこのこ出かけてったら、あの婆さんがこっちに魔法かけてるとこが見えたんで、石を投げつけたんだ。婆さんが避《よ》けなかったらきっと命中してたって。で、その晩、親父は酔っ払って寝てる最中《さいちゅう》に納屋《なや》の上から落ちて腕の骨折《お》った」

「そりゃひどいねえ。親父さん、どうして婆さんが魔法かけてるって分かったのかな」

「親父はすぐ分かるんだよ、そういうこと。ああいう婆さんがこっちをじいっと見てたら、魔法をかけてるんだって。それで、何かブツブツ言ってたりしたらもう間違いない。ブツブツ言ってるのは、主《しゅ》の祈りを逆《さか》さに唱えてるんだ」

「なあハック、その猫いつ使う気だ？」

「今夜さ。今夜悪魔たちが、ホス・ウィリアムズ爺《じい》さんを連れにくるだろうから」

「でも埋葬は土曜日だったじゃないか。土曜の夜に連れてったんじゃないの？」

「何言ってんだ！　午前零時までは魔法が効かないんだぜ、で、零時過ぎたらもう日曜だろ？　悪魔は日曜にうろうろしたりしねえと思うぜ」

「そいつは考えなかったな。そうだよなあ。なあ、俺も行っていい？」

「いいともさ——怖《こわ》くないんなら」

「怖い？　そんなことないって。うちに来て、ニャオーって鳴いてくれるか？」

「ああ。お前も来《こ》れそうだったらニャオーって鳴けよ。こないだ、お前が出てこないもんだからいつまでもニャオニャオ鳴いて、ヘイズ爺さんに『うるさい猫だ！』って石投げつけられたから、爺さんの家《うち》の窓に煉瓦《れんが》投げ込んでやったよ――これ誰にも言うなよ」

「言わないよ。あの晩は伯母さんに見張られてたから鳴けなかったけど、今夜はちゃんと鳴く。なあハック、それ何だい？」

「ただのダニだよ」

「どこで捕《つか》まえた？」

「森の中」

「何と取っ替えてくれる？」

「さあなあ。売る気はないよ」

「分かったよ。どっちみちすごく小さいダニだし」

「他人《ひと》のダニはいくらでも貶《けな》せるよな。俺はこれで満足してるんだ。このダニで俺は十分だよ」

「ふん、ダニなんてどっさりいるからな。俺だってその気になりゃいくらでも捕まえられるさ」

「じゃあ何で捕まえない？　できないって分かってるからだろ。こいつはまだは、し、り、のダニだよ。今年初めて見たよ」

「なあハック――代わりに俺の歯やるよ」

「見せてみろよ」

トムは紙包みを取り出して、丁寧《ていねい》に開いた。ハックルベリーはさも欲しそうに眺めた。誘《ゆう》惑《わく》はこの上なく大きかった。とうとう彼は言った——

「それ、ホンモノか？」

トムは唇をめくり上げ、隙間《すきま》を見せた。

「よし、決めた」とハックルベリーは言った。「取っ替えよう」

このあいだまで嚙《か》みつき虫の牢獄《ろうごく》だった雷管箱《らいかんばこ》にトムがダニをしまい、少年二人は、どちらも自分がより裕福になったと感じつつそれぞれの道を歩んでいった。

小さな、野原にぽつんと建った木造の校舎に着くと、トムはきびきびと、きちんと早く来た者の足取りで中に入っていった。掛け釘《くぎ》に帽子を掛けて、どさっと勢いよく席に着いた。大きな、座部が籐《とう》の肱《ひじ》掛《か》け椅子《いす》に堂々鎮座《ちんざ》した先生は、学習のざわめきに眠気《ねむけ》を誘われてうとうと居眠りしていたが、トムの立てた音に邪魔されて目を覚ました——

「トマス・ソーヤー！」

正式の名前を言われるのは、悪い徴候《ちょうこう》である。

「はい先生！」

「こっちへ来なさい。君はなぜ、今日もまた遅刻したのかね？」

嘘をついて言い逃《のが》れようと思ったが、と、長い黄色のお下げ髪が背中に垂れている姿が見え、電気のごとき愛の共感作用《きょうかんさよう》によって、トムはその持ち主を認識した。しかもその姿の隣には、女の子の列で唯一空いた席がある。トムは迷わず言った——

「ハックルベリー・フィンと立ち話してました！」

先生の鼓動《こどう》が停止し、目は呆然《ぼうぜん》と見開かれた。学習のざわめきが止《や》んだ。この向こう見ずの少年は正気を失ったのか、と生徒たちは訝《いぶか》った。先生は言った——

「な——なにをしたと？」

「ハックルベリー・フィンと立ち話してました」

もはや聞き違いではありえない。

「トマス・ソーヤー、こんなに呆《あき》れた告白は初めてだぞ。この悪さは、木べらで叩《たた》くだけでは済まん。上着を脱ぎたまえ」

先生の腕が疲れて、鞭《むち》の効き目が見るからに薄れるまで鞭打ちは行なわれた。それから命令が続いた——

「さあ、罰《ばっ》として女の子の席に座りたまえ！　せいぜい反省することだ」

教室をさざ波のごとく走った忍び笑いに、少年は恥じ入ったように見えたが、実はそれは、未《いま》だ知らぬ崇拝《すうはい》の対象への畏敬《いけい》の念と、己《おのれ》の大いなる幸運への恐ろしいほどの歓喜の結果であった。松材《まつざい》の長椅子の端にトムが腰かけると、女の子はつんと顔をそらして彼から離れた。肱《ひじ》のつっつき合い、目配《めくば》せ、ヒソヒソ声が教室中を行き交ったが、トムはじっと動かず座り、横長の低い机に両腕を載せて教科書に没頭《ぼっとう》しているように見えた。やがて皆の関心も彼から離れて、いつもの学習のざわめきが、沈滞《ちんたい》した空気に再度降り立った。間もなく少年は、少女の方をチラチラ盗み見しはじめた。少女はそれを看《み》てとり、彼に向かってふんと口を歪《ゆが》めてみせ、しばらくはそっぽを向いたままだった。やがてそうっと向き直ってみると、目の前に桃《もも》が一個置かれていた。彼女はそれを突っ返した。トムはそっと押し戻した。彼女はふたたび突っ返したが、さっきほど反感はこもっていなかった。トムは根気よくそれを元の位置に戻した。今回は彼女も突っ返さなかった。トムは自分の学習板《がくしゅうばん》に、「うけとってよ――まだあるから」と書いた。少女はその言葉をちらっと見たが、何の素振《そぶ》りも示さなかった。すると少年は次に、学習板に何やら絵を、左手で隠しながら描《か》きはじめた。しばらくのあいだ少女は知らんぷりをしていたが、やがて好奇心がじわじわ首をもたげてきて、ごく小さな素振りにそれが現われた。少年はなおも、何も知らぬ気《げ》に描きつづける。少女はさりげなく見ようとしたが、それに気づいている気配を少年は見せなかった。とうとう少女は降参《こうさん》し、思いきって囁《ささや》いた――

「ねえ、見せてよ」

トムは手をずらして、両端に妻壁《つまかべ》のある、煙突《えんとつ》からコルク抜きみたいな煙の出ている家のパッとしない戯画《ぎが》の一部を晒《さら》した。少女の関心は絵にすっかり釘づけになり、ほかのことはいっさい忘れてしまった。トムが描き終わると、しばらくじっと眺めてから、少女はこう囁いた――

「よく描けてるわ――男の人を描いて」

芸術家は庭に、起重機《きじゅうき》のような男性を一人立たせた。家をまたいで越えられそうな巨人だったが、少女はうるさいことも言わず、その怪物に満足して、ふたたび囁いた――

芸術家トム

「立派な人ね――今度はあたしが来るとこを描いて」

トムは砂時計に満月を載せて藁《わら》の手足を加え、広がった指にとてつもなく大きな扇を持たせた。少女は言った――

「すごくいいわね――あたしも絵が描けたらなあ」

「簡単だよ」とトムは囁いた。「教えてあげる」

「ほんと？　いつ？」

「昼休み。君、お昼食べにうちへ帰る？」

「あんたが帰らないならあたしも帰らない」

「よし、決まり。君、名前は？」

「ベッキー・サッチャー。あんたは？　そうだ、知ってるわ。トマス・ソーヤーね」

「それは撲《ぶ》たれるときの名前さ。いい子のときは、トム。僕のこと、トムって呼んでくれる？」

「いいわよ」

トムは学習板に、少女から隠しながら何か言葉を書きはじめた。今度は少女も臆《おく》さなかった。見せてよ、と彼女はせがんだ。トムは言った――

「いいや、何でもないよ」

「何でもあるわよ」

「何でもないって。見ても仕方ないよ」

「仕方あるわよ、見たいのよ。ねえ、見せてよ」

「言いつける気だろ」

「言いつけない。嘘《うそ》ついたら針千本《はりせんぼん》飲ませていいから」

「絶対誰にも言わない？　死ぬまで絶対言わない？」

「うん、絶対誰にも言わない。さあ、見せてよ」

「いや、見たって仕方ないって！」

「何よ、そんなに言うんだったら、無理矢理《むりやり》見るわよ」。そして少女は小さな手をトムの手に重ね、小競《こぜ》りあいが生じ、トムは本気で抵抗するそぶりを見せたが実は少しずつ手をずらしていき、やがてこの言葉が現われた――"I love you."

「まあ、悪い子ねえ！」。そして少女はトムの手をぴしゃっと叩いたが、それでも顔は赤らみ、満更《まんざら》でもなさそうだった。

ちょうどそのとき、少年は己の耳がゆっくり凶々《まがまが》しく摑《つか》まれ、体がぐいぐい否応《いやおう》なしに持ち上げられるのを感じた。かようにがっちり捕まったまま教室の向こうまで引っぱっていかれて、教室中のクスクス笑いを浴びながら自分の席に引き戻された。先生は彼の前に束《つか》の間《ま》恐ろしい姿で立ちはだかり、それからやっと、何も言わずに玉座《ぎょくざ》へ戻っていった。けれど、耳はヒリヒリ痛んでも、トムの心は歓喜に包まれていた。

教室の中が静まるとともにトムも勉強しようと本気で頑張ったが、胸の内の騒乱《そうらん》はあまりに大きかった。朗読の授業で順番が回ってきたが、てんで駄目だったし、地理の授業では湖を山に変え山を川に変え、川を大陸に変えてしまい、ついには全《まった》き混沌《こんとん》が訪れた。そして綴《つづ》りのクラスでも、簡単な単語を立て続けにしくじってどんどん順位を下げていき、ついには最下位まで落ちてしまい、何か月ものあいだ得意満面《とくいまんめん》身に着けていた錫合金《ピューター》のメダルを明け渡す破目《はめ》になった。

## 第七章　条約締結——朝のレッスン——ある過ち

教科書に集中しようとすればするほど、思いは彷徨《さまよ》い出ていった。とうとう、溜息《ためいき》と欠伸《あくび》とともに、トムは努力を放棄した。昼休みは永遠に来ない気がした。空気は完全に死んでいた。そよとの風もない。こんなに眠たい日もめったになかった。勉強に勤《いそ》しむ二十五人の生徒の立てる、眠気を誘うざわめきは、蜂《はち》の羽音《はおと》が持つ魔力のように心を麻痺《まひ》させた。窓の外、陽の燃え立つカーディフ・ヒルは揺《ゆ》らめく熱気のベールの向こうで緑の中腹《ちゅうふく》を晒《さら》し、遠く紫がかって見えた。鳥が何羽か、気怠《けだる》く空高くを漂《ただよ》っている。牛が何頭かいる以外はいかなる生き物も見えず、その牛たちも眠っていた。トムの心は自由を欲し、味気《あじけ》ない時間を過ごすなかでせめて何か気晴らしはないかと願った。と、片手がポケットの中に迷い込み、トムの顔がパッと、ほとんど祈りに近い——などという自覚はなかったが——感謝の念に輝いた。やがて、雷管箱がひそかに出てきた。トムはダニを取り出して、横長の平たい机の上に置いた。ダニもおそらく、祈りに等しい感謝の念で顔を輝かせたであろうが、それは糠喜《ぬかよろこ》びというものであった。やれ有難《ありがた》やと旅立とうとしたとたん、トムに針で動かされ、別方向へ進むことを余儀なくされたのである。

トムの親友が隣に座っていて、さっきからトム同様苦悩に苛《さいな》まれていたが、この娯楽の登場でたちまち活気づき、興味津々《きょうみしんしん》見物を始めた。この親友がジョー・ハーパーである。二人の少年は平日のあいだは無二の友であり、土曜日は将軍同士、不倶戴天《ふぐたいてん》の敵となった。ジョーも折襟《ラペル》から針を取り出し、捕虜《ほりょ》の訓練に手を貸しはじめた。少しのあいだ、興味はますます高まった。やがてトムが、これじゃおたがい邪魔《じゃま》しあうばかりだ、どっちもこのダニを活《い》かしきれていないと言い出した。そしてジョーの学習板を机の上に置き、その真ん中にまっすぐ一本線を引いた。

「こいつがそっち側にいるかぎり、お前が好きに動かしていいし、俺は手を出さない。だけどこいつがこっち側に逃げてきたら、お前は手を出しちゃいけない。こいつがそっちに渡らないかぎり俺が動かす」

「分かった、いいとも。スタートさせろよ」

間もなくダニはトムから逃げて、赤道《せきどう》を渡った。しばらくジョーに苛《いじ》められていたが、やがてそれを逃れてこっち側に戻ってきた。拠点《きょてん》は頻繁《ひんぱん》に交代した。一方の少年が夢中でダニを操《あやつ》っているあいだ、もう一方も等しく夢中になって眺めていた。二つの頭が学習板の上に屈《かが》み込み、二つの心はほかのいっさいを忘却《ぼうきゃく》していた。そのうちとうとう、運はジョーの側に傾いてきたように見えた。ダニはあの手この手を試し、また別の手を試し、少年たちと同じくらい興奮しやきもきしていたが、ダニがジョーの追及《ついきゅう》を逃《のが》れるかと見え、さあ来るぞとトムの指が疼《うず》きはじめるたびに、ジョーの針が巧みにダニの動きを逸《そ》らして、彼を己の陣地内に留《とど》めるのだった。とうとう、トムはもう我慢できなくなった。誘惑はあまりに大きかった。手を伸ばし、自分の針でちょっかいを出した。ジョーはとたんにカッとなって言った——

「トム、邪魔するなよ」

「ちょっとばかり景気づけしてやるだけだよ」

「駄目だ、不公平だぞ。手出しするなよ」

「何だよ、ちょっと触《さわ》っただけじゃないか」

「手出しするなってば！」

「嫌《や》なこった！」

「嫌も何もあるか——ダニは俺の陣地にいるんだぞ」

「おいジョー・ハーパー、これ誰のダニだよ？」

「誰のダニだろうと知ったことか——こっち側にいるんだから、お前には触らせないぞ」

「触りたけりゃ触るさ。俺のダニなんだから、俺の好きにするんだ！」

と、トムの肩を強烈な一撃が見舞い、その同等物《どうとうぶつ》がジョーの肩にも訪れた。その後二分間、二つの上着から埃《ほこり》が舞いつづけ、生徒全員がそれを堪能《たんのう》した。あまりに熱中していたものだから、しばらく前から教室中がしんと静まり返ったことにも少年二人は気づかず、先生がそろそろと忍び足でやって来て彼らの背後に立ちはだかり、二人のパフォーマンスをとくと見物した末に、自分の出番《でばん》をこの出し物に加えたのだった。

正午に至り、昼休みになると、トムはベッキー・サッチャーの許《もと》に飛んでいって、こう耳打ちした――

「ボンネットを被《かぶ》って、家に帰るふりをするんだ。で、角まで来たら、みんなから離れて、横道を通って引き返しておいで。僕は反対方向に行って、やっぱり連中をまいてくるから」

かくして一方は生徒の一集団とともに行き、もう一方は別の集団と行った。しばらくして、横道の果てで二人は出会い、学校に戻ると彼らは校舎を独占した。並んで座り、学習板を一枚前に置いて、トムがベッキーに石筆《せきひつ》を渡して彼女の手を握り、導いてやって、堂々たる家を二人してもう一軒作り上げた。芸術への関心が薄れてくると、二人は話を始めた。トムは天にも昇る思いで言った――

「君、鼠《ねずみ》は好き？」

「ううん！　大っ嫌い！」

「うん、僕もだよ――生きてるやつはね。僕が言ったのは死んでるやつのことでさ、紐《ひも》をつけて頭の上でぐるぐる回すんだよ」

「ううん、どっちにしろ鼠はあんまり好きじゃないわ。あたしが好きなのはチューインガム」

「うん、そうだよね！　チューインガム、いまあったらなあ」

「そう思う？　あたし、少し持ってるよ。しばらく嚙《か》ませてあげるけど、返してくれなきゃ駄目よ」

トムにも異存《いぞん》はなく、二人は交代でガムを嚙み、すっかり満ち足りた思いで長椅子《ながいす》から足をぶらぶらさせた。

「君、サーカスに行ったことある？」とトムが言った。

「うん、あるわ。あたしがいい子にしてたら、パパがまた連れてってくれるのよ」

「僕も三、四回行ったことあるよ。何度も行ったよ。教会なんてメじゃないよね。サーカスっていっつもいろんなことやってるんだよね。僕、大きくなったらサーカスのピエロになるんだ」

「えー、ほんと？　いいわねえ。ピエロってすごく可愛《かわい》いわ、水玉模様《みずたまもよう》とかあって」

「うん、そうだよね。それにお金もどっさり儲《もう》かるし——一日一ドル近くになるんだってベン・ロジャーズが言ってた。ねえベッキー、君、婚約《こんやく》したことある？」

「なぁにそれ？」

「だから、結婚《けっこん》の約束をすることだよ」

「ないわ」

「やりたい？」

「そうねえ。分かんない。どういう感じなの？」

「どういう感じ？　どうもこうもないよ。男の子に向かって、あなた以外は誰ともつき合いません、絶対絶対絶対にって言って、二人でキスして、それでおしまい。誰だってできるよ」

「キス？　何でキスなんかするの？」

「だから、それは――その、みんなそうするんだよ」

「誰でもみんな？」

「そうさ、愛しあっていたら誰でもみんな。僕が学習板に書いたこと、覚えてる？」

「え――ええ」

「何て書いた？」

「言わないわ」

「じゃあ僕が言おうか？」

「え――ええ……でもまたいつかね」

「いいや、いま言う」

「駄目よ、いまは――明日ね」

「いやいや、いまだよ。ねえいいだろベッキー――ヒソヒソ声で言うからさ。ものすごく小さいヒソヒソ声で」

ベッキーはためらい、トムはその沈黙《ちんもく》を同意と受けとって、片腕を彼女の腰に回し、口を彼女の耳に近づけ、そっと小声で思いを伝えた。それからこうつけ加えた――

「今度は君の番だよ――おんなじようにやるんだ」

彼女はしばらく抗《あらが》っていたが、それから言った――

「向こう向いて、見ないようにしてくれたらやるわ。だけど誰にも言っちゃ駄目よ――ね、トム？ 誰にも言わないわよね？」

「うん、絶対絶対言わない。さあ、ベッキー」

トムは向こうを向いた。彼女はおずおずと体を曲げてきて、息がトムの巻毛を揺らすまで近づき、囁《ささや》いた――"I―love―you!"

それから彼女は飛び上がって、机と長椅子の周りをぐるぐるぐる駆け回り、トムがあとを追いかけたが、とうとう隅に逃げ込んで、小さな白いエプロンで顔を隠した。トムは彼女の首に両腕を巻きつけて、訴えた――

「さあベッキー、全部済んだよ――あとはキスだけさ。怖《こわ》がらなくていいよ――何でもないんだから。さ、ベッキー」。そして彼はエプロンと手を引っぱった。

やがて彼女は降参し、両手をだらんと垂らした。攻め立てられて火照《ほて》った顔が上を向き、屈服《くっぷく》した。トムは赤い唇にキスして、言った――

「これで全部済んだよ、ベッキー。これからはもう、君は僕以外の誰も愛さないし、僕以外の誰とも結婚しない、絶対絶対永遠《えいえん》に。いいね？」

「ええ、あたしはあんた以外の誰も愛さないわ、トム。あんた以外の誰とも結婚しない。そしてあんたも、あたし以外の誰とも結婚しないのよ」

「もちろんだとも。当然さ。それも約束のうちだもの。そして、毎日登校下校のときも、誰も見てなかったら君は僕と一緒に歩く。パーティでも君は僕を選び僕は君を選ぶ。婚約したらみんなそうするのさ」

「素敵ねえ。いままで聞いたことなかったわ」

「すごく楽しいよ！　僕とエイミー・ローレンスがさ――」

見開かれた瞳《ひとみ》が、ヘマをやったことをトムに伝えていた。トムはハッと黙って、どぎまぎした顔になった。

「まあ、トムったら！　じゃあ婚約はあたしが初めてじゃないのね！」

少女はしくしく泣き出した。トムは言った――

「泣かないでよ、ベッキー。もうエイミーのことなんかどうでもいいんだ」

「そんなことないでしょ、トム――いまも好きなんでしょ」

トムは片腕を彼女の首に回そうとしたが、彼女はそれを押しのけ、顔を壁に向けてなおも泣きつづけた。慰めの言葉を口にしてトムはもう一度試みたが、またも撥《は》ねつけられた。さすがにこれ以上はプライドが許さず、どすどすと歩き去り、外に出た。落着《おちつ》かぬ、心休まらぬ気分でしばらくあたりをうろうろし、彼女が思い直して出てきてくれればと、時おり出入口の方をチラチラ見た。だがベッキーはいっこうに出てこない。やがて後悔の念が湧《わ》いてきて、悪いのは自分ではないかと思えてきた。新たに自分から歩み寄るのは、トムにとって決して容易なことではなかったが、己に鞭《むち》打って中へ入っていった。彼女は依然《いぜん》隅に立って、顔を壁に向けてしくしく泣いていた。トムは激しい自責の念に駆り立てられた。そして彼女の許に行き、どうしていいか分からずにしばし立ちつくした。それから、おずおずとこう言った――

「ベッキー、僕――僕が好きなのは君だけだよ」

答えはない――すすり泣きばかり。

「ベッキー」――すがるような声――「ベッキー、何とか言ってくれない？」

更《さら》なるすすり泣き。

トムは取っておきの宝物を取り出した。暖炉《だんろ》の薪《まき》載《の》せ台についていた、真鍮《しんちゅう》のつまみである。彼女に見えるよう前に差し出して、言った――

「ねえベッキー、これ貰《もら》ってくれない？」

彼女はそれを床に叩《はた》き落とした。やがてトムは大股《おおまた》で校舎から出ていき、そのままずんずん歩いて丘を越えていった。もう今日は学校に戻らないつもりだった。じきにベッキーの胸に疑念が忍び寄った。あわてて出入口まで駆けていった。トムはどこにもいない。運動場にも飛んでいった。そこにもいなかった。彼女は叫んだ――

「トム！　戻ってきて、トム！」

じっと耳を澄ましたが、答えはなかった。静寂《せいじゃく》と孤独《こどく》以外もはや仲間はなかった。ベッキーは座り込んで、ふたたび泣き出し、己を責めた。このころにはもう、生徒たちが戻ってきはじめていたので、どうにか悲しみを隠し、はり裂《さ》けた胸を鎮《しず》め、長い、侘《わび》しい、胸痛む午後を十字架のごとく耐えていくしかなかった。周りはみなよそよそしい者たちばかり、悲しみを分かちあえる相手は一人としていなかった。

## 第八章　トムの決断――いにしえの場面の再演

そこここで横道に逸《そ》れて進んでいき、やがて、これでもう学校へ戻る生徒たちの経路から十分離れたと見るや、暗い思いを胸にトムはとぼとぼ村を離れていった。二度か三度支流《しりゅう》を渡ったが、これは子供たちのあいだで、追っ手を撒《ま》くには川を渡るのがいいという迷信が広がっていたためである。三十分後、トムはカーディフ・ヒル頂上のダグラス邸の後方《こうほう》に消えていく最中《さなか》であった。校舎はもう、後《あと》にしてきた谷間に埋もれてほとんど見分けられなくなっていた。鬱蒼《うっそう》とした森にトムは入っていって、道なき道をかき分けてその奥まで進み、枝を広げたオークの木の下の苔《こけ》むす地面に座り込んだ。そよ風すらもなく、澱《よど》んだ真昼の暑さに鳥の歌さえ止《や》んでいた。自然は没我《ぼつが》の境地《きょうち》で静止し、その恍惚《こうこつ》を破るものは時おり遠くで響くキツツキの立てる音のみで、それも広がる静寂と寂しさを、かえって深めるように思えた。少年の魂は憂鬱《ゆううつ》に浸され、その気分は周囲と調和していた。肱《ひじ》を膝《ひざ》に載せて頬杖《ほおづえ》をつき、長いあいだじっと物思いに耽《ふけ》った。人生は苦しみでしかない、そう彼には思え、つい最近その苦しみから解放されたジミー・ホッジズをなかば本気で羨《うらや》ましく思った。永遠に横たわって眠り、夢を見る。それはひどく安らかであるに違いない。そこにあっては風が木立《こだち》を抜けて囁《ささや》き、野の草や墓の上の花を優しく撫《な》で、もはや悩みも悲しみの種《たね》も何ひとつないであろう。これでもし、自分の日曜学校の記録が無傷だったら喜んで行くのに、さっさとすべて終わらせるのに、そう思った。さて、あの女の子だ。僕は何をやったか？　何もしていない。とことん善意で接したのに、犬みたいな、まるっきり犬みたいな扱いを受けた。あの娘《こ》もいつの日か後悔するだろう——おそらくは手遅れになってから。ああ、少しのあいだだけ死ぬことができたら！

だが、若いしなやかな心は、抑えられたひとつの形に長く押し込められたままではいない。トムは間もなく、知らず知らずのうちに、この世の事どもへと戻っていった。もしここで自分が謎《なぞ》の失踪《しっそう》を遂げたら？　遠くへ、遥《はる》か遠い海の彼方《かなた》の未知の国へ行って、二度と戻ってこなかったら！　そうしたらあの娘《こ》はどんな気持ちになるだろう？　ピエロになる、という考えがまた湧《わ》いてきたが、いまはもう嫌悪《けんお》が胸に満ちるだけだった。浮《うわ》ついた思いも、冗談も、水玉模様のタイツも、浪漫《ろうまん》なるものの漠として崇高《すうこう》なる高みに引き上げられた心には不快な侵入者でしかなかった。いや、それより軍人になろう。軍人になって、何年も経《た》ったあと、戦いに疲れ功成《こうな》り名《な》遂《と》げて帰ってくるのだ。いや——もっといいのは、インディアンに仲間入りすることだ。インディアンと一緒にバッファローを狩り、極西部《きょくせいぶ》の山脈や道なき大平原を貫《つらぬ》く戦径《いくさみち》を行き、遠い未来に大首長《だいしゅちょう》となって帰還《きかん》し、羽根で頭を飾り体に色を塗りたくった恐ろしい姿で、いつかの眠たい夏の日曜の朝、血も凍《こお》る鬨《とき》の声を上げながら日曜学校に乗り込んで、みんなの目を抑えがたい嫉妬《しっと》の念で焦《こ》がすのだ。いやいや、もっと華々しい手がある。海賊《かいぞく》になる！　それがいい！　いまこそ未来が拓《ひら》けて見え、思いもつかぬほどの壮麗《そうれい》なる光が放たれた。彼の名は世界に轟《とどろ》き、人びとを震え上がらせることだろう！　細長い、喫水《きっすい》浅き黒々とした快速船――その名も「嵐の魂《スピリット・オブ・ザ・ストーム》」――の船首に見るに恐ろしい旗をなびかせ、躍《おど》る荒波を蹴立《けた》てて進む！　名声の頂点にあって、突如彼は故郷の村に出現し、ひそかに教会へ入ってゆく。風雨に晒《さら》された身はすっかり赤銅色《しゃくどういろ》、黒いビロードの胴衣《ダブレット》と膝丈《ひざたけ》ズボン、膝まである長靴《ちょうか》、深紅《しんく》の飾り帯、大型拳銃《けんじゅう》を何挺《ちょう》も差したベルト、脇差《わきざ》しには罪の錆《さび》を帯びた反《そ》り身の短剣、羽の波打つ海賊帽《スラウチハット》。髑髏《どくろ》と骨十字《ほねじゅうじ》の黒旗を掲げて入ってきた彼の耳にヒソヒソ声が聞こえ、恍惚に胸も膨《ふく》らむ――「海賊トム・ソーヤーだ！　カリブの黒き復讐者《ふくしゅうしゃ》だ！」

そう、決まった。彼の一生は定められた。家出してさっそく始めよう。明日の朝早々《そうそう》に出発するのだ。すぐに支度しないと。全財産を集めねば。と、手近にあった、腐った丸太の許《もと》にトムは行って、バーロウ・ナイフでその一端の下を掘りにかかった。間もなく、中が空洞《くうどう》に響く木箱の表面が現われた。そこに片手を載せて、重々しい声で呪文《じゅもん》を唱えた――

「ここに未《いま》だ来《こ》ざるもの、来《き》たれ、ここにいま在《あ》るもの、留《とど》まれ！」

それから、土を刮《こそ》げ落とすと、松の板が出てきた。それを持ち上げると、底も側面も板で出来た、格好のよい小さな宝箱《たからばこ》が姿を現わした。その中に、ビー玉が一個入っている。トムの驚愕《きょうがく》は際限なかった！　訳が分からぬという顔で頭を掻《か》き、こう言った――

「こりゃ参った、どうなってんだ！」

そうして、拗《す》ねた様子でビー玉を投げ捨て、考えあぐねて立ちつくした。すなわちいまここで、トムもトムの仲間みなも絶対確実と見なしていた迷信が崩壊したのである。ビー玉を一個、然《しか》るべき呪文を唱えながら埋め、二週間放っておいてから、たったいまトムが唱えた呪文を唱えながら掘り起こせば、いままでに失《な》くしたビー玉がすべて、どんなに遠くに離散《りさん》していても集まっているはずなのだ。だがいま、この術《じゅつ》は現実に、否定しようもなく失敗した。トムの信仰体系《しんこうたいけい》は根本《こんぽん》から揺らいだ。この術が成功した話はいくつも聞いていたが、失敗したというのは一度も聞いたことがない。いままで自分でも何度か試してみて、そのたびに隠し場所が分からなくなってしまったという事実は彼の頭に浮かばなかった。しばらく思い悩んだ末、これはどこかの魔女が邪魔をして魔法を解《と》いてしまったのだという結論に達した。このままでは済ませないぞ、と思い、あたりを探して、真ん中が軽く漏斗型《じょうごがた》に窪《くぼ》んだ、小さな砂場を見つけた。トムはそこに腹這《はらば》いになり、窪みに口を近づけて唱えた――

「アリジゴク、アリジゴク、教えておくれ！　アリジゴク、アリジゴク、教えておくれ！」

砂が動き出して、やがて小さな黒い虫が一匹、束《つか》の間《ま》姿を現わしたが、怯《おび》えてたちまちまた隠れてしまった。

「言おうとしない！　やっぱり魔女の仕業《しわざ》なんだ。分かってたんだ」

魔女に抗《あらが》っても無駄だと承知《しょうち》していたから、トムはしょんぼりとあきらめた。が、さっき投げ捨てたビー玉だけでも持っていようと思いついて、探しに行った。だがいくら探しても見つからない。そこで宝箱のところに戻って、ビー玉を投げ捨てたときとまったく同じ位置に立ち、ポケットからもうひとつビー玉を取り出して、同じように投げながら、言った――

「お前のきょうだい、探してこい！」

ビー玉がどこに止まるかをトムは見守り、そこへ行って見てみた。だがどうやら届かなかったか行き過ぎたかのどちらかだったので、もう二度やってみた。最後の一回でようやく上手《うま》く行った。二つのビー玉が、たがいに三十センチと離れていないところに転がっていた。

ちょうどそのとき、玩具《おもちゃ》のブリキのラッパの音が、森を貫く緑の道を通ってかすかに伝わってきた。トムはたちまち上着とズボンを投げ捨て、サスペンダーをベルトに変えて、腐った丸太の陰の藪《やぶ》をかき分けた。するとそこに、粗《あら》い作りの弓と矢、木切れの剣《けん》、ブリキのラッパが現われた。トムはそれらを引っ摑《つか》み、シャツの裾《すそ》をなびかせ裸足《はだし》で駆け出していった。間もなく大きな楡《ニレ》の木の下で立ちどまって、さっきのラッパへの返事を轟《とどろ》かせ、それから爪《つま》先立《さきだ》ちで歩いて用心深くあたりを見回した。架空《かくう》の仲間たちに向かって、トムは厳《おごそ》かに言った――

「待たれよ、我《わ》が友等《ともら》！　我《われ》がラッパを吹くまで出てきてはならぬ」

すると、トムと同じ軽快な姿、入念に武装したジョー・ハーパーが現われた。トムは呼びかけた――

「待て！　我が許しを得ずしてシャーウッドの森へ来《きた》るは誰ぞ？」

「ギズボーンのガイには誰の許しも要らぬ。貴様《きさま》何者だ、左様《さよう》な――左様な――」

――「左様な口を利《き》くとは」とトムが促した。彼らは「本のとおり《バイ・ザ・ブック》」に、記憶に従って話しているのである。

「貴様何者だ、左様な口を利くとは？」

「我こそはロビン・フッドなるぞ、貴様の腰抜けなる屍《しかばね》がじき思い知ろうぞ」

「では汝《なんじ》が、名にし負《お》うあの無法者《むほうもの》か！　汝なら相手にとって不足はない、喜んでこの森の通行権《つうこうけん》を争おうぞ。いざ、覚悟！」

　彼らは木切れの剣を手にとり、ほかの道具は地面に放り投げ、爪先を寄せあいフェンシングの姿勢になって、厳粛《げんしゅく》にして念の入《い》った――「上を二突き下を二突き」――戦いを開始した。じきにトムが言った――

「もうやり方分かったろう、ガンガン行こうぜ！」

　かくして彼らは「ガンガン行」き、精を出したせいで息も荒くなり汗も出てきた。間もなくトムが叫んだ――

「倒れろ！　倒れろよ！　何で倒れないんだ？」

「倒れるもんか！　お前が倒れたらどうだ！　お前の方が不利じゃないか」

「そんなの関係ないよ。俺は倒れないことになってるんだ。本はそうなってないんだよ。『かくして彼は後手《バックハンド》の一撃と共に、哀れなるギスボーンのガイを斃《たお》せり』[*1]って書いてあるんだ。お前は向こうを向いて、俺に背中を叩《たた》かせなきゃいけないんだよ」

　権威に逆らう訳には行かず、ジョーは向こうを向いて、一撃を受け、斃れた。

「今度は俺がお前を殺す番だぞ」とジョーは立ち上がりながら言った。「それが公平ってもんだ」

「そんなの駄目だよ。本に書いてないもの」
「そりゃひどいぜ——あんまりだよ」
「それじゃさジョー、修道士《しゅうどうし》タックになれよ、じゃなきゃ粉屋の息子マッチでもいい、どっちかになって、六尺棒《ろくしゃくぼう》で俺の脚を痛めつけるんだ。まあでも俺がノッティンガムの代官［ロビン・フッドの仇敵］になって、お前にちょっとだけロビン・フッドをやらせて俺を殺させてやってもいいかな」

それならジョーも満足ということで、新たな冒険が展開された。それからまたトムがロビン・フッドになって、不実な尼僧《にそう》に騙《だま》され、手当てを怠《おこた》った傷口から血を抜かれ力を抜かれてしまった。やがて、すすり泣く無法者たちの一団全体を演じるジョーが、悲しげに彼の体を引きずり出し、その弱々しい両手に弓を握らせると、トムは「この矢の落ちるところ、緑なる木の下に、哀れロビン・フッドの亡骸《なきがら》を埋めよ」と言った。そしてトムは弓を射《い》て、仰向けに倒れ、死ぬはずであったが倒れたのが刺草《イラクサ》の上だったため死体にしてはひどく元気に飛び上がった。

少年たちは服を着て、道具を隠し、いまではもう無法者がいなくなったことを嘆きながら帰途《きと》につき、その喪失《そうしつ》と引替えに今日《こんにち》の文明が何を成し遂げたと言えるかを思案した。シャーウッドの森で一年間無法者でいる方が、永遠に合衆国大統領でいるよりいいということで彼らの意見は一致した。

# 第九章　物々しい状況——深刻なテーマの導入——インジャン・ジョーの説明

その夜九時半に、トムとシドはいつものとおり寝床に入らされた。二人はお祈りを唱え、シドはじきに寝入った。トムは眠らずに横たわり、そわそわ落着かぬ思いで待った。もうそろそろ夜明けかと思ったら、時計が十時を打つのが聞こえた！　絶望《ぜつぼう》だ。神経は高ぶり、ばたばた寝返りを打ちたいところだったが、シドを起こしてしまってはまずい。だからじっと横になったまま、天井の闇《やみ》と睨《にら》めっこしていた。何もかもが陰鬱《いんうつ》に静まり返っていた。やがて、静寂の中から、ごく小さな、ほとんど聞きとれぬほどの音が少しずつ浮かび上がってきた。時計のチクタク鳴る音が耳に入ってくる。古い梁《はり》が不可解《ふかかい》にもパチ、パチ鳴り出す。階段がかすかに軋《きし》む。間違いない、霊《れい》たちが動き回っているのだ。規則正しい、こもった響きの鼾《いびき》がポリー伯母さんの寝室から漏《も》れてきた。そして今度は、人間がいくら知恵を絞っても絶対に場所を特定できない、コオロギの単調な歌声。次に、ベッドの頭側、壁の中に隠れた死番虫《シバンムシ》の気味悪いチクタクという音がトムをぞっと震えさせた——これは誰かの死期《しき》が近い徴《しるし》なのだ。やがて、はるか彼方《かなた》の犬の遠吠《とおぼ》えが夜の空気に乗って漂《ただよ》い、もっとかすかな、もっと彼方からの遠吠えがそれに応《こた》えた。トムは苦悶《くもん》に苛《さいな》まれていた。しまいには、時間が止まってしまい永遠が始まったのだとしか思えなくなった。トムはいつしか我知らずうとうとしはじめた。時計が十一時を打ったのも聞こえなかった。それから、なかば形の定まらぬ夢に、何とも憂鬱な響きの猫の鳴き声が入り込んできた。近所の家で窓を開ける音が、トムの眠りを乱した。「あっちへ行け、悪魔めが！」という叫びが上がり、空壜《あきびん》が家の薪《まき》小屋の裏手にがしゃんとぶつかって割れる音がして、トムはすっかり目を覚まし、その一分後にはもう服を着て窓から外に出て、母屋《おもや》に直角に建て増した部分の屋根の上を両手両足で這《は》っていた。進みながら一度か二度、そっと「ニャオー」と鳴いてみた。それから薪小屋の屋根に飛び移って、そこから地面に降りた。ハックルベリー・フィンが猫の死骸《しがい》を持ってそこにいた。少年二人はそそくさと闇の中に消えた。三十分後、二人は墓地の高い草をかき分けて進んでいた。

　そこは古風な、西部によくある類《たぐい》の墓地だった。丘の上、村から二キロちょっとのところにある。ぐらぐらの、ところどころ内側に、大半は外側に傾《かし》いでまっすぐな箇所はどこにもない板塀《いたべい》に囲まれていた。墓地全体、芝や雑草がびっしり茂っていた。古い墓はみな陥没《かんぼつ》していた。墓石はひとつも見当たらない。てっぺんの丸い、虫に食われた板が墓の上でぐらつき、支えを求めて傾いたものの何の支えも見出《みいだ》せずにいた。誰それの「神聖《しんせい》なる思い出に」といった文句がかつてはそこにペンキで書かれていたが、大半の板はもう、たとえ明るかったとしても読みとりようはなかった。

　かすかな風が、呻《うめ》き声のように木を揺らしていた。死者の霊が邪魔をされて文句を言っているのでは、とトムは心配になった。二人ともろくに喋《しゃべ》らず、喋るときは声をひそめた。時間と場所と、あたりを包む荘厳《そうごん》さと静寂とに、トムもハックも気分が重くなっていた。やがて、探していた、まだ角張《かくば》りも崩れていない新しい土の山が見つかり、墓から一メートルと離れていないあたりに三本まとめて立っている楡《にれ》の木のあいだに二人は身を隠した。

ひどく長く思える時間、二人は待った。遠くでフクロウがホーホー鳴く以外、死んだような静けさを乱すものは何もなかった。トムの思いはますます重苦しくなっていった。無理してでも何か喋らずにいられなかった。そこで、ヒソヒソ声でこう言った——

「ハッキー、死んだ人たちはさ、俺たちがここにいること嫌がらないと思う？」

ハックルベリーが囁《ささや》いた——

「俺も知りてえよ。ここ、すごく陰気だよな」

「ほんとだよな」

かなりの間《ま》が空き、少年たちは胸の内でこの問題を仔細《しさい》に検討した。それから、トムが囁いた——

「なあ、ハッキー——ホス・ウィリアムズはさ、俺たちが喋ってるの聞こえると思う？」

「そりゃ聞こえるさ。少なくともあいつの霊は」

しばらくの間ののち、ふたたびトム——

「ミスタ・ウィリアムズって言うんだった。でも悪気はなかったんだよ。みんなホスって呼んでるんだもの」

「死人のこと話すときは、いくら気をつけても足りねえさ」

こう言われてトムの気持ちは沈み、会話はふたたび止《や》んだ。と、トムが相棒の腕をがばっと摑《つか》んで言った――

「シーッ！」

「どうした、トム？」。そして二人は、心臓をドキドキさせてたがいにしがみついた。

「シーッ！　ほらまた！　聞こえなかったか？」

「なんにも――」

「ほら！　今度は聞こえたろう！」

「大変だトム、奴《やつ》らが来るんだ、奴らが来る、間違いねえ。どうしよう？」

「分かんない。俺たちのこと見えるかな？」

「当たり前さ、猫と同じで闇の中でも見れるのさ。ああ、来なきゃよかった」

「そんなに怖がるなよ。きっとさ、俺たちには手を出さないと思うんだ。俺ら何も悪いことしてないし。じっと動かないでいたら、ひょっとして気づかれずに済むかも」

「やってみるけどさ、俺、体じゅう震えが止まらねえよ」

「ほらあれ！」

少年たちは頭を傾けて寄せあい、ほとんど息を止めていた。複数の声のくぐもった音が、墓場の奥の方から漂ってきた。

「見ろよ、あれ！」とトムが囁いた。「何だろう？」

「鬼火《おにび》だよ。なあトム、えらいことになったな」

薄闇《うすやみ》の向こうから、ぼんやりした姿がいくつか近づいてくる。古風なブリキの角灯《ランタン》を下げていて、無数の小さな光の斑《まだら》が地面に降り注《そそ》いでいた。間もなくハックルベリーが、ぶるぶる震えながら囁いた――

「あれって絶対悪魔だよ。三人もいる！　どうしようトム、俺たちもうおしまいだよ！　お前、お祈りできるか？」

「やってみるよ、でも怖がることないよ。きっと俺たちには手を出さないよ。いま我、この身を横たえ眠りに就《つ》かんとす、我――」

「シーッ！」

「どうした、ハック？」

「あれ、人間だよ！　少なくとも一人は。あれってマフ・ポッター爺《じい》さんの声だ」

「まさか、嘘《うそ》だろ？」

「絶対そうだ。いいか、動くなよ。あいつだったら俺たちのこと気づきやしねえさ。きっと例によって酔っ払ってるし――あの飲んだくれときたら！」

「分かったよ、動かないようにするよ。あいつら、迷ってるみたいだ。何か探してる。またこっちへ来る。どんどん近づいてくる。また離れた。また近づいてくる。ぐんぐん寄ってくる！　まっすぐこっちに向かってる。なあハック、もう一人の声も分かったよ。インジャン・ジョーだ」

「うん、そうだ――あの人殺しの混血男《ハーフ＝ブリード》だ！　悪魔の方がずっとましだぜ。あいつら何企《たくら》んでるんだろう？」

トムたちの囁き声がすっかり止んだ――探していた墓に三人の男がたどり着き、トムとハックが隠れている場所からほんの一メートルくらいのところで立ちどまったからだ。

「ここだ」と三人目の声が言った。その声の持ち主がランタンをかざし、若きロビンソン医師の顔が露《あら》わになった。

ポッターとインジャン・ジョーは、ロープとシャベル二本が載った手押し車を押していた。彼らは荷を降ろし、墓を暴《あば》きはじめた。医師は墓の端にランタンを置いて、自分は楡の木の一本の前までやって来るとそれに寄りかかって座り込んだ。少年たちが手を伸ばせば触《さわ》れる近さだった。

「お前たち、急げ！」と医者は低い声で言った。「いつ月が出てしまうか分からんぞ」

男たちは唸《うな》り声で応え、掘りつづけた。しばらくのあいだ、シャベルの刃が土と砂利《じゃり》をかき出す耳障《みみざわ》りな響き以外何の音もしなかった。ひどく単調な仕事だった。とうとう、シャベルの刃がごんと鈍い音を立てて棺《ひつぎ》に当たり、一、二分後にはもう男たちがそれを地上に引き揚げていた。シャベルで蓋《ふた》をこじ開け、死体を取り出し、乱暴に地面に放り投げた。と、月が雲の陰から漂い出て、青白い顔を晒《さら》した。手押し車の準備が整い、死体が載せられ、毛布を被《かぶ》せられて、ロープで縛りつけられた。ポッターが大きな飛出《とびだ》しナイフを出して、垂れ下がったロープの端を切り落とし、言った――

「さ、これで支度は出来たぜ、お医者さんよ、あと五ドル出してもらおう、さもないとこの死体ここから一歩も動かないぜ」

「そうとも！」とインジャン・ジョーが言った。

「おい、どういうことだ？」と医師が言った。「前払いで払えって言うから、もう払ったじゃないか」

「ああ、だが話はそれだけじゃ済まねえ」とインジャン・ジョーが、立ち上がった医師に近づきながら言った。「五年前のある晩、俺があんたの親父《おやじ》の家の台所に食べ物を恵んでもらいに行ったとき、あんたは俺を、どうせろくでもないこと企んでるんだって言って追い出したんだ。それで俺が、百年かかっても仕返ししてやると誓ったら、あんたの親父に浮浪罪《ふろうざい》で牢屋《ろうや》にぶち込まれたんだ。俺が忘れると思ったか？　俺はだてにインジャンの血を引いちゃいねえ。こうして追いつめたからには、あのときの落とし前をつけさせてもらうぜ！」

いまやインジャン・ジョーは拳骨《げんこつ》を鼻先につきつけて、医師を脅《おど》している。と、医師が突然パンチを繰り出し、悪党はばったり地面に倒れ込んだ。ポッターはナイフを捨てて、声を張り上げた。

「この野郎、俺の相棒を殴りやがって！」。次の瞬間ポッターは医師に摑みかかっていて、二人は必死の取っ組みあいを始め、草を踏みつけ、踵《かかと》で土を蹴《け》り上げた。やがてインジャン・ジョーがパッと起き上がり、目を激情《げきじょう》にたぎらせてポッターのナイフを拾い上げ、猫のように背を丸めて這《は》っていき、争う二人の男の周りをぐるぐる回って機を窺《うかが》った。突然、医師が身をふりほどき、ウィリアムズの墓の重たい墓標《ぼひょう》を引っ摑むや、ポッターに一撃を喰わせて倒し、それとまったく同時にインジャン・ジョーはいまだとばかりナイフを若き医師の胸に柄《つか》まで突き刺した。医者はよろめき、なかばポッターの上に倒れ込んで、その体を血で染め、と同時にこの恐ろしい情景を雲が隠し、二人の脅《おび》えた少年は闇の中を必死に逃げていた。

間もなく月がふたたび現われると、インジャン・ジョーが二つの体の前に立ちはだかり、それらをじっと見下ろしていた。医師は何やら言葉にならぬ音を発し、ううと長く一、二度喘《あえ》いで、それっきり静かになった。インジャン・ジョーが呟《つぶや》いた——

「あの仕返しは済んだぞ——ざまあ見ろ」

それから彼は、死体の持ち物を盗みにかかった。それが済むと、医師を死に至らしめたナイフをポッターの開いた右手に握らせてから、中身の暴かれた棺に腰を下ろした。三分、四分、五分が過ぎてポッターがもぞもぞ動き出し、呻き声を上げはじめた。その手がナイフを握りしめた。ポッターはナイフを持ち上げ、一目見て、ぶるっと震えて手放した。そして上半身を起こし、死体を払いのけ、それをしげしげと見てから、戸惑《とまど》ったように今度はあたりを見回した。彼の目がジョーの目と合った。

「おい、どういうことだ、ジョー？」とポッターは言った。

「お前、ひでえことしたなあ」とジョーは眉《まゆ》ひとつ動かさずに言った。「何だってこんな真似《まね》した？」

「俺が？　俺、やってないよ！」

「おい！　そんな言い逃れしたって無駄だぞ！」

ポッターはぶるぶる震え、顔面蒼白《がんめんそうはく》になった。

「もう酔いは醒《さ》めたと思ってたのに。今夜は飲んだりしちゃいけなかったんだ。でもまだ頭に残ってる——仕事にかかったときよりひどくなってる。何がなんだか分からないよ。なんにも思い出せない。なあジョー、言ってくれよ、俺がやったのかい？　ジョー、俺そんなつもりなかったんだよ——誓って言う、全然そんなつもりなかったんだよ。教えてくれよ、どうなったのか。ああ、何てことしたんだ——まだ若い、将来ある人間なのに」

「うん、お前たち二人揉《も》みあってさ、そいつが墓標でお前に一発喰らわせて、お前はばったり倒れた。でもまた起き上がって、よろよろふらふらしながらナイフを掴んで、グサっとお見舞いすると同時にそいつもお前にもう一発喰わした——で、お前はそこにぶっ倒れて、いままで楔《くさび》みたいにぴくりとも動かなかったのさ」

「あぁ、きっと俺、自分でも何やってるか分からなかったんだよ。分かってたらここで死んじまいたいよ。みんなウィスキーのせいさ。それと、ついカッとなったせいだな。俺いままで凶器《きょうき》なんて一度も使ったことないんだよ。喧嘩《けんか》はしたことあるけど、凶器は使ったことない。みんな請《う》けあってくれるよ。なあジョー、黙っててくれよ！　黙ってるって言ってくれよ、ジョー——頼むから。俺いままでずっとお前のことをいい奴だと思ってたし、いつだってお前の味方してきただろ。覚えてないか？　なあ、黙っててくれるだろ、ジョー？」。哀れポッターは、何の表情も見せぬ人殺しの前に跪《ひざまず》き、両手をぎゅっと組んで拝《おが》み込んだ。

「そうさマフ・ポッター、お前はいつだって俺のことまともに扱ってくれたさ、だから俺もお前を裏切ったりしねえ。――さ、これだけ言えばいいだろ」

「ああジョー、お前はほんとにいい奴だよ。一生恩に着るよ」。そしてポッターは泣き出した。

「さあさあ、もうそのくらいにしとけ。わあわあ泣いてる場合じゃねえぞ。お前はあっちへ逃げろ、俺はこっちへ行くから。さっさと消えて、跡《あと》を残すなよ」

ポッターは速足《はやあし》で歩き出し、たちまち駆け足になった。インジャン・ジョーはその後ろ姿を見守っていたが、やがて呟いた――

「ぶっ叩《たた》かれたし酒《ラム》も残ってるしで、どうやらまだ朦朧《もうろう》としてるみてえだから、ナイフのこと思いつくころには、一人でこんな場所に戻ってくる度胸も出ねえくらい遠くへ行っちまってるだろうよ――腰抜けが！」

二、三分後にはもう、殺された男、毛布を掛けられた死体、蓋のない棺、暴かれた墓、すべては月以外に見守る者もなくなっていた。全《まった》き静寂がふたたび訪れた。

## 第十章　厳粛な誓い――恐怖が悔恨を生む――心の中の罰

二人の少年は飛ぶように、村目指《めざ》して、怖さのあまり口も利《き》けぬまま走りつづけた。時おり、追われているのではと、不安気《げ》に首から上だけふり返った。行く手に木の切株が現われるたび、人間に、敵に見えて二人はハッと息を呑《の》んだ。村外《むらはず》れに散らばった田舎家《いなかや》の前を過ぎるごとに、番犬が目を覚まして吠《ほ》え立て、二人の脚はいっそう速まるように思えた。

「ぶっ倒れる前に、何とかあの皮なめし小屋まで行かないと！」とトムが息も切れぎれに囁《ささや》いた。「俺、もう限界だよ！」

ハックルベリーは荒い息で応《こた》えるばかりで、少年二人は目標を見据え、何とかそこに到達せんと己《おのれ》に鞭《むち》打った。目標はじわじわ迫ってきて、ついに彼らは、開いた扉から二人胸を並べて廃屋《はいおく》に駆け込み、やれ有難やと、疲れきった身で、眼前《がんぜん》に優しく広がる暗がりに倒れ込んだ。だんだんと脈も収まってきて、トムが囁いた――

「ハックルベリー、このあとどうなると思う？」

「ドクタ・ロビンソンが死んだんだったら、縛《しば》り首だな」

「そう思う？」

「思うんじゃなくて、分かるのさ」

トムはしばらく考えてから、また言った――

「誰が知らせるんだ？　俺たち？」

「何言ってんだ？　もし知らせて、何かがあってインジャン・ジョーが縛り首にならなかったら？　そしたらあいつ、いずれ俺たちのこと殺すぜ、絶対間違いない」

「俺もそう思ってたよ、ハック」

「知らせるのはマフ・ポッターに任せるさ。あいつがそこまで馬鹿《ばか》かどうか分からんけど、だいたいいつも酔っ払ってるからな」

トムは何も言わず、なおも考えていた。間もなく、こう囁いた――

「だってハック、マフ・ポッターは知らないんだぜ。どうして知らせるなんてできるんだよ？」

「どうして知らねえって分かる？」

「だって、インジャン・ジョーが医者を刺したと同時にぶっ叩《たた》かれたじゃないか。あれで何か見えたと思うか？　何か分かったと思うか？」

「そうか、そうだったな！」

「それにさ、ひょっとしたら――叩かれたせいであいつ、御陀仏《おだぶつ》になっちまったんじゃないかな？」

「いや、それはねえと思うぜ。見るからに酒入ってたからな。そもそもあいつ、いつだって酒入ってないときなんてねえし。俺の親父《おやじ》もさ、しっかり飲んでると、教会まるごと倒れてきたってびくともしねえよ。自分でもそう言ってる。だからきっとマフ・ポッターも一緒だよ。でももし素面《しらふ》だったら、たしかに一巻の終わりだったかもな」

またしばらく黙って熟考《じゅっこう》した末に、トムが言った――

「ハッキー、お前、絶対黙っていられる？」

「トム、俺たち黙ってなきゃいけないんだよ。お前だって分かるだろ。あのインジャン、もし俺たちが告げ口して縛り首にならなかったら、俺たちを溺《おぼ》れ死にさせるくらい、猫二匹溺れさせるみたいなもんさ。なあトム、おたがい誓おうぜ、そうしなくちゃ。黙ってるって誓うんだよ」

「いいともさ、ハック。それが一番だ。手を握って誓えばいいのかい、絶対に――」

「いや、今回はそれじゃ駄目だ。どうでもいい小さなことだったらそれでいいけどな――特に女の子相手だったら、どのみち向こうが裏切る。怒《おこ》るとすぐ喋《しゃべ》っちまうんだから。だけどこういう大きなことは、ちゃんと書いとかねえといけない。それと、血も要《い》る」

トムも全面的に賛同した。深く、暗く、恐ろしい誓い。時刻も状況も、周囲の様子も、まさにうってつけだった。月光の下に転がっていた汚れていない松の壁板をトムは拾い上げ、ポケットから「赤石《レッド・キール》」のかけらを取り出して、月で手元を照らし、次の文句を丹念に書き綴《つづ》った。ゆっくり下向きの線を書くたびに舌をぎゅっと歯と歯のあいだに差し入れ、上向きの線を書くときにすうっと力を抜いた――

ハック・フィンとトム・ソーヤーは
このことについてちんもくをまもることをちかい
もしもしゃべったら
そのばでくたばってくさりはててもかまわない

トムがすらすらと、しかも立派な文句を書くものだからハックルベリーはすっかり感心してしまった。そしてすぐさま折襟《ラペル》からピンを取り出し、自分の肌に刺そうとしたが、そのときトムが言った――

「待て！　駄目だよ。ピンは真鍮《しんちゅう》だから。ロッ、ク、ショ、ー、が付いてるかもしれない」

「ロックショーって何だい？」

「毒だよ。そういう毒があるんだ。いっぺん飲んでみりゃ分かるよ」

そこでトムが自分の針から糸を解《ほど》き、めいめい親指の腹を刺して、血を一滴絞り出した。やがて、何度も絞った末に、トムが小指の腹をペンにして自分のイニシャルを署名した。それからハックルベリーにもHとFの書き方を教えて、誓いは完成した。陰気な儀礼《ぎれい》や呪文《じゅもん》とともに二人は壁の近くに板を埋《う》めた。これで、彼らの舌を縛る枷《かせ》には錠《じょう》が施《ほどこ》され、鍵《かぎ》は投げ捨てられたことになったのである。

と、廃屋の向こう端の裂け目から、ひとつの人影がこそこそ這《は》って入ってきたが、二人は気づかなかった。

「なあトム」とハックルベリーは囁いた。「これで俺たち、喋らないことになるのかい――絶対に？」

「もちろんさ。何が、あ、ろ、う、と関係ない、黙ってなきゃいけないんだよ。喋ったらその場でばったりくたばるんだ。知らねぇのか？」

「いや、そうだと思ってたよ」

二人はさらにしばらくヒソヒソ声を交わしつづけた。じきにすぐ外で、犬の長い、悲しげな遠吠《とおぼ》えが聞こえた。彼らから三メートルと離れていない。少年たちはギョッとして、思わずたがいの体につかまった。

「あれ、俺たちのどっち呼んでるのかな?」とハックルベリーが息を殺して言った。

「分かんない——そこの穴から覗《のぞ》いてみなよ。早く!」

「やだよトム、お前やれよ!」

「できないよ——俺できないよ、ハック!」

「頼むよ、トム。ほら、また!」

「ああ、助かった!」とトムが囁いた。「あの声なら知ってる。ブル・ハービソンだよ「原注　かりにハービソン氏にブルという名の奴隷《どれい》がいたら、トムは「ハービソンのブル」と言ったであろう。が、その名前の息子もしくは犬は、「ブル・ハービソン」と言うのである。」」

「そりゃあよかった。いやあ、もう死ぬほど怖かったよ。絶対に野良犬《のらいぬ》だと思った*2」

犬がまた吠えた。少年たちの心はふたたび沈んだ。

「違う! ブル・ハービソンじゃない!」とハックルベリーが囁いた。「見てくれよ、トム!」

恐怖にブルブル震えながらも、トムは応じ、裂け目に目をあてた。その囁き声は、ほとんど聞きとれぬほどのか細《ぼそ》さだった——

「やっぱり**野良犬**だ!」

「早くトム、早く！　誰の方《ほう》向いてる？」

「ハック、きっと俺たち二人ともだよ――俺たちここに一緒にいるんだから」

「ああトム、俺たちもうおしまいだよ。俺の行く先はしっかり決まってるよな。悪いことばっかしてきたからなあ」

「ああ、何てこった！　これも学校サボったり、しちゃいけないって言われたことばかりやってた罰だ。俺だってその気になれば、シドみたいにいい子になれたのに――いや、そりゃ無理だな。もし今回は見逃してもらえたら、これからは日曜学校、誰よりも真面目《まじめ》にやるんだけどなあ！」。そしてトムはメソメソ泣き出した。

「お前が悪い子だって！」ハックルベリーもメソメソやり出した。「何言ってんだトム・ソーヤー、お前なんか俺と較《くら》べたらいい子の権化《ごんげ》さ。ああ、ああ、俺がお前の半分もチャンス貰《もら》ってたらなあ」

と、トムが情けない声をやめて、囁いた――

「見ろよハッキー、ほら！　あの犬、こっちに背中向けてる！」

ハッキーも胸を躍らせ、見た。

「ほんとだ！　さっきからああだったのか？」

「うん、そうだよ。ぼんやりしてて思いつかなかったんだ。ああ、よかった……じゃあ誰の方向いて吠えてるのかな？」

遠吠えが止《や》んだ。トムは耳をそばだてた。

「シーッ！　あれ何だ？」とトムは囁いた。

「何だか――豚が唸《うな》ってるみたいだな。いや――あれ、誰かの鼾《いびき》だよ」

「そうなのか？　どのへんから聞こえてる？」

「向こう端じゃないかな。そんな感じだよ。親父もときどきあそこで豚と並んで寝てたけど、親父が鼾かいたら物が浮き上がるくらいの勢いさ。だいいち親父は、もうこの村に戻ってこねえと思うし」

　少年たちの心に、ふたたび冒険心が湧《わ》き上がった。

「ハッキー、俺が先に行ったらついて来るか？」

「どうかなあ。もしインジャン・ジョーだったら？」

　トムは縮《ちぢ》み上がった。だが間もなくまた誘惑が募《つの》ってきて、鼾が止んだらすぐ逃げ出すと少年たちは申しあわせ、やってみることにした。爪先立《つまさきだ》ちで、縦に並んでこっそり進んでいった。鼾の出所《でどころ》から五歩くらいまで近づいたところで、トムが棒切れを踏んづけて、棒はパリッと鋭い音を立てて割れた。眠っている男は呻《うめ》き声を上げ、少し身をよじらせたせいで、顔に月光が当たるようになった。マフ・ポッターだった。彼の体が動くと、少年たちの心臓が凍《こお》り、望みも凍った。だがじきに少年たちの恐怖は消えていた。二人とも忍び足で、割れた羽目板《はめいた》を抜けて外に出て、少し離れたところで立ちどまり、別れの言葉を交わした。するとあの長い、悲しげな遠吠えが、夜の空気にふたたび響きわたった！　二人がふり向くと、見知らぬ犬はポッターの横たわっている場所から一メートルもないところに立ち、ポッターの方に顔を向け、鼻先は天を指していた。

「あいつなんだ！」二人の少年はまったく同時に叫んだ。

「なあトム、二週間前にもさ、ジョニー・ミラーの家の周りに犬が真夜中に来て遠吠えしたら、同じ晩に今度は夜鷹《ヨタカ》が入ってきて階段の手すりに止まって鳴いたんだってさ。で、まだ誰も死んでない」

「うん、俺も知ってる。それで、まだ誰も死んでないとしてさ、あのすぐあとの土曜に、グレイシー・ミラーが竈《かまど》の中に落ちて大火傷《おおやけど》しなかったか？」

「ああ、でも死んじゃいないぜ。それに、だんだんよくなってきてる」

「まあ見てろって。きっともう、マフ・ポッターと同じで、死んだも同然なんだよ。黒《ニガー》たちはそう言ってる。あいつらこういうことは何でも知ってるんだよ、ハック」

　こうして彼らは、思案《しあん》にふけったままそれぞれの道に別れた。トムが寝室の窓から部屋の中にもぐり込んだとき、夜はもう明けかけていた。この上なく用心深く寝支度をして、冒険のことを誰にも知られなかったことに満足しながら眠りに落ちた。軽い鼾をかいているシドが、実は一時間前から起きていたことなど、トムには知る由《よし》もなかった。

　目が覚めると、シドはもう寝床を出て、いなくなっていた。光の具合から見て陽《ひ》はだいぶ上がっているらしく、周りの雰囲気からしても遅い時間のようだった。トムはギョッとした。なぜ起こされなかったのだろう、なぜいつものように叩き起こされなかったのか？　嫌な予感が胸に広がった。五分と経《た》たないうちに着替えて階段を降りた。体じゅうが痛み、だるかった。一家はまだ食卓を囲んでいたが、朝食はもう終わっていた。咎《とが》めの声も上がらなかったが、みんなが目を逸《そ》らし、沈黙と物々しい雰囲気が広がって、罪人《つみびと》の心に冷気《れいき》を送り込んだ。トムは椅子《いす》に腰かけ、陽気さを装《よそお》ったが、楽な仕事ではなかった。誰も笑顔ひとつ見せず、何の答えも返さず、トムもいつしか口を噤《つぐ》んで、気持ちは沈んでいくばかりだった。

朝食が済むと、伯母さんに脇《わき》へ連れていかれたので、鞭《むち》打たれるのだと思って、ほとんど心が軽くなった。だがそうではなかった。伯母さんはトムを前にしてさめざめと涙を流し、お前はどうしてあたしの老いぼれた心をそんなにも打ち砕くんだい、もう好きにするがいい、勝手に地獄に堕《お》ちるがいいよ、白髪《しらが》のあたしを悲しみで陰府《よみ》に下らせるといいよ［創世記四十二章三十八節より］、もういくらやったって無駄なんだ、とさんざん嘆《なげ》いた。千回鞭打たれるより、この方がもっと辛《つら》い。トムの胸は体以上に痛んだ。彼は涙を流し、許しを乞《こ》い、心を入れ替えると何度も約束したが、結局、ひとまず放免《ほうめん》はされたものの、すべて許されはせず、ごく小さな信用を得たと思えただけだった。

ひどく惨《みじ》めな気分で伯母さんの許《もと》を去り、シドに仕返ししてやろうという思いすら湧かなかった。したがってシドが裏手からそそくさと退却《たいきゃく》したのは、実のところ無用な用心であった。トムは心も重く悲痛《ひつう》な思いで登校し、ジョー・ハーパーとともに昨日学校をサボった罰として鞭で打たれたときも、もっと深い悲しみに浸《ひた》っている、こんな些末《さまつ》なことなどおよそどうでもいいと思っている者の反応を示した。鞭打ちが済むと席に戻り、両肱《りょうひじ》を机に載せて、顎《あご》を両手で抱え、じっと前の壁を、苦しみも限界に達しこれ以上先へは行きようのない者の石のごとき無表情で眺めた。片方の肱が、何か硬い物に当たっていた。ずいぶん経ってから、トムはのろのろ鬱々《うつうつ》と姿勢を変え、吐息《といき》をつきながらその物体を手にとった。何かが紙に包んである。トムは紙を開いた。長い、いつまでも消えぬ巨大な溜息《ためいき》が漏れ、トムの心ははり裂けた。それはあの、真鍮《しんちゅう》製の薪《まき》載せ台のつまみであった!

この最後の一枚の羽根によって、ラクダの背骨はついに折れてしまった。

## 第十一章　マフ・ポッター本人登場——トムの良心

正午近く、村じゅうを恐ろしいニュースが電撃《でんげき》のごとく襲った。未《いま》だ夢見られてもいない電報《でんぽう》の必要もなく、知らせは人から人、集《つど》いから集い、家から家へと電報に劣《おと》らぬ速さで飛んでいった。言うまでもなく、午後の授業は中止になった。中止にしなかったら、先生はどうかしていると村びとたちに思われたことだろう。

殺された男のそばに血糊《ちのり》のついたナイフが見つかって、誰かがそれをマフ・ポッターの持ち物と認めたという噂《うわさ》が広がった。しかも、夜更《よふ》かしをしていた一人の村びとが、午前一時か二時にポッターが川の支流《しりゅう》で体を洗っているところに出くわし、ポッターはたちまちこそこそ逃げ去ったという。いかにも怪しい。体を洗うなんて、全然ポッターらしくない。この「殺人犯」(大衆というのは実に迅速《じんそく》に証拠を吟味《ぎんみ》し評決《ひょうけつ》に達するものだ)を探して村じゅう捜索《そうさく》したが見つからなかったとの話だった。馬に乗った男たちが四方の街道《かいどう》に散っていき、日が暮れるまでに逮捕《たいほ》できるものと保安官は「自信満々」でいるらしかった。

村じゅうが墓場に向かっていった。トムは自分の傷心《しょうしん》も忘れて行列に加わった。ほかに行きたいところがなかったからではなく、おぞましい、説明しようのない魅惑《みわく》に引き寄せられたのである。かの忌《い》まわしい場所に着くと、小さな体をくねくね動かして人波をくぐり抜け、あの凄絶《せいぜつ》な情景の前に出た。昨夜ここにいて以来、ひと時代が過ぎたかのように感じられた。と、誰かが彼の腕をつねった。ふり向くと、ハックルベリーと目が合った。二人ともすぐさま目をそむけた。いま自分たちが交わした眼差《まなざ》しに、誰か何かを看《み》てとっただろうか。でもみんなぺちゃくちゃ喋《しゃべ》って、眼前の惨状《さんじょう》に見とれるばかりだった。

「気の毒に！」「若いのに、可哀想になあ！」「墓泥棒《はかどろぼう》への見せしめさ！」「マフ・ポッターは捕《つか》まったら縛り首だな！」。こうした発言が大勢《たいせい》を占めていた。そして牧師は「これは神の裁《さば》きです。神の御手《みて》が下《くだ》されたのです」と言った。

と、トムは頭から爪先《つまさき》まで震え上がった。インジャン・ジョーの、何の感情も表わさぬ顔が目に留まったのだ。その瞬間、人波がざわめき、押しあい圧《へ》しあいが始まった。人びとは口々に叫んだ。「あいつだ！　あいつだ！　自分から来たぞ！」

「誰が？　誰が？」いくつもの声が上がった。

「マフ・ポッターだ！」

「あ、止まった！――気をつけろ、戻ってくぞ！　逃がすなよ！」

トムの頭上、木の枝にのぼった人たちが、あれは逃げようとしてるんじゃない、まごついてるだけだと言った。

「図々《ずうずう》しいにも程《ほど》がある！」と見物人の一人が言った。「のこのこ出てきて、手前《てめえ》の所業《しょぎょう》をゆっくり見ようってのか。まさか人が出てるとは思わなかったって訳だ」

と、人波が分かれて、保安官がこれ見よがしにポッターの腕を引きながらやって来た。哀れポッターは顔もやつれ、目には恐怖の色が浮かんでいた。殺された男の前で立ちどまると、中風《ちゅうふう》でも患《わずら》ったかのようにぶるぶる震え、それから、顔を両手に埋《うず》めてわっと泣き出した。

「皆の衆《しゅう》、俺がやったんじゃない」と彼は涙声で言った。「誓って言う、俺はやってない」

「誰が言った、お前がやったなんて？」と一人が叫んだ。

この一言は堪《こた》えたようだった。ポッターは顔を上げ、哀れな無力感を目に浮かべて、あたりを見回した。そしてインジャン・ジョーを目に留めると、こう叫んだ――

「おいインジャン・ジョー、約束したじゃねえか、絶対に――」

「これはお前のナイフか？」――保安官がそれを鼻先に突きつけた。

人びとが支えてやらなかったらポッターは倒れていただろう。皆はそっと彼を地面に座らせてやった。やがて彼は言った――

「虫が知らせたんだ、こいつを取りに戻らないと――」ぶるっと身震《みぶる》いし、その力ない片手で降参の素振《そぶ》りを見せ、「言っちまえよジョー、言っちまえよ――もうどうしようもねえんだ」と言った。

ハックルベリーとトムは呆然《ぼうぜん》と見守り、冷血漢の嘘《うそ》つきが落着《おちつ》き払って証言するのを聞いた。二人とも、晴れた空がいまにも神の稲妻《いなずま》をジョーの頭に放つものと信じ、その一撃がなぜなかなか訪れぬのか訝《いぶか》った。話し終え、無傷《むきず》のままで生きているインジャン・ジョーを見ていると、誓いを破って哀れな騙《だま》された囚人の命を救ってやろうという、おずおず目覚めかけた思いも薄れ、そのまま消えてしまった。何しろこの悪党は、悪魔に魂を売ってしまっている。こういう輩《やから》を相手にしたら、それこそ命とりだ。

「何で逃げなかったんだ？　何だってわざわざ戻ってきた？」と誰かが訊《き》いた。

「来《こ》ずにいられなかった――来ずにいられなかったんだ」とポッターがうめいた。「逃げたかったんだが、ここへ来るしかないと思ったんだ」。そして彼はまたしくしく泣き出した。

　インジャン・ジョーは数分後、検死《けんし》の場で、宣誓の下《もと》に、相変わらず落着き払って証言を繰り返した。そして少年二人は、稲妻がいまだ控えられているのを見て、ジョーは悪魔にわが身を売ったのだという思いをますます強くした。いまやジョーは彼らにとって、これまで目にした何よりも凶々《まがまが》しく興味深い対象となった。二人とも目が彼に釘付《くぎづ》けになって、離そうにも離せなかった。そして二人とも、内心ひそかに、機会があったら夜のあいだにこの男を見ていようと決めた。上手《うま》くすれば、こいつの恐ろしい主人の姿を拝《おが》めるかもしれない。

　インジャン・ジョーも手伝って、殺された男の死体が持ち上げられ、荷車に乗せられた[*3]。身震いしている野次馬たちのあいだで、傷から少し血が出たという囁《ささや》きが広がった！　このタイミングよい出来事に、人びとの疑いも正しい方向に向くのではと少年二人は期待したが、それも失望に終わった。人びとは一人ならず、こう言ったのだ――

「血が出たのは、マフ・ポッターから一メートルと離れてないときだったよ」

恐ろしい秘密を抱え、良心にも苛《さいな》まれたトムは、その後一週間ろくろく眠れなかった。ある日、朝食の席でシドが言った――

「トムったら、毎晩ばたばた寝返り打って寝言ばかり言ってるから、僕までろくに眠れないよ」

トムの顔から血の気が失《う》せ、目が下を向いた。

「よくない徴候《ちょうこう》だよ」ポリー伯母さんが重々しく言った。「お前何を隠してるんだい、トム？」

「何も。何も隠してないよ」。だがその手は激しく震え、コーヒーをこぼしてしまった。

「それに凄《すご》い寝言言うんだよ」とシドが言った。「昨日の夜なんか、『血だ、血だ、あれは血だ！』って言ったんだ。何べんも何べんも。それに『そんなに苛《いじ》めないで――話すから』とも言ったよ。何を話すの？　何を話そうってのさ？」

トムの目の前で、何もかもがゆらゆら揺れていた。そのままだったらどうなっていたか分かったものではないが、幸いポリー伯母さんの顔から不安の色がふっと消え、伯母さんはそうとも知らずにトムに助け舟を出した――

「分かった！　あの恐ろしい殺人事件だね。あたしもほとんど毎晩夢に見るよ。たまにね、あたしがやったんだっていう夢まで見るよ」

あたしも似たようなものよ、とメアリが言った。それでシドも納得したようだった。トムは不自然でない程度に精一杯早く食卓を去り、そのあとは一週間ずっと歯が痛いと訴《うった》え、毎晩顎《あご》を縛って眠った。シドが毎晩眠らずに観察していることをトムはまったく知らなかった。シドは何度も、顎の包帯を外しては、片肱《かたひじ》をついてしばらく耳を澄まし、あとでまた包帯を巻き直すのだった。やがてトムの不安も徐々に薄らいでいって、歯痛《はいた》を訴えるのも面倒になってやめてしまった。もしかりにトムの支離滅裂《しりめつれつ》な呟《つぶや》きから何か意味を引き出していたとしても、シドはそれを自分の胸にしまっていた。

級友たちは死んだ猫を使った検死ごっこをいつまでもやめず、トムの隠し事を忘れさせてくれそうになかった。これまでずっと、どんな新しい遊びでも先頭に立つのが常だったのに、トムが今回は決して検死官をやらないこともシドは目に留めていた。証人にも決してならない。これは不可解《ふかかい》である。検死ごっこ自体に露骨に嫌悪《けんお》を示し、極力《きょくりょく》避けていることをシドは見逃さなかった。不思議でならなかったが、何も言わずにいた。だが、そのうちやっと検死ごっこも廃《すた》れて、トムが良心を苛まれることもなくなった。

こうした苦悩の時期、毎日か一日おきくらいに、トムは機を見ては牢屋《ろうや》に出かけ、鉄格子《てつごうし》をはめた小さな窓のところに行き、手に入るかぎりのささやかな差入《さしい》れを「殺人犯」にこっそり届けてやった。牢屋といっても、村外れの沼地に煉瓦《れんが》を少し積んだだけのちっぽけな小屋であり、看守《かんしゅ》もつけられていなかった。実際これまで、ここに囚人が入れられることはめったになかったのである。この贈り物のおかげでトムの良心もだいぶ楽になった。

村の人びとは、死体泥棒を企てたインジャン・ジョーの体にタールを塗って羽根を貼《は》りつけ横木に載せて村じゅう引き回してやりたい［リンチの典型的なやり方］と思っていたが、何しろあまりに獰猛《どうもう》な性格なので、先頭に立って事を進めようとする者はおらず、話は立ち消えになった。インジャン・ジョーの方も用心して、検死の証言では二度とも取っ組みあいの時点から話を始め、その前にやった墓泥棒のことは白状《はくじょう》せずに済ませていたし、人びととしても、今回の裁判でその件は持ち出さぬ方が賢明《けんめい》と判断したのである。

## 第十二章　トムの気前よさ——ポリー伯母さんの動揺

トムの心がひそかな苦悩を徐々に忘れていった一因は、新しい重要な懸案事項《けんあんじこう》が現われたからであった。すなわち、ベッキー・サッチャーが学校に来なくなってしまったのである。数日にわたって、トムは己《おのれ》のプライドと格闘し、彼女の存在を「口笛を吹いて風に乗せ解き放たん」［『オセロー』三幕三場から］と努めたが、上手《うま》く行かなかった。気がつくと夜に彼女の家の周りを、ひどく惨《みじ》めな気持ちでうろついているのだった。ベッキーは病気なのだ。死んでしまったらどうしよう！　そう思うと居《い》ても立ってもいられなかった。もはや戦争にも、海賊《かいぞく》にさえも興味はなかった。人生の魅惑は失《う》せた。残ったのは遣《や》る瀬《せ》なさだけだった。回して遊ぶ輪も、ボール遊びのバットもしまい込んだ。そんなことをしてももう楽しくなかった。伯母さんは心配して、ありとあらゆる類《たぐい》の療法《りょうほう》を試しはじめた。伯母さんは特許薬《とっきょやく》、新案健康法・回復法と聞けば何でも飛びつく人種に属していて、年中これらを用いた実験に取り組んでいた。何か新手《あらて》が現われると、さっそく夢中になって試すのだが、ただし自分に試すのではない。本人はいたって健康であり、決して病気に罹《かか》らないので、そこらへんの人間を捕《つか》まえては実験台に使うのである。「健康」と名のつく雑誌はすべて定期購読《ていきこうどく》し、骨相《こっそう》学《がく》関係のペテンにもあっさり引っかかっていた。それらを貫く仰々《ぎょうぎょう》しい無知蒙昧《むちもうまい》ぶりも、伯母さんの鼻には生の息吹《いぶき》であった。換気だの、就寝《しゅうしん》法、起床《きしょう》法だの、何を食すべきか、何を飲むべきか、運動量はどの程度が適切《てきせつ》か、いかなる精神状態を保つべきか、いかなる種類の衣服を着るべきか等々をめぐる戯言《たわごと》すべてが、伯母さんにとっては神の教えであった。今月号の健康雑誌を見れば、先月薦《すす》められていたやり方が全部覆《くつがえ》されていることにも伯母さんはまるで気づかなかった。とにかく単純さと正直さを絵に描《か》いたような人であったから、格好のカモというほかなかった。インチキ雑誌、インチキ医薬品を伯母さんは集め、死の武装を固めて、言わば彼女なりの「蒼《あお》ざめたる馬」を「地獄を従えて乗り回した」［ヨハネ黙示録六章八節のもじり］。苦しめられる隣人たちにとって、自分が姿をやつした癒《いや》しの天使でもギリアデの乳香《にゅうこう》［エレミア書八章二十二節から］でもないことに、伯母さんはついぞ思い至らなかった。

目下のところは水療法《みずりょうほう》が新機軸《しんきじく》であり、トムの不調は伯母さんにとって正に棚ぼたであった。毎朝夜明けにトムを引っぱり出し、薪《まき》小屋に立たせ、冷たい水を溺《おぼ》れるほど浴びせて、それからやすりのようなタオルでごしごしこすり、しゃきっとさせる。次に、濡《ぬ》れたシーツで包《くる》んで、毛布の山の下に押し込み、魂からすらも汗を絞り出し、トム曰《いわ》く「魂の黄色い染《し》みが毛穴から出てくる」まで放っておいた。

にもかかわらず、トムの憂《うれ》いはますます深まっていき、顔色はますます青白く、意気も消沈《しょうちん》していった。温浴《おんよく》、坐浴《ざよく》、シャワー浴、全身浴等を伯母さんは追加した。少年は依然として霊柩車《れいきゅうしゃ》の如《ごと》く陰気であった。伯母さんは水療法に少量のオートミール食餌《しょくじ》療法と発疱硬膏《ほうこうこう》を上乗《うわの》せした。水差しの容量を測るがごとくにトムの受容《じゅよう》可能量を計算し、インチキ万能薬を毎日山ほど飲ませた。

このころにはもう、トムは迫害《はくがい》に対し無反応になってしまっていた。この変化にはさすがの伯母さんもうろたえた。無反応だけは何としても打破《だは》せねばならない。やがて伯母さんは、ペインキラーなる薬の存在を聞きつけた。すぐさま大量に注文した。味見《あじみ》してみて、これだと思った。まさに液体の形をとった炎《ほのお》である。伯母さんは水療法から何からすべてうっちゃり、ペインキラーに全幅《ぜんぷく》の信頼を寄せた。トムに一匙《ひとさじ》飲ませ、さも不安な思いで結果を待った。彼女の悩みは一瞬にして消え、心はふたたび安らかになった。「無反応」は終わりを告げたのである。かりに伯母さんがトムの尻《しり》の下で火を熾《おこ》したとしても、これほど激しい、活気ある反応は得られなかったであろう。

目を覚ます潮時《しおどき》だ、とトムは思った。こういう生き方は、目下のような挫折《ざせつ》した状況にあってはそれなりにロマンチックかもしれないが、情緒《じょうちょ》的要素がさすがに乏《とぼ》しすぎるし、その割に細々《こまごま》とした変化はやたらとあって、落着かないこと甚《はなは》だしい。そこで、問題解決に向けてさまざまな案を検討したが、やがて、ペインキラーが好きで仕方ないふりをする、という手を思いついた。かくして、ペインキラーをちょうだいと四六時中《しろくじちゅう》せがんで伯母さんを煩《わずら》わせ、その結果、とうとう伯母さんは、もう勝手に自分で飲むがいい、これ以上邪魔《じゃま》しないどくれ、と言うようになった。もしこれがシドであったら、伯母さんにとっても、嬉《うれ》しさに水を差す要素はいっさいなかったであろう。だが何しろ相手はトムなので、伯母さんは壜《びん》の中身をこっそり監視《かんし》した。大丈夫、薬は事実減っていた。が、トムがそれを、居間の床の隙間《すきま》の健康促進《そくしん》に用いているとは、伯母さんには知る由《よし》もなかった。

ある日トムがまさしく床の隙間に投薬《とうやく》している最中、伯母さんの飼っている黄色い猫がやって来て、ゴロゴロ喉《のど》を鳴らし、物欲《ものほ》しげに茶匙《ちゃさじ》を見て、一口くれとせがんだ。トムは言った――

「なあピーター、欲しくもないのに頼んだりしない方がいいぞ」

だがピーターは、欲しいという意思を示した。

「ほんとうに本気かい」

本気だという意思表示。

「じゃあまあそこまで言うんだったら、僕だって別に意地悪じゃないからあげるけど、飲んでみて不味《まず》かったら、あくまで自分のせいだぞ」

ピーターとしてもそれで異存《いぞん》はなかった。そこでトムはピーターの口をこじ開け、ペインキラーを流し込んだ。ピーターは二メートルくらい宙に飛び上がって、鬨《とき》の声を上げ、部屋の中をぐるぐるぐるぐる回り出し、家具にぶつかり、花瓶をひっくり返し、部屋じゅうを荒らして回った。次に後ろ肢《あし》で立ち上がって、狂おしい歓喜に包まれて跳《は》ね回り、首を思いきり後ろに倒し、抑えようのない幸福を伝える声を上げた。それからふたたび家の中を荒らして回り、行く先々に混沌《こんとん》と破壊を蔓延《まんえん》させた。ポリー伯母さんが入ってきたときには、折しも二重宙返りを立てつづけに決め、締めくくりの力強い歓呼《かんこ》の声を上げ、開いた窓から外に、花瓶の残骸《ざんがい》を携《たずさ》え飛び出していくところだった。伯母さんは仰天のあまり石になったように立ちつくし、眼鏡の上から呆然《ぼうぜん》と見ていた。トムは床に転がって、死ぬほど笑いこけていた。

「トム、あの猫いったいどうしたんだい？」

「分かんないよ、伯母さん」とトムは喘《あえ》ぎあえぎ言った。

「あんなの見たことないよ。何だってああなったんだろう？」

「ほんとに分かんないよポリー伯母さん。猫って機嫌《きげん》がいいといつもああなるじゃない」

「へえ、そうかねえ」。その口調の何かが、トムを不安にさせた。

「そうだよ、伯母さん。ていうか、僕はそう思う」

「そう思うのかい？」

「うん」

伯母さんは身を乗り出していて、トムは何とも落着かぬ思いでそれを見守った。と、やっと伯母さんの考えが読みとれたが、手遅れだった。動かぬ証拠たる匙の柄《え》が、ベッドの掛け布の下に見えていた。ポリー伯母さんは匙を拾い上げ、宙にかざした。トムは縮み上がって俯《うつむ》いた。ポリー伯母さんはトムを、いつもの持ち手――すなわち耳――を摑《つか》んで引っぱり上げ、指貫《シンブル》でぴしゃっと頭を叩《たた》いた。

「いったいお前、物も言えない相手に、何だってあんな真似《まね》したのかね？」

「気の毒に思ったんだよ――あいつには伯母さんがいないから」

「伯母さんがいない！　何を馬鹿《ばか》な。そんな話、何の関係があるんだい？」

「大ありだよ。あいつに伯母さんがいたら、きっとその伯母さんがあいつを焼き尽くしてくれたよ！　人間相手と同じに、平気で腸《はらわた》を火焙《ひあぶ》りにしてくれたよ！」

　新たな見方をつきつけられて、後悔《こうかい》の念がポリー伯母さんの胸をグサッと刺した。猫にとって残酷《ざんこく》なことは、人間の子供にとっても残酷かもしれない。怒りは失《う》せ、済まないという思いが湧《わ》いてきた。伯母さんは目にうっすら涙を浮かべ、トムの頭に片手を載せて、優しい声で言った――

「悪気《わるぎ》はなかったんだよ、トム。それにトム、実際効いたじゃないか、あの薬」

　真面目《まじめ》くさった表情の陰に、ほんのわずか悪戯《いたずら》っぽさを覗《のぞ》かせて、トムは伯母さんの顔を見上げた――

「悪気はなかったのは分かってるよ、伯母さん。僕だってピーターに悪気はなかったんだよ。実際、あいつにも効いたじゃないか。あいつがあんなに元気に飛び回るなんて、ものすごく久し――」

「ああ、もうあっちへ行っておしまい。あんたの話聞いてると、また頭がカッカしてくるよ。たまにはいい子になろうと頑張ってみとくれ、そうすりゃ薬だって要《い》らなくなるんだよ」

トムは定刻より早く学校に着いた。近ごろ毎日この奇妙な現象が起きていることは、みんなも目に留めていた。そしていまトムは、これも最近ずっとそうなのだが、仲間と遊びもせずに校門のあたりをうろうろしていた。僕は病気なんだ、とトムは言い、見るからにそう見えた。本当はある方向を見ているのに、そっち以外のあらゆる方向を見ているように見せようと努めていた。見ているのは、通りを下った先。間もなくジェフ・サッチャーが視界に入ってきて、トムの顔がパッと明るくなった。そして一瞬じっと見て、それからまた悲しげに顔をそむけた。ジェフが目の前まで来ると、彼におはようと言って、「さりげなく」話題をベッキーの方に持っていこうと企てたが、鈍《にぶ》い相手はいっこうに食いついてこなかった。トムはなおも見張りを続け、ワンピースが元気よく跳《は》ねるのが見えるたびに胸を躍《おど》らせ、それを着た主《ぬし》が然《しか》るべき人物でないと判明するたびにその子を憎んだ。とうとう、ワンピースの連《つら》なりも途絶《とだ》え、トムは底なしに落ち込んでいった。誰もいない校舎に入って、席に着いて独り悶々《もんもん》としていた。やがて、校門をもうひとつのワンピースが通っていき、トムの心臓がぼんと大きく跳ねた。次の瞬間、もう外に出て、インディアンのように騒ぎ立てていた。わめき、笑い、男の子たちを追いかけ、命と手足の危険も顧《かえり》みず柵《さく》を跳び越え、前転跳《ぜんてんと》びを決め、逆立《さかだ》ちし、と、思いつくかぎりの技《わざ》を片《かた》っ端《ぱし》からやってのけつつ、目ではこっそり、ベッキー・サッチャーが見ているかを窺《うかが》っていた。だが彼女は、まるで気づいていないのか、いっこうに見てくれなかった。まさか、トムがここにいることを、意識していないなんてことが？　そこでトムは、パフォーマンスの場を彼女のすぐそばに移すことにした。鬨の声を上げながら駆けていき、誰かの帽子をかっさらって校舎の屋根に投げ上げ、男子の一団に飛び込んでいってみんなをばたばた転ばせ、自分もベッキーの鼻先でばったり倒れて、危うく彼女まで転ばせてしまうところだった。すると彼女はそっぽを向いて、鼻先を宙に向け、こう言ったのだった――「まあまあ、いるのよね、自分のことすごく偉《えら》いと思ってて、いっつも見せびらかしする人って！」

トムの頰《ほお》が熱く火照《ほて》った。トムはあたふたと起き上がり、打ちひしがれ、しょげ返ってすごすごその場を去った。

## 第十三章　若き海賊たち――隠れ場へ――焚火を囲んだ語らい

いまやトムの心は決まった。憂鬱《ゆううつ》と絶望《ぜつぼう》とが彼を包んでいた。彼は見捨てられた、友もない子であり、誰一人愛してくれる人もいない。自分たちが彼を追い込んだその末路《まつろ》を知ったら、みんなきっと後悔するだろう。彼としては、正しくふるまって、世と折りあおうとしたのに、彼らはそれを許さなかった。人びとがどうしても彼を厄介払《やっかいばら》いしたいのなら、そうさせるまでだ。そこから生じた結果も、彼のせいにするがいい――そうしていけない理由があろうか？　友なき人間に文句を言う権利などない。そう、人びとは彼をここまで追いつめたのだ。こうなったら、罪人《ざいにん》の道を歩むのみ。ほかに手はない。

このころにはもう、メドウ・レーンをはるか下ったあたりまで来ていて、授業の始まりを告げる鐘が遠くからかすかに響いてきた。もう二度と、決して、あの聞き慣れた音を耳にすることもないのだと思うと、涙が出てきた。辛《つら》いことだが、これが彼の運命なのだ。冷たい世間に放り出されたからには、屈するしかない。だが彼は人びとを許した。と、涙がますますあふれ出た。

ちょうどそのとき、無二《むに》の親友ジョー・ハーパーにばったり出会った。険《けわ》しい目つきをしたジョーは、胸中《きょうちゅう》明らかに、何か大きな、陰惨《いんさん》な目的を抱えている。これはどう見ても、「心は二つ、思いは一つ」［当時流行した芝居『野蛮人インゴマール』の一節のもじり］である。袖《そで》で涙を拭《ぬぐ》いながら、トムは友に向かって、自分にむごい仕打ちを為《な》す思いやりのかけらもない家を逃《のが》れて広い世間に彷徨《さまよ》い出て二度と戻らぬ決意をべらべらと口走った。その締めくくりに、お前だけは俺を忘れないでくれるよな、とジョーに望みを託した。

だが実は、これこそジョーがトムに対して口にせんとしていた要請であったことが判明した。彼がここに出現したのも、正にそのためにトムを探しにきたのである。ジョーは母に、飲んでもいない、あったことすら知らないクリームを飲んだと言われて鞭《むち》打たれた。明らかに母は、いまやジョーを疎《うと》ましく思っていて、こんな子はいなくなってしまえばいいと思っているのだ。向こうがそういう気なら、こっちも合わせるまで。これで母も本望《ほんもう》だろう。哀れな息子を冷たい世間に追いやって、苦しませ、死なせたことを後悔せぬよう願うばかりだ。

悲嘆《ひたん》に暮れて歩きながら、二人の少年は新たな盟約《めいやく》を結んだ。何があろうとも、死が彼らを苦しみから解き放つまでたがいに助けあい、兄弟となって、決して離れないと誓った。それから彼らは計画を立てはじめた。ジョーとしては、隠者《いんじゃ》になって、人里《ひとざと》離れた洞穴《ほらあな》で霞《かすみ》を食って生き、いつの日か寒さと飢えと悲しみゆえに死んでいく気であったが、トムの話を聞いて、罪人《つみびと》の道にも大きな利点がいくつもあることを認めて、海賊となることに同意した。

セントピーターズバーグから五キロ下った、ミシシッピの川幅《かわはば》が二キロ近くになるあたりに、細長く森深い島があって、先端に浅い砂洲《さす》があり、人目を忍ぶには絶好の隠れ場となっていた。誰も住んでいないし、鬱蒼《うっそう》と茂るほぼ無人の森が向こう岸の方に突き出ている。かくしてジャクソン島が選ばれた。誰を海賊行為の犠牲者にするのかという点については、二人ともまったく思いが及ばなかった。それから二人でハックルベリー・フィンを探し出すと、彼も即座に仲間入りした。いかなる生き方であれ、ハックルベリーにとっては同じことなのだ。間もなく彼らは、川べりの、村から三キロ上がったところにある人目につかぬ地点に彼らのもっとも好む時間——すなわち午前零時——に集まることを約束し、ひとまず解散した。そこには小さな丸太の筏《いかだ》があって、彼らはそれを分捕《ぶんど》るつもりでいた。めいめいが釣針や釣糸を持ってきて、食料品なども無法者《むほうもの》に相応《ふさわ》しい、暗く謎《なぞ》めいた手口で盗んでくることにした。夕方になるころにはもう、村の人びとがじきに「何かを聞くことになる」という噂《うわさ》を彼らはさんざん広め、それぞれ悦《えつ》に入《い》っていた。この曖昧《あいまい》な仄《ほの》めかしを聞かされた人びとは、「何も言わず待ってい」るよう、必ず釘を刺されるのだった。

午前零時近く、トムは塩茹《ゆ》でハム、その他細々《こまごま》とした物いくつかを携《たずさ》えて到着し、待ちあわせの場所を見下ろす小さな崖《がけ》の、下生《したば》えの生《お》い茂る場所で立ちどまった。星明かりの晩で、あたりはしんと静まり返っていた。堂々たる大河《たいが》は、すっかり凪《な》いだ海のように動かない。トムはしばし耳を澄ましたが、いかなる音もその静寂《せいじゃく》を乱しはしなかった。やがて彼は低い、はっきりした口笛を発した。崖の下から答えが返ってきた。トムはもう二度口笛を吹いた。同じ合図が返ってきた。それから、用心深い声が言った――

「そこを行くのは誰だ？」

「トム・ソーヤー、カリブの黒き復讐者《ふくしゅうしゃ》だ。貴様《きさま》の名を名乗れ」

「紅《あか》き手のハック・フィンと、七海《ななうみ》の脅威《きょうい》ジョー・ハーパーだ」。どちらもトムがお気に入りの物語から選んで彼らに与えた称号だった。

「よし。合言葉を言え」

二つの嗄《しゃが》れた囁《ささや》きが、陰鬱《いんうつ》な夜に向かって、恐ろしい一言を同時に発した――

「**血！**」

それからトムがハムを崖の下に転がし、自分も滑り降りていって、皮膚と衣服の両方をたっぷり引き裂かれた。崖の下には、川辺に沿った快適な道があったが、それでは海賊たちの重んじる困難も危険もありはしない。

「七海の脅威」はベーコンをまるひと塊《かたまり》持ってきていて、ここまでそれを抱えてきたせいでへとへとになっていた。「紅き手のフィン」はフライパンと、半乾《はんがわ》きの煙草《たばこ》の葉を大量に盗んできて、パイプに用いるトウモロコシの軸もいくつか持ってきていた。だが残り二人の海賊は、いずれも「喫《す》い」も「噛《か》み」もしなかった。何はなくともまずは火を熾《おこ》さねば、と

「カリブの黒き復讐者」が言い出した。賢明な思いつきである。当時この地ではまだ、マッチの存在もろくに知られていなかったのである。百メートルばかり上流に置いてある大きな筏の上で、焚火《たきび》がまだ燻《くすぶ》っているのが見えたので、彼らはこっそりそこへ行き、火種《ひだね》を一かけ失敬《しっけい》した。三人はこれを堂々たる冒険に仕立て上げ、何度も繰り返し「静かに《ヒスト》！」と言っては突如立ちどまって指を唇にあてた。架空の匕首《あいくち》の柄《つか》に手をあてて進み、もしも「敵《ザ・フォー》」が動いたら「柄までズブリと刺」せ、「死人に口なし」なのだから、と陰々滅々《いんいんめつめつ》たる声で命じあった。どのみち筏乗りたちはみんないま村にいて、必要な品を仕入れているか浮かれ騒いでいるかだとは彼らとて承知していたが、だからといって、海賊らしからぬやり方で事を進める訳には行かないのだ。

やがて三人は筏を押し出した。トムが指揮を執《と》り、ハックが後ろの棹《さお》を、ジョーが前の棹を漕《こ》いだ。額《ひたい》に翳《かげ》りを漂《ただよ》わせ両腕を組んでトムは船の中央に立ち、低い、厳《いか》めしい囁き声で指示を発した――

「風上《かざかみ》に舵《かじ》をとれ！」

「アイ＝アイ、サー！」

「針路そのまま！」

「そのまま、了解！」

「一ポイント風下《かざしも》へ！」

「一ポイント、了解！」

大きな川の真ん中へ向かって、ひたすらまっすぐ筏を進めているだけなのだから、こうした指令が格好のためのみに発せられているのであって特に何の意味もないことは、むろん当人たちも理解していたはずである。

「上がっている帆は？」

「大横帆《コーシズ》、檣中檣帆《トプスルズ》、三角帆《フライング＝ジブ》です！」

「最上横帆《ローヤルズ》上げろ！　檣頭《アロフト》、貴様《きさま》ら六人、前檣中檣補助帆《フォアトップマスト＝スタンスル》広げろ！　気を抜くな！」

「アイ＝アイ、サー！」

「大檣上檣帆《メイントガンスル》も開け！　帆脚索《シーツ》に転桁索《ブレーシズ》！　さあ気合い入れろ！」

「アイ＝アイ、サー！」

「下手舵《ヘラマ＝リー》――面舵《ハーダ・ポート》一杯！　船が来るぞ、スタンバイ！　面舵《ポート》、面舵《ポート》！　そら行け！　気合い入れろ！　針路そのまま！」

「そのまま、了解！」

　筏が川の真ん中を越えると、少年たちは船首を右に向け、棹を休めた。水嵩《みずかさ》は高くなく、流れはせいぜい時速四、五キロというところだった。その後四十五分、ほとんど誰も口を開かなかった。いまや遠くなった村の前を筏は過ぎていった。二つ三つ明かりがちらついて、村の在処《ありか》を示していた。星を宝石のようにちりばめた、茫漠《ぼうばく》と広がる水の向こうで、村は安らかに眠り、目下生じつつある大事件にもまるで気づかずにいる。「黒き復讐者」は、依然腕組みしたまま立ち、かつては悦《よろこ》びの、最近は苦しみの舞台であった場に「最後の一瞥《いちべつ》」をくれつつ、いまのこの姿を「彼女」に見てもらえたら、と空《むな》しく願っていた。自分は目下荒《あら》海《うみ》に乗り出し、危険や死を物ともせず、唇に凄絶《せいぜつ》な笑みを浮かべ破滅へ向かわんとしている。ジャクソン島を村から見えぬ遥《はる》か彼方《かなた》まで移動させるくらい、トムの想像力をもってすれば朝飯前《あさめしまえ》であった。かくして彼は、傷ついた、かつ満ち足りた心で「最後の一瞥」をくれ、ほかの海賊たちもそれぞれ最後の見納《みおさ》めに浸《ひた》っていた。みんなあまり長いこと見ていたものだから、筏が危うく流されて島から遠く離れてしまうところであった。だが手遅れになる前に彼らはその危険に気づき、然るべくそれを回避した。午前二時ごろ、筏は島の先端の二百メートル先の砂洲に乗り上げ、三人は歩いて行き来して荷を運び出した。小さな筏の備品《びひん》のひとつに古い帆《ほ》が一枚あり、彼らはこれを藪《やぶ》の隅の上に広げ、蓄《たくわ》えを護《まも》るテントに仕立てたが、自分たちは無法者に相応《ふさわ》しく、天気のよいうちは屋外で眠るつもりであった。

鬱蒼と暗い森からほんの二、三十歩のところに転がっていた大きな丸太を暖炉の背壁《せかべ》に仕立てて三人は火を熾し、夕食にベーコンを若干《じゃっかん》フライパンで焼き、持ってきたモロコシパンの蓄《たくわ》えを半分平らげた。誰も探検していない、誰も住んでいない島の原生林《げんせいりん》で、人里遠く離れ、野蛮で自由な饗宴《きょうえん》を開くのは素晴《すば》らしく愉《たの》しいことに思えた。俺たちもう二度と文明に戻らないよな、と彼らは言いあった。立ちのぼる炎が三つの顔を照らし、赤くぎらつく光を、森の神殿《しんでん》の柱たる大木《たいぼく》の幹《みき》や、釉《うわぐすり》を塗ったような葉叢《はむら》や、花綱《はなづな》のごとき蔦《つた》に投げかけた。

パリパリに美味《おい》しいベーコンの最後の一切れがなくなり、パンの最後の割当《わりあ》ても貪《むさぼ》り食ってしまうと、少年たちは満ち足りた気分で草の上に寝そべった。もっと涼しい場所を探すこともできたであろうが、野営の焚火《たきび》燃え盛《さか》るロマンチックな舞台を捨てる気などなかった。

「楽しいなあ」とジョーが言った。

「最高だよ！」とトムが言った。「みんな俺たちのこと見たら、何て言うだろうな？」

「何て言うか？　もう死ぬほど羨《うらや》ましがるさ――なあハッキー？」

「だろうな」とハックルベリーは言った。「とにかくこれって俺には合ってるよ。こういうのが俺には一番いい。だいたいいつも、腹一杯食えた例《ため》しがねえもの。ここなら誰かが来てガミガミ言ったりもしねえ」

「これこそ俺の人生さ」とトムが言った。「朝は起きなくていいし、学校に行くとか顔を洗うとか、馬鹿《ばか》らしいことはなんにもやらなくていい。なあジョー、海賊ってのは陸《おか》に揚がったら何もしなくていいんだよ。これが隠者だったら、お祈りとか一杯やらなくちゃいけないし、だいたいずっとそうやって一人でいるばっかりで、面白いことなんか何もない」

「うん、そうだな」とジョーは言った。「いままであんまり考えたことなかったけど、やってみたら海賊の方が断然《だんぜん》いいな」

「最近は隠者ってそんなに敬《うやま》われないんだよ」とトムが言った。「もう昔とは違うんだ。だけど海賊は、いつだって一目《いちもく》置かれる。それに隠者は見つかるかぎり最悪の場所で寝なくちゃいけなくて、粗布《あらぬの》だの灰だのを頭に被《かぶ》って、雨に打たれなきゃいけなくて――」

「何で頭に粗布や灰なんか被るんだ？」とハックが訊《き》いた。

「さあね。そういうことになってるんだよ。隠者はかならずそうするんだ。隠者だったらそうしないといけないんだよ」

「俺は御免《ごめん》だね」とハックが言った。

「じゃあどうする？」

「さあね。とにかくそんなことはしねえ」

「だってさハック、しなきゃいけないんだよ。どうやって逃れるってんだい？」

「そんなこと我慢しねえさ。あっさり逃げるね」

「逃げる！　そんなのまるっきり隠者失格だよ。隠者仲間の面汚《つらよご》しだ」

「紅き手」は何とも答えなかった。もっとほかにすることがあったのである。いましがたトウモロコシの軸をくり抜き終えて、そこに雑草の茎《くき》を一本刺し、煙草を詰めて、葉に炭を押しつけ、香《かぐわ》しい煙をもうもうと吹き上げた。かくしてハックは、何とも贅沢《ぜいたく》な満足に浸りきっている。この堂々たる悪徳《あくとく》を海賊仲間らは羨ましく思い、自分もじきこれを身につけようとひそかに決意した。間もなくハックが訊いた――

「で、海賊ってのは何しなきゃいけねえんだ？」

トムは言った――

「別に、ただ面白おかしく過ごすだけさ。船を分捕《ぶんど》って、焼き打ちにして、金を奪って、島のどこか恐ろしい場所に埋《う》めて、幽霊《ゆうれい》だの何だのに見張らせて、船に乗ってた人間を皆殺《みなごろ》しにする――船縁《ふなべり》から突き出した板の上を歩かせて海に落とすんだ」

「そうして島に女たちを連れてくる」とジョーは言った。「女は殺さないんだ」

「そうそう」とトムが同意した。「女は殺さない。海賊は気高《けだか》いからそんなことはしない。そして女たちはいつも決まって美しい」

「そしてすごく立派な服を着ている！　そうとも！　金、銀、ダ、イ、モ、ン、ド」とジョーが興奮して言った。

「誰が？」とハックが言った。

「海賊がさ」

ハックは自分の服を侘《わび》しい顔で眺めわたした。

「これ、海賊の服に相応《ふさわ》しくなさそうだな」とハックは声に悲哀《ひあい》を滲《にじ》ませて言った。「でも俺にはこれしかないんだ」

だが仲間二人は、大丈夫、いい服なんて冒険に乗り出したらすぐ手に入るさとハックに請《う》けあった。はじめはその襤褸《ぼろ》で構わないさ、まあ金持ちの海賊は最初からいい服たっぷり持ってるのが普通だけどね、と彼らは言った。

そのうちに話も途切《とぎ》れがちになって、幼い放浪児《ほうろうじ》たちの瞼《まぶた》に眠気《ねむけ》がじわじわ忍び込んできた。「紅き手」の指からパイプが落ち、良心の呵責《かしゃく》なき者、疲れた者の眠りを彼は眠った。「七海の脅威」と「カリブの黒き復讐者」は、寝つくのにもう少し苦労した。まず横になって胸の内でお祈りの文句を唱《とな》えた。跪《ひざまず》いてお祈りを口に出して唱えなさいと命令する大人は誰もいなかったからだ。実のところ何も言わずに済ませようかとも思ったのだが、さすがにそこまで極端に走ると、天から突如特別仕立ての落雷を呼び寄せてしまいかねないと思ったのである。祈りが済むと、彼らはすぐに眠りのとば口まで行き、その前を漂《ただよ》ったが、そこへ、鎮《しず》まるのを拒《こば》む侵入者がやって来た。すなわち、良心である。家出したのは悪いことだったんじゃないか、という漠たる不安が二人の胸に湧《わ》いてきた。そして次に、盗んできた肉類のことを彼らは考え、そこから本物の責め苦が始まった。いままでにもお菓子やリンゴをさんざんくすねてたじゃないか、と良心に言って片付けようとしたが、そんな口先の議論で相手は納得《なっとく》しない。結局、断固たる事実は言い逃れようがなく思えた。すなわち、お菓子をくすねるのはただの「ちょろまかし」だけれど、ベーコンやハムといった大事な物を奪うのは掛け値なしの泥棒であって、泥棒は聖書で禁じられているのだ。そこで二人は、今後、この道に留《とど》まるかぎり二度と、己の海賊行為を盗みという罪で汚《けが》したりはしまい、と心に決めた。これで良心も休戦を許してくれて、妙に一貫性を欠く海賊二人は、安らかな眠りに落ちていった。

## 第十四章　野営暮らし——あるセンセーション——トムひそかに陣地を出る

朝になって目覚《めざ》めると、ここはどこだろう、とトムは思った。起き上がって、目をこすり、あたりを見回した。そしてやっと分かった。涼しい灰色の夜明けで、森の奥深くまで静謐《せいひつ》が広がり、甘美な安らぎの空気があたりに満ちていた。木の葉一枚そよぎはしなかった。大いなる自然の瞑想《めいそう》を妨《さまた》げる音は何ひとつなかった。朝露《あさつゆ》のビーズが葉や草に載っていた。白い灰が焚火《たきび》を覆《おお》い、青い煙の細い筋がまっすぐ宙に上がっている。ジョーとハックはまだ眠っていた。

森のずっと遠くで鳥が鳴いた。別の鳥が応《こた》えた。間もなく、キツツキがとんとん立てる響きが聞こえた。朝の涼しい朧《おぼろ》な灰色が徐々に白くなっていき、同じく徐々に音が増えて生命が姿を現わしはじめた。眠りをふり払って仕事に取りかかる自然の驚異が、思索《しさく》に耽《ふけ》る少年の前に自《みずか》らを晒《さら》していった。朝露に濡《ぬ》れた葉の上を小さな緑の芋虫《いもむし》が這《は》って進み、時おり体の三分の二を持ち上げてあたりの匂《にお》いを嗅《か》いでは、また前進していった。尺《しゃく》を取ってるんだ、とトムは思った。虫がひとりでに彼の方に寄ってくると、トムは石のようにじっと動かず、依然《いぜん》彼を目指《めざ》しているか、それとも他所《よそ》へ行こうとしているかで、彼の望みも膨《ふく》らんだり萎《しぼ》んだりを繰り返した。やっとのことで、湾曲《わんきょく》した体を宙に浮かせつつ、一瞬の困難な思案の末に、虫が決定的にトムの脚に降り立って、彼の体を越える旅に乗り出したとき、トムの心は喜びで溢《あふ》れた。これは新しい服が一揃《ひとそろ》い手に入る徴《しるし》なのだ［ケンタッキー州の俗信］。きっと思いきり派手派手しい海賊の服に違いない。と、今度は蟻《あり》の一団がどこからともなく行進してきて、おのおの仕事を進めていった。一匹は雄々《おお》しくも自分の体の五倍はある蜘蛛《くも》の死骸《しがい》を抱えてえっちらおっちらトムの前を歩み、木の幹《みき》を垂直に上昇していった。斑《まだら》のついた茶色いテントウムシが、草の葉の気の遠くなる高みを登っていき、トムがすぐそばまで身を屈《かが》めて「テントウムシ、テントウムシ、おうちへ飛んでお帰り、おうちが火事で、子供たちしかいないよ」［マザーグースから］と言うと、羽を広げ、家の様子を見に飛んで行った。少年は別に驚かなかった。この虫が火事の話となるとやたら信じ易《やす》いことは前々から知っていて、いままでにも幾度《いくど》となくその単純さにつけ込んでいたのだ。次にタマオシコガネがやって来て、糞《ふん》の玉を逞《たくま》しく押し上げた。虫が脚を胴にしまい込んで死んだふりをするかと、トムはその体に触《さわ》ってみた。このころにはもう、鳥たちもおそろしく賑《にぎ》やかになっていた。ツグミがトムの頭上の木にとまって、心底《しんそこ》楽し気《げ》に隣人たちを真似《まね》た歌を奏《かな》でれば、甲高《かんだか》い声のカケスが青い炎のようにさっと舞い降りてきて、少年からほとんど手の届きそうなところにある小枝にとまり、首を横に傾けて、好奇心に満ちた目で少年たちを眺めた。ハイイロリスと、その大柄の仲間たるキツネリスがちょこちょこ走ってきて、時おり止まって体をまっすぐ立てては少年たちを検分《けんぶん》し、彼らにぺちゃくちゃ語りかけた。野生のものたちはたぶん人間を見るのも初めてであり、怖がるべきかどうかもよく分からずにいる様子だった。自然のすべてがすっかり目を覚まし、動き回っていた。陽の光の長槍《ながやり》が、こんもり茂った葉叢《はむら》を至るところで貫き、蝶《ちょう》が何羽かはたはたと舞い降りた。

トムが海賊仲間を揺すって起こすと、彼らは雄叫《おたけ》びを上げて騒々しく駆け出し、一分か二分もすると、裸になって白い砂洲《さす》の浅い透明な水に入り、たがいに転げながら追いかけっこしていた。ずっと遠く、この広大な水の向こう岸で眠っている小さな村には何の未練《みれん》もなかった。川の流れが変わったのか、水嵩《みずかさ》がわずかに増したのか、筏《いかだ》が運び去られてしまっていたが、少年たちにはそれも歓迎だった。彼らと文明とを繋《つな》ぐ橋が、燃えてなくなったようなものだったからだ。

すっかり気分も一新し、明るい心持ちで、ひどくお腹《なか》を空《す》かして少年たちは陣地に戻ってきた。すぐにまた盛大に焚火を焚いた。澄んだ冷たい水の流れる泉をハックがそばに見つけ、少年たちは幅広《はばひろ》のオークかヒッコリーの葉でコップを作った。泉の水に、こうやって原生林の魔力の甘味《あまみ》を添《そ》えれば、十分コーヒーの代わりになるに違いない。ジョーが朝食用にベーコンをスライスしていると、ちょっと待て、とトムとハックが言った。そして二人で川岸の、有望そうな奥まりに入っていって、釣糸を投げ込んだ。ほとんど瞬時のうちに報酬が訪れた。ジョーが苛々《いらいら》する間もなく、二人は立派なバスを何匹かと、サン＝パーチを二匹、それに小さなナマズを一匹ぶら下げて帰ってきた。これだけあれば相当の大家族でも賄《まかな》えるだろう。ベーコンの脂《あぶら》で魚を焼いてみて、彼らは仰天した。こんなに美味《うま》い魚は生まれて初めてだったのだ。淡水魚《たんすいぎょ》は捕まえたら火にかけるのが早ければ早いほど美味《おい》しいということを彼らは知らなかった。野外で眠り、野外で体を動かし、水浴《すいよく》し、それに大量の空腹を加えればどれほど上等のソースになるものかもろくに考えなかった。

朝食が済むと、みんな日蔭《ひかげ》で寝そべり、ハックは煙草《たばこ》を喫《す》った。それから三人で森へ探検に出かけた。陽気に、足どりも軽く、朽《く》ちかけた丸太を彼らは跨《また》ぎ、絡《から》みあった下生えを潜《くぐ》り抜け、頭上の冠《かんむり》から蔓《つる》を王権の標章《ひょうしょう》のごとく地面まで垂らしている荘厳《そうごん》なる森の君主たちのあいだを通っていった。時おり、芝生《しばふ》が絨毯《じゅうたん》のように敷かれ、花の宝石をちりばめた心地よい一隅《いちぐう》に行きあたった。

悦《よろこ》ばしいものはたくさんあったが、仰天するようなものは何もなかった。探検の結果、島は長さおよそ五キロ、幅五百メートル、本土に一番近いところでは、幅二百メートル程度の狭い水路に隔《へだ》てられているだけであることが判明した。ほぼ一時間ごとに泳ぎながら進んだので、陣地に戻ったときは午後も半《なか》ばになっていた。腹ぺこでこれから魚を釣って調達《ちょうたつ》する気にもなれないので、ハムで贅沢《ぜいたく》に食事し、また日蔭に寝転がってお喋《しゃべ》りに興《きょう》じた。だが話はじきにだれてきて、やがて止《や》んだ。森にたれ込める静けさ、荘厳さ、あたりを包む寂《さび》しさ、それらが少年たちの心にのしかかりはじめていた。彼らはめいめい物思いに沈んだ。曰《いわ》く言いがたい、漠然と何かに焦《こ》がれる思いがじわじわ忍び込んできていた。間もなく、それが朧《おぼろ》に形をとりはじめた。それはホームシックの芽生《めば》えだった。紅《あか》き手のフィンまで、眠り慣れた家々の軒先や空っぽの大樽《おおだる》を夢見はじめていた。けれど三人とも己の弱さを恥じて、思いを口にするだけの勇気はなかった。

　しばらく前から、遠くで妙な音がしていることに、時計のチクタクという音を聞くともなく聞くような按配《あんばい》で、少年たちはぼんやり気づいていた。謎《なぞ》の音はいまやだんだんはっきりしてきて、認識を迫《せま》ってきた。少年たちはギョッとして、たがいの顔を盗み見てから、それぞれ耳を澄ます姿勢をとった。長い、途切れなき底深い沈黙が生じて、それから、太い、陰気なぼんという音が、彼方《かなた》から漂うように降ってきた。

「何だあれ！」とジョーが息をひそめて叫んだ。

「さあなあ」とトムがヒソヒソ声で言った。

「雷《かみなり》じゃないよな」ハックルベリーが畏《おそ》れの混じった口調で言った。「雷だったら――」

「黙って！」とトムが言った。「ほらあれ――聞けよ」

永遠のように思える一時《ひととき》を待ったのち、同じくぐもったぼん、いが厳《おごそ》かな静粛《せいしゅく》を乱した。

「見に行こう」

彼らは飛び上がって、村の方を向いた岸へと急いだ。川岸の藪《やぶ》をかき分け、水面《みなも》を覗《のぞ》いてみた。小さな蒸気の渡し船が、村から下流一キロちょっとのところで、流れに任せて漂っていた。幅広《はばひろ》の甲板《かんぱん》は人で一杯だった。ボートがあたりにたくさん浮かび、漕《こ》いでいるのもあれば渡し船の流れに便乗《びんじょう》しているのもあったが、乗っている人たちが何をやっているのか、少年たちには見当《けんとう》もつかなかった。間もなく、渡し船の側面からパッと白い煙が大きく上がって、気怠《けだる》い雲となって広がり、立ち昇るとともに、また同じ鈍い、疼《うず》きのような響きが聞き手たちの許《もと》に届いた。

「分かったぞ！」とトムが叫んだ。「誰かが溺《おぼ》れたんだ！」

「それだ！」とハックが言った。「去年の夏にも、ビル・ターナーが溺れたときにやったよな。川の上で大砲を撃つと、死体が上がってくるんだ。そう、あとパンに水銀を入れて水に浮かべると、溺れた人間が沈んでるとこまで流れて行って止まるんだ」

「うん、それ聞いたことある」とジョーが言った。「何でパンにそんなことできるんだろうな」

「いや、パンそのものってよりさ」とトムが言った。「浮かべる前にパンを手に持って何か言うんだよ、それが大事なのさ」

「だけどなんにも言わないんだぜ」とハックが言った。「俺見たけど、何も言ってなかったよ」

「そりゃ妙だな」とトムが言った。「胸の内で言うんじゃないかな。きっとそうだよ。考えりゃ分かるさ」

それはもっともだ、と残り二人も賛成した。何も知らないパンの塊《かたまり》が、呪文《じゅもん》の助けも借りずに、そんな重大な任務に送り出されて賢くふるまえるはずがない。

「あーあ、あそこにいられたらなあ」とジョーが言った。

「俺もそう思う」とハックが言った。「誰だか知りたいよなあ」

少年たちはなおも耳を澄ませ、見守った。間もなく、トムの頭にパッと閃《ひらめ》きが訪れ、彼は叫んだ——

「おい分かったぞ、誰が溺れたか——俺たちだ！」

彼らは一瞬にして英雄気分になった。華麗なる大勝利である。自分たちが行方不明になって、みんなは悲しみ、胸がはり裂ける思いを味わい、涙を流している。気の毒な子供たちに自分らが為《な》した薄情《はくじょう》な仕打《しう》ちの記憶が蘇《よみがえ》ってきて彼らを苛《さいな》み、耽《ふけ》ったところで詮《せん》ない後悔や自責の念に人びとは耽り、そして何より、いなくなった三人の話で村じゅう持ちきりになっている。目も眩《くら》むほどの名声が広がり、子供たちの羨望《せんぼう》の的《まと》になっているのだ。凄《すご》い。やっぱり海賊になってよかった。

黄昏《たそがれ》どきが迫ってくると、渡し船はいつもの仕事に戻り、ボートも皆姿を消した。海賊たちは陣地に戻った。新たに得た威光《いこう》に酔い、自分たちが華々しい心配の種《たね》となっていることに気をよくして、三人ともすっかり上機嫌だった。魚を釣り、夕食を作って食べ終えると、村の人たちが自分たちについて何を考え何を話しているかをあれこれ推量《すいりょう》した。彼らをめぐって人びとが嘆《なげ》き悲しむさまを思い描いた。彼らから見るかぎり、それはこの上なく甘美《かんび》な情景であった。が、夜の帳《とばり》が降りてくるにつれ、三人とも黙り込み、じっと焚火の炎に見入った。心は明らかにどこか他所《よそ》をさまよっていた。いまや興奮は去り、トムとジョーの思いは、家にいる、この浮かれ騒ぎを自分たちほど楽しんでいない人たちの方へ再三《さいさん》戻っていった。懸念《けねん》が生じ、悩みと悲しみが募っていった。溜息《ためいき》が思わず一つ二つ漏《も》れた。やがてジョーが、おずおず遠回《とおまわ》しに、文明へ戻ることをほか二人がどう見ているかと探りを入れてきた。うん、いますぐってことじゃないけどさ……

トムはジョーを嘲笑《あざわら》い、ジョーはしゅんとなった。ハックはひとまずどっちつかずの態度をとりながらも、いちおうトムの側についた。ジョーは慌《あわ》てて釈明《しゃくめい》し、臆病《おくびょう》なホームシックの汚点《おてん》がさほど残ることなく何とか言い繕《つくろ》えたので、ホッと胸を撫《な》でおろした。こうして反乱はひとまず鎮圧《ちんあつ》された。

夜も更《ふ》けてきて、ハックがうとうとしはじめ、しばらくすると鼾《いびき》をかいていた。ジョーも後《あと》に続いた。トムは片肱《かたひじ》をついてしばらくじっと動かず、二人の姿に見入っていた。そのうちやっと、用心深く膝《ひざ》をつき、草の中、焚火がゆらゆら投げかける影の中に何かを探しはじめた。大きな半円筒形《はんえんとうけい》の、スズカケの薄く白い皮を何枚か手にとり、じっくり吟味《ぎんみ》して、目的に適《かな》う二枚を選んだ。それから焚火のそばに跪《ひざまず》き、「赤石」を使って両方に何かを丁寧《ていねい》に書き込んでいった。一方はぐるぐる巻いてポケットにしまい、もう一枚はジョーの帽子の中に入れて、持ち主から少し離れたところへ置いた。さらにそこへ、子供にとってはほとんど計《はか》り知れぬほど貴重な宝物をいくつか入れた——チョーク一かけ、ゴムボール、釣針三本、「本物水晶《シュアナフ・クリスタル》」と呼ばれる類《たぐい》のビー玉等々。そうして、木々のあいだをこっそり爪先立《つまさきだ》ちで歩いていって、もう聞こえないところまで来たと見ると、砂洲めがけて一目散《いちもくさん》に駆け出した。

## 第十五章　トムの偵察——状況を知る——陣地で報告

数分もすると、トムは砂洲の浅瀬に入って、イリノイ側の岸に向かって水の中を歩いていた。水が腰まで達するころには、もう瀬を半分以上渡っていた。水の流れも強まってきて、もうそれ以上歩けなかったので、残りの百メートルは力強く泳いでいった。上流へ向かって斜めに泳いだが、思った以上に下流に流されてしまった。それでもやがて向こう岸にたどり着き、浅い場所が見つかるまで流されるに任せ、陸《おか》に揚がった。片手を上着のポケットに当てて、さっきの樹皮《じゅひ》が無事そこにあることを確かめてから森の中へ入っていき、服からぽたぽた水を垂らしながら岸伝《づた》いに進んだ。十時少し前に、村の向かいの開《ひら》けた場所に出ると、木々と高い土手の作る影の中に渡し船が停《と》めてあるのが見えた。煌《きら》めく星空の下、何もかもが静まり返っていた。トムはあたりに目を光らせつつ土手を這《は》い降り、水の中に入って三搔《み》き、四搔《よ》き泳いで、渡し船の船尾《とも》にある艀《はしけ》用のボートに潜《もぐ》り込んだ。腰掛け梁《ばり》の下に身を横たえ、ゼイゼイ息をしながら待った。

間もなく、ひび割れた鐘が鳴って、誰かの声が「船を出せ」と命じた。一分か二分後、渡し船の立てる高波《たかなみ》を受けてボートの舳先《へさき》が大きく持ち上がり、船は走り出した。まんまと上手《うま》く行って、トムは気をよくしていた。これがこの船の、今夜最後の運航《うんこう》なのだ。十二分、十五分の長い時間が過ぎたあと、外輪《がいりん》が止まり、トムはこっそりボートから降りて、薄闇《うすやみ》の中を岸へ泳いでいき、五十メートル下流で陸に揚がった。このへんまで来れば、あたりをうろうろしている人に出くわす恐れもない。

人のろくに通らぬ裏道を飛ぶように抜けて、じきに伯母さんの家の裏手の柵《さく》の前に出た。柵を乗り越えて、母屋《おもや》と直角の部分に寄っていき、居間に明かりが灯《とも》っていたので、窓から中を覗《のぞ》いてみた。ポリー伯母さん、シド、メアリ、ジョー・ハーパーのお母さんが集まって話をしていた。ひとつしかないベッドの手前にみんないて、反対側には玄関扉《とびら》がある。トムは玄関に回って、こっそり扉の掛け金を持ち上げていった。やがてそっと押すと、扉はわずかに開いた。トムはなおも用心深く、扉が軋《きし》むたびに身震《みぶる》いしつつ押しつづけ、そのうちやっと、これならもう入れると踏んで、膝《ひざ》をついてまず頭を入れ、そろそろと体を押し込んでいった。

「何だって蠟燭《ろうそく》の炎があんなに揺れるのかねえ？」とポリー伯母さんは言った。トムは急いだ。「きっと玄関が開《あ》いてるんだね。そうに決まってるよ。このごろはほんとにおかしなこと続きだねえ。行って閉めといで、シド」

間一髪《かんいっぱつ》、トムはベッドの下に潜り込んだ。横になってしばし一息つき、それから、伯母さんの足にほとんど触《さわ》れそうなあたりまで這っていった。

「でもねえ、だから」とポリー伯母さんが言った。「あの子は決して悪い子じゃなかったんだよ――悪戯《いたずら》なだけでね。浮《うわ》ついて、分別《ふんべつ》がないだけ。仔馬《こうま》ほども当てになりやしない。だけどとにかく悪気《わるぎ》はないんだ、あんなに気立《きだ》てのいい子はいなかったよ」――そう言って伯母さんは泣き出した。

「うちのジョーもおんなじですよ。いつも悪ふざけばっかりで、悪戯と名のつくものには何でも手を出してましたけど、あんなに他人思いの優しい子はいませんでしたよ。なのにあたしときたら、クリームを食べたといってあの子を鞭《むち》打ったりして――傷《いた》んじまったから自分で捨てたことをすっかり忘れちまって。そうしてもう、この世では二度と、二度と絶対あの子に会えないんです。ああ可哀想《かわいそう》な子、何もしてないのに折檻《せっかん》されて！」。そしてハーパー夫人は、胸もはり裂けそうな様子でしくしく泣いた。

「いまいるところで、トムが前より幸せになっているといいけど」とシドが言った。「でも、これまでもう少しいい子でいたら――」

「シド、シド！」。目には見えなくても、伯母さんが睨《にら》みつけているのがトムには感じとれた。「もうあたしのトムはあの世に召《め》されたんだ、悪口は許さないよ！　あの子のことは神様が面倒《めんどう》見てくださるよ、お前が余計な心配しなくていいんだ！　ああミセス・ハーパー、あたしには諦《あきら》めがつきませんよ、諦めがつかないんです！　あの子がいてくれたおかげで、どんなに気持ちが和《なご》んだことか。まあさんざん悩まされて、この老いぼれ心臓が飛び出しちまいそうでしたけどね」

「主《しゅ》は与え、主は奪えり。主の名を讃《たた》えん！　でもほんとに、ほんとに辛《つら》いですよ――ああ、ほんとに辛い！　ついこないだの土曜、うちのジョーがあたしの鼻先で爆竹《ばくちく》を鳴らしたんで、あたしはあの子を張り倒しちまいました。夢にも思いませんでしたよ、そのあとすぐに――ああ、もう一度やれるものなら、あの子を抱きしめて、よくやったと言ってやるのに」

「ええええ、お気持ちよく分かりますよミセス・ハーパー、お気持ちよぉく分かります。トムもついおとといの昼どきにね、猫にペインキラーをどっさり飲ませて、そりゃあもう、猫に家ごと壊されちまうかと思いましたよ。でね、神様お許しを、あたしときたら指貫《シンブル》でトムの頭をぶっ叩《たた》いたんです、可哀想に、可哀想に。でももう苦しみから解放されました。あの子が言うのを聞いた最後の言葉は、あたしを責める――」

だがこの記憶は伯母にとって、あまりに堪《た》えがたいものであった。彼女はよよと泣き崩《くず》れた。いまやトム本人も涙ぐんでいた。誰よりもまず、自分自身が不憫《ふびん》でならなかった。メアリも泣いていて、時おり彼を擁護《ようご》して優しい言葉を挟《はさ》んでくれるのが聞こえた。いままでにも増して自分が立派な人間に思えてきた。それでも、伯母さんの悲しみに強く心を動かされていたから、いまここでベッドの下から飛び出していって伯母さんを喜ばしてやりたい気持ちはあったし、そうした行為の芝居がかった華やかさが彼の性格に強く訴《うった》えもしたが、そこをどうにか踏みとどまって、じっと横たわっていた。

なおも耳を澄まして、切れぎれの言葉を聞いていると、どうやらはじめ、少年たちは泳ぎに行って溺《おぼ》れたと思われたようだった。ところがやがて、例の小さな筏《いかだ》がなくなっていることが分かり、次に何人かの子供が、村がじきに「何かを聞く」はずだと行方不明の三人が請けあっていたと言い出した。村の主《おも》だった人たちは「もろもろ考えあわせ」て、三人はきっと筏で出かけたのであり、間もなく下流の隣町《となりまち》に姿を現わすだろうと判断した。だが昼近くになって、筏が村の十キロ近く下流のミズーリ岸《がん》で見つかり、これで望みも潰《つい》えた。三人とも溺れてしまったに違いない。そうでなければ、腹を空《す》かして、もうとっくに、日の暮れも待たずに帰ってきているはずだ。捜索《そうさく》が無駄に終わったのは、ひとえに彼らが川の真ん中で溺れたからだ、と人びとは考えた。そもそも三人とも泳ぎは達者《たっしゃ》なのだから、真ん中でなければ岸まで泳ぎつけたはずだ。これが水曜の夜のことだった。もし日曜になっても遺体が見つからなかったら、望みはすべて放棄され、朝のうちに葬儀《そうぎ》が執《と》り行なわれる。トムはぞっと身震いした。

しくしく泣きながら、ハーパー夫人がお休みなさいの挨拶《あいさつ》を口にし、立ち去りかけた。と、同じ衝動《しょうどう》に駆られて、子供を失《な》くした二人の女性はたがいの腕の中に身を投げ、心を洗う涙をさめざめと流した末に別れた。シドとメアリにお休みを言うにあたっても、ポリー伯母さんはいつもよりずっと優しかった。シドも少し涙ぐみ、メアリはわあわあ泣きながら部屋を出ていった。

ポリー伯母さんは跪《ひざまず》いて、トムのためにお祈りをした。それがあまりに胸を打つ、あまりに切々《せつせつ》たる、言葉からもその老いた震え声からも惜しみなく愛が溢《あふ》れ出た祈りだったので、まだ祈り終わるには遠いうちからトムはふたたび涙にまみれていた。

伯母さんが寝床《ねどこ》に入ってからも、まだ長いことじっとしていなければならなかった。伯母さんがなおも傷心《しょうしん》の声を時おり発し、落着《おちつ》かな気《げ》に忙《せわ》しなく寝返りを打っていたからだ。だがそれもやっと鎮《しず》まって、眠りの中でわずかに呻《うめ》き声が漏《も》れるだけになった。少年はこっそり這い出て、ベッドの傍《かたわ》らでゆっくり起き上がり、手で蠟燭の明かりを隠して、伯母さんの寝姿を見下ろした。心は伯母さんを思いやる気持ちで一杯だった。スズカケの巻物を取り出して、蠟燭のかたわらに置いた。だがふっと何かが胸に浮かんで、トムはしばしそこに留まり、何やら考えていた。やがて、妙案《みょうあん》を思いついてパッと顔が輝き、樹皮を急いでポケットに戻した。それから屈《かが》み込んで、色褪《いろあ》せた唇にキスして、音も立てずにまっすぐ出ていき、掛け金を下ろして立ち去った。

曲がりくねった道を船着き場まで行って、誰もそこにいないのを見てとると、大胆にも渡し船に乗り込んだ。夜は見張りが一人しかいなくて、その一人も毎晩さっさと寝床に入って彫像《ちょうぞう》のように眠ってしまうことをトムは知っていたのである。船尾の艀《はしけ》用ボートを繋《つな》ぐロープを解《ほど》き、乗り込んで、じきにそろそろと慎重に上流へ向かって漕《こ》ぎ出した。村の川上《かわかみ》一キロ半あたりまで行くと、斜めに川を横切っていき、気合いを入れて漕いだ。こうした仕事はもうお手のもので、じき然《しか》るべく向こう岸に着いた。ボートを分捕《ぶんど》りたい気もあったし、これは船であって海賊にとっては正当な獲物《えもの》ではないかとも思ったが、ボートがなくなったら徹底的な捜索が行なわれることは目に見えていたし、それが元で万事《ばんじ》発覚《はっかく》してしまいかねない。という訳で、岸に降り立ち、森に入っていった。

　座り込んで、何とか眠るまいと己《おのれ》を叱咤《しった》しながら長いこと休んでから、疲れた足どりで最後の追い込みにかかった。夜はもう明けかけていた。島の砂洲が横に見えてきたころにはすっかり明るくなっていた。太陽がしっかり上がってきて大河をぴかぴかに飾るまでふたたび休み、それから流れに飛び込んだ。少ししてから、水をぽたぽた滴《したた》らせて陣地のとば口で止まると、ジョーがこう言うのが聞こえた——

「いやいやハック、トムは裏切ったりしないよ、きっと帰ってくるよ。逃げたりするもんか。そんなのは海賊にとって恥だってあいつには分かってるし、あいつのプライドが許すはずないさ。きっと何かやってるんだよ。一体何だろうなあ？」

「でもとにかく、これもう、俺たちのものだろ？」

「まだだよハック、まだもう少し。朝飯《あさめし》までに戻ってこなかったら俺たちのものだって書いてあるんだから」

「で、戻ってきたぜ！」とトムが劇的に、堂々陣地に足を踏み入れながら叫んだ。

ベーコンと魚の豪勢《ごうせい》な朝食がじきに供《きょう》され、みんなで食べにかかるなか、トムは自《みずか》らの冒険を（尾鰭《おひれ》もつけ加えて）詳《つまび》らかに語った。話が終わったとき、三人は自惚《うぬぼ》れに満ちた、自《じ》画自賛《がじさん》の英雄集団と化していた。それから、昼まで眠ろうとトムは木蔭《こかげ》に身を隠し、残り二人は釣りと探検の支度《したく》にかかった。

## 第十六章　一日の愉しみ――トム、秘密を明かす――海賊たち、新しいことを学ぶ――夜の急襲――インディアン戦争

昼食が済むと、一団は砂洲《さす》に亀《かめ》の卵を探しに行った。砂に棒を突っ込んで、軟《やわ》らかい感《かん》触《しょく》があったら、両膝《りょうひざ》をついて手で掘る。時にはひとつの穴から五十個、六十個の卵がとれた。卵は真ん丸で白く、クルミより心持ち小さい程度だった。その夜、目玉焼きを思いきり食べ、金曜の朝にももう一度食べた。

朝食が済むと、奇声《きせい》を上げて砂洲まで跳ねていき、ぐるぐる追いかけっこしながら服を脱いで、やがて素《す》っ裸《ぱだか》になって、そのまま浅瀬に入ってなおも浮かれ騒いだが、強い流れに逆らっているせいで時おり足を掬《すく》われ、それでますますはしゃぐのだった。時には三人一緒にしゃがみ込み、手の平で顔に水を浴びせあった。そうしながらたがいに徐々に近づいていっ

て、息も詰まるほどの水飛沫《みずしぶき》を避けようと顔を逸《そ》らし、やがて摑《つか》みあい取っ組みあって、相手の顔を水中に浸《ひた》した者が勝ち。それから、白い足と腕を絡《から》ませてみんなで水に潜《もぐ》り、やがて上がってくると、プーッと息を吐き水を吹き出し笑い声を上げ息を吸い込むのを全部いっぺんにやろうとした。

すっかり疲れると、乾いた熱い砂に駆け出て大の字になり、砂で体を覆《おお》って、やがてまた水の方に飛び出していき、同じことを一から繰り返した。そのうちに、自分たちのむき出しの肌が、見た目には十分肌色《はだいろ》のタイツの代わりとなることに思いあたって、砂の上に輪を描《か》いてサーカスを繰り広げた。一番誇らしい役は誰も譲らなかったから、道化師が三人のサーカス。

次にビー玉を出してきて、「ナックス」「リング＝トー」「キープス」*4を飽きるまでやった。それからジョーとハックはまたひと泳ぎしたが、トムは水に入ろうとしなかった。というのも、さっきズボンを慌《あわ》てて脱いだときに、足首に巻いていた、ガラガラ蛇のガラガラで作った輪も一緒に外してしまったことに気づいたのである。この神秘なるお護《まも》りなしで、一体どうしていままでずっと脚の痙攣《けいれん》を逃れられたのか。それが見つかるまで、水に入る気はなかった。そして見つかったころにはもう、ほかの二人はくたびれて休もうとしていた。三人は次第に離ればなれになって、「塞《ふさ》ぎの虫」に憑《つ》かれていった。広い川の向こう岸の、村が陽を浴びて微睡《まどろ》むあたりをじっと切なげに見やるようになった。トムがハッと我に返ると、足の親指で砂に**ベッキー**と書いているのだった。自分の弱さに腹を立てて、引っかくようにその字を消した。なのに、やがてまた同じことを書いてしまう。自分でもどうしようもなかった。もう一度消して、誘惑から抜け出るべく、みんなで何かやろうと仲間二人をけしかけた。

だがジョーの気分は、もはや救い出しようもなく沈み込んでいた。耐えがたいほどのホームシックを彼は患《わずら》っていた。涙がいまにも溢《あふ》れ出そうだった。ハックも憂《うれ》いに染まっていた。トムは気落ちしたが、表には出すまいと努めた。まだ彼らには言わずにおこうと思っていた秘密が彼にはあったが、この不穏《ふおん》な落込《おちこ》みがじき晴れないようであれば、これを持ち出すしかあるまい。ひとまずはさも陽気な様子を装《よそお》って、言った――

「諸君、この島にはいままでにも海賊がいたに違いない。もう一度探検しようじゃないか。奴《やつ》らはきっとどこかに宝を隠したはずだ。腐《くさ》りかけた大きな箱に、金や銀がぎっしり詰まっている――どうだ？」

だが何とも力ない反応が返ってくるばかりで、それもすぐ途切《とぎ》れ、はっきりした答えは何も口にされなかった。トムはほかにも一つ二つ誘惑の手口を使ってみたが、やはり失敗に終わった。何とも落胆《らくたん》させられる事態であった。ジョーはひどく暗い顔で座り込み、棒で砂を突っついている。そのうちとうとう、口を開いてこう言った――

「なあ、もうやめようよ。俺、家《うち》へ帰りたい。ここ、すごく寂《さび》しいよ」

「いやいやジョー、じき元気になるって」とトムが言った。「考えてみろよ、ここでどれだけ釣りができるか」

「釣りなんてどうでもいいよ。帰りたいいんだ」

「だけどジョー、こんないい泳ぎ場所はほかにないぞ」

「泳いでもつまんないよ。泳いじゃいけないって誰にも言われないと、なんだか楽しくないんだよ。俺、家へ帰るよ」

「何言ってんだ！　赤んぼだなあ！　きっとかあちゃんが恋しいんだろ」

「そうだよ、母《かあ》さんが恋しいよ。お前だって母さんがいたらそう思うさ。俺が赤んぼならお前だってそうさ」。そしてジョーは少し涙ぐんだ。

「ふん、じゃあ泣き虫はかあちゃんのところに帰らせるとするか、なあハック？　可哀想《かわいそう》になあ――かあちゃんが恋しいって？　なら帰ればいいさ。お前はここがいいんだよな、なあハック？　俺たちここにいるんだよな？」

ハックは「う――うん」と煮えきらない返事をした。

「お前となんかもう二度と口利《き》くもんか」とジョーは立ち上がりながら言った。「もう絶対！」。そして彼は陰気な顔でその場を離れ、服を着はじめた。

「構うもんか！」とトムが言った。「誰もお前にいてくれなんて頼んじゃいないさ。さっさと帰れよ、せいぜい笑い者になるがいい。まったく大した海賊だよ。ハックと俺は泣き虫なんかじゃないぜ。俺たちここにいるよな、なあハック？　帰りたい奴は帰らせるさ。俺たちこんな奴いなくたって、やってけるものな」

そうは言ったものの、トムは落着かなかった。ジョーがむすっとした顔で依然服を着つづけているのを見て、これは大事《おおごと》だという気がしてきた。それにハックが、ジョーの身支度をさも切なげに眺め、何とも不吉に黙りこくっているのも不安の種だった。間もなく、別れの一言も言わずにジョーは水の中に入っていき、イリノイ岸へ向かって歩き出した。トムの気持ちは沈んだ。ハックをチラッと見た。ハックはその視線に耐えられず、下を向いた。それからハックは言った——

「俺も帰りたいよ、トム。なんだかすごく寂しくなってきたし、これでもっと寂しくなるよ。俺たちも行こうよ、トム」

「嫌《や》なこった！　お前ら行きたきゃ行けよ。俺はここにいる」

「トム、俺は行くよ」

「ああ、行けよ——誰が止めてる？」

散らばった服をハックは拾いはじめた。そして言った——

「トム、お前も来ないか。ちょっと考えてくれよ。俺たち、向こう岸に着いたら待ってるから」

「ふん、いつまで待っても待ちぼうけさ」

ハックは悲しげな顔で歩き出し、トムはその後ろ姿を見守っていた。心の中では、プライドを捨てて自分も一緒に行きたいという強い欲求にぐいぐい引っぱられていた。彼らが立ちどまってくれれば、と願ったが、二人ともなおのろのろ水の中を歩いている。突然、あたりがものすごく寂しく、静かになったことにトムは思いあたった。プライド相手にもう一度だけ格闘した挙句《あげく》、仲間を追って駆け出しながら喚《わめ》いた——

「おーい！　待てよ！　話があるんだ！」

彼らは間もなく立ちどまり、ふり向いた。二人のいるところにたどり着くと、トムは秘密を明かしはじめた。二人は最初、暗い顔で聞いていたが、やがて話の核が見えてきて、二人とも喝采《かっさい》の雄叫《おたけ》びを上げ、「凄《すご》い！」と叫んで、はじめからそう言ってくれりゃ帰るなんて言い出さなかったのにと言った。トムはもっともらしく言い逃れたが、本当は、この切り札をもってしても二人をそれほど長く留《とど》められはしまいと恐れて、とにかく最後の最後まで取っておこうと思っていたのである。

少年たちは陽気に戻ってきて、本腰《ほんごし》で遊びにかかり、トムのとてつもない名案をめぐって始終《しじゅう》ぺちゃくちゃ喋《しゃべ》っては、その天才ぶりに感じ入っていた。卵と魚の上等な昼食のあと、煙草《たばこ》の喫《す》い方を覚えたいとトムが言い出した。ジョーも飛びついて、自分も試してみると言った。かくしてハックが二人の分のパイプを作って、葉っぱを入れてやった。新米《しんまい》二人は、これまで葡萄《ぶどう》の蔓《つる》で作った葉巻しか喫ったことはなかった。その手の葉巻はやたら「ぴりぴり」するし、そもそも大の男が喫うものじゃないと見なされていた。

彼らは肱《ひじ》をついて寝そべり、おっかなびっくりプカプカしはじめた。煙は嫌な味がしたし、ちょっと吐き気も湧《わ》いたが、やがてトムが言った。

「何てことないや！　こんなに簡単だって知ってたら、とっくの昔に覚えたのに」

「俺だって」とジョーが言った。「どうってことないよ」

「いままで他人が喫ってるの何べんも見て、自分も喫えたらなあって思ったけど、やっぱり無理だよなって思ってたんだ」とトムが言った。

「俺もまるっきりそうだよ。そうだろハック、俺がそう言うの聞いてただろ？　ハックに訊《き》いてくれりゃ分かるよ」

「ああ——何べんも聞いた」とハックは言った。

「俺も言ったよ」とトムが言った。「うん、何百回も。いっぺん、と畜場にいたときも言ったよな、覚えてないかい、ハック？　俺がそう言ったとき、たしかボブ・タナーがいてさ、あとジョニー・ミラーとジェフ・サッチャーがいたな。覚えてないかいハック、俺がそう言ったの？」

「うん、そうだった」とハックが言った。「俺が白いビー玉なくした次の日だったな。いや、その前の日だったたか」

「ほぉらな——言っただろ」とトムが言った。「ハックが覚えてるんだ」

「俺、一日じゅうパイプ喫ってられるよ」とジョーが言った。「全然気持ち悪くないし」

「俺もだよ」とトムが言った。「俺も一日じゅう喫ってられるよ。でもジェフ・サッチャーにはできやしないよな」

「ジェフ・サッチャー！　あんな奴、二口《ふたくち》喫っただけでぶっ倒れちまうさ。いっぺんやらせてみたいね。思い知るさ！」

「きっとそうだよな。それにジョニー・ミラーも——ジョニー・ミラーがやってみるところ、見てみたいよな」

「見たい！」とジョーが言った。「ジョニー・ミラー！　きっとぜぇんぜん駄目《だめ》だぜ、一口嗅《か》いだだけでおしまいさ」

「そうだよな、ジョー。なあ——あいつらが俺たちのこと見れたらいいなあ」

「だよな」

「なあ、お前ら何も言うなよ、で、いつかあいつらがいるところで、俺がお前んとこに寄ってって、『よぉジョー、パイプあるか？　一服したいんだ』って言うんだよ。するとお前が、さりげなく、全然どうってことないって感じで言うんだよ、『ああ、いつものパイプもあるし、もう一本あるんだけど、煙草があんましよくなくてさ』って。すると俺は、『いや構わんさ、強けりゃ何だっていいよ』って言う。それでお前がパイプ出して、俺たち何喰《く》わぬ顔で火点《つ》けるのさ。奴らの顔、さぞ見物《みもの》だぞ！」

「それってすごくいいぜ、トム！　いまやれたらなあ！」

「俺もそう思う！　で、奴らにさ、これ海賊やってるとき覚えたんだぜって言ったら、きっとすごぉく羨《うらや》ましがるぜ、自分たちもいたかったたって」

「そうともさ！　絶対死ぬほど羨む！」

そんなふうに話は続いていった。だが間もなくやや勢いも失《う》せ、ぎくしゃくしてきた。沈黙の幅が広がった。ペッと唾《つば》を吐くことが飛躍《ひやく》的に増えた。少年たちの頬《ほお》の毛穴が残らず噴《ふん》水《すい》の口と化した。舌の下側の地下室の水を汲《く》み出して洪水《こうずい》を防ぐのに、二人とも大童《おおわらわ》だった。懸命《けんめい》に頑張《がんば》っても、少しずつ溢れた分が喉《のど》を下っていき、そのたびにオエッとむかついた。二人とももう顔が真っ青で、見るからに辛《つら》そうだった。ジョーのパイプがその力ない指から落ちた。トムのパイプも後に続いた。どっちの噴水も凄《すさ》まじい勢いで噴《ふ》き出し、どちらのポンプも必死に汲み出した。ジョーが弱々しく言った――

「俺、ナイフなくしちゃったみたいだ。探しに行かないと」

トムが唇を震えさせ、切れぎれに言った――

「俺も手伝うよ。お前はあっちへ行けよ、俺は泉のあたり探すから。いやハック、お前はいいよ――俺たちで何とかするから」

そこでハックはまた座り込み、一時間待った。やがて寂しくなってきて、仲間を探しに行った。二人は森の全然別々のところにいて、二人とも真っ青で、ぐっすり眠っていた。何かまずいことがあったとしても、どうやら二人ともすでに片をつけたようだった。

その夜、夕食のあいだ二人はあまり喋らなかった。二人とも神妙《しんみょう》な顔をしていた。食事のあと、ハックがパイプを出して、二人の分も支度しようとすると、いまはいいよ、あんまり気分よくないから、と彼らは言った。どうも昼に食べたものが腹に合わなかったみたいでさ。

午前零時ごろにジョーが目を覚まし、二人を呼んだ。あたりに重苦しい雰囲気がたちこめていて、何かの不吉な前兆に思えた。少年たちは身を寄せあい、焚火《たきび》の優しい暖かさを求めたが、澱《よど》んだ空気のどんよりした暑苦しさに息が詰まりそうだった。じっと座って、気を張りつめ、待った。厳《おごそ》かな静寂《せいじゃく》が続いた。焚火の光の外、何もかもが黒き闇《やみ》に呑《の》まれていた。

間もなく、震えるような光が仄《ほの》かに浮かび、木の葉の姿を一瞬ぼんやり晒《さら》して、また消えた。やがてもうひとつ、もう少し強い光が現われた。そしてもうひとつ。それから、森の木々の枝の中から、かすかな呻《うめ》き声がふうっと漏れてきて、束《つか》の間《ま》何かの息が頬にかかるのを少年たちは感じ、夜の霊が過ぎていった気がしてぞっと身震いした。一瞬、間《ま》があった。そして今度は、パッと不気味な光が閃《ひらめ》き、夜は昼に変わって、足下《あしもと》の小さな草の葉一本一本までくっきり浮かび上がった。三つの白い、恐怖に襲われた顔も光は露《あら》わにした。おそろしく太い雷鳴《らいめい》が天から転げ落ちてきて、陰気にゴロゴロ鳴りながら遠ざかっていった。冷たい空気がさっと過ぎていって、木の葉をさわさわそよがせ、焚火の周りに平たく薄い灰の吹雪《ふぶき》を舞い上がらせた。もうひとつ、荒々しくぎらつく光が森を一気に照らし出し、すぐさま凄まじい雷が落ちて、少年たちのすぐ上の木々の梢《こずえ》を引き裂くように思えた。それに続いた濃い闇のなか、彼らは怯《おび》えてたがいにしがみついた。大きな雨粒《あまつぶ》が何滴か、木の葉にぽたぽた落ちた。

「急げみんな、テントに行こう!」とトムが叫んだ。

跳び上がって駆け出し、闇の中で根っこや蔦《つた》につまずきながら、てんでばらばらの方角に走っていった。凄まじい突風《とっぷう》がごうごうと木々のあいだを貫き、そこにいるすべてのものたちに歌を歌わせていった。目も眩《くら》むまぶしい一瞬が次々に生じ、耳をつんざく雷も立てつづけに落ちた。そしていま、土砂《どしゃ》降りの雨が降ってきて、ぐんぐん強まる暴風がそれを地面に叩《たた》きつけた。少年たちは大声をかけ合ったが、荒れ狂う風と轟《とどろ》く雷鳴とにそれもすっかりかき消されてしまった。けれど彼らは、一人また一人と何とかテントの下に入っていった。寒いし、怯えて、体じゅうから水が垂れていたが、こんなときでも仲間がいるのは有難《ありがた》かった。古い帆がばたばたものすごい勢いではためくので、たとえほかに何も邪魔な音がなかったとしても喋るのは無理な相談だったろう。嵐《あらし》はますます激しくなって、やがてとうとう帆が外れて、突風に乗って飛んでいってしまった。少年たちは手をつないで逃げ出し、さんざん転んだり打ち傷を作ったりしながら、川辺《かわべ》に立つオークの大木の下に逃れた。いまや戦いは最《さい》高潮《こうちょう》に達していた。稲妻《いなずま》がひっきりなしに燃え上がり、空を赤く染める下で、何もかもがくっきり輪郭《りんかく》を帯び、影もなく浮かび上がった——嵐にたわむ木々、白く泡を立てて渦巻《うずま》く川、叩きつける水飛沫《みずしぶき》、漂っていく千切《ちぎ》れ雲と横殴りに降る雨のベールごしに垣間見《かいまみ》える向こう岸の絶壁《ぜっぺき》のぼんやりした姿。ひっきりなしにどこかの大木が戦いに屈し、けたたましい音を立てて自分より若い木々の中に倒れていった。揺るぐことのない雷の響きは、いまや鼓《こ》膜《まく》も破れんばかりに爆裂《ばくれつ》し、烈《はげ》しい、鋭い、言いようもないほど恐ろしい音を轟かせた。嵐はここを先途《せんど》とその力を結集させ、この勢いでは島全体が八つ裂きにされ、燃えつき、木のてっぺんまで水に呑まれ、吹き飛ばされ、そこに棲《す》まうすべての生き物の耳が破壊され、等々がすべて同時に起きるかと思われた。家なき幼い者たちが外に出ているには何とも荒々しい晩であった。

だがやっと戦いも終わり、自然の猛威《もうい》もだんだん収まって、脅《おど》しや不平の声からも勢いが失われ、平穏《へいおん》が支配権を取り戻していった。少年たちは畏怖《いふ》の念に包まれて陣地に戻っていったが、そこで見た情景に、少なくともこれは有難く思わなくては、と思った——なぜなら、彼らの寝床を護《まも》っていた大きなスズカケの木は、いまや見るも無残《むざん》な姿になっていたのだ。木が稲妻に打たれて倒れた破局《はきょく》の瞬間、自分たちがその下にいないで本当によかったと思った。

陣地の何もかもが、焚火も含めて、びしょ濡《ぬ》れになっていた。この年ごろの常として、この少年たちも用心ということを知らず、雨に対して何の備えもしていなかったのである。これは由々《ゆゆ》しき事態である。みんなぐっしょり濡れて、体の芯《しん》まで冷えきっているのだ。三人はさんざん嘆《なげ》きの言葉を発したが、間もなく、焚火の火が、背壁《せかべ》にした大きな丸太の相当奥まで（丸太が湾曲《わんきょく》していて地面から浮き上がっているあたりまで）食い込んでいて、手の幅十センチばかりが濡れずにまだ残っていることが判明した。そこで彼らは、あちこちの丸太の、かろうじて濡れなかった下側から切れ端や樹皮を集めて丹念に火を大きくしていき、やがてまた勢いよく燃える焚火をつくり上げた。それから、枯れた大枝を積んでいって、ごうごうと燃え盛る炉《ろ》に仕立て、心もふたたび暖かくなった。ハムを乾かして豪勢な食事を楽しみ、それが済むと焚火を囲んで座り、真夜中の冒険を引き延ばし、朝まで自らの勇敢さを讃《たた》えつづけた。どのみちあたりは乾いたところなど一箇所もなく、眠るどころではなかったのである。

太陽がじわじわと少年たちの上に降りてくると、眠気が襲ってきて、みんなで砂洲《さす》まで行き、一眠りしようと横になった。だがやがて陽に体をさんざん焼かれ、すさんだ思いで朝食の支度にかかった。食べ終えると、体じゅうが錆《さ》びて関節《かんせつ》がこわばったような気がして、ホームシックもいくぶんぶり返していた。トムはその徴候《ちょうこう》を看《み》てとり、精一杯《せいいっぱい》海賊仲間を元気づけた。だが彼らはビー玉遊びにもサーカスにも泳ぎにも、何にも食いついてこなかった。とはいえ大いなる秘密のことをトムが思い出させると、一筋の陽気さが生じた。それが途切れる前にと、トムは新たな手口で彼らの興味を繋《つな》ぎとめた。すなわち、海賊をしばらくやめて、インディアンになるのだ。二人ともこの思いつきには乗ってきて、程なくしてみな服を脱ぎ、頭から爪先《つまさき》まで縞馬《しまうま》さながらに泥を塗りたくり——もちろん三人とも首長だ——イギリスの入植地《にゅうしょくち》を襲撃《しゅうげき》せんと森を駆け抜けていった。

やがて彼らは敵対する三部族に分かれ、恐ろしい鬨《とき》の声を上げながらたがいを奇襲《きしゅう》しあい、何千人と殺しあい、頭の皮を剝《は》ぎあった。血腥《ちなまぐさ》い一日であった。したがって実に満足の行く一日であった。

夕食の時間近くに、三人とも腹を空《す》かし、上機嫌で陣地に集まった。だがここで問題が持ち上がった。敵対するインディアン同士は、友好のパンを分けあうにはまず和平を結ばねばならず、それには和平のパイプが不可欠《ふかけつ》である。ほかのやり方なんて聞いたことがない。蛮人《ばんじん》のうち二人は、こんなことなら海賊のままでいるんだったと思ったほどだった。だがほかに手はない。かくして、精一杯陽気な顔を装《よそお》って彼らはパイプを所望《しょもう》し、然《しか》るべく回し喫《の》みしていった。

そして見よ、彼らは蛮人の道に入ったことを嬉《うれ》しく思った。得《う》るところはしっかりあった。いまや彼らは、少しくらい喫っても、失《な》くしたナイフを探しに行ったりせずとも大丈夫になったのである。本気で気分が悪い、なんてところまではもう行かない。この有望な展開を、みすみす逃したりはしない。夕食後、彼らは慎重に練習し、見事成功を収めて、心躍《おど》る愉《たの》しい晩を過ごした。新たに身につけたこの習慣が何とも誇らしく、また嬉しく、六部族の頭を剝ぎ皮を剝いだってここまで上機嫌になるまいと思えた。私たちはひとまず、煙草を喫い、お喋りに興《きょう》じ、自慢話に酔う彼らの許《もと》を去ることにしよう。目下のところ、彼らにこれ以上用はないのだから。

## 第十七章　失われた英雄たちの記憶——これぞトムの秘密

だがその同じ穏やかな土曜の午後、小さな村には何の歓喜《かんき》もなかった。ハーパー家、ポリー伯母さんの一家は、大きな悲しみと多くの涙を抱えて喪《も》に服さんとしていた。ただでさえ静かな村に、異様なまでの静かさがとり憑《つ》いていた。村人たちは上《うわ》の空で用事をこなし、ろくに口も利《き》かず、繰り返し溜息《ためいき》をついた。土曜の休日は子供たちにとって重荷のようだった。遊んでいても気は入らず、じきやめてしまった。

午後になり、ベッキー・サッチャーは人気《ひとけ》のない学校の校庭で独《ひと》り塞《ふさ》ぎ込み、深い憂《うれ》いに浸《ひた》っていた。校庭に来てみても、彼女を慰《なぐさ》めてくれるものは何ひとつなかった。彼女は独りごちた——

「ああ、あの人の真鍮《しんちゅう》の薪載《まきの》せ台のつまみをまだ持っていたら！　いまとなっては何の形《かた》見《み》もないんだわ」。そして彼女はこみ上げてくる涙を抑え込んだ。

じきに泣きやんで、胸の内でこう言った――

「ここだったわ、正に。ああ、もう一度やり直せたら、あんなこと言わないのに――絶対、何があっても言わないのに。でもあの人は行ってしまった。もう二度と、二度と会えないのだわ」

そう思うと胸ははり裂け、涙が頬を流れ落ちるなか、彼女は立ち去った。やがて、男子女子両方から成る大きな集団がやって来て――トムとジョーの遊び友だちである――校庭にめぐらされた柵《さく》の前に立ち、恭《うやうや》しい口調で、最後に見たときトムがこれこれをしたとか、ジョーがあれこれの些細《ささい》なことを言ったとか（そこに恐ろしい予言が隠れていたことが、いまになってみると分かる！）を語り、いなくなった子がそのときどこの地点にいたかをめいめいが厳密《げんみつ》に指さし、こんな風《ふう》に言い添えるのだった――「そして僕はちょうどこんな具合に立っていたんだ――君があいつだったとして、ちょうどこんな具合に――そのくらい近くにいたんだ――そしてあいつは、こんな風ににっこり笑った――そしたら僕、何かこう、体じゅうで感じたんだ――ぞっとしたんだ――どういう意味があるのか、そのときはもちろん考えもしなかったけど、いま思い返すとよく分かるよ！」

やがて、死んだ少年たちを生前《せいぜん》最後に見たのは誰かをめぐって論争が生じ、その陰鬱《いんうつ》な栄誉を多くの者が主張して、証拠を述べ立て、証人によってそれぞれ修正が加えられた。事実死者たちを最後に見たのは誰で、最後の言葉を交わしたのは誰か、最終的な判定が下されると、幸運なる者たちは一種聖なる重みを身に帯びるに至り、皆の注目の的《まと》、羨望《せんぼう》の対象となった。一人の子は、ほかに何も威張《いば》れることがないので、相当誇らし気にこう回想した——「トム・ソーヤーがね、僕のこと一度撲《ぶ》ったんだ」

だが名声を狙《ねら》うこの企ても失敗に終わった。そう言える男の子は大勢いて、その栄誉の値《ね》は大幅に下がっていたのである。子供たちは三々五々去っていきながら、畏《おそ》れの混じった声で、失われた英雄たちの思い出になお浸っていた。

翌朝、日曜学校の時間が済むと、いつもとは違う弔《とむら》いの鐘が鳴った。ひどく静かな安息日《あんそくび》で、死者を悼《いた》むその音《ね》は、あたりの自然を包む、黙想《もくそう》に耽《ふけ》るような静けさと調和して聞こえた。村びとたちが集まってきた。誰もが入口広間でしばし立ちどまり、悲しい出来事をめぐってヒソヒソ声を交わしていった。だが教会の中に入ると、囁《ささや》き声ひとつなかった。女たちが席に着くときの陰気な衣擦《きぬず》れ以外、静寂を乱すものは何もなかった。小さな教会にこんなに人が集まったのはいつ以来か、誰も思い出せなかった。やがて、誰もがただ待っている空白が、何かを心待ちにするような間《ま》が生じ、ポリー伯母さんがシドとメアリを従えて入ってきて、ハーパー一家がそのあとに続いた。みな喪服《もふく》に身を包んでいた。会衆《かいしゅう》全員、さらには老いた牧師も恭しく起立《きりつ》し、喪に服す人びとが最前列に着席するまでそのままでいた。思いを交わしあうがごとき沈黙がふたたび訪れ、抑えたすすり泣きが時おりそれを破り、やがて牧師が両手を広げて祈った。胸を打つ賛美歌《さんびか》が歌われ、聖書の言葉が続いた——「我は復活《よみがえり》なり、生命《いのち》なり」。

式が進んで、牧師は失われた少年たちのこの上なく愛《いと》おしい姿、心を魅《み》する振舞《ふるま》い、有望だった将来を描き出していった。それを聞いて、居合わせた誰もが思いあたる節《ふし》を感じ、それらの美徳《びとく》に自分が終始目を閉ざしていたこと、さらに、哀れな少年たちの欠点や瑕《きず》となると終始見咎《みとが》めてきたことを思い出し、胸を刺される思いを味わうのだった。故人たちの優しく鷹揚《おうよう》な性格を伝える、胸を打つ出来事を牧師は数多く語り、それらの逸話《いつわ》がいかに気高《けだか》く美しいかを人びとはいまやつくづく思い知り、それが起きた当時にはけしからぬ、牛革《うしがわ》で打つに値《あたい》する非道《ひどう》としか思えなかったことを悲しく想起した。哀れを誘う物語がなおも語られるなか、会衆はますます心を動かされ、ついには全員がすっかり取り乱し、喪に服し涙にくれている家族たちに加わって、苦悶《くもん》に満ちたむせび泣きの合唱を発し、牧師その人までも感《かん》極《きわ》まって、説教壇《せっきょうだん》の上で涙していた。

二階の回廊《かいろう》で衣擦れが聞こえたが、誰も気づかなかった。ややあって、教会の扉が軋《きし》んだ。涙に曇《くも》った目を牧師はハンカチから上げ、その場に凍りついた！　まず一対の、それからまた一対の目が牧師の目に従い、やがてほとんどひとつの衝動の下《もと》に会衆は一斉《いっせい》に立ち上がり、呆然《ぼうぜん》として、死んだ三人の少年が通路を進んでくるのを見守った——トムが先頭に立ち、ジョーが次、だらしなく垂れ下がった壊滅《かいめつ》的な襤褸《ぼろ》に身を包んだハックがおずおずしんがりを務《つと》める！　三人とも、使われていない二階の回廊に隠れて、自分たちの葬式の説教を聞いていたのだ！

ポリー伯母さん、メアリ、ハーパー一家が蘇《よみがえ》った者たちに飛びついていき、キスの雨を浴びせ、感謝の言葉を口々に迸《ほとばし》らせた。その間ハックは、何ともバツが悪そうに、落着かな気に立ち、どうしたらいいのか、彼を歓迎せぬかくも多くの目から逃れてどこに隠れたらいいのか分からずにいる様子だった。彼はためらい、こそこそ立ち去りかけたが、と、トムが彼を捕《つか》まえて言った——

「ポリー伯母さん、不公平だよ。ハックを見て喜んでる人だっているはずだよ」

「そうともさ。あたしは喜んでるよ、気の毒な母なし子や！」。そしてポリー伯母さんがハックに注いだ情愛《じょうあい》深い心遣《こころづか》いこそ、唯一《ゆいいつ》彼をますます居心地《いごこち》悪くさせうるものにほかならなかった。

突然、牧師が声を精一杯張り上げた——

「すべての祝福の源《みなもと》たる神を讃《たた》えましょう——**歌いましょう！** 心を込めて！」

そして人びとは歌った。賛美歌第百番が堂々、意気揚々轟《とどろ》きわたって教会の垂木《たるき》を揺らすなか、海賊トム・ソーヤーは周囲の、嫉妬《しっと》の目で見ている少年たちを眺め回し、いまこそ人生で最も誇らしい瞬間だと感じていた。

「一杯食った」会衆は、教会を出ていきながら、第百番があんな風に歌われるのが聞けるんだったらもういっぺん担《かつ》がれてもいい、と口々に言っていた。

トムはその日、これまで一年で浴びたよりもっと多くのキスと平手打ちを——どっちが来るかはポリー伯母さんの揺れ動く気分次第だった——浴びた。そのどちらが、神への感謝の念、自分に対する愛情をよりよく伝えているのか、トムには何とも見当がつきかねた。

## 第十八章　トムの愛情、吟味される――素敵な夢――ベッキー・サッチャー霞む――トムの嫉妬――黒き復讐

これぞトムとっておきの秘密であった――海賊仲間と村に戻って、自分たちの葬儀に出る。土曜日の黄昏《たそがれ》どき、彼らは丸太に乗ってミズーリ岸に漕《こ》ぎつけ、村の十キロ近く下流から上陸した。村外《むらはず》れの森で、夜がほぼ明けるまで眠ってから、裏道や路地《ろじ》を這《は》うように進んで、お役御免《やくごめん》になった長椅子《ながいす》がごちゃごちゃ並ぶ教会の二階回廊で眠りの仕上げをしたのである。

月曜の朝食の席、ポリー伯母さんとメアリはおそろしく優しく、甲斐甲斐《かいがい》しくトムの世話を焼いてくれた。いつになく話も弾《はず》んだ。やがてポリー伯母さんが言った――

「ねえトムや、まあたしかによく出来た冗談ではあるよ、みんなにほぼ一週間辛《つら》い思いさせてあんたたちは楽しかっただろうよ、だけどあたしをこんなに苦しませるほどあんたが薄《はく》情《じょう》だなんてね。丸太に乗って自分の葬式に来れるくらいなら、何かそれとなく知らせにきてくれてもよかったんじゃないかね、死んじゃいなくて家出しただけだって」

「そうよ、それくらいできたわよ、トム」とメアリが言った。「きっと、もし思いついていたらやってくれてたわよね」

「そうなのかい、トム?」とポリー伯母さんが、顔を切なげに輝かせて言った。「どうなん

だい、思いついてたらやってくれてたかい？」

「うん——どうかなあ。そうするとすべておじゃんになっちゃうからなあ」

「トム、あんたがあたしのこと、それくらいは愛してくれてると思ってたんだけどねえ」とポリー伯母さんがひどく悲しげな口調で言い、トムは居心地が悪くなってきた。「そういうこと、思いついてくれてたら嬉《うれ》しかったんだけどねえ——たとえ実際やってくれなくても」

「ねえ伯母さん、この子、悪気《わるぎ》はないのよ」とメアリが弁護してくれた。「そういう子なのよ——年がら年じゅう飛び回って、なぁんにも考えないのよ」

「じゃあなおさら残念だよ。シドなら思いついてくれたよ。シドなら思いついて、やってもくれたよ。ねえトム、お前もいつの日か、手遅れになってから、もうちょっと伯母さんのこと大切にするんだった、すごく簡単なことだったのにって思うだろうよ」

「ねえ伯母さん、分かってるでしょ、僕が伯母さんのこと大切に思ってるって」

「行《おこ》ないで示してくれたら、もっとよく分かるんだけどね」

「僕も思うよ、思いついてたらよかったなって」とトムはしおらしい口調で言った。「でも伯母さんのこと、夢には見たよ。夢でも少しはいいでしょう？」

「まあ大したことじゃないけど——猫だって夢くらい見るからね——なんにもないよりはましかね。それで、どんな夢見たんだい？」

「水曜の夜にね、伯母さんがあのへん、ベッドのそばに座ってる夢を見たんだ。シドは薪入《まきい》れの横に座ってて、メアリがその隣《となり》に座ってて」

「うん、そうだったよ。いつもみんなそうするんだ。嬉しいね、お前の夢があたしたちのこと、それくらいは気にしてくれて」

「で、夢の中でジョー・ハーパーのお母さんもここにいたよ」

「あらまあ、いたんだよ、ほんとに！　もっと何か見たかい？」

「うん、いろいろ見たよ。でももう、すごくぼんやりしちゃってる」

「そこを何とか、思い出してみとくれよ——ねえ」

「何となく、たしか、風が、風が何かを——」

「もうちょっとだよ、トム！　風が何かを揺らしたんだよ。さあ！」

トムは指をぎゅっと額《ひたい》に押しつけ、一分ばかり難しい顔をしていたが、やがて言った——

「分かった！　分かったぞ！　蠟燭《ろうそく》の炎を揺らしたんだ！」

「魂消《たまげ》たねえ！　さあそれで、トム？——それで？」

「それで、何でも伯母さんがね、言ったと思うんだ、『きっと玄関の——』」

「それで、トム？」

「ちょっと考えさせてよ——ちょっと待って。ああ、そうだ——きっと玄関の扉が開《あ》いてるって言ったんだ」

「言ったとも、言ったともさ！　あたし言っただろう、メアリ？　それで？」

「それでね——それでね——うーん、よく分かんないけど、たぶんさ、伯母さんがシドに何かやらせて——で——」

「で？　で？　あたしがシドに何やらせたんだい？　何やらせたんだい？」

「シドにね——ええと——そうだ、扉を閉めに行かせたんだ」

「びっくりだねえ！　こんな凄《すご》い話、初めてだよ！　夢なんて何の意味もないとか言うけど、そんなことないんだねえ。セレニー・ハーパーに一刻《いっこく》も早く知らせてやらなきゃ。迷信なんてガラクタだってあの人片付《かたづ》けるけど、これをどう片付ける？　それで、トム？」

「うん、何もかもはっきりしてきたよ。次に伯母さんがね、あの子は決して悪い子じゃなくて悪戯《いたずら》で分別がないだけで、ええっと、何ほども当てになりゃしないんだっけなあ——ええと——仔馬《こうま》か何かだよ」

「そのとおりだよ！　いや、参ったねえ！　それで、トム？」

「それから伯母さんが泣き出した」

「そうとも。そうともさ。泣いたのはこれが初めてじゃないけどね。それから——」

「それからミセス・ハーパーも泣き出して、うちのジョーもおんなじですよって言って、自分で捨てたクリームのことで鞭《むち》打ったりするんじゃなかったって言って——」

「トム！　お前に霊《れい》が降りてきてたんだよ！　霊の言葉を受けてたんだ——そうとも！　まあトム、それで？」

「それからシドがね——シドが何か言ったんだ——」

「僕、なんにも言ってないと思うな」とシドが言った。

「いいえシド、言ったわよ」とメアリが言った。

「あんたたち黙んなさい、トムに考えさせるんだよ！　シドが何て言ったんだい、トム？」

「シドがね――たぶんだけど、いまいるところで僕が前より幸せになってればいい、でもこれまでもしときどきはもう少しいい子で――」

「そらね、聞いたかい？　正にそう言ったんだよ！」

「それで伯母さんが、黙んなさいって叱《しか》ったの」

「叱ったとも！　きっと天使がいたんだね。絶対どこかにいたんだよ、天使が！」

「そうしてミセス・ハーパーがジョーに爆竹《ばくちく》で肝《きも》を潰《つぶ》された話をして、伯母さんがピーターとペインキラーのこと話して――」

「まったくそうだとも！」

「それから、僕たちを探して川を浚《さら》ったとか、日曜日にお葬式をやるとかの話がいろいろ出て、それから伯母さんとミセス・ハーパーが抱きあって泣いて、ミセス・ハーパーが帰っていったよ」

「そのとおりだったよ！　そのとおりだったよ、ほんとに何もかも。トム、あんたほんとに見たとしたってそこまで言えやしないよ。で、それから？　それからどうしたんだい、トム？」

「それから伯母さんが、僕のことお祈りしてくれたと思う――伯母さんの姿が見えたし、言ってる言葉も全部聞こえたよ。それから伯母さんがベッドに入って、僕もすごく申し訳なかったから、スズカケの樹《き》の皮に『ぼくたちはしんでません――かいぞくになってるだけです』って書いて、テーブルの上の、蠟燭のそばに置いたんだ。眠ってる伯母さんはほんとに優しそうで、だから僕、寄っていって伯母さんの唇にキスしたと思う」

「そうなのかいトム、そうなのかい！　ならもう、何もかも許すよ！」。そして伯母さんに骨も砕《くだ》けんばかりにぎゅっと抱きしめられたので、トムは極悪人《ごくあくにん》になったような、底なしに疚《やま》しい思いに駆られた。

「優しいんだねえ、まあただの──夢ではあるけど」とシドが、かろうじて聞こえる独り言《ひとりごと》を漏らした。

「お黙り、シド！　人間は夢の中でも、起きてるときと同じに振舞《ふるま》うんだよ。ほらこれトム、お前が見つかったらやろうと思って取っといた、大《お》っきなマイラム・リンゴだよ──さ、学校へ行っといで。お前を返してくださった神様、あたしたちみんなの父なる神に感謝しなくちゃね。神様はね、その御心《みこころ》を信じ御言葉《みことば》を守る者たちには、辛抱強《しんぼうづよ》く寛大《かんだい》に接してくださるんだ。そりゃまああたしにそんな値打ちがないことは百も承知だけど、そうは言っても、ほんとに値打ちある者だけが神の祝福をいただいて辛《つら》いときにお助けいただくとしたら、この世で笑顔でいられる人間なんてほとんどいなくなるだろうし、長い夜が来たときに神の国に入れる者だってほんの一握りになっちまう。さあ行きなさい、シド、メアリ、トム──さっさとお行き、もうあんたたちの相手はたくさんだよ」

子供たちは学校に出かけ、伯母さんはトムの驚くべき夢の話でもってミセス・ハーパーの現実主義を粉砕《ふんさい》せんと出かけていった。計算高いシドは、家を出るにあたって頭の中にある思いを口にはしなかった――「見え透《す》いてるよなあ――あんなに長い夢で、ひとつも間違いがないなんて！」

さて、いまやトムは何たる英雄になったことか！　もはや彼はぴょんぴょん跳ね回ったりはせず、人の目が自分に注がれていることを自覚する海賊に相応《ふさわ》しい、堂々たる威厳《いげん》をもって闊歩《かっぽ》していた。事実みんなの目は彼に注がれていた。歩きながらトムは、人びとの視線を見ぬよう、言葉も聞かぬよう努めていたが、それらの眼差《まなざ》しも囁《ささや》き声も彼にとっては食べ物飲み物の滋養《じよう》に満ちていた。年下の男の子たちが後ろにくっついて群《むら》がり、さながら彼が、行進の先頭を行く鼓手《こしゅ》か、サーカスの動物たちを町に先導していく象であるかのように、みんな彼について回るのを許されているのを見られるのが誇らしくて仕方ない様子だった。同じ年ごろの男の子たちは、彼がいなくなっていたことすら知らないふりを装《よそお》っていたが、内心は嫉妬《しっと》の念に身も焦《こ》がさんばかりであった。あの日焼けした浅黒い肌と、華やかな名声とが得られるのなら、彼らはおよそ何だってやっただろう。そしてトムも、サーカスまるごと貰《もら》えると言われたって、そのどちらも手放す気はなかっただろう。

学校でもトムとジョーはさんざん持て囃《はや》され、皆からこの上なく雄弁《ゆうべん》な賞讃《しょうさん》の眼差しを送られたものだから、二人の英雄が鼻持ちならない「天狗《てんぐ》」になるのにさして時間はかからなかった。飢えた聞き手たちに彼らは己《おのれ》の冒険を語りはじめたが、はじめただけでとうてい終わりまでは行かなかった。二人とも想像力はたっぷりあって、物語はいくらでも紡《つむ》ぎ出せたのである。そしてとうとう、二人がパイプを取り出し、平然とプカプカやり出したところで、栄光は頂点《ちょうてん》に達した。

これでもう、ベッキー・サッチャーがいなくても平気だとトムは思った。栄誉だけで十分だ。これからは栄誉のために生きるのだ。こうして名声を得たからには、向こうから仲直りを求めてくるかもしれない。勝手にするがいい。こっちだって冷淡《れいたん》になれるところを見せてやろう。間もなく彼女がやって来た。トムは彼女が見えていないふりをした。彼女から離れていって、男子女子の輪に入って、話をはじめた。じきに、彼女が頰を赤らませ目を躍《おど》らせて愉《たの》しげにぴょんぴょん跳ね回るのが見えた。友だちを追いかけるのに夢中なふりをして、誰かを捕《つか》まえるたびにキャッキャッと笑う。ところが、捕まえるのがいつも決まってトムのそばにいるときで、しかも捕まえるたびに彼の方にしっかり目を向けているらしい。そのことが、トムの中にあるたちの悪い虚栄心を煽《あお》った。ゆえにそれは、トムの心をかち取るどころか、ますます彼を「持ち上げる」ばかりで、トムはいっそう気合いを入れて、彼女がそばにいるのを知っていることを見せぬよう努めるのだった。間もなく彼女は跳び回るのをやめ、あたりをぐずぐずうろうろし、一、二度溜息《ためいき》をついて、こっそり切なげな目をトムに向けた。と、トムが目下ほかの誰よりもエイミー・ローレンスに向かって喋《しゃべ》っていることを彼女は看《み》てとった。胸をグサッと刺された思いで、たちまち心は乱れ、不安が広がった。立ち去ろうとしたが、足が言うことを聞かず、逆にトムのいる輪の方に彼女を引っぱっていった。そして彼女は、トムのほぼ真横にいる女の子に、偽《にせ》の快活《かいかつ》さを装って話しかけた——

「あらメアリ・オースティン！　悪い子ねえ、なんで日曜学校に来なかったの？」

「行ったわよ――あたしのこと見なかった?」

「見なかったわ! 来てたの? どこに座ってた?」

「ピーターズ先生のクラスよ、いつものとおり。あんたのことも見たわよ」

「あらそう? 変ねえ、なんであんたのこと見かけなかったのかしら。ピク＝ニクのこと話したかったのに」

「あらいいわねえ。誰がやるの、ピク＝ニク?」

「ママがあたしにやらせてくれるのよ」

「いいわねえ。あたしも呼んでもらえるといいな」

「大丈夫よ。あたしのピク＝ニクなんだもの。あたしが来てほしい人はみんな呼んでくれるのよ。それで、あんたにも来てほしいのよ」

「嬉しいわあ。いつやるの?」

「そのうちにね。休みのころかしらね」

「きっと楽しいわね! 女の子男の子、みんな呼ぶの?」

「ええ、あたしの友だちはみんな呼ぶわ――友だちになりたい人も」そう言って、彼女はきわめてさりげなくトムの方を見たが、トムは相変わらずエイミー・ローレンス相手に、島を襲った恐ろしい嵐《あらし》の話をしていて、大きなスズカケの木が彼が立っていた場所から「一メートルと離れていないところで」稲妻に「木っ端微塵《こばみじん》」に裂かれた瞬間を物語っている。

「ねえ、あたしも行っていい?」とグレイシー・ミラーが言った。

「いいわよ」

「あたしは？」とサリー・ロジャーズが言った。

「いいわよ」

「あたしもいい？」とスージー・ハーパーが言った。「あとジョーも？」

「いいわよ」

といった具合に、嬉《うれ》しそうに手を叩《たた》きながら輪のみんなが招待を乞《こ》い、残るはトムとエイミーだけになった。やがてトムがそっけなくよそに向き直り、話を続けたままエイミーを連れて立ち去った。ベッキーの唇が震え、涙が目に浮かんだ。無理して陽気に振舞ってそれを隠し、ぺちゃくちゃお喋りを続けたが、いまやピク＝ニクは輝きを失っていた。すべてが輝きを失っていた。ベッキーはできるだけ早く場を離れ、独り隠れて、女の子たちの言うがごとく「心行《ゆ》くまで」泣いた。それから、暗い気分で、傷ついたプライドを抱え、鐘が鳴るまでじっとしていた。が、やがて塞《ふさ》ぎの虫から抜け出し、目に復讐《ふくしゅう》の色を浮かべて、お下げ髪をさっと揺すって、いまに見てらっしゃい、とひそかに呟《つぶや》いた。

休み時間もトムはひどく上機嫌に、相変わらずエイミーとべたべたくっついていた。見せつけてやろうと、あちこち歩き回ってベッキーを探したが、やっと彼女が見つかってその姿を見ると、彼の水銀柱《すいぎんちゅう》が一気に下がった。ベッキーは校舎の裏手で、小さなベンチに心地《ここち》よさげに座って、アルフレッド・テンプルと一緒に絵本を見ていたのである。二人ともすっかり夢中になって、顔を寄せあい本に見入って、周りの世界のことなど一切《いっさい》頭にないように見えた。トムの血管《けっかん》を、熱い嫉妬《しっと》が駆け巡《めぐ》った。ベッキーがせっかく仲直りのチャンスを提供してくれたのに、みすみすそれをフイにした自分が腹立たしかった。心中《しんちゅう》、己を馬鹿《ばか》呼ばわりし、思いつくかぎりの罵《のの》りの言葉を浴びせた。悔《く》やんでも悔やみきれず、泣きたい気分だった。一方エイミーは、トムと並んで歩きながら相変わらず楽しそうにぺちゃくちゃ喋っている。心がまるごと歌っている。でもトムの舌はもう役立たずになっていた。エイミーが何を言っているかも聞こえなかったし、トムの返事を楽しみに彼女が間《ま》を置くたび、しどろもどろに、たいていは見当外れの相槌《あいづち》を打つのがやっとだった。何度も校舎の裏手に迷い出ていき、その呪《のろ》わしい情景で自らの眼球《がんきゅう》を焦がした。そうせずにはおれなかった。トムから見たところ、彼が生者《せいじゃ》の国にいることすら、ベッキー・サッチャーは気がついていない。気も狂う思いだった。だが実のところ、彼女はちゃんと見ていた。ちゃんと見ていて、戦いに勝利を収めつつあることを察《さっ》し、かつて自分が苦しんだのと同じようにトムが苦しむのを見て喜んでいたのである。

エイミーの楽しげなぺちゃくちゃが、だんだん耐えがたくなってきた。僕ちょっとやることがあってさ、とトムは仄《ほの》めかした。いろいろ用事があるし、時間もないし……。だが効き目はなかった。相手はなおもぺちゃくちゃやっている。「なんてこった、こいつから逃げる手はないのか？」と思った。やっと、僕もうほんとにやることがあって、と言うと、じゃあ放課後《ほうかご》に待ってるから、とどこまでも無邪気《むじゃき》にエイミーは言った。そんな彼女を疎《うと》ましく思いながら、トムはそそくさと立ち去った。

「ほかの男ならともかく！」とトムは歯ぎしりしながら考えた。「村じゅう、ほかの誰でもいい、あのセントルイス出の、自分のことすごいお洒落《しゃれ》で貴族《きぞく》だと思ってる自惚《うぬぼ》れ野郎だけは！　よし分かった、お前がこの村に来た日にも痛めつけてやった俺だ、もういっぺん痛めつけてやる！　じき捕《つか》まえてやるからな、見てろよ！　お前なんかあっさり——」

こうしてトムは、想像上の少年を叩きのめす手順をたどっていった。空気をしこたま殴りつけ、蹴《け》り、抉《えぐ》った。「そうか、痛いか、え？　悲鳴《ひめい》だけは一人前だな！　さあ、これで思い知れ！」。こうして架空の殴打《おうだ》は、トムを大いに満足させて終了した。

正午になり、トムは家に逃げ帰った。エイミーがさも有難そう、嬉しそうにしていることに良心がもうこれ以上耐えられなかったし、もうひとつの悩みごとの方は嫉妬心がもはや耐えられなかった。ベッキーはアルフレッドとの絵本の耽読《たんどく》を再開したが、時がじわじわ、苦しむトムが姿を見せることもなく過ぎていくにつれ、彼女の勝利にも翳《かげ》りが見えてきて、やる気も失せていった。重苦しい、ぼんやりした気分が生じ、やがて憂《うれ》いが訪れた。二度三度、足音がして耳をそばだてたが、いずれも当てはずれに終わり、トムは現われなかった。とうとう、すっかり惨《みじ》めな気持ちに陥《おちい》って、ここまでやるんじゃなかったと悔やんだ。哀れアルフレッドが、彼女の気持ちが離れかけているのを見て、どうしたらいいか分からぬまま、「わ、これ面白いよ！　これ見てごらんよ！」としつこく言うものだから、彼女の我慢もとうとう限界に達し、「ああもう、うるさいわね！　そんなのどうだっていいわよ！」と言ってワッと泣き出し、立ち上がって行ってしまった。

アルフレッドは慌《あわ》ててその横に飛んでいき、慰めようとしたが、彼女は言った——

「あっち行ってよ、放《ほ》っといてよ！　あんたなんか大っ嫌い！」

かくして相手は立ちどまり、いったい自分が何をしたのかと自問する羽目になった。昼休みずっと絵本を見ましょうねと言ったのは彼女なのに。そしてベッキーは泣きながらそのまま歩いていった。それからアルフレッドも、思いに耽《ふけ》りながら、誰もいない校舎に入っていった。屈辱《くつじょく》と、怒りを感じていた。真相はすぐに思いついた。あの娘《こ》は僕を、トム・ソーヤーに仕返しするために利用しただけなんだ。こう悟《さと》ると、トムへの憎しみは、和《やわ》らぐどころかますます募《つの》ってきた。何とかして、自分はあまり危険を負わずにトムをひどい目に遭わせてやる手はないものか。と、トムの綴《つづ》り方《かた》帳《ちょう》が目にとまった。チャンスだ。アルフレッドは午後の課題のページをいそいそと開いて、インクを紙にぶちまけた。

その瞬間、たまたま背後の窓から中を見ていたベッキーは、その行為を目撃したが、何も言わずにひっそり立ち去った。足は家の方に向かっていた。トムを探し出して、知らせるつもりだったのである。トムは感謝してくれて、二人のあいだの亀裂《きれつ》も解消されるだろう。が、半分も行かないうちに、気が変わった。ピク＝ニクの話をしている最中にトムが自分にした許しがたい仕打ちの記憶が蘇《よみがえ》ってきて、屈辱の念が胸を刺した。あんな奴《やつ》、綴り方帳を台なしにした罰に鞭《むち》を喰らうがいい、そう決めた。そしてついでに、あんな奴一生憎んでやる、そう彼女は心に決めた。

# 第十九章　トム、真実を語る

侘《わび》しい気分でトムは家に帰りついたが、伯母さんにいの一番に言われた一言で、己《おのれ》の悲しみを何とも見込みなき市場《いちば》に持ち込んだことを思い知った。

「トム、あんたの皮を剝《は》いでやりたいよ！」

「伯母さん、僕が何したっていうの？」

「何もかにもないよ。まんまとあんたに騙《だま》されて、夢がどうこうって戯言《たわごと》を信じさせようとセレニー・ハーパーのところにのこのこ出かけてったら、なんのこたぁない、セレニーったらとっくにみんなジョーから聞いてたんだよ。あんたあの晩、ここに来て、あたしたちの話を全部聞いてったんじゃないか。トム、そんな真似《まね》する男の子が将来どうなるのか、あたしには分からないよ。あたしがセレニー・ハーパーのとこに行ってまるっきり物笑いになるかもしれないってのに、あんたときたら平気な顔して何も言わないんだから。あたしゃつくづく情けないよ」

言われて初めて思いあたった見方だった。朝には我ながらいかにも気の利《き》いたジョークに感じられ、自分の頭の回転が誇らしかったものだが、いまはそれが、意地悪で卑劣《ひれつ》なだけに思えた。彼は頭《こうべ》を垂《た》れ、少しのあいだ何と言ったらいいかも思いつかなかったが、やがて言った――

「伯母さん、悪かったよ――考えてなかったんだ」

「お前はねえ、なんにも考えないんだよ。いつだってなんにも、自分勝手なことしか考えないんだよ。夜中にジャクソン島からわざわざここまで来て他人《ひと》が苦しんでるのを笑ってやろうってことは考えるし、夢がどうこうと嘘《うそ》ついてあたしを騙くらかそうってことも考えるけど、他人を不憫《ふびん》に思うとか、他人の悲しみを和らげてやろうなんてことはこれっぽっちも考えないんだ」

「伯母さん、ひどい真似したってこと、いまは分かるよ。でもそんなつもりはなかったんだ。ほんとだよ。それにあの晩は、伯母さんたちを笑いにきたんじゃないんだよ」

「じゃあ何しに来た?」

「僕たちのこと心配しないでください、溺《おぼ》れ死んでなんかいませんから、って伝えにきたんだよ」

「トムや、トムや、もしあんたがそんな嬉《うれ》しいこと考えてくれたって信じられたら、あたしゃ世界で一番幸せ者だよ。だけどあんた、そんなこと考えやしなかったんだ――あんたには分かってるし、あたしにも分かるんだよ、トム」

「ほんとだよ、ほんとなんだよ、伯母さん――そうじゃなかったら、この身が凍《こお》りついたっていい」

「トムや、嘘はやめとくれ――お願いだから。嘘は物事を百倍悪くするよ」

「嘘じゃないよ、伯母さん、真実なんだよ。伯母さんを悲しませたくなかったんだ――だからこそ来たんだよ」

「それが信じられるんだったら、あたしゃ何だってするよ。それがほんとだったら無数の罪が償《つぐな》われるよ。あんたが家出してあんなひどい真似したことだって、ほとんど嬉しいくらいだよ。だけどそんなのありえない。だって、そんなら何で知らせなかった？」

「それはさ、伯母さん、お葬式の話を聞いたとたんにさ、教会に行って隠れたらって思いついて、それでもう頭が一杯になっちゃって。どうしてもあきらめる気になれなくて。だから樹《き》の皮をポケットに戻して、何も知らせなかったんだよ」

「樹の皮？」

「僕たちは海賊になりましたって知らせを書いた樹の皮だよ。いま思えば、キスしたとき伯母さんが目を覚ましてくれてたらなあ。ほんと、そう思うよ」

伯母さんの顔の険《けわ》しい皺《しわ》が和らいで、優しさが俄《にわか》にその目に宿った。

「お前、あたしにキスしたのかい？」

「うん、したよ」

「確かかい、トム？」

「うん、したよ――絶対確かだよ」

「何だってあたしにキスしたんだい、トム？」

「伯母さんのことすごく愛してて、伯母さんがあそこで寝ていて苦しそうに唸《うな》ってて、すごく申し訳なかったからだよ」

その言葉は真実のように聞こえた。声の震えも隠せぬまま、伯母さんは言った――「もう一度キスしておくれ、トム！――さあもう学校へお行き、これ以上あたしを煩《わずら》わさないどくれ」

トムがいなくなったとたん、伯母さんは衣裳棚《いしょうだな》に飛んでいって、トムが海賊ごっこに着ていたぼろぼろの上着を引っぱり出した。けれども、それを持ったまま手を止め、心の中で言った――

「いや、やめとこう。やれやれ、あれもきっと嘘だったんだよ。でもほんとに、ほんとに嬉しい嘘だよ、すごく心が慰められる嘘だよ。願わくは神様が――神様はきっとあの子のこと許してくださるよ、心根《こころね》が優しいからこそあんなこと言ったんだから。でも、嘘だと確かめるのはやめとこう。見るのはよそう」

伯母さんは上着をしまって、少しのあいだそこに立って考えていた。二度手を伸ばしてそのたびにまた上着を取ろうとし、二度とも控えた。もう一度やろうとしたが、今度はこう考えて防御《ぼうぎょ》を固めた――「これはいい嘘だ――いい嘘なんだ――だから悲しむことはない」。かくして伯母さんは上着のポケットを探った。一瞬ののち、伯母さんは樹の皮に書いたトムの伝言を読んでいた。目から涙を溢《あふ》れさせながら、「これであの子を許せるよ、たとえ百万の罪を犯《おか》したって！」と伯母さんは思った。

## 第二十章　ベッキーのジレンマ——トムの気高さ

トムとキスしたとき、伯母さんの態度には何か、彼の沈んだ気分を吹き飛ばし、心をふたたび明るく、軽くしてくれるものがあった。トムが学校に向かって歩き出すと、いい按配《あんばい》に、メドウ・レーンの端でベッキー・サッチャーに出くわした。トムはいつも、気分に振舞《ふるま》いが左右される子であった。一瞬もためらわずに、彼女に駆け寄って言った——

「さっきはあんな意地悪やってごめんよ、ベッキー。ほんとに悪かったよ。もう絶対、絶対二度とあんな真似《まね》しないよ——だから仲直りしようよ、ね？」

彼女は立ちどまって、蔑《さげす》みの表情でトムを見た。

「わたくしのこと放っておいていただけるかしら、ミスタ・トマス・ソーヤー。あなたとは二度と口を利《き》きたくありませんわ」

そう言って彼女はぷいと横を向き、立ち去った。トムはあまりに唖然《あぜん》として、「ふん、それがどうした、お高く止まりやがって」と言い返すだけの落着きを取り戻したときには、もうそれを言うタイミングを逸《いっ》してしまっていた。だから何も言わなかったが、胸の中は怒りに煮えたぎっていた。暗い気分で校庭に入っていき、あいつが男だったらいいのに、そしたらコテンパンにのしてやるのに、と思った。間もなく彼女にまた出くわしたので、すれ違いざま辛辣《しんらつ》な言葉を浴びせた。向こうも同じく辛辣な一言を投げ返し、怒りの絶交《ぜっこう》は完全なものとなった。憤懣《ふんまん》やる方《かた》ないベッキーは、トムが綴《つづ》り方《かた》帳を汚《よご》した罰《ばつ》で鞭《むち》打たれるのを見たくてたまらず、授業の再開が待ち遠しかった。アルフレッド・テンプルの悪行《あくぎょう》を暴《あば》いてやろうという気が少しでも残っていたとしても、トムの悪意ある攻撃でそれもすっかり失《う》せてしまっていた。

　哀れベッキーは、自分自身も厄介事を招く直前だとは夢にも思っていなかった。この学校の先生であるドビンズ氏は、野望を果たせぬまま中年に達した人物であった。最大の望みは医者になることだったが、貧しさゆえに村の学校教師の身に甘んじていた。先生は毎日、机から一冊の謎《なぞ》の本を取り出し、生徒の復誦《ふくしょう》を聞かなくていいときはそれに読み耽《ふけ》っていた。本はいつも鍵《かぎ》をかけて仕舞《しま》ってあった。学校中の悪ガキみんなが、何とかしてあの中身を一目見たいものだと思っていたが、その機会は決して訪れなかった。それがいかなる本かをめぐって、男子も女子もみな自分なりの説を唱えていて、二つとして同じ説はなく、事実を確かめようにもその手立てはなかった。そしていま、ドアのそばにある先生の机の前をベッキーが通り過ぎようとすると、鍵が鍵穴に差したままであるのが目に留まった！　貴重な一瞬である。彼女はあたりを見回し、誰もいないのを確かめ、次の瞬間、両手に本を持っていた。扉《とびら》ページを見ても何のことか全然分からないので――何某《なにがし》教授の『解剖学《かいぼうがく》』とある――彼女はさらにページをめくりはじめた。たちまち、見事な色つき版画の口絵が現われた。真《ま》っ裸《ぱだか》の人間の姿だった。そのときページの上に影がさし、トム・ソーヤーがドアから入ってきて、絵を一瞬見た。ベッキーは慌《あわ》てて本を閉じようとして、何とも不運なことに絵のページを真っ二つに裂いてしまった。彼女は本を机に押し込み、鍵を回して、屈辱《くつじょく》と苛立《いらだ》ちにワッと泣き出した。

「トム・ソーヤー、あんたってほんとに汚《きたな》い人ね、人の後ろから忍び寄って、何を見てるか覗《のぞ》くなんて」

「どうして僕に分かるのさ、君が何か見てたって?」

「あんた自分が恥ずかしくないの? あんたあたしのこと告げ口するんでしょ、ああ、どうしよう、どうしよう! 鞭打ちにされるわ、あたしいままで学校でいっぺんも鞭で打たれたことないのよ」

それから彼女は、小さな足を踏み鳴らし、言った――

「好きなだけ汚い真似するがいいわ! あたし知ってるのよ、まだほかにも一悶着《ひともんちゃく》あるんだから。まあ見てなさいよね! ああ、憎らしい、憎らしい!」――そうして彼女はまたワッと泣き出し、校舎から飛び出ていった。

すさまじい剣幕《けんまく》に面喰《めんく》らってトムはそこに立ちつくしていたが、間もなくこう思った――「ああいう阿呆《あほう》も珍しいなあ。学校で撲《ぶ》たれたことがないって! ふん、撲たれるのが何だってんだ! これだから女はなあ――過敏《かびん》で、臆病《おくびょう》で。ふん、僕が告げ口したりするもんか。仕返しするにしても、そんな汚くないやり方があるさ。でもどうする? ドビンズの奴《やっ》、本を破ったのは誰だって訊《き》くだろうな。誰も答えない。そしたらあいつ、いつもの手を使うだろうよ――一人ずつ順番に訊いていって、犯人のところに来たら、何も言わなくても分かるんだ。女って全部、顔に出ちまうからなあ。気骨《きこつ》ってものがないんだよ。ベッキー・サッチャーの奴、撲たれることになるだろうな。まあ大変だよ、抜け道が何もないんだから」。さらにもう少し考えてから、心中こう言い足した――「でもあいつだって、僕もそういう目に遭えばいいと思ってるみたいじゃないか。だったら自分で何とかしてもらうさ！」

外で跳ね回っている生徒たちの群れにトムは加わっていった。少しすると先生が来て、授業が再開された。トムは授業にさしたる興味を覚えなかった。教室の、女子の列の方を盗み見て、ベッキーの顔が目に入るたびに心は乱れた。これまでの経緯《いきさつ》を思えば、同情なんかしたくないのに、そうしないようにするのは一苦労だった。ざまあみろ、と喜べばいいと思っても、喜びの名に値する感情は湧《わ》いてこなかった。間もなく、綴り方帳の一件が発覚《はっかく》し、その後しばらくトムの頭は自分のことで一杯になった。ベッキーも自分の悩みで周りのことには上《うわ》の空だったのが、いまや興味津々《きょうみしんしん》、成行《なりゆ》きを見守った。インクをこぼしたのは僕じゃありません、とトムがいくら主張したところで罰は逃れられまいと彼女は予想し、そのとおりだった。罪を認めないことで、トムにとって事態はますます不利になっていくように思えた。こうなれば自分としては嬉《うれ》しいだろうとベッキーは思っていたし、嬉しいのだと信じようとしたが、よく分からなかった。最悪の事態に達したとき、立ち上がってアルフレッド・テンプルのことを暴露《ばくろ》してやりたい衝動《しょうどう》に彼女は駆られたが、何とか自分を抑え、黙っていた。だって――と彼女は自分に言い聞かせた――「あたしが絵を破ったこと、あいつは告げ口するに決まってる。だったらこっちも、あいつの命がかかってたって、一言だって言ってやるもんか！」

トムは鞭打ちの刑を受け、少しも心を傷《いた》めることなく席に戻ってきた。もしかしたら、ふざけ回っている最中、知らないうちにインクをこぼした可能性もあると思ったのだ。やってませんと言ったのは、言ってみれば型を演じたまでであり、習慣だからであり、否認《ひにん》を貫いたのもそういう主義だからだ。

まる一時間が過ぎていった。ドビンズ先生は玉座《ぎょくざ》に坐《ざ》し、舟を漕《こ》いでいた。勉強する生徒たちの立てるごそごそという音に、空気までが眠たげだった。そのうちに先生が背筋《せすじ》を伸ばし、欠伸《あくび》をしてから机の鍵を開け、本に手を伸ばしたが、取り出すべきか否《いな》か決めかねている様子だった。大半の生徒たちは物憂《ものう》げに目を上げただけだったが、うち二人はその動きを真剣そのものの目で見守っていた。ドビンズ先生はしばらく指で本をもてあそんでいたが、それから本を取り出して、腰を据《す》えて読み出した！　トムはさっとベッキーの方に目をやった。前に一度、追いつめられた無力なウサギが頭に銃をつきつけられたときにこんな表情をするのをトムは見たことがあった。一瞬のうちに、トムは彼女との諍《いさか》いを忘れた。早く——何とかしないと！——いますぐ！　だが、事態があまりに差し迫っているせいで、トムの創《そう》意工夫《いくふう》の才も麻痺《まひ》してしまった。そうだ！——思いついた！　駆けていって本を奪いとり、一目散《いちもくさん》に教室から逃げ出すんだ！　が、ほんの一瞬決意が揺らぎ、機会は失われた——先生はもう本を開いてしまっていた。ああ、無駄にしたチャンスを取り戻せたら！　でももう遅い、もはやベッキーを救う道はない。次の瞬間、先生がみんなの方を向いた。すべての瞳《ひとみ》が、先生に睨《にら》まれて下を向いた。その眼差《まなざ》しには、罪のない者まで恐怖に陥《おとしい》れる何かがあったのだ。十《とお》数えられるくらいの沈黙が続いた。先生の怒りはますます募《つの》ってきていた。やがて先生は言った――

「この本を破いたのは誰かね？」

物音ひとつ立たなかった。針が落ちても聞こえそうだった。静かさは続き、先生は顔を一つひとつ見て罪の気配《けはい》を探した。

「ベンジャミン・ロジャーズ、破ったのは君か？」

否認。ふたたび静寂。

「ジョゼフ・ハーパー、君か？」

ふたたび否認。この手続きの緩慢《かんまん》なる責め苦に、トムの不安は烈《はげ》しさを増す一方だった。先生は居並《いなら》ぶ男子を見渡した。しばし考えて、それから女子の方を向いた。

「エイミー・ローレンス？」

首が横に振られる。

「グレイシー・ミラー？」

同じ身振り。

「スーザン・ハーパー、君がやったのか？」

ふたたび否定。次はベッキー・サッチャーの番である。トムの胸はドキドキ脈打ち、ああもう駄目だという思いに体が頭から爪先《つまさき》まで震えた。

「レベッカ・サッチャー」〔トムはさっと彼女の顔を見た——恐怖のあまり真っ白になっている〕——「君はこの本を——君、ちゃんと先生の顔を見たまえ」——〔ベッキーの両手が嘆願《たんがん》するように持ち上がった〕——「君はこの本を破いたか？」

ひとつの考えが、稲妻のようにトムの脳を貫いた。トムはパッと立ち上がり、叫んだ——

「僕がやりました！」

この信じがたい愚行《ぐこう》に、誰もがぽかんと目を丸くした。しばし立ったまま、トムは千々《ちぢ》に乱れた思いをまとめ上げ、罰を受けに歩み出た。ベッキーの目から彼に注がれる、驚き、感謝、崇拝《すうはい》の眼差しに、百の鞭打ちを受けたって割が合う思いだった。己の行ないの華麗《かれい》さに鼓舞《こぶ》されて、ドビンズ先生ですら初めてと思える底なしに無慈悲《むじひ》な鞭打ちにも叫び声ひとつ上げず耐え、放課後二時間居残《いのこ》りという更なる厳罰《げんばつ》を言い渡されても平然と受けた。捕囚《ほしゅう》の時が過ぎたら、外で誰が、単調な二時間も損失《そんしつ》とは思わず待ってくれているか、分かっているのだから。

その晩トムは、アルフレッド・テンプルへの復讐《ふくしゅう》策を練《ね》りながら寝床に入った——己を恥じ、悔悟《かいご》したベッキーが、自分自身の不実も省《はぶ》くことなくすべてを打ちあけたのである。だが、復讐への渇望《かつぼう》すら、じきにもっと快《こころよ》い思いに道を譲り、結局、ベッキーが最後に言った一言がぼんやり夢のように耳に残るなか、トムは眠りに落ちていった——

「トム、あんたってほんとに立派な人ねえ！」

# 第二十一章　若々しい雄弁——若き淑女たちの作文——長ったらしい幻影——少年たち、復讐を遂げる

夏休みが迫ってきていた。ふだんから厳《きび》しい先生は、いつにも増して厳しく、いっそう苛《か》酷《こく》になった。というのも、「発表会」の日に来賓《らいひん》の前で生徒たちのいいところを見せようと目論《もくろ》んでいたのである。鞭《むち》も木べらも休む暇《ひま》はめったになく、とりわけ幼い生徒たちにとっては災難《さいなん》だった。体罰《たいばつ》を逃れているのは一番年上の男子たち、十八、二十といった若き淑《しゅく》女《じょ》たちだけだった。そしてドビンズ先生の体罰はきわめて強力であった。鬘《かつら》の下にはツルツルの禿《は》げ頭が隠れていても、歳《とし》はまだ中年に達したばかりで、筋肉にも衰えた気配はまるでなかった。いよいよその日が近づいてくるにつれ、先生の中にある横暴《おうぼう》さはますます表に出てきた。どんな些細《ささい》な落度《おちど》でも、罰することに復讐《ふくしゅう》めいた喜びを感じているようだった。その結果幼い男子たちは、恐怖と苦悩に包まれて昼を過ごし、夜は報復《ほうふく》の策略《さくりゃく》に明け暮れるようになった。先生に悪戯《いたずら》をする好機を彼らは何ひとつ見逃さなかった。だが先生の方がいつも上手《うわて》だった。首尾《しゅび》よく復讐を遂《と》げても、その返報《へんぽう》があまりに豪快かつ壮麗《そうれい》であるため、結局生徒たちはいつも甚《はなは》だしく打ち負かされて戦場を去ることになった。だが彼らは知恵を寄せあい、とうとう、大勝利間違いなしと思える策を思いついた。そして看板屋《かんばんや》の息子を仲

間に引き入れ、計画を伝えて協力を仰《あお》いだ。看板屋の息子としても異存はなかった。先生が自分の家に下宿していて、先生が憎らしくなるような目にこれまで嫌というほど遭《あ》っていたのである。折《おり》しも先生の奥さんが数日後に田舎《いなか》へ出かける予定で、計画を邪魔するものは何もなくなる。晴れの舞台に備えるにあたって、先生はいつも大酒を飲むのが常だった。発表会の晩の当日、しっかり酒が入ってきたら椅子《いす》に座ったまま昼寝するから、そのあいだに「上手《うま》くやっとく」と看板屋の息子は請《う》けあった。そしてちょうどいい頃合《ころあ》いに先生を起こして、学校へと急がせるのだ。

時は満ちて、いよいよその日が訪れた。午後八時、教室には煌々《こうこう》と明かりが灯《とも》され、木の葉や花で作った輪や綱飾《つなかざ》りが飾られていた。先生は一段高い壇上《だんじょう》で、黒板を背にいつもの大きな椅子に鎮座《ちんざ》していた。だいぶ酒が入っている様子である。教室の両脇《りょうわき》にそれぞれ三列ずつ並ぶ長椅子と、先生の前の六列は、村のお偉方《えらがた》や父兄によって占《し》められていた。先生の左側、村びとたちが並んだ後ろには、今日のために設《もう》けられた広々とした壇があって、発表を行なう生徒たちが座っていた。耐えがたいほど磨《みが》き立てられ、きちんと服を着せられた幼い男の子たちが何列も並んでいる。それから、体ばかり不様《ぶざま》に大きい年長の男子たち。雪だまりのごとき寒冷紗《ローン》やモスリンに身を包んだ少女や若き淑女は、むき出しになった腕、祖母から受け継いだ年代物《ねんだいもの》のアクセサリー、ピンクやブルーのリボン、髪に挿《さ》した花等々をひどく意識している。その他の場所も、発表に加わらない生徒たちで一杯だった。

いよいよ発表会が始まった。きわめて小さな男の子が立ち上がり、おどおどした声で、

「僕のような歳《とし》の子が、まさか壇上に立って人前で話すとは皆さんも……云々《うんぬん》」と、機械がやりそうな、痛々しいほど規則的な痙攣《けいれん》のごとき仕種《しぐさ》を添えて（若干《じゃっかん》調子の悪い機械という感はあったが）暗唱《あんしょう》した。緊張しきっていたものの、どうにか終わりまでたどり着き、満場《まんじょう》の拍手を浴びつつ、機械仕《じ》掛《か》けのお辞儀《じぎ》をして席に戻った。

　小さな、恥じ入ったような顔の女の子が「メリーさんの羊《ひつじ》」を回らぬ舌で唱《とな》えてから、膝《ひざ》を曲げて会釈《えしゃく》したその姿が皆の共感を誘《さそ》い、然《しか》るべく喝采《かっさい》を受けて、頬を紅潮《こうちょう》させ嬉《うれ》しそうに席に着いた。

　トム・ソーヤーが自惚《うぬぼ》れたっぷり、自信満々に歩み出て、威風堂々《いふうどうどう》、何ものにも止められぬ、何ものにも砕《くだ》かれぬ「我らに自由を与えよ　さもなくば死を与えよ」の演説を炎のごとく猛々《たけだけ》しく、狂おしい身振りも添えてやり出したまではよかったが、途中ではたとつっかえてしまった。一気にすっかりあがってしまい、足はがくがく震え、息が詰まりそうになった。たしかに教室中の誰もが同情してはいたが、と同時に教室中の誰もが黙りこくっていた。沈黙は同情以上に辛《つら》い。先生は眉間《みけん》に皺《しわ》を寄せ、これによって失敗は完全なものとなった。トムはしばらく足掻《あが》いていたが、やがてすっかり打ちひしがれて席に戻った。力ない拍手が企《くわだ》てられたが、早々《そうそう》に止《や》んでしまった。

「燃ゆる甲板《かんぱん》に立つ少年」が続き、「アッシリア人来《きた》る」等々、暗唱の定番がさらに続いた。それから朗読《ろうどく》の部を経《へ》て、綴《つづ》り競争に入った。ラテン語クラスの数少ない生徒が立派に暗唱を行なった。そしていよいよ、発表会の目玉たる、若き淑女たちによる自前《じまえ》の「作文」である。めいめい順番に壇の縁《ふち》まで歩み出て、えへんと咳払《せきばら》いし、優美《ゆうび》なリボンを結んだ原稿《げんこう》を目の前に掲《かか》げ、「音調《おんちょう》」と句読点《くとうてん》とに不自然なくらい注意を払って読みはじめる。テーマはどれも、これと同じような場で彼女らの母親たちが、そのまた母親たちが、そしてきっと十字軍まで遡《さかのぼ》る一族の女系《じょけい》の先祖《せんぞ》皆が論じてきた類《たぐい》のものであった。たとえば「友情」。「過《か》日《じつ》の記憶」、「歴史における宗教」、「夢の地《くに》」、「教養《きょうよう》の有難《ありがた》さ」、「政体《せいたい》の比較対照《ひかくたいしょう》」、「憂鬱《ゆううつ》」、「孝行《こうこう》の心」、「胸の憧《あこが》れ」エトセトラ、エトセトラ。

これらの作文に共通する特徴として、まず、憂《うれ》いの気分が育《はぐく》まれ助長《じょちょう》されているという点があった。それと、「美文調《びぶんちょう》」の無意味な、大量の連発。とりわけ持て囃《はや》された言葉や語句が、耳を摑《つか》まれるがごとくに引きずり込まれ、すっかりすり減ってしまうまで使い回される傾向。何より目立って作文を損《そこ》ない、傷つけているのは、結末において、必ず一本の例外もなく、根深い、耐えがたい教訓癖《きょうくんへき》がその不具《ふぐ》なる尻尾《しっぽ》を振ってみせるという事実であった。テーマが何であろうと、皆さんざん脳味噌《のうみそ》を引っかき回して、道徳心宗教心溢《あふ》るる人びとの熟考《じゅっこう》と啓発《けいはつ》の糧《かて》となるような話にまとめ上げているのだった。これら教訓ばなしが目にも当てられぬほど偽善《ぎぜん》的であることも、それらを学校から追放しようという流れを生み出すには至っていなかった——今日なお至っていないし、未来永劫《みらいえいごう》、世界が続くかぎり至りはしないであろう。この国のどこへ行っても、自分の作文を説教で締《し》めくくる必要を若き淑女たちが感じない学校はない。そして、誰より浅薄《せんぱく》で、宗教心のかけらもない娘にかぎって、教訓ばなしが一番長く、一番臆面《おくめん》もなく信心《しんじん》ぶったことを言うものである。だがこのくらいにしておこう。ありのままの真実は不快なものである。

発表会に戻ろう。最初に読まれた作文は「では、これが人生なのか？」と題されていた。その抜粋《ばっすい》にしばらくおつき合いいただこう――


「誰もが歩む人生にあって、若き心は、どれほどの悦《よろこ》ばしい思いをもって、華《はな》やかな場を待ち焦がれ、夢に見ることでしょう！　想像力は膨《ふく》らみ、薔薇《ばら》色《いろ》に染まった歓喜の情景を次々と描き出します。空想の中、官能《かんのう》的なる流行信奉者《しんぽうしゃ》は、華麗《かれい》な人波に交じった自分が、『注《ちゅう》視《し》せる人びとの注視の的《まと》』［『ハムレット』三幕一場より］となっているのを目にします。雪のような衣《ころも》に身を包んだその優美な姿が、煌《きら》びやかなダンスの迷路《めいろ》をぐるぐる回っています。華やいだ集《つど》いの中で、彼女の瞳《ひとみ》は誰より眩《まぶ》しく光り、歩みは誰より軽《かろ》やかです。

そうした甘美《かんび》な空想にあって時はたちまち過ぎていき、待ちに待った、夢に思い描いた至《し》福《ふく》の世界へと事実入ってゆく日が訪れます。魔法にかかった彼女の目に、何もかもが何とおとぎばなしのように思えることでしょう！　入れ替わり現われる情景のどれもがなおいっそう蠱惑《こわく》的です。けれども、しばらくすると、その立派な外見の下、すべては虚栄《きょえい》であることを彼女は悟《さと》ります。かつては心底《しんそこ》うっとりさせてくれた褒《ほ》め言葉も、いまはただ耳障《みみざわ》りなばかり。舞踏《ぶとう》室にももはや魅力はありません。健康を損《そこ》ない、心も苦々《にがにが》しく彼女は目を背《そむ》け、この世の快楽《かいらく》で魂《たましい》の渇《かわ》きを癒《いや》せはしないと確信するのです！」

云々かんぬん。朗読の最中《さいちゅう》、時おり満足げな息が漏れ、「可愛《かわい》いわねえ！」「ほんとに上手《じょうず》だわ！」「誠実そのもの！」等々のヒソヒソ声が発せられ、とりわけ聞くに堪《た》えない教訓で締めくくられると、万雷《ばんらい》の拍手が湧《わ》いた。

次に、痩《や》せた憂い顔の、薬の飲み過ぎと消化《しょうか》不良《ふりょう》のせいで「人目を惹《ひ》く」とも言うべき青白さを顔に帯びた少女が立ち上がり、「詩」を読んだ。二連《にれん》も挙げておけば十分だろう——

**ミズーリの乙女《おとめ》、アラバマに別れを告ぐ**

さらば、アラバマ！　われ深く汝《なんじ》を愛す！
　いまは暫《しば》し　いざ別れゆく！
汝を想《おも》いて　わが心悲しみに膨《ふく》らみ、
　熱き追憶《ついおく》　わが額《ひたい》に満ちる！
われ汝の　花咲く森を彷徨《さまよ》い、
　テラプーサの畔《ほとり》を巡《めぐ》り、書《しょ》に親しみ、
タラシーの逆《さか》まく怒濤《どとう》に耳を傾け
　クーサの川辺《かわべ》にて　曙《あけぼの》の光を求めり。

けれどわれ　かくなる胸の高まりに頬を赤らめず

涙に満ちたる目でふり返ることを恥じず。
われいま　見知らぬ地《くに》を去るにあらず
見知らぬ人にこの吐息《といき》を託《たく》すにもあらず。
この地にてわれ　わが家《や》のごとく篤《あつ》く迎えられ
いまその谷を去らんとし　その頂《いただき》は見るみる薄れゆく、
寂《さび》しきはわが瞳、わが心、わが頭顱《とうろ》、
愛《いと》しきアラバマよ、寂しく汝の方を向けば！

「頭顱」とは何なのか、知っている人はほとんどいなかったが、誰もがこの詩を堪能《たんのう》した。次に、浅黒い肌、黒い瞳、黒髪の若き淑女が登場し、貫禄《かんろく》たっぷりに間《ま》をとり、痛ましい表情を浮かべて、落着いた厳《おごそ》かな口調で読みはじめた——

**幻影《げんえい》**

月も無い、荒れ模様の夜であった。天の玉座《ぎょくざ》では星一つ震えていなかったが、大いなる雷鳴《らいめい》の深い響きが耳許《みみもと》で常に打ち震え、恐ろしい稲妻は怒りも露《あら》わに、曇《くも》れる天の部屋を次々と貫き、その恐ろしさに対し彼《か》のフランクリンが及ぼした力も意《い》に介《かい》さぬ如《ごと》く見えた！　荒《すさ》ぶ風たちも皆等《ひと》し並《なみ》にその神秘なる住処《すみか》から現われ出で、その場の荒々しさを一《いっ》層《そう》高めんと画《かく》すが如くに吹き荒れた。
かくも暗く、荒涼《こうりょう》たる時にあって、我が魂は人と心を通じ合わせんと希《こいねが》った。だが代わりに、

「我が盟友《めいゆう》にして我が助言者、我が慰安者《いあんしゃ》にして我が導《みちび》き手――
悲しみの最中《さなか》の我が悦び、悦びの最中の第二の至福」が私の許を訪れたのであった。

彼女の身のこなしはさながら、ロマンティックな若人《わこうど》らが空想のエデンの陽《ひ》なたで思い描くあの輝かしい存在のそれであった。己の神々《こうごう》しき麗《うるわ》しさ以外、何の飾り立ても必要とせぬ美の女王。足取りはこの上なく軽く、音一つ立てず、その優しき手が触れて伝わる魔法の蠱惑がなければ、他《ほか》の控え目な美しき者ら同様、誰にも気付かれず、追われず通り過ぎていったことであろう。その顔に、十二月の衣《ころも》に落ちる氷の涙のような、不思議な悲しみを宿らせて、彼女は表で荒れ狂う雨風《あめかぜ》を指さし、そこに現われた二つの姿を見よと私に命じたのであった。

こうした悪夢《あくむ》が原稿にしておよそ十枚分続き、長老派《ちょうろうは》の信者を除く万人のあらゆる希望を打ち砕く教訓でもって締めくくられたので、一等賞はこの作文に贈られた。晩のすべての出し物の中で、これこそが最良と見なされたのである。作者に賞を贈呈《ぞうてい》するにあたって、村

長は熱のこもった一席をぶち、いままで聞いた中で最高に「弁舌爽《べんぜつさわ》やかにして流暢《りゅうちょう》」な作文であった、これならダニエル・ウェブスター［有名な政治家・雄弁家］ですら誇りに思ったであろうと褒《ほ》めそやした。

ちなみに、「美妙なる《ビューティアス》」という言葉が偏愛《へんあい》された作品、人間の経験を「人生のページ」と譬《たと》えた作品の数はおおよそ標準的であった。

さてここで、ほとんど愛想好《あいそよ》いと言っていいほど御機嫌《ごきげん》な気分になっている先生が椅子を脇へどけ、観衆に背を向けて、地理の発表を始めようと黒板にアメリカの地図を描《か》きにかかった。だが酔いのせいで手つきは定まらず、何ともお粗末な代物《しろもの》が出来たので、教室じゅうに忍び笑いの波が広がった。これはいかんと先生も自覚し、修正にとりかかった。線を消して新たに描いたが、ますます歪《ゆが》む一方で、忍び笑いもますますはっきりしてきた。笑われたくらいで臆《おく》してなるものかと、先生は全神経を集中した。すべての目が自分に注がれているのが分かった。自分では上手《うま》く行きかけているつもりだったが、なぜかクスクス笑いは続いた。それどころか、明らかにもっと大きくなっていた。それも無理はない。上に屋根裏《やねうら》部屋があって、ちょうど先生の頭上に小さな穴が開けてあり、この穴を通って、腰を紐《ひも》で縛《しば》られた猫が一匹降りてきたのである。鳴き声を立てぬよう、頭と顎《あご》を襤褸《ぼろ》切《き》れで結《ゆわ》えつけてある。じわじわ降りてくるにつれて、猫は上向きに身を反《そ》らし、爪《つめ》で紐に摑《つか》みかかり、またぐいっと下降して、何もない空《くう》に摑みかかった。忍び笑いはますます大きくなる一方だった——猫はいまや一心不乱《いっしんふらん》の先生の頭から十五センチのところまで来ている——なおも少しずつ少しずつ降りていき、猫は必死で先生の鬘《かつら》に摑みかかり、しっかりしがみついたところでぐいっと引き上げられ、戦利品《せんりひん》を抱えたまま一瞬にして屋根裏部屋に吸い込まれた！　そして何と眩しい、煌々《こうこう》たる光が、先生の禿《は》げ頭から発したことか――看板屋の倅《せがれ》はその頭を金色に塗ったのである！

これで発表会はお開きとなった。少年たちの復讐は遂げられた。夏休みが始まった。

**著者付記**　本章に掲載した「作文」と称する文章は、『ある西部の女性による散文・韻文』と題された書物から、いっさい変更を加えずに引用したものである。この本は学校の女生徒たちが書くパターンにこの上なく正確に則《のっと》っているので、単なる模倣よりもずっと適切なのである。

## 第二十二章　トムの信頼、裏切られる――天罰を覚悟

その記章《きしょう》の華やかさに惹《ひ》かれて、新たに結成《けっせい》された節制少年団《せっせいしょうねんだん》にトムは入団した。団員であるかぎり煙草《たばこ》も喫《す》わず、嚙《か》まず、汚《きたな》い言葉も口にしないと誓《ちか》った。そしていま、新しい発見を彼は為《な》した。すなわち、何かをしませんと約束することは、正にそれをやりたくて仕方なくなるための一番確実な手段なのである。トムはじきに、酒を飲みたい、悪態《あくたい》をつきたいという欲求に苛《さいな》まれるようになった。欲求はあまりに烈《はげ》しく、あれでもし、赤い飾《かざ》り帯《おび》を

つけて人前に出られる望みがなかったらさっさと退団していたことだろう。もうすぐ独立記念日だった。だがじきに、そんなに待てないと思うに至った。己《おのれ》に束縛《そくばく》を課《か》してから四十八時間と経《た》たぬうちに独立記念日はあきらめ、代わりに、治安判事《ちあんはんじ》の老フレイザー氏に希望を託すことにした。このご老体《ろうたい》、どうやら臨終《りんじゅう》の床《とこ》にあるらしく、何しろ高い地位にある人だから、きっと盛大《せいだい》な公《おおやけ》の葬儀《そうぎ》が行なわれるだろう。三日にわたって、トムは判事の病状を心から気にかけ、それをめぐる報《しら》せを待ち望んだ。時として望みは大いに高まった――あまりに高まったため、記章を引っぱり出してきて鏡の前で練習を始めたくらいだった。だが判事の容態《ようだい》は、何とも興醒《きょうざ》めな変動《へんどう》を繰り返し、とうとう快方《かいほう》に向かっているとの診断《しんだん》が下り、そのまま回復期に入っていった。トムはうんざりし、侮辱《ぶじょく》された気にもなって、ただちに退団届《たいだんとどけ》を出した。すると判事はその晩に病気がぶり返し、死んでしまった。ああいう人間はもう二度と信用しまいとトムは心に決めた。葬儀は盛大に行なわれた。団の壮麗《そうれい》な行進に、退団したての元メンバーの胸は嫉妬《しっと》に燃えた。でもまあ、ふたたび自由の身にはなった。それは大きな慰めである。これで酒を飲んだり、悪態をついたりできるのだ。ところが、驚いたことに、そうしたいという気持ちは失《う》せていた。したければできるという単純な事実が、欲望を奪い去り、その魅力を殺したのである。

　トムは間もなく、待ちに待った夏休みなのに、ちょっと持て余《あま》してきたんじゃなかろうか、と思いはじめた。

　日記を試みてみたが、三日のあいだ何も起こらず、やめてしまった。

ミンストレルショー［白人が黒人に扮して行なう演芸］が初めて村にやって来て、センセーションを巻き起こした。トムとジョー・ハーパーも演芸団《えんげいだん》を結成して、二日にわたって大いに楽しんだ。

七月四日の独立記念日もやや不発に終わった。大雨が降って、ゆえに行進も中止され、世界一の偉人、とトムは思っていた本物の合衆国上院議員《がっしゅうこくじょういんぎいん》ベントン氏にもすっかり失望させられた。七メートル以上の大男と聞いていたのに、とうていそんな背丈《せたけ》ではなかったのである。

サーカスが来た。少年たちはその後の三日間、襤褸《ぼろ》の絨毯《じゅうたん》で作ったテントでサーカスごっこに興《きょう》じた——入場料は男の子針三本、女の子は二本——が、やがてそれも放棄された。骨相《こっそう》学者と、催眠術《さいみんじゅつ》師が来て、また去っていき、村は前にも増して冴《さ》えない退屈な場となった。

男子女子一緒のパーティも何度か開かれたが、何しろ回数が少なく、あまりに楽しいので、かえってそのあいだの胸疼《うず》く空白《くうはく》が、より烈しく疼いただけだった。

ベッキー・サッチャーは夏休みを両親と一緒に過ごすためにコンスタンティノープルの家に帰っていた。人生にはもう、どこにも明るい面がなかった。

あの殺人事件の恐ろしい秘密も、慢性《まんせい》的な苦痛の種《たね》だった。いつまでも痛みの続く癌《がん》そのものだった。

やがて、麻疹《はしか》が流行《はや》った。

二週間にわたって、トムはこの病《やまい》の囚人と化した。世界とその出来事に対し、死んだも同《どう》然《ぜん》の身であった。病は重く、何にも興味が持てなかった。やっと立てるようになって、よろよろと村へ出てみると、すべての物と人に、心憂《こころう》い変化が見舞《みま》っていた。「信仰復興《リバイバル》」が起きて、誰もが「信心づいて」いた。大人だけでなく、子供たちまで同じだった。空頼《からだの》みとは思いつつ、罪深《つみぶか》い顔がひとつでも見つかればとトムは探して回ったが、どこへ行っても失望に出会うばかりだった。ジョー・ハーパーが聖書を勉強しているのを見て、気の滅入《めい》るその情景から悲しい思いで立ち去った。ベン・ロジャーズが見つかると、パンフレットの入った籠《かご》を携《たずさ》えて貧しい人たちを見舞っているところだった。ジム・ホリスを探し出すと、君の麻疹は貴《とうと》い天恵《てんけい》からの警告だったんだよと言われた。仲間の誰に出会っても、トムの憂鬱《ゆううつ》の重みは一トンずつ増加した。最後の頼みと思ってハックルベリー・フィンの許《もと》に飛んで行って、ここでも聖書の引用に迎えられると、もはや胸ははり裂け、トムは這《は》うようにして家に帰り着き、村じゅうで未来永劫《みらいえいごう》救われていないのは自分一人だと実感しつつ寝床に入った。

その夜、恐ろしい嵐《あらし》が訪れ、激しい雨が降って、凄《すさ》まじい雷鳴《らいめい》が轟《とどろ》き目も眩《くら》む稲妻が飛び交《か》った。トムは寝具《しんぐ》で頭を覆《おお》い、己の破滅を覚悟し、恐怖に固唾《かたず》を呑《の》んで待った。この大騒動が、すべて自分をめぐるものだと信じて疑わなかったのである。天上の力の忍耐にぎりぎりまでつけ込んでしまった結果がこれなのだ。たかが一匹の虫を、一個の砲兵中隊《ほうへいちゅうたい》が総出《そうで》で殺しにかかるなんて、威厳《いげん》も火薬も無駄遣《づか》いに思えるが、トムとしては、自分のような虫けらの下の芝土《しばつち》を吹っ飛ばすためにこのように値の張る雷雨が持ち出されることに何ら不合《ふごう》理《り》は感じなかった。

やがて嵐も力尽き、その目的を遂げることなく果てた。トムはまず有難いと思い、行ないを改めようという衝動を抱いた。第二の衝動は、まあ様子を見よう、というものだった——しばらくは嵐も来ないかもしれないし。

翌日、医者たちがまたやって来た。トムの病がぶり返していた。今回、仰向《あおむ》けになって過ごした三週間は永遠のように長く感じられた。ようやく外に出られるようになると、己がいまや底なしに孤独《こどく》な境遇《きょうぐう》で、仲間一人いない侘《わび》しい身であることを思い出して、死なずに済んだことに感謝する気持ちもろくに湧《わ》いてこなかった。力なく通りを下っていくと、ジム・ホリスが少年裁判所《さいばんしょ》の裁判官を務《つと》め、殺害《さつがい》の容疑《ようぎ》で猫を裁判にかけていて、猫の眼前《がんぜん》にはその犠牲者たる一羽の鳥が横たわっていた。ジョー・ハーパーとハック・フィンは盗んだメロンを裏道で食べていた。やれやれ！　みんなトムの病同様、悪がぶり返していたのだった。

## 第二十三章　老マフの友だち——法廷のマフ・ポッター——マフ・ポッター救われる

やっとのことで、眠たい空気は揺さぶられた——それも、激しく。あの殺人事件の裁判が始まったのである。たちまち村じゅうがその話題で持ちきりになった。トムも逃れようがなかった。誰かが殺人の話を持ち出すたび、心臓がぶるっと震えた。良心に責められ、恐怖に戦《おのの》くあまり、そうした言葉は「探り」を入れるために自分に聞こえるところで口にされているのだ、そう信じかけたくらいだった。自分がこの事件について何か知っていると思われるはずはない、と分かっていても、噂話《うわさばなし》が飛び交うなか、心は穏やかでなかった。しじゅう寒気《さむけ》がして身震いがした。ハックと話そうと、人の来ない場所に誘った。少しのあいだでも舌の封印《ふういん》を解《と》きたかったし、同じように苦しむ者と悩みを分かちあいたかったのである。それともうひとつ、ハックがちゃんと黙っていたことを確かめておきたくもあった。

「ハック、誰かに喋《しゃべ》ったかい――あのこと？」

「あのことって？」

「あのことさ、分かるだろ」

「あ、あれか――もちろん喋ってねえよ」

「一言も？」

「ただの一言もさ。何で訊《き》くんだ？」

「いや、心配だったから」

「おいトム・ソーヤー、あれが知られたら、俺たち二日と生きちゃいねえぜ。それくらいお前だって分かってるだろ」

これでトムもだいぶ安心した。少し経《た》ってから、言った――

「ハック、誰かがお前に喋らせようとしたりしないよな？」

「喋らせる？　そうだな、俺があの混血の悪魔に溺《おぼ》れ死にでもさせてもらいたくなったら、まあ喋らせることもできるかな。ほかにはありえねえ」

「うん、ならいいんだ。とにかく俺たち、黙ってるかぎり安全だよな。でももう一度誓おうぜ。その方がもっと確実だ」

「いいとも」

かくして二人はもう一度、尋常《じんじょう》ならざる物々しさで誓った。

「どんな話聞いてる、ハック？　俺はさんざん聞いた」

「話？　マフ・ポッター、マフ・ポッター、それぱっかりだよ。聞いてて始終ピリピリしてくるよ、どっかに隠れちまいたくなるぜ」

「俺の周りもそればかりだ。あいつ、もう助からないだろうな。でもときどき、気の毒になったりしないか？」

「ほとんどいつもさ、トム――ほとんどいつもだよ。ろくでもねえ奴《やつ》だけど、他人《ひと》を傷つけたりはしない。酒代《さかだい》欲しさにちょっと釣りして、あとはそこらをぶらぶらしてばっかり。でもそんなの、俺たちみんなやってるよな――ほとんどみんな、牧師さんなんかだって。それにあいつ、ちょっといいところもあるんだ。いっぺん、魚一匹、二人分の大きさなんてないのに、俺に半分分けてくれたことがある。ほかにも何べんも、俺がツイてねえときに何かと味方してくれた」

「うんハック、俺も凧《たこ》直してもらったことあるし、釣糸に釣針つけてもらったりもした。何とか出してやれないかなあ」

「できるわけないさ！　だいいち、何の足《た》しにもならねえよ。また捕《つか》まるだけさ」

「うん――そうだろうな。でもさ、みんながあいつのことさんざん悪く言うの聞くのが辛《つら》いんだよ――あれはやってないのに」

「うんトム、俺もそうだよ。みんな、このへんで一番の極悪人《ごくあくにん》みたいに言うもんな。いままで縛り首にならなかったのが不思議だ、とか」

「うん、そんなことばっかり言ってるよな。もし釈放《しゃくほう》されたらリンチにしてやるって言う奴もいた」

「ほんとにやるぜ、あいつら」

少年たちは長いこと話したが、心はろくに安まらなかった。黄昏《たそがれ》どきが近づいてくると、いつの間にか二人で、ぽつんと建つ小さな牢屋《ろうや》のそばをうろついているのだった。きっと、何かが起きてこの苦境《くきょう》を解消《かいしょう》してくれないか、そう何となく願っていたのだろう。だが何も起こりはせず、不運の囚《とら》われ人に関心を持つ天使も妖精《ようせい》もいないようだった。

いままでにも何度かやったことを、少年たちはもう一度やった。すなわち、独房《どくぼう》の格子《こうし》まで行って、ポッターに煙草《たばこ》とマッチを差し入れたのである。ポッターは一階にいて、番人はいなかった。

差入れをポッターに感謝されるたび、これまでも彼らは良心を殴打《おうだ》される思いだった。今回はそれがもっと深く、グサッと胸に突き刺さった。ポッターにこう言われると、自分たちがとことん卑怯《ひきょう》で肚黒《はらぐろ》い人間になった気がした――

「お前たち、俺にすごくよくしてくれたよ――この村の誰よりもよくしてくれた。俺はそのこと忘れないよ。俺、何べんも胸の内で言うんだよ、『俺はいつだって、子供たちの凧やら何やらを直してやったり、いい釣場《つりば》教えてやったり、いろいろ面倒見てやったけど、こんなことになったら、みんなあっさりマフのことなんか忘れちまった、だけどトムは忘れてない、ハックは忘れてない、あいつらはマフを忘れちゃいない。俺だってあいつらを忘れない』、そう俺は言うんだよ。なあお前ら、俺はひどいことをやった――酔っ払って頭がおかしくなってたんだ――そうじゃなきゃ説明がつかない――そのせいで首《くび》吊りにならなきゃならない、でもそれでいいんだ。それが一番いいんだと思う――そう思いたいよ、とにかく。まあその話はよそう。お前らに嫌な思いをさせたくないからな。お前たち、俺によくしてくれたんだもんな。でも俺が言いたいのはだ、いいか、お前ら絶対酔っ払うなよ――そうすりゃこんなところに行きついたりせずに済む。もう少し西の方に立ってくれないか――そうそう――それでいい。辛いことになったときに仲よくしてくれる人間の顔を見るのはいいもんだ。ほんとに慰められるよ。ここに来てくれるのはお前らだけさ。どっちも優しい、いい顔だ。ほんとに優しい、いい顔だよ。どっちかがどっちかの背中に乗って、俺にその顔触《さわ》らせてくれないか。そうそう。握手しよう――お前らの手なら格子《こうし》を通るよ。俺のは大きすぎる。小さい、か弱い手だ――でもこの手がマフ・ポッターをものすごく助けてくれたんだ。もしできるんだったら、もっと助けてくれるだろうよ」

トムは惨《みじ》めな気持ちで家に帰った。その夜は恐ろしい夢ばかり見た。翌日、またその翌日、裁判所の周りをうろついて、中に入りたいという、ほとんど抑えがたい衝動に捉《とら》えられていたが、どうにか外に留まった。ハックも同じ目に遭《あ》っていた。彼らは極《きょく》力《りょく》たがいを避けた。時おりどちらもふらふら去っていったが、同じ暗い魅惑に駆られてじきまた戻ってくるのだった。誰かが法廷から出てくるたび、トムは耳をそばだてたが、聞こえてくるのは心穏やかでない報《しら》せばかりだった。哀れなポッターの首に、縄はますます容赦《ようしゃ》なく巻きつきつつある。二日目が終わるころには、インジャン・ジョーの証言は確実で揺るぎようがない、陪審《ばいしん》がどういう判決《はんけつ》を下すか疑問の余地《よち》はまったくない、というのが村びとたちの評定《ひょうてい》だった。

その夜、トムは遅くまで出かけていて、窓から寝室に入っていった。とてつもなく興奮していて、寝つくまで何時間もかかった。翌朝、村じゅうが群れをなして裁判所に向かった。いよいよ今日なのだ。場内《じょうない》を埋めつくす人びとは男女等しく半々に分かれていた。長々と待ったあと、陪審が一列になって入ってきて着席した。それから間もなく、青白くやつれ、おどおどとして望みも失《う》せた顔のポッターが鎖《くさり》に繋《つな》がれ連れてこられて、全員が好奇《こうき》の目を注ぐ位置に座った。そのポッターに劣らず目立っているのが、例によって顔に何の感情も表わさぬインジャン・ジョーだった。また少しあいだが空いてから裁判官《さいばんかん》が到着し、保安官《ほあんかん》が開廷《かいてい》を宣言した。弁護士《べんごし》たちのいつものヒソヒソ声と、書類を集める音がそれに続いた。こうした細《こま》かな点と、そこから生じる遅れがじわじわ緊張を盛り上げていき、厳粛《げんしゅく》であると同時に、人を惹《ひ》きつけて止《や》まぬ空気が高まっていた。

証人が一人呼ばれ、殺人が発覚《はっかく》した日の未明《みめい》にマフ・ポッターが小川で体を洗っているのを見たこと、そしてポッターがとたんにこそこそ逃げ出したことを証言した。いくつか質問がやりとりされてから、検察官《けんさつかん》が言った――

「証人に反対尋問《はんたいじんもん》を」

囚人がしばし目を上げたが、弁護人がこう言うとふたたび俯《うつむ》いた――

「質問はありません」

次の証人は、死体のそばでナイフを発見したことを認証した。検察官は言った――

「証人に反対尋問を」

「質問はありません」とポッターの弁護人は答えた。

三人目の証人が、そのナイフをポッターが持っているところをしばしば目にしたと言明した。

「証人に反対尋問を」

ポッターの弁護士はふたたび質問を断《ことわ》った。傍聴人《ぼうちょうにん》たちの顔に不快感が浮かびはじめた。この弁護人、何もせずに依頼人の命を投げ捨てる気か？

何人かの証人が、殺人現場に連れてこられた際のポッターの疚《やま》しそうな挙動《きょどう》について証言した。彼らもまた、反対尋問を受けずに証言台《しょうげんだい》を去ることを許された。

居合《いあ》わせた誰もがよく覚えている、あの朝に墓地で生じた、ポッターに不利な状況の細部一つひとつが信用のおける証人によって述べられ、誰一人としてポッターの弁護人の反対尋問を受けなかった。人びとの戸惑《とまど》いと不満がザワザワというざわめきに表われ、裁判官から注意を受けた。検察官が言った――

「その純朴《じゅんぼく》なる言葉を疑う必要なき村民《そんみん》の方々《かたがた》の証言により、私たちはこの恐ろしい犯罪を、疑問の余地なく、被告席《ひこくせき》に立つあの不幸なる囚人の犯行と証明いたしました。弁論《べんろん》を終えます」

哀れポッターから呻《うめ》き声が漏れ、彼が両手に顔を埋《うず》めて、体を小刻みに前後に揺らすなか、痛ましい沈黙が法廷に広がった。男たちの多くが心を動かされ、多くの女性の同情が涙となって表われた。弁護人が立ち上がって、言った――

「裁判長殿、この裁判が開始されるにあたりまして予《あらかじ》め申し上げましたのは、私どもの依頼人がこの恐ろしい行為を、酒に酔って引き起こされた盲目的にして責任能力なき譫妄《せんもう》状態の影響下で行なったことを私どもは立証《りっしょう》する所存《しょぞん》である、ということでありました。しかし私どもは考えを変えました。その抗弁はいたしません」。〔事務官に向かって〕「トマス・ソーヤーをお呼びください！」

戸惑いの混じった驚愕《きょうがく》が法廷内すべての顔に浮かんだ。ポッターの顔すら例外ではなかった。好奇と興味に染まったあらゆる目が、立ち上がって証言台に立ったトムに注がれた。少年はひどく怯《おび》えていて、目はギラギラ狂おしく光っていた。宣誓《せんせい》が為《な》された。

「トマス・ソーヤー、六月十七日の午前零時ごろ、君はどこにいたかね？」

インジャン・ジョーの鉄のような顔をトムはチラッと見て、舌が凍《こお》りついた。人びとは固《かた》唾《ず》を呑《の》んで耳を澄ましたが、言葉は出てこなかった。だが少し経つと、少年はいくぶん力を取り戻し、それをある程度声に注ぎ込んで、法廷の一部には聞こえる言葉を発した――

「墓地にいました！」

「もう少し大きい声で言ってくれたまえ。怖がることはない。君は――」

「墓地にいました」

蔑《さげす》むような笑いが、一瞬インジャン・ジョーの顔を過《よぎ》った。

「ホース・ウィリアムズの墓の近くにいたかね？」

「はい、いました」

「はっきりと――もう少し大きく。どのくらい近くにいたかね？」

「僕と弁護士さんくらいの距離です」

「隠れていたかね、いなかったかね？」

「隠れてました」

「どこに？」

「墓の縁《ふち》にある楡《ニレ》の木の陰《かげ》に」

インジャン・ジョーの体がびくっと、辛《かろ》うじて目に見える程度動いた。

「誰かと一緒だったかね？」

「はい。そこには僕と――」

「待て――ちょっと待ちたまえ。仲間の名前はひとまず措《お》いておこう。然《しか》るべき時が来たら出てきてもらうことにしよう。君たちはそのとき何か持っていたかね？」

トムはためらい、戸惑った表情を浮かべた。

「はっきり言いたまえ――自信を持って。真実は決して恥じる必要はない。君はそこに何を持っていった？」

「ね――猫の死体だけです」

笑いのさざ波が起こり、裁判官が注意した。

「その猫の骸骨《がいこつ》は証拠として提出いたします。さて君、起きたことをすべて話してくれたまえ――君の好きなやり方で話してくれていい――何ひとつ省《はぶ》かず、怖《こわ》がらず」

トムは語りはじめた。はじめはおずおずとためらいがちだったが、話に熱が入ってくると、言葉も楽に出てくるようになって、少し経つと、彼の声以外は何の音もしなくなっていた。すべての目が彼に向けられた。人びとは唇《くちびる》を軽く開き、息を殺して、彼の発する一言一言に聞き入り、時の経つのも忘れて、身《み》の毛《け》もよだつ物語に引き込まれていた。溜《た》まっていく一方の感情に緊張はますます高まり、少年の次の言葉で最高潮《さいこうちょう》に達した――

「そしてお医者さんが墓標《ぼひょう》で一撃を喰わせて、マフ・ポッターが倒れると、インジャン・ジョーがナイフを手に飛び上がって――」

ガシャン！　混血男は稲妻の速さで窓めがけて飛び出し、邪魔な者たちを押しのけて、逃げていった！

# 第二十四章　村の英雄トム――栄光の昼と恐怖の夜――インジャン・ジョー探し

トムはふたたび輝かしい英雄となった。大人にはちやほやされ、子供には妬《ねた》まれた。村の新聞にも大々的に取り上げられ、その名は不朽《ふきゅう》のものとなった。あれは大統領になる子だ、縛り首にならなければの話だが、などと言う者もいた。

例によって、気まぐれで理性とは無縁の世間は、さんざん罵倒《ばとう》していたマフ・ポッターを一転して温かく迎え入れ、今度はさんざん持て囃《はや》した。だがその種の振舞《ふるま》いは、むしろ世間の美点と見るべきである。目くじら立ててとやかく言うのは当たらない。

トムにとっても昼間は栄誉と歓喜の日々だったが、夜は恐怖の時間であった。インジャン・ジョーがすべての夢に出没《しゅつぼつ》し、目にはつねに殺気《さっき》を漲《みなぎ》らせていた。およそいかなる誘惑も、日没後《にちぼつ》にトムを家の外へ引っぱり出す力はなかった。ハックも同じく、哀れ悲惨《ひさん》と恐怖の日々を送っていた。あの判決の前の晩にトムが何もかも弁護士に喋《しゃべ》ってしまい、インジャン・ジョーが逃げ出したせいで法廷で証言する苦しみからは救われたものの、自分もかかわっていたことが知られてしまうのではと心配でならなかった。秘密にしておくと弁護士に誓わせはしたが、誓いが何だというのか？　トムだって結局、良心に苛《さいな》まれて、夜に弁護士の家まで出かけていって、この上なく恐ろしい、暗い誓いでもって封印《ふういん》したはずの唇から、おぞましい物語を洗いざらい喋ってしまったではないか。人間というものに対するハックの信頼は、ほぼ全面的に消え去った。トムとしても、毎日マフ・ポッターに感謝されて、喋ってよかった、と思ったものの、夜になると一転、舌を封じたままでいたらと思うのだった。

一日の半分、インジャン・ジョーがいつまでも捕まらないのではとトムは恐れ、あとの半分は、捕まってしまうのではと恐れた。あの男が死んで、この目で死体を見るまでは、安心して息もできないと思った。

懸賞金《けんしょうきん》が出され、地域一帯が捜索《そうさく》されたが、インジャン・ジョーはいっこうに見つからなかった。あの全知なる、畏《おそ》れ崇《あが》めるべき「探偵」が一人セントルイスからやって来て、あたりをこそこそうろつき、首を横に振り、分かったような顔をした彼《か》の職業の者たちがたいてい挙げる類《たぐい》の大きな成果を挙げた。すなわち彼は、「手がかりを発見した」のである。だが、「手がかり」を殺人罪で縛り首にできはしない。という訳で、この探偵が仕事をやり終え、帰ってしまうと、トムの不安は前に較《くら》べて少しも減《げん》じていなかった。

日々は緩慢《かんまん》に流れていき、一日が過ぎるごとに、心配の重みはほんのわずかずつ軽くなっていった。

# 第二十五章　王とダイヤモンド――宝探し――死人と幽霊

まともな男の子であれば、人生一度は、隠された財宝《ざいほう》を掘り出しにどこかへ行きたいという激しい欲求に駆られるものだ。この欲求が突如ある日トムを捉《とら》えた。ジョー・ハーパーを探しに出かけていったが、不首尾《ふしゅび》に終わった。次にベン・ロジャーズを探したが、釣りに行ってしまっていた。間もなく、「紅《あか》き手」のハック・フィンにばったり出会った。まあハックでもよかろう。トムは彼を人目につかぬ場所に連れていき、こっそり話を打ちあけた。ハックも乗ってきた。ハックはいつだって、面白そうで、元手《もとで》の要らない企《くわだ》てだったら何でも乗ってくるのだ。時は金なり、と世に言うが、ハックの場合、金でない類《たぐい》の時を唸《うな》るほど持ちあわせているのである。

「どこを掘る？」とハックが言った。

「うん、どこでもいいのさ」

「え、そこら中に隠してあんのか？」

「いやいや、そうじゃない。すごく特別な場所に隠してあるのさ――島とか、古い枯木《かれき》の大《おお》枝《えだ》の先っぽの下の、午前零時ちょうどに影が差すところとかに腐りかけた箱が埋めてあったりする。でもたいていは、幽霊屋敷《ゆうれいやしき》の床下《ゆかした》に埋めてある」

「誰が隠すんだ？」

「盗賊さ、もちろん――誰だと思った？　日曜学校の先生か？」

「知らねえよ。俺だったら隠したりしないね。隠さずに遣《つか》って、楽しくやるね」

「俺もだよ。でも盗賊はそういう風にはやらないんだよ。かならず隠して、置いていくんだ」

「あとで取りにこねえのか？」

「いや、来るつもりなんだけど、たいてい目印を忘れちまったり、死んじまったりするんだ。とにかく長いこと置きっ放《ぱな》しにされて錆《さ》びてきて、そのうち誰かが、目印の探し方を書いた、古い黄ばんだ紙を見つける――この紙を解読《かいどく》するのに一週間くらいかけなきゃいけないんだ、ほとんど全部、記号と象形文字《しょうけいもじ》で描《か》いてあるから」

「ショウ……何だって？」

「象形文字さ――絵とか何とか、何の意味もないように見えるやつだよ」

「お前そういう紙、持ってるの？」

「いいや」

「じゃあどうやって目印見つけるんだ？」

「目印なんか要《い》らないさ。奴《やつ》らはいつも、幽霊屋敷の床下か、島か、大枝が一本突き出た枯木の下に埋めるんだ。でさ、ジャクソン島は少し試したし、いつかまたもうちょっと試してみてもいい。それと、蒸留所支流《スティルハウス・ブランチ》を上がったところには古い幽霊屋敷があるし、大枝が枯れた木ならそこらへんにゴマンとある」

「その全部の下に埋まってんのか？」

「何言ってんだ！　違うよ！」

「じゃあどうやって、ここを掘りゃいいって分かるんだよ？」

「全部掘ってみるのさ！」

「おいトム、それじゃ夏一杯かかるぞ」

「それがどうした？　例《たと》えばさ、百ドル入ってる真鍮《しんちゅう》の壺《つぼ》の錆びついた見事なやつが見つかるとか、ダイモンドがぎっしり詰まった腐りかけの箱が出てくるとか。どうだ、そういうの？」

　ハックの目が輝いた。

「そりゃ凄《すご》い。そりゃ大したもんだ。俺、百ドルもらえりゃいいよ、ダイモンドは要らないから」

「よしよし。でも俺はダイモンドも捨てないぞ。一個二十ドルするやつもあるんだぜ――どれも最低、七十五セントか一ドルはする」

「へえ！　そうなのか？」

「そうさ――誰だって知ってるさ。見たことないのか、ハック？」

「覚えはないね」

「王様とかはさ、唸《うな》るほど持ってるんだ」

「俺は王様の知りあいなんていねえよ、トム」

「だろうな。だけどヨーロッパなんかに行ったら、そこらじゅう跳《は》ね回ってるのさ」

「王様って跳ねるのか？」

「跳ねるのかって？——まさか！」

「じゃあ何でそう言ったんだよ？」

「だからさ、一杯いるってことだよ——もちろん跳ねやしないさ——何だって跳ねたりする？——とにかくいるってことでさ——そこら中に、散らばってるってことで。あのせむしのリチャードとかさ」

「リチャード？　もう片っぽの名前は？」

「もう片っぽなんてないよ。王様ってのは名前ひとつしかないんだ」

「そうなのか？」

「そうともさ」

「ま、そいつらがよけりゃいいけどさ、俺は王様になれたって、黒《ニガー》みたいに名前ひとつしかないなら嫌《や》だね。でもとにかく、まずどこを掘る気だ？」

「うん、そうだなあ。たとえばあの、蒸留所支流《スティル ハウス・ブランチ》の向こう岸の丘にある、枝の枯れた古い木から取りかかるってのは？」

「いいよ、それで」

　こうして二人は、壊《こわ》れかけたつるはしと、シャベルを持ち出し、五キロの道を歩き出した。着くと体は火照《ほて》り、息も荒くなっていて、一服しようとそこらへんの楡《ニレ》の木蔭《こかげ》に倒れ込んだ。

「こういうのっていいな」とトムが言った。

「俺もそう思う」

「なあハック、もしここで財宝が見つかったらさ、分け前で何する？」

「そうだな、毎日パイ食べてソーダ飲んで、サーカスが来るたんびに見に行く。楽しくやるね」

「じゃあ、貯《た》めるとかしないのか？」

「貯める？　何で？」

「だから、あとで暮らしに困らないようにさ」

「そんなの意味ねえって。いずれ親父《おやじ》がこの村に戻ってきて、こっちがぼやぼやしてたらさっさと持ってって、あっという間に遣《つか》っちまう。お前はどうすんだ、トム？」

「まず新しい太鼓《たいこ》買うだろ、あと本物の剣《けん》と、赤いネクタイと、ブルドッグの仔犬《こいぬ》買って、結婚《けっこん》するんだ」

「結婚！」

「そうさ」

「トム、お前――お前、頭どうかしてるぞ」

「まあ、見てろって」

「そんな馬鹿《ばか》な真似《まね》ってないぜ、トム。俺の親父とお袋を見てみろよ。喧嘩《けんか》？　もう年じゅう喧嘩してたぜ。よく覚えてるよ」

「そんなの関係ないって。俺が結婚する女の子は、喧嘩なんかしないんだ」

「トム、女はみんな似たようなもんだと思うぜ。みんな喧《やかま》しいったらありゃしない。お前、ちょっと考えた方がいいよ。絶対その方がいい。そのアマッ子、名前は？」

「アマッ子《ギャル》なんかじゃない、女の子《ガール》だよ」

「おんなじだと思うぜ。アマッ子って言う奴もいれば女の子って言う奴もいる。どっちもそれなりに正しいのさ。でトム、とにかく何て名前なんだ？」

「そのうち教えるよ。いまはやめとく」

「わかった、まあいいよ。でもお前が結婚しちまったら、俺はますます寂しくなるな」

「ならないさ。お前も俺んちで暮らせばいい。さあ、もうこのくらいにして、掘りにかかろう」

三十分にわたって、二人は額《ひたい》に汗して働いた。成果なし。さらに三十分頑張《がんば》った。依然《いぜん》成果なし。ハックが言った――

「いつもこんな深くに埋めてあるのか？」

「時にはな――いつもじゃないさ。たいていはそんなことない。どうやら場所が違ってたみたいだ」

かくして新しい場所を選び、ふたたび取りかかった。仕事はやや難航《なんこう》したが、それでもちゃんと進んでいった。しばらくのあいだ、二人とも黙々《もくもく》と掘りつづけた。そのうちにとうとうハックが、シャベルに寄りかかって、額《ひたい》に浮かぶ汗の玉を袖《そで》で拭《ぬぐ》いながら言った――

「これやったら、次はどこを掘る？」

「うん、カーディフ・ヒルのさ、未亡人の屋敷の裏手《うらて》に立ってる古い木はどうかな」

「あそこはよさそうだな。でもさ、未亡人に取られちまわねえか？　あの人の土地にある訳だろ」

「未亡人が取るって！　取りたきゃやってみるがいいさ。隠された財宝を見つけたら、見つけた奴のものになるんだよ。誰の土地にあったって関係ないよ」

それでハックも納得した。作業は続いた。やがてハックが言った――

「やれやれ、また場所が違ってたみたいだな。どう思う？」

「うんハック、こいつは変だよ。さっぱり分からない。魔女が邪魔《じゃま》することがあるんだよ。ひょっとしたら今回もそうかもしれない」

「何言ってんだ、魔女は昼間のうちは力なんかねえよ」

「あ、そうだな。それは考えてなかった。そうか、分かったぞ！　俺たち馬鹿だなあ！　大枝の影が、午前零時にどこに差すか調べなきゃいけないんだ――そこを掘るんだよ！」

「じゃあ何だよ、これまでの仕事全部、まるっきり骨折《ほねお》り損《ぞん》だったのか。しかも何だ、夜中に戻ってこなきゃいけねえのか。ここってずいぶん遠いよな。お前、出てこれるの？」

「大丈夫。それも、今夜やらなくちゃ。誰かにこの穴見られたら、何なのかすぐバレて、先を越されちまう」

「じゃあ、今夜お前んとこ行ってニャオーって鳴くよ」

「分かった。藪《やぶ》に道具隠しとこうぜ」

　その夜、約束の時間近くに少年たちは戻ってきて、木蔭に座って待った。そこは寂しい場所であり、午前零時と言えば、古《いにしえ》からさまざまな言い伝えによって陰鬱《いんうつ》と相場の決まった時刻である。さわさわそよぐ木の葉の中で霊《れい》たちが囁《ささや》き、薄暗い物陰《ものかげ》に幽霊がひそみ、猟《りょう》犬《けん》の太い遠吠《とおぼ》えが漂《ただよ》ってきて、フクロウが陰気な声でそれに応《こた》えた。こうした重苦しさに少年たちも気圧《けお》されて、ろくに喋《しゃべ》らなかった。そのうちに、もう午前零時だと踏んで、影が差しているところに印をつけて、掘りはじめた。期待が膨《ふく》らんできた。ますますやる気が出て、仕事もそれに合わせて速くなった。穴はどんどん深くなっていったが、つるはしが何かに当たるのが聞こえて胸がときめくたび、また新たな失望を味わうだけだった。ただの石ころか、木切れ。とうとうトムが言った——

「駄目だよハック、また違った」

「だって違ってるはずないぜ。影をきっちり正確にたどったじゃないか」

「分かってる、でももうひとつある」

「何なんだ?」

「時間、だいたいの見当《けんとう》でやっただろ。たぶん遅すぎたか早すぎたかしたんだよ」

　ハックがシャベルを捨てた。

「それだよ、それがいけないんだ」とハックは言った。「こりゃもうあきらめるしかねえよ。俺たち正しい時間だって分からねえんだし、だいいちこれっておっかなすぎるよ、こんな夜中で、魔女とか幽霊とかが一杯そのへんをうろうろしてってさ。何だかいつも後ろに何かいる気がするんだよ。でも前にも隙《すき》を狙《ねら》ってる奴がいるかもしれねえから、ふり向くのも怖《こわ》い。ここに来てからずっと俺、体じゅう寒気《さむけ》がしてるよ」

「うんハック、俺もそんなとこだよ。木の下に財宝埋めるときって、たいてい死人を埋めて見張りさせるんだよな」

「そうなのか！」

「そうとも。いつもそう聞かされた」

「トム、死人がいるとこをうろうろするなんて、俺嫌《や》だよ。絶対ろくでもねえことになるんだから」

「俺だって死人にちょっかい出したくないさ。ここにいる奴が、頭蓋骨《ずがいこつ》ひょいって突き出して、何か言ったら！」

「よせよトム！　おっかねえよ」

「うん、おっかねえ。俺だって全然落着かないよ」

「なあトム、ここはもうあきらめてさ、どこか他所《よそ》を試そうぜ」

「分かった。その方がいいな」

「どこにする？」

トムは少し考えてから、言った——

「幽霊屋敷だ。決めた！」

「俺嫌《や》だよ、幽霊屋敷だなんて。そんなの死人よりずっとたちが悪いぜ。死人は喋ったりはするけど、幽霊みたいにこっちが見てねえ隙《すき》に経帷子《きょうかたびら》着てすーっと寄ってきて、いきなり後ろから首つっ込んできたり歯ギシギシ鳴らしたりはしねえよ。俺そういうの耐えられねえよトム――誰だって耐えられやしねえって」

「ああ、だけどハック、幽霊は夜しか動き回らないぞ、昼間に掘るのは邪魔しない」

「うん、それはそうだ。だけどさ、あの幽霊屋敷、そもそも昼でも夜でも人がうろつくようなとこじゃねえだろ」

「それはさ、みんな人が殺された場所に行くのが嫌だからだよ。でもあの屋敷、夜以外は何も見えたことないんだぜ。夜だって、何か青い光が窓から出てきただけさ――ちゃんとした幽霊なんかじゃない」

「いやトム、ああいう光がチラついてるところはさ、必ずすぐそばに幽霊がいるんだよ。そりゃそうさ。ああいう光使うのは幽霊だけなんだから」

「うん、そうだな。でもとにかく昼は出ないんだからさ、そんなに怖がってどうする？」

「ああ、分かったよ。そこまで言うんならやろうぜ、幽霊屋敷――やばいとは思うけど」

もうさっきから、二人は丘を下《くだ》りはじめていた。月に照らされた谷間の真ん中に、その「幽霊屋敷」がぽつんと一軒建っていた。柵《さく》はとっくになくなって、雑草が蔓延《はびこ》って玄関口を塞《ふさ》ぎ、煙突《えんとつ》はすっかり崩れ落ち、窓枠《まどわく》からはガラスも消え、屋根の一角が陥没《かんぼつ》していた。

少年たちは少しのあいだ、青い光が窓から出てくるのをなかば期待しながらじっと見ていたが、それから、時と場所に相応《ふさわ》しく低い声で話しながら、幽霊屋敷からたっぷり右に逸《そ》れて歩いていき、カーディフ・ヒルの裏側を飾る森を抜けて家路《いえじ》へ向かった。

## 第二十六章
## 幽霊屋敷——眠い幽霊たち——金貨の箱——何たる不運

翌日正午ごろ、少年たちは枯木の前にたどり着いた。道具を取りにきたのである。トムは早く幽霊屋敷に行きたくてうずうずしていたし、ハックも結構《けっこう》その気になっていた——が、そのハックが突然言った——

「おいトム、今日が何曜《なによう》か知ってるか?」

トムは頭の中でカレンダーをめくっていき、ハッとして目を上げた——

「しまった! 考えてなかった!」

「俺もだよ、いま急に思いついたんだ、今日は金曜だって」

「いやぁハック、用心しないとなあ。もうちょっとで、こんなこと金曜にやって、ひどいことになってたかもしれない」

「かもしれないどころじゃねえって! 絶対なってたよ! 運の向く曜日もあるけど、金曜はありえねえ」

「そんなこと、どこの阿呆《あほう》だって知ってるよ。別にお前が発見したわけじゃないだろ、ハック」

「俺、発見したなんて言ってねえだろ？　それにさ、金曜ってだけじゃねえぞ。俺、昨日の夜、すごく悪い夢見たんだよ。鼠《ねずみ》の夢さ」

「まさか！　そりゃ縁起《えんぎ》悪いな。鼠同士、戦ってたか？」

「いいや」

「じゃあまあいいよ。戦ってなけりゃ、厄介事《やっかいごと》がそこらへんに控えてるってだけさ。ひたすら気をつけて、よく見張ってれば済む。もう今日はこんなことやめて、遊べばいい。なあハック、ロビン・フッドは知ってるか？」

「いいや。誰だ、ロビン・フッドって？」

「イングランド指折《ゆびお》りの偉人《いじん》だよ――しかも最高にいい人だ。盗賊だったんだよ」

「へえ、いいなあ。誰から盗んだんだ？」

「保安官、司教《しきょう》、金持ち、王様、そういう連中からだけ。貧しい人からは絶対取らなかった。貧しい人たちを愛してたんだ。いつだって獲物《えもの》を貧しい人と山分《やまわ》けしたんだよ――立派なもんだよ」

「きっとすごくいい奴《やつ》だったんだな」

「うん、きっとそうだよ。あんなに気高《けだか》い人はいないね。今日《きょう》びそんな人間はいないよ。イングランド中、誰を敵に回しても、片手を縛られてたって打ち負かせた。イチイの弓《ゆみ》でさ、二キロ離れた十セント貨に当てることができたんだ」

「イチイの弓って？」

「知らないよ。もちろん弓の一種さ。でさ、もし矢が十セント貨の端《はじ》の方に当たったりしたら、座り込んで泣き出す——そして悪態《あくたい》をつくんだ。とにかくロビン・フッドごっこやろうぜ、すごく面白いから。教えてやるよ」

「分かった」

かくして午後はずっとロビン・フッドごっこに興《きょう》じ、二人とも時おり切なげな目を幽霊屋敷の方に向けては、明日の見込み、可能性を一言呟《つぶや》くのだった。陽が西に沈んでいくとともに、木々が作る長い影を越えて二人は帰路《きろ》につき、やがてカーディフ・ヒルの森に消えていった。

土曜日になり、正午を少し回ったころ、少年たちはふたたび枯木の前に来ていた。日蔭《ひかげ》で一服して、お喋《しゃべ》りして、このあいだ掘った穴を少し掘り足した。二人とも別に期待してはいなかったが、あと十五センチで財宝というところまで来たのにあきらめてしまい別の誰かが来てほんの一掘りしただけで掘り出した事例《じれい》がたくさんあるのだとトムが言ったのである。だが何の成果もなく、少年たちは道具を背負ってその場を去った。ここまでやれば、運命を軽《かろ》んじた気はせず、宝探しの営《いとな》みに必要な要件《ようけん》をすべて満たしたと思った。

幽霊屋敷にたどり着くと、灼《や》けるような太陽の下、そこを支配する死んだような沈黙には、何とも不気味で血腥《ちなまぐさ》い雰囲気が漂《ただよ》っていて、その場を包む寂しさと侘《わび》しさにもひどく気の滅入るものがあったので、二人はしばし中に入るのをためらった。それから、這《は》うように玄関まで行って、おっかなびっくり覗《のぞ》いてみた。雑草の蔓延《はびこ》る、床《ゆか》のない部屋が見えた。壁には漆喰《しっくい》もなく、暖炉はおそろしく古く、窓のガラスも割れ、階段は壊れかけて、そこら中にぼろぼろの、もはや蜘蛛《くも》すらいない蜘蛛の巣が垂れていた。間もなく彼らは、忍び足で胸をドキドキさせ小声で囁《ささや》きながら入っていった。ごくわずかな音も聞き逃さぬよう耳を研《と》ぎ澄《す》ませ、筋肉にも力を入れて、何かあったらすぐ逃げ出せるよう身構えていた。

しばらくして、少しは場に馴染《なじ》んで恐怖も薄れてくると、二人は家の中をじっくり、自分たちの大胆さに感心し呆《あき》れもしつつ検分《けんぶん》してみた。次に、今度は二階を見てみようということになった。これはいわば退路《たいろ》を断《た》つことにもなる訳だが、二人は何となくたがいに張りあうようになっていて、となれば採《と》る道はひとつしかありえなかった。道具を隅に放り出し、上がっていった。二階も同じ、すべてが朽《く》ちつつある気配に溢《あふ》れていた。部屋の片隅には、何やら謎《なぞ》を隠していそうな衣裳棚《クローゼット》があったが、これは見かけ倒しで、中は空っぽだった。このころにはもう二人の勇気も目を覚まし、しっかり働いてくれそうだった。いまにも一階に降りて、仕事を始めようとしたところで――

「シーッ！」とトムが言った。

「どうした？」とハックが、恐怖に青ざめて囁いた。

「シーッ！……ほら！……聞こえるか？」

「ああ！……大変だ！　逃げよう！」

「動くな！　じっとしてろ！　まっすぐ玄関にやって来るぞ」

少年たちは床にへばりついた。目を床板の節穴《ふしあな》にくっつけ、すっかり怖気《おじけ》づいて、横になったまま待った。

「止まった……いや――こっちへ来る……来たぞ。もう一言も囁くなよ、ハック。ああ、こんなところから抜け出せたら！」

男二人が入ってきた。少年たちはそれぞれ思った――「あれって片っぽは、最近村に一、二度来てた、耳も口も不自由なスペイン人の爺《じい》さんだ――もう一人は初めて見るぞ」

その「もう一人」は襤褸《ぼろ》を着たむさくるしいなりの男で、顔にもあまり感じのよいところはなかった。スペイン人はセラーペ［中南米風の肩かけ］で身を包み、もじゃもじゃの白い頬髯《ほおひげ》を生やし、長い白髪《はくはつ》がソンブレロの下から流れ出て、緑の塵《ちり》よけ眼鏡《めがね》をかけていた。中に入ってきながら、「もう一人」が低い声で話していた。二人は土間に、玄関の方を向き壁を背にして座り込み、さっきから話している男が相変わらず喋りつづけた。喋っているうちに、警戒《けいかい》した物腰《ものごし》がいくぶん和《やわ》らいで、言葉もだんだんはっきりしてきた。

「いや、じっくり考えてみたが」と男は言った。「やっぱり気が進まん。危ねえよ」

「危ねえだと！」と、「耳も口も不自由な」スペイン人が唸《うな》るように言ったので、少年たちはびっくり仰天してしまった。「何を腰の抜けたことを！」

その声に少年たちは息を呑《の》み、身を震わせた。インジャン・ジョーの声だったのだ！　しばらく沈黙が続いた。やがてジョーが言った――

「こないだのあっちの仕事くらい危ないのもなかったぞ——でも何ともないじゃねえか」

「あれは別さ。ずっと上流で、周りにはほかに家もなかったし。だいいち、やり損《そこ》なったんだから、バレる心配もねえ」

「で、昼間にここへ入ってくらい危ねえことあるか？——誰かに見られたらきっと怪しまれるぞ」

「それくらい俺だって分かるさ。だけどあんな風にしくじっちまったもんだから、ほかに手ごろな場所がなかったんだよ。俺だってこんな荒屋《あばらや》さっさと出たいんだよ。ほんとは昨日出たかったけど、何しろあの忌々《いまいま》しい餓鬼《がき》どもが、あそこの丘の上でうろうろ遊んでて、こっちが丸見えときちゃ、出るに出られなかったんだ」

「あの忌々しい餓鬼ども」はこの一言にふたたび身震いし、昨日が金曜日だと思い出して一日延ばすことにして本当によかったと思った。一年延ばせばよかった、と二人とも心中思った。

　男二人は食べ物を取り出し、昼食を始めた。長い、考え深げな沈黙の末にインジャン・ジョーが言った——

「いいか、おい——お前は上流の家に戻って、俺から連絡が来るのを待て。俺はあと一度だけ、思いきって村に行って、見てみる。少し見て回って、これなら大丈夫と思えたら、『危ない』仕事をやろうじゃねえか。そしたらあとはテキサスだ——一緒におさらばするんだよ！［テキサスは当時、無法者の避難所だった］」

これで相棒《あいぼう》も納得した。二人ともじきに欠伸《あくび》を始めて、インジャン・ジョーが言った——

「ああ、眠い！　今度はお前が見張る番だぞ」

インジャン・ジョーは雑草の中に身を丸め、じきに鼾《いびき》をかきはじめた。相棒が一、二度その体を揺すると、鼾が止《や》んだ。間もなく、見張っているはずの相棒も居眠《いねむ》りを始めた。頭がだんだん下がっていって、二人ともぐうぐう鼾をかき出した。

少年たちはやれやれとばかりふうっと大きく息を吐いた。トムが囁いた——

「いまだ——行こう！」

ハックは言った——

「無理だよ——あいつら目を覚ましたら俺、死ぬよ」

トムが促《うなが》し、ハックが尻込《しりご》みした。とうとう、トムが一人で行こうと、ゆっくり静かに立ち上がった。だが最初の一歩で、ぐらぐらの床がギギイッとものすごく軋《きし》んだものだから、怖さのあまりほとんど息も止まりそうになって、へなへな座り込んだ。そのあとはもう二度と企《くわだ》てようとしなかった。少年たちはそこに横たわって、一瞬一瞬がのろのろ過ぎていくのを数えた。やがてもう、時間というものが果ててしまい永遠すら白髪頭《しらがあたま》になってきたかという気がした。と、有難いことに、ようやく陽が沈んできたことが見えてきた。

片方の鼾が止んだ。インジャン・ジョーが身を起こし、ぼんやりあたりを見回して——頭が膝《ひざ》にくっつきそうになっている相棒を見て厳《いか》めしくニタッと笑い、片足の爪先《つまさき》でつっついて動かし、言った——

「おい！　お前、見張り番だろうが！　ふん、まあいい――何事《なにごと》もなかったから」

「わ！　俺、寝てたのか？」

「うん、ま、ちょっとな。さあ、そろそろ出てく潮時《しおどき》だぞ。まだ残ってる獲物《えもの》、どうしよう？」

「どうかなあ――いつものとおり、ここに置いてくってことでどうだ。南に発《た》つまでは持ち出しても意味ねえさ。銀貨で六五〇ドルとくれば、ちょっとした重さだし」

「うん――まあそうだな――もう一度戻るくらい何でもねえしな」

「ああ――でも次はいつものように夜になってから来ようぜ――その方がいい」

「ああ。だけどいいか、今度の仕事は、チャンスが来るまでに結構かかるかもしれん。思いがけないことだって起こるかもしれねえ。あんまりいい場所じゃねえからな。だから、しっかり埋めとこうぜ――すごく深く埋めるんだ」

「それがいい」と相棒も言い、部屋の向こう側まで歩いていって、跪《ひざまず》いて暖炉の奥の灰受け石《いし》を一個持ち上げ、袋を取り出した。中身がジャランと快《こころよ》く鳴った。男がそこから自分用に二、三十ドル抜き出し、インジャン・ジョーの分も同じくらい抜いてから、ジョーに袋を渡すと、相手は部屋の隅で膝をついて猟刀《ボウイ・ナイフ》で穴を掘りにかかった。

　怖さも自分たちの窮状《きゅうじょう》も、少年たちは一瞬にして忘れた。目をギラギラ輝かせて、男たちの一挙一動《いっきょいちどう》を見守った。何たる幸運！――想像を絶《ぜっ》する華々しさ！　六〇〇ドルあれば、子供六人が大金持ちだ！　これこそ最高に吉兆《きっちょう》の宝探しだ――もうこれで、どこを掘ったらいいかなんて鬱陶《うっとう》しい迷いもない。二人はしじゅうたがいに肱《ひじ》でつっつき合った。きわめて雄弁《ゆうべん》な、容易に意味の伝わるつっつき。すなわち、「よう、ここに来てよかったなあ！」。

と、ジョーのナイフが何かに当たった。

「お！」とジョーが言った。

「どうした？」と相棒が言った。

「腐りかけの床板さ――いや違う、こりゃ箱だ。おい、手を貸せよ、何でこんなもんがあるのか見てみようぜ。いや、もういい、穴が開《あ》いたから」

手を中に入れて、引っぱり出す――

「おい、金《かね》だぜ！」

二人の男は手一杯の貨幣《かへい》に見入った。金貨だった。二階の少年たちも同じくらい興奮し、同じくらい喜んでいた。

ジョーの相棒が言った――

「さっさとやろうぜ。暖炉のあっち側の隅にさ、錆《さ》びついたつるはしが雑草に埋もれて転がってる――さっき見たんだよ」

そう言って駆けていき、少年たちのつるはしとシャベルを持ってきた。インジャン・ジョーはつるはしを手にとって、顔をしかめて吟味《ぎんみ》し、首を横に振り、何かブツブツ独《ひと》り言《ごと》を言ってから、それを使って仕事にかかった。箱はじきに掘り出された。それほど大きくなく、鉄の帯が巻いてあって、長い年月で傷《いた》んでしまう前はさぞ頑丈《がんじょう》だったに違いない。男たちはしばらく、至福《しふく》の沈黙とともに財宝に見とれていた。

「よう相棒、これって何千ドルとあるぜ」とインジャン・ジョーが言った。

「前々から噂《うわさ》だったもんな、マレルの一団「当時有名だった無法者の一味」が何年か前の夏にこのへんをうろついてたって」と相手は言った。

「知ってるよ」とインジャン・ジョーが言った。「で、どうやらこれがそれって訳か」

「これでもう、あの仕事しなくて済むよな」

混血男は顔をしかめて、言った――

「お前、俺っていう人間を知らねえな。それに何より、あの仕事のことがお前には全然分かっちゃいねえ。あれは全然、強盗なんかじゃねえ――復讐なんだよ！」。その両目に邪《よこしま》な光が燃え上がった。「で、お前の助けが要るんだよ。あれさえ済んだら、テキサスだ。ひとまずかみさんと子供たちのところに帰って、俺から連絡があるまで待ってな」

「うーん、まあお前がそう言うんだったら。で、こいつはどうする――また埋《う》めるか？」

「ああ」〔階上の二人は狂喜〕。「いかん、セイチェム首長にかけて、そりゃいかん！」〔頭上で大いなる落胆〕。「危うく忘れるところだった。そのつるはし、新しい土がついてたんだぞ！」〔少年二人、たちまち恐怖のどん底に〕。「大体何で、ここにつるはしとシャベルがある？　何で新しい土がついてる？　誰が持ってきたんだ、そいつらはどこに行った？　お前、誰かがいるの聞こえたか？――見たか？　何だって！　また埋めて、奴《やつ》らが来たら埋めた跡《あと》が丸見え、なんて冗談じゃねえぜ！　そりゃいかん、そりゃいかん。俺の『穴蔵《あなぐら》』に持っていこう」

「うん、それがいい！　もっとさっさと思いつくんだったな。一番の方かい？」

「いや――二番だ――十字架《じゅうじか》の下の。あっちは駄目だ――ありきたり過ぎる」

「わかった。そろそろ暗くなってきたぜ、もう出かけられる」

インジャン・ジョーは立ち上がり、窓から窓を用心深く回って、外を覗き見た。間もなく彼は言った――

「ここに道具持ってきたの、誰かな？　ひょっとして二階にいると思うか？」

少年たちの息が止まった。インジャン・ジョーは片手でナイフを握りかけ、一瞬決めかねた様子で立ちどまってから、階段の方に向かった。少年たちは衣裳棚《クローゼット》のことを考えたが、力が抜けてしまっていた。ギシギシと階段を軋《きし》らせながら、足音は近づいてくる。もはや絶体《ぜったい》絶命《ぜつめい》となったいま、麻痺《まひ》していた決意が目を覚まし、少年たちはいまにも衣裳棚めがけて飛び出そうとしていた――と、腐った木ががしゃんと崩れ、インジャン・ジョーは崩壊《ほうかい》した階段の残骸《ざんがい》とともに地面に墜落《ついらく》した。ジョーが悪態をつきながら起き上がると、相棒が言った。

「そんなことしたって意味ねえぜ。もし誰かがいて、上にいるんだったら、そのままいさせりゃいい、構うもんか。飛び降りて足の骨を折りたきゃ折るがいい、止めやしねえさ。あと十五分で暗くなるけど、あとをつけて来たけりゃ来るがいい。俺は構わんよ。俺が思うに、誰がこの道具持ち込んだか知らんけど、そいつらきっと俺たちのこと見て、幽霊だか悪魔だかだと思ったんじゃねえのか。きっといまだに走って逃げてると思うね」

ジョーはしばらくブツブツ言っていたが、もう残り少ない陽の光を出発の準備に活用すべきだという相棒の提案には逆らわなかった。じきに二人は、黄昏《たそがれ》の深まるなか屋敷から出ていって、大事な箱を抱えて川の方へ歩いていった。

膝にはまだ力が入らなかったが、心底ホッとしてトムとハックは立ち上がり、家の壁の丸太の隙間《すきま》から、去っていく二人の後ろ姿を見守った。あとをつける？　お断りだ。首の骨も折らずに地面に降りられて、丘を越えて村へ帰れれば十分だ。二人ともあまり喋《しゃべ》らなかった。自分にすっかり嫌気《いやけ》がさしていたし、あそこにシャベルとつるはしを置くことになった巡《めぐ》りあわせの悪さを呪《のろ》うのに忙しくて、喋るどころではなかったのである。あれさえなければ、インジャン・ジョーだって疑いはしなかっただろう。あれさえなければ、奴らは銀貨も金貨もあそこに隠して、まずは「復讐《ふくしゅう》」を片付け、のこのこ戻ってきたら宝は影も形もない、となったはずなのだ。ああ、何たる不運。何であそこに道具を持っていったのか！

「スペイン人」が村へ来ないか気をつけて見張っていよう、と二人は決めた。復讐のチャンスを探して機を窺《うかが》う男のあとをつけて、「二番」の場所を嗅《か》ぎつけるのだ。と、底なしに恐ろしい思いがトムの胸に浮かんだ――

「復讐？　それって俺たちのことじゃないのか、ハック？」

「おい、やめてくれよ」とハックは言い、危うく卒倒《そっとう》するところだった。

二人でじっくり話しあった結果、村へ入っていくあたりで結論が出た。まああれは別の誰かのことだったかもしれない、と考えることにしたのだ。少なくとも、トムだけのことを言っていたとも考えられる——証言したのはトム一人なのだから。
危険なのは自分一人だとしたところで、トムはおよそ慰められはしなかった！　むしろ逆に、仲間がいたらずっとましなんだけどなあ、と思ったことであった。

## 第二十七章　解決すべき疑問——若き探偵たち

その夜のトムの夢を、昼の冒険は甚《はなは》だしくかき乱した。トムは四度にわたり財宝を手中《しゅちゅう》に収め、四度にわたり財宝は彼の指の中で無《む》と化《か》し、眠りは彼を見捨て、目が覚めると不運かつ苛酷《かこく》な現実が呼び戻された。明け方、横になったまま大冒険の一部《いちぶ》始終《しじゅう》を思い起こしていると、それらが妙に密《ひそ》やかで、遠く離れて感じられた。何だかまるで、別世界の出来事、ずっと昔の出来事のようなのだ。やがてふと、あの大冒険自体も夢だったに違いない、という思いが浮かんだ。この考えを補強する、非常に強力な根拠がひとつあった。すなわち、自分が目にした金貨の量が、とうてい現実ではありえぬほど莫大《ばくだい》だったことである。トムはいままで、五十ドルの金が一所《ひとところ》にまとまっているのを見たことがなかったし、彼のような年齢と境遇《きょうぐう》の男の子の常として、「何百」「何千」といった言い方はすべて単なる言葉の綾《あや》であってそんな額はこの世に存在しないと考えていた。百ドルなんていう額が、現実の金として誰かに所有されているなどということが実際ありうるなんて、考えたこともなかったのである。隠された財宝をめぐるトムの想念《そうねん》を分析《ぶんせき》したなら、それが現実の十セント貨一握りと、漠《ばく》とした、華麗《かれい》なる、捉《とら》えがたいドル硬貨《こうか》一樽《たる》から成っていることを人は知ったであろう。

だが冒険のさまざまな細部は、じっくり考えていくにつれて見るみる鮮明になっていき、間もなくトムは、やっぱりあれは夢じゃなかったかもしれないという思いに傾いていった。ここはひとつ、白黒《しろくろ》はっきりさせないといけない。トムは急いで朝食を済ませてハックを探しに行くことにした。

ハックは平底船《ひらぞこぶね》の舷縁《ガンネル》に腰かけて、足を力なく水中に垂らし、深い憂《うれ》いを顔に浮かべていた。ハックが話を持ち出すのを待つことにしよう、とトムは決めた。もしハックが持ち出さなかったら、あの冒険はただの夢だったということなのだ。

「よう、ハック！」

「よう」

〔しばしの沈黙。〕

「なあトム、あの道具を枯木のところに置きっ放しにしてたらさ、あの金《かね》俺たちのものになったのになあ。あーあ、何てこった！」

「じゃあ夢じゃなかった、夢じゃなかったんだ！　いっそ夢だったらよかったのにって思っちまうよ。ほんとだよ、ハック」

「何が夢じゃねえって？」

「だから、昨日のことさ。半分、夢じゃないかって思ってたんだよ」

「夢！　あの階段が壊れなかったら、夢もへったくれもなかっただろうよ！　夢なら俺も一晩じゅう見てたぜ。片目に眼帯《がんたい》したあのスペイン人の悪魔が、どの夢でもどの夢でも襲いかかってくるんだ――あんな奴《やつ》、腐っちまえばいい！」

「いやいや、腐っちゃ困る！　あいつを見つけなきゃ！　金の行方《ゆくえ》を探るんだ！」

「トム、見つかりっこねえよ。あんな大金が手に入るチャンスってのは一生に一度しか巡《めぐ》ってこねえものさ――で、俺たちはそいつを逃した。だいいちまたあいつの姿《すがた》見たら、俺もう震え上がっちまうと思うね」

「うん、俺もそうだと思う。でもやっぱり見つけたいんだよ――で、あとを尾《つ》けてく――二番ってところまで」

「二番――うん、そうだったな。俺もそのこと考えてた。でも全然分かんねえよ、何のことか。何だと思う？」

「分からん。謎《なぞ》だな。なあハック、――ひょっとして家の番地とか？」

「なぁるほど！……いやトム、そりゃ違うよ。そうだとしても、こんな小《ち》っちゃな村じゃないね。ここには番地なんてねえんだから」

「うん、だよな。ちょっと考えさせてくれ。じゃあ……部屋の番号。宿屋とかの！」

「うん、そりゃいい！　宿屋なら二軒しかねえから、調べもすぐつく」

「お前ここにいろよハック、俺が戻ってくるまで」

トムはさっそく駆けていった。人前ではハックと一緒にいるところを見られたくなかったのだ。三十分して戻ってきた。上等な方の宿屋の「二番」には前々から若い弁護士が住んでいて、いまもそれは変わらないという。もう一軒の、やや地味な方の宿の「二番」はちょっとした謎だった。まだ若い宿の息子が言うには、いつも鍵《かぎ》がかかっていて、夜しか人の出入りを見たことがないという。どうしてそうなっているのかはよく分からない、と息子は言い、彼としても好奇心を持たないわけではないが、興味津々《きょうみしんしん》とまでは行かず、あの部屋には幽霊がとり憑《つ》いているんだ、と考えて謎を楽しむ程度だった。そして昨夜は、部屋に明かりが灯《とも》っていたという。

「という訳さ、ハック。こっちが俺たちの探してる『二番』じゃないかなぁ」

「たぶんそうだな。で、どうする気だ？」

「考えさせてくれ」

長いこと考えた末、トムは言った——

「こうしようぜ。『二番』の部屋の裏口は、宿屋とおんぼろの煉瓦造《れんがづく》りの店とに挟《はさ》まれた狭い路地《ろじ》に面してる。で、お前は鍵という鍵を手に入るだけ集めて、俺も伯母さんの鍵ひと揃《そろ》いくすねて、月のない晩になったらすぐ出かけてって、片っ端《かたっぱし》から試してみるんだ。それと、インジャン・ジョーのことはずっと見張ってるんだぞ——復讐《ふくしゅう》のチャンスを探しにもういっぺん村に来るって言ってたからな。もし見かけたら、あとを尾けるんだ。で、あいつがあそこの『二番』に行かなかったら、俺たちの見当違《けんとうちが》いだったってことさ」

「嫌《や》だよ俺、一人であんな奴尾けるなんて！」

「大丈夫だよ、夜なんだから。お前のこと、たぶん見えもしないよ——見えたとしたって、何も考えやしないさ」

「うん、まあ、相当暗かったら尾けてもいいかな。だけどどうかなあ――どうかなあ。まあやってみるよ」

「俺だったら暗けりゃ絶対尾けてくぜ！　ひょっとしてあいつ、復讐は無理だと決めて、まっすぐ金のところに行くかも」

「そうだな、うん、そうだ。よし分かった、あと尾けるよ。何がなんでも尾ける！」

「そう来なくっちゃ！　絶対弱気《よわき》になるなよハック、俺もならないから」

## 第二十八章　「二番」での試み――ハック、見張りに立つ

その夜、トムもハックも冒険の準備は整っていた。九時過ぎまでずっと宿屋の近くに陣取《じんど》って、一人が少し離れて路地を見張り、もう一人が宿の玄関を見張った。路地には入る者も出る者もいなかったし、あのスペイン人に似た人間が玄関を出入りしたりもしなかった。月が出てきそうだったので、トムはいったん家に帰った。もし夜が十分暗くなったら、ハックが家に来てニャオーと鳴き、トムも抜け出して二人で鍵《かぎ》を試すという段取《だんど》りである。だが夜空は晴れたままだったので、ハックは見張りを切り上げ、十二時ごろ、空《から》の砂糖樽《さとうだる》の寝床に入った。

火曜日もやはりツキがなかった。水曜日も。が、木曜の夜は有望だった。トムは早々《はやばや》と、

伯母さんの古いブリキの角灯《ランタン》と、その周りを包《くる》むための大きなタオルを持って抜け出した。角灯をハックの砂糖樽に隠して、見張りが始まった。日付《ひづけ》が変わる一時間前に宿屋は戸締《とじ》まりし、明かりも（この辺では唯一《ゆいいつ》の明かりである）消された。スペイン人は見かけなかった。誰も路地を出入りしなかった。すべてがいい按配《あんばい》だった。黒き闇《やみ》があたりを支配し、完璧《かんぺき》な静寂《せいじゃく》を邪魔するのは、時おり遠くで呟《つぶや》く雷だけだった。

トムは角灯を手にとり、砂糖樽の中で火を点《つ》けて、タオルをしっかり巻きつけた。闇の中を、二人の冒険者は宿屋めざして這《は》うように進んでいった。ハックが見張りに立ち、トムが手探りで路地に入っていった。しばらくのあいだ、待つことの不安が、ハックの心に重くのしかかった。角灯の光がチラッとでも見えてほしい、そうハックは思った——見えたらきっと怖いだろうが、少なくともトムがまだ生きていることは分かる。トムが姿を消してから、もう何時間も経《た》った気がした。もう卒倒《そっとう》してしまったのか、死んでしまったのか。怖さと興奮に心臓が破裂《はれつ》してしまったのか。心配のあまり、ハックは我知《われし》らずじわじわ路地に近よっていた。あらゆる類《たぐい》の恐ろしい事態を思い描き、束《つか》の間《ま》、息も止まるほどの大惨事《だいさんじ》が起きるのでは、と身構えたりもした。といっても、止まるほどの息もありはせず、呼吸はひどく浅かったし、心臓もこの高鳴《たかな》り方ではじきに力尽きてしまいそうだった。と、いきなり光がキラッと閃《ひらめ》いて、トムが目の前を駆け抜けていった——

「逃げろ！」とトムは言った。「全力で逃げろ！」

二度言われるには及ばない。一度で十分だった。二度目が口にされるより前にハックは時速五十キロ、六十キロで走っていた。村の下流の外れにある、使われなくなったと畜場の物置小屋にたどり着くまで、二人ともまったく立ちどまらなかった。小屋に駆け込むと同時に、嵐《あらし》がやって来て土砂降《どしゃぶ》りの雨が降り出した。息が収《おさ》まるとすぐにトムが言った――

「ああハック、怖かったぜ！　鍵を二本、なるべく音を立てないように気をつけて試したんだけど、何だかガチャガチャものすごい音が立ってる気がして、すっかり怖くなってろくすっぽ息もできなかった。どっちの鍵も入らなかった。で、自分でも気づかないうちに把手《とって》を摑《つか》んでいて、何とドアが開《あ》いたんだ！　鍵なんかかかってなかったんだよ！　中に飛び込んで、タオルを外したら、ああ、何てこった！」

「どうした！――何を見たんだよ、トム？」

「ハック、俺もう少しで、インジャン・ジョーの手踏《ふ》んづけるところだったよ！」

「まさか！」

「そうなんだよ！　あいつ床に転がってぐうぐう寝てたんだ――片目に眼帯つけて、両腕を広げて」

「で、お前どうしたの？　奴《やつ》は目を覚ましたのか？」

「いいや、ぴくりとも動かない。きっと酔い潰《つぶ》れてたんだな。俺はただもうタオルを摑んで逃げ出したよ！」

「俺だったら思いつかなかったなあ、タオルなんて！」

「俺はそうは行かないよ。タオルなくしたりしたら、伯母さんにえらい目に遭わされるもの」

「でさトム、あの箱は見たのか？」

「そんなの探す余裕なかったよ。箱も見なかったし十字架も見なかった。見たのはインジャン・ジョーのそばに転がってる酒壜《さかびん》とブリキのコップだけ。うん、あと部屋の中に樽が二つと、酒壜がもっとたくさんあった。なあハック、分からないか、あの幽霊の憑《つ》いた部屋がどうなってるか？」

「どうなってるかって？」

「あそこにはウィスキーの幽霊が憑いてるのさ！　ひょっとして、ど（ヽ）こ（ヽ）の（ヽ）禁酒宿［表向きは酒を出さない宿屋］にもそういう部屋があるんじゃないかな」

「うーん、そうかもしれねえな。よくそんなこと思いつくなあ。でもさトム、いまがあの箱を盗むチャンスじゃねえのか、インジャン・ジョーが酔い潰れてるんなら」

「ああ、チャンスだとも！　お前やって見ろよ！」

ハックはぶるっと震えた。

「いや、やめとくよ」

「俺だってやめとくさ。かたわらに酒壜一本転がってるだけじゃ足りないよ。三本あったらさすがに完璧に潰れてるだろうから、俺だってやるけど」

長い間《ま》が生じて二人ともじっくり考え、やがてトムが言った――

「なあおいハック、インジャン・ジョーがいなくなるのを待とうぜ。いくらなんでも怖すぎるよ。毎晩見張ってりゃ、そのうちいつかは奴が出かけるとこ見えるだろうから、そしたら稲妻《いなずま》より速く箱を失敬《しっけい》するんだ」

「うん、それでいい。俺一晩じゅう、毎晩見張るよ、お前が失敬する方の役やってくれたら」

「よし、分かった。何かあったら、フーパー通りを四《よ》つ角《かど》一つ分駆けてきて、ニャオーと鳴けばいいからな——もし俺が眠ってたら、窓に砂利《じゃり》投げてくれれば目を覚ます」

「分かった、バッチリだよ！」

「じゃあハック、嵐も過ぎたし、俺は家《うち》に帰る。あと二時間かそこらで夜が明ける。お前、それまでまた見張っててくれるよな？」

「言っただろトム、見張るとも。あの宿にまる一年、毎晩とり憑いてやる！　昼間ずっと眠って一晩じゅう見張るんだ」

「よしよし。で、どこで寝るわけ？」

「ベン・ロジャーズん家の乾草置場《ほしくさおきば》だよ。ベンも、ベンの親父《おやじ》が使ってる黒《ニガー》のアンクル・ジェイクも、いいよって言ってくれるんだ。俺、アンクル・ジェイクに頼まれたらいつでも水を汲《く》んできてやってるし、向こうも余ってたらいつも食い物分けてくれるんだ。すごくいい奴だぜ、あの黒。俺のこと、威張《いば》ったりしないからって気に入ってくれてるんだ。ときどき俺、あいつと一緒に座って飯《めし》食うんだよ。でもまあそんなことは黙っててくれよな。人間、すごく腹が減ってると、ふだんはやらねえことやったりするものさ」

「よし、じゃあ昼間は、用がないかぎりお前のこと寝かしとくからな。余計なちょっかいは出さない。夜何かあったら、すぐに飛んできて、ニャオーって鳴くんだぞ」

## 第二十九章　ピク＝ニク——ハック、インジャン・ジョーを尾行——「復讐」の仕事——未亡人を救う

金曜の朝トムが真っ先に耳にしたのは、何とも嬉《うれ》しい知らせであった。サッチャー判事の一家が、前の晩に村に帰ってきたというのだ。インジャン・ジョーも財宝も束《つか》の間《ま》どうでもよくなって、少年の心の真ん中にはふたたびベッキーが収まった。さっそく彼女と再会し、級友たちと一緒にかくれんぼや陣取りをしてくたくたになるまで遊んだ。その日の締めくくりに、とりわけ嬉しいことがあった。ベッキーが母親に、ずっと前に約束して延びのびになっていたピク＝ニクを明日やらせてほしいとせがみ、母親が同意してくれたのである。ベッキーの喜びようは際限《さいげん》なく、トムのそれも負けていなかった。陽が沈む前に招待状《しょうたいじょう》が送られ、村の子供たちはたちまち熱狂《ねっきょう》して準備にかかり、期待に胸を躍《おど》らせた。トムも興奮して、ずいぶん遅くなってもなかなか寝つけず、ハックの「ニャオー」が聞こえてこないものか、明日ベッキーやピク＝ニクに来た連中に財宝を見せて驚かせてやれたら、と期待したが、これは当てがはずれた。その晩は何の合図もなかった。

やがて朝が来て、十時か十一時ごろ、すっかりはしゃいだ一団がサッチャー判事の家に集まり、準備は万端《ばんたん》整った。ピク＝ニクは年長の人間が入って邪魔したりせぬのが習わしである。十八の若き淑女《しゅくじょ》と、二十三かそこらの若き紳士とがそれぞれ二、三人ずつ付き添えば十分ということになっている。古い蒸気《じょうき》の渡し船がチャーターされた。間もなく陽気な集団は、手に手に弁当のバスケットを持ち、列をなして大通りを歩き出した。シドは具合が悪くてこのお楽しみに来ていなかった。メアリも彼の面倒を見るために家に残っていた。出かける間際《まぎわ》、ミセス・サッチャーはベッキーにこう言った――

「帰りはずいぶん遅くなるわよね。いっそ誰か、渡し場の近くに住んでる女の子の家に泊《と》めてもらいなさいな」

「じゃあママ、スージー・ハーパーのお家《うち》に泊めてもらうわ」

「そうね。お行儀《ぎょうぎ》よくするのよ、迷惑《めいわく》かけないようにね」

間もなく、足どりも軽く並んで歩きながら、トムがベッキーに言った――

「ねえ、こうしないか。ジョー・ハーパーの家《うち》に泊まりにいく代わりに、丘を上《のぼ》ってダグラス未亡人の家《いえ》に行くんだ。アイスクリームがあるよ！　毎日たっぷり作ってあるんだ。僕たちが行ったら、未亡人もすごく喜んでくれるよ」

「まあ、いいわねえ！」

それからベッキーはちょっと考えて、言った――

「でもママは何て言うかしら？」

「分かりっこないさ」

少女は頭のなかでこの案を検討し、いまひとつ気乗りしない様子で言った――

「これってよくないと思うけど――でも――」

「でもも何もないよ！　君のお母さんに知られないんなら、いけないことなんてあるかい？　君が危なくなけりゃ、お母さんとしても構わない訳だろ。お母さんだって、未亡人のこと思いついたらきっと勧《すす》めてくれたさ。絶対そうだよ！」

ダグラス未亡人のひどく気前のよいもてなしぶりは、たしかに大きな誘惑《ゆうわく》だった。その誘惑と、トムの説得《せっとく》が結局物を言った。という訳で、夜の予定については二人は誰にも言わないことにした。間もなくトムは、ひょっとしたら今夜ハックが来て合図を出すかもしれないと思いあたった。そう思うと、期待にもずいぶん水が差されてしまった。とはいえ、ダグラス未亡人の家で楽しく過ごすのをあきらめる気にはなれない。大体あきらめるには及ばないさ、とトムは考えた――昨日の夜も合図はなかったんだし、今夜の方がありそうだってこともない。晩の確実《かくじつ》な楽しさは、不確実な財宝より重みがあった。いかにも少年らしく、まずはより強い魅惑《みわく》に屈することにし、もう今日は、金の箱についてはいっさい考えまいと決めた。

渡し船は村を五キロ下り、森深い窪地《くぼち》の入口で停《と》まって、綱を繋《つな》いだ。子供たちは群れを成して陸《おか》に揚がり、間もなく森の奥や岩山のてっぺんまで、いたるところ叫び声や笑い声が谺《こだま》していった。体を火照《ほて》らせ疲れさせるさまざまな方法がすべて実践され、やがてみな三々五々、頼もしい食欲を抱えて集合場所に戻ってきて、御馳走《ごちそう》の皆殺《みなごろ》しが始まった。宴《うたげ》が済むと、枝の広がるオークの木蔭《こかげ》で爽《さわ》やかに休み、お喋《しゃべ》りに興《きょう》じた。じきに誰かが叫んだ——

「洞窟《どうくつ》に行く人！」

全員が手を上げた。蠟燭《ろうそく》の束《たば》が出され、たちまちみんな跳ねるように丘を上《のぼ》っていった。洞窟の入口は丘の頂《いただき》近くにあって、Aの字の形をしていた。オークの木で拵《こしら》えた巨大な扉には閂《かんぬき》もかかっていない。中は小さな部屋のようになっていて、貯氷庫《ちょひょうこ》のように冷えびえとして、自然の力で石灰岩《せっかいがん》ががっしり張りめぐらされて壁を形成し、冷たい汗の玉が浮かんでいた。この深い暗がりに立って、陽をさんさんと浴びた緑の谷間を見渡すのはひどくロマンチックで神秘的だった。けれどそうした場の荘厳《そうごん》さもたちまち有難味《ありがたみ》は薄れ、みんなはまたはしゃぎ出した。蠟燭が灯《とも》されるや否《いな》や、それを手にした子の許《もと》にみんなわっと押し寄せる。灯《あか》りをめぐるせめぎ合いが生じ、持ち主は敢然《かんぜん》と防御《ぼうぎょ》を試みるが、蠟燭はじきに叩《たた》き落とされ、あるいは吹き消されて、やがてまた嬉々《きき》とした喧噪《けんそう》が生じ新たな追いかけっこが始まるのだった。だが物事にはすべて終わりがある。やがて一団は列をなし、洞窟の本道《ほんどう》の険《けわ》しい下り坂を降りていった。ちろちろ揺れる光の列が、高い岩壁《がんぺき》を、頭上二十メートルの、壁と壁が合流するあたりまで照らし出している。本道といっても幅は二メートル半、せいぜい三メートルというところだった。何歩か進むごとに、また別の高い、さらに狭い裂《さ》け目が左右に現われる。ここマクドゥーガル洞窟は、無数の曲がりくねった横穴から成る迷宮《めいきゅう》にほかならず、それら横穴がたがいに合体し、また枝分かれして、結局どこにも通じていないのだった。その入り組んだ割れ目や隙間《すきま》のもつれ合いを何日何晩彷徨《さまよ》おうとも、洞窟の果てには決してたどり着かないと言われていた。どんどん下へ、さらに下へ下へ地中深く降りていっても同じこと。迷宮の下には更《さら》なる迷宮、どこまで行っても果てはない。この洞窟を「知っている」者は一人もいなかった。知りようはないのだ。若い男ならたいていその一部は知っていたが、その知っている部分より先まで足を延ばすことはめったになかった。トム・ソーヤーも人並にこの洞窟を知っていた。

本道を一キロちょっと進んだあたりから、一団はだんだんグループやカップルに分かれて横道に逸《そ》れていき、陰気な回廊《かいろう》を飛ぶように走り、回廊同士ふたたび交《まじ》わるところでたがいを不意討ちしたりした。「知っている」領域から出ずとも、みんなたっぷり三十分くらいはたがいから逃げたままでいられた。

やがてグループが一つまた一つと、洞窟の入口に戻ってきた。みんな息を切らしてはしゃぎ、頭から爪先《つまさき》まで獣脂《じゅうし》蠟燭の滴《したた》りに汚《よご》れ、土がくっついた姿で、今日一日の楽しさに酔いしれている。そして彼らは時の経《た》つのもすっかり忘れていて、もう夜も近いのを知ってびっくりしてしまった。鳴り響く渡し船の鐘が、もう三十分前から彼らを呼んでいたのだ。一日の冒険の締めくくりとして悪くない展開だ——何ともロマンチックではないか。騒々しい荷を乗せた渡し船が川に乗り出したときも、無駄にした時間を気にしているのは船の親方一人だった。

渡し船の明かりが波止場をチカチカと過ぎていったとき、ハックはすでに見張りについていた。船からは何の騒音も聞こえてこなかった。子供たちはみな、死ぬほど疲れた人間の常として、いまやすっかり静かになり、声ひとつ上げなかったからだ。何の船だろう、何で波止場で停まらないんだろう、とハックは首をひねったが、やがて船のことは頭から追い払い、任務に意識を集中した。夜はだんだん曇って、暗くなってきた。十時になって、乗物《のりもの》の音も止《や》み、ちらほら残った光も消えはじめ、いまだ外に出ている通行人の姿も途絶《とだ》えて、村は眠りに入り、小さな見張人一人に静寂と幽霊たちを委《ゆだ》ねていった。十一時になり、宿屋の明かりが消されて、どこもかしこも真っ暗になった。ハックはずいぶん長いこと待った気がしたが、何も起こらなかった。彼の信念は揺らぎはじめていた。こんなことして何になる？　ほんとに、何になるんだ？　さっさとあきらめて、寝床に入ったらどうだ？

耳許《みみもと》で物音がした。たちまちハックは全神経を張りつめた。路地に面したドアがそっと閉まった。ハックは煉瓦《れんが》造りの店の角《かど》に飛んでいった。次の瞬間、男が二人横をすり抜けていき、一人は脇《わき》に何か抱えているように見えた。きっとあの箱だ！　じゃあ財宝を移動するんだな。ここでトムを呼んでどうなる？　そんなの全然意味ない——男たちは箱を持っていなくなってしまい、二度と見つからないだろう。ここは奴《やつ》らにくっついてあとを尾《つ》けた方がいい。暗いから、何とか見つからずに済むだろう。そう自分と相談しながら、ハックは物陰から歩み出て、猫のようにひっそり裸足《はだし》で男たちの後ろについて行き、彼らの姿が見えなくなってしまわぬ程度に距離を保った。

川沿いの通りを、男たちは四《よ》つ角《かど》三つ分上《のぼ》ってから、左に曲がって横道に入った。そこをまっすぐ進んでいって、やがてカーディフ・ヒルに通じる山道に出た。山道に入り、丘の中腹《ちゅうふく》にある、老いたウェールズ人の家の前を迷わず過ぎて、なおも上っていった。よしよし、あすこの古い石切場《いしきりば》に埋《う》めるんだな、とハックは思った。ところが男たちは石切場でも立ちどまらず、そのまま頂上まで進んでいった。高いウルシの藪《やぶ》に挟《はさ》まれた狭い小道に入っていって、たちまち闇《やみ》にまみれて見えなくなった。ハックは足を速めて距離を縮めた。これなら見られっこない。しばらく駆け足で進んで、さすがに速すぎるかとペースを落とし、少しのあいだそのペースを保って、それから立ちどまり、耳を澄ました。何も聞こえない。自分の心臓の鼓動が聞こえる気がするだけだ。フクロウがホーホーと丘の向こうで鳴いた。不吉な音！　だが足音はない。万事休《ばんじきゅう》すか！　飛び出そうとしたところで、一人の男が、一メートルちょっとしか離れていないあたりで咳払《せきばら》いをした！　心臓が喉《のど》まで跳《は》ね上がったが、ハックはそれをごくんと呑《の》み込んだ。一ダースの悪寒《おかん》にいっぺんに襲われたみたいに、立ったままぶるぶる震え、体からすっかり力が抜けていまにも倒れてしまいそうだった。ここがどこだかは分かった。ダグラス未亡人の地所に通じる踏越段《スタイル》［垣や柵を人間だけ越せて家畜は越せないようにした踏み段］から五歩と離れていないあたりだ。よしよし、ここに埋めるがいい、とハックは思った。ここなら見つけるのも楽だ。

と、声がした――ひどく低い声――インジャン・ジョーだった。

「くそ、客がいるのかな――こんな遅いのに明かりが点《つ》いてやがる」

「何も見えねえぜ」

あの知らない男——幽霊屋敷で見た知らない男の声だ。寒気《さむけ》がぞっとハックの心臓まで上ってきた。じゃあこれが、「復讐《ふくしゅう》」の仕事なのか！　逃げよう、ととっさに思ったが、ダグラス未亡人が一度ならず自分に親切にしてくれたことをハックは思い出した。ひょっとしてこの二人、彼女を殺す気かもしれない。未亡人に警告しに行く勇気があったら、とハックは思ったが、自分にそれがないことは分かっていた。奴らに捕《つか》まってしまうかもしれない。知らない男がその一言を発し、インジャン・ジョーが次の言葉を発するまでの一瞬に、こういったことすべてが、そしてさらに多くのことがハックの頭の中を駆けめぐった——

「お前の目の前に藪があるからだよ。こっちへ寄れ——それで見えるだろ？」

「ああ。たしかに客がいるみたいだ。諦《あきら》めるっきゃないな」

「諦めるだと！　俺はこのあたりから金輪際《こんりんざい》出ていこうとしてるんだぞ！　諦めたらもう二度とチャンスはないかもしれねえんだ。いいか、前にも言ったが、俺はあの女の金なんか要らん——そんなものはお前にやる。俺はあいつの亭主にひどい仕打ちをされたんだ——何度も何度も。まず奴は治安判事《ちあんはんじ》で、俺を浮浪罪《ふろうざい》で牢屋《ろうや》にブチ込んだ。それだけじゃない。そんなのごくごく一部なんだ！　あいつは俺を、馬の鞭で打たせたんだ！　牢屋の前で、黒《ニガー》にするみたいに、馬の鞭で打たせやがったんだぞ！——村じゅうみんな見てる前で！——**馬の鞭**だぞ！　分かるか？　俺のことをいいようにあしらって、死んじまいやがったんだ。だから女房《にょうぼう》に仕返ししてやるんだ」

「おい、殺すのはよせ！　それはやめろ！」

「殺す？　誰が殺すなんて言った？　亭主がいたら殺すけど、女房を殺しやしねえさ。女に復讐するときは殺したりしねえ――馬鹿《ばか》な！　顔をやるんだよ。鼻を切り裂いて、耳に切れ目を入れるんだ、雌豚《めすぶた》みたいに！」

「おい、そりゃいくら何でも――」

「お前の意見なんか聞いてねえよ！　余計なこと言わねえ方が身のためだぞ。女をベッドに縛りつけるんだ。血が出すぎて死んだって知ったこっちゃない。死んだところで俺は泣かないね。お前はさ、俺の仕事を手伝うんだよ――俺のためにお前はここにいるんだよ。一人じゃできねえかもしれんからな。尻込《しりご》みしたら殺すからな。分かるか？　お前を殺す破目《はめ》になったら、女も殺す――そうすりゃもう、誰の仕業《しわざ》だか誰にも分からなくなる」

「分かったよ、やるっきゃねえんなら、さっさとやっちまおうぜ。早くやるに越したことはねえ――俺、震えが止まらないぜ」

「いまやるって？　客がいるのにか？　おいおい、そんなこっちゃお前のこと疑《うたぐ》りたくなるぜ。駄目だ――明かりが消えるまで待つんだよ。急ぐこたぁねえ」

　静寂が生じるものとハックは踏んだ。人殺しの話より、その方がもっと恐ろしい。そこで息を止め、そうっと後ろに下がっていった。片足立ちで危なっかしくバランスをとろうとしてもう少しで転びそうに――左に右に、二度も――なった末に慎重にしっかり足を下ろした。そしてもう一歩下がろうと、同じ慎重さをもって同じ危険を冒《おか》し、さらにもう一歩、もう一歩、そして――足の下で小枝がポキッと折れた！　息が止まり、ハックは耳を澄ました。何の音もしない——静寂は完璧《かんぺき》だった。心底ホッとした。今度は向きを変えにかかった。壁のようにそびえるウルシの藪の狭間《はざま》で、船のように注意深く体を回し、それからすばやく、だが用心深く進んでいった。石切場に出ると、もう大丈夫と思って、一目散《いちもくさん》に駆け出した。ぐんぐん飛ぶように下って、ウェールズ人の家まで来た。玄関の扉をどんどんと叩くと、間もなく老人と二人の逞《たくま》しい息子の頭が窓から突き出た。

「何の騒ぎだ？　喧《やかま》しく叩くのは誰だ？　何の用だ？」

「入れてください——早く！　何もかも話しますから」

「おいおい、誰だ？」

「ハックルベリー・フィンです——早く、入れてください！」

「ハックルベリー・フィンときたか！　そいつぁあんまり開《あ》けてもらえる名前じゃないな。でもおい、入れてやれ、何の騒ぎか聞こうじゃないか」

「お願いですから言わないでください、俺が話したってこと」——これが中に入って開口一番《かいこういちばん》ハックの言った科白《せりふ》だった。「お願いです、俺殺されますから——でもあすこの未亡人、何べんか俺に優しくしてくれたんで、話したいんです——俺が話したと言わないって約束してくれたら何もかも話します」

「ふうむ、こりゃほんとに話すことがあるみたいだ、じゃなきゃこんな真似《まね》はせんだろう！」と老人が叫んだ。「さあ話しなさい、わしら誰にも言わないから」

三分後、老人と息子二人はしっかり武装して丘を上っていった。武器を手に、抜き足差し足、いまにもウルシの小道に入ろうとしていた。ハックはそれ以上ついて行かなかった。大きな石の陰に隠れて、耳をそばだてた。のろのろとした、落着かない静けさが続き、やがて突然、銃声と叫び声が轟《とどろ》いた。

細かいことを待ちはしなかった。ハックは石陰から飛び出し、全速力で丘を下っていった。

## 第三十章　ウェールズ人の報告——ハック、追及される——話が広まる——新たなセンセーション——希望が絶望に

日曜の朝、夜が明ける兆《きざ》しが見えるとともに、ハックは手探りで丘を上《のぼ》ってきて、老いたウェールズ人宅の玄関扉をそっと叩《たた》いた。住人たちは眠っていたが、夜中の衝撃的な出来事のあととあって、それは何かあればたちまち覚める眠りだった。窓から声が応《こた》えた——

「誰だ！」

ハックが怯《おび》えた、低い声で答えた——

「お願いですから入れてください！　俺です、ハック・フィンです！」

「その名なら夜でも昼でもこの扉は開くさ！——ようこそ《ウェルカム》！」

浮浪者の少年にとっては耳慣れぬ、いままで聞いた中で最高に快《こころよ》い返答だった。最後の一言が自分に適用《てきよう》された記憶はかつてなかった。扉の鍵《かぎ》がすばやく解《と》かれ、ハックは中に入

った。椅子《いす》を勧《すす》められ、老人と背の高い息子二人はてきぱきと服を着た。

「さあ君、腹はしっかり減ってるだろうな、陽が出たらすぐ朝飯《あさめし》にするからね。熱々《あつあつ》の朝飯だぞ――遠慮《えんりょ》は要らん！　わしも息子たちも、君が夜のうちに泊まりにきてくれればと思ってたんだよ」

「俺、ものすごく怯えてたんです」とハックは言った。「だから逃げたんです。ピストルが鳴ったところで逃げ出して、五キロ離れるまで止まりませんでした。いまになって来たのは、あれからどうなったか知りたかったからです。夜明け前に来たのは、あの悪魔どもに鉢合《はちあ》わせしたくなかったからです――たとえ奴《やつ》らが死んだとしても」

「うん、たしかに君、辛《つら》い夜を過ごした様子だな。まあでも朝飯が済んだら、ここには君が使えるベッドもある。いや、奴らは死んじゃいない――わしらとしても残念だが。君に説明してもらって、どこを襲えばいいかはしっかり分かっていたから、三人でこっそり、五メートルと離れてないあたりまで寄っていって――あのウルシの小道ときたら地下室みたいに暗かったが――ちょうどそのとき、わしはクシャミが出そうになっちまった。ツイてないったらありゃしない！　何とか抑えようとしたが、駄目だった――出すしかなかった、そして出した！　わしは先頭に立ってピストルを構えていたが、クシャミが始まったとたんあの悪党《あくとう》どもが道から出ようと動き出したんで、わしは『撃て！』と息子たちに言って、自分も音がしたあたりめがけて続けざまに弾を撃ち込んだ。息子たちも撃ちまくった。だが悪漢《あっかん》どもはあっという間に逃げ出して、わしらもあとを追って森を下っていった。たぶん一発も当たらなかったと思う。奴らも逃げ出しざまに一発ずつ撃ってきたが、こっちにはかすりもしなかった。奴らの足音が聞こえなくなったところで追うのをやめて、村へ降りて巡査《じゅんさ》連中を起こしに行った。さっそく捜索隊《そうさくたい》が作られて、川辺を見張りに行った。明るくなり次第、保安官が一隊《いったい》を引き連れて森を狩《か》ることになってる。わしの息子たちもじき仲間入りするつもりだよ。あの悪党どもの人相《にんそう》とかが分かるといいんだが――それが分かるとすごく足《た》しになる。だが君は、暗かったから奴らの顔は見えなかったんだよな？」

「いえ見てます、村で見かけて、あとを尾《つ》けてったから」

「そいつはいい！　教えてくれ――教えてくれ、どんな人相だ？」

「一人はこの村に一、二度来たことのある、耳と口の不自由なスペイン人の爺《じい》さんで、もう一人は凶暴《きょうぼう》そうな、襤褸《ぼろ》を着た――」

「それで十分だ、そいつらならわしらも知ってる！　こないだ未亡人の屋敷の裏の林でばったり会ったら、こそこそ逃げていったよ。さあお前たち行け、保安官に知らせるんだ――朝飯は明日の朝にしろ！」

ウェールズ人の息子たちはすぐに出かけようとした。二人が部屋を出ようとすると、ハックが飛び上がって叫んだ――

「お願いです、誰にも言わないでください、奴らのこと告げ口したの俺だってこと！　お願いします！」

「うんハック、君がそう言うんなら黙ってるけど、君の手柄《てがら》なんだから、むしろみんなに知ってもらった方がいいんじゃないのかな」

「いいんです、そんなの！　どうか言わないでください！」

青年二人が出かけると、老いたウェールズ人が言った――

「あいつらは言ったりしないよ――わしも言わない。でも、どうして知られたくないのかね？」

ハックは説明しようとしなかった。二人のうち一人のことはもうすでに知りすぎていて、その男に都合《つごう》の悪い事実を自分が知っていることを絶対相手に知られたくないのだと答えただけだった。そんなことを知っていると知られたら殺されるのだ、と。

秘密を守るともう一度約束してから、老人は言った――

「そもそも君、どうしてあいつらを尾け回すことになったのかね？　何だか怪《あや》しそうだったのか？」

ハックは黙って、然《しか》るべく用心深い返答を頭の中で組み立てた。そして言った――

「つまりですね、俺って何て言うか、ツキのない人間でして――少なくともみんなそう言うし、俺もまあそう思うんです。で、そのせいであんまり眠れないことがあるんです、あれこれ考えて、どうやって人生やり直したもんかって何となく思案《しあん》したりして。昨日の夜もそんなだったんです。眠れなくて、それで真夜中ごろに通りを歩きながら、ああでもないこうでもないって考えて、あすこの禁酒宿《きんしゅやど》のそばのおんぼろの煉瓦造《れんがづく》りの店まで来て、もういっぺんじっくり考えようとして壁に寄りかかったんです。そうしたら、男二人がすぐ前をすり抜けていって、小脇《こわき》に何か抱えてるんで、こりゃ盗んできたんだなって思ったんです。一人が葉巻を喫《す》っていて、もう一人が火をよこせって言って、二人とも俺の目の前で立ちどまって、葉巻の光で顔がパッと見えて、大きい方が耳と口の不自由なスペイン人だってことが白い頰《ほお》髯《ひげ》と片目の眼帯《がんたい》で分かって、もう一人はごろつきっぽい、襤褸を着た奴だったんです」

「葉巻の火で襤褸が見えたのか？」

こう言われてハックは一瞬狼狽《うろた》えたが、じきに言った——

「うん、どうですかねえ——でも何となく見えた気がするんです」

「で、奴らは先を行って、君が——」

「あとを尾けました——はい。そういう訳です。どういうことなのか、見てみたかったんです、二人ともいかにもこそこそしてたんで。それで未亡人の地所の踏越段《スタイル》までくっついてって、真っ暗な中に立ってたら、未亡人の命は助けてやってくれって襤褸を着た方が頼んでて、あの女の顔をめちゃめちゃにしてやるってスペイン人が言ったんです、昨日の夜に皆さんにもお話ししたとお——」

「何だって！　耳も口も不自由な男がそう言ったのか！」

またもひどいヘマ！　スペイン人の正体を老人に気取《けど》られまいと精一杯努めているのに、舌が勝手に、何としてもハックを厄介事に引き入れようとしているらしい。窮境《きゅうきょう》から抜け出そうといくつか手を打ってみたが、老人の目はじっと彼に注がれたままだった。何を言っても不様《ぶざま》な失敗ばかりだった。間もなくウェールズ人は言った——

「いいかい君、わしのことを怖がらなくていいんだよ。君のことは髪の毛一本だって傷つける気はない。いや、それどころか、護《まも》ってやりたい——君を護ってやりたいんだよ。あのスペイン人ってのは耳と口が不自由なんかじゃない。もうそのことはうっかり漏らしてしまったんだから、いまさら蓋《ふた》をしようとしても無駄だ。君はあのスペイン人について、何か隠しておきたいことを知っている。さあ、わしを信頼《しんらい》してくれ——何なのか話してくれ、わしを信用して——裏切ったりしないから」

老人の誠実な目をしばらくじっと見てから、ハックは身を乗り出し、耳許《みみもと》で囁《ささや》いた——

「あれはスペイン人じゃありません——インジャン・ジョーです!」

ウェールズ人はほとんど椅子から飛び上がらんばかりに驚いた。それからすぐ、こう言った——

「それでよく分かった。耳を切るだの鼻を裂くだのって言ったとき、わしはてっきり、君が尾鰭《おひれ》をつけてると思ったんだよ、白人はそういう復讐《ふくしゅう》のやり方はしないからね。でもインジャンなら! それなら話はまるっきり違ってくる」

朝食のあいだずっと話は続き、そのうちに老人は、昨夜寝床に入る前に息子二人と最後に角灯《ランタン》を出して踏越段とその周辺に血の跡《あと》がないか調べたと言った。血は見当たらなかったが、結構《けっこう》な大きさの包みが見つかっ——

「**何の包み**ですか!」

その言葉が稲妻だったとしても、ハックの蒼白《そうはく》の唇からあれほど凄《すさ》まじい勢いで飛び出しはしなかっただろう。いまやハックの目は大きく見開かれ、息は止まって、答えを待っていた。ウェールズ人はギョッとして、やはり目を丸くし、三秒が過ぎ——五秒——十秒してから答えた。

「泥棒の道具だよ。どうした、いったい何だね？」

ハックは椅子の背に倒れ込んだ。荒い息を小さく、しかし深く漏らし、心底ホッとしていた。ウェールズ人は真剣な目で、しげしげとハックを見て、間もなく言った。

「そう、泥棒の道具だ。そう聞いてずいぶん安心したみたいだね。だが何だってそんなにビクッとしたのかね？　わしらが何を見つけたと思ったのかね？」

ハックはいまやすっかり追い込まれていた——鋭い目が彼に据えられている——それらしい答えが言えるなら何だってすると思った——何も浮かんでこない——鋭い目はますます深く食い込んでくる——意味のない答えが思い浮かんだ——じっくり考えている暇《ひま》はない、だから一《いち》か八《ばち》かで言ってみた——弱々しい声で。

「ええと、日曜学校の教科書とか」

哀れハックは、にっこり笑う余裕もなかったが、老人はゲラゲラと、さも愉快そうに笑い出した。頭から足まで、体の隅々を揺さぶって笑い、こういう笑いはポケットに入っている金並《なみ》に値打ちがある、医者代をえらく安くしてくれるからな、と言って笑いを締めくくった。

それからこう言い足した——

「気の毒に、君は真っ青で、疲れきっている。すっかり具合が悪くなっている。少し突拍《とっぴょう》子《し》もないことを言ったり、落着《おちつ》きをなくしたりしてるのも無理はない。だがじき治るさ。ゆっくり休んで眠ればまた元気になるよ」

いかにも怪しげに興奮してしまった自分の間抜けぶりを思うと、何とも腹立たしかった。というのも、踏越段での会話を聞いた時点ですでに、宿から持ち出されていた包みが財宝だという考えをハックは却下《きゃっか》していたのである。とはいえ、財宝ではないと思ったただけにすぎず、分かったわけではなかったから、何か包みが見つかったと聞いたとたん、つい慌《あわ》ててしまったのだった。でもまあ、こうしてひと揉《も》めあってよかった、とも思った。これでもう、包みがほかならぬ例の包みでなかったことははっきりしたのだから。ゆえにいまや心は安らかで、すっかり寛《くつろ》いでいた。実際、何もかもがいい方に動いているように思えた。財宝はきっとまだ「二番」にあるに違いなく、男たちは今日にでも捕まって牢屋《ろうや》に入れられるだろう。トムと自分とは、夜になったら、何の厄介もなしに、何の邪魔が入る心配もなく金貨を手に入れられるのだ。

ちょうど朝食が済んだところで、扉をノックする音がした。ハックは飛び上がって隠れ場所を探した。昨夜の出来事に、自分が少しでも繫《つな》がっていることを知られたくなかった。ウェールズ人は数人の婦人と紳士を迎え入れた。その中にはダグラス未亡人も交じっていた。老人はまた、村人たちがぞろぞろ群れをなして丘を上ってくるのを目にした。みんな踏越段を見に行くのだ。ではもう話は広まったのか。

ウェールズ人は昨夜の出来事を一部始終《いちぶしじゅう》、訪問者たちに求められて語った。救ってもらったことに対し、未亡人は率直《そっちょく》に感謝の言葉を述べた。

「何もおっしゃるには及びません。私や息子たちなんかより、あなたがもっと大きな恩を負ってらっしゃる人間は別にいるんです。ですがこの人物からは、自分の名を明かしてくれるなと釘《くぎ》を刺されておりまして。とにかくこの人物がいなかったら、私たちはあそこに行きもしませんでした」

もちろんこの言葉はきわめて大きな好奇心を掻《か》き立て、本題が霞《かす》んでしまったくらいだった。ウェールズ人は、居合わせた人びとの体の芯《しん》までこの謎《なぞ》が染《し》み込むのを待ち、あくまで秘密を明かさぬことで彼らを通じてそれが村全体に伝わるよう仕向けた。ほかのことはすべて知らされると、未亡人は言った——

「私、ベッドで本を読みながら寝入って、騒ぎのあいだもずっと眠っていたんです。どうして起こしにきてくださらなかったんです？」

「そうしても意味ないと思ったんです。あいつらがまた来るとは思えません——その道具ももうありませんし。あなたを起こして、死ぬほど怖い思いをさせて何になります？　代わりにうちの黒人三人を、夜どおしお宅の見張りにつけておきました。たったいま帰ってきたところです」

客はさらに訪れ、物語はその後二時間ばかり、何度も語られることとなった。

正規《せいき》の学校が夏休みのあいだは日曜学校もないが、この日は誰もが早くから教会に来ていた。衝撃《しょうげき》の事件をめぐって人びとはとことん話しあった。悪漢二人の足どりはまだ何も発見されていないという知らせが届いた。説教が終わると、サッチャー判事夫人が、人びとと一緒に通路を歩きながらハーパー夫人の横に寄ってきて言った——

「うちのベッキー、一日じゅう寝ているつもりでしょうか？　まあすごく疲れてるだろうなとは思ったんですけど」

「お宅のベッキー？」

「ええ」——ぎょっとした表情——「昨晩、お宅に泊めていただいたんじゃないんですか？」

「いいえ、違いますわ」

サッチャー夫人はさっと青ざめ、会衆席《かいしゅうせき》にへなへなと座り込んだ。そこへポリー伯母さんが、友人と賑《にぎ》やかに喋《しゃべ》りながら通りかかった。ポリー伯母さんは言った——

「お早うございます、ミセス・サッチャー。お早うございますミセス・ハーパー。実は男の子一人行方不明《ゆくえふめい》でして。どうやらうちのトム、昨晩お宅にお邪魔したようで——どちらかのお宅に。それでけさは、教会に来るのが怖いらしくて。ひとつとっちめてやらなくちゃ」

サッチャー夫人は力なく首を振って、ますます青ざめた。

「うちには泊まりませんでしたわ」とハーパー夫人が心配になりかけた顔で言った。はっきりした不安がポリー伯母さんの顔に現われた。

「ジョー・ハーパー、けさうちのトムを見たかい？」

「いいえ」

「最後に見たのはいつだい？」

ジョーは思い出そうとしたが、確かなことは言えなかった。教会から出る人びとの足が止まっていた。ヒソヒソ声が伝わっていき、全員の表情に不吉な心配が浮かんだ。大人たちは不安な面持《おもも》ちで、子供たちや若い教師たちに質問を浴びせた。帰りの渡し船にベッキーとトムが乗っていたかどうかは気づかなかったと誰もが答えた。暗くなっていたし、誰か見当たらない子はいないか確かめてみようと思いついた者はいなかった。とうとう一人の青年が、不安をそのまま言葉にして、ひょっとしたらまだ洞窟《どうくつ》にいるんじゃないでしょうかと口走った！　サッチャー夫人が失神《しっしん》して倒れ、ポリー伯母さんは泣き出して両手を組《く》み絞《しぼ》った。

悪い知らせが唇《くちびる》から唇、グループからグループ、通りから通りへ伝わり、五分としないうちに鐘が狂おしく鳴り響き、村じゅう大騒ぎになった！　カーディフ・ヒルの事件はあっという間に色褪《いろあ》せ、夜盗《やとう》たちは忘れられ、馬に鞍《くら》がつけられ、ボートに人が配置され、渡し船が出されて、恐ろしいニュースが発生して三十分と経《た》たないうちに、二百人の男が本道を下り川を下って洞窟に向かっていた。

長い午後ずっと、村は死んだように空っぽだった。多くの女性がポリー伯母さんとサッチャー夫人を訪ねていき、何とか慰めようとした。二人とともに涙を流し、それが言葉以上に足しになった。単調に続く夜のあいだずっと、村は知らせを待ったが、とうとう夜が明けても、届いた言葉は「もっと蠟燭《ろうそく》を寄こしてくれ——食べ物も」だけだった。サッチャー夫人は気も狂わんばかりになっていた。ポリー伯母さんも同じだった。サッチャー判事は洞窟から希望と励ましのメッセージを送ってよこしたが、本物の元気は伝わってこなかった。

老いたウェールズ人は夜明け近くに帰宅した。体じゅう蠟燭の脂《あぶら》にまみれ、体は泥だらけ、疲れも限界に近づいていた。ハックはまだ与えられたベッドで眠っていて、熱を出してうなされていた。医者たちは洞窟に出払《ではら》っているので、ダグラス未亡人が看病《かんびょう》しにきた。精一杯この子の世話をします、いい子だろうと悪い子だろうとどちらでもなかろうと神の子なんですから、神のものは何ひとつ疎《おろそ》かにしてはいけないんですから、そう未亡人は言った。ハックにはいいところもありますよ、とウェールズ人が言うと、未亡人は言った――

「ええ、もちろんですとも。それが神の徴《しるし》なんです。神様は何事《なにごと》も蔑《ないがし》ろになさいません。決して。ご自分の手から生まれたすべての生き物の、どこかに必ず徴を残されるんです」

午前中早くに、疲れた男たちの一団がいくつか、ぽつぽつと村に戻ってきたが、一番逞《たくま》しい者たちはなおも捜索《そうさく》を続けた。届く知らせは、洞窟内、誰も行ったことのない方々《ほうぼう》まで丹念に探していること、あらゆる隅あらゆる裂け目が徹底的に捜索される予定であること、迷路のどこを通っても遠くのあちこちに誰かの明かりがちらちら光るのが見えること、叫び声やピストルの銃声の虚《うつ》ろな反響が陰気な通路を通って耳に届くこと、その程度だった。ある一点の、ふだん観光客が行くあたりから遠く離れた場所で、「ベッキー&トム」の名が岩《いわ》壁《かべ》に蠟燭の煤《すす》で書かれているのが発見され、そのそばに脂で汚れたリボンの切れ端が落ちていた。サッチャー夫人はそのリボンを娘のものと認め、それを握りしめて泣き出した。これがあの子の最後の形見《かたみ》になるんだわ、と夫人は言った。ほかのどんな形見もこれほど愛《いと》おしくはない、これは恐ろしい死が訪れる前にあの子の生きた体から最後に離れたものなのだから、と夫人は言った。何人かによれば、いまも時おり洞窟の遠くで小さな光がちらちら光り、歓声がわっと上がって、二十人ばかりが谺《こだま》の響く通路をぞろぞろ走っていくという——そしていつも、忌《い》まわしい失望があとに続いた。子供たちではない、単なる捜索隊の明かりだったのだ。

三日にわたる恐ろしい昼と夜が、単調な時間をずるずる引きずっていき、村は無力感に染まった自失《じしつ》状態に陥っていった。もう誰も、何をする気力もなかった。禁酒宿の経営者が宿に酒を置いていたという事実がたまたま発覚《はっかく》し、本来なら大騒ぎになるところだが、ほとんど何の反響もなかった。束《つか》の間《ま》頭がはっきりしたとき、ハックは無理矢理《むりやり》話題を宿屋に持っていき、最悪の返答をぼんやり覚悟《かくご》しつつ、やっとのことで訊《き》いた——僕が病気になって以来、禁酒宿で何か見つかったでしょうか？

「ええ、見つかったわ」と未亡人は言った。

ハックはがばっと起き上がり、目を見開いた。

「何ですか！　何が見つかったんですか！」

「お酒よ！　それで宿は閉鎖《へいさ》になったの。さあ、もう横になりなさい。ああ、びっくりした！」

「ひとつだけ教えてください——ひとつだけ！　見つけたのはトム・ソーヤーでしたか？」

未亡人はわっと泣き出した。

「何も言わないで、言わないで！　話しちゃ駄目って言ったでしょう。あなたはすごく、すごく病気なのよ」

では、酒以外は何も見つからなかったのか。金貨だったらきっと大騒ぎになったはずだ。財宝はなくなってしまったのだ――永久に！　でも未亡人は何で泣いているんだろう？　変だな、この人が泣くなんて。

こうした思いがぼんやりとハックの頭の中に入り込んでいって、そのせいで疲れて彼は眠りに落ちた。未亡人が胸の内で言った――

「さあ、やっと眠ったわ。可哀想《かわいそう》に。トム・ソーヤーが見つけたか、ですって！　ああ、誰かがトム・ソーヤーを見つけられたら！　でもいまじゃもう、まだ探しつづけようっていうだけの望みが――そして力が――残ってる人も少なくなってしまったわねえ」

## 第三十一章　探検行――トラブルの始まり――洞窟の迷子――全き闇――発見されれども救出されず

ピク＝ニクでのトムとベッキーに話を戻そう。みんなと一緒に、二人も洞窟《どうくつ》の薄暗い通路を弾《はず》む足どりで進んでいき、すでに見慣れた「応接室」「大聖堂《だいせいどう》」「アラジンの宮殿」等々いささか大仰《おおぎょう》な名前のついた一連の名所を見て回った。間もなく鬼《おに》ごっこの浮かれ騒ぎが始まり、トムとベッキーも熱中したが、あまりに気を入れたのでじきさすがに飽きてきて、二人で蠟燭《ろうそく》を掲《かか》げ、曲がりくねった道を歩いて、岩壁《いわかべ》に蠟燭の煤《すす》でびっしり蜘蛛《くも》の巣のように書き込まれた名前、日付《ひづけ》、住所、座右銘《モットー》等々を読んでいった。なおもふらふらと歩み、お喋《しゃべ》りに夢中になっていたせいで、もう壁に落書《らくが》きもないあたりまで来てしまったことに二人ともろくに気づかなかった。上に張り出している岩棚《いわだな》に自分たちの名前を煤で書いて、なおも先を行った。間もなく、小さな水の流れの前に出た。水は岩棚の上からちょろちょろ流れ落ちながら石灰岩《せっかいがん》の沈殿物《ちんでんぶつ》を運び、ゆっくり長い長い年月をかけて、きらきら光る不朽《ふきゅう》の石でもって、レースやひだ飾りに彩《いろど》られたナイアガラを形成していた。ベッキーにもよく見えるよう滝を照らしてやろうと、トムは小さな体をその後ろに押し込んだ。見れば滝は一種カーテンの役割を果たしていて、その向こう、二つの狭い壁のあいだに、自然の作った急な階段のようなものが収まっていた。たちまち、トムの探検家魂《たんけんかだましい》が目を覚ました。ベッキーも彼の呼ぶ声に応《こた》えてやって来て、道標《みちしるべ》代わりに煤で印をつけてから、二人は探求《たんきゅう》に乗り出した。くねくねとした道を行って、洞窟のずっと奥、秘密の深みに降り立ち、もうひとつ印をつけて、地上の人たちに教えてやろうと新奇なるものを探しに横道へ入っていった。あるところまで来て、広々とした空洞《くうどう》に出た。天井から、長さも太さも大人の男性の脚くらいあるぴかぴかの鍾乳石《しょうにゅうせき》がいくつも垂れ下がっていた。空洞じゅうを二人は驚嘆、感嘆しながら歩き回り、間もなくそこから拓《ひら》けている無数の通路のひとつに入っていった。じきに、うっとりするほど美しい泉の前に出た。噴水なら水盤《すいばん》にあたる部分には、キラキラ光る水晶が霜華《しもばな》のようにびっしりこびりついている。この泉も空洞の真ん中にあって、こちらの空洞を囲む壁は、何世紀も絶《た》え間《ま》なく水が滴《したた》り落ちた結果大きな鍾乳石と石筍《せきじゅん》とが組みあわさって出来たいくつもの途方もない形の柱に支えられていた。天井の下、蝙蝠《コウモリ》の巨大な群れがびっしり貼《は》りついていた。全部で何千羽といるに違いない。蠟燭の光に平安を邪魔されて、蝙蝠たちは何百羽と群れをなして舞い降りてきて、キーキー声を上げながら蠟燭めがけて突進してきた。蝙蝠の習性をよく知るトムは、この種の振舞《ふるま》いの危険も承知していた。ベッキーの手を摑《つか》んで、目についた最初の横道にそそくさと彼女を押し込んだ。間一髪《かんいっぱつ》、襲ってきた一羽の蝙蝠を逃れてベッキーは空洞を出たが、翼の勢いで彼女の蠟燭の火が消えた。蝙蝠たちはなおも執拗《しつよう》に追ってきたが、逃亡者二人は新しい通路が見えるたびにそこへ逃げ込み、やっとのことで物騒な追跡を振り切った。じきにトムが地下の湖を見つけた。細長い、薄暗い水面が、ずっと向こう、闇《やみ》で形も分からなくなるまで延びていた。トムはその周囲を探検してみたかったが、まずは座って少し休む方がいいと判断した。そしていま、初めて、その場の深い静寂が、ねっとり冷たい手で子供たちの士気《しき》に触れた。ベッキーが言った——

「ねえトム、気づかなかったけど、さっきからずっと、みんなの声を聞いてない気がする」

「そう言えば、僕たちみんなよりずいぶん下にいるよね——それにどれくらい北に、南に、東に来たかも全然分からない。ここからは何も聞こえないものね」

ベッキーが見るみる心配そうな顔になった。

「あたしたちどれくらいここにいたのかしら。もう戻らないと」

「うん、それがいい。それがいいよね」

「トム、あんた帰り道分かる？　あたしもう、すっかりこんがらがっちゃって」

「分かると思うよ——でも蝙蝠がなあ。あいつらに蠟燭二本とも消されでもしたら最悪だからさ。どこか別の、あそこを通らない道を試そう」

「うん。迷子にならないといいけど。迷子になったりしたら！」その恐ろしい可能性を想《おも》って、ベッキーはぶるっと身震いした。

二人は一本の横道を選んで歩き出し、長いこと黙って進み、新たに道が拓けるたび何か覚えはないかと見てみたが、どこもまるで馴染《なじ》みのない眺めだった。トムがじっくり検討するたび、ベッキーは期待を込めて彼の顔を見つめ、トムは明るく言った——

「うん、大丈夫。これじゃないけど、すぐに行きあたるよ！」

だがそのトムも、挫折《ざせつ》するたびにだんだん元気を失《な》くしていき、間もなく、まるっきり行きあたりばったりに、錯綜《さくそう》する迷路を右に左に曲がって必死に探しはじめた。相変わらず口では「大丈夫《オール・ライト》」と言いつづけたが、心には鉛《なまり》のように重い恐れが居座《いすわ》って、言葉から力が失われ、まるで「万事休す！《オール・イズ・ロスト》」と言っているみたいに聞こえた。ベッキーは恐怖の虜《とりこ》となってトムにしがみつき、泣くまいと必死に堪《こら》えたが、それでも涙は出てきてしまった。とうとう彼女は言った——

「ねえトム、蝙蝠のことは気にしないで、さっきの道を戻りましょうよ！　これじゃますます悪くなってるみたいだもの」

トムは立ちどまった。

「シーッ！」とトムは言った。

深い静寂。あまりに静かなので、自分たちの息遣《いきづか》いがその中でひどく際立《きわだ》った。トムが叫び声を上げた。空っぽの通路という通路に叫びは谺《こだま》し、遠くの方で、嘲笑《あざわら》う声のさざ波に似たかすかな音と化して、消えた。

「ねえトム、二度とやらないで。すごく怖いわ」とベッキーが言った。

「怖いさ、でもやった方がいいんだよベッキー、もしかしたら聞いてもらえるかもしれないからね」そう言ってトムはもう一度叫んだ。

「もしかしたら」の方が、幽霊のような笑い声よりもっとぞっとさせられた。望みが潰《つい》えつつあることを、その言葉はあからさまに認めていた。二人の子供はじっと立って耳を澄ましたが、成果はなかった。トムはただちに来た道を戻りはじめ、足を速めた。と、いくらもないうちに、その物腰《ものごし》にある種の迷いが現われて、それがベッキーに、もうひとつの恐ろしい事実を伝えた——トムは帰り道が分からないのだ！

「トム、あんた印をつけなかったのね！」

「ベッキー、僕すごく馬鹿《ばか》だったよ！　すごく馬鹿だった！　まさか戻ろうってことになるとは思わなかったんだ！　駄目だ——道が分からない。みんなごちゃごちゃになっちゃった」

「トム、トム、あたしたち迷子になったのよ！　迷子よ！　もう二度と、絶対、この恐ろしい場所から出られないのよ。ああ、何でみんなから離れたりしたのかしら？」

ベッキーが座り込んでわあわあ激しく泣き出したので、トムは彼女が死んでしまうのでは、気が狂ってしまうのではと考えてぞっとした。彼女の傍《かたわ》らにしゃがみ込み、その体に両腕を回した。彼女はトムの胸に顔を埋《うず》め、トムにしがみつき、恐ろしい思いを次々口にし、しても仕方ない後悔の念を並べ、遠くの谺がそれらすべてを嘲笑《ちょうしょう》に変えた。お願いだからもう一度元気を出してくれとトムは頼み込んだが、そんなの無理よとベッキーは言った。するとトムは、君をこんなひどいところに引きずり込んでしまった僕が悪いんだ、みんな僕のせいなんだと自分を責め、罵《ののし》った。この方が効き目はあった。もういっぺん元気を出してみるわ、そんなこと言うのやめてくれたらあんたが行くところどこへでもついて行くわとベッキーは言った。だってあんたの方があたしより悪いってことないもの、と彼女は言った。

こうして二人はまた動き出した——あてもなく——まったく当てずっぽうに——とにかくできるのは動くこと、動きつづけることだけだった。少しのあいだ、希望が蘇《よみがえ》ったように思えた。それを支える根拠はなかったけれど、希望とはそういうものだ——人が歳《とし》をとり、挫折に慣れっこになってしまってその弾力が潰《つい》えてしまわぬかぎり、希望はいずれまた息を吹き返す。

やがてトムはベッキーの蠟燭を手にとり、吹き消した。この節約《せつやく》が、実に多くを伝えていた！　言葉は必要なかった。ベッキーは理解し、希望がふたたび死んだ。トムのポケットには未使用の蠟燭が一本と、使いかけが三、四本入っていることをベッキーは知っている。なのに節約しないといけないのだ。

だんだんと疲れが感じられてきたが、二人の子供はそれを無視しようと努めた。時間がかくも貴重になってきたいま、座って休むと思っただけで怖かった。動いていれば――どこかの方向に、どこの方向にでも――動いていればそれは少なくとも前進であり、実《み》を結ぶかもしれない。けれど座って休むのは死を招くこと、死の追跡《ついせき》を速めることなのだ。

だがとうとう、ベッキーの弱い足ではもうそれ以上行けなくなった。彼女は座り込んだ。トムも一緒になって休み、二人で村のことを話し、友だちのこと、心地《ここち》よいベッドのこと、そして何より光のことを話した！　ベッキーが泣いた。何か慰《なぐさ》める術《すべ》をトムは考えようとしたが、どんな励《はげ》まし方ももうさんざ使い古して、当てこすりにしか聞こえなかった。疲労が重くのしかかり、ベッキーはやがてうとうとしはじめた。トムにはそれが有難かった。そこに座って彼女のやつれた顔を見ていると、それがだんだん、快《こころよ》い夢のおかげで穏《おだ》やかに、自然になっていくのが分かった。そのうちに笑みまで浮かんできて、そのままそこに留《とど》まった。安らかな笑顔から、トムの心にもその安らかさと癒《いや》しがいくぶん伝染《でんせん》してきて、やがてトムの思いも、過ぎた時へ、夢のような記憶へと漂《ただよ》い出ていった。そうやって思いに深く浸《ひた》っていると、小さな爽《さわ》やかな笑い声とともにベッキーが目を覚ました――だが唇に浮かんだとたん笑いは死に絶《た》え、呻《うめ》き声があとに続いた。

「ああ、あたし何で寝ちゃったのかしら！　二度と起きなけりゃよかったのに！　ううん嘘《うそ》よ、トム！　そんな顔しないで！　もう絶対言わないから」

「君が眠れてよかったよ、ベッキー。これで元気が出て、出口も見つかるよ」

「やってみましょうね。でもね、あたし、夢の中ですごく綺麗《きれい》なところに行ったのよ。あたしたち、あそこに行くんだと思う」

「どうかなあ、それはどうかなあ。元気をお出しよベッキー、また探しに行こうよ」

二人は立ち上がって、手をつないで、あてもなく望みもなく歩いていった。この洞窟にどれくらいの時間いるのか考えてみたが、分かるのはもう何日も何週間もいた気がすることだけだった。でもそんなはずはない。蠟燭がまだ燃えつきていないのだから。

それから長い時間が過ぎて――どれくらい長くかは分からなかった――水が滴る音に耳を澄ましながら歩こう、泉を見つけなきゃ、とトムが言った。泉は間もなく見つかり、もう一度休もうとトムが言った。二人ともものすごく疲れていたが、あたしまだもう少し歩けるわとベッキーは言った。トムが異《い》を唱《とな》えたので、ベッキーは驚いてしまった。どういうことなのだろう。二人は腰を下ろし、トムが土を使って蠟燭を目の前の壁に固定した。じき二人ともあれこれ考えをめぐらした。しばらく何も言わなかった。やがてベッキーが沈黙を破った。

「トム、あたしすごくお腹《なか》が空《す》いたわ！」

トムはポケットから何かを取り出した。

「これ覚えてる？」と彼は言った。

ベッキーの顔にほとんど笑みが浮かんだ。

「あたしたちのウェディングケーキね、トム」

「そう。これが樽《たる》みたいに大きかったらなあ。僕らにはこれしかないんだから」

「二人でこれからも夢を見ようと思って、ピク＝ニクでは食べなかったのよね。大人たちもウェディングケーキをそうやって取っておくでしょう――でもこれは、あたしたちの――」

ベッキーはそこまで言って口を噤《つぐ》んだ。トムはケーキを二つに分けて、ベッキーは美味《おい》しそうに食べ、トムも自分の分を少しずつ齧《かじ》った。御馳走《ごちそう》の仕上げに、冷たい水はいくらでもあった。じきにベッキーが、そろそろまた歩きましょうよと言った。トムは少しのあいだ黙っていた。それから彼は言った――

「ベッキー、僕が何か言ったら、我慢できるかい？」

ベッキーの顔がさっと青ざめたが、できると思う、と彼女は言った。

「いいかいベッキー、僕たちはここに留まらなくちゃいけないんだ、飲み水があるところに。あの小さいのが、僕たちの最後の蠟燭《ろうそく》なんだよ！」

ベッキーは我慢も忘れてしくしく泣き出し、悲しみの声を上げた。トムは精一杯慰めようと努めたが、ほとんど効き目はなかった。しばらくして、やっとベッキーが言った。

「トム！」

「何だい、ベッキー？」

「みんな私たちがいなくなったことに気づいて、探してくれるわよね！」

「ああ、そうだとも！　きっと探してくれる！」

「いまも探してくれてるかしらね？」

「うん、そうかもしれない。そうだといいね」

「いつ気がつくかしら、あたしたちがいないことに？」

「たぶん、渡し船に戻ったときじゃないかな」

「でもトム、そのころにはもう暗くなってるかもしれないわよ――あたしたちが戻ってきてないこと、気づいてくれるかしら？」

「どうかなあ。でもとにかく、みんな帰ってきたら、君のお母さんが君のいないことに気づくよ」

怯《おび》えきったベッキーの表情に、トムはハッと我に返り、自分のヘマを悟《さと》った。ベッキーは一晩帰らないことになっているのだ！ 二人の子供は黙り込み、考え込んだ。少し経《た》って、ベッキーがまた新たに悲しみを溢《あふ》れさせるのを見て、自分が考えていたことに彼女も思い至ったことをトムは知った。すなわち、ベッキーがハーパー家にいないのを彼女の母親が知るころには、安息日の朝はもう半分くらい過ぎてしまっているかもしれないのだ。

子供二人は小さな蠟燭にじっと目を注ぎ、それがゆっくり、容赦《ようしゃ》なく溶けていくのを見守った。とうとう、一センチばかりの芯《しん》がぽつんと立つのが見え、弱々しい炎が上がってまた下がり、上がってまた下がり、細い煙の柱を昇っていって、てっぺんにしばし留まって、それから――全《まった》き闇の恐怖があたりを包んだ！

どれほど時間が経ってから、自分がトムの腕の中で泣いていることにベッキーがだんだん気づいていったのか、どちらにも分からなかった。分かっているのは、ものすごく長い時間が過ぎたと思えたあとに、二人とも麻痺《まひ》のごとき眠りから覚めて、惨《みじ》めな思いをふたたび生きはじめたことだけだった。もう日曜かもしれないね、とトムは言った――いや、月曜かも。ベッキーにも何か話すよう仕向けたが、彼女の悲しみはあまりに重く、望みもすっかり失《う》せていた。もうみんなとっくに気づいてるはずだよ、いまごろきっと捜索してくれてるよ、とトムは言った。叫んでみるよ、誰か来てくれるかもしれないから、と言って試してみたが、闇の中、遠い谺の響きはあまりに恐ろしく、もうそれっきり試すのはやめた。

何時間かが無為《むい》に過ぎていき、空腹がふたたび捕虜《ほりょ》たちを苛《さいな》みはじめた。トムの分のケーキはまだ半分残っていた。二人で分けて、食べた。でもお腹はますます空いたみたいだった。申し訳程度に食べたことで、食欲はかえって刺激《しげき》されていた。

やがてトムが言った。

「シッ！　いまの、聞こえた？」

二人とも息をひそめ、耳を澄ました。ごく幽《かす》かな、遠い叫び声のような音がした。トムはすぐさま応《こた》えて叫び、ベッキーの手をとって、その方向目指《めざ》して手探りで道を進んでいった。じきまた耳を澄ますと、もう一度音が聞こえた。どうやらさっきより少し近づいたようだった。

「来た！」とトムが言った。「来てくれたんだ！　おいでベッキー――もう大丈夫だよ！」

囚人たちの喜びようはほとんど際限《さいげん》なかった。でもそこら中に落とし穴があって、用心は欠かせないので歩みはのろかった。やがて大きな穴の前に出て、立ちどまることを余儀《よぎ》なくされた。深さは一メートルかもしれないし、三十メートルかもしれない。どのみち越せはしない。トムはべったり腹ばいになって、精一杯下に手を伸ばしてみた。何にも触《さわ》れなかった。ここに留まって、捜索隊が来てくれるのを待つしかない。二人は耳を澄ました。明らかに、遠い叫びはだんだん遠ざかっていた！　さらに少し経つと、まったく聞こえなくなってしまった。二人ともどれだけ落胆《らくたん》したことか！　トムは声が嗄《か》れるまでおーいと叫びつづけたが、無駄だった。希望を込めてベッキーに声をかけたが、不安なまま果てしなく待っても、二度と何の音もしなかった。

二人の子供は手探りで泉に戻っていった。重苦しい時間がずるずる過ぎ、二人はまた眠り、空ききった腹と悲しみとを抱えて目覚めた。もうきっと火曜日だ、とトムは思った。

と、トムはあることを思いついた。このそばに、横道がいくつかあるに違いない。何もせずに、時間の重みをただ耐えているよりは、それを探索してみた方がいい。ポケットから凧《たこ》糸《いと》を取り出して、岩の突き出た部分に縛《しば》りつけ、二人で歩き出した。トムが先頭に立ち、手探りで進みながら糸を繰り出していく。二十歩行ったところで行きどまり、そこは「飛び降り絶壁《ぜっぺき》」になっていた。トムは両膝《りょうひざ》をついて下を探り、それから両手を伸ばせるだけ伸ばして角の向こうに回してみた。さらにもう少し右に伸ばしてみると、その瞬間、二十メートルと離れていないところに、蠟燭を持った人間の手が、岩の背後から現われた！　トムが大喜びで叫ぶと、すぐさま続いて手の持ち主が現われた――インジャン・ジョーが！　トムは凍《こお》りつき、ぴくりとも動けなかった。次の瞬間、相手が逃げ出して視界から消えたので心の底からホッとした。トムの声だと気づいたジョーが、証言の仕返しに彼を殺しにこっちへ来なかったことが不思議だった。たぶん谺で声が変わってしまったのだろう。きっとそうに違いない。恐ろしさのあまり、体じゅうの筋肉から力が抜けていた。泉に帰るだけの力があったらあそこに留まってもう二度と動くまい、何があってもインジャン・ジョーに出くわす危険だけは冒《おか》すまい、そうトムは思った。何を見たか、ベッキーには注意深く隠しておいた。叫んだのはただの「運試《うんだめ》し」だよ、と彼女には言った。

だが長期的には、空腹と惨《みじ》めさは恐怖に勝つ。泉に戻ってまた重苦しく待つ時間を過ごし、もう一度長時間眠ったことで変化が生じた。二人の子供は凄《すさ》まじい空腹に責め苛《さいな》まれて目覚めた。もうきっと水曜か木曜、下手をすれば金曜か土曜だとトムは思った。もう捜索も打ち切られているだろう。別の通り道を試してみよう、とトムは提案した。インジャン・ジョーにばったり会ってまたもろもろ恐怖を味わうことも辞《じ》さぬ気だった。けれどベッキーはひどく弱っていた。物憂《ものう》い無力感に沈み込んで、何を言ってもそこから出てこなかった。あたしここで待ってるわ、と彼女は言った。あたしはここで死ぬのよ――もうじきだわ。あんたがその気なら、凧糸を持って探しに行っていいわよ、とベッキーは言った。でもお願い、ときどき戻ってきてあたしに声をかけてね。そして彼女は、最期《さいご》の時が来たら必ずそばにいてすべてが終わるまで彼女の手を握っているとトムに約束させた。

トムは彼女にキスし、こみ上げてくる思いを喉《のど》に詰まらせて、捜索隊なり出口なりがきっと見つかる自信があるかのように振舞った。それから、凧糸を手にとり、空腹に苛まれ、来《きた》るべき破滅の予兆《よちょう》に戦《おのの》きながら、両手両膝をついて通路のひとつを這《は》っていった。

## 第三十二章　トム、脱出を語る——安全な場に収まったトムの敵

火曜の午後が来て、それも黄昏《たそがれ》に取って代わられた。セントピーターズバーグの村はいまだ喪《も》に服していた。行方不明の子供二人は見つかっていなかった。彼らのために公《おおやけ》の祈りが捧《ささ》げられ、たくさんの人たちもそれぞれありったけの心を込めて祈ったけれども、洞窟《どうくつ》から依然吉報《きっぽう》はなかった。捜索隊員の大半はいまや匙《さじ》を投げ、もう見込みはないと言って日々の仕事に戻っていた。サッチャー夫人は重い病《やまい》に臥《ふ》し、大半の時間は譫妄《せんもう》状態に陥《おちい》っていた。夫人が娘の名を呼んで、頭を上げ、まる一分ずっと耳を澄ませ、うなり声を漏らしてふたたび力なく横たわる——その姿を見ると胸がはり裂けそうになると人びとは言った。ポリー伯母さんもすっかり憂鬱《ゆううつ》に沈み込み、銀髪はほとんど真っ白になった。火曜の晩、村じゅうが悲しい、侘《わび》しい気分で床《とこ》に就《つ》いた。

と、真夜中に村の鐘がけたたましく鳴り出し、通りはたちまち、狂おしい、服もろくに着ずに飛び出してきた人びとで一杯になり、皆が口々に「出てこい！　出てこい！　見つかったぞ！　見つかったぞ！」と叫んだ。ブリキの鍋《なべ》やラッパが喧噪《けんそう》をますます高め、村じゅうが集まって川下《かわしも》へ向かい、歓声《かんせい》を上げる村びとたちが引く屋根なし馬車に乗った子供二人を出迎え、周りに群がり、家へと向かう行進に加わり、万歳《ばんざい》、万歳と高らかに叫びながら堂々

本通りを進んでいった。

村じゅうに明かりが灯《とも》った。もう誰も寝床に戻らなかった。この小さな村がいままでに味わう最高の夜だった。はじめの三十分間、村びとたちは行列を成してサッチャー判事の屋敷に詰めかけ、救われた子らを抱きよせ、キスし、サッチャー夫人の手を思いきり握り、何か言おうとして言えず、そこら中に涙の雨を降らせながら帰っていった。

ポリー伯母さんの幸福は完璧《かんぺき》であり、サッチャー夫人のそれはほぼ完璧であった。これであとは、朗報《ろうほう》を携《たずさ》えた使者《ししゃ》が洞窟に向かい、夫に知らせればこちらも完璧になる。トムは熱心な聴衆に囲まれてソファに横たわり、驚くべき冒険の一部始終を語って、ドラマチックな尾鰭《おひれ》をいくつも付け足し、ベッキーを泉に残して探索に出かけた件《くだり》で締めくくった。凧糸《たこいと》が届くかぎりに二本の道をたどり、さらに三本目に入って、糸をぎりぎりまで引き伸ばし、もうあきらめて引き返そうと思ったところで、昼の光のような小さな点がずっと遠くに見えたので、糸を捨てて手探りでそっちへ進み、小さな穴から首と肩を突き出すと、広々と流れるミシシッピ川が見えた！　もしこれが夜だったら昼の光の点も見えず、それっきりその道も探索しなかっただろう！　そうしてベッキーを連れに戻り、善《よ》き知らせを伝えるとベッキーは、そんな戯言《たわごと》であたしを煩《わずら》わさないでちょうだい、あたしは疲れたのよ、もうじき死ぬと分かってるのよ、もう死にたいのよと言うばかりだった。さんざん説明してやっと彼女を納得《なっとく》させ、本当に昼の光の青い点が見えるところまでたどり着くと、ベッキーは嬉《うれ》しさのあまり死んでしまいそうになった。まずトムが穴から我が身を押し出し、それからベッキーに手を貸した。二人でそこに座り込んで嬉し泣きしていると、ボートに乗った男たちが現われ、トムが大声で呼んで、事情を説明し、お腹《なか》がぺこぺこなんですと伝えた。突拍子《とっぴょうし》もない話を男たちははじめ信用しなかったが――「だってここは、あの洞窟のある谷間から八キロ川下《かわしも》なんだぜ」と彼らは言った――やがて二人を乗せてくれて、最寄《もよ》りの家まで漕《こ》いでいき、彼らに夕食を与え、日が暮れて二、三時間過ぎるまで休ませてから、家に連れ帰ってくれたのだった。

夜明け前に、サッチャー判事と捜索隊員数名の居所《いどころ》が分かった。洞窟の中で張っていた麻紐《あさひも》をたどって人びとは一行《いっこう》の許《もと》に行き着き、朗報を伝えた。

三日三晩、洞窟の中で苦闘し、空腹を抱えていた疲れはそう簡単に消えないことをトムとベッキーはじき思い知った。二人とも水曜と木曜はずっと寝たきりで、疲れも衰弱《すいじゃく》もむしろますます深まってくるように思えた。トムの方は木曜になると少しベッドを離れ、金曜には村に出て、土曜にはほぼいつもの元気を取り戻していたが、ベッキーは日曜になるまで部屋を出ず、出てきてもまだ、長患《ながわずら》いをしたあとのように見えた。

ハックの病気のこともトムは聞きつけ、金曜日に見舞いに行ったが、病室には入れてもらえなかった。土曜も日曜も同じだった。そのあとは毎日入れてもらえるようになったが、ただしトム自身の冒険のことは黙っているように、ハックを興奮させるような話題はいっさい持ち出さないようにと釘《くぎ》を刺された。トムが約束を破らぬよう、ダグラス未亡人がそばについていた。カーディフ・ヒルの事件のことはトムも家で聞いていたし、「襤褸《ぼろ》服の男」の死体がその後に川の渡し場近くで見つかったことも知っていた。おそらくは逃げようとして溺《おぼ》れたのだろう。

救出されてからおよそ二週間後、もうすっかり元気になって「興奮させるような話題」も聞けるようになったハックの許をトムは訪ねていった。これならハックも面白がると思える話を、自分はちょっとばかり知っているのだ。サッチャー判事の家が通り道なので、ベッキーに会いに立ち寄った。判事とその友人何人かがトムに話をせがみ、誰かが皮肉混じりに、君、もう一度洞窟に行きたくないかねと訊《き》いた。ええ、行ってもいいですね、とトムは答えた。すると判事が言った——

「なあトム、君みたいな子はきっとほかにもいる。だが私たちも、そこは手を打った。もう今後、誰もあの洞窟で迷子になりはしない」

「どうしてです？」

「二週間前に私が手配して、あの大きな扉に鉄のボイラー板《ばん》を貼《は》らせて、三重に鍵《かぎ》をかけさせたからさ——そして鍵は私が持っている」

トムは真っ青になった。

「どうした、君？　おおい、誰か！　水を持ってきてくれ！」

水が持ってこられて、トムの顔に浴びせられた。

「さあ、もう大丈夫かね。いったいどうしたんだ、トム？」

「判事さん、あの洞窟にインジャン・ジョーがいるんです！」

# 第三十三章　インジャン・ジョーの末路——ハックとトムの情報交換——洞窟へ——幽霊に対する防備——「最高に秘密の場所」——ダグラス未亡人宅での歓迎

数分のうちに知らせは広まり、ボート一ダース分の男たちがマクドゥーガル洞窟《どうくつ》に向かい、満員の渡し船がそれに続いた。トム・ソーヤーはサッチャー判事を乗せたボートに乗っていた。

洞窟の扉の鍵《かぎ》が開けられると、中の薄暗がりに痛ましい情景が浮かび上がった。インジャン・ジョーが地面に横たわり死んでいて、顔は扉の隙間《すきま》のすぐそばに近づけられていた——あたかもその目が最期《さいご》の瞬間まで、外の自由な世界の光と華《はな》やぎに切《せつ》なく向けられていたかのように。トムは心を打たれた。この悪漢が味わった苦しみは、自分も骨身《ほねみ》に染《し》みて知っていたからだ。同情心を動かされたが、と同時に、ホッとする思い、もうこれで大丈夫だという安心感も大きかった。これまでずっと、はっきり意識はしていなかったけれど、この残忍《ざんにん》な無法者《むほうもの》に不利な証言をした日以来、どれほど大きな恐怖の重荷が自分にのしかかっていたかをトムは思い知った。

インジャン・ジョーの猟刀《ボウイ・ナイフ》がそばに転がっていて、刃は二つに折れていた。扉の大きな下枠《したわく》がさんざん手間をかけて削《けず》られ、切り刻まれて向こう側までくり抜かれていた。だがそれは空《むな》しい手間だった。岩が外側に自然の敷居《しきい》を形成していて、その堅固《けんご》な素材に対してナイフはおよそ無力だったからである。損傷《そんしょう》を被《こうむ》ったのはナイフ自体のみであった。だがもしかりに岩の妨《さまた》げがなかったとしても、手間はやはり無駄であっただろう。下枠をすっかり切りとれたとしても、扉の下の隙間にインジャン・ジョーが体を押し込むのは無理な相談だったからだ。そして本人もそれは知っていたに違いない。それでも切りつけたのは、ただ何かをしているため、疎《うと》ましい時間を過ぎさせるため——責め苛《さいな》まれる心に何か仕事をさせるためだった。普通だったらこの入口は、岩のあちこちの割れ目に、観光客が残していった蠟《ろう》燭《そく》の燃えさしが半ダースくらい刺さっていただろう。だがいまはひとつもなかった。囚人が探し出して食べてしまったのだ。彼はまた、どうにかして蝙蝠《コウモリ》を何羽か捕え、鉤爪《かぎづめ》だけを残してこれも食べていた。不運な男は、哀れにも飢《う》え死《じ》にしていた。一箇所、手近《てぢか》なところに、地面から石筍《せきじゅん》が突き出ていた。頭上の鍾乳石《しょうにゅうせき》から少しずつ水が滴《したた》って、幾時代《いくじだい》もかけてゆっくりゆっくり築かれたものだった。囚人はその石筍を折って、そこに出来た付け根に、浅い窪《くぼ》みを抉《えぐ》った石を置き、時計のチクタクと同じ薄ら寒い規則性をもって三分に一滴落ちてくる貴重な水滴を捕《とら》えていた。二十四時間で、デザートスプーン一杯分。その水滴はピラミッドが出来立てだったころにも落ちていたし、トロイアが陥落《かんらく》したときも、ローマの礎《いしずえ》が築《きず》かれたときも、キリストが磔《はりつけ》にされたときも、征服王ウィリアムが大英帝国《だいえいていこく》を創始《そうし》したときも、コロンブスが船出《ふなで》したときも、レキシントンの虐殺《ぎゃくさつ》がまだ「ニュース」であったときにも落ちていた。そしていまも落ちている。これらの出来事がすべて歴史の午後に沈み、伝説の黄昏《たそがれ》に消え、忘却《ぼうきゃく》の闇夜《やみよ》に呑《の》み込まれたあともまだ落ちているだろう。すべてのものには目的があり使命があるのだろうか？　この水滴は、五千年にわたってずっと、束《つか》の間《ま》訪れたこの人間虫けらの必要に備えて辛抱《しんぼう》強《づよ》く落ちつづけていたのか？　そしてこの水滴には、今後の一万年のあいだに達成すべき別の重要な目的があるだろうか？　どちらでもよい。不運の混血男がかけがえない水滴を捕えようと石を抉って以来もう何年もの時が過ぎたが、今日《こんにち》なお、マクドゥーガル洞窟のさまざまな驚異を見物《けんぶつ》にきた観光客が何より長く見入るのは、その見るも哀れな石と、緩慢《かんまん》に落ちてくる水なのである。「インジャン・ジョーの杯《さかずき》」は洞窟の名所リストの筆頭《ひっとう》に位置し、「アラジンの宮殿」すらそれには及ばない。

インジャン・ジョーは洞窟の入口近くに埋葬《まいそう》された。人びとは船や荷馬車に乗って、セントピーターズバーグからは言うに及ばず、近隣十キロのすべての農場や村落《そんらく》から押し寄せた。みんな子供も連れてきて、弁当もしっかり持ってきた。縛り首並《なみ》に堪能《たんのう》できる葬式だった、と人びとは口々に言った。

この葬式によって、ひとつの営《いとな》みが終止符《しゅうしふ》を打った。すなわち、インジャン・ジョーの恩《おん》赦《しゃ》を求める州知事への請願《せいがん》である。多数の人間が請願書に署名《しょめい》していた。紅涙《こうるい》誘う雄弁《ゆうべん》なる集会がいくつも開かれ、感傷好《かんしょうず》きな女たちが委員に任命されて、深い喪《も》に服し、知事を囲んで泣き声を上げ、義務を踏みにじり慈悲深《じひぶか》い愚者《ぐしゃ》となっていただきたいと知事に訴えた。インジャン・ジョーは村びとを五人殺したと言われていたが、それがどうだというのか？

たとえ彼がサタンその人であったとしても、恩赦請願書に名を書き連《つら》ね、年じゅう水漏れしている給水管《きゅうすいかん》から一滴の涙を請願書に垂らす軟弱《なんじゃく》な連中は、きっとゴマンといたであろう。

葬式の次の朝、重要な話しあいを行なうべく、トムはハックを人目につかぬ場所に連れていった。このころにはもうハックも、トムの冒険についてウェールズ人とダグラス未亡人から一通り聞かされていた。でもまだ聞かされてないことがひとつあるはずさ、そのことを話したいんだ、とトムは言った。ハックの顔が暗くなった。ハックは言った――

「何のことか分かるよ。お前、『二番』に入っていって、ウィスキーしか見つからなかったんだろ。お前だとは誰も言わなかったけど、ウィスキーの話を聞いたとたん俺にはきっとお前だと分かったんだ。金《かね》が手に入らなかったことも俺には分かったよ、だってもし入ってたら、ほかの連中には黙ってるとしても俺には絶対何か手を打って知らせてくれるはずだもの。なあトム、俺何となく分かってたんだよ、俺たちあの金にははじめっから縁《えん》がなかったんだ」

「違うよハック、あの宿屋の主人のこと告げ口したのは俺じゃない。ピク＝ニクの土曜日にはまだ、あの宿屋なんともなかったことはお前だって知ってるだろ。覚えてないか、あの晩お前、あそこを見張ってるはずだったろ」

「覚えてるとも！　なんかもう、一年くらい前の気がするよ。正にあの晩、インジャン・ジョーのあとを尾《つ》けてダグラス未亡人の地所まで行ったんだ」

「お前が尾けてったの？」

「そうだよ――でも黙っててくれよ。インジャン・ジョーってまだ仲間が残ってると思うんだ。奴《やつ》らの恨《うら》み買って、意趣返《いしゅがえ》しとかされたくねえからさ。俺がいなかったら、奴もいまごろはテキサスにいるはずなんだから」

それからハックは、自分の冒険譚《ぼうけんたん》を始めから終わりまでトムに打ちあけた。ウェールズ人一家が出てくる部分はトムもすでに聞いていたが、あとはすべて初耳だった。

「でさ」とハックは間もなく本題に戻って言った。「『二番』にあったウィスキーを誰がくすねたか知らんけど、そいつがきっと金もくすねたんだろうな――とにかく俺たちにとっちゃ万事休《ばんじきゅう》すだよ」

「ハック、あの金ははじめっから『二番』になんかなかったんだよ!」

「何だって!」ハックは相棒の顔をまじまじと見た。「トム、お前、あの金の行方分かったのか?」

「うん、あの洞窟にあるんだよ!」

ハックの目がギラギラ光った。

「もういっぺん言ってくれよ、トム!」

「金は洞窟にあるんだよ!」

「トム――ほんとにさ――冗談かい、本気かい?」

「本気だよ、ハック――俺がこんなに本気だったことないぜ。一緒に中に入って、持ち出すの手伝ってくれるか?」

「手伝うとも！　目印つけて、迷子にならずに行けるところだったら」

「行けるとも、まるっきり何の苦労もなしに」

「そりゃいい。でも何で分かるんだい、金が――」

「なあハック、まずは行こうぜ。もし見つからなかったら、太鼓《たいこ》から何から、俺の財産みんなお前にやるよ。約束する」

「よし――決まりだ。いつ行く？」

「よかったらいますぐ。その元気、あるか？」

「洞窟の奥の方か？　俺、三、四日前から少しは歩いてるんだけど、まだ二キロも行けねえんだよ。たぶんそのくらいが精一杯だと思うんだ」

「普通は誰が行っても八キロくらいあると思うけど、俺だけが知ってるすごい近道があるんだ。ボートですぐ前まで連れてってやるよ。行きは流れに任せて、帰りは俺が漕《こ》いでやる。お前はなんにもしなくていい」

「すぐ出かけようぜ、トム」

「よし。パンと肉が要《い》るし、あとパイプと、小さな袋一つか二つ、凧糸《たこいと》二、三本、それと例の新発明の黄燐《おうりん》マッチってやつ。ほんとにさ、こないだ中にいたとき、ああ黄燐マッチがあったらなあって何べんも思ったよ」

正午の少しあとに、少年二人は、持ち主の姿がない小さなボートを拝借《はいしゃく》して、さっそく出発した。「洞窟谷《ケイヴ・ホロー》」から何キロか下流まで来ると、トムが言った――

「ここの崖《がけ》、洞窟谷から下流はずっと同じに見えるだろ——家もない、材木置場もない、藪《やぶ》はみんなおんなじ。でもほら、あすこの上の方の白いとこ分かるか、崖崩《がけくず》れがあったところ？　あれが俺の目印なんだよ、ほかにもいろいろあるけど。ここで陸に揚がるんだ」

二人は上陸した。

「いいかハック、いま俺たちが立ってるこの場所から釣竿《つりざお》を伸ばせば、俺が洞窟から出てきた穴に触《さわ》れるんだよ。見つけられるか、やってみろよ」

ハックはそこらじゅう探したが、何も見つからなかった。トムは得意顔でウルシの生《お》い茂《しげ》る藪に分け入っていき、言った——

「ここさ！　見てみろよハック、このあたりで最高の秘密の穴さ。誰にも言うんじゃないぞ。俺、前から盗賊になりたかったんだけど、こういうのがなくちゃ駄目だと思ってたんだ、だけどなかなか行きあたらなくてさ。それがやっと見つかったんだ、誰にも言うんじゃないぜ、まあジョー・ハーパーとベン・ロジャーズは仲間に入れてやるけど——なぜって当然、団がなくちゃいけないからな。団がなくちゃ話にならない。トム・ソーヤー盗賊団——どうだ、いいだろハック？」

「うんトム、いい。で、誰から盗むんだ？」

「誰だっていいんだよ。普通は大体、待《ま》ち伏《ぶ》せして襲う」

「で、殺すのか？」

「いや——そうとは限らない。身代金《みのしろきん》を出すまで洞窟に入れとくんだ」

「身代金って？」

「金《かね》だよ。そいつらに目一杯《めいっぱい》出させるのさ、友だちとかに頼ませて。一年経《た》っても出せなかったら、殺す。それが普通のやり方さ。ただし女は殺さない。女は閉じ込めるけど殺さない。みんな必ず美女で金持ちで、すごく怯《おび》えてる。懐中時計《かいちゅうどけい》とかそういうのは奪うけど、女相手にはいつも帽子を脱いで礼儀正しく話すんだ。盗賊ほど礼儀正しい人間はいない。どの本にもそう書いてある。で、女たちは盗賊を愛するようになって、一週間か二週間も洞窟にいると泣くのもやめて、あとはもう出ていけと言ったって出ていかなくなる。追い出したってすぐ回れ右して戻ってきちまう。どの本でもそうなってるんだよ」

「すごいなあ。海賊よりいいじゃないか」

「ああ、いいところはいろいろある、家《うち》とかサーカスとかにも近いしな」

このころにはもう支度《したく》も整い、トムが先頭に立って少年二人は穴に入っていった。どうにかトンネルの一番奥にたどり着くと、継ぎあわせた凧糸《たこいと》をしっかり縛《しば》りつけ、先へ進んだ。何歩か行くと、泉に出た。トムは全身がぶるっと震えるのを感じた。壁の柔らかい土に載《の》った蠟燭の芯《しん》のかけらをハックに見せ、その炎が悶《もだ》え、消えるのをベッキーと二人で見守ったときのことを語った。

洞窟の中の静かさと陰気さに気分も重くなって、二人の声もいつしかヒソヒソ声になっていった。さらに先へ進み、間もなくあのもうひとつの通り道に入っていって、やがて「飛び降り絶壁《ぜっぺき》」に出た。蠟燭で照らしてみると、本当に絶壁などではなく、高さ六、七メートルの切り立った土の山でしかなかった。トムが囁《ささや》いた――

「ハック、見せたいものがあるんだ」

そして蠟燭を高く掲げて、言った――

「そこの角から回り込んで、目一杯奥を見てみろよ。見えるかい？　そこ――あすこの大きな岩の上――蠟燭の煤《すす》で」

「トム、これって十字架じゃないか！」

「で、『二番』ってどこだ？　『十字架の下』って？　まさしくあすこから、インジャン・ジョーが蠟燭を突き出すのを俺見たんだよ！」

神秘的な徴《しるし》にハックはしばらく見入っていたが、やがて震える声で言った――

「トム、ここから出ようぜ！」

「何だって！　財宝を放《ほ》ってくのか？」

「ああ――放ってくんだよ。あのへん絶対、インジャン・ジョーの幽霊がいるよ」

「そんなことないよハック、大丈夫だって。あいつの幽霊は、自分が死んだ場所にとり憑《つ》くさ――この洞窟の入口の、ここから八キロ離れたあたりに」

「違うよトム。金にとり憑くのさ。幽霊の習性《しゅうせい》なら俺知ってるんだ。お前だって知ってるじゃないか」

残念ながらハックの言うとおりだとトムも思いはじめた。心に迷いが募《つの》っていった。だが間もなく、パッと閃《ひらめ》いた――

「おいハック、俺たち何ぼやぼやしてんだ！　十字架のあるところに幽霊は出やしないよ！」

言われてみればそのとおり。この一言は効いた。ハックは言った――

「それは考えなかったよ。でもそうだよな。俺たちツイてるよ、十字架があって。あそこに降りて、箱を探そうぜ」

トムが先に行き、降りながら土の山に粗《あら》く足跡《あしあと》を刻《きざ》んでいった。ハックがそれに続いた。件《くだん》の大きな岩が立っている小さな洞《ほら》から、道が四本出ていた。少年二人はうち三本を調べてみたが、何も出てこなかった。が、岩の土台に一番近い道に、小さな奥まりがあって、中に毛布を広げて寝床にしてあるのが見つかった。さらに、古いサスペンダー、ベーコンの皮若干《じゃっかん》、鶏《にわとり》二、三羽分のすっかり嚙《か》みつくした骨もあった。だが、金の入った箱はなかった。少年たちはさんざん探したが、無駄だった。トムが言った――

「十字架の下って言ってたよな。十字架の下って言ったらここが一番近いよな。岩自体の下ってはずはないよな、地面にしっかり載ってるんだから」

もう一度隈《くま》なく探してみた末、二人とも気落ちして座り込んだ。ハックはもう何も思いつかなかった。やがてトムが言った――

「なあハック、この岩の周りさ、こっちの面は土の上に足跡とか蠟燭《ろうそく》の脂《あぶら》とかあるのに、ほかの面には何もないぜ。どういうことだ？　きっとさ、金はほんとに岩の下にあるんだよ。俺、土掘ってみる」

「いいこと気がついたな、トム！」とハックが活気づいて言った。

トムの「本物のバーロウ」がすぐさま取り出され、十センチと掘らないうちに木に行きあたった。

「おいハック！――聞こえたか？」

ハックも手を使って掘りはじめた。じきに板が何枚か掘り出され、取り上げられた。その下に自然の大きな亀裂《きれつ》が隠れていて、岩の下に通じていた。トムがそこに入っていって、精一杯奥まで蠟燭を突き出したが、裂け目の一番奥までは見えないと言った。降りてみるぜ、とトムは言い、身を屈《かが》めて潜《もぐ》り込んだ。狭い道は緩《ゆる》やかに下っていた。曲がりくねった道に沿ってトムはまず右へ行き、次に左へ行った。ハックもすぐあとに続いた。やがてトムが小さな丸い角《かど》を曲がり、叫んだ――

「うわあハック、見ろよ！」

果たせるかな、宝の箱だった。小ぢんまりした洞《ほら》に、空っぽの火薬樽《かやくだる》や、革《かわ》のケースに入った銃二挺《ちょう》、古い鹿革靴《モカシン》二、三足、革のベルト、その他垂れてくる水がぐっしょり染《し》み込んだガラクタいくつかと一緒に箱は収まっていた。

「とうとう見つかった！」とハックが、光沢《こうたく》を失った硬貨の山に片手を突っ込みながら言った。「トム、これで俺たち金持ちだぜ！」

「ハック、俺には分かってたんだ、絶対手に入るって。なんか話が上手《うま》すぎるけど、ほんとに手に入れたんだよな！　さあ、ぐずぐずしちゃいられない。さっさと持っていこう。この箱、持ち上げられるかな」

　箱は二十五キロくらい重さがあった。トムにもどうにか持ち上げられはしたが、すんなり運んでいくのは無理だった。

「やっぱりな」とトムは言った。「あいつらもあの日、幽霊屋敷で重そうに持ってたものな。俺、見てたんだ。小《こ》ぶりの袋持ってきてよかった」

　金はすぐさま袋に移され、少年二人はそれを十字架岩まで運び上げた。

「次は銃やら何やらだ」とハックが言った。

「いや、ハック――あとは置いてくんだ。俺たちが盗賊に出るときにうってつけの道具だから。ずっとあそこに置いといてさ、それにあそこでオージーズ〔乱痴気騒ぎ〕もやるんだよ。オージーズにぴったりの場所だからさ」

「オージーズって？」

「分かんない。でも盗賊はかならずオージーズをやるんだよ、だから俺たちもやらなくちゃいけない。さあハック、俺たちもうずいぶんここにいるぜ。もう遅い時間だ。腹も減ってきたし。ボートに行ったら飯《めし》食って煙草喫《たばこす》おうな」

　彼らは間もなくウルシの生い茂る藪に出て、用心深くあたりを見回し、誰もいないのを確かめ、じきにボートの上で食事と煙草を楽しんでいた。太陽が地平線へと落ちていくころ、二人はボートを押し出して出発した。長い黄昏《たそがれ》どき、トムはハックと陽気に喋《しゃべ》りながら岸沿いにボートを進め、日が暮れて程《ほど》なく陸《おか》に揚がった。

「さてハック」とトムが言った。「金は未亡人の屋敷の、薪《まき》小屋の屋根裏に隠しとこうぜ。俺、朝になったら来るから、二人で一緒に数えて山分けしよう。それから森の中にちゃんとした隠し場所を探すんだ。まずはお前、ここで待って番しててくれよ。俺、ひとっ走《ぱし》り行ってベニー・テイラーの荷車拝借《はいしゃく》してくるから。すぐ帰ってくる」

トムは姿を消し、間もなく荷車を引いて戻ってきた。二つの小さな袋を荷車に載せ、上に襤褸《ぼろ》切れを被《かぶ》せて、トムが荷を引いて歩き出した。ウェールズ人の家まで来たところで、二人は一休みしようと止まった。また先へ行こうとしたところで、ウェールズ人が出てきて言った——

「おい、誰だ?」

「ハックとトム・ソーヤーです」

「ちょうどいい! 君たち、わしと一緒に来なさい、みんな待ってるんだよ。さあ早く、先に走っていきなさい——荷車はわしが引いてやるから。おや、見た目より重いんだな。煉瓦《れんが》でも入ってるのか?——金屑《かなくず》か?」

「金屑です」とトムが言った。

「だと思ったよ。この村の子供たちときたら、まともに働いた方が倍は金になるのに、わざわざ手間暇《ひま》かけて、七十五セント分の金屑かき集めて鋳造所《ちゅうぞうじょ》に売りに行くんだからな。でもまあ人間、そんなもんだよな——さあ急いだ、急いだ!」

何でそんなに急ぐんですか、と少年二人は訊《き》いた。

「まあいいから、ダグラス未亡人の屋敷に着いたら分かる」

無実の罪を着せられたことがいままでにもさんざんあったので、ハックがやや心配そうに言った――

「ミスタ・ジョーンズ、俺たちなんにもしてません」

ウェールズ人は笑った。

「どうかなあ、ハック。それはどうかなあ。君と未亡人は仲よしじゃないかい？」

「ええ。とにかくあちらは親切にしてくれます」

「ならいいじゃないか。何を心配してる？」

のろい頭の中でこの問いへの答えが言い終えられる間もなく、ハックはトムもろともダグラス未亡人の屋敷の居間に押し込まれていた。ジョーンズ氏も玄関脇《わき》に荷車を置いて入ってきた。

家の中は煌々《こうこう》と明かりが灯《とも》され、村の主《おも》だった面々が全員揃《そろ》っていた。サッチャー一家がいたし、ハーパー一家、ロジャーズ一家、ポリー伯母さん、シド、メアリ、牧師、村の新聞の編集長、まだまだ大勢いて、みんな揃ってめかし込んでいた。未亡人は少年たちを、これほどむさくるしいなりの人間二人をこれほど温《あたた》かく迎える人が世の中にいるだろうかと思ってしまうくらい温かく迎えてくれた。何しろ二人とも体じゅう土だらけ、蠟燭の脂だらけだったのだ。ポリー伯母さんは恥ずかしさに顔から火が出る思いで、トムに向けて眉間《みけん》に皺《しわ》を寄せ首を横に振った。だが誰より辛《つら》かったのは二人の少年自身だった。と、ジョーンズ氏が言った——

「トムはまだ家に帰ってなかったんであきらめたんですが、いい具合にうちの玄関先で両方にばったり出会いまして、さっそく連れてきた次第です」

「そうしてくださってほんとによかったわ」と未亡人が言った。「さあ二人とも、いらっしゃい」

未亡人は彼らを寝室へ連れていって、言った——

「さ、顔を洗って着替えなさい。ここに新しい服が二組あるから——シャツ、靴下、みんな揃ってるのよ。どっちもハックのなの——いいえ、お礼はいいのよハック——ミスタ・ジョーンズが片方を買ってくださって私がもう片方を買ったの。二人どちらにも合うわよね。さあ着替えなさい。下で待ってるから、すっかりおめかししたら降りてらっしゃい」

そう言って未亡人は出ていった。

## 第三十四章　秘密を明かす——ジョーンズ氏の大ニュース、不発に

ハックは言った——

「トム、ロープが見つかれば逃げ出せるよ。この窓、そんなに高くないから」

「えっ、何で逃げたいんだよ？」

「俺こういう集まり慣れてねえんだよ。我慢できねえんだよ。俺行くの嫌《や》だよ、トム」

「何言ってんだ！　こんなの何でもないって。俺は平気だよ。大丈夫、俺が面倒《めんどう》見てやるから」

　そこへシドが現われた。

「トム、伯母さんが昼からずっと待ってたんだよ」とシドは言った。「メアリもトムの日曜の服用意して、みんなでやきもきしてたんだよ。ねえ、その服についてるの――脂《あぶら》と土じゃない？」

「うるさい奴《やつ》だな、お節介《せっかい》はよせ。大体何なんだよ、この騒ぎ？」

「未亡人がパーティやるんだよ、年中やってるじゃない。今回はミスタ・ジョーンズと息子二人が主賓《しゅひん》なんだってさ、こないだ危ないところを助けてもらったからって。それとさ――もうひとつ、知りたきゃ教えたげるよ」

「何なんだよ？」

「ミスタ・ジョーンズがさ、今夜あっと驚くお知らせがあるらしいんだけど、僕、さっきミスタ・ジョーンズが伯母さんに秘密だって言って話してるの聞いちゃったんだ。だけどもう、そんなに秘密じゃないんじゃないかな。みんな知ってるよ――未亡人だって、精一杯知らないふりしてるけどやっぱり知ってるよ。ミスタ・ジョーンズはさあ、今日はぜひともハックがいなきゃ困るって言ってたんだよ――凄《すご》い秘密明かすのに、ハックがいなくちゃ駄目なんだって！」

「何の秘密だよ？」

「ハックが悪党どもをこの屋敷まで尾《つ》けてきたことだよ。ミスタ・ジョーンズは大ニュースでみんなをあっと言わせるつもりらしいけど、きっと不発《ふはつ》に終わると思うな」

シドはひどく悦《えつ》に入《い》った様子でくっくっと笑った。

「シド、喋《しゃべ》ったのお前だな?」

「ま、いいじゃない、誰が言ったかは。誰かが言ったわけで――それで十分でしょ」

「シド、そんなことするほど根性腐《こんじょうくさ》った奴はこの村に一人しかいないぞ、それがお前だ。もしお前がハックの立場だったら、どうせこそこそ丘を降りてって、悪党どものことだって誰にも知らせなかっただろうよ。お前は根性腐ったことしかできないんだ、誰かがいいことして褒《ほ》められるのがお前には我慢できないんだ。さ、未亡人じゃないがお礼はいいぞ」――そう言ってトムはシドの両耳をひっぱたき、何発か蹴《け》りを入れてドアの方に追いやった。

「やれるもんなら伯母さんのとこ行って告げ口してみろ――明日たっぷり可愛《かわい》がってやるからな!」

何分かして、招待客たちは皆夕食の席に着いていた。一ダースかそこらの子供たちは、この地方のこの時代の流儀《りゅうぎ》に従《したが》って、同じ部屋の小さなサイドテーブルいくつかに並ばされていた。やがて、頃合《ころあ》いを見計《みはか》らってジョーンズ氏がささやかなスピーチを行ない、自分と息子二人に有難い場を設《もう》けていただいて光栄ですと未亡人に礼を言い、さらに、ですが実はもう一人、奥床《おくゆか》しさゆえに――

云々《うんぬん》かんぬん。事件におけるハックの役割を、氏としては精一杯劇的《げきてき》に披露《ひろう》したが、それが引き起こした驚きは大半が芝居であり、さほど騒々しくも感情溢《あふ》れるものでもなかった。だが未亡人はまあそれなりに仰天《ぎょうてん》したふりをしてみせ、ハックに賞讃《しょうさん》と感謝《かんしゃ》の言葉を雨あられと浴びせたので、みんなの注目の的《まと》、賛美の的にされてハックはとにかく耐えがたいほど居心地が悪く、新しい服のほとんど耐えがたい心地悪さも忘れてしまったほどだった。

ハックにはこの屋敷に住みかを与え、教育も与えてやるつもりだと未亡人は言った。お金に余裕ができたらささやかな商売も始めさせてやりたい、と未亡人は言った。いまだと思って、トムは言った――

「ハックはお金なんて要りません。ハックは金持ちなんです！」

この愉快なジョークに、みんなそれらしく笑ってみせて然《しか》るべきだっただろうが、何しろお行儀のよい人びとであるから、無理してそれも押さえ込んだ。いささか気まずい沈黙が生じた。トムがそれを破った――

「ハックにはお金があるんです。皆さん信じないかもしれないけど、すごくたくさんあるんです。微笑《ほほえ》まれるには及びません――証拠をお見せします。ちょっと待っててください」

トムは外に駆け出した。一同は当惑《とうわく》と興味の混じった目で顔を見合わせ、それから、問うようにハックを見たが、ハックの舌は凍りついていた。

「シドや、トムったらどうしたんだい？」とポリー伯母さんが言った。「あの子ったら、まったく訳の分からない子だよ。いつだってまるっきり――」

袋二つの重さと格闘しながらトムが入ってきて、ポリー伯母さんは言おうとしていたことも言い終えずに終わった。トムはテーブルの上にざくざくと、黄色い硬貨の山を空《あ》けた――

「さあ、言ったでしょう？　半分はハックので、半分は僕のです！」

誰もが息を呑《の》んだ。みんなが見とれて、しばらく誰も喋らなかった。やがて、説明を求める声が次々に上がった。一からお話しします、とトムは言って、まさにそうした。それは長い話だったが、興味溢れる話であった。口を挟《はさ》んでその魔力《まりょく》を断《た》とうとする者はいなかった。話が終わると、ジョーンズ氏が言った――

「わしとしてはちょっとした驚きを仕掛けたつもりだったんですが、これにはとうてい敵《かな》いませんな。いや、すっかり影が薄くなっちまった。脱帽《だつぼう》です」

金が数えられた。一万二千ドルを少し超える額だった。居合《いあ》わせた誰もが初めて目にする大金だった――まあ資産としては、これよりだいぶ多くを有している人は何人かいたけれど。

## 第三十五章　新体制――哀れハック――新しい冒険の計画

トムとハックが俄《にわか》に大金持ちになって、セントピーターズバーグの小さな倹《つま》しい村じゅう大騒ぎになったことは読者の皆さんにも確信いただけよう。何しろかような大金は、しかもすべて現金となると、ほとんど想像を絶する額である。誰もが話題にし、嬉々《きき》として語り、持ち上げ、ついにはその不健全なまでの興奮ゆえに、村びとたちの多くが理性に異常を来《きた》してしまった。セントピーターズバーグのみならず、近隣の村々《むらむら》すべての「幽霊屋敷」で、隠された財宝はないかと床板が一枚一枚剝《は》がされ、土台が掘り起こされ、家じゅう隈《くま》なく探された。これが子供ではなく大人によって行なわれたのであり、中には相当に生真面目《きまじめ》で空想や冒険とは無縁《むえん》の大人も交じっていた。トムとハックはどこへ顔を出しても持て囃《はや》され、崇《すう》拝《はい》され、じろじろ眺められた。自分たちの発言が重みを持った記憶など二人ともまるでないのに、いまや彼らの言葉はこの上なく有難がられ、人から人へと伝えられ、彼らがすることは何であれ凄《すご》いことと見なされて、もはや月並みなことをやったり言ったりする能力を失ったとしか思えなかった。さらに、過去の経歴まで掘り返されて、これこれの時点からすでに瞠目《どうもく》すべき独創性《どくそうせい》が発揮《はっき》されていたのだなどと言われた。村の新聞も少年二人の生涯をたどった記事を掲載《けいさい》した。

　ダグラス未亡人はハックの金を六パーセントの利息で貸付《かしつ》けに出し、ポリー伯母さんの依頼でサッチャー判事もトムの金を同じように処理した。これでどちらの少年にも、桁外《けたはず》れな額の定期収入《ていきしゅうにゅう》が生じた。一年の平日すべてと、日曜半数に関し、一日一ドル。牧師の収入と同じ——というか牧師に約束されていながらたいていそこまでは集まらない額と同じ——である。当時の質素《しっそ》な日々にあっては、週に一ドル二十五セントあれば、子供一人の食費、住居費、学費が出せて、ついでに服も揃《そろ》えて身綺麗《みぎれい》にさせておくことまでできたのである。

　サッチャー判事はトムのことを大変高く評価するようになった。並の子供じゃうちの娘をあの洞窟《どうくつ》から救い出せはしなかった、と褒《ほ》めたたえた。ベッキーから、絶対誰にも喋《しゃべ》らないという約束で、トムが学校で彼女の代わりに鞭《むち》打ちを受けてくれたことを聞かされると、判事は見るからに心を動かされた様子だった。鞭打ちを自分が背負《しょ》うためにトムがついた大きな嘘《うそ》を大目に見てほしいとベッキーが頼み込んだときも、感情を華々しく迸《ほとばし》らせて、それは貴《たっと》い、無私《むし》の高潔《こうけつ》な嘘だ、桜の木をめぐるジョージ・ワシントンの誉《ほま》れ高き正直さと肩を並べて堂々誇り高く歴史を歩むに値する嘘だと言い放った！　部屋の中を歩き、足を踏み鳴らしながらそう謳《うた》い上げる父親を見て、うちのパパがこんなに背が高く堂々として見えたのは初めてだとベッキーは思った。彼女はさっそくトムのところへ知らせに行った。

サッチャー判事としては、トムがいつの日か偉《えら》い法律家か偉い軍人になってくれればと望んでいた。どちらのキャリアにも進めるよう、いずれは陸軍士官学校に入れるよう取り計《はか》らって、それから国で一番のロースクールに行かせるつもりだと判事は言った。

富を獲得し、ダグラス未亡人の庇護下《ひごか》に置かれたおかげで、ハックは社会に引き入れられた――いや、無理矢理《むりやり》引っぱり込まれ、放り込まれた。ハックの苦しみは筆舌《ひつぜつ》に尽くしがたかった。未亡人の召使《めしつか》いたちは彼を清潔で小綺麗な姿に保ち、髪《かみ》に櫛《くし》を入れ、服にはブラシをかけ、毎晩何ともよそよそしいシーツに――胸に引き寄せ友として慈《いつく》しめるような小さなシミも汚れもいっさいないシーツに――包《くる》んで寝かせた。食事もナイフとフォークで食べないといけなかったし、ナプキンやコップや皿も使わないといけない。本も勉強しないといけないし、教会にも行かないといけない。話し方もきちんとせねばならず、言葉は口の中で無味乾燥《むみかんそう》なものとなり果てた。どっちを向いても文明の鉄格子《てつごうし》と足枷《あしかせ》が彼を閉じ込め、両手両足を拘束《こうそく》した。

三週間にわたってこの苦難に健気《けなげ》に耐えた末に、ハックはある日行方不明になった。まる二日間、未亡人は半狂乱《はんきょうらん》になってそこらじゅう探し回った。村びとたちもこれは一大事と、上から下まで捜索し、死体を探して川を浚《さら》った。三日目の朝早く、トム・ソーヤーが賢明にも、使われなくなったと畜場の裏手に並ぶ古い空《から》の大樽《おおだる》を一つひとつつっついてみて、じきに逃亡者を発見した。ハックはずっとそこに寝泊《ねと》まりしていたのであり、折しも盗んできた半端物《はんぱもの》の朝食を済ませ、のんびり寝転《ねころ》がってパイプをくゆらせているところだった。髪はぼさぼさで櫛も通っておらず、服装も、かつて自由で幸福だった日に彼をそれなりに絵になる姿にしていた襤褸屑《ぼろくず》に戻っていた。トムは彼を引っぱり出して、お前がいなくなってえらい騒ぎなんだぞ、さっさと帰れよ、とせっついた。と、ハックの顔から満ち足りた穏やかさが失《う》せて、憂《うれ》いの色が現われた。ハックは言った――

「やめてくれよ、トム。頑張ってみたけど、無理だよ。無理なんだよ、トム。俺には向いてねえ。俺はああいうの慣れてねえんだよ。未亡人は優しくしてくれるし、よくしてくれるけど、ああいうやり方俺には我慢できねえよ。毎朝同じ時間に起こされて、顔洗わされて、みんなで寄ってたかって俺の髪に櫛入れて、薪《まき》小屋で寝かせてもらえねえし、なくちゃいけねえし。あんなの空気が全然通りゃしねえよ。すごく綺麗《きれい》な服だから、座り込むのも寝そべるのもそこらへんに転がるのも全部駄目。地下室のドア橇《そり》にして滑って遊んでからもう――なんかもう何年も経《た》った気がするぜ。教会にも行かなくちゃなんねえし、もうだらだらだらだら汗が出て――あの説教ってのも我慢ならねえ！教会じゃ蠅《はえ》も捕《つか》まえちゃいけねえ、煙草《たばこ》も嚙《か》んじゃいけねえ、日曜日一日《いちんち》靴履《は》いてないといけねえ。未亡人ときたら鐘に合わせて飯《めし》食って、鐘に合わせて寝床に入って、鐘に合わせて起きる——何もかもものすごく規則正しくて、我慢できねえよ」

「だってハック、みんなそうやってるんだぜ」

「そんなの関係ねえよ。俺は『みんな』じゃない、あんなの我慢できねえんだよ。あんなにがんじがらめに縛られるなんて、冗談じゃねえって。それに、食い物は簡単に手に入りすぎる——あれじゃ食う気も失せちまう。釣りに行くにも頼まなきゃいけねえ、泳ぎに行くにも頼まなきゃいけねえ、何をするにも頼まなきゃいけねえんだ。あんなに礼儀正しく喋らされると全然くつろげやしねえ——毎日屋根裏に上がってしばらく悪い言葉吐かないと、口の中がからからになっちまう。あれやらなかったらいまごろ死んでるぜ。未亡人は煙草も喫《す》わせてくれねえし、大声でわめくのも駄目って言うし、人前であんぐり口を開けるのも伸びするのもぼりぼり掻《か》くのも駄目で——」〔ここでとりわけ苛立《いらだ》たしげ、腹立たしげに〕——「それにさ、あの人一日じゅうお祈りしてるんだぜ！　あんな人、見たことないぜ！　逃げるっきゃなかったんだよトム——そうするっきゃなかったんだよ。だいいち、もうじき学校が始まって、そしたら行かなきゃなんねえ——そんなの俺我慢する気ないぜ、トム。いいかいトム、金持ちなんて世間で言うようないいもんじゃねえって。くよくよ気苦労《きぐろう》ばっかり、だらだら汗かいてばっかりで、ああもうこんなんだったら死んじまいたいって思ってばかりさ。俺にはこういう服が合ってるし、この樽が合ってるんだ。もう二度とこういうのを捨てる気はないね。トム、あの金さえなけりゃこんな七面倒臭《しちめんどくさ》いことにもならなかったんだよ。だからさ、お前が俺の分も受けとってくれよ、それで俺にはときどき十セントくれよ、そんなにしょっちゅうでなくていいからさ、手に入れるのに苦労しないものなんて持つ気しねえから。お前さ、未亡人のところ行って俺のこと断《ことわ》ってきてくれよ」

「なあハック、そんなことできないよ。そんなの未亡人が気の毒だもの。それにさ、もうしばらくやってみたら、きっと好きになるよ」

「好きになる！　ああそうさ、熱いストーブも長いこと座ってりゃ好きになるってな。いいやトム、俺は金持ちなんて御免《ごめん》だよ。ああいう糞忌々《くそいまいま》しい息の詰まる家に暮らすなんて御免だよ。森とか川とか、大樽とかが俺は好きなんだ、だからそういうのから離れない。冗談じゃねえって！　銃が手に入って洞窟も見つかって、盗賊になる準備万端《じゅんびばんたん》だってのに、こんな馬鹿《ばか》らしいことやらされて何もかも台なしにされちまうなんて！」

トムはチャンスを看《み》てとった——

「おいハック、俺は金持ちになったたって、盗賊やめる気はないぞ」

「え、そうなのか？　ホントに本気か、トム？」

「ああ、ホントに本気だとも。だけどハック、お前がちゃんとした暮らししなけりゃ盗賊団にも入れてやれないぞ」

ハックの喜びが失せた。

「入れてくれない？　海賊のときは入れてくれたじゃねえか！」

「ああ、だけど今度は違う。盗賊は海賊より高等《こうとう》なんだよ――普通そうなってるんだ。たいていの国じゃ、貴族《きぞく》の中でもすごく格が上なんだぞ――公爵《こうしゃく》とかさ」

「なあトム、お前いつだって俺の友だちだったじゃねえか。俺のこと閉め出したりしないよな？　な、そんなことしねえよな、トム？」

「そりゃ俺だってしたくないさ。する気はないよ――だけどさ、人が何て言う？　みんな言うぜ、『トム・ソーヤー盗賊団？　ふん、あの下等《かとう》な連中が入ってるやつか！』って。それってお前のことだぜ、ハック。お前そんなの嫌《や》だろ。俺だって嫌だよ」

ハックはしばらく黙って、心中で葛藤《かっとう》を繰り広げていた。やっとのことで彼は言った――

「じゃあさ、未亡人のとこに一か月戻って、我慢できるようになるかやってみるよ――盗賊団に入れてくれるんなら」

「いいともハック、決まりだよ！　さあ行こうぜ、未亡人には少し手加減《てかげん》してやってくれって頼んでやるからさ」

「そうしてくれるかい――ほんとに？　そりゃ有難《ありがて》え。一番しんどいやつを少し手加減してもらえればさ、煙草も悪態《あくたい》もこっそりやることにして、精一杯頑張るよ。盗賊団、いつから始めるんだい？」

「うん、すぐにでも。今晩でもいいかな、みんなで集まって結団式《けつだんしき》やるんだ」

「何やるって？」

「結団式だよ」

「何それ？」

「みんなで誓うんだよ、たがいに助けあって、体をバラバラに切り刻まれようと絶対に団の秘密を漏らさず、団員の誰かに危害《きがい》を加えた奴《やつ》がいたら家族もろとも皆殺しにするって」

「そりゃいい――そいつぁすごくいいぜ、トム」

「そうともさ。で、そういう誓いはみんな午前零時に、最高に寂しい、恐ろしい場所でやらなくちゃいけない。幽霊屋敷が一番いいんだが、でもうどこも、とことん荒らされちまったろうなあ」

「まあでも、午前零時ってのはいいよ」

「うん、そうだよな。それで棺《ひつぎ》の上に乗って誓って、血で署名しないといけないんだ」

「そりゃ凄いや！　海賊なんかよりずうっといい。なあトム、俺もう腐りはてるまで未亡人のところにいるよ。俺がいつかいっぱしの盗賊になって、みんなが噂《うわさ》するようになったら、きっと未亡人も、俺を泥から拾い上げたこと自慢に思うぜ」

## 結び

かくしてこの物語は終わる。これはあくまで少年の物語であるからして、ここで終わらねばならない。これ以上先へ行ったら、じき大人の物語になってしまうだろう。大人について小説を書くなら、どこで終わればいいか作家にははっきり分かる――結婚とともに終わるのだ。が、少年少女の話を書くなら、とにかく一番上手《うま》く終われるところで終わるしかない。
この本に登場する人物の大半はいまも存命で、裕福で幸せな人生を送っている。いつの日か、これら若者たちの物語をもう一度取り上げて、彼らがどんな大人の男女になったか見てみるのも一興《いっきょう》かもしれない。したがって、彼らの現在の暮らしについては、ここでは何も明かさぬのが賢明であろう。

終わり。

（柴田元幸＝訳）

# 「トム・ソーヤーの冒険」訳注

第八章

1―**お前は～背中を叩かせなきゃいけないんだよ**　トムは「後手《バックハンド》の一撃と共に」(with one back-handed stroke)を誤解して、backを「背中」の意味に取っている。ちなみにここで言う「本」とは、ジョゼフ・カンダル著『ロビン・フッドと森の仲間たち』(一八四一)のこと。

第十章

2―**いやあ～野良犬だと思った**　ケンタッキー州に広がっていた迷信によれば、月夜の晩に野良犬が鼻を特定の人物に向けて遠吠えすると、その人間は死ぬと言われた。

第十一章

3―**傷から少し血が出たという囁きが広がった！**　殺された人間のそばに殺人者が来ると傷口から血が出るという発想は、聖書のカインとアベルの物語以来綿々と続いている。

第十六章

4―**「ナックス」「リング＝トー」「キープス」**　「ナックス」は手の甲を地面につけて弾《はじ》く。「リング＝トー」はビー玉を輪の外に弾き出す。「キープス」は獲《と》ったビー玉を自分のものにできる。

# ハックルベリー・フィンの冒険　抄

告

この物語に動機を見出《みいだ》そうとする者は起訴される。教訓を見出そうとする者は追放される。筋《プロット》を見出そうとする者は射殺される。

著者の命により
兵站《へいたん》部長G・G。

# 説明

本書ではいくつかの方言が使われている。すなわち、ミズーリ州黒人方言、南西部田舎方言の極端な形、普通の「パイク郡」方言、加えて同方言の変形四種。こうした差異化は無方針、もしくは当て推量で為《な》されたのではなく、入念に、これら数種の喋《しゃべ》り方に自ら親しんできた経験の信頼すべき導きと支えによって為されたのである。

わざわざこうした断りを添えるのは、そうしないと、これらの登場人物たちがみな同じに喋ろうと努めていてそれが上手く行っていないと考える読者が続出すると思うからである。

作者。

# I

『トム・ソーヤーのぼうけん』てゆう本をよんでない人はおれのこと知らないわけだけど、それはべつにかまわない。あれはマーク・トウェインさんてゆう人がかいた本で、まあだいたいほんとのことがかいてある。ところどころこちょうしたところもあるけど、まあだいたいはほんとのことがかいてある。べつにそれくらいなんでもない。だれだってどこかで、一どや二どはウソつくものだからね。まあポリーおばさんとか未ぼう人とか、それとメアリなんかはべつかもしれないけど。ポリーおばさん、つまりトムのポリーおばさんだけど、あとメアリやダグラス未ぼう人のことも、みんなその本にかいてある。で、その本は、だいたいほんとのことがかいてあるんだ、さっき言ったとおりところどころこちょうもあるんだけど。

で、その本はどんなふうにおわるかってゆうと、こうだ——トムとおれとで盗ぞくたちがどうくつにかくしたカネを見つけて、おれたちはカネもちになった。それぞれ六千ドルずつ、ぜんぶ金《きん》かで。つみあげたらすごいながめだった。で、サッチャー判じがそいつをあずかって利しがつくようにしてくれて、おれもトムも一ねんじゅう毎日一ドルずつもらえることになった。そんなにたくさん、どうしたらいいかわかんないよな。それで、ダグラス未ぼう人がおれのことをむすことしてひきとって、きちんとしつけてやるとか言いだした。だけど、いつもいつも家のなかにいるってのは、しんどいのなんのって、なにしろ未ぼう人ときたら、なにをやるにもすごくきちんとして上ひんなんだ。それでおれはもうがまんできなくなって、にげだした。またまえのボロ着にもどって、サトウだるにもどって、のんびり気ままにくつろいでた。ところが、トム・ソーヤーがおれをさがしにきて、盗ぞく団をはじめるんだ、未ぼう人のところへもどってちゃんとくらしたらおまえも入れてやるぞって言われた。で、おれはもどったわけで。

　未ぼう人はおれを見てわあわあ泣いて、おれのことをアワレなサマヨエるコヒツジだのなんだのさんざん言ったけど、べつにわるぎはなかったんだとおもう。で、またあたらしい服を着せられてアセがだらだらだらだら出てきてすごくきゅうくつだった。そうやってまたおなじことがはじまった。未ぼう人が夕ごはんのスズをならしたら、さっさと行かないといけない。テーブルに来てすぐ食っちゃいけなくて、未ぼう人がアタマをたらして食べものの見おろしてなんかブツブツ言うのを待たないといけない。と言ってべつだん食べものにわるいところがあるわけじゃない。まあなにもかもべつべつにりょうりしてあるのはわるいって言やわるいけど。あれこれごっちゃになったたるだとそうじゃない。いろんなものがあつまって、汁がこう、まじりあって、あじもよくなるんだ。

夕ごはんがすむと未ぼう人は本を出して、モーセがどうとか足がどうとかおれにこうしゃくするもんだから、なんのはなしかとあせってきいたけど、そのうちに未ぼう人がぽろっと、モーセってのはもうずっとまえに死んだと言ったんで、ならそんなやつ知るもんかとおもった。死んだ人げんなんかどうだっていい。

じきにタバコがすいたくなって、すわせてくれと未ぼう人にたのんでみたけど、ダメだって言われた。そういうのはいやしいしゅうかんだし不けつです、これからはもうそういうことをしてはいけませんと未ぼう人は言った。そうゆう人っているんだよな。じぶんがなんにも知らないことを、ボロクソに言う。しんせきでもないしどうせもう死んでるんだからだれの役にもたたないモーセのことはあんなにかまうくせに、それなりにたしになることをおれがやろうとするとダメです、いけませんの一てんばり。じぶんだってかぎタバコはやるのに、それはじぶんでやるからかまわないんだよな。

で、未ぼう人のいもうとのミス・ワトソンてゆう、ずいぶんやせてメガネをかけてるオールドミスがついこないだからいっしょにすんでて、つづり字の本を出してきておれをとっちめにかかった。一時かんばかりみっちりいためつけられて、もうそれくらいにしときなさい、と未ぼう人が口を出してくれた。おれもあれでもうそろそろげんかいだったね。そのあと一時かんくらいはおそろしくタイクツで、おれはそわそわおちつかなかった。ミス・ワトソンは「足をそんなところにのせるんじゃありませんハックルベリー」とか「そんなふうにせなかをまるめちゃいけませんハックルベリー、まっすぐおすわりなさい」とか言うし、そのうちこんどは「そんなふうにアクビしてのびするもんじゃありませんハックルベリー、すこしはおぎょうぎよくできないの？」なんて言う。そうしてつぎは、わるい場しょのことをあれこれきかせるんで、おれそこに行きたいですって言ったらカンカンにおこったけど、おれとしてはべつにわるぎはなかった。とにかくどこかへ行きたかっただけ、なにかかわらないかなとおもっただけで、べつになんでもよかったんだ。そんなこと言うのはツミぶかいことですよ、とミス・ワトソンは言った。わたしはどんなことがあってもそんなこと言いませんよ、わたしはよい場しょへ行くために生きるんです、ってミス・ワトソンは言った。でもミス・ワトソンが行こうとしてるところに行ってもなにもいいことなさそうだったから、おれはそこに行くためにがんばったりしないときめた。でもそのことはだまっていた。言ったって厄介《トラブル》になるだけで、なんのたしにもならない。

で、そうやってはなしがはじまっちまったから、そのよい場しょってやつのことをなにかからなにまできかされた。なんでもそこへ行ったら、一日じゅうハープもってぶらぶらして、うたって、そうゆうのをいつまでも永えんにつづけてればいいらしい。なんかつまんなそうだなあ、とおもった。でもそのことはだまっていた。トム・ソーヤーはそこに行くとおもいますかときいたら、まずムリねとミス・ワトソンは言った。それをきいてうれしかった。おれはトムといっしょにいたいから。

ミス・ワトソンがまだねちねちおれのことをいじめるもんだから、だんだんうっとうしく、それにさみしくなってきた。そのうちに黒んぼ連ちゅうがつれてこられてみんなでおいのりをとなえて、それからみんなねどこにはいった。おれはロウソクをもってへやにあがってつくえの上においた。そうしてまどぎわのイスにすわってなにかあかるいことかんがえようとしたけど、ぜんぜんダメだった。すごくさみしい気もちになって、死んでしまいたくなった。星がひかって、森の木の葉がサラサラすごくかなしい音をたてた。と、とおくのほうでフクロウがホーホーと、死んだ人げんのことをうたうのがきこえて、そしてヨタカとイヌがもうじき死ぬ人げんのことで鳴くのがきこえた。風もおれになにかささやこうとしてたけど、なんて言ってるのかききとれなくて、それでおれは全しんぞっとさむけがしてきた。それからこんどは森のなかから、なにか言いたいことがあるのにわかってもらえないせいではかのなかでやすんでられなくて毎晩かなしい気もちでさまようユウレイがたてるみたいな音がきこえた。おれはものすごく気ぶんがおちこんで、こわくなってきて、だれかいっしょにいたらなあっておもった。じきにクモが一ぴき、肩をはいあがってきたんでパチンとはじいたらロウソクの火のなかにとびこんじまった。なにをするまもなく、クモはたちまちチリチリになった。だれに言われなくても、これがものすごくエンギのわるいことで、あくうんがふりかかるんだってことはわかるから、おれはすっかりおびえてしまい、ぶるぶるふるえるせいで服がぬげちまいそうなほどだった。立ちあがって、三かいくるっとふりむくたびにムネで十じをきって、それからま女《じょ》をとおざけようとかみの毛をひとかたまり糸でしばった。でもぜんぜんあんしんできなかった。それってひろったていてつをドアにクギでかけとくのをわすれてなくしたときにやることだけど、クモをころしたときあくうんをとおざけるのに役だつってはなしはきいたことがない。

おれはもういちど、からだじゅうぶるぶるふるえながらすわって、一ぷくしようとパイプを出した。なにしろ家のなかは死んだみたいにしずまりかえってたから、未ぼう人も気づかないだろうとおもった。ずいぶんたってから、町の時《と》けいがボーン――ボーン――ボーンと十二かい鳴るのがきこえて、それからまたしずかに、まえよりもっとしずかになった。じきに下のこだちのやみのなかで、小えだがパチンと折れるのがきこえて――なにかがゴソゴソうごいていた。おれはじっと耳をすました。まもなく、すごくかすかに、「ミャーオ！　ミャーオ！」てゆう声がそっちからきこえてきた。いいぞ！　おれもせいいっぱい小ごえで「ミャーオ！　ミャーオ！」と言って、あかりを消して、まどからモノおきごやのやねにはいおりた。それから地めんにおりて、こだちにはってはいると、おもったとおり、トム・ソーヤーがおれを待っていた。

## 2

トムとおれとで、木々のあいだの小道をしのび足でぬけて、えだにアタマをひっかかれないようこしをかがめながら、未ぼう人のさいえんのむこうめざしてすすんでいった。台どこのまえをとおりかかったときに、おれがねっこにつまずいて音をたててしまった。おれとトムとで、かがみこんでじっとしていた。ミス・ワトソンの家の黒んぼの大男ジムが台どこの戸ぐちにすわっていて、うしろにあかりがついてたんでおれのいるところからはジムのすがたがずいぶんよく見えた。ジムは立ちあがって、すこしのあいだクビをつきだして耳をすましていた。それからジムは言った——

「だれだ、そこ？」

ジムはまだしばらく耳をすましていたけど、そのうちにしのび足でおりてきて、おれたちふたりのあいだの、手をのばせばさわれそうなところで立ちどまった。たぶん何ぷんも、ずっとなんの音もしなくて、三にんともすごくちかくにかたまっていた。で、おれはかたっぽの足クビがかゆくなってきたけど、かくわけにもいかない。それから耳がかゆくなって、そのつぎはクビのうしろがかゆくなった。かかないと死んじまいそうな気がした。このあとにもしょっちゅうこうゆうことがあった。えらい人といっしょだとか、そうしきに出てるとか、ねむくないのにねようとしてるときとか、かいちゃまずいときにかぎって、からだじゅうどこもかしこもかゆくなっちまう。まもなく、ジムが言った——

「よお——だれだ？　どこだ？　おっかしいなあ、たしかになにかきこえたんだが。よし、ひとつここにすわりこんで、もういっぺんきこえるまでじっくり耳をすますぞ」

とゆうわけでジムは、おれとトムのあいだの地めんにすわりこんだ。木によりかかって、足をまっすぐのばしたものだから、かたっぽの足がおれの足にほとんどさわりそうになった。おれは鼻がかゆくなってきた。あんまりかゆくて、目からナミダが出てきた。でもかくわけにはいかない。それからこんどは鼻のなかがかゆくなってきた。つぎは下がかゆくなってきた。もうとてもじっとしていられそうになかった。こんなふうにすごくつらいのが六、七ふんつづいたんだけど、それよりずうっとながくおもえた。いまじゃもう十一かしょがかゆかった。あと一ぷんだってがまんできないとおもったけど、歯をくいしばって気あいをいれた。と、ジムがおおきな息をたてはじめて、じきにいびきをかきだしたとたん、おれはどこもかゆくなくなった。

トムがおれにあいずをおくって――口でちょっとした音をたてるのだ――おれたちふたり、両手両ひざではってその場からはなれていった。十フィートはなれたところで、トムがヒソヒソ声で、ジムを木にしばりつけようぜと言ってきた。ダメだよ、そんなことして目をさましてさわいだりしたらおれが家にいないのがバレちまうよ、とおれは言った。するとトムは、ロウソクがたりないから台どこにしのびこんでとってくると言いだした。そんなのよしてほしい。ジムが目をさましてはいってくるかもしれないよとおれは言った。でもトムはやってみると言ってきかなかった。それでおれたちは台どこにしのびこんでロウソクを三ぼんもらって、トムがだいきんに五セントをテーブルにおいた。そうして外に出ると、おれはもう一こくもはやくそこをはなれたかった。でもトムはぜんぜん耳をかさなくて、ジムのところまではっていってなにかイタズラするんだと言いはった。おれはしかたなく待った。ずいぶんながいあいだにおもえた。なにもかもがすごくしずまりかえって、さびしかった。

トムがもどってくるとすぐ、ふたりで小道をつっきって、さいえんのさくをまわりこんで、やがて家のむこうがわの、丘のきりたったてっぺんにたどりついた。ジムのぼうしをそうっとぬがせてアタマの上の木のえだにつるしてやったんだ、ちょっとうごいたけど目はさまさなかったよ、とトムは言った。あとになってジムは、ま女にまほうをかけられてタマシイをぬかれたんだ、ま女がじぶんにのって州いったいとびまわってからまたこの木の下につれもどして、だれのしわざかわかるようにぼうしを木のえだにつるしたんだと言った。で、つぎにはなしたときにはニューオーリンズまで行かされたんだと言った。それからあとははなすたびにどんどんおおきくなって、しまいにはせかいじゅうをとびまわらされて死ぬほどくたびれてせなかいちめんクラずれができたんだと言うようになった。ジムはこのことをものすごくじまんして、すっかり鼻たかだかになって、ほかの黒んぼたちには目もくれなくなった。ジムのはなしをききにまわり何マイルからも黒んぼがやってきて、ジムはこの地ほうのどの黒んぼよりそんけいされるようになった。見たこともない黒んぼたちが口をあんぐりあけて立ち、しぜんのきょういでも見るみたいにジムを上から下までじろじろながめた。黒んぼたちはいつも、台どこの火のそばのやみでま女のはなしをしている。けれど、だれかがしゃべっていて、そうゆうことはなんでも知ってるんだってふうな口をきくたびに、ジムがひょっこり顔を出して、「ふん！　ま女のことなんておまえになにがわかる？」と言うと、言われたほうはだまってすごすごひきさがるしかなかった。ジムはその五セント玉にひもをつけていつもクビにかけて、これはアクマからじきじきにもらったおまもりなんだ、これがあればどんなびょう気もなおせるしあるコトバをこれに言うだけでま女を呼びだせるんだとじまんしたけど、なんと言うのかはだれにもおしえなかった。そこらじゅうから黒んぼたちがやってきて、五セント玉をひとめみせてもらおうと、なけなしのもちものをジムにわたしたけど、アクマが手をふれたものだからとだれも五セント玉にさわろうとはしなかった。ジムはめしつかいとしてはまるっきりつかいものにならなくなった。アクマに出あってま女たちにのりまわされたことで、すっかりテングになってしまったのだ。

　で、丘の上のはじまで来たトムとおれが、村のほうを見おろしてみると、びょう人でもいるのか、あかりが三つ四つチカチカしていた。アタマの上の星ぞらはそりゃもうほんとにきれいにひかっていた。村のほうでは川がまる一マイルのはばで、ものすごくしずかにどうどうとながれている。ふたりで丘をおりていくとジョー・ハーパー、ベン・ロジャーズ、ほかにあと二、三にんが、もうつかわなくなった皮なめし場にかくれていた。みんなでちいさなボートのナワをはずして川を二マイル半、丘の中ふくにあるおおきなきりたった岩までくだっていって、りくにあがった。

　やぶのあるところまで行って、トムがみんなにヒミツをまもるとちかわせてから、やぶのいちばんしげったあたりの、丘に穴があいてるところをおしえた。それでみんなロウソクに火をつけて手とひざをついてはいっていった。二百ヤードばかり行ったところでどうくつがきゅうにひらけた。トムがあちこちのとおり道をつついてから、じきにそのへんのカベの下の、言われなけりゃまさか穴があるとは気づきそうにないところにもぐりこんでいった。せまいところをみんなですすんでいくと、へやみたいなかんじの、そこらじゅうしめって水のしずくがついてさむいところに出て、そこでとまった。トムが言った――

「ここで盗ぞく団をはじめて、トム・ソーヤー団となづける。はいりたいやつはみんなちかいをたてて、血で名まえをかかないといけない」

　みんなその気だった。そこでトムは、ちかいをかいた紙をとりだして、よみあげた。だれもが団に忠せいをつくし、ぜったいにヒミツをあかさないこと、もしだれかが団いんになにかしたらそのだれかとそのかぞくをころすよう命じられた者はかならずそうしなきゃいけなくて、みなごろしにしてそいつらのムネに団のしるしの十じかをきざむまでは食べてもねむってもいけない。団にぞくしていない者がそのしるしをつかってはならず、そうした者はうったえられ、もう一どやったらころされる。そしてもし団にぞくす者がヒミツをあかしたらのどを切ってから死たいをもやして灰をばらまき、その名を団いんリストから血で消したのち団のだれも二どと口にせず、その名にのろいをかけてえいきゅうにぼうきゃくする。

　ほんとにみごとなちかいだとみんな言って、じぶんでかんがえたのかとトムにきいた。じぶんでかんがえたところもあるけどあとは海ぞくの本や盗ぞくの本にかいてあった、りっぱな盗ぞく団にはみなちかいがあるんだとトムは言った。

　ヒミツをあかしたやつのかぞくもころすといいんじゃないかな、とだれかが言った。それはいいかんがえだとトムも言って、エンピツをとりだしてかきこんだ。するとベン・ロジャーズが言った。

「でもハック・フィンには、かぞくなんていないぞ。どうすんだ？」

「ええと、おやじがいるんじゃないのか？」トム・ソーヤーが言った。

「いるけどさ、このごろはぜんぜん見かけないぜ。まえは皮なめし場でよっぱらってブタのむれにまじってねてたけど、もう一ねんかそれいじょうこのへんじゃ見てないぜ」

　みんなではなしあって、おれを団からおいだすってことになりかけた。かぞくかだれか、ころす人げんが全いんにいないと不こうへいになるとゆうのだ。で、どうしたらいいかだれもおもいつかなかった。みんなしあんにくれて、じっとうごかなかった。おれはもう泣きだしそうだったけど、とつぜんおもいついて、ミス・ワトソンがいるよ、ミス・ワトソンをころしてくれればいいと言った。するとみんなも言った――

「そうだ、それでいい、それでいい。ミス・ワトソンでいい。じゃあハックも入れてやろう」

　それからみんなでしょめいする血を出すためにゆびにハリをさして、おれも紙にじぶんのしるしをかいた。

「で、この盗ぞく団、どうゆうことやるんだ？」とベン・ロジャーズがきいた。

「もっぱらりゃくだつとさつじんさ」とトムが言った。

「でもだれをりゃくだつする？　家とか――かちくとか――それとも――」

「ばかいえ！　かちくやらなにやらをぬすむのはりゃくだつじゃない、ただのドロボーさ」とトム・ソーヤーが言った。「おれたちはドロボーじゃない。そんなのじゃふうかくってものがない。おれたちはかいどうにいるおいはぎなんだ。フクメンをしてえきばしゃとかをおそって、人をころして時けいやカネをうばうのさ」

「人はかならずころさないといけないのか？」

「もちろん。それがいちばんいいんだ。ちがう意けんのけんいもいるけど、だいたいはころすのがいちばんいいことになってる。ただし何にんかはどうくつにつれてきて、みのしろきんをとるまでいさせるんだ」

「みのしろきん？　なんだそれ？」

「知らない。でもそうするんだよ。本にそうかいてあるんだから、そうしなきゃいけないんだよ」

「だけどなんなのか知らないのに、どうやってできるんだよ？」

「なに言ってんだ、そうするっきゃないんだよ。本にかいてあるって言っただろ？　おまえ、本にかいてあるのとちがうことやりたいのか？　それでなにもかもぐじゃぐじゃにしたいのか？」

「そう言うのはいいけどさ、だけどトム・ソーヤー、どうやればいいかもわからないのにどうやってみのしろきんとるってんだよ？　そこをきかせてほしいね。おまえはなんのことだとおもうんだ？」

「だから知らないよ。でもたぶん、みのしろきんとるまでいさせるってのは、死ぬまでいさせるってことじゃないかな」

「うん、それならわかる。それでいいよ。なんではじめっからそう言わないんだ？　死ぬまでみのしろきんとるまでいさせる——きっとやっかいだろうよ、どいつもさんざんのみくいして、ねんじゅうにげだそうとして」

「なに言ってんだベン・ロジャーズ。にげだせるわけないじゃないか、みはりがいて、ちょっとでもうごいたらうつかまえでいるんだから」

「みはり。そりゃいいや。じゃあだれかがひと晩じゅうおきてて、そいつらのこと見まもっていっすいもしちゃいけないわけだ。それってバカらしいとおもうぜ。つれてきてすぐコンボーかなんかでみのしろきんとるんじゃなぜダメなんだよ？」

「そんなこと本にかいてないからだよ、だからダメなんだよ。なあベン・ロジャーズ、おまえものごとをきちんとやりたいのか、やりたくないのか？——そうゆうことなんだよ。どうするのがただしいか、本をつくった人たちはちゃんとわかってるとおもわないか？　そうゆう人たちにおまえがおしえてやれることなんてあるとおもうか？　そいつはなかなかむずかしいんじゃないかね。いいや、きちんとただしいやりかたでみのしろきんとるんだよ」

「わかったよ、いいよそれで。やっぱりバカみたいだとおもうけど。でさ、女もころすのか？」

「なあベン・ロジャーズ、おまえみたいにムチだったらおれならだまってるね。女をころすって？　まさか——そんなのどの本にもかいてやしないさ。女はどうくつにつれてきて、かならずすごくていちょうにあつかって、じきにみんなおれたちに恋して、かえりたいなんて言わなくなるのさ」

「ふん、それならそれでいいけどさ、おれはそんなのきょうみないね。あっと言うまにどうくつじゅう女やらみのしろきんとられるの待ってる連ちゅうやらでいっぱいになってさ、盗ぞくのいばしょがなくなっちまうぜ。でもすきにしろよ、おれはなんにも言わないから」

チビのトミー・バーンズはもうねむっていて、おこすとこわがって泣きだして、ママのところにかえりたい、もう盗ぞくなんかいやだと言いだした。

それでみんなで、やあい泣きむし、とからかったら、すごくおこって、いますぐかえってヒミツをぜんぶバラすと言いだした。でもトムが五セントやってだまらせて、もうみんな家にかえろう、来しゅうあつまってりゃくだつとさつじんをけっこうしようと言った。

おれあんまり出てこれないよ、日ようだけだよ、けっこうはこんどの日ようびにしようぜ、とベン・ロジャーズが言ったけど、ほかはみんな、日ようびにそうゆうのをやるのはわるいことだと言ってきゃっかした。なるべくはやくあつまって日をきめることにして、それからみんなでトム・ソーヤーを団ちょうにえらんでジョー・ハーパーをふく団ちょうにえらんで、家にかえった。

## 3

おれはモノおきごやをのぼって、夜があけるちょくぜんにまどからへやにはってはいった。あたらしい服はそこらじゅうアブラやドロでよごれて、おれはもうヘトヘトだった。

で、朝になると服のせいでミス・ワトソンにこっぴどくとっちめられたけど、未ぼう人はおれをしからずにアブラとドロをぬぐってくれただけで、ひどくかなしそうな顔をしたものだから、できることならしばらくはおとなしくしていようとおもった。それからミス・ワトソンが小べやにおれをつれていっておいのりしたけど、なにもおこらなかった。毎日おいのりしなさい、おいのりしておねがいすればなんでもかならず手にはいるのですよとミス・ワトソンは言った。でもそんなことなかった。おれはやってみたのだ。釣り糸はあるのに釣りバリがなかったことがある。ハリがなけりゃ糸があってもしかたない。ハリが手にはいるよう三かいか四かいやってみたけど、なぜかうまくいかなかった。そのうちある日、かわりにおいのりしてもらえないかとミス・ワトソンにたのんでみたけど、あんたはバカだと言われただけだった。なぜなのかはどうしてもおしえてくれなかったから、さっぱりわからなかった。

あるとき、うらての森に行って、じっくりかんがえてみたことがある。おいのりしたものがなんでも手にはいるんだったら、なぜきょう会しつじのウィンさんはブタですったカネをとりもどせないのか？　なぜ未ぼう人はぬすまれたぎんのかぎタバコ入れをとりもどせないのか？　なぜミス・ワトソンはふとれないのか？　やっぱりこんなのイミないんだとおれはおもった。イミがないとかんがえるほうがスジがとおる。それで未ぼう人のところに行ってそう言ってみたら、おいのりして手にはいるのは「タマシイのおくりもの」なのだと言われた。おれにはぜんぜんついていけなかったけど、どうゆうことなのか未ぼう人はせつめいしてくれた。つまりおれは他にんをたすけなきゃいけなくて、他にんのためにできることはぜんぶやっていつも他にんに気をくばって、じぶんのことはすこしもかんがえちゃいけない。他にんてゆうのはどうやらミス・ワトソンもはいるらしい。森に行ってじっくりかんがえてみたけど、そんなことしてなにがトクなのかわからなかった。他にんがトクするだけだ。だからもうこのはなしは気にせずほうっておくことにした。ときどき未ぼう人によばれて神さまのはなしをきかされると、もうまるっきり口からよだれが出そうなかんじなんだけど、つぎの日とかにミス・ワトソンが出てきてみんなぶちこわしてしまうのだ。どうやら神さまは二種るいいるらしいとおれはふんだ。未ぼう人のほうのだったらしょうもない人げんでもけっこういいことありそうだけど、ミス・ワトソンにつかまったらもうおしまいだ。ひととおりかんがえてみて、おれは、むこうがそうさせてくれればのはなしだけど、未ぼう人のほうの神さまにつこうとおもった。ただまあ、おれはまるっきりなにも知らないしとにかくいやしいしひんがないし、おれがついたところで神さまのほうはぜんぜんたしにならないかなとおもうけど。

おやじのことはもう一ねんいじょうだれも見かけていなかったから、おれとしてもおちついていられた。もうおやじにはあいたくなかった。しらふでおれをつかまえると、おやじはいつもおれをなぐった。もっとも、おやじがあらわれるとおれはたいてい森ににげた。で、ちょうどこのころ、町から十二マイルくらい上りゅうで、おやじのでき死たいが見つかったとゆうはなしがひろまった。すくなくともおやじだとみんなは判だんした。でき死たいはちょうどおやじのたいかくだったし、服はボロボロ、かみはいようにながい。どれもおやじにあてはまるんだけど、顔はぜんぜんわからなかった。ながいこと水のなかにはいってたものだから、もうろくに顔じゃなくなっていたのだ。死たいはあおむけに水にうかんでたとゆうはなしだった。みんなでひきあげて、土手にうめた。でもおれがおちついていられたのもそうながくつづかなかった。とゆうのも、あることをおもいついたのだ。おぼれた男はあおむけにうかびはしない。顔を下にしてうかぶ。これはぜったいたしかだ。だからこれはおやじじゃなくて、男の服をきた女だとわかった。それでおれはまたおちつかなくなった。おやじはまたいずれあらわれるだろう——あらわれてほしくないけど。

　みんなで一か月ばかり、ときどき盗ぞくごっこをしてあそんだけど、おれはそのうち団をやめた。おれだけじゃなくて全いんやめた。いくらやってもだれのこともりゃくだつしないし、だれもころさないし、ただふりをしてるだけなのだ。森からとびだして、ブタをはこんでく連ちゅうや、やさいを荷ぐるまで市ばにもっていく女たちを追いかけても、だれかをつかまえるでもない。トム・ソーヤーはブタを「金《きん》かい」だと言ってカブやなんかを「宝せき」だと言って、みんなでどうくつに行ってせいかをはなしあったり何にんころして何にんきずをおわせたかとか言ったりした。でもそんなことしてなんのとくがあるのか。あるときトムが、もえさかるぼうをひとりにもたせて町へおくりだして（トムはそうゆうぼうをスローガンと言っていて、これが団いんにあつまれとゆうあいずだった）、スパイからヒミツのじょうほうがとどいた、つぎの日にスペインの商人やカネもちのアラブ人の一団がホロードうくつにキャンプをはると言った。ゾウが二百とう、ラクダが六百とう、「ダバ」千とういじょう、それがみんなダイモンドをどっさりのせていて、みはりの兵士は四百にんしかいないからみんなでまちぶせてきゅうしゅうして全いんみなごろしにしてなにもかもぶんどるのだとトムは言った。けんやてっぽうをみがいてたいせいをととのえないといけないとトムは言った。カブをのせた荷ぐるまをおいかけるにもけんやてっぽうをきちんとみがかないとトムは気がすまないのだ。もっともけんやてっぽうと言ったってじつはただの木ぎれとほうきのえで、こっちがくたばるまでみがいたところで口いっぱいの灰のぶんのねうちもふえやしない。そんなのでスペイン人だのアラブ人だのをやっつけられるとはおもえなかったけど、ラクダやゾウは見たかったからよく日の土ようび、おれも行ってまちぶせになかま入りして、あいずとともにみんなで森からとびだして丘をかけおりていった。だけどスペイン人もアラブ人もいなかったし、ラクダもゾウもいなかった。ただの日よう学校のえんそくで、しかもてい学年クラスだった。子どもたちをけちらしてどうくつの上までおいたてたけど、ドーナツとジャムがすこし手にはいっただけだったし（もっともベン・ロジャーズはぬいぐるみ人ぎょうをぶんどったし、ジョー・ハーパーはさんびか本とせっきょうパンフレットをうばった）、じきに先生がせめてきてみんななにもかもすてさせられておっぱらわれた。おれにはダイモンドなんか見えなかったからトム・ソーヤーにもそう言った。ほんとはダイモンドもいっぱいあったしアラブ人もいたしゾウとかもいたのだとトムは言った。じゃあなんで見えなかったんだよときくと、おまえがそんなにムチじゃなくて「ドン・キホーテ」てゆう本をよんでたらきかなくてもわかるはずだとトムは言った。なにもかもまほうのしわざなのだとトムは言った。あそこには兵たいも何百にんといたしゾウもどっさりいて宝ものもたっぷりあったんだけどようじゅつ師ってゆうてきがいてただのいじわるでなにもかもを子どもの日よう学校にかえてしまったと言うのだ。わかったよ、じゃあようじゅつ師をやっつければいいんだなと言うと、おまえはどうしようもないあほうだとトム・ソーヤーは言った。

「あのな、ようじゅつ師ってのはまじんをいっぱいよびだせて、だれでもあっと言うまに切りきざんじまうんだぞ。木みたいにせがたかくて、きょう会みたいにおおきいんだ」

「じゃあさ、おれたちをたすけてくれるまじんを見つければ――そしたら相手をやっつけられるんじゃないか？」

「どうやって見つけるんだ？」

「わかんないよ。むこうはどうやって見つけるんだ？」

「それはだな、ふるいブリキのランプかてつのゆびわをこすると、まじんがかみなりならしてイナズマひからせてケムリまきあげてとびだしてきて、言われたことはなんでもすぐにやるのさ。弾丸塔《ショット・タワー》「溶けた鉛を水に落として弾丸を作る塔」をひっこぬいて日よう学校の先生のアタマぶったたくくらい朝めしまえなのさ」

「だれがまじんをそんなにはたらかせるんだ？」

「そりゃもちろん、ランプやゆびわをこすったやつさ。まじんはランプやゆびわをこするやつのけらいだから、なにを言われてもしなくちゃいけないんだ。ダイモンドでながさ四十マイルのきゅうでんをつくってチューインガムとかでいっぱいにして、おきさきにするから中国のこうていのムスメをつれてこいって言われたらやらなくちゃいけないんだよ、それもよく朝、日がのぼるまえに。おまけにそのきゅうでんを、国じゅういわれたとおりのところにはこんでかなきゃいけないのさ」

「そいつらアタマわるいんじゃないのか、きゅうでんをじぶんのものにしとかないでむざむざ人にくれちまうなんて。それにさ、おれがまじんだったら、ふるいブリキのランプこすられたからって、じぶんのやってることほうりだしてそいつのところに行くなんて、ぜったいねがいさげだね」

「なに言ってんだハック・フィン、こすったら行かなくちゃいけないんだよ、行きたいかどうかなんてカンケイないんだよ」

「木みたいにたかくてきょう会みたいにおおきくてもか？　わかったよ、じゃあ行くよ、だけどおれ、そいつを国じゅうでいちばんたかい木にのぼらせてやるからな」

「ちぇっ、おまえにはなに言ってもムダだよ。おまえなんにもわかってないみたいだな。まるっきりアタマがたりないぜ」
　二、三にちよくかんがえてみて、これってほんとなのか、やってみることにした。ふるいブリキのランプとてつのゆびわを手にいれて、森に行って、きゅうでんをたてて売ろうとおもってインジャンみたいにアセだらだらになるまでこすってこすってこすりまくったけどムダだった。ひとりのまじんも出てこなかった。だからこれもみんなまたトム・ソーヤーのウソなんだと決めた。トムはアラブ人とかゾウとかしんじてるんだろうけど、おれはそうはおもわない。どう見たって日よう学校だったよ。

## 4

で、三か月か四か月がすぎて、もうすっかり冬だった。おれはだいたいいつも学校に行っていて、字もつづれたしよめたしすこしは文しょうをかくこともできたし、九九も六七＝三十五まで言えたけど、永えんに生きてもあれいじょうさきへ行けるとはおもえない。どのみち数がくなんてキョウミない。

はじめのうちは学校がイヤだったけど、だんだんがまんできるようになった。ものすごくつかれると学校をサボッて、つぎの日にムチをくらうとすっかり元気になった。そんなわけで学校へ行けば行くほどラクになっていった。未ぼう人のやりかたにもすこしずつなれてきて、もうそれほどしんどくなかった。家のなかにすんでベッドでねむるのはけっこうきついこともおおかったけど、さむくなるまではときどきこっそりぬけだして森でねて、おかげでひとやすみできた。まえのくらしがいちばんよかったけど、あたらしいくらしもすこしはすきになってきた。未ぼう人も、ゆっくりだけどすこしずつよくなってきた、りっぱなものだ、と言ってくれた。あなたのことをはずかしくおもわないと未ぼう人は言った。

ある日、朝ごはんのせきで、おれは塩いれをひっくりかえしてしまった。おおいそぎで塩をひとつかみ手にとって、あくうんをとおざけるために左肩ごしにうしろへなげようとしたんだけど、ミス・ワトソンにさきをこされてさえぎられてしまった。「手をもどしなさい、ハックルベリー――まったくなにやってもめちゃくちゃなんだから」とミス・ワトソンは言った。未ぼう人がおれをべんごしてひとこと言ってくれたけど、それであくうんをとおざけられやしないことはよくわかった。朝ごはんがすんでから、びくびくおちつかない気もちで外に出て、どこでどんなあくうんがふってくるかとしあんした。あくうんによってはとおざける手だんもあるけど、これはそうゆうのじゃない。だからなにもせずに、しずんだ気ぶんでとぼとぼあるいて、まわりに目をひからせているしかなかった。

おもてのさいえんをとおって、ふみこしだんをこえてたかい板べいを抜けていった。地めんにはふったばかりの雪が一インチつもっていて、だれかの足あとが見えた。石きり場のほうから来ていて、ふみこしだんのあたりでしばらくとまってから、さいえんのさくのむこうにまわりこんでいた。そうやって立ってたのに、なかにはいってこないなんてみょうだとおもった。わけがわからない。なんだかすごくヘンだ。さきをたどってみようかとおもったけど、まずはかがんで足あとをよく見てみた。はじめはなにもわからなかったけど、じきにわかった。左のクツのかかとに、十じがある。アクマよけにふといクギをうってあるのだ。

すぐさま立ちあがって、丘をかけおりていった。ときおりうしろをふりかえったけど、だれも見えなかった。おれはせいいっぱいいそいでサッチャー判じの家にたどりついた。判じさんは言った――

「おやきみ、すっかりイキぎれしてるじゃないか。利しをうけとりにきたのかね？」

「いいえ。おれに利し、あるんですか？」

「あるとも、半としぶんの利しがきのうの晩に出たよ。一五〇ドル以上ある。きみにとってはひとざいさんさ。六千ドルといっしょに、わたしにとうしさせるといい。きみにわたしたら、つかってしまうからね」

「いいえ、おれ、つかいたくありません。ぜんぜんいらないんです――六千ドルも。判じさんにうけとってほしいんです。判じさんにあげたいんです――六千ドルからなにから」

判じさんはびっくりした顔になった。わけがわからないようすだった。

「いったいどういうことかね、きみ？」

「おねがいですから、なにもきかないでください。もらってくれますよね？」

「うーん、わからんなあ。なにかまずいことでもあったのかね？」

「もらってください、おねがいします。なにもきかないで――そうしたらおれもウソつかずにすみますから」

判じさんはしばらくかんがえてたけど、やがて言った――

「あー、そうか。そういうことかね。ざいさんをわたしに売りたいんだね――くれるんじゃなくて。それならまっとうなやりかただ」

それから判じさんは紙になにかかいて、よみなおしてから、言った――

「これでよし。かいてあるだろう――『対価として』。つまりわたしがきみから買って、その代金をはらったということだ。さあ、一ドルだよ。サインしたまえ」
それでおれはサインして、かえった。

ミス・ワトソンのところの黒んぼのジムは、雄ウシの四ばんめのいぶくろからとりだした、人のにぎりこぶしくらいある毛玉をもっていて、これをつかってまほうをやっていた。この玉のなかにはセイレイがいてセイレイはなんでも知ってるんだとジムは言った。それでおれはその夜ジムのところに行って、おやじがまた来たんだ、雪に足あとがあったんだとつたえた。おれが知りたいのは、おやじはなにをするつもりか？　ずっといるつもりか？　とゆうことだった。ジムは毛玉を出して、それにむかってなにか言ってから、上にもちあげて床におとした。けっこうどすんとおちて、一インチくらいしかころがらなかった。ジムはもう一ど、そしてもう一どやってみたけど、おなじだった。こんどはひざをついて耳を玉にあててじっくりきいてみた。でもムダだった。玉はなにもしゃべらない、カネを出さないとしゃべらないときがあるんだとジムは言った。ふるいツルツルのニセ二十五セント玉ならあるよとおれは言った。銀の下のしんちゅうがすこし見えちまうからつかえないんだ、それにしんちゅうが見えてないとしてもすごくツルツルで手ざわりがアブラっぽいからさわるとバレちまうしとおれは言った（判じさんからもらった一ドルのことはだまっていようとおもった）。かなりひどい金だけど、毛玉ならちがいがわからなくてうけとってくれるんじゃないかなとおれは言った。ジムはそのカネのにおいをかいで、はでかんで、ごしごしこすって、毛玉にちゃんとしたカネだとおもわせるようにしてみると言った。ナマのジャガイモをわってあけてカネを入れてひと晩おいておけば、よく朝にはしんちゅうが見えなくなってるしアブラっぽくも見えないだろうから、町の人げんだれでもうけとるし、ましてや毛玉ならだいじょうぶだとジムは言った。そうだった、ジャガイモをつかえばいいことはおれも知ってたのに、わすれていたのだ。

ジムは二十五セント玉を毛玉の下に入れて、はいつくばってもういちど耳をすました。こんどはだいじょうぶだとジムは言った。たのめば一生まるごとうらなってくれるとジムは言った。やってくれよ、とおれは言った。そうして毛玉がジムにむかってしゃべり、ジムがそれをおれにつたえた。

「おまえのおやじはまだ、じぶんがなにをするつもりか知らねえ。町から出ようとおもうこともあるけど、町にとどまろうとおもうこともある。ここはのんびりかまえて、むこうのすきにやらせるのがいっとういい。おやじさんの上にはふたりの天しがうかんでる。ひとりは白くてひかってて、もうひとりは黒い。白いのがすこしのあいだおやじさんにただしいことやらせるけど黒いのがやってきてみんなフイにしちまう。さいごにどっちが勝つかはまだわからねえ。だけどあんたはだいじょぶだ。生きてるあいだ、けっこういろんな厄介《トラブル》にまきこまれるけど、けっこういろいろうれしいこともある。ときにはケガもするし、びょう気にもなるけど、そのたんびにまたよくなる。あんたの人生はふたりの女がまわりをとび回ってる。ひとりは色白でひとりは色黒だ。ひとりはカネもちでひとりはビンボーだ。あんたはまずビンボーなほうとケッコンしてそのうちにカネもちのほうとケッコンする。あんた、水からなるたけはなれてたほうがいい。あぶないマネには手ぇ出しなさんな——あんた、クビつりにされることになってるから」

その夜、ロウソクをつけてへやにあがっていくと、そこにおやじがいた！

## 5

まずはドアをしめて、へやのほうをむいたら、そこにおやじがいたのだ。おれはそれまで、いつもおやじのことをこわがっていた——なにしろしじゅうぶったたかれたから。だからいまもこわがってるんだとおもったけど、じきにそうじゃないとわかった。はじめは、ともかくまさかこんなところにいるとはおもわなかったから、いきがいっしゅんとまったとゆうか、でもそのさいしょのビックリがすぎると、もうべつに、気にするほどおやじのことをじぶんがこわがってないんだとわかった。

おやじは五十ちかくで、いかにもそのくらいのトシに見えた。かみはながくてこんがらがってアブラよごれもひどくてまえにたれていて、そのむこうで目が、なにかのツルのかげにでもいるみたいにひかってるのが見えた。かみはまっくろで、シラガはなかった。ながい、からまったアゴヒゲもおなじ。顔の、かみにかくれてないところには色がぜんぜんなかった。白いんだけど、ほかの人げんの白いのとはちがって、見ていてムネがわるくなるみたいな白、トリハダがたつみたいな白だ。アマガエルの白、さかなのハラの白だ。服はといえば、これはもうただのボロ。かたっぽの足クビをもういっぽうのヒザにのせていて、そっちの足のクツは穴があいていて、ゆびが二ほんとびだして、それをおやじはときおりモゾモゾうごかした。ぼうしは床にころがっていた。ふるい黒のスラウチハット［縁の垂れたソフト帽］で、なにかのフタみたいにてっぺんがへこんでる。

　おれはそこに立って、おやじのことを見ていた。おやじもそこにすわって、イスをすこしうしろにかたむけておれを見ている。おれはロウソクをおろした。と、まどがあいてるのが見えた。じゃあモノおきごやをつたってのぼってきたのか。おやじはおれをじろじろながめまわした。やがておやじは言った――

「きどった服じゃねえか、えらく。おまえ、いっぱしの人げんになったつもりなんだな？」

「どうかな、それは」とおれは言った。

「ナマイキな口きくんじゃねえ」とおやじは言った。「こっちがしばらくよそ行ってるうちに、ずいぶんとめかしこみやがって。まずはちょっとばかりひきずりおろしてやるぜ。おまえ、ガクモンも身につけたんだってな。よみかきもできるそうじゃねえか。もう父おやよりえらくなった気でいるんだろ？　おやじはそんなことできねえもんな。そのこんじょう、おれがたたきなおしてやる。だいたいそんなごたいそうなマネに足つっこんでいいなんて、だれに言われた、え？　だれにいいって言われた？」

「未ぼう人だよ。未ぼう人に言われた」

「未ぼう人か、え？　で、だれが未ぼう人に、じぶんの知ったこっちゃないことに口をはさんでいいって言った？」

「だれも言ってない」

「ふん、よけいなことしやがって、とっちめてやる。で、いいか、学校はやめるんだ、わかったか？　本人の父おやカヤの外において、子どもにえらそうなタイドおしえこんで、身のほど知らずのふるまいさせやがって、どいつもこいつもとっちめてやる。もういっぺんあすこの学校あたりでうろうろしてるの見かけたらタダじゃすまねえぞ、いいか？　おまえのおふくろは死ぬまで字なんかよめなかったし、かけもしなかった。一ぞくのだれひとり、死ぬまでそんなことできなかったんだ。おれだってできねえ。それがおまえときたら、すっかりいい顔しやがって。おれはそんなの見てだまってる男じゃねえぞ——いいか？　おい——おまえちょっと、なんかよんでみろ」

　おれは本を一さつ手にとって、ワシントンしょうぐんと戦そうのはなしをよみはじめた。三十びょうくらいよんだところで、おやじが本をかた手でばしんとたたいて、本はへやのむこうがわまでとんでった。おやじは言った——

「そうか、ほんとによめるんだな。言われたときは半しん半ぎだったんだが。いいかおい、カッコつけるのはやめにしろ。おれがゆるさん。気どりやがって、おまえのことみはってるからな、こんどまた学校のあたりで見かけたらたっぷりぶったたいてやる。このちょうしじゃおまえこんどはじきにしんじんづくだろうよ。まったくこんなむすこ、見たことねえぞ」

牛を何とうかと、男の子ひとりをかいた、青ときいろのちいさい絵をおやじは手にとって、言った――

「これ、なんだ？」

「おそわったこと、ちゃんとおぼえたほうびにもらったんだよ」

おやじはそれをびりびりにやぶいて、言った――

「もっといいものおれがくれてやるぜ――牛のムチくれてやる」

おやじはしばらくブツブツうなってたけど、そのうちまた言った――

「まったくおまえ、たいしたダテ男じゃねえか。ベッドがあって、シーツも毛ふもあって、カガミもあって、床にはジュウタンもしいてある――なのに父おやは、皮なめし場でブタどもといっしょにねなくちゃなんねえ。こんなむすこ見たことねえぞ。まずはそのクサったこんじょう、たたきなおしてやる。まったくどこまで鼻たかくなりゃ気がすむんだ――おまえ、カネもちだってゆうじゃねえか――え、どうなってんだ？」

「ウソだよ、それ――どうもなにもないって」

「おい、口のききかたに気をつけろよ。こっちはもうカンニンぶくろのおが切れかかってんだからな――ナマイキ言うんじゃねえ。二日ずっと町にいたけど、おまえがカネもちだってはなしで町じゅうもちきりじゃねえか。ずっと川下のほうでもきいたぞ。だからおれも来たんだ。あしたそのカネ、もってこい――おれによこせ」

「カネなんかないよ」

「ウソだ。サッチャー判じにあずけてるんだろ。もってこい。おれによこせ」

「カネなんかないってば。サッチャー判じにきいてみなよ、そう言うから」

「よおし。きいてみるさ。やつにカネ出させるさ。出せないんなら、しっかりわけをきく。おい――おまえポケットにいくらもってる？　おれによこせ」

「一ドルしかないよ、それにこのカネ、おれ――」

「おまえがなににつかう気だろうと知ったことか――さっさと出せ」

おやじはカネをうけとって、はでかんでホンモノかどうかたしかめて、ウィスキーを買いに町へいくと言った。一日じゅうのんでないんだとおやじは言った。まどからモノおきごやのやねにおりると、もういっぺんこっちに顔をつっこんで、気どりやがって、おやよりえらくなろうとしやがってとののしり、やっといなくなったとおもったらまたもどってきてもういっぺん顔をつっこんで、学校のことわかったか、ちゃんとみはってるぞ、やめなかったらただじゃすまねえからなと言った。

　つぎの日、おやじはよっぱらって、サッチャー判じのところへ行って、カネをよこせとさんざんからんだけどらちがあかず、しまいには、法にうったえてでも出させるからなとすごんだ。

　判じと未ぼう人のほうも、法にうったえておれをおやじからひきはなしてどちらかがこうけんにんになれるよう、さいばん所にはたらきかけた。ところが、さいばん官はなりたてのあたらしい人で、おやじのことも知らなかったから、さいばん所がよけいな口を出してかぞくをわかれわかれにしてしまうのはよくない、子どもを父おやからうばったりするのはしのびないと言った。それでサッチャー判じと未ぼう人もあきらめるしかなかった。

これでおやじはすっかり気をよくした。おれにむかって、さっさとカネもってこなかったら全しん青アザになるまで牛のムチくらわしてやるぞとすごんだ。おれがサッチャー判じから三ドルかりてくると、おやじはそれをうけとってよっぱらって、さんざイキまいてアクタイついて大声あげてさわいでまわった。ブリキナベたたいてまよなかちかくまで町じゅうまわったものだから、ろうやに入れられて、つぎの日さいばん所につれてかれてまた一週かんろうやに入れられた。でもおやじは、これでまんぞくだと言った。むすこのボスはおれなんだ、おれがたっぷりとっちめてやる、と。

おやじがろうやを出ると、きみをまっとうな人げんにしてやるとあたらしいさいばん官は言って、じぶんの家につれていって、ちゃんとあらった服をきせて、朝めしも昼めしも夕めしもかぞくといっしょに食わせて、なにからなにまでつくしてやった。夕めしがすむときんしゅのはなしやらなにやらおやじにはなしてきかせ、そのうちおやじもとうとう泣きだして、おれはバカでした、人生をムダにしちまいました、でも一からやりなおします、だれが見てもはずかしくない人げんになります、どうか手をかしてください、おれのことみすてないでくださいとさいばん官にすがった。よく言ってくれた、きみをだきしめてやりたいとさいばん官は言って、じぶんも泣いて、おくさんも泣いて、おやじももういっぺん泣いた。おれはいままでずっと人からゴカイされてきたんです、とおやじが言うと、そうでしょうとも、とさいばん官は言った。おちぶれた人げんにひつようなのはどうじょうなんですとおやじが言うと、そうですとも、とさいばん官は言って、ふたりとももういっぺん泣いた。ねる時《じ》かんになると、おやじは立ちあがって、かた手をさしだして、言った――

「みなさん、この手をごらんください。この手をにぎってください、あく手してください。これはブタの手だった手です。でももうそうじゃありません。これはあたらしい人生にのりだした、もとにもどるくらいなら死んだほうがいいとおもってる男の手です。よくおききなすってください――おれがこう言ったってこと、おぼえてらしてください。これはもうケガれのない手です。どうぞあく手してください――こわがらずに」

　とゆうわけでみんなつぎつぎにその手とあく手して、泣いた。さいばん官のおくさんはその手にキスした。それからおやじはちかいの紙にサインした――サインがわりのしるしをかいた。これはキロクにのこるもっともしんせいな時かんです、とかなんとかさいばん官は言った。それからみんなで、あきべやになってるキレイなへやにおやじをねかしつけてやって、夜のあいだにおやじはひどくノドがかわいたのでまどからはいだしてポーチのやねにおりてハシラをつたって下におりて、あたらしいうわぎを安ざけひとびんととりかえて、またへやにはいもどってえらくいい気ぶんになった。夜あけちかくにもういっぺん、へべれけによっぱらってはいだして、ポーチからころげおちて左うでを二かしょ折って、ほとんどこごえ死にかけたところを日がのぼってからはっけんされた。みんなであきべやを見にいくと、ちょっとやそっとじゃなかにはいれないありさまだった。

さいばん官はいくぶんきげんをわるくした。ショットガンをつかえばあの男をこうせいできるかもしれんがほかの方ほうはわからんね、とさいばん官は言った。

## 6

で、じきにおやじはまたピンピンうごけるようになって、さいばんでカネをとろうとサッチャー判じにからんで、学校をやめないと言っておれにもからんだ。二どばかりつかまってぶったたかれたけど、おれはそれでも学校に行って、たいていはおやじをかわすかにげるかしていた。学校なんて、いままではあんまり行きたくなかったけど、おやじへのツラあてに行こうとおもったのだ。さいばんはすごく時かんがかかって、いつまでたってもはじまりそうになかったから、冬のあいだずっと、おやじはくりかえしおれを待ちぶせてつかまえて、おれはそのたびに、牛のムチで打たれるのはゴメンなので判じから二、三ドルかりてはおやじにわたした。カネがはいるたびにおやじはよっぱらって、よっぱらうたびに町じゅうで大さわぎして、大さわぎするたびにろうやに入れられた。それでおやじももんくなかった。こうゆうくらしがおやじにはぴったりだったのだ。

おやじが未ぼう人にあんまりうるさくつきまとうので、とうとう未ぼう人は、うろつくのをやめなかったらこっちも手をうつとおやじに言った。いやぁ、おやじがおこったのなんの。だれがハック・フィンのボスだかおもいしらせてやると言ってイキまいた。で、春になったある日、出てくるのをみはっておれをつかまえて、ボートにのせて三マイル上りゅうまで行って、川をわたってイリノイがわの岸の、木がしげって家もなくて、ふるい山小やが一けんあるだけのところまでつれていった。このへんは森がうっそうとしていて、もともと知らなかったら、こんな山小や、だれにも見つけられやしない。

おやじは一日じゅうおれをそばにいさせて、にげるスキなんてぜんぜんなかった。おれたちはそのふるい小やにねとまりして、夜はいつもおやじがドアにじょうをしてカギをアタマの下においていた。たぶんぬすんできたのだろう、てっぽうも一ちょうもっていたし、おれたちは釣りと狩りをして食いものを手にいれた。ときどきおやじはおれを小やにとじこめて、三マイルさきのわたし場にある店まで出かけて、さかなやニクをウィスキーととりかえて家にもちかえってよっぱらっていい気ぶんになって、おれをぶんなぐった。そのうちに未ぼう人がおれのいどころをかぎつけて、つれもどさせようと男をひとりおくってよこしたけど、おやじにてっぽうでおっぱらわれた。じきにおれもこのくらしになれて、けっこうすきになっていった——まあ牛のムチだけはべつだったけど。

のんびり、きままなくらしだった。一日じゅうきらくにゴロゴロして、パイプをすったり釣りしたりで、本もよまないしべんきょうもしない。二か月かそこらすると、おれの服もすっかりボロボロでドロだらけになって、未ぼう人の家でのくらしがどうしてあんなにすきになったのか、じぶんでもわからなかった——顔もからだもあらわなくちゃいけないし、さらから食わなきゃいけないし、かみにクシもいれないといけないし、ねる時かんもおきる時かんもきそくてきじゃないといけないし、ねんがらねんじゅう本とニラめっこして四六じちゅうミス・ワトソンにつっつかれてなくちゃいけない。もうもどるのはゴメンだった。未ぼう人がいやがるからアクタイつくのもやめてたけど、おやじはなにもんく言わないからおれはまたやりだした。まあなんだかんだ言っても、森でのこのくらし、わるくなかった。

でもだんだん、おやじがヒッコリーのムチをやたらつかうようになって、さすがにガマンできなくなってきた。からだじゅうミミズばれだった。おやじはしょっちゅうルスしておれをとじこめていくようになった。あるときなんか、とじこめて三日かえってこなかった。これはものすごくさみしかった。きっとおやじはおぼれたんだ、おれは永きゅうにここから出られないんだとおもった。ゾッとした。なんとかここからおさらばする手をかんがえなくちゃとおもった。それまでにも、この小やからにげだそうとなんべんもやってみたけど、どんな手も見つからなかった。犬がとおれるほどのまどもない。エントツもせますぎてのぼれない。トビラはぶあつい、がっしりしたオークの板。出かけてるあいだはナイフとかを小やにのこさないようおやじはずいぶん気をつけていた。おれも百ぺんくらい家《や》さがしをしたとおもう。とゆうか、ほとんどいつもそればっかりやってた——時かんをつぶす手だてなんてそれしかなかったのだ。でも今回はとうとうせいかがあがった。えのとれた、さびたふるいノコギリの刃が、たるきと天じょうのはめ板のあいだにはさまっていたのだ。おれはそいつにアブラをぬって、しごとにかかった。小やのおく、テーブルのうしろの丸太に、ふるいウマ用の毛ふをクギでとめて、すきまから風がふきこんでロウソクが消えたりしないようにしてあった。おれはテーブルの下にもぐりこんで、毛ふをもちあげて、下のふとい丸太を切りにかかった。ここから外に出られるくらいのはばを切るのだ。けっこう手まがかかったけど、もうじきできあがりってゆうあたりまできて、森からおやじのてっぽうの音がきこえた。おれがしごとのあとを消して、毛ふをおろして、ノコギリをかくすのとほとんどいれかわりに、おやじがはいってきた。

おやじは不きげんだった。つまり、本らいのおやじだった。町に行ったけどなにひとつうまく行かなかったとおやじは言った。さいばんがはじまりさえすればそしょうに勝ってカネがはいるとおもうとべんごしは言ったけど、ながびかせる方ほうはいくらでもあって、サッチャー判じはそうゆうのをみんな心えてる。それに町の連ちゅうが言うには、もうひとつ、おれをおやじからひきはなして未ぼう人をこうけんにんにするさいばんもひらかれそうで、こんどは勝つものとむこうはおもってるらしかった。おれはけっこうあわてた。もう未ぼう人のところにはもどりたくなかったからだ。がんじがらめにされてシツケられるのはもうゴメンだった。そのうちおやじがアクタイをつきはじめた。おもいつくものなんでもだれでもアクタイついて、なにかわすれてないかとねんのためもう一かいひととおりアクタイついて、それからしあげに、ばんにんむけみたいなアクタイをやって、名まえも知らない連ちゅうもごっそりなかに入れて、そいつらのじゅんばんが来るとナントカカン《ホワッツ＝ヒズ＝ネーム》ですませてえんえんのののしっていった。

未ぼう人がおまえをうばえるものならうばってみるがいい、とおやじは言った。こっちはみはってるからな、やつらがみょうなマネしようとしてきたら、六、七マイルはなれたところにいい場しょ知ってるんだ、あそこにかくせば死ぬまでさがしたってみつかりやしないさ、とおやじは言った。それでおれはまたけっこう心ぱいになったけど、それもすこしのあいだだけだった。

おやじに言われて、ボートにモノをとりにいった。おれはここからいなくなるとおもったのだ。ベーコンひとかたまり、てっぽうのタマ、ウィスキーの四ガロンびん、つめものにつかう古本一さつと新ぶん二日ぶん、それに麻クズ糸をすこし。ひきトウモロコシの五十ポンドぶくろ、のところにもどって、さきっぽにこしかけてやすんだ。それをみんなまとめてから、ボートてっぽうと釣り糸すこしをもってにげようとおもった。もういっぺんじっくりかんがえて、とどまらないで、そこらじゅうぐるぐる、おもに夜のあいだにうごいてまわる。一かしょにで食いつないで、ずっととおく、おやじにも未ぼう人にももう二どとみつからないところへ行く。おやじがしっかりよっぱらったら、今夜のうちにノコギリしごとをおえて出ていく。にげて森でくらすのだ。狩りと釣りたぶん今夜はよっぱらうだろう。すっかりかんがえにむちゅうになって、どれくらいながくそこにいたかもおれは気づかなくて、ねむってるのか、おぼれてるのか、とおやじにどなられた。

にもつをみんな小やにもっていくと、そろそろくらくなってきた。おれが夕めしをつくっていると、おやじは酒をひとのみふたのみして、ちょっとカッカしてきて、またギャアギャアやりだした。きのう町でよっぱらって、ひと晩じゅう道ばたのみぞにころがってたものだから、見るからにすさまじいすがただった。からだじゅうドロだらけで、人が見たらアダムだとおもっただろう［神がアダムを土くれから作ったことを踏まえている］。酒がまわってくると、おやじはだいたいいつも政ふのワル口を言いだした。今回はこう言った——

「これが政ふだって？　ふん、よく見てみるがいい。法りつで人からむすこをうばおうってんだからな——手しおにかけて、さんざんくろうして心ぱいしてカネつかってそだてたじつのむすこをだ。そうとも、やっとそだておえて一にんまえになって、これからはすこしははたらいて父おやをたすけてくれるか、すこしはやすませてくれるかってとこまで来て、法りつが口つっこんできやがるんだ。そんなのが政ふだと！　それだけじゃねえぞ。法りつときたらあのサッチャー判じのやつのみかたして、おれがじぶんのざいさんを手にいれるのをジャマするんだ。いいか、六千ドル以上もってるはずの人げんに法りつが口つっこんできて、こんなふるぼけた小やにとじこめて、ブタにもふさわしくねえボロ着であるきまわらせるんだ。そんなのが政ふだと！　こんな政ふじゃじぶんのケンリもまもれやしねえ。ときどき、こんな国こんりんざいおさらばしちまおうかっておもうくらいさ。そうよ、やつらにそう言ってやったんだ、サッチャー判じにもめんとむかってそう言ってやったんだ。おおぜいのやつがきいてたよ、おれがなんて言ったかみんな知ってるはずさ。こんなひでぇ国さっさと出てってやるさ、二どとかえってくるもんか、そうおれは言ってやったんだ。まさしくそう言ったのさ。このぼうし見てみろよ、そうおれは言ってやったんだ、こいつをぼうしとよべればだけどな、てっぺんだけもちあがってあとはあごの下までたれてる、こんなのもうぜんぜんぼうしとは言えねえぜ、アタマをエントツにつっこまれたみたいなもんさ。見てみろよ、おれがこんなぼうしかぶるなんて、っておれは言ってやったんだ、ケンリさえまもれればこの町でゆびおりのカネもちだってのに。

そうともさ、たいした政ふだよ、まったくたいしたもんだ。いいか、おい。オハイオから来た、自由の身の黒んぼがいたんだよ。こんけつで、みかけは白人とほとんどおなじくらい白い。シャツも見たことないくらいまっ白でさ、ぼうしもピカピカなんだ。あんなにりっぱな服きてるのは町じゅうひとりもいなかった。クサリつきの金時けいと、つかにぎんのついたステッキももってるんだ。州いちばんの、しらがアタマのおだいじんさ。で、どうおもう？　なんでもこいつ、大学のきょうじゅで、あらゆるコトバをしゃべれて、なんでも知ってるんだってさ。しかもはなしはそれですまない。じぶんの州にかえれば、投ひょうもできるんだってよ。これでさすがにおれもキレたね。この国はいったいどうなっちまってるんだ？　ちょうどその日は投ひょう日で、おれもそんなによっぱらってなかったら投ひょうしにいくところだったんだが、この国にはあの黒んぼに投ひょうさせる州があるってきいて、それでイチぬけたね。二どと投ひょうなんかするか、っておれは言ってやったよ。はっきりそう言ったのさ、みんなにちゃんときこえたさ。こんな国、クサってくれちまってかまわん――おれはもう死ぬまで二どと投ひょうしない。それにあの黒んぼの、すましたようすときたら――こっちが押してどかさなかったら、道をゆずりもしなかったろうよ。みんなに言ってやったんだ、この黒んぼどうしてきょうばいにかけられて売られちまわないんだ、いったいどうなってんだよ？って。そしたらなんて言ったとおもう？　この州に六か月いるまでは売ることもできない、で、まだこいつはそんなにながくいないんだとさ。な、こうゆうことだよ。自由な黒んぼが六か月いるまで売ることもできねえで、政ふだなんて言ってるのさ。じぶんで政ふとか名のって、政ふのふりして、政ふだとおもってるけど、こそこそうろつく、ドロボーの、ゴクドーの、白いシャツきた自由な黒んぼつかまえるのに六か月おとなしく待ってなくちゃなんなくて、おまけに――」

おやじはすっかりむちゅうになって、もうトシで力のぬけたじぶんの足がどうなってるかも気づかなかったものだから、けつまずいて塩づけブタのたるのむこうがわにまっさかさまに落ちて、両方のスネをすりむいてしまい、えんぜつののこりはもうどうしようもなくムチャクチャなコトバづかいで、おもにさっきの黒んぼと政ふをバトーしてたけど、ときおりたるにもアクタイをあびせていた。小やのなかを、はじめいっぽうの足で、それからもういっぽうの足でぴょんぴょんとびまわり、さいしょはいっぽうのスネを、それからもういっぽうのスネをおさえて、さいごにいきなり左足で、たるにそうぞうしくケリをいれた。けれどこれはかしこいはんだんとは言いかねた――ケッたのは、さきっぽからゆびが二ほんばかり顔を出してるほうのクツだったからだ。身の毛もよだつようなほえ声をおやじはあげて、土の床にたおれて、ころがって足のゆびをおさえた。このとき口にしたアクタイはそれまでやったどのアクタイより上を行っていた。あとでじぶんでもそう言っていた。ソーベリー・ヘーガンの全せいきをきいたことあるけどやつにも勝ってたな、とおやじは言った。でもまあこれはすこしこちょうだったとおもう。

夕めしがすむとおやじは酒びんを出して、これだけあれば二かいよっぱらって一かいげんかくが見れると言った。これはおやじの口ぐせだった。きっと一時かんくらいでべろんべろんになるだろうから、そしたらカギをぬすむか、ノコギリで木を切って外に出るかどっちかだとおもった。おやじはガンガンのみつづけ、じきに毛ふの上にころがった。でもツキはおれにまわってこなかった。おやじはぐっすりねむりこけず、なんだかおちつかなかった。ながいことうなったりうめいたり、ばたばたねがえりをうったりした。とうとう、おれはもうねむくてねむくて、いくらがんばっても目をあけていられなくなって、いつのまにか、ロウソクももえたままぐっすりねいってしまった。

どれくらいねむっていたかはわからない。でもとつぜん、ものすごいヒメイがきこえておれは目をさました。おやじがものすごい面そうでそこらじゅうはねまわって、ヘビがどうこうとわめいていた。ヘビどもが足をつたってはいあがってくるとおやじは言って、ぴょんととびあがってカナキリ声をあげて、ほっぺたをかまれたと言ったけど、おれにはヘビなんか見えなかった。それからおやじはハッと身をおこして、小やのなかをぐるぐるかけまわって、「どけてくれ！　このヘビどけてくれ！　おれのクビをかんでる！」とわめいてる。あんなすごい表じょうの目をした人げんは見たことない。じきにおやじはくたびれはてて、ゼイゼイ言いながらバッタリたおれた。それからゴロゴロゴロゴロゴロ、びっくりするくらいはやくころがって、そこらじゅうのモノをけとばして、ちゅうにパンチをくわせ、つかみかかり、カナキリ声をあげ、アクマどもにつかまったとわめいた。やがてだんだんつかれてきて、しばらくはうううううなりながらじっとヨコになっていた。それからもっとじっとうごかなくなって、音ひとつたてなかった。森のほうからフクロウやオオカミの声がきこえてきて、おそろしくしずかなかんじがした。おやじはすみっこでぶったおれていた。すこしずつ、からだがとちゅうまでもちあがって、おやじはアタマをヨコにかたむけて、耳をすました。すごくちいさい声で、こう言った――

「ひた――ひた――ひた――死人どもだ。ひた――ひた――ひた――おれをつかまえにきたんだ。でも行きやしないぞ――わ、来た！ さわるな――よせ！ 手をはなせ――つめたい手だ――はなせ――たのむ、ほっといてくれ！」

それからおやじは両手両ひざついて、ほっといてくれとたのみこみながらはっていって、毛ふでからだをくるんでゴロゴロころがり、ふるいマツの木のテーブルの下でのたうちながらまだたのみこんでいた。それから、おやじは泣きだした。毛ふのなかから泣き声がきこえた。

やがておやじは毛ふからころげ出て、すごい面そうでパッと立ちあがり、おれを見て、おそいかかってきた。折りたたみナイフを手に、小やじゅうおれをおっかけまわしながら、おれのことを死の天しと呼んで、おまえをころしてやる、そうすりゃもうおれをむかえにこれないさと言った。やめてくれよ、おれは天しなんかじゃないよハックだよ、と言ったけど、おやじはものすごくキンキンした声でわらって、どなって、アクタイついて、なおもおれを追いかけた。一ど、おれがくるっと身をひるがえしておやじのうでの下をくぐりぬけようとしたら、うわぎのクビをつかまれてしまい、これでもうおしまいだとおもった。けれどおれはイナズマみたいにするっとうわぎからぬけ出て、なんとかたすかった。じきにおやじはつかれはてて、どさっとたおれこんでドアによりかかり、ちょっとやすむ、それからころしてやる、とおれに言った。からだの下にナイフをおいて、ねむって力をとりもどすからな、そしたら目にモノ見せてやる、とおやじは言った。

とゆうわけでおやじはじきにねいった。おれはゆっくり、そろそろと、ふるいトウのイスを出してきて、音をたてないようそうっと上にのってでてっぽうをおろした。押しこみぼうをうごかしてタマがはいってることをたしかめて、カブのたるの上にヨコむきに、おやじのほうにむけててっぽうをおいて、そのむこうがわにこしかけて、おやじがうごきだすのを待った。時かんがなんとのろのろ、しずかにすすんでいったことか。

# 7

「おきろ！　なにやってんだ！」

目をあけて、ここはどこかとあたりを見まわした。もう日はのぼっていて、おれはぐっすりねむってしまっていた。おやじはおれの上にたちはだかって、不きげんそうな——そしてぐあいのわるそうな——顔をしていた。おやじは言った——

「てっぽうなんか出して、なにしてんだ？」

自分がなにしてたか、おやじはぜんぜんわかってないらしい。そこでおれは言った——

「だれかがなかにはいろうとしたんで、みはってたんだよ」

「どうしておれをおこさなかった？」

「おこそうとしたけど、おこせなかったんだよ。ぴくりともうごかなかった」

「まあいい。そんなとこに一日じゅうつっ立ってムダ口たたくんじゃねえ、朝めしのさかながかかってるかどうか見てこい。おれもじき行くから」

　おやじがトビラのじょうをはずして、おれは外に出て、川ぞいの土手の上をあるいていった。大えだやなにかがながれてくるのが見えた。木の皮もちらほら見えた。それで川の水いがあがったんだとわかった。いま町にいたらサイコーなんだけどな、とおれはおもった。六月に水いがあがると、おれはいつもツイていた。あがるとすぐ、マキ用の木や、丸太のいかだのかけらがプカプカながれてくるからだ。時には丸太が十ぽんくらいまとまってながれてきた。来たらただつかまえて、材木屋やせい材じょに売りにいけばいい。

　土手の上をあるいていきながら、片目はおやじからはなさないようにして、もう片目で水いがあがってなにがながれてきたかに目をひからせた。と、いきなりカヌーがやってきた。それもすごくいい、十三、十四フィートの、カモみたいにすいすいながれてるカヌーだ。おれは服もきたままでぴょんぴょんカエルみたいに土手をおりていって、カヌーめざして川にはいっていった。だれかがなかでヨコになってかくれてることをおれはカクゴした——よくみんなそうやって人をからかうのだ。こっちがボートを出してまんまえまでよっていくと、パッとおきあがって、ケラケラわらう。だけど今回はそうじゃなかった。しょうしんしょうめいながされてきたカヌーで、おれはなかにはいって岸までこいでもどった。これ見たらおやじのやつよろこぶだろう。きっと十ドルのねうちはある。でも岸につくとおやじはまだ来てなくて、ツタやヤナギがいっぱいたれた、雨でできたみたいなちいさな入江《クリーク》にカヌーをひっこめてるさいちゅう、べつのかんがえがうかんだ。こいつをしっかりかくしておいて、にげるときになったら、森へ行くかわりに、これで川を五十マイルばかり下って、一かしょにずっとキャンプをはれば、あるいてうごくみたいにくろうせずにすむ。

小やからもすぐちかくだったから、しじゅうおやじが来る足おとがした気がしてならなかった。でもとにかくカヌーをしっかりかくして、水から出て、ヤナギのしげみのかげからのぞいてみると、おやじはべつの道にいて、ちょうどてっぽうで一わの鳥にねらいをつけてるさいちゅうだった。じゃあなにも見られずにすんだんだ。

おやじがこっちへ来たとき、おれはせっせと釣り糸をひきあげていた。なんでそんなにノロいんだ、とすこししかられたけど、川におちたんで時かんがかかったんだと言っておいた。おれのからだがぬれてるのは見ればわかるし、見られたらあれこれきかれるとおもったのだ。ふたりでナマズを五ひき、糸からはずして小やにもどった。

朝めしがおわると、ふたりともけっこうくたびれていたのでひとねむりしようとしたところで、おれはかんがえはじめた。おやじも末ぼう人もおっかけてこないように、なにかしっかり手をうつほうが、うんにまかせて、おれがいなくなったことに気づかれるまえにめいっぱいとおくまでにげるよりかくじつじゃないか。とにかく、なにがおきるかわかったもんじゃないし。で、しばらくはなにもおもいつかなかったけど、そのうちにおやじが、また水をたっぷりのもうとすこしのあいだおきあがって、こう言った――

「またこんど、だれかがこのへんをうろついてたら、おれをおこすんだぞ、いいな？　どうせそいつはロクでもねえことをたくらんでるんだ。おれだったらうっちまうところさ。こんどきたらおこすんだぞ、いいな？」

そう言ってバッタリたおれて、またねむった。でもおやじにそう言われたことで、おれはまさにもとめていたことをおもいついた。こうすれば、だれもおっかけてこようなんてかんがえもしないようにできる、そうおもった。

十二時ごろにおきだして、ふたりで土手の上をすすんでいった。川はけっこうはやくながれていて、水いがあがってりゅうぼくがたくさんとおっていった。そのうちに、丸太いかだの一ぶぶんがやってきた――九ほんの丸太が、しっかりゆわえつけてある。おれたちはボートで川にはいっていって、そいつを岸にひっぱっていった。それから昼めしを食った。おやじ以外はだれだって、一日のおわりまでとどまって、もっとたくさんえものをねらったことだろう。でもおやじのやりかたはそうじゃない。丸太九ほんで、ひとまずはじゅうぶんなのだ。さっさと町に出て、売る。とゆうわけでおやじはおれをとじこめて、ボートにのって、いかだをひっぱっていった。これが三時半ころだった。もう今夜はかえってこないだろう。

おやじがじゅうぶんとおくへ行ったとおもえるまで待ってから、おれはノコギリを出して、きのうの丸太のつづきにとりかかった。おやじが川のむこう岸にたどりつくよりまえにおれは穴からぬけだした。川のずっとむこうのほう、おやじといかだがてんになって見えた。

おれはひきトウモロコシのふくろを出して、カヌーをかくしたところにもっていって、ツルやえだをわきへどかしてふくろをのせた。それからベーコンもおなじようにのせた。それからウィスキーのびんも。コーヒーとサトウ、てっぽうのタマもあるだけもちだした。つめものも、バケツとひょうたんももちだし、ひしゃくとブリキのコップ、ふるいノコギリ、毛ふ二まい、フライパン、コーヒーポットももっていった。釣り糸、マッチなど、とにかく一セントでもねうちのありそうなものはかたっぱしからもっていった。小やのなかはからっぽになった。オノがほしかったけど、一ぽん、マキの山のところにあるだけだ。こいつはなぜおいていくか、おれにはちゃんと心づもりがあった。さいごにてっぽうを出してきて、これでできあがりだった。

穴からはい出て、いろんなものをひきずりだしたせいで、地めんがずいぶんすれてしまっていた。それで、外から土をまいて、ツルツルになった地めんや、ノコギリのおがクズをかくした。それから切った丸太をもとにもどして、下から石を二コさしこんで、もう一コあてて丸太がうごかないようにした。そこのあたりで丸太はまがっていて、下が地めんにつかなかったのだ。四、五フィートはなれて立って、それがノコギリで切ったものだと知らなければ、きっと気づきもしないだろう。それに、これは小やのウラ手であって、だれもノコノコこんなところまでまわってきたりしない。

カヌーまでずっと草地だから、足あとはのこしていない。もう一どとおってたしかめた。土手に立って、川むこうを見た。だいじょうぶ。てっぽうをもって、森にすこしはいって、鳥はいないかあさっていたら、やせいのブタが見えた。ブタってのう場からにげてくぼ地とかにすみつくとあっというまにやせいになるんだよな。で、このブタをうって、小やにつれてかえった。

オノを出して、とびらをこわす——たたいて、メッタ切って、とにかくさんざんやった。それからブタをなかに入れてテーブルのすぐそばまでもっていって、オノでノドに切りつけて、そいつを地めんにねかせて血をながさせた——そう、地めんなんだ、床じゃない、カチカチの土なんだ、板なんかない。で、つぎにふるいふくろを出してきて、おおきな石をいっぱい、ひきずってこられるだけ入れて、ブタがいるところからドアまでひきずっていって、森をぬけて川まで行って、水のなかにほうりこむとブクブクしずんでいって見えなくなった。なにかが地めんをひきずってこられたことはひと目でわかった。トム・ソーヤーがここにいたらなあっておれはおもった。きっとこうゆうことにキョウミをもって、あれこれ気のきいたアイデアをつけたすにちがいない。こうゆうことをやらせたら、トム・ソーヤーの右に出るやつはいない。

で、さいごにじぶんのかみの毛をすこしひきぬいて、オノに血をたっぷりつけて刃のウラにかみの毛をはりつけてから、オノをすみっこにほうりなげた。それから、ブタをかかえ上げて、血がたれないよう上ぎを着たままはこんでいって、家よりだいぶ下りゅうまで行ってから川にほうりこんだ。と、べつのことをおもいついた。それでカヌーに行って、ひきトウモロコシのふくろとふるいノコギリを出して、家にもっていった。ふくろをいつも立ててあった場しょにおいて、ナイフとかフォークとかはないから――おやじはりょうりをするにもすべて折りたたみナイフですませていたのだ――ノコギリをつかってふくろのそこに穴をあけた。それからふくろをかかえて、草地を百ヤードくらいすすんで、家の東がわのヤナギもぬけて、はばが五マイルくらいあるあさいみずうみにもっていった。ここにはイグサがいっぱいはえていて、きせつになるとカモもいっぱいいる。むこうがわから、沼とゆうか入江《クリーク》とゆうか、そうゆうのが出ていて、何マイルもさきまでのびてるんだけどどこへ行くかは知らない。とにかく川には行かない。ひきトウモロコシがふくろからすこしずつもれて、みずうみまでずっと、ほそいせんができた。そこにおやじのと石も、ぐうぜんそうなったみたいにおとしておいた。それから、粉ぶくろからそれ以上もれないようやぶれたところをヒモでしばって、ノコギリといっしょにまたカヌーにもっていった。

もうあたりはくらくなりかけていた。それで土手にヤナギがたれてるあたりでカヌーを川に出して、月がのぼるのを待った。一本のヤナギにカヌーをしばりつけて、それからひと口食べて、そのうちにカヌーにねころがってパイプをすいながらけいかくをたてた。おれはこうかんがえた。みんなはあの石のはいったふくろのせんをたどって岸まで行って、おれのことをさがして川をさらうだろう。それからこんどはあの粉ぶくろのせんをたどってみずうみまで行って、おれをころしていろんなモノをうばっていったドロボウたちをさがしてみずうみから出ているクリークぞいにあちこちさがすだろう。川をさらうのはあくまでおれの死たいをさがすためで、ほかのものには目もくれないはずだ。それだってそのうちうんざりして、もうだれもおれのことをかまわなくなる。そうなったら、おれはもうどこでもすきなところにいられる。ジャクソン島でじゅうぶんだ。あの島ならよく知ってるし、あそこにはだれも来ない。夜になったら町までこいで行って、こっそり必ようなものをあつめてまわればいい。そう、ジャクソン島だ。

　けっこうくたびれてたんで、気がついたらねむっていた。目がさめるとしばらく、どこにいるかもわからなかった。ちょっとおびえておきあがってあたりを見まわした。そのうちにおもいだした。川が何マイルも何マイルもひろがっていた。月はすごくあかるくて、川をゆるゆるながれていくりゅうぼくがかぞえられそうだった。くろぐろと、しずかに、一本一本岸から何百ヤードもはなれたところをながれてる。なにもかもが死んだみたいにしずかで、夜もふけてるみたいで、ニオイまでふけていた。わかってくれるよね——どうコトバにしたらいいのか、ぜんぜんおもいつかない。

　おれはおおきなアクビをして、のびをして、そろそろカヌーのナワをはずして出かけようかとおもっていたら、川のむこう岸にちかいほうから音がきこえてきた。おれは耳をすました。じきになんの音だかわかった。このこもったかんじの、きそくただしい音は、しずかな夜にボートをこいでオールがオールうけにあたる音だ。ヤナギのえだのすきまからのぞいてみたら、いたいた――ちいさなボートが一そう、むこう岸ちかくにいる。何人のってるかまではわからなかった。だんだんちかくに来て、正めんまで来るとひとりしかのってないことがわかった。まだかえってこないとおもってたけどひょっとしておやじかもしれない。ボートはながれにのって、もっと川下まで下っていったけど、そのうちに、ゆるいながれにひかれてぐるっとまわって岸のほうに来て、すごくちかくまで来たからてっぽうをのばせばさわれそうだった。やっぱりそうだった――おやじだ。しかも、めいっぱいこいでるところを見ると、酒ものんでない。

　おれはグズグズしなかった。一ぷんとたたないうちに、もうながれを下っていた。しずかに、でもはやく、土手のかげを下っていく。二マイル半すすんでから川のまんなかへむかって四分の一マイルちょっと出ていった。とゆうのも、じきにわたし場をとおるからで、気をつけないと見られて声をかけられてしまう。りゅうぼくがいっぱいうかんでるあたりまで出ていって、カヌーのそこにねそべって、カヌーがながされるままにした。あおむけになってのんびりやすんで、パイプで一ぷくしながら雲ひとつない空を見あげていた。月光にてらされてあおむけにねころがると、空ってものすごくふかく見える。いままでそんなこと知らなかった。それと、こうゆう夜に川にいると、ほんとにとおくまできこえる！　わたし場で人がはなしてるのがきこえた。なにを言ってるか、ひとことひとこときこえた。日がながくなって夜がみじかくなってきたなあ、とひとりが言った。今夜はみじかくないとおもうぜ、ともうひとりが言って、ふたりであははとわらって、そいつがおんなじことをもう一ど言って、またふたりでわらった。それからもうひとりべつのやつをおこして、そいつにも言ってじぶんたちはわらったけどそいつはわらわなかった。そいつはぶっきらぼうになにか言って、ねてんだからジャマすんなよと言った。ひとりめのやつが、こいつぁうちのカミさんに言ってやらなきゃ、きっとおもしろがるぜ、まあでもむかしおれが言ったことにくらべりゃこんなのじょのくちだけどなと言った。どっちかがまた、もうそろそろ三時だ、朝の光がのぼってくるのに一週かん以上待ったりしないでほしいねと言った。それからはなし声はどんどんとおざかっていって、もうなんて言ってるのかききとれなくなったけどモゴモゴしゃべるのはきこえていた。ときどきあははとわらう声もきこえたけど、すごくとおい気がした。

おれはもうわたし場をとおりすぎていた。おきてみると、二マイル半ばかりさきにジャクソン島が見えた。木がうっそうとしげって、川のまんなかにぬっとおおきく、くらく、がっしり立っている。あかりをつけてないじょう気船みたいだ。島のさきっぽに砂《さ》すはいっさい見えない。この時きはぜんぶ水にうもれてるのだ。

いくらもしないうちに島についた。なにしろながれがはやいので島のさきっぽをすごいいきおいでこえて、それからよどみにはいっていって、イリノイの岸にむいたがわにつけた。まえから知ってる土手のふかいへこみにカヌーを入れた。はいるのにヤナギのえだをかきわけないといけない。ここにつなげば外からはだれにも見えない。

島に上がって、島のさきっぽにころがってる丸太にこしかけて、おおきな川と黒いりゅうぼくを見わたした。三マイルはなれた町のほうを見てみると、あかりが三つ四つチカチカしていた。ものすごくおおきな、材木でつくったいかだが一マイルばかり上りゅうにいて、こっちへ下ってくる。まんなかからへんにランタンがついてる。そいつがのろのろ来るのを見ていて、おれの立ってるほぼ正めんをとおったところで男が「船尾《とも》のオール、こげ！　へさきを右に！」と言うのがきこえた。ほんとに、すぐそばにいるみたいにハッキリきこえた。

空がすこし白《しら》みかけていたので、おれは森にはいっていって、朝めしまえにひとねむりしようとヨコになった。

## 8

目がさめると日はもうたかくのぼっていたから、八時はすぎているものとおれはふんだ。すずしい木かげの草の上にねころがって、いろんなことをかんがえながらのんびりやすんで、いい気もちでくつろいでいた。葉っぱのすきまにひとつふたつ穴があって日が出てるのが見えたけど、だいたいはおおきな木が空をおおっていて、下はくらくていんきだった。木もれ日が地めんにそばかすをつくっていて、そのそばかすがすこぉしはねるものだから、上は風がかるくふいてるんだってわかった。リスが二ひき木のえだにすわって、おれにむかってペチャクチャとあいそよくおしゃべりしてきた。

ものすごくのんびりしたいい気ぶんで、おきて朝めしをつくる気にもなれなかった。で、またウトウトしてたら「ドーン！」ってぶっとい音がずっと川上のほうからきこえてきた。

おれはおきあがって、ほおづえをついて耳をすました。じきにもう一どきこえた。とびあがって見にいって、葉っぱのすきまからのぞいてみたら、ずっと上りゅうの水の上にケムリが立ってる——だいたいわたし場のヨコあたりだ。そして、わたし船にいっぱい人がのっていて、ゆっくり川を下ってくる。これでどうゆうことかわかった。「ドーン！」。わたし船のヨコから白いケムリがふき出るのが見える。つまり、水の上で大ほうをうって、おれの死たいをうかびあがらせようってわけだ。

けっこうハラがへってたけど、ケムリが見えてしまうから火をおこすわけにもいかない。だからそのままじっと、大ほうのケムリをながめてドーンに耳をすました。川はそのあたりははばが一マイルくらいあって、夏の朝にはいつもすごくキレイに見える。だから、みんながおれの死たいをさがすのを見てるだけでけっこういい気ぶんで、これでなにかちょっと食えればもう言うことはない。そういえば、とおれはおもった。こうゆうときはいつも、パンに水《すい》ギンを入れて川にながすんじゃなかったか。水ギンいりのパンはかならずまっすぐできた死たいのところに行ってとまるからだ。ここはひとつみはってないといけない。おれをさがしてプカプカしてるパンがあったら、つかまえてやろうじゃないか。ものはためしと、島のイリノイがわのはじっこに行ってみたら、あんのじょう来たかいはあった——おおきな二キンのパンがやってきて、ながいぼうをつかってもうすこしでつかまるところまでいったんだけど、足がすべってまたプカプカはなれていってしまった。もちろんおれは、水のながれがいちばん岸のちかくまで来るところにいた。そのくらいのチエはある。で、そのうちにもう一コやってきて、こんどはおれの勝ちだった。つめものをぬいて、なかのちいさな水ギンをふっておとして、パンにかぶりついた。ほんものの「パンやのパン」、えらい人たちが食べるパンだ。安モノのモロコシパン《コーン＝ポーン》なんかじゃない。

　葉むらのなかにいい場しょを見つけて、丸太にすわってパンをかじりながらわたし船を見まもって、すごくいい気ぶんだった。そのうちに、フッとあることがアタマにうかんだ。きっと未ぼう人か牧しさんかだれかが、このパンがハックを見つけますように、っておいのりしたにちがいない。で、パンはしっかりおれを見つけた。だから、おいのりにもまちがいなくそれなりのききめはあるってことだ。てゆうか、未ぼう人とか牧しさんみたいな人がおいのりしたらそれなりのききめはあるわけだけど、おれじゃダメだ。ようするに、ちゃんとした人じゃないとダメなんだとおもう。

　パイプに火をつけて、ゆっくりすいながらそのまま見まもった。わたし船はながれにのってただよっていて、ここのまえをとおったらだれがのってるかも見えるだろう。船もパンとおなじに、すぐそばをとおるはずだから。だいぶちかづいてきたところで、パイプを消して、パンをひろいあげたところへ行って、ちいさなひらけた場しょの土手まで上がって、丸太のうしろでハラばいになった。丸太のわかれめから川のほうがのぞけた。

　やがて船がやってきて、すーっとすごくちかく、船から板を出せばりくにあるいてうつれるくらいちかくまで来た。ほとんどみんながのっていた。おやじ、サッチャー判じ、ベッキー・サッチャー、ジョー・ハーパー、トム・ソーヤーとポリーおばさん、シドとメアリ、ほかにもまだたくさん。だれもがさつじんのはなしをしてたけど、船ちょうがわっていって、こう言った――

「さあ、よぉく見てくださいよ。ながれがここでいちばん島にちかくなりますから。ひょっとしたら岸にうちあげて、水べのしげみにひっかかったりしてるかもしれません――そうだといいとわたしはおもってるんですが」

　おれはそうだといいなんておもわない。みんなぎっしりならんで手すりから身をのりだし、ほとんどおれの目のまえまで出てきて、じっとうごかず、目をさらにしてひっしで見ていた。おれからはみんながバッチリ見えたけど、みんなからおれは見えない。やがて船ちょうが声をあげた――

「はなれて！」大ほうがおれのまんまえでものすごいいきおいでバクハツし、その音で耳がきこえなくなってケムリで目もよく見えなくなって、これでおれも一かんのおわりかとおもった。あれでふつうにタマをこめていたら、みんながさがしてる死たいが手にはいったとおもう。さいわい、おれはどこもケガしていなかった。船はプカプカすすんでいって、島のまがりかどをまわって見えなくなった。ドーンはまだときどききこえたけど、それもだんだんとおくなっていって、そのうち一時かんもたつとぜんぜんきこえなくなった。島は三マイルのながさがあった。もう島のさきっぽまで来てあきらめるころだとおれはふんだ。ところがどっこい、まだつづきがあった。船はさきっぽをまわって、じょう気をたいてミズーリがわの水りゅうをのぼっていって、すすんでいきながらときどきドーンとやるのがきこえた。おれもそっちがわにまわっていってけんぶつした。島のてっぺんの正めんまで来ると、もうう つのもやめて、みんなミズーリがわにおりて町へかえっていった。

もうだいじょうぶ。ほかにはだれも追ってこない。カヌーからにもつを出して、ふかい森のなかでしっかりキャンプをはった。毛ふでテントみたいなのをつくって、雨にぬれないようにもつをなかに入れた。ナマズを一ぴきつかまえて、のこぎりで切りひらいて、日がしずむころに火をたいて夕めしを食った。それから朝めし用のさかなを釣ろうと糸をはった。

くらくなるとたき火のそばにすわってパイプをすって、けっこういい気ぶんでいたけど、そのうちなんだかさみしくなってきたんで、土手に行ってこしかけて水のながれに耳をすまして、星をかぞえて、ながれてくるりゅうぼくやいかだをかぞえて、それからねた。さみしいときの、これいじょういいすごしかたはない。いつまでもさみしいってことはない。じきわすれる。

そんなふうに、三日三晩すごした。なにもちがわない、毎日おなじ。でもそのつぎの日は、島のおくをたんけんに行った。おれはこの島のボスだ。言ってみれば、なにもかもがおれのものなのだから、なにもかも知りたかった。まあでも、まずは時かんをつぶしたかったのだ。イチゴがたっぷり、ウレたさかりのやつが見つかったし、ミドリのサマーグレープ、ミドリのラズベリーもあった。ミドリのブラックベリーはちょうど出はじめだった。どれもゆくゆく役にたってくれそうだ。

で、ふかい森をうろついてるうちに、そろそろ島のさきっぽがちかいなとおれはふんだ。

てっぽうはもってたけどまだなにもうってなかった。まずは身をまもるためなのだ。でもキャンプのそばで鳥かなにかしとめよう、なんておもってたらけっこうなおおきさのヘビをあやうくふんづけそうになった。ヘビはするするっと草や花のなかをとおっていき、おれはそいつをうってやろうと追いかけた。ささっとすばやくすすんでいったら、とつぜん、まだケムリがたってるたき火をもろにふんづけた。

心ぞうがはいのなかまでとびあがった。おれはもうそれいじょう見もせず、てっぽうのげきてつをおろしてしのび足でせいいっぱいはやく来た道をもどっていった。ときどき、ぶあつい葉むらのなかでいっしゅん立ちどまり、耳をすました。でもじぶんのイキばっかりやかましくて、ほかにはなにもきこえなかった。またしばらくすすんで、また耳をすまして、てなことをなんべんもくりかえした。切りカブを見れば人だとおもった。ぼうきれをふみつけて折ったらだれかにおれのイキをまっぷたつに切られてかたっぽしか――それもみじかいほうしか――かえしてもらえなかった、みたいな気になった。

キャンプにもどってきても、あんまりいさましい気ぶんじゃなかった。ハラにどきょうがすわってるかんじがしない。でも、ぐずぐずしちゃいられないぞ、とじぶんにいいきかせて、にもつを見られないようみんなカヌーにつみこんで、たき火を消して、灰をけちらしてきょ年のキャンプみたいに見せかけてから、木にのぼった。

たぶん二時かんくらい上にいたとおもうけど、なにも見えなかったしなにもきこえなかった――ものすごくいろんなことがきこえたとおもっただけ、見えたとおもっただけ。まあでも、いつまでも木の上にはいられない。それでとうとうおりたけど、ふかい森から出ずに、ずっとみはりをつづけた。食べられたのはイチゴのたぐいと、朝めしののこりだけだった。

夜になるとだいぶハラがへってきた。それで、すっかりくらくなると月が出るまえに岸からカヌーを出して、イリノイがわの土手までこいでいった。だいたい四分の一マイルのきょり。森にはいって夕めしをつくって、ひと晩じゅうここにいようとハラをきめかけたところで、パカポン、パカポン、と音がして、ウマが来る、とおれはおもい、つぎに人の声がきこえた。おおいそぎでなにもかもカヌーに入れて、ようすを見に森のなかをはって いった。たいして行かないうちにひとりの男が言うのがきこえた——

「いい場しょが見つかったらここでキャンプしたほうがいい。ウマたちもずいぶんつかれてるし。さがそう」

おおいそぎでカヌーを押して出し、そぉっとこいで立ちさった。いつもの場しょにカヌーをしばりつけて、今夜はここでねようとおもった。

たいしてねむれなかった。どうも、いろいろかんがえてしまうのだ。それに、目がさめるたびに、だれかにクビをつかまれてる気がした。だからねむってもぜんぜんたしにならない。そのうちにおれはおもった。こんなふうに生きていけやしない、と。この島に、おれといっしょにいるのがだれなのか、さぐりだすんだ。そうするっきゃない。そうおもったら、いっぺんに気がらくになった。

そこでパドルを手にとり、一、二歩だけ岸からはなれてから、カヌーが木かげをながれていくのにまかせた。月はあかるくひかっていて、木かげの外はほとんど昼まみたいにあかるい。おれはパドルでつっつきながら、ほぼ一時かん、なにもかもが岩みたいにうごかずぐっすりねむってるなかをそろそろとすすんでいった。もう島のいちばん下まですぐのところに来ていた。かるい、さざ波みたいなすずしい風がふいてきて、とゆうことは夜ももうほぼおしまいってことだ。パドルでカヌーをまわして、鼻さきを岸にもっていった。それからてっぽうをとりだして、そっとカヌーをおりて、森のふちにはいっていった。丸太にすわりこんで、葉むらのすきまから外をのぞいた。月がしごとをおえて、やみが川をつつんでいくのが見えた。でもすこしすると、あおじろいスジがこずえのあたりに見えてきて、もう朝が来るんだとわかった。だからてっぽうをかまえて、あのたき火に出くわしたところにむかってこっそりあるきだした。一ぷんか二ふんごとに立ちどまって耳をすます。だけどどうもツキがなくて、どうしても見つからなかった。けどそのうちに、木々のすきまのむこうに、火がかすかに見えてきた。ゆっくり、ようじんぶかく、そっちのほうにあるいていった。やがて、もうのぞき見できるくらいちかくまで来て、地めんにひとり、男がヨコになっていた。おれはもうゾッとした。男はアタマに毛ふをまいて、そのアタマがほとんど火のなかにはいりかけてる。しげみのかげ、そいつから六歩ばかりのところにおれはすわって、ずっとそいつから目をはなさずにいた。灰いろの日のひかりが出てきた。じきにそいつがアクビをして、のびをして、毛ふをはらいのけると——ミス・ワトソンのジムだった！　いやあ、ジムを見ておれはほんとにうれしかった。

「よう、ジム！」とおれは言いながらとびだしていった。

ジムはとびあがって、ギラギラひかる目でボーゼンとおれを見ていた。それから、ひざまずいて手をあわせ、こう言った――

「いたい目にあわせないでくれ――たのむ！　おれユウレイにわるさしたことといっぺんもねえよ。死んだ人たちはおれいつだってすきだったし、できるだけのことはしてやったよ。あんたも川にもどってくれよ、あそこがあんたのい場しょだよ、このジムになにもしねえでくれよ、おれいつもあんたのともだちだったろ」

　おれが死んでないってことをジムになっとくさせるのはそんなにたいへんじゃなかった。ジムにあえておれはほんとうにうれしかった。もうさみしくなかった。おまえがおれのい場しょみんなにしゃべったりするわけないもの、とおれはジムに言った。なおもペチャクチャおれはしゃべったけど、ジムはただじっとおれを見ていた。ひとことも言わない。で、おれは
「もうすっかり夜があけた。朝めしにしようぜ。たき火、しっかりおこせよ」と言った。

「イチゴだのなんだのりょうりするのにたき火おこしてどうすんだ？　でもあんた、てっぽうもってるんだよな？　じゃあイチゴよりマシなものとれるかな」

「イチゴだのなんだの？」とおれは言った。「おまえ、そんなんで食いつないでたの？」

「ほかになにも手にはいらなかったよ」

「いつからこの島にいるんだい、ジム？」

「あんたがころされたつぎの夜に来たよ」

「え、それからずっとここに？」

「そうだともさ」

「で、ずっとそんなクズみたいなのしか食ってなかったの？」

「そうとも——そればっかし」

「それじゃ、うえ死にしそうだろ？」

「ウマでも食えるね。食えるとおもう。あんた、いつから島にいる？」

「おれがころされた夜からだよ」

「そうなんだ！　で、あんたはなに食ってた？　でもあんたてっぽうがあるもんな。そうだよな、てっぽうがある。いいことだよ。なにかしとめなよ、おれは火をおこすから」

　そこでおれたちはカヌーのところに行って、木にかこまれた草っぱらでジムが火をおこしてるあいだ、おれはひきトウモロコシ、ベーコン、コーヒー、コーヒーポット、フライパン、サトウ、ブリキのカップをもってきた。ジムのやつ、けっこうビックリしてた——ぜんぶまほうで出してきたとおもったのだ。おれはおおきくてうまそうなナマズも一ぴきつかまえてきて、ジムがナイフではらわたをぬいて、フライパンでやいた。

　朝めしができると、おれたちは草の上にハラばいになって、アツアツのところを食べた。ジムはとにかくものすごくハラをすかしていて、そりゃもうおもいっきり食べた。そのうち、さすがにハラいっぱいになってきて、ふたりともただゴロゴロしていた。

そのうちにジムが
「だけどさハック、あのほったて小やでころされたの、あんたじゃなけりゃだれだったんだ？」と言った。

それでいちぶしじゅうをはなしてきかせたら、たいしたもんだ、トム・ソーヤーだってそんなにいいかんがえおもいつきやしないよ、とジムは言った。それからこんどはおれが
「おまえはどうしてここにいるんだい、ジム？　どうやってここに来たんだ？」ときいた。

ジムはすごくいごこちわるそうなようすで、すこしのあいだなにも言わなかった。それから
「言わねえほうがいいかも」と言った。

「なぜだい、ジム？」

「いろいろわけがあるのさ。だけどさ、もし言ったら、あんたおれのことつげ口しないよな、ハック？」

「するもんか。だいじょぶだよ、ジム」

「うん、しんじるよ、ハック。おれな——おれ、にげたんだ」

「えーっ！」

「待てよ、あんた言ったよな、だれにも言わねえって——言わねえって言っただろ、ハック」

「ああ、言った。言わないって言ったし、やくそくはまもるよ。ちかうよ、ぜったい言わな

い。見さげたドレイせいはいいしろんじゃとか人から言われて、だまってたせいでケイベツされたって、かまうもんか。ぜったい言わないよ。だいいちおれ、もうもどらないし。だからさ、ぜんぶきかせてくれよ」

「うん、こうゆうことさ。おかみさんが――ミス・ワトソンだよ――ねんじゅうおれのこといびってさ、さんざんひどいしうちしたけど、オーリアンズに売ったりはしねえとはいつも言ってたんだ。だけどこのごろ、黒んぼ商にんがしょっちゅう顔だすようになって、どうにも心ぱいでさ。ある晩、けっこうおそい時かんにこっそりドアのところに行ったら、ドアがちゃんとしまってなくて、おかみさんが未ぼう人に、おれをオーリアンズに売るつもりだって言うのがきこえたんだ、ほんとは売りたくないけど売れば八百ドルになる、そんな大金つまれたらことわれねえって言ってるんだ。未ぼう人はやめなさいよって言ってたけど、おれはもうそれいじょう待たなかった。いちもくさんににげだしたよ。

ぬけだして、丘をかけおりて、どこか町の上りゅうの川ぞいでボートをぬすもうとおもったんだけど、まだ人がいたから、土手にあるふるいあれはてたオケやのさぎょう場《ば》にかくれて、みんながいなくなるのを待った。で、ひと晩じゅうそこにいたよ。なにしろいつもかならずだれかがいるんだ。朝の六時ごろ、ボートがとおりはじめて、八時か九時になると、とおるボートどれもみんな、あんたのおやじさんが町に来てあんたがころされたと言ったってゆうはなしでもちきりだった。さいごのほうのボートはどれも、げんばを見にいくしんししゆくじょのみなさんでいっぱいだった。ボートによっては岸でとまってひとやすみしてから出かけてくんで、それきいてるだけでおれもさつじんのはなしがひととおりわかっちまったのさ。あんたがころされておれすごくかなしかったよハック、でももうかなしくないよ。

　おれはかんなクズにうもれて一日《いちんち》じゅうかくれてた。ハラがへったけど、こわくはなかった。おかみさんも未ぼう人も朝ごはんのあと伝道集会《キャンプ・ミーティング》に行って一日出かけてるのはわかってたし、おれが夜あけごろ牛をつれて出てって家のまわりにいないことはふたりとも知ってるから、おれがいないことにふたりは日がくれるまで気づかねえ。ほかのめしつかいたちもおれがいないことに気づきやしねえ、待ちに待ったやすみだから、年上のみなさんが出かけたらみんなさっさといなくなるからね。

　で、くらくなってから川ぞいの道をのぼっていって、二マイルかそこらあるいて、もう家がないあたりまで来た。どうするか、もうハラはきまってた。つまりさ、あるいてにげようとしたらイヌにかぎつけられる。ボートをぬすんで川をわたったら、ボートがなくなったって気づかれて、おれがむこう岸のどのあたりに行くかもわかるだろうから、そこからどうおっかけるかのけんとうもつく。だから、こいつはいかだしかねえとおもったのさ。いかだならあとがのこらねえ。

　で、そのうちに、みさきのむこうからあかりがひとつまわってきたから、川にあるいてはいって、丸太をまえに押して、川を半ぶんいじょうおよいで、りゅうぼくのあいだにアタマをひくくかくして、ながれといちおうぎゃくにおよいでたら、そのうちにいかだがながれてきた。それでそのうしろにおよいでまわって、がっちりつかんだ。雲が出てきて、すこしのあいだけっこうくらくなった。だからいかだにはいあがって、板の上にヨコになった。のってる人はみんなずっとまんなかのほう、ランタンがあるあたりにいる。川は水かさがふえていて、いいかんじにながれもあった。だから朝の四時までに二十五マイルは下れるだろうとおもった。そしたら夜あけのすぐまえにまた川にこっそりはいって、岸までおよいで、イリノイがわの森に上がればいい。

でもおれにはツキがなかった。島のほぼさきっぽまで来たところで、ひとりがランタンをもっていかだのうしろのほうに来ちまったんだ。こりゃグズグズしちゃいられねえとおもって、そっと水にはいって、島めざしておよいでった。でさ、どこからでも上がれるとおもってたんだけど、そうはいかねえんだ、土手がけわしくてさ。島のいちばん下のほうまで行って、やっといい場しょが見つかった。おれは森にはいっていった。あんなふうにランタンうごかすんじゃあいかだはもうよそうってきめたよ。パイプと安タバコとマッチをぼうしのなかに入れてあって、どれもぬれてなかったから、まあよかったよ」

「じゃなに、いままでずっとニクとかパンとか食ってないわけ？　なんでドロガメとかつかまえなかったの？」

「どうやってつかまえられる？　そっとよってってつかむわけにもいかねえし、石をぶつけられもしねえ――夜中にそんなことできるわけねえだろ？　昼まに土手に顔だすなんてジョウダンじゃねえし」

「うん、そりゃそうだな。ずっと森にかくれてなきゃいけなかったんだもんな。大ほううてるの、きこえたかい？」

「きこえたともさ。あんたをさがしてるんだってわかったよ。ここをとおってくのも見えた。やぶのすきまから見てたよ」

　こどもの鳥が何わかやってきて、一どに一、二ヤードとんではまた下りてきた。雨がふるしるしだよってジムは言った。ニワトリの子どもがああゆうふうにとぶのは雨のしるしなんだ、だから鳥の子どもがやってもおなじだとおもうとジムは言った。おれはそいつらをつかまえようとしたけど、ジムによせと言われた。そうゆうのは死をまねくってジムは言った。なんでもジムの父さんがおもいびょう気にかかって、だれかが鳥を一わつかまえたら、おまえの父ちゃんは死ぬよってジムのバアちゃんに言われて、ほんとに死んだんだそうだ。

　それとジムは、晩ごはんにりょうりする食べもののかずをかぞえちゃいけねえ、あくうんをまねくから、とも言った。日がくれてからテーブルクロースをばさっとふるのもおなじ。あと、ハチのすをもってる男が死んだら、夜あけまでにハチたちに知らせないといけない、さもないとみんなよわってはたらかなくなって死んじまうから。ハチはアホウをささねえともジムは言ったけど、これはおれにはしんじられなかった。だっておれはなんべんもためしてみたけどぜんぜんさされたことないから。

　こうゆうはなし、いくつかはおれもきいたことあったけど、ぜんぶじゃなかった。ジムはありとあらゆるしるしを知っていた。おれはほとんどなんでも知ってるんだよとジムは言った。だけどなんか、どのしるしもあくうんのしるしみたいだったので、おれはそう言って、こううんのしるしはないのかとおれはきいてみた。そうしたら「すごくすくないよ——で、そんなものだれの役にもたたねえよ。あんた、こううんをとおざけたいか？」とジムは言った。それから「もしあんたのうでが毛ぶかくてムネも毛ぶかかったら、そいつはあんたがカネもちになるしるしだ。まあそうゆうしるしはそれなりに役にたつかもしれねえな、すごくさきのはなしだから。はじめながいことビンボーだったりしたら、しるしがなくていずれカネもちになるって知らなかったらやる気なくして自さつとかしちゃうかもしれねえもんな」とジムは言った。

「おまえはうでとムネ毛ぶかいかい、ジム？」

「そんなこときいてどうする？　見てわかんないか？」

「じゃおまえ、カネもちなの？」

「いいや。でもまえはカネもちだったし、またいつかカネもちになるよ。一どは十四ドルももってたことあるんだけど、とうきに手ぇ出して、みんなすっちまった」

「なににとうきしたんだい、ジム？」

「まずは、かぶ《ストック》をやった」

「どんなかぶ？」

「かちく《ライブストック》だよ。牛。牛一とうに、十ドルつぎこんだんだ。だけどもうかぶはこりごりだね。その牛、あっさり死んじまったんだ」

「じゃあ十ドルなくしたのか」

「いいや、ぜんぶはなくさなかった。なくしたのはだいたい九ドルだけ。皮やアブラが一ドル十セントで売れたから」

「じゃあ五ドル十セントのこったんだな。それもとうきしたの？」

「ああ。ミスタ・ブラディシュんとこの片あしの黒んぼ、知ってるだろ？　あいつがぎんこうをはじめてさ、一ドルあずけたら年のくれにあと四ドルうけとれるって言うんだ。で、黒んぼの連中みんなはいったんだけど、一ドルなんてだれももってやしない。そんなにもってるのはおれだけだった。だからおれは、四ドルよりもっとたくさんよこせ、よこさないんだったらおれじぶんでぎんこうをはじめるぞっておどしたのさ。もちろん片あし黒んぼはおれをビジネスのなかに入れたくねえ。ぎんこうふたつやってけるほどビジネスはねえから、って言ってさ。で、やつはおれに、じゃあ五ドル出せよ、そしたら年のくれに三十五ドルはらうからって言った。

　それでおれは五ドル出した。三十五ドルはいったらそれもすぐとうきにまわして、どんどんふやしてくつもりだった。ボブってゆう黒んぼがいてさ、こいつが平ぞこボート見つけて、ご主人にも知られなかったんで、おれは年のくれに三十五ドルはらうからって言ってそいつを買いとったんだ。ところがその晩、ボートがだれかにぬすまれちまって、次の日にぎんこうがはさんしたって片あし黒んぼに言われた。だからひとりも、ぜんぜんもうからなかったんだよ」

「のこりの十セントはどうしたんだい、ジム？」

「うん、つかおうとおもったんだけどさ、ユメ見たんだよ、ベーラムって黒んぼにその十セントやれってユメのおつげがあったんだ。こいつはりゃくしてベーラムのロバってよばれてるんだよ、すごいばかだから。だけどうんはいいってみんな言ってて、で、どうやらおれにはうんがない。ベーラムが十セントをとうししてふやしてくれるってユメに言われたんだ。それでベーラムにカネわたして、ベーラムがきょう会に行ったら牧しさんがまずしい者にあたえる者はみな神さまにかしをつくるのであって百ばいになってかえってくるのですって言うのをきいたんだ。それでベーラムのやつ、まずしい者に十セントやって、どうなるか待ったんだよ」

「で、どうなったんだい、ジム？」

「どうにもならなかったよ。おれはぜんぜんカネをかいしゅうできなかったし、ベーラムもできなかった。これからはもう、たんぽなしでカネをかしたりしない。百ばいになってかえってくるなんて、牧しさんよく言うよなあ！　こっちは十セントだってかえってきたらそれでおんの字、チャンスがあっただけよかったって言うよ」

「まあでもいいじゃないか、ジム、またいつかカネもちになるんだったら」

「そうとも――それにいまだっておれ、かんがえてみりゃカネもちだよ。おれはじぶんを所ゆうしてるわけだろ、で、おれには八百ドルのねがついてる。それだけのカネがあったらなあ。もうそれ以上いらねえよ」

9〜13章　死人の入った家が流れてきたり、ジムが蛇に嚙《か》まれたり、難破船に悪党どもと閉じ込められたり、と、ハックとジムはさまざまな冒険を経験する。

## 14

そのうちにふたりとも目をさまして、あくとうどもがナンパ船からぬすんだモノ入れをひっくり返すと、ブーツ、毛ふ、服、そのほかいろんなのが出てきて、本もたくさんあったし、小がたのぼうえんきょうに、ハマキ三パコもあった。おれたちふたりとも、こんなにモノもちになったのははじめてだった。ハマキはサイコーだった。午ごのあいだずっと森でのんびりして、しゃべったり、おれが本をよんだりして気ぶんよくすごした。ナンパ船のなかとわたし船でおきたことをおれはジムにすっかりはなした。これこそぼうけんだよなっておれは言ったけど、ぼうけんなんてもうゴメンだねとジムは言った。あんたがあの船しつにはいっていって、おれはいかだにのろうとおもってはってもどったらいかだがなくなってて、あやうく心ぞうがとまるところだったよ、おれはもう万じ休すだとおもったね、もうどうしようもねえ、たすけてもらえなかったらオボレるしかねえしたすけてもらったらたすけてくれた人がホウショウ金めあてにおれをおくり返すだろうし、そしたらミス・ワトソンはきっとおれを南に売りとばすにきまってる。そうジムは言った。たしかにそのとおりだった。ジムの言うことはたいていいつもただしかった。黒んぼにしては、ジムはすごくまっとうなアタマのもちぬしだった。

　おれはジムに、王さまだの公しゃくだの伯しゃくだののはなしをたっぷりよんでやった。みんなものすごくハデな服きてものすごくカッコつけて、ミスタとかじゃなくてカッカとかヘイカとかデンカとか呼びあうんだぜって言ったらジムが目をまるくした。きょうみしんしん、ジムは言った――

「そんなにおおぜいいるとは知らなんだ。ソロモン王以外ひとりもきいたことねえんじゃねえかな、まあトランプの王さまかんじょうに入れりゃべつだけど。王さまっていくらもらえるのかね？」

「もらえる？　そりゃさ、ほしけりゃ月千ドルだってもらえるさ。いくらでもすきなだけとれるんだよ。なにもかも王さまのものなんだから」

「それってすごくねえかい？　で、なにやらされるんだね？」

「なにもやりゃしないよ！　なに言ってんだよ。なにもしないですわってるだけさ」

「まさか――そうなのかい？」

「きまってるさ。なにもしないですわってるだけだよ。まあ戦そうのときはべつかもしれなくて、そうゆうときは戦そうに行く。だけどそれいがいのときは、のんびりなにもしてないんだよ。じゃなきゃタカ狩りに行くとかさ――ただタカ狩《か》ってのん――シーッ！　なんか音、きこえなかったか？」

ふたりともとびだしていって、見てみた。でも、むこうでみさきをまわってくるじょう気船のがいりんがぱたぱたいってるだけだったから、またもどってきた。

「うん、あとさ、タイクツになってくると、ギカイにちょっかいだしたりもする。みんなちゃんと言うとおりにしないと、そいつらのクビを切りおとすんだ。でもたいていは、ハーレムでぶらぶらしてる」

「どこでだって？」

「ハーレムだよ」

「ハーレムってなんだね？」

「女《にょう》ぼう連ちゅうをすませてるとこだよ。ハーレムのこと、知らないのか？　ソロモンももってたよ。なにせ女ぼうが百万人くらいいたから」

「あ、うん、そうだった――うん、わすれてたよ。ハーレムってのはようするにあれだ、下しゅくやみたいなもんだな。子どもべやとか、きっとさぞうるせえだろうな。それに女ぼう連ちゅうもやたらケンカとかするだろうから、ますますうるさくなる。なのにソラマンはだれよりかしこい人だったってんだからな。おれぁそんなの信じないね。だってさ、かしこい人げんがそんなねんじゅうそうぞうしいなかでくらしたがるか？　したがるわけないがね。かしこい人げんだったら、ボイラー工じょうたてるさ。ボイラー工じょうだったら、やすみたけりゃしめればいい」

「でもさ、とにかくほんとにだれよりかしこい人げんだったんだよ。だって未ぼう人がそう

るか？」

「未ぼう人がなんて言おうと知ったことかね、そんなのかしこい人げんなもんかね。すごくひでぇこと、いろいろやってるし。子どもをふたつに引きさこうとしたはなし、知ってるか？」

「ああ、未ぼう人からぜんぶきいた」

「じゃはなしははやい！　あれってサイコーにバカなマネだとおもわんかね？　ちょっとかんがえてみなよ。そこに切りカブがあるだろ――あれがいっぽうの女だ。そこにあんたがいる――あんたがもうひとりの女だ。で、おれがソラマンで、この一ドル札が子どもだ。あんたらふたりとも、これはじぶんの子どもだと言ってる。おれはどうするか？　近じょの連ちゅうのとこまわって、この札があんたらどっちのかさぐりだして、ただしいほうにむキズのままわたすか？　まともなアタマのもちぬしだったら、だれだってそうするんじゃねえか？　いいや――おれは札をふたつにやぶいて、半ぶんをあんたにやって、もう半ぶんをもういっぽうの女にやるんだよ。ソラマンは子どもをそうしようとしたのさ。で、いいか、あんたにきくぞ――一ドル札半ぶんなんてなんの役にたつ？　そんなんじゃなんにも買えやしねえ。で、子ども半ぶんなんてなんの役にたつ？　そんなもん、百万いたってイミないがね」

「なに言ってんだジム、おまえポイントはずしてるよ――ちがうって、まるっきりポイントはずしてるよ」

「だれが？　おれがか？　よっく言うよ。よしてくれ、パイントがどうこうだなんて。おれぁものごとのスジがとおってりゃちゃんとわかるんだ。そんなマネにスジなんかとおってるもんか。こいつは子ども半ぶんがどうこうってゆうモメごとじゃない、子どもまるひとりがどうってモメごとなんだ。子どもまるひとりがどうってモメごとを、子ども半ぶんでかたづけられるとおもうようなやつは、雨がふったら家にはいるだけのふんべつもありゃしねえ。ソラマンがどうこうなんてはなしはよしとくれハック、ああゆうやろうのことはみんなわかってるんだ」

「だけどおまえ、ポイントはずしてるんだってば」

「パイントがどうした！　おれにはちゃんとわかってるんだ。でいいかい、ほんとのパイントはもっとふかいところにあるんだよ――もっとずっとふかいところに。こいつのねっこにはソラマンのそだちかたがあるんだ。子どもがひとりかふたりしかいねえやつをかんがえてみなよ。そうゆうやつが、子どもをムダにするとおもうか？　いいや。そんなよゆうはねえさ。子どものねうちがそいつにはわかるんだ。だけど家じゅうで五百万の子どもがかけまわってる人げんは、はなしがちがう。そうゆうやつは、子どもだってネコみたいにあっさりふたつに切っちまうさ。まだいくらでもいるんだから。子どものひとりふたりふえようがへろうが、ソラマンにとっちゃどうだっていいのさ！」

　こんな黒んぼ、見たことない。いったんこうとおもいこんだら、もうテコでもうごかない。とにかくソロモンのことはとことんわるく見てる。だからおれもソロモンはもうやめて、ほかの王さまのはなしをした。ずっとむかしにフランスでクビを切りおとされたルイ十六世のはなしとか、そのおさないむすこのイルカのはなしとか［dolphin（イルカ）とdauphin（皇太子）を混同している］——イルカは王になるはずだったのに、ろうやにとじこめられて、そこで死んだってゆうせつがある。

「気のどくに」

「でもだっそうしてアメリカに来たってせつもあるんだ」

「そりゃいい！　でもここじゃさみしいだろうな——ここに王なんていねえだろ、ハック？」

「いない」

「じゃつとめ口も見つからねえよな。どうすんだい、そいつ？」

「さあなあ。けいさつかんになるやつもいるし、フランスごをおしえるのもいる」

「なんだい、フランス人っておれたちとはなしかた、おなじじゃねえのかね？」

「ちがうよ、ジム。なに言ってるか、おまえにゃひとこともわかんないさ——ただのひとことも」

「こいつぁたまげた！　どうしてだ？」

「知らないよ。でもとにかくそうなってるんだよ。おれもちょっと本よんでおぼえたよ。たとえばだれかがおまえんとこによってきてさ、ポリー＝ヴー＝フランジーって言ったらどうおもう？」

「どうもこうもねえさ、そいつのアタマぶんなぐってやるさ。つまり、白人じゃなかったら。

黒んぼにそんなふうに呼ばれてたまるか」

「なに言ってんだ、呼んでんじゃないんだよ。フランスごははなせますかってきいてるだけだよ」

「ふん、じゃあなんでそう言わねえんだ？」

「だからそう言ってるんだよ。フランス人はそうゆうふうに言うんだよ」

「ふん、まるっきりアホな言いかただよ、そんなのもうききたかないね。バカらしいにもほどがある」

「なあジム、ネコは人げんみたいにしゃべるか？」

「いいや、しゃべらねえ」

「じゃ、ウシはどうだ？」

「ウシもしゃべらねえ」

「ネコはウシみたいにしゃべるか？　ウシはネコみたいにしゃべるか？」

「いいや、しゃべらねえ」

「みんなちがうしゃべりかたするの、しぜんでまっとうなことだろ」

「もちろん」

「で、ネコやウシがおれたちとちがうしゃべりかたするの、しぜんでまっとうなことだろ」

「ああ、そうともさ」

「じゃあさ、フランス人がおれたちとちがうしゃべりかたするの、しぜんでまっとうじゃないか？——こたえてくれよ」

「ハック、ネコは人げんか？」

「いいや」

「それじゃ、ネコが人げんみたいにしゃべるのはスジがとおらねえ。ウシは人げんか？——それともウシはネコか？」

「いいや、どっちでもない」

「それじゃ、ウシが人げんやネコみたいにしゃべるいわれはねえわけだ。フランス人は人げんか？」

「ああ」

「な、そうだろ？　だったらなんで、人げんらしくしゃべれねえんだ？——こたえてくれよ！」

これいじょうコトバをムダにつかってもイミない。黒んぼにまともなギロンおしえようったってムリだ。だからおれはそれっきりやめた。

## 15

あと三晩でケイロに着けるとおれたちはふんだ。ケイロはイリノイのいちばん南にある町で、そこまで行けばオハイオ川が合りゅうしてくる。おれたちがめざしていたのもそこだった。いかだを売って、じょう気船にのってオハイオ川をのぼり、自由州にはいって厄介《トラブル》とおさらばするのだ。

で、二日めの晩にキリが出てきて、おれたちはいかだをしばろうと砂《さ》すめざしてすすんでいった。キリのなかですすむのはよくないからだ。ところが、おれがひと足さきにカヌーにつなをのせて行ってみると、しばりつけようにもちっぽけな若木しかない。きりたった川岸にはえた一ぽんにつなのわをかけたけど、はやいながれがそこにあって、いかだがすごいいきおいで下ってきてそいつを根こそぎ引っこぬいてそのまま行ってしまった。キリがせまってくるのが見えて、おれはゾッとこわくなって三十秒ばかり――とおもえた――ぜんぜんうごけなくて、気がつけばもういかだはどこにも見えなくなってた。なにしろ二十ヤードさきも見えないのだ。おれはカヌーにとびのって大いそぎで船尾《とも》にもどってパドルをつかんで、ひとかきうしろにもどそうとした。ところがカヌーはうごかない。あんまりあわてたせいで、つなをほどくのをわすれてたのだ。立ちあがってほどこうとしたけど、あんまりコーフンしているせいで手がふるえてなにもできやしない。

やっとカヌーがうごきだすと、おれは砂すにそってけんめいにいかだを追いかけた。砂すがあるうちはそれでよかったけど、六十ヤードかそこらしかないから、そのさきっぽをとぶようにすぎたとたん、またまっ白な、こいキリのなかにはいりこんで、どっちにすすんでるのか、死人にまけないくらいわからなくなった。

こりゃあこぐのはまずい。土手か砂すかにぶつかっちまうにきまってる。ここはじっとして、ながれにまかせるしかない。だけどこんなとき、じっと手をうごかさずにいるのって、ものすごくおちつかないんだよな。おれはおーいとどなって、耳をすました。と、どこかずっと川下のほうからおーいとちいさな声がきこえて、おれはいっぺんに元気が出た。そっちへまっしぐらにこぎだしながら、もう一どきこえないかとせいいっぱい耳をすました。もう一どきこえると、じぶんがそっちへまっすぐすすんでいなくて右にそれてることがわかった。そのつぎにきこえると、こんどは左にそれていた――それにきょりもあんまりちぢまっていない。おれはあっちこっちまたあっちとぐるぐるまわってるのに、あちらはずっとまっすぐすすんでるのだ。

なにやってんだよ、ブリキなべとかたたけよ、ガンガンたたけよ、とおもうんだけどむこうはそんなことぜんぜんしなくて、おーいがしばらくきこえてこないしずかなときがいちばんやっかいだった。で、あたふたやってたら、こんどはおーいがうしろからきこえてきた。もうなにがなんだかわからない。いまのはだれかべつのおーいなのか、おれのむきがぎゃくになったのか。

おれはパドルをなげだした。もういちどおーいがきこえた。まだうしろからだけど、さっきと場しょはちがう。だんだんちかづいてきて、場しょはしじゅうかわっていて、おれもくりかえしへんじしてると、そのうちにむこうはまたまえにまわっていって、きっとながれのせいでカヌーのさきが川下をむいたんだとわかって、これでだいじょうぶとおもった――ああやってどなってるのがジムであって、だれかほかのいかだのりでないかぎり。キリのなかでは声なんてぜんぜんききわけられない。キリのなかではなにもしぜんに見えないしなにもしぜんにきこえないのだ。

　おーいはまだつづいていて、一ぷんくらいすると目のまえにきりたった川岸が見えておおきな木々がキリにけむるユウレイみたいにぬっとそびえたけど、かん一ぱつ、ながれがカヌーをぐいっと左にまげてくれて、ながれがものすごいはやさでとおるせいでごうごう鳴るとうぼくのあいだをとぶようにぬけていった。

　一びょうか二びょうするとまたなにもかもまっ白に、しんとしずかになった。おれもじっとうごかずに、心ぞうがどきどき鳴るのに耳をすました。百回鳴ったあいだいっぺんもイキをしなかったとおもう。

　おれはそこでもう、じたばたしないことにした。どうなってるかがわかったのだ。あのきりたった岸は島であって、ジムは島のむこうがわを下っていったのだ。十ぷんでとおりぬけられる砂すなんかじゃない。れっきとした島で、林もしっかりある。ながさ五マイルか、六マイルか、はばも半マイル以上ありそうだ。

　十五ふんくらい、じっと耳をそばだてていたとおもう。もちろん、時そく四マイルか五マイルかでながされてはいる。でもそんなことぜんぜんおもいもしない。まるっきり、水の上でじっとうごかずにヨコたわって死んでるみたいなかんじなのだ。とうぼくかなんかがまえをとおりすぎても、じぶんがどんなにはやくうごいているかなんてことはおもわなくて、うわあ、あのとうぼくすごいはやさですすんでらあ！　とイキをのむのだ。そんなふうに夜なかにひとりでキリのなかにいるのがわびしくもさみしくもないとおもったら、いっぺんじぶんでやってみるといい――やってみればわかる。

それから三十ぷんくらい、ときどきおーいとさけんでたら、やっととおくのほうからへんじがきこえたので追いかけようとしたけど、できなかった。おれはすぐさま、これは砂すがいくつもいりくんでるところにまよいこんだんだとふんだ。左にも右にもときどきぼんやりかげみたいのが見えて、あいだのせまいみぞみたいなところをすすんでるのがわかったからだ。おれには見えてないのもいっぱいあるにちがいない。土手の上にたれてるかれたやぶや木《こ》っぱにながれがばしゃばしゃぶつかるのがきこえたから。まあとにかく、砂すのいりくんだなかにおーいの声もじきにのまれちまったし、どのみちこっちもちょっとしか追いかけなかった。オニ火を追いかけるよりもっとひどいからね。音があんなにあっちこっちうごきまわって、パッといっ気に場しょをうつったりするのってきいたことない。

四回か五回、とびだしてきた島にぶつかりそうになって、かん一ぱつで土手をよけた。たぶんいかだもときどき土手にぶつかってるにちがいない。じゃなけりゃもっとさきへ行って、おーいもきこえなくなってるだろうから。おれよりほんのすこしはやく、でもやっぱりながれにまかせてすすんでいるのだ。

で、そのうちやっとまた、ひらけた川に出たらしかったけど、おーいはどこからもきこえてこなかった。ジムはとうぼくにのり上げちまったんだろうか、だったらもうおしまいかなあ、とおもった。おれはもうくたくたにつかれてたんで、カヌーのなかでヨコになってもうどうでもいいやとひらきなおった。もちろんねむってしまいたくはなかったけど、とにかくすごくねむくてどうしようもなかった。ほんのちょっとひとねむりしよう、とおもった。

でもどうやら、ちょっとひとねむりではすまなかったらしい。目がさめたら星があかるくひかっていて、キリはすっかりはれて、おれは川のおおきなまがりめを、船尾《とも》をさきにしてくるくる下っていた。はじめはここがどこかもわからなくて、ユメを見てるのかとおもった。だんだんきおくがもどってきても、先しゅうのことがぼんやりよみがえってくるみたいなかんじだった。

このあたり川はとてつもなくおおきくて、どっちの岸にも、ものすごくたかい、ものすごくびっしりしげった林がひろがっている。星のひかりにてらされて、見るかぎりどこまでも、かべみたいにどっしりそびえてる。川下のほうを見てみると、水のうえに黒い点が見えた。おれはそっちへ行ってみた。けれどそばへよってみると、丸太が二本しばりつけてあるだけだった。それからもうひとつ点が見えたので、そいつを追いかけた。それからもうひとつ見えて、こんどはあたりだった。いかだだった。

よっていくと、ジムはすわりこんで、アタマをひざのあいだにうずめてねむってた。右うでがだらんとカジとりオールにかぶさってた。もうひとつのオールは折れてはずれ、いかだの上には葉っぱやえだやドロがちらばってた。さんざんな目にあったみたいだ。

おれはカヌーをつないで、いかだにのって、ジムの鼻さきにヨコになって、アクビをしてのびをしてこぶしをジムにぶつけて、言った――

「ようジム、おれねてたの？　なんでおこしてくれなかったの？」

「こいつぁたまげた、あんたかい、ハック？　あんた、死んでないんだね――おぼれてねぇんだね――かえってきたんだね？　ウソみたいだよハニー、まるっきりウソみたいだよ。顔を見せとくれよ坊や、さわらせてくれよ。うん、死んじゃいねえ！　かえってきたんだね、生きて、元気で、いつものハックで――いつものハックだ、ありがたや！」

「どうしたのジム、酒でものんでたのかい？」

「のんでた？　おれがのんでた？　おれにのむひまなんてあったかね？」

「じゃあさ、なんでそんなムチャクチャ言うわけ？」

「ムチャクチャってなんのことかね？」

「なんのこと？　だっておまえ、おれがかえってきたとかなんとかわあわあ言ってるじゃない。なんかおれがどっか行ってたみたいにさ」

「ハック――ハック・フィン、おれの目をよぉく見てくれ。よぉく見てくれよ。あんた、どこへも行ってなかったかい？」

「行ってた？　いったいなんのはなしだい？　おれ、どこにも行ってなんかいないよ。どこへ行くってんだい？」

「なあ、いいかいボス、なんかがヘンなんだよ。おれはおれかね、じゃなけりゃおれだれだ？　おれはここにいるのか、それともどこに？　おしえてほしいもんだね」

「そりゃあおまえはここにいるとおもうよ、見ればわかるもの、だけどおまえ、アタマそうとうこんがらがってんじゃないかな」

「ふうん、そうかね？　じゃあこれにこたえとくれ。あんた、カヌーにつなのせて、砂すへつなぎに行かなかったかい？」

「いいや、行ってないよ。砂すってどこの？　砂すなんてひとつも見てないぜ」

「砂すなんて見てない？　なあいいかい――つながはずれていかだがダーッとながされて、カヌーにのってるあんたをキリのなかにおいてけぼりにしたんじゃなかったかい？」

「キリって？」

「キリだよ。ひと晩じゅう出てたキリだよ。で、あんたおーいって呼んでただろ、おれもおーいって呼びかえしたじゃねえか、で、そのうち島に行きあたってかたっぽは一かんのおわりでもういっぽうもここがどこかもわかんなくなっちまって一かんのおわりもどうぜんになったんじゃなかったか？　で、おれはつぎつぎ島にぶつかってそりゃもうひどい目にあって、あやうくおぼれ死ぬところだったんじゃなかったか？　え、そうじゃなかったのかい、ボス――そうじゃなかったか？　こたえてくれよ」

「それってぜんぜんついてけないぜ、ジム。おれキリなんて見てないし、島も見てないし、厄介《トラブル》もなにも見てないよ。おれただ、ここでおまえとひと晩じゅうしゃべってて、つい十ぷんまえにおまえがウトウトねむってさ、それでたぶんおれもねむっちまったんだな。それだけの時かんでよっぱらうのはムリだから、やっぱりおまえ、ユメ見てたにちがいないよ」

「じょうだんじゃねえ、十ぷんでどうやってそんなにたくさんユメ見られるのかね？」

「そんなの知るかよ、とにかくユメ見てたのさ、だってそんなこと、なんにもおきなかったんだから」

「でもハック、おれにはなにもかもものすごくはっきり――」

「いくらはっきりしてたってカンケイないさ、ぜんぜんなんにもなかったんだから。おれにはわかるよ、ずうっとここにいたんだからね」

ジムは五ふんばかりなんにも言わずに、じっとすわりこんでかんがえていた。それからこう言った――

「じゃあ、まあ、ユメ見たんだろうよ、だけどさハック、そりゃもうものすごくなまなましいユメだったよ。だいいち、こんなにくたびれるユメもはじめてだね」

「うん、ま、いいんだよそれで、ユメってのもずいぶんくたびれることあるからさ。でもそれ、ものすごいユメだったみたいだなあ――はなしてくれよ、ジム」

とゆうわけでジムは一から十まで、すべてありのままをはなしにかかった――ずいぶんおひれはくっつけたけど。それがすむと、こいつはひとつ「カイシャク」しないといけない、これはけいこくとしておくられてきたんだから、とジムは言った。まずさいしょの砂すは、おれたちになにかいいことをしてくれようとする人げんをあらわしてるけど、川のながれはその人からおれたちをひきはなそうとするべつの人げんをあらわしてるとジムは言った。おーいの声はおれたちのところにときどきとどくけいこくであって、きちんとよみとらないと、あくうんからまもってもらえるどころかぎゃくにあくうんにひっぱりこまれちまう。そのあとのもろもろの砂すは、おれたちがこんごランボーな人たちとかいろんなイヤな人相手にまきこまれる厄介《トラブル》だけど、よけいなことにクビをつっこまずヘタに言いかえしておこらせたりもしなけりゃまあなんとか切りぬけてキリから出ておっきなはればれとした川、つまり自由州に出られて、それでもう厄介《トラブル》ともおさらばできるとゆうのだった。

おれがいかだにもどってきてすぐ、けっこうくもってくらくなったけど、いまはまたすっかりはれてきていた。

「うん、ま、そこまではりっぱなカイシャクだけどさ」とおれは言った。「だけどこれはなにあらわしてるのかな？」

いかだの上の葉っぱや木っぱや、折れたオールのことだ。いまはもう、とことんよく見える。

ジムは木っぱを見て、それからおれを見て、また木っぱを見た。ユメだったんだ、とアタマんなかでしっかりかたまっちまったものだから、すぐにはそいつをふりはらってじじつをもどせずにいるらしい。けれどやっとハッキリせいりがつくと、ジムはまっすぐおれの目を、ニコリともせずに見て、言った——

「こいつがなにあらわしてるかって？ 言ってやるよ。おれはひっしにがんばってがんばって、あんたをおーいって呼んでくたびれはててねむっちまったとき、もうムネがはりさけそうだったよ、あんたがいなくなっちまったから、で、もうじぶんがどうなろうといかだがどうなろうとどうでもよかった。それで、目がさめてあんたが元気でケガもせずかえってきたのを見ておれもうナミダが出てきて、ひざまずいてあんたの足にキスしたいくらいだったよ、ほんとにうれしかったのさ。なのにあんたのかんがえることときたら、ウソついてジムをだまくらかすことだけ。そこにころがってる木っぱはクズだよ。友だちのアタマにゴミほうってハジかかせる人げんもクズだよ」

そうしてジムはゆっくり立ちあがり、いかだの上の小やのほうにあるいていって、なかにはいって、それっきりなにも言わなかった。でもそれでじゅうぶんだった。おれはもうじぶんがすごくイヤなやつになった気がして、ジムに言われたことをなしにできるならこっちがジムの足にキスしてもいいとおもったくらいだった。

十五ふんたってやっと、黒んぼのまえでアタマ下げる気になれた——でもとにかくアタマ下げたわけで、その後もずっとこうかいしちゃいない。おれはもうそのあとジムにいじわるしなかったし、ジムがあんな気もちになるってわかってたらあれだってぜったいやらなかったよ。

## 16

おれたちはほとんど一日《いちんち》じゅう眠って、夜になってから出発した。ものすごく長い、おれたちの横を抜いていくにもそう式の行れつみたいに時かんがかかるいかだがあって、おれたちはそのすこしうしろをついていった。両がわに長いオールが四つずつあったから、きっと三十人はのせられるいかだだろう。おおきな雨よけが五つのっていて、一つひとつけっこうはなれてるし、まんなかには囲いもなしにたき火があって、両はじには背のたかいハタザオがある。すっごくカッコいいいかだだった。こういうのいかだ使いだったら、ほんとにたいしたもんだ。

　流れにまかせておおきなまがりめにはいっていって、夜空に雲が出てムシあつくなってきた。川はすごくひろくて、両がわに木々ががっしりカベみたいにそびえていた。ほとんどひとつのすきまも、明かりも見えなかった。おれたちはケイロの話をして、ついたらケイロだってわかるかなあと話しあった。たぶんムリじゃないかな、家っていっても十けんくらいしかないって聞いたぜ、だいたい明かりがついてなかったら町をとおってるってどうやってわかる？　とおれは言った。おおきな川が二つそこで出あうんだからそれでわかるんじゃねえかとジムは言った。でもさ、これってどっかの島のはしっこに行きあたっただけでまだおなじ川がつづいてるんだって思っちゃうかも、とおれは言った。それを聞いてジムは心ぱいそうな顔になって、おれも心ぱいになってきた。というわけで、どうするか？　がモンダイになった。明かりが見えたら岸までこいでいって、おやじがこれからボートで来るんですけど商売まだなれてないんでケイロまでどれくらいか知りたがってるんですって言えばいい、とおれは言った。これはジムも名あんだと言って、おれたちはタバコを一ぷくして、待った。

［中略］ケイロについて探ろうと、大きないかだに忍び込んだハックが目にした

ドタバタ。

することといってもいまは、町が見えないかしっかりみはって、見ないでとおりすぎたなんてことにならないよう気をつけるしかなかった。ぜったい見えるともさ、なんてったって見たとたんおれは自由な人間になるんだし、見のがしたらまたドレイ州にはいって自由になるチャンスもフイになるんだからとジムは言った。ときおりジムはとびあがって言った——

「あそこだ！」

でもそうじゃなかった。どれもオニ火かホタルだった。それでジムはまたすわって、もう一どみはりにかかった。自由のすぐそばまで来たせいでカラダがブルブルふるえてあつくなってきたよ、とジムは言った。おれだってジムがそんなことを言うのをきいてやっぱりカラダがふるえてあつくなってきた。ジムがもうほとんど自由だってことを、やっとおれも実かんしたのだ。で、それはだれのせいか？　このおれじゃないか。そのことをおれは良心の外においはらえなかった。どうやっても、どうあがいてもダメだった。あんまり気になるんで休むこともできなかったし、一かしょにじっとしてもいられなかった。これまではずっと、じぶんがどういうことをやってるのか、ピンときていなかったのだ。でもいまはきている。そしてそのことがアタマからはなれなくて、おれはジリジリやかれてる。おれのせいじゃないさ、おれがほんらいの持ち主からジムをひきはなしたわけじゃないんだから、とじぶんにいいきかせてみたけどムダだった。そのたんびに良心が顔を出して、「だけどおまえはジムが自由めざしてにげてるの知ってたんだから、陸にいかだをつけてだれかにおしえようと思えばおしえられたんだぞ」と言うのだ。そのとおりだ。こいつはどうにも言いのがれようがない。そこがなんともつらかった。良心はおれに言った。「気のどくなミス・ワトソンがいったいおまえになにしたっていうんだ――あの人の黒んぼがおまえの目のまえでにげるの見てたのにひとっことも言わないなんて。あの気のどくなおばさんにそんなひどいしうちするなんて、あの人になにされたっていうんだ。あの人はおまえに本をべんきょうさせてくれたし、ぎょうぎさほうもしつけようとしてくれたし、とにかくあれこれおまえにつくしてくれたじゃないか。そういうことをしてくれたんだぞ、あの人は」

おれはもうものすごくみじめな、なさけない気ぶんになって、いっそ死んでしまいたかった。いかだの上をそわそわ行ったり来たりしながら、じぶんでじぶんをののしっていると、ジムもそわそわ行ったり来たりしておれとすれちがうのだった。おれたちはふたりともじっとしていられなかった。ジムがおどりあがって「ケイロだ！」と言うたびにおれはムネをグサッとさされた気ぶんで、ほんとにケイロなんだったらあまりになさけなくて死んでしまいそうだった。

おれがこうやってアタマのなかでああだこうだ言ってるあいだ、ジムはずっと大声でしゃべっていた。自由州に着いたらまず一セントもつかわずにカネをためて、じゅうぶんたまったら女ぼうを買いとるんだとジムは言った。ジムの女ぼうはミス・ワトソンがすんでるそばの農じょうの人の持ちものなのだ。それからふたりではたらいて、子どもふたりを買いとる。

もし主人が売らねえって言ったらドレイせいはいしろんじゃにたすけてもらって子どもをぬすむんだとジムは言った。

そんな話を聞いておれはゾッとした。いままでジムは、こんな話をしたことなんか一どもない。もうじき自由だと思ったとたん、ほんとにまるっきりかわってしまったのだ。ふるいことわざに「黒んぼに一インチゆずったら一エルとられる」〔一インチは約二・五センチ、一エルはその四十五倍〕てゆうのがあるけどまるっきりそのとおりだ。これもおれがちゃんとかんがえなかったからだ、とおれは思った。おれがにげるのをたすけたもどうぜんの黒んぼがここにいて、子どもをぬすむなんてことをロコツに言ってる――おれが知りもしない人、おれになにもわるいことなんかしたことない人の持ちものである子どもを。ジムがそんな見さげたことを言うなんて。良心はますますおれをやいやいつっついてきて、おれもとうとう良心にむかって「もうカンベンしてくれよ――まだ手おくれじゃないだろ――明かりが見えたら陸に行って人に知らせるからさ」と言った。そのとたん、ハネみたいに気もちがかるくなって、おれはすごくうれしかった。これでもうなやみはかいしょうだ。明かりが見えないかとおれは目をこらし、ハナうたまでうたいだした。そのうちに、明かりが見えた。ジムが声をあげた――

「もうだいじょうぶだ、ハック、もうおれたちだいじょうぶだ！　おどりあがってカカト鳴らせよ、やっとケイロが見えたぞ！　おれにはわかるんだ！」

おれは言った――

「おれ、カヌーで見てくるよ。ケイロじゃないかもしれないからさ」

ジムはとびあがってカヌーを用いし、おれがすわれるようふるい上着をそこにしいて、パドルをおれにわたしてくれた。おれがパドルで押してカヌーを出すとジムは言った――

「おれもうじき、うれしくって声はりあげてるだろうよ、そしたらおれ言うよ、みんなハックのおかげだって。おれは自由な人げんだ、もしハックがいなかったらぜったい自由になんかなれなかったって。ハックがやってくれたんだ。ジムはぜったいわすれねえよ、ハック。あんたはジムのさいこうの友だちだよ、いまのジムのたったひとりの友だちだよ」

おれはパドルをこいでカヌーをすすめ、いまにもジムのことをつげ口しようとしてる。だけどそう言われて、なんだかその気もうせちまう気がした。速さをおとして、こうやってカヌーを出したのがうれしいのかうれしくないのかじぶんでもよくわからずにいた。おれが五十ヤードばかりはなれたところで、ジムが言った――

「そうら、ハックが行くぞ、ほんとの友だちが、ジムとのやくそくをまもってくれたたったひとりの白人のだんな《ジェヌルマン》が」

おれはほとほとイヤな気ぶんだった。でもやるっきゃないだろ、もうぬけ出せないぞ、とじぶんに言いきかせた。すると、男がふたりのってるボートがやってきた。ふたりともてっぽうを持ってる。むこうがとまって、おれもとまった。男のひとりが言った――

「あそこにあるの、なんだ？」

「いかだです」とおれは言った。

「おまえのか？」

「はい」

「だれかのってるのか？」

「ひとりだけです」

「あのな、今夜黒んぼが五人にげたんだ、まがりめの上流のほうから。そのひとりってのは白人か、黒人か？」

おれはすぐにはこたえなかった。こたえようとしたけど、コトバが出てこなかった。一びょうか二びょう、気を入れて言ってしまおうとしたけど、おれには男らしさがたりなかった——ウサギほどの根じょうもなかった。自分がよわむしなんだとおれは思いしった。だからもうがんばるのはやめて、

「白人です」と言った。

「行ってたしかめるぞ」

「そうしてもらえるとうれしいです」とおれは言った。「あそこには父ちゃんがいるんで、すいませんけどいかだを明かりがあるところまでひっぱるの手つだってもらえませんか。父ちゃん、びょう気なんです——母ちゃんもメアリ・アンも」

「うわ、なんてこった！　あのな、おれたちいそいでるんだ。でもまあ手つだってやるしかねえな。さあ——気あいいれてこぎな、行こう」

おれは気あいいれてこいで、男たちもオールをうごかした。ひとかきふたかきしたところで、おれは言った——

「とうちゃんものすごくかんしゃしますよ、ほんとです。いかだを陸につけるの手つだってくれって言ってもみんな行っちまうし、おれひとりじゃできないし」

「そりゃひでえなあ。でも、ヘンだな。おい、坊や、おまえの父ちゃん、どこがわるいんだ？」

「じつは——あの——いえ——その、たいしたことじゃないんです」

ふたりはこぐのをやめた。いかだはもうすぐそばにせまっている。ひとりが言った——

「おい、ウソだろ。おまえの父ちゃん、どうしたんだ？　ちゃんとかくさずこたえろ、そのほうが身のためだぞ」

「こたえます、正じきにこたえます——でもおねがいですから見すてないでください。じつは——その——おふたりで前にまわってくだすったら、おれが岸につな投げますから、いかだのそばに来てもらわなくてもだいじょうぶです——おねがいします」

「もどれ、ジョン、もどれ！」ひとりが言った。ボートはもどっていった。「坊や、よるなよ——風しもから出るな。なんてこった、たったいまこっちに風ふいてきたんじゃねえかな。おまえの父ちゃん天ねんとうなんだろ、おまえちゃんと知ってるんだろ。なんではっきりそう言わねえ？　天ねんとう、そこらじゅうに広げる気か？」

「い、いままでみんなにそう言ったんだよぉ」おれはおいおい泣きながら言った。「そしたらみんな見すてて行っちまうんだよぉ」

「かわいそうに、おまえもタイヘンだよなぁ。すごく気のどくだと思うよ、だけど——けどおれたちも天ねんとうはゴメンなんだよ、な。いいか、こうするんだ。ひとりで陸に上がろうとするのはよせ、なにもかもぶつけてこわしちまうだろうから。二十マイルばかり下流にながれていったら、川の左がわに町が見える。もうそのころにはとっくに日も出てるだろうよ。たすけをたのむときは、一家みんなさむけがしてねつ出してるんですって言うんだぞ。またバカなこと言ってバレちまわねえようにな。おれたちはおまえにしんせつにしてやろうとしてるんだ。だからいい子だから、二十マイルはなれてくれよ。あすこの明かりのところにいかだをつけてもムダだよ——あすこはただのマキおき場だから。なあ、おまえの父ちゃんきっとびんぼうでツキにも見はなされてるんだろ。さあ、この板の上に二十ドル金《きん》かをのせる。ながれてきたらうけとれよ。おいてけぼりにしちまってわるいけど、なんせ天ねんとうだろ! へたなことはできねえんだよ、な?」

「待て、パーカー」もうひとりが言った。「これ、おれのぶんの二十ドルだ、こいつも板にのせてくれ。それじゃな坊や、ミスタ・パーカーに言われたとおりにするんだぞ、きっとうまくいくから」

「そうともさ、坊や——それじゃ、それじゃな。にげた黒んぼ見たら、人に手つだってもらってつかまえろよ、そしたらカネも手にはいる」

「さようなら」とおれは言った。「にげた黒んぼ見たら、ぜったいにがしませんよ」

男ふたりは去っていき、おれはひどくおちこんだ気ぶんでいかだにのりこんだ。じぶんがまちがったことをしたのがよくわかったからだ。おれは思いしった。おれなんかが正しいことをやれるようになろうとがんばったってムダなんだ。ちいさいころに正しくはじめなかったやつは見こみナシなんだ。いざというときに、やるべきことをやらせるささえがないから、あっさり負けちまう。それからおれはすこしかんがえた。ちょっと待て、とおれはじぶんに言った。もし正しいことやって、ジムをひきわたしてたら、おまえ、いまよりもっといい気ぶんになってると思うか？　いいや、やっぱりひどい気ぶんだと思う、とおれはじぶんでこたえた。いまとまるっきりおんなじ気もちだと思う。それだったら、正しいことやれるようになってなんの足しになる？　正しいことやるのはタイヘンで、まちがったことやるのはぜんぜんタイヘンじゃなくて、のこるものはおなじなんだろ？　おれは行きづまった。これにはこたえようがない。それでもう、これ以上かんがえるのはよそう、これからはとにかくパッと思いついたほうをやろうときめた。

おれは雨よけのなかにはいっていった。ジムはそこにいなかった。そこらじゅう見まわしたけど、どこにもいない。

「ジム！」

「ここにいるよ、ハック。あいつらもう見えなくなったかい？　大声だすなよ」

ジムは川のなかにはいっていて、船尾《とも》のオールの下にいて、鼻だけ外に出していた。もう見えなくなったよ、とおれが言うとジムはいかだにのぼってきた。ジムは言った——

「おれ話ぜんぶ聞いてたよ。あいつらがのりこんできたら川にはいって陸ににげるつもりだったんだ。そうしてあいつらがいなくなったら、もう一ぺんいかだまでおよいでもどる気だった。だけどハック、うまくだましたなあ！　サイコーのやり口だったよ！　おかげでおれ、すくわれたよ――ジムはあんたがしてくれたことぜったいわすれないよ、ハニー」

［後略］

（柴田元幸＝訳）

阿呆たれウィルソン

どんなに善良で立派な人格も、嘲笑《ちょうしょう》されることで駄目になってしまいかねない。それがどんなにつまらない、愚かな嘲笑であったとしても。ロバがそのいい例である。ロバの性格はほぼ完璧であり、動物の中で格下のロバはいちばん優れた精神の持ち主である。それが嘲笑されることで、ロバはどうなってしまったか。人はロバ呼ばわりされると、褒められたとは思えず、疑念を抱え込んでしまうのだ。

――「阿呆たれウィルソンのカレンダー」

【読者への内緒話】

法律を知らない者が法廷の場面を詳しく描写しようとすると、いつも過ちをおかしてしまうものである。だから私は、この本の中の法律にかかわる何章かは、熟練の法廷弁護士――たしかそんな名称だったと思うが――に厳密で徹底した校閲と訂正をしてもらうまで印刷にはまわすまいと決めていた。今ではもうそれらの章も、あらゆる微細な点にいたるまで誤りはない。三十五年前、ミズーリ州南西部でしばらくの間法律を学んでいたウィリアム・ヒックスに直《じか》に目を通してもらって書き改めたからだ。ウィリアムはその後、健康上の理由からここフィレンツェにやって来て、今もまだマカロニ・スパゲッティ氏の厩舎《きゅうしゃ》で、運動にもなるし、下宿代がわりということで仕事を手伝っている。その厩舎は大聖堂広場から角を曲がって裏通りを行ったところにあり、広場は六百年前、ダンテがいつも腰かけていた石が塀にはめ込まれた家のすぐ先にある。ダンテはその石に腰かけて、ジョット設計の鐘楼《しょうろう》が建つのを眺めているふりをしていたが、だいたいいつも飽きてしまい、そこへベアトリーチェが通りかかって、皇帝党の暴動に備え学校に行く前に栗入りパンケーキを買いに行くのだったが、彼女が通っていた店は今でも昔と同じ栗入りパンケーキを売っていて、その味も当時と変わらずふっくらとしておいしい。これはお世辞などではなく、掛け値なしの真実である。ところでウィリアム・ヒックスは法律に関してはやや錆《さび》ついていたが、この本のために錆を落とし、磨きをかけた。したがって法律に関係する二、三章については正確できちんとしたものになっている。本人がそう請け合ってくれた。

一八九三年一月二日、フィレンツェから五キロ先の丘の上にあるセッティニャーノ村、ヴィヴィアーニの別荘の客間にてこの文書は自筆署名により作成された。この別荘からは地球上で最も美しい景色を見渡せるだけでなく、あらゆる惑星、否、太陽系のあらゆる天体の中で最も夢幻的かつ魅惑的な日没を見ることもできる。この豪華な客間では、チェッレターニの上院議員たちや一族のお歴々の胸像が、かつてダンテを見下ろしていたように、あなたを認めますよといった表情で私を見下ろしている。しかも彼らは無言のうちに、自分たちを私の家系に加えてほしいと懇願するので、私は喜んでその願いを聞きいれることにしよう。この礼服をまとった堂々たる古人たちに比べれば、私のいちばん古い先祖でさえも、生まれたてのひよこでしかない。六百年の重みが加わると思えば、私としても大いなる満足と高揚をおぼえずにはいられない。

マーク・トウェイン

## 第一章

真実を語れ、あるいは切り札を使え。――ただし、使うからには勝て。

――「阿呆たれウィルソンのカレンダー」

この物語の舞台は、セントルイスからミシシッピ川を蒸気船で半日ほど下った、ミズーリ州側にあるドーソンズ・ランディングという町である。

一八三〇年頃、ここは質素な木造の平屋や二階建てが集まった、こぢんまりとした町であった。絡み合って伸びるバラやスイカズラやアサガオが、漆喰《しっくい》で白く塗られた家の塀をほとんど隠していた。そういった小ぎれいな家の前にはそれぞれ白い柵で囲った庭があり、タチアオイ、マリーゴールド、ホウセンカ、ホナガアオゲイトウなどの古風な草花が咲き誇っていた。窓の敷居には、コケバラを植えた木箱や、ゼラニウムを咲かせたテラコッタの鉢植えがあり、このゼラニウムの真紅の花が、家の正面にひろがるバラの淡い色に対して、燃え立つ炎のように鮮やかなアクセントを添えていた。鉢や木箱の並ぶ敷居棚に隙間があれば、そこにはきまって猫が寝そべっていた。うららかな日和の時など、やわらかな毛に覆《おお》われた腹を陽《ひ》にさらし、前脚で鼻先をこすりつつ長々と体を伸ばして、気持ちよさそうにうつらうつらしている。こういう情景を目にすることができるなら、その家は完璧であること請け合いである。満ち足りたのどかな家であることは、その猫が象徴しているし、猫の伝えることに間違いはない。猫が——それも充分な餌を与えられ、かわいがられ、大事にされている猫が——もしいないとしても、申し分のない家は存在するかもしれない。しかし、猫なしにどのようにそれを証明することができるというのか。

街路の両側に煉瓦《れんが》敷きの歩道があり、その外側に木の枠で保護されたニセアカシアの街路樹が立ち並んでいる。これが夏には木陰をつくり、花がつぼみをつけ始める春には甘い香りを漂わせる。川から一ブロック離れて川と平行に延びている大通りが、唯一の商店街になっていた。通りの長さは六ブロックで、一ブロックに二、三軒ずつ、煉瓦づくりの三階建ての店が高くそびえ立ち、その狭間にささやかな木造の商店が並んでいる。風が吹くと、ぶら下げられた看板が通り一帯きしんで音をたてる。赤白の縞模様《しまもよう》の柱は、ヴェネツィアの豪華な建物がつらなる運河沿いにあれば、由緒ある高貴な家柄を示す目印だが、ここドーソンズ・ランディングの大通りではただの床屋の目印でしかなかった。通りの角に白木の高い柱が一本立っていて、そのてっぺんから根元までブリキの鍋や釜やカップがぶら下げてある。(風が吹いてくれれば)ここで営業中であることを知らせる金物屋の騒々しい広告になるわけだ。

ミシシッピ川の澄んだ水に表を洗われ、ゆるやかな傾斜をつけて町がその奥に広がっていた。いちばん奥まったあたりで民家もなくなり、小高い丘に続いていく。ふもとから頂きまで木々に覆われた丘は、町を半月形に取り囲んでいる。

蒸気船はほぼ一時間ごとに川を上り下りしていた。ケアロ航路やメンフィス航路の小さな汽船は必ずこの町に立ち寄る。だが、ニューオーリンズ航路の大きな汽船は、乗る者がいて声を上げるか、下船する客や下ろす荷がある時にだけ停泊した。これは「不定期」船の船団の場合も同様であった。こちらは方々の川——イリノイ川、ミズーリ川、上ミシシッピ川、オハイオ川、モノンガヒラ川、テネシー川、レッドリバー川、ホワイトリバー川——から集まってくるので数も多く、厳寒のセント・アンソニー滝から九つの異なる気候を越えて酷熱のニューオーリンズにいたるまで、ミシシッピ川筋の町々の人々が必要とするあらゆる嗜好《しこう》物《ぶつ》、あらゆる必需品を満載しつつ、ありとあらゆるところに向かっていった。

ドーソンズ・ランディングは奴隷に支えられた町であり、後背地の農園では奴隷たちの労働により、豊富な穀物、豚肉を産出していた。満ち足りた中で波風も立たず、眠ったような町である。町になってから五十年以上経《た》つ今も、少しずつ成長を続けている——ほんの少しずつ、と言うべきだが、それでも成長していることに変わりはない。

この町を代表する市民であるヨーク・レスター・ドリスコルは、年は四十歳ぐらい、郡裁判所の判事をつとめていた。ヴァージニア出の古い家柄が自慢で、気前良く人をもてなすところやいくぶん堅苦しくいかめしい物腰に、ヴァージニアの伝統が生きていることが感じられる。高潔、公正で太っ腹な人物で、紳士たることが――一点の曇りもなく紳士たることが――彼にとって唯一の宗教であり、その信仰心は片時も揺らぐことがなかった。町の人たちも皆、彼には一目置いて敬愛を寄せている。暮らしは裕福だし、そのうえ蓄えは増えつつあったから、彼も妻もまずは幸福といっていい境遇だったのだが、何もかもが幸福というわけでもなかった。というのは、彼らには子どもがいなかったからである。子宝を授かりたいという気持ちは年とともに募ったけれど、その幸運はついに訪れなかったし、これから先も訪れる見込みはなかった。

この夫婦のところには、夫に死に別れたレイチェル・プラット夫人という判事の妹が一緒に住んでいたが、この人にも子どもがなく、そのせいで沈みがちで、いつも寂しそうにしていた。二人とも善良で平凡な女性で、自分の義務を忠実に果たし、おかげで何らやましいところも、人から後ろ指をさされることもなく暮らしていた。二人は長老派教会の信者で、判事はいわゆる自由思想家であった。

ペンブローク・ハワードという四十歳近い独身弁護士もまた、ヴァージニアに最初に入植した「ファースト・ファミリーズ」の血筋を引く、れっきとした旧家の出身だった。高潔にして貫禄もあり、ヴァージニアのどんなに厳しい尺度で測ってもまぎれもない紳士であり、敬虔《けいけん》な長老派教会員であり、「しきたり」の権威であった。己の言動が他人から疑惑の目で見られる時があれば、いつでも決闘の場に立ち、ちっぽけな錐《きり》から大砲に至るまで、相手の望みどおりの武器を手に受けて立つ気概のある人物であった。町民の間の人気は絶大なもので、判事のいちばんの親友でもある。

さらにセシル・バーリー・エセックス大佐がいる。彼もまた入植以来のヴァージニア旧家の出身であり、侮《あなど》るべからざる人物だった。ただし、彼はこの物語には登場しない。

判事より五つ年下の弟パーシー・ノーサンバーランド・ドリスコルは、結婚後、次々に子どもをもうけた。しかしながら、その子どもたちは、麻疹《はしか》、大葉性肺炎、猩紅熱《しょうこうねつ》に襲われ、これが医者に大昔の治療法を試す機会を与え、結局、揺りかごの主は不在となってしまっていた。当人は投機の才覚に秀でた裕福な人物で、その資産は着々と増え続けている。一八三〇年の二月一日、この家に二人の男の子が生まれた。一人は彼自身の子で、もう一人は家に仕えている奴隷の一人ロクサーナが産んだ子だ。ロクサーナは二十歳で出産したその日のうちに起きだして、働きはじめていた。二人の赤子の世話を一人でしなければならなかったからである。

パーシー・ドリスコル夫人は出産したその週のうちに亡くなってしまい、二人の子どもの世話はロキシー［ロクサーナの愛称］の仕事になった。彼女は自分の思い通りにやることができた。というのも、ドリスコル氏は、すぐさま投機の仕事に没頭して、ロキシーのやり方に目を向ける余裕などなかったからである。

この年の同じ二月、ドーソンズ・ランディングに新しい住民が一人増えた。デイヴィッド・ウィルソンという人物で、スコットランド系の青年である。ニューヨーク州の奥の方の出身であったが、身を立てるべくはるばるここまでやってきたのだった。年は二十五歳で、大学を終えたのち、二年前に東部のロースクールを修了していた。

彼は薄茶色の髪をした、そばかすの多い、素朴な雰囲気の青年で、知的な感じのする碧眼《へきがん》は率直そうで親しげで、明るい光を宿しているところも感じがよかった。ドーソンズ・ランディングに到着早々の不用意な一言さえなければ、成功の途《みち》は開けたに違いない。ところが彼は、この村に到着したその日のうちに致命的な失言をしてしまい、それが彼の評価を「決定づけて」しまったのだ。それは彼がこの村の人たち何人かと挨拶を交わしはじめた時のことだった。どこからか犬の鳴き声が聞こえてきた。うなり、わめいては、とにかく不快な吠え方である。すぐさまウィルソンは、独り言のようにこうつぶやいたのだ――

「あの犬の半分が僕のものだったらなあ」

「どうしてだい?」誰かがたずねた。

「僕がもっている方の半分を殺してやれるからさ」

その場に居合わせた者たちは好奇の目で彼を見つめ、不安すら覚えたのだが、誰一人その真意を読みとることはできなかった。気味の悪いものから離れるようにしてウィルソンのもとを立ち去ると、内輪だけで彼について論じはじめた。

「どうやら、馬鹿のようだな」一人が口火を切ると、

「どうやら、じゃないだろう」別の一人が応じて答えた。「馬鹿そのものだよ、ありゃ」

三人目が続けて言った。「半分が自分のものだったら、だってよ。阿呆が。その半分を殺したら、あとの半分はどうなるってんだよ。まさか、生きてるとでも」

「そう思ったに決まってるさ。でなきゃあの男、正真正銘、世界一の大馬鹿者さ。ふつうは、一匹全部が自分のものだったら、と思うはずさ。自分の分を殺して、もう片方も死んでしまったら、その死んだもう片方の責任が問われるってこともわかるはずだからな。そうだろ、諸君」

「ああ、そのとおりだ。もし奴が犬全体を半分所有したとすれば、そういうことになる。もし犬の体をきっちり二等分して、体の片方があの男のもので、もう片方が他の人間のものだったとしても、やっぱりそうなる。第一の仮定の場合は特にそうだ。犬全体の半分を殺したなら、その殺された部分がどちらのものなのか、誰にも言えやしない。で、体の片方を所有しているんなら、まあひょっとしてそこだけを殺すってことも――」

「いや、それもあり得ないだろう。きっちり半分だけを殺すこともできないし、殺してもう片方が死んだら、責任がないってわけにもいかないだろう。要するにあいつは頭がどうかしてるんだよ」

「どうかしてるどころか、てんで脳ミソがないんだろう」

「とにかく、とんでもない間抜けだよ」と、三人目が言う。

「まったくだ」四人目がさらに続けて、「ぼけなすなんだ。正真正銘のぼけなすとは、まさにあいつのことだろうよ」

「そうとも、大馬鹿野郎、と言ってやりたいね」と、五人目の男が言う。「誰が何と言ってもかまわないが、俺はそう思うな」

「俺も賛成するよ」と、六人目が応じる。「まったくのとんまのロバ野郎さ――そうだ、阿呆たれといっても、言いすぎじゃないだろう。あいつが阿呆たれじゃないってなら、俺は何も言えないね」

ウィルソン氏は注目の的になった。この件は町じゅうの噂《うわさ》になり、誰もが大真面目に議論したのだった。一週間もしないうちに、ウィルソン氏は本来のファーストネームを忘れられ、「阿呆たれ」がその代わりとなった。やがて彼は人々から好かれるように、それも大いに好かれるようにさえなったが、その時にはもうそのあだ名が定着してしまっていた。初日に「阿呆たれ」という判決が下されて以来、彼はそのあだ名を取り除くことはもちろん、修正することもできなかった。まもなく悪意や嫌悪の意味が伴わなくなっていったとはいえ、あだ名はすっかり根を下ろし、二十年もの間、彼につきまとうことになるのである。

# 第二章

アダムは人間にすぎなかったのだ――これですべて説明がつく。彼はりんごが食べたくてりんごを欲しがったのではない。欲しがったのは、それが禁断の実だったからにほかならない。間違いの元は、蛇を禁断にしなかったことである。もし蛇が禁断であったとしたら、アダムは蛇を食べていただろう。

―「阿呆たれウィルソンのカレンダー」

阿呆たれウィルソンは、町に着いた時には小金を持っており、町の西のはずれに小さな家を買った。草地ひとつ隔てた隣はドリスコル判事の家で、草地の真ん中にある木の柵が境界線になっていた。ウィルソンは町にも小さな事務所を借り、ブリキの看板を掲げた。そこに書かれていたのはこんな文句である。

デイヴィッド・ウィルソン
弁護士・法律相談
土地測量・不動産譲渡取扱、等。

しかし、あの致命的な一言のせいで、成功の見込みは――少なくとも法律の分野で成功する見込みは――なくなってしまった。依頼客は一人も来なかった。そのうちに彼は事務所をたたみ、看板から法律関係の文言を消し去って、自宅の前に掲げた。土地測量士と会計士としてのつつましい仕事だけに限定することにしたのである。それから時々は測量の仕事がきたり、帳簿の整理を依頼する商人が現れたりした。それでも彼は、汚名を返上するまで実績を積んでいこうと心に決めていた。スコットランド人特有のがまん強さと負けん気で、法律で身を立てることをあきらめなかったのである。その念願を果たすまでには、うんざりするほど長い時間がかかるということを彼は知る由《よし》もなかった。

暇な時間はたっぷりとあった。しかし、彼が時間を持て余すことはまったくなかった。何か新しいことがアイデアの宇宙に生まれ落ちるたび、彼はそれに興味を抱き、研究し、自宅で実験してみるのであった。彼が熱中したお気に入りの一つに手相術があった。もう一つのお気に入りについては、特に名前をつけることもなく、誰にもその目的を明かそうともせず、ただ、遊びでやっているだけのことだと語った。実際のところ、彼がそれに熱中していることが阿呆たれの評判をますます煽《あお》っていることに彼自身も気づいていた。だから、自分の思いつきを他人に語ることに用心深くなっていたのである。この名前もないお気に入りとは、指紋に関するものであった。彼は上着のポケットに、薄い箱をしのばせていた。箱の中はいくつもの溝がついていて、溝に長さ五インチ幅三インチほどの細長いガラス板がはまっている。そしてガラス板の下の方には、白い紙切れが貼られていた。彼は、人に会うたび、両手を自分の髪に入れてくれるよう頼んだ（こうすれば髪の脂が手に付着するからである）。それから例のガラス板に親指を押し当ててもらう。残りの指も順々にやっていって、すべての指の跡をとるわけだ。こうしてついた指の跡がうっすらと並ぶと、彼はガラス板の紙切れに次のような記録を書きこむのである。

ジョン・スミス——右手——

そこに指跡を採取した年月日を付け加え、別のガラス板にスミス氏の左手の記録もとり、同じく名前と年月日と「左手」という文言を書き添える。ガラス板は溝つきの箱に収められ、ウィルソンが「記録」と呼んでいるものの中に仲間入りすることになる。

この記録をウィルソンはよく取り出しては眺めて過ごしていた。じっくりと眺め、あれこれと考えをめぐらせていると、深夜に及ぶことも珍しくなかった。しかし、どんな発見があったとしても、それを他人に明かすことはなかった。時々、指の腹がつけた複雑でこまやかな紋様の跡を紙に模写し、その蜘蛛《くも》の巣じみた曲線をじっくり調べられるよう、写図器《パンタグラフ》を使って大きく拡大したりもした。

うだるように暑いある日の午後、一八三〇年七月一日のことだったが、ウィルソンは、空き地に面した西向きの仕事部屋で、複雑に込み入った会計帳簿と格闘していた。その時、外から聞こえてきた話し声が彼の意識をかき乱した。互いに遠く離れた者同士の会話らしく、大声で叫びあっているようだ。

「おうい、ロキシー、おまえの赤ん坊は元気にやってるかい？」遠くから呼びかける声が言った。

「そりゃあもう元気だよ。おまえさんの方こそどうだい、ジャスパー？」すぐ近くから怒鳴る声が答える。

「おれはまああってとこさな。何も文句はねえよ。そのうちおまえのこと口説きに行ってやっからよ、ロキシー」

「へん、おまえさんがかい、泥なまずめが！　何言ってんだ。あんたみたいなまっ黒の黒ん坊なんかとつき合ってやるもんか。クーパーさんとこのナンシーにふられちまったのかい？」ロキシーはこう言って相手をからかうと、けらけらと屈託なく笑った。

「おれのこと妬《や》いてるのかい、ロキシー。そうに違《ちげ》ぇねえな、この男好きめ、図星だろ」

「ああそうかい。そう思いたきゃ、思えばいいさ。そんでもジャスパー、妙なこと考えてばっかりいると、そのうちひどい目にあうよ。あたしがあんたの主人だったら、手遅れにならねえうちに川下[*1]に売り飛ばしてやるとこだ。今度あんたとこの旦那に出くわしたら、早速教えてやんねえとな」

　こんな他愛のない呑気《のんき》なやり取りが、えんえん続いていく。親しみをこめてお互いをあしざまにののしりながら、二人はその言い合いを楽しみ、満足していた。本人たちはこれで、機知をやりとりしているつもりなのだ。

　ウィルソンは窓辺に歩み寄り、二人の姿を眺めた。彼らのお喋《しゃべ》りが続く限り、仕事などまともにできたものではない。空き地の向こう側にいたのは、若くて堂々たる体格をした、石炭のように真っ黒なジャスパーだ。強い陽射しを浴びながら、手押し車の上に座って仕事をしている風ではあるが、実際には、仕事の下準備と称して、はじめる前に一時間ほども休憩をとっているのだ。ウィルソンの家の玄関の前にはロキシーが佇《たたず》んでおり、地元で作った手製の乳母車には、彼女が世話している二人の赤ん坊が互いに向かい合わせの形で乗せられていた。ロキシーの言葉づかいを聞いた人は、彼女のことを黒人だと思っただろう。しかし、彼女の肌は黒くはなかった。十六分の一しか黒人の血は混じっていない上に、その十六分の一の血も表面的には現れていなかったのだ。立派な体格、堂々として物怖《ものお》じしない立ち居振る舞いには優雅な気品が備わっている。肌の色はとても白く、潑剌《はつらつ》とした薔薇色《ばらいろ》の頰はいかにも健康的に見える。人となりがよく現れた表情ゆたかな顔をして、目の色は茶色で澄み切っている。細く柔らかい豊かな髪も茶色だったが、格子縞《こうしじま》のスカーフの下に隠れてそれは見えなかった。顔形も良く、知的で、目鼻立ちが整い――美しいとさえ言ってもよいだろう。同じ奴隷仲間の黒人たちの中では、屈託なく自由にふるまい、高慢で生意気なところさえあった。しかし無論、白人のいるところでは、あくまでおとなしく、万事控えめにしていた。

どこからどう見ても、ロキシーは間違いなく白い肌をしていたが、十六分の一を占める黒人の血が他の十六分の十五を打ち消し、彼女は黒人とみなされていた。彼女は奴隷であり、奴隷として売られうる立場にあった。彼女の産んだ赤ん坊は、三十二分の三十一までが白人だったが、こちらも奴隷であることに違いなく、空虚な法律と慣習により、やはり黒人ということになっている。この子は、碧《あお》い目といい亜麻色《あまいろ》の巻き毛といい、一緒にいる白人の赤ん坊とそっくりだったが、めったに彼らに会うことのないこの白人の子の父親は、着ている服の違いによって二人を判別することができた。白人の赤ん坊は、フリル付きの柔らかいモスリンの服を着て、サンゴのネックレスをしている。かたや黒人の赤ん坊は、膝までしかない麻のごわごわしたシャツ一枚で、装飾品などもちろん何もつけていなかった。

白人の赤ん坊は、トマス・ア・ベケット・ドリスコルという名前だが、黒人の赤ん坊は、ヴァレ・ド・シャンブル［Valet de Chambre、主人の身の回りを世話する従者の意］という名だけで名字がなかった。奴隷には名字を持つ資格がなかったからである。ロクサーナはどこかでこのフランス語を耳にして、その響きが気に入り、それが人の名前だと思い込み、自分の息子をそう名づけたのであった。言うまでもなく、この名前はあっというまに「チェンバーズ［Chambers］」に縮まった。

ウィルソンはロキシーを前にも見かけていたので、二人のお喋りが終わりに近づいた頃、例の記録を収集しようと表に出た。彼に気づいたジャスパーは、油を売っているところを見られたと悟り、勢いこんで仕事を始めた。ウィルソンは二人の赤ん坊をしげしげと眺めながら、彼女に尋ねた――

「ロキシー、この子たちはいくつになるんだい」

「どちらも同い年ですよ、旦那――五ヶ月になります。二月の一日生まれで」

「なんともかわいらしい子たちだね。どちらも負けず劣らず良い顔をしているよ」

うれしげに口元をほころばせ、ロキシーは白い歯をのぞかせた。

「ああ、ウィルソンさん。あなたに神のご加護がありますように。そう言って下さって、ありがたいことです。片一方はただの黒ん坊じゃないんですよ。えらく立派な黒ん坊だといつも言っとります。なんでかって、あたしが産んだ赤子なんですから」

「でもロキシー、何も着てない時は、この子たちをどうやって見分けるんだい？」

ロキシーは、彼女の体に見合った大きな笑い声を立てた。

「そりゃウィルソンさん、あたしにはわかりますよ。けれど、ご主人のパーシー様には、命をかけたって分からないでしょうよ」

ウィルソンはそれからしばらく無駄話をしていたが、やがて例のガラス板二枚に、ロキシーの指紋を左右両手分採取し、名前と日付をラベルに書きつけた。続けて二人の赤ん坊の「記録」もとって、同じく名前と日付を書き込んだ。

二ヶ月後の九月三日に、彼は再びこの三人の指紋をとった。適当に間隔を置きながら、幼いうちに二度三度と「採集」しておいて、数年たってから再びとる。そのようにして彼は同じ人物の「シリーズ」を作りたかったのだ。

その翌日の九月四日、ロクサーナをひどく不安にさせる事件が起こった。ドリスコル氏が、また小金を失くしたのである。つまり、金の紛失はこれが初めてのことではなく、実は以前にも三度同じことがあり、ドリスコル氏の我慢も限界に達していた。彼は奴隷や他の動物に対してはそれなりに慈悲深い人物であり、自分と同じ白人の過ちに対しては、きわめて寛大であった。それでも彼は、盗みというものを許すことができなかった。家の中に犯人がいることは間違いない。だとすれば当然、泥棒は黒人の召使のうちの誰かにちがいない。厳しい処置をとらねばならない。彼は召使たちを呼び集めた。召使はロキシーの他に男が一人、女が一人、そして十二歳の少年の三人で、互いに血のつながりはない。ドリスコル氏は言った。

「前にもおまえたち全員に警告しておいたはずだ。しかし、それも無駄だったようだな。今度という今度は、見逃すわけにはいかん。泥棒は売り飛ばすことにする。さあ、金を盗《と》ったのはいったい誰だ」

主《あるじ》に詰め寄られ、誰もが身震いした。この屋敷は平和な場所だった。売られたら、今よりも処遇が悪くなるのは明らかである。誰もがこぞって、自分は犯人ではないと声を張った。何も盗んだりはしていないし、ましてや金を盗むなんて滅相もないことだと。砂糖やお菓子や蜂蜜のような「なくなっても旦那様には分からないし気にもなさらない」ものであればわずかばかり失敬したことはあっても、お金にだけは一セントだって手を出したことはない。そうして皆が弁明の言葉を口にしたが、ドリスコル氏の心は微動だにしなかった。召使たちが口々に申し開きをするたび、彼はただ「誰が盗んだのか言え!」と厳しく迫るばかりだった。

実を言うと、ロクサーナ以外の他の全員が犯人だった。ロクサーナはそう疑いながらも、確かなことは知らなかった。自分もあと少しで同じ罪を犯しそうになっていたので、それを思って彼女はぞっとした。彼女は二週間前に黒人が集うメソジスト教会での伝道集会に行って、「宗教に目ざめた」おかげで、きわどいところで罪人《つみびと》にならずに済んだのだ。そのありがたい時間を教会で過ごした翌日、自分は生まれ変わったのだという思いも新たに、清らかになった自分を誇りに思っていた矢先、ドリスコル氏が机の上に二ドルの金を出したまま放置していったのであった。雑巾《ぞうきん》であちこちを磨いていた彼女の目は、たまたまこの魅惑的な金の上に留まった。しばらくの間、募る憤《いきどお》りの念とともにその金を見つめた末、やがて彼女はこう口走った。

「えいくそ、頭にくるよ、あの伝道集会め！　生まれ変わるのが明日だったら良かったのに！」

　彼女はその時、誘惑者たるその金の上に本を載せておいたが、同じ台所仲間の一人がそれを手にしたのだった。ロクサーナは信仰のためにこの犠牲を払ったわけである。悔い改めたばかりの時点ではそうする必要があったのだ。が、無理してこれを慣習にするつもりは決してなかった。一、二週間もすれば、信仰心もほどよくほぐれて元の正気にかえるだろう。今度また二ドルの金が寂しげに放り出されていたら、見かねた誰かがそれを救い出すだろう。そして誰が救い出すのか、彼女には分かっていた。

　こんな彼女は悪人なのだろうか？　まわりの黒人連中よりもたちが悪いのだろうか。いや、そんなことはなかった。人生の戦場で彼らははじめから不当な立場に立たされている。少しくらい敵の隙《すき》をついたところで、罪にはならないだろう。それもあくまでほんの少しのことで、決して大それたことをしでかすわけではないのだ。事あるごとに、さほど値打ちのないものをくすねる程度だ。貯蔵室の食料、真鍮《しんちゅう》の指抜き、蠟《ろう》の塊、金剛砂の袋［針を綺麗《きれい》に保つのに使う］、縫い針、銀のスプーン、一ドル紙幣、ちょっとした衣類品など。彼らはこうした行為を罪だとは考えなかった。だから戦利品をポケットに入れたまま教会へ行き、何のうしろめたさも感じることなく、声高らかに祈りを捧げることもよくあった。農家の燻製所《くんせいじょ》も厳重に鍵をかけておかねばならない。教会の黒人執事でさえも、夢の中であれ何であれ、神の啓示によって、寂しくつるされたまま誰かに愛されることを待ち焦がれるハムのありかを教えられたとしたら、それに手を伸ばさずにはいられないからだ。とはいえ、目の前にそれが百本ぶらさがっていたとしても、彼は二本もとるようなことはしない――一晩のうちには。凍えるような夜ならば、情け深い黒人の泥棒は、板の端を温めておいて、樹の上の寝床にいる雌鶏《めんどり》の冷たい脚の下にそれを差しこんでやるだろう。寝ぼけた鶏は、温かく快適な板に飛び移り、コココッと感謝の鳴き声を上げることだろう。盗人《ぬすっと》は鶏を袋の中に押し込み、やがて胃の中に押し込むわけだが、その時、彼は罪の意識を感じたりはしない。自分から自由という至高の宝物を毎日奪っている相手から、ほんのわずかばかりのものを奪ったところで、最後の審判の日、神がそれをお咎《とが》めになりはしないと信じきっているのだ。

「誰が盗んだのか言え！」

ドリスコル氏はこの日四度目となる同じ言葉を繰り返した。はじめから一貫した厳しい口調で言い、今回はさらにおそろしい文言を付け加えた。

「一分間だけ時間をやろう」懐中時計を取り出し、彼は言った。「一分たっても白状しなければ、四人全員売り飛ばしてやる。それも、川下へだ！」

召使たちにとっては、地獄行きを宣告されたのと同じだった。ミズーリ州の黒人でそう思わない者はただの一人もいない。にわかにロキシーはその場によろめき、顔から血の気が引いていった。他の三人も銃弾に撃たれたようにがっくりと膝をついた。彼らは涙をこぼして、許しを乞うように両手を上げた。そして三人の口から同時に同じ言葉が飛び出した。

「あっしがやりました！」

「あたしがやりました！」

「おれがやりました！——お許しくださいまし、旦那様——ああ、神様、あわれな黒ん坊にどうかお慈悲をお願い申しますだ！」

「わかった、もういい」ドリスコル氏は時計を懐《ふところ》にしまいながら言った。「この土地の人に売ることにしよう。おまえたちに、それだけの値打ちはないがな。本来ならば川下へ売り払って当然のところだ」

罪を白状した被告人たちは、感激のあまり身を投げ出して、ご恩は決して忘れません、生涯旦那様のために祈り続けますと口々に言いながら、主人の足に口づけをした。彼らの気持ちに嘘偽《うそいつわ》りはなかった。なぜならドリスコル氏は、神のごとくその力強い手をさしのばし、地獄の門をしっかりと閉ざしてくれたからだ。ドリスコル氏自身、これが気高く情け深い行為であることを自負し、自分の寛大さに満足していた。彼はその夜、この出来事を日記に書きとめた。何年か後に息子がこの記述を読んだ時、父親の親切心、慈愛の念に感動し、自らも心優しく寛大な行いを為すだろうと考えたのである。

# 第三章

人生の何たるかを悟るくらい長生きした者ならば、人類がアダムに対し深い感謝を捧げねばならないことを皆知っている。彼は人類にとって最初の大恩人である。この世に死というものをもたらしたのだから。

――「阿呆たれウィルソンのカレンダー」

川下へ売り飛ばされる運命から召使たちを救ってやったその夜、パーシー・ドリスコルはぐっすりと眠った。しかしロキシーはまんじりともしなかった。激しい恐怖が彼女に取りついていた。自分の子も成長すれば川下に売られてしまうかもしれない！　そう思うと、恐ろしさで頭がおかしくなりそうだった。一瞬うとうとと眠りかけても、次の瞬間にははっと飛び上がってわが子の揺りかごに駆け寄り、無事を確かめる。胸に抱き上げ、愛おしさのあまり狂ったように口づけをくり返すと、うめくように、叫ぶように胸のうちを吐露した。「売らせねえ、売らせねえよ！　そんなことになるくらいなら、母ちゃんがおまえを殺してやるさ！」

そうしてわが子を今一度揺りかごに戻した時、もう一人の赤ん坊が、気持ち良さそうに眠っている姿が目をひいた。そばに立ってその子を見つめたまま、長い間、彼女はひそかに考えた。

「あたしの子がいったい何をしたって言うんだ。なんでおまえ様のような運を持てねえんだ。何にも悪いことをしたわけじゃねえ。神様はおまえ様にはよくして下さって、あの子にはどうしてよくして下さらねえんだ？　おまえ様が川下へ売られることはありえねえ。おまえ様の父様が憎らしいよ。慈悲も何もねえお人だ――とにかく、黒ん坊には情け容赦がねえ。あたしは、あのお方が憎らしくてなんねえ――殺してやりてえよ！」彼女はしばらく黙って考え込んでいたが、急にまたたがいがはずれたようにしくしく泣いて、赤ん坊から顔をそむけた。「ああ、あたしはこの子を殺さなくちゃなんねえ。ほかにやり方はねえ――旦那様を殺しても、この子が川下へ売られるのは止められねえさ。そうだ、仕方がねえ。おまえを救うには、おまえを殺すしかねえんだよ、坊や」――彼女はまたわが子を胸に抱き上げて、何度もきつく抱きしめた――「母ちゃんは、おまえを殺さねばなんねえ。そんなことできるもんかい。でも、母ちゃんはおまえを見捨てられねえ――大丈夫だから、泣かねえでくれよう――母ちゃんも一緒に行く。母ちゃんも一緒に死ぬからな。坊や、母ちゃんと二人で川へ飛び込むんだよ。そしたら、この世のつらいことは、ぜんぶ終わる――天国に行けば、かわいそうな黒ん坊を川下へ売る人はもういねえさ」

わが子をあやしながらやさしく囁《ささや》きかけ、ドアの方へ歩きかけた彼女が、急に足をとめた。自分が日曜日に着る新しい服が目にとまったのである。カーテンにするような安っぽい更紗《さらさ》地《じ》で、けばけばしい色と派手な模様の寄せ集めだった。彼女はしばらくの間、名残惜しそうにその服をしげしげと見つめていた。

「まだ一度も着たことがねえな」彼女は呟《つぶや》いた。「こんなきれいな服なのに」その時、何か楽しい考えを思いついたように、彼女はうなずいた。「そうだ、皆に見られるんだ。こんな見苦しいぼろ着なんかで死んで、水から引き上げられるんじゃやりきれねえよ」

彼女はわが子を床に下ろすと着替え始めた。そして鏡をのぞいてみた時、自分の美しさにはっとした。完璧な死に装束をまといたい、と彼女は思った。まず頭に巻いていたスカーフをはずし、つややかな髪を「白人の方々みたいに」結いあげた。そこへ、けばけばしい色合いのリボンの切れ端やら、悪趣味な造花の小枝やらをあしらった。仕上げに、当時「雲」と呼ばれていた、燃えさかる炎のような緋色《ひいろ》のふわふわの肩掛けをまとった。これで墓へ行く準備は完了した。

彼女はもう一度わが子を抱き上げた。くすんだ灰色の粗麻《あらそ》でできた丈の短い肌着に目をとめると、その物乞いのようにみじめなわが子のいでたちと、地獄の炎が噴き上げるような自分の死に装束のきらびやかさとのあまりの落差に彼女の親心は痛んだ。彼女は自分を恥じた。

「ああ、そうだ。おまえをそんな格好のまま死なすわけにはいかねえ。母ちゃんに負けねえくらい、天使様たちに感心してもらわなければなんねえからな。天使様たちが目を覆って、『あの子の服はあんまりお粗末だから、ここへ入れるわけにはいかない』なんて、ダビデ様やらゴリアテ様やらのお偉い方々が仰せになられたら困るもんな」

もうすでに彼女はわが子の肌着を脱がせていた。そして代わりに、その裸の体に、トマス・ア・ベケットの雪のように青白い裾のたっぷりとした服を着せた。鮮やかな青い蝶形《ちょうがた》リボンに、袖にはふわふわした優雅なフリルまでついている。

「ほれ――できあがった」彼女は赤ん坊を椅子に座らせ、一歩下がってわが子を眺めた。すると彼女は驚きと賛嘆に目を見開き、手を叩《たた》きながら声をはずませた。「はあ、こりゃまあ、びっくりしたよ！　おまえったらこんなにかわいらしかったのかい。トム坊ちゃまにだって負けてねえ――ちいとだって負けてねえよ」

彼女はもう一人の赤ん坊のそばへ歩み寄り、それからまた自分の赤ん坊を振り返った。そしてもう一度、この家の跡取り息子に視線を戻した時、彼女の目に異様な光が現れた。しばらくの間、彼女は物思いに沈んでいた。放心しているように見えた。やがて我に返って、呟いた。「昨日、たらいに入れて体を洗ってやってた時、あの子の父様はどっちがどっちなんだとお尋ねなさったよ」

彼女は夢の中のようにあわただしく立ちまわった。トマス・ア・ベケットの服を脱がせ、真っ裸にすると、粗麻のみすぼらしい肌着を着せた。それからサンゴのネックレスをはずし、わが子の首にかけた。そうして二人の赤ん坊を並べ、何度も見比べたあげく呟いた。

「服を取り替えただけでこんなことになるなんて、いったい誰が信じるかい。あたしだって、見間違えそうになる。あの子の父様にはそりゃ分かんねえな」

彼女はわが子をトムの立派な揺りかごに入れて、こう続けた。

「今からおまえがトム坊ちゃまになるんだ。あたしもおまえのことをちゃんと坊ちゃま、と呼べるように、稽古《けいこ》して慣れねばなんねえな。でなけりゃ、いつか間違いを起こして、おまえもあたしも大変なことになっちまう。ほれ――おとなしく寝てろ、もう騒ぐんじゃねえぞ、トム坊ちゃま――まったく、天の神様のおかげで、おまえは助かった、助かったんだよ！　――もう、かわいそうなおまえが川下へ売られることはねえんだよ！」

　この家の跡取り息子を、ペンキも塗られていない松の白木でできた揺りかごにおさめ、すやすや眠るその姿を落ち着かなげに見つめながら、彼女は囁いた。

「おまえ様にはすまねえと思う。本当にすまねえと思ってるよ――でも、これより他にどうすればいいんだい。どうしようもねえ！　おまえ様の父様は、いつかあの子を売りなさる。そうすりゃあの子は、川下へ行くにきまってる。あたしには、こらえきれねえ。どうしても、こらえられねえよ！」

　彼女は自分のベッドに身を投げ出し、考えてはのた打ち、を繰り返した。そのうちに、彼女は急にびくっと起き上がった。思いわずらう頭に、良い考えが浮かんできたのである。

「これは罪ではねえさ――白人だってやったことだ！　罪なんかじゃねえ、ああ、良かった、助かった、罪じゃねえんだからな！　白人だってやった――それも、誰よりもいちばん偉い王様がやったんだよ！」

　彼女はじっくりと考えをめぐらせた。おぼろげな記憶の糸をたぐりよせ、いつか誰かに聞いた話を蘇《よみがえ》らせようとしていたのだ。そしてついに彼女ははっきり思い出した。

「わかったぞ。ああ、思いだした。あの年くった黒人の説教師様が教えてくれたんだ。イリノイからやってきて、黒人の教会で説教なさった時だ。自分で自分を救うなんてことは誰にもできねえって言ったんだよ――信心深くても、まじめに働いても、何したってだめだ。救いはただ神様のお恵みだけだ。神様だけがお恵みを授けてくださる。神様は、誰にでもそれをお授けなさることができる。聖人だろうが罪人だろうが――神様が目をかけた者なら誰でもいいんだ。神様の御心のまま、いいと思われた者を選んで、そうでない者と分けとくだ。選んだ者は永遠に幸福にしてやり、そうでない者はサタンと一緒に焼かれるまま放っておく。説教師様は大昔、イングランドでも同じことをやったと言ってた。女王様がある日、ご自分の子どもをその辺に寝かせたまま、お出かけになった。お城にいた奴隷のうちほとんど白人の女がやってきて、その子が寝てるのを見て、自分の子の服を女王様の子に着せて、女王様の子の服を自分の子に着せた。そうして自分の子をそこに残して、かわりに女王様の子を抱いて黒人たちの住みかへ連れて行ったけど、誰もそのことに気づかなかったんだ。そのうちに黒人の子は王様になった。そして、資産の整理をする羽目になって、女王様の子を川下へ売っちまったんだ。ここでだ――説教師様が自ら言いなさったんだ、白人がやったから、これは罪じゃねえんだと。あの人たちがやった――そうだ、あの人たちだってやったんだよ。おまけにその辺にいるただの白人じゃねえ、人間の中でいちばん偉い王様だよ。思い出せてほんとによかった」

ロキシーは心も軽く、幸せな気持ちで起き上がると、揺りかごのそばに歩み寄り、夜明けまで「稽古」を続けた。わが子をそっと撫《な》でてやりながら、「トム坊ちゃま、おとなしくおやすみなさいましよ」と、かしこまった調子で話しかける。そして本物のトムの方をパシッとはたき、「チェンバーズ、おとなしく寝るんだ――母ちゃんに叱《しか》られたいのかい！」とどやしつけた。

これまでトムに向けられていた丁寧《ていねい》な言葉づかいや控えめな態度、畏敬の念までもが、やがて少しずつ、彼にとって代わったわが子へと自然に向かいはじめる。稽古を続けているうちにそれが実感されて、彼女は自分でも驚いてしまった。また同時に、運悪く取り替えられてしまった由緒あるドリスコル家の跡取り息子への、母親然とした気安い口調や荒っぽい態度も、いとも簡単に身についてきた。

彼女は時々休憩を入れては、この取り替えが見破られずに済むかどうか、一生懸命に考えた。

「あの黒人たちは、金を盗んだせいで、今日売りとばされちまう。そしたら、この子らのことを何も知らねえ黒人が入るから心配ねえな。外の空気を吸いにこの子らを連れ出す時は、口のまわりをジャムで塗りたくってやりゃいいだ。そうすりゃ、入れ替わりに気づくものは一人もいねえよ。そうだ、大丈夫だと思うまでは、まるまる一年でもそうする方がいいな。心配なのは、あの阿呆たれのウィルソン一人だけだ。みんなはあの人を阿呆たれだ、まぬけだと言うが、いや、あの人が馬鹿ならあたしも馬鹿だってことになるよ！　あの人はこの町でいちばん冴《さ》えてる。ドリスコル判事様や、もしかするとペン・ハワード様よりも頭がいい。えい、しゃくにさわる。うっとうしいガラスのかけらなんか集めて、気色《きしょく》悪い。魔法使いかい！　でも心配することはねえ、そのうちそれとなく会いに行って、子どもらの指の跡をまたとらねえかって聞いてみよう。そうやって、あの人でさえ気づかなけりゃ、他には誰も気づかねえさ。そしたらあたしも安心だ。でも、魔法にかからねえように、馬の蹄鉄《ていてつ》は持って行こう」

言うまでもなく、新入りの黒人たちはロキシーにとって何の妨げにもならなかった。また主人も同じだった。投機事業の一つが行き詰まり、頭がそっちへ行きっ放しで、赤ん坊たちを前にしても、ろくに見もしなかった。主人がやってきたら、ロキシーとしては、子どもたちをきゃっきゃと笑わせれば良かった。赤ん坊が笑うと、顔じゅう歯茎も露《あら》わな大きな空洞と化す。赤ん坊の笑いがおさまって、また人間らしい顔つきに戻る前に、主人はすでに立ち去ってしまっているのだった。

数日もしないうちに投機話はいよいよ逼迫《ひっぱく》していた。そこでパーシー氏は兄の判事と連れだって、何とか事態を収拾しようと出かけていった。例によって不動産投機が裁判沙汰となってしまっていたのである。二人は七週間の間、家をあけっ放しにした。その留守中、ロキシーは赤ん坊たちを連れてウィルソンを訪ね、目論見《もくろみ》どおりすべてはうまくいった。ウィルソンは指紋をとり、それに名前と日付——十月一日——を記し、丁寧にそれをしまってから、ロキシーを相手に雑談した。一ヶ月前に指紋をとった時よりも子どもたちがますます大きく、可愛らしくなったことを、ロキシーはぜひウィルソンに見てほしそうだった。ウィルソンは彼らの成長ぶりを褒《ほ》めそやし、ロキシーを満足させてやった。その一方、子どもたちには人目をごまかすためのジャムもつけていなかったので、ロキシーは内心ずっと縮こまり、今にもウィルソンに見透かされはしないかとびくびくしていた。

しかし、ウィルソンは何も言わなかったし、何も気づかなかった。彼女は喜びのあまり跳びはねたいような気持ちで家に帰った。それ以後はもう、心の中からすっかりその心配ごとを消し去ってしまったのであった。

# 第四章

アダムとイヴには我々と比して多くの利点があった。中でも大きいのは、歯が生える不快感を経験せずに済んだことだ。

——「阿呆たれウィルソンのカレンダー」

神の摂理には厄介な面もある。——つまり、誰が恩恵を受けたのか、はっきりしない場合があるからだ。子どもと熊と預言者の挿話では、実際のところは、預言者よりも熊の方が大きな満足感を得られたはずである。なぜなら熊は子どもたちを食べたのだから。［旧約聖書『列王紀下』第二章の話を踏まえている］

——「阿呆たれウィルソンのカレンダー」

この物語もここからは、ロクサーナが引き起こした変化に合わせて、この家の本当の跡取り息子を「チェンバーズ」、その地位を奪った奴隷の子を「トマス・ア・ベケット」——こちらは周りから呼ばれている通りに「トム」と縮めて——として話を進めよう。

跡取り息子になりおおせた最初の頃から、「トム」はたちの悪い赤ん坊だった。理由もなしに泣きわめき、前触れなしに突然ひどい癇癪《かんしゃく》の嵐を巻き起こす。ぎゃあぎゃあと耳をつんざく大声で泣き叫んではわめき散らし、最後には「息止め」の技でしめる。――歯の生えてくる頃の乳児がよくやるお得意技だ。まず、肺の中の空気が完全になくなってしまうまで息を止める。次にはうんともすんとも言わず、もがいたり体をよじったり空《くう》を蹴ったり、息をしようとあがく。そのうち唇は紫色になり、大きく開いてこわばった口からは、赤い歯茎の輪の下の方に、小さな歯が一本はっきりとのぞいている。ぞっとするような静寂が続いて、もはや息を吹き返すこともないかと思われる頃にようやく、乳母が飛んできて子どもの顔に水を浴びせかける。すると、見よ！　肺はすぐさま空気を取り込み、叫び、わめき、吠《ほ》える声が飛び出す。耳をつんざくその声音を聞けば、後光の射すような聖人であっても、思わずその人らしからぬことを口走ってしまうだろう。このトム坊ちゃんは、自分の爪の届く範囲の者を誰でもひっかき、ガラガラが届く範囲の者を誰でもそれで叩く。水を飲みたければ水をもらえるまでわめき、水を与えればコップも何も床に放り投げて、もっと飲みたいと泣きわめくのだった。どんなに厄介ではた迷惑なわがままを言っても、彼の望みはかならず叶《かな》えられた。食べものにしても、好きなものを何でも与えられ、特に腹痛を起こすようなものを好んだ。

よちよち歩きをはじめ、片言を話しだし、手が何のためにあるのか分かるようになる頃、彼は前よりもさらに手に負えない困りものになっていた。彼が起きている間、ロキシーは息をつく暇もなかった。目にするものはどんなものでも「ほちい！」と言う。「ほしい！」という意味だが、これがすでに命令の言葉である。ところが所望のものを渡してやると、今度は両手でそれを押しやりながら「ほちくない！　ほちくない！」としつこく叫びつづける。言われるままにそれを下げると、またすぐに「ほちい！　ほちい！　ほちい！」と憑《つ》かれたように叫び出す。彼が泣き叫んでひきつけを起こさないよう、ロキシーは休む間もなく部屋を行ったり来たりしなければならなかった。

　彼が何より好きなものは火ばさみだった。窓や家具を壊してしまうことのないよう、手にすることを「父」から禁じられたからだった。ロキシーが背を向けた途端、彼はよちよち歩いて火ばさみの前まで行く。そして「しゅき！」と言いながら、横目でロキシーを見上げ、彼女が見ているかどうか確かめる。それから「ほちい！」と言ってまた横目で彼女を見る。うかがうような顔をしながら「もちゅ！」と言い、最後には「とって！」である。――そうして彼は望むものを手にするのだった。次の瞬間、この重い道具は高々と振り上げられ、がしゃん、ぎゃーっ！　とすさまじい音がする。猫が約束していた場所へ向かおうと片足を上げ、ロキシーが駆け寄る頃にはランプやら窓やらが粉々に砕けてしまっている。

　トムはこれ以上ないほどにかわいがられ、チェンバーズはまったく見向きもされなかった。トムはあらゆるご馳走《ちそう》にありついたが、チェンバーズはとうもろこしの粉を牛乳で煮たおかゆと、砂糖抜きのクラバー「アメリカ南部で用いられた凝乳で、生の牛乳から作られる」を与えられただけだった。その結果、トムは病気がちで、チェンバーズは健康に育った。トムは、ロキシーが言うには「気難しく」てわがままであり、チェンバーズはおとなしく素直だった。

まっとうな常識の持ち主であり、日々の家事をこなす能力も持ちあわせているロキシーであったが、わが子のこととなると、どうしようもない親馬鹿だった。ただでさえそんな状況であった上に、彼女の場合それだけでは済まなかった。自ら作り出した虚構のおかげで、彼女の息子は彼女の主人になっている。この主従関係を外に向けても認知し、その認知を表すべく、その場その場に応じて完璧な振る舞いをしなければならない。それゆえ労を惜しまず、忠実に仕える素振りを続けたので、ほどなくそれが定着し、習慣になった。意識せずとも、自然とそんな態度が現れるようになったのである。そうなると勢い、もともとはひたすら他人を騙《だま》すための振る舞いに、結果的には自分自身も騙されるようになっていった。まやかしの敬意が心からの敬意に変わり、見せかけだけの追従《ついしょう》が本当の追従になり、まがいものの忠誠心が本物の忠誠心になった。偽りの奴隷と偽りの主人を隔てる小さな亀裂は、しだいに大きく裂けて深い溝となった。――本物と言うほかない深い溝の片側に、自分の欺《あざむ》きの犠牲者たるロキシーが立っていた。そして反対側には、もはや彼女にとっても簒奪者《さんだつしゃ》ではなく、彼女自らが認めて受けいれる主人となった彼女の息子が立っていたのだ。彼女の可愛い子、彼女の主人、彼女の神――その三つが合わさった身であった。彼を崇拝するあまり、自分が誰であり彼が誰であったかをロキシーは忘れてしまったのである。

幼少の頃、トムがチェンバーズを殴っても、叩いても、引《ひ》っ掻《か》いても、咎められることはなかった。そんな仕打ちの中、チェンバーズは幼くして、怒りをあらわにするよりも、おとなしくこらえる方が圧倒的に得策であることを悟った。あまりに手ひどいトムのいじめに、思わず反撃に出たこともごく稀《まれ》にあったが、そのたびに決まってきわめて厳しい制裁が下った。それはロキシーによる制裁ではなかった。「誰が若主人かを忘れた」からといって厳しく叱りつけるにしても、耳を引っぱたくのがせいぜいで、それ以上ひどい罰を与えることはなかった。制裁は、パーシー・ドリスコルによってなされた。彼はチェンバーズに、たとえどんなに腹にすえかねることがあっても、若主人に手をあげる権利はないと教えこんだ。チェンバーズはこの教えを破ってしまったことが三度あり、その三度とも、彼の実父でありながらそれを知らないドリスコル氏その人によって、したたかに鞭《むち》打たれたのだった。以来それに懲りて、トムのどんなにひどいいじめに対しても終始おとなしく耐え忍び、新たな反撃に挑んでみることはなかった。

子どもの頃、外では二人はいつも一緒だった。チェンバーズは同い年の子どもたちに比べてたくましく、ケンカも強かった。たくましかったのは、粗末な食事ときつい労働のおかげだった。ケンカが強かったのはトムのおかげで、彼の憎んだ白人の子どもたちを相手に、たっぷりと実地で鍛え上げられたからだった。登下校の間ずっと、チェンバーズはトムの護衛をつとめた。休み時間には校庭に出てトムの身を護った。そうこうするうち、あいつはケンカが強いともっぱらの評判になった。トムがその気になれば、服を取り替えてチェンバーズになりすまし、アーサー王伝説に出てくるランスロットの甲冑《かっちゅう》を着たケイ卿のように、「心安らかにさまよう」ことができただろう。

チェンバーズは技を競う遊びも得意だった。トムは、彼にビー玉を貸してやって玉はじきの勝負をさせ、彼が獲得した玉はすべて自分のものにした。冬になると彼は、トムのお下がりの聖なる手袋をはめ、聖なる靴を履き、膝と尻とに聖なるズボンを穿いた［holyとhole-y＝「穴のあいた」をかけた洒落《しゃれ》］。ぬくぬくと暖かい服に身を包んだトムにつき従って、丘の上までそりを引いて登っていく。トムはそのそりに乗って丘を滑り降りるのだが、チェンバーズは一度も乗ったことがなかった。トムの指図どおりに雪だるまでも雪の城でも作った。トムが雪合戦をしたいと言えば、標的になって雪玉に耐え、反撃は決して許されない。また、トムのスケート靴を川まで持って行き、履かせてやりもする。そうして、万が一の時すぐ助けられるよう、彼のあとから氷の上を駆けずりまわるのだった。トムが彼に滑ってみないかと言ったことは一度もなかった。

夏のドーソンズ・ランディングの子どもたちにとって、お得意の娯楽は、果物を売り歩く農夫の荷車からりんごや桃やメロンなどを盗むことだった。――果実そのものよりも、鞭の柄でいつ頭を割られるかというスリルを楽しむのが主な目的だ。こういう盗みについては、トムは評判の名人だった――ただし、自分では手は下さない。実際に盗むのはチェンバーズだった。そんな彼の取り分は、桃の種、りんごの芯、メロンの皮だった。

泳ぐ時も、トムはチェンバーズを一緒に水に入らせ、護衛としていつもそばに付き添わせた。心ゆくまで泳いだ後、トムはこっそり陸に上がり、チェンバーズのシャツに堅い結び目を作り、水に浸して容易にはほどけないようにしておいた。それから自分は服を着ると、チェンバーズが裸で震えつつその堅い結び目に歯をあててほどこうと苦労するのを、ゲラゲラ笑いながら見物するのだった。

従順な仲間に対して、トムがこうした様々なひどい仕打ちをしたのは、生来の意地の悪さからでもあったが、それに加えて、体格でも勇気でもかなわないのが憎らしく、何をやらせても自分よりよくできるのが癪だったからでもあった。トムは飛び込みができない。飛び込みをやると頭が割れるほど痛くなってしまう。しかしチェンバーズはといえば、難無くやってのけるうえに、飛び込みが大好きだった。ある時彼は、白人の子どもが大勢見ているところで、丸木舟の船尾からバク転で飛び込み、感嘆と称賛の声を一身に集めた。これに気分を害したトムは、チェンバーズが飛び込む合間に、彼の落下するはずの場所へ丸木舟を押しやった――それでチェンバーズは、丸木舟の底へ頭から落ちて気を失った。かねてからトムに敵意を抱いていた連中は、長い間待ち望んでいた機会がきたとばかりに、こっぴどくトムを殴り倒した。ぼろぼろに痛めつけられたトムは、チェンバーズが手となり足となって彼を介助して、やっと何とか家まで帰れたのだった。

彼らが十五くらいになった頃、ある日トムが、川で「見せびらかし」の技を決めている最中、いきなり足がつってしまって、大声で助けを呼んだ。さて、足がつった振りをして大声で助けを呼ぶのは、少年たちのお決まりの悪戯《いたずら》で、特によそ者がいるときはよくやっていた。驚いた相手が慌てて水をかきかき助けに行くと、直前までもがき叫んでいた子どもは、その叫び声を辛辣《しんらつ》な笑いに変えて、涼しい顔で泳ぎ去って行く。他の少年たちはみんなで歓声をあげながら、間抜けなよそ者に野次を飛ばしてあざ笑うのだった。これまでトムはこの悪戯をやったことはなかったが、誰しも今それをやろうとしているものと思い、その手には乗るまいと動かなかった。しかしチェンバーズは、本当にトムの足がつったと思って泳いで助けに行ってしまった。不運なことにそれが間に合って、彼はトムの命を救ったのである。

　これまで他のあらゆることに耐えてきたトムにとって、これが限界だった。みんなが見ている前で、黒人に、しかもよりによってこの黒人に、永久に消えない負い目を負わされるなんて、とても耐えられなかった。お前は俺が本気で助けを求めていると思った「ふりをした」のだと言って、トムはチェンバーズを散々罵《ののし》った。薄のろの黒ん坊でもないかぎり、ふざけているだけだと分かって、放っておいたはずだと言った。

　がぜん勢いづいたトムの仇敵《きゅうてき》たちは、言いたい放題まくしたてた。彼らはトムをあざ笑い、腰抜け、ウソつき、ひきょう者など様々なあだ名ではやしたてる。彼らはチェンバーズを「トム・ドリスコルの黒ん坊パパ」と呼びはじめ、この新しいあだ名は町じゅうにひろまった。――つまりトムはチェンバーズのおかげで命拾いをし、二度目の生命を手にした、というわけである。さんざんからかわれてトムは半狂乱になり、大声で怒鳴った。

「チェンバーズ、あいつらをやっちまえ！　首をへし折ってやるんだ！　ポケットに手を突っ込んで、ぼけっとしてるんじゃねえよ！」

　チェンバーズは、トムをなだめるように言った。

「でも、坊ちゃん、あっちは人数がたくさんいすぎます――ですから――」

「俺の言うことが聞こえなかったか！」

「お願いします、お許し下さいまし、坊ちゃん！　あっちはあんなに大勢いるんで——」

トムはチェンバーズに襲いかかって、ナイフを彼に二、三度突き刺した。他の少年たちが慌てて引き離し、ケガを負ったチェンバーズは彼から逃れた。かなりの傷を受けたが、重傷というほどにはならなかった。もしもナイフの刃がもう少し長ければ、彼の命はそこで潰《つい》えていただろう。

トムはだいぶ前から、ロキシーに「分際」をわきまえるよう思い知らせていた。彼女が彼を愛撫《あいぶ》してみたり、親しげに呼びかけたりしていたのはもうずっと昔のことで、トムにとっては「黒ん坊」からそんなことをされるのは嫌でたまらなかった。その時に彼女は、自分の立場を認識し、主人と召使との距離をきちんと保つように警告されたのである。愛しいわが子がしだいに自分の息子ではなくなっていくのを、彼女ははっきりと感じとっていた。「息子」という面は、やがて消えてなくなってしまった。今、彼女の前に残っているのは、字義通りの純然とした「坊ちゃん」だけで、しかも彼はやさしい主人では決してない。母親という崇高な地位にいたはずの自分が、何の肩書きもないただの奴隷になってどん底の闇に転落したのだ。彼女とその息子の間を隔てる深い溝は、もう完全にできあがってしまっていた。今となっては、彼女は彼の所持品であり、彼にとって便利な持ち物、彼の犬といってもよかった。いつでも彼のご機嫌をうかがうだけの奴隷であり、彼のわがままや意地悪にも抗《あらが》うことなく、ただうやうやしく付き従うだけの身だった。

疲れ果てていても、彼女には眠れない夜がたびたびあった。昼間、息子から受けた仕打ちを思うと、怒りがこみあげてどうしようもなくなるのである。彼女はよく、ひとりひそかに不満をつぶやいた。

「あの子、あたしを殴ったよ。何も悪いことはしてねえのに——あたしの顔を、人前で殴りつけたんだよ。それにあの子は『黒ん坊女』とか『あばずれ』とか、いやらしい名前でばっかり、あたしを呼ぶ。いつも精いっぱい、できるだけのことをしてやってる、このあたしをだよ。神様、あたしはあの子のためにそりゃあもう尽くしましたとも——今の身分にまで引き上げてやったのもあたしです——それなのに、その見返りがこのありさまなんですから」

特別むごい扱いを受けて、怒りで腸《はらわた》が煮えくりかえった時には、彼女は彼に仕返しするところを想像した。彼が偽者の坊ちゃんで、本当は奴隷であることを皆の前で暴く場面を思い描くと、ひそかな喜びが込み上げてくる。ところがそうしているうちに、彼女は恐怖に囚《とら》われてしまうのだった。今では、彼女の息子はあまりにも強くなりすぎ、力を持ちすぎてしまっている。彼女が何か言っても、証拠は何もないのだ。それに——さんざん骨折った挙句に彼女を待ち構えているのは、川下へ売り飛ばされるという無残な結果だけかもしれない！彼女の仕返しの妄想は、こうしていつもむなしく潰えてしまう。彼女は仕返しをあきらめて、ただ自分の運命に無力な怒りをぶつけるしかなかった。九月のあの運命の日の時点では、復《ふく》讐《しゅうしん》心を鎮めるのに必要となる目撃者を準備しておくべきだなんて、彼女には思いもよらなかった。そんな自分の愚かさが今は呪わしかったが、もはやどうにもならなかった。

それでも、たまにトムが彼女にやさしく、親切に振る舞うことがあると――時々そんなこともあるのだった――たちどころに彼女の傷は癒やされ、嬉《うれ》しくなり、喜びにあふれ、誇らしく思った。何しろ彼は彼女の息子なのである。黒ん坊の息子が白人の中に堂々と居座って、白人が黒人に対し犯してきた罪にしっかりと仕返ししてくれる、たのもしい存在なのだ。

その秋――一八四五年の秋――、ドーソンズ・ランディングでは、二つの盛大な葬儀が執り行われた。一つはセシル・バーリー・エセックス大佐の、もう一つはパーシー・ドリスコルの葬儀であった。

パーシー・ドリスコルは臨終の床で、ロキシーを自由の身にしてやり、彼の溺愛する一人息子（になりおおせているトム）を兄の判事夫妻の手に厳かに託した。子どものない判事夫妻は、嬉々《きき》として弟の子を引き取った。子どものない夫婦を喜ばせるのは容易なことなのだ。

弟が亡くなる一月前、ドリスコル判事はひそかに彼のもとへ行き、チェンバーズの購入手続きを完了した。トムが父親に頼んでこの少年を川下へ売らせようとしていることを聞きつけ、そういう体裁の悪いことが起こらないようあらかじめ手を打ったのである。些細《ささい》なことで、あるいは何の理由もなく、奴隷を川下に売るような扱いをすることは世間が許さなかったからだ。

パーシー・ドリスコルは、投機目的で買った膨大な土地を何とか手元に残そうと心身をすり減らした挙句、その成功を見ることなく他界した。彼の死とちょうど前後して投機ブームが崩壊し、それまでは誰もがうらやむ金満家の悪たれ坊ちゃんだったトムも、文無しの貧乏人になってしまった。しかし、それも問題ではなかった。トムは判事である伯父の跡継ぎであり、伯父が死ねばその財産はみんなトムのものになるからだ。伯父本人からそう言われて、トムは安心していた。

一方のロキシーには、もう住まいがなくなってしまった。そこで彼女は近所をあちこちまわって友人たちに別れの挨拶をした。これからはこの地を離れて、もっと広い世界を見てみようと思った。つまり彼女は、黒人の女たちの憧れの的である蒸気船の船室係になろうと思ったのだ。

彼女が最後に挨拶に行ったのは、あの巨体の黒人、ジャスパーのところだ。訪ねて行くと彼は、阿呆たれウィルソンの冬支度を手伝い、薪《まき》を割っているところだった。

ロキシーが来た時、ウィルソンはちょうどジャスパーと雑談をしていた。彼はロキシーに向かって、二人の子どもを残してどうして船室係の仕事なんかに就けるのかと尋ねた。さらに、十二歳の時までとり続けた二人の子どもたちの指紋を複製してやるから記念に持って行かないかとひやかし半分に投げかけた。ところがロキシーは、彼に何かを疑われているような気がして一瞬真顔になり、そんなものは要らないと返した。ウィルソンは内心ひそかに考えた。「ほんのわずかな黒人の血のせいで、この女は迷信深いんだな。そういえば彼女は、ここに来る時にはいつも古い蹄鉄を持ってきていたものだ。たまたまかと思っていたが、どうやらそうじゃなさそうだ」

# 第五章

訓練がすべてである。桃はかつては苦いアーモンドであり、カリフラワーは大学教育を受けたキャベツにすぎない。

——「阿呆たれウィルソンのカレンダー」

成り上がり者に関するボールドウィン博士の言葉——自分をトリュフだと勘違いしている毒キノコを食べるのはごめんだ。

——「阿呆たれウィルソンのカレンダー」

ヨーク・ドリスコル夫人は、トムというすばらしい授かりものを手に入れ、この上なく幸福な二年間を過ごした後、亡くなった。時々心煩《わずら》わされたのも確かだが、それでもやはり幸福には違いなかった。夫人の死後は、夫と、夫の妹でやはり子どもに恵まれなかったプラット夫人がその幸福を引き継いだ。トムは自分の望みがすべて叶うまで——というのが言いすぎであれば、ほとんどすべて叶うまで——かわいがられ、甘やかされて、わがまま放題を許された。十九の歳までこうして育った後、彼はイェール大学に送り出された。入学時に満たしていなかった「再試験科目」の数だけは立派だったが、それ以外の点で人目を引くところはなかった。そして二年間の在学の後、学問の道を放棄した。家に戻ってきた彼の態度は前よりずいぶん改まっていた。不機嫌な性格やつっけんどんな態度は消えてなくなり、人当たりのやわらかな、なかなか愛想の良い若者になっていた。さりげなく、時にはあからさまに、皮肉めいた口調で人の弱いところをちくりと刺すようなこともあったが、それも無意識のなせる業《わざ》に思われたので、これといって何か騒動の種になることはなかった。怠け者であることは昔と変わらず、何かの職にありつこうとする熱意は、ひとつもうかがわれなかった。周囲の者たちは、彼が伯父の跡を継ぐまで、ずっとすねをかじりつづけるつもりだろうと噂していた。彼は遊学前にはなかった習慣を一つ二つ身につけて帰ってきていた。そのうちの一つは酒で、皆の前でおおっぴらに飲んでいた。しかし、もうひとつの習慣の方は、もっぱら秘密裡《ひみつり》に行っていた——賭博である。伯父の耳に入りかねない場所で博打《ばくち》をするのは得策ではない。そのことは彼にもよく分かっていた。

トムが身につけてきた東部風の、やけに上品ぶった物腰は、町の若者たちには受けが悪かった。もし物腰だけにとどめていれば、彼らもおそらく見逃してくれただろう。ところが彼は手袋まではめてしまったのである。この手袋には町の若者連中も我慢ならなかったし、我慢するつもりもなかった。そうしてトムは、人づきあいの輪から外れていった。彼はまた、裁断といい型といいセンスといい、すべてが申し分なく仕立てられた洋服を持ち帰っていた。——東部のセンス、都会的なセンスをそのまま表したような服である——これが町の連中の神経を逆撫でし、とりわけ理不尽な無礼とみなされた。トムにはそれが愉快でならず、終日気取りすまして町中を楽しげに歩き回った。しかしその夜、町の若者たちは一計を案じて洋服屋に、ある仕立てを依頼した。翌朝、トムが町に繰り出すと、黒人教会で鐘つきをしている年をとって背も曲がった黒人がトムのあとをついてきた。トムの服装を誇張した、けばけばしい更紗地の服を身にまとい、トムの東部風のきどった物腰までも精いっぱい真似《まね》て、大股で歩きながらついて来たのである。

以来、トムは降参して、地元風の服装をするようになった。しかし、この呑気な田舎町は、活気に満ちた都会を知ってしまった彼にとっては退屈だった。そしてその思いは、彼の中で日ごとに大きくなっていった。気晴らしに、たびたびセントルイスに出かけるようになる。そこには気の合う遊び仲間がいて、彼の好む娯楽もあり、さまざまな点で家にいるよりも自由にふるまえるのだった。こうして二年が過ぎるうちに、トムのセントルイス行きの回数は増え、滞在期間も徐々に長くなっていった。

彼はやがて抜き差しならない深みにはまっていく。いつかはトラブルになりかねない危険な賭けごとにこっそり手を出し――実際にトラブルに陥ったのである。

一八五〇年にドリスコル判事が法曹界を退き、一切のビジネスからも手を引いて、悠々自適に暮らすようになってから三年の月日が流れていた。自由思想家協会の会長というのが今の彼の肩書きである。彼以外の会員は阿呆たれウィルソンただ一人だけだったが、今となっては毎週行われる協会の討論会が、この老判事の人生最大の楽しみだった。阿呆たれウィルソンはといえば、二十三年も前の犬についてもらした一言が、不吉な影のように彼の人生につきまとい、相変わらず社会の最底辺であくせく働いていた。

友人であるドリスコル判事が、ウィルソンは人一倍すぐれた頭脳の持ち主であると言っても、判事のいつもの気まぐれとしか見なされず、世評は変わらなかった。というよりも、ドリスコル氏の擁護そのものが、世評が変わらなかった原因の一つだった。しかし、それとは別にもう一つもっと大きな原因があった。判事が自分はそう思うと言うだけにとどめておけば、相当の効果もあったかもしれない。ところが、判事は客観的な証拠をあげてそれを証明しようと試みた。その試みが間違いだったのである。ウィルソンはここ数年、面白半分、風変わりな暦をひそかに作っていた。毎日の暦に、おおかた皮肉な語調で、哲学めいた一言を書き記していたのである。この奇抜な発想や警句を見て、これは気のきいた良い出来だと判事は思っていた。そこである時、判事はそれをいくつか持ち出し、町の主《おも》だった人たちに読んで聞かせたが、人々には皮肉は通じなかった。そういうものを前にしても、彼らの精神は何ら反応しないのである。彼らはこのふざけた言葉を、そのまま大真面目に受け取るだけだった。こうして、デイヴ・ウィルソンが阿呆たれであることは疑う余地がもともとなかったのだが——もはや、まったくなくなった。これで金輪際、迷いはなくなったというわけだった。世間とはこういうものだ。ある人が完全に滅ぼされるのは敵のせいではない。人が完全に滅ぼされ、破滅してしまうとすれば、人の好い、思慮の浅い味方のせいなのだ。それからというもの、判事はウィルソンに対し、前にもましてやさしく接してやるようになり、彼の暦の価値をいっそう確信するようになった。

ドリスコル判事が、自由思想家でありながら世間での地位を保つことができたのは、彼が町有数の名士だったからである。彼は思うままに振る舞い、酔狂な考えを好きなだけ追求できた。判事の愛する協会のもう一人の会員の方も同じ自由を認められてはいた。しかし彼の場合は、世間の目から見ればまったくゼロに等しい存在で、何をしようと、何を考えようと、気にとめる者は誰もいなかった。彼は人に好かれていたし、誰も嫌な顔をせずに彼に接していたが、その人物に何ら重みが置かれることはなかった。

ところで、夫を亡くしたクーパー夫人——みんなは親しみをこめて「パッツィおばさん」と呼んでいた——は、小ぎれいな佇まいの家に、娘のロウィーナと一緒に住んでいた。十九歳のロウィーナはロマンティックで、人あたりの良い、とてもきれいな娘だったが、それを超えた取り柄があるわけではなかった。弟が二人いるが、彼らにしても何ら取り柄はなかった。

この家には下宿用の広い客間がひとつあって、間借り人が見つかればまかないつきで貸していた。ところがこの一年ほどはあいにく下宿人はいないままだった。夫人の定期的な収入は、家族の生活をまかなうだけで消えてしまうので、ささやかな贅沢《ぜいたく》を楽しむにはこの下宿料が必要だったのである。そうしてついに六月のひどく暑い日、彼女にもチャンスが巡ってきた。長い間待ちくたびれた挙句にようやく訪れた幸福だった。一年前から出しっぱなしだった下宿の広告に応じる者がやっと現れたのである。しかも相手は村の人間ではない——何とその手紙は、はるか北、華麗なる夢の世界セントルイスから届いたのだった。玄関先のベランダに腰かけ、ミシシッピ川の輝く流れにぼうっと目をやりながら、彼女はやっと手にした幸せをかみしめていた。実際それは願ってもないほど大きな幸運だった。下宿人は一人ではなく、二人来ることになったからである。

彼女が子どもたちにその手紙を読んで聞かせると、ロウィーナは踊るような足取りで席を立ち、客間に風を入れ掃除させようと奴隷のナンシーのところへ飛んでいった。男の子たちはといえば、この大ニュースを皆に広めようと町に向かって駆け出した。というのも、これは町全体にとっても大事件であったからだ。もし町じゅうに知らせなければ、なぜ知らせないのかと訝《いぶか》しがられ、皆、快く思わないだろう。まもなくロウィーナが戻ってくると、嬉しさに顔を上気させながら、手紙をもう一度読んでほしいと母親にせがんだ。そこにはこんな風に書かれていた。

拝啓、奥様。――私たち兄弟は、奥様のお出しになられた広告を偶然拝見いたしまして、お部屋を拝借したく存じ上げます。私どもは双子の兄弟で二十四歳でございます。イタリア生まれで長らくヨーロッパに住んでおりましたが、合衆国に参りまして数年経っております。名前はルイジ・カペロとアンジェロ・カペロと申します。奥様は一人のみの間借りをご希望ですが、二人分の下宿代でわれわれ二人の間借りをお許しいただけますならば、ご迷惑は一切おかけいたしません。そちらには木曜日に参ります。

敬具。

「イタリア人！　なんてロマンティックなのかしら！　考えてみてよ、ママ――この町にイタリア人が来たことなんてないでしょう？　みんな絶対に会いたがるはずだわ。その二人が私たちのところに来るのよ！　ねえ、考えてみてったら！」

「そうね、二人が来たら、きっと大騒ぎになるわね」

「そうよ、そうなのよ！　町中がびっくり大騒ぎよ！　だってほら――ヨーロッパだとか、いろんな所に行ったことのある人たちなんだから！　この町に旅の人が来たことなんか一度もないのよ。ああママ、その人たち、王様にだって会ったことがあるかもしれないじゃない」

「さあ、それはどうだか分からないけれど。そうでないにしても、どのみち騒ぎにはなるでしょうね」

「もちろん、そうに決まってるわ。ルイジとアンジェロ。すてきな名前じゃない。品が良くて、異国情緒たっぷり――ジョーンズとか、ロビンソンとか、そんな名前とはまるっきり違うんですもの。木曜日にいらっしゃるのに、今日はまだ火曜日だなんて、とても待ちきれないくらいよ。あら、門のところにドリスコル判事がおいでになったわ。きっと、噂をお聞きになったのね。あたし、お迎えに行くわ」

判事はしきりに祝いの言葉を浴びせ、好奇心のままにあれこれと尋ねた。件《くだん》の手紙がまた読み上げられ、話に花が咲いた。そのうちロビンソン判事もやって来て、さらなる祝いの言葉が口にされ、手紙の朗読が繰り返され、またしても話が盛り上がった。これがささやかな始まりだった。クーパー夫人の家には近所の連中が次から次へと訪れた。水曜から木曜にかけて、昼でも夜でも男も女も、ひっきりなしに人の波が押し寄せた。何度も繰り返し読み返された手紙は、最後にはしわくちゃになってしまったが、その丁重で品の良い文章は皆にほめそやされ、達筆の美しい字体が賞賛された。訪れる誰もが興味津々で二人に好意を示し、クーパー一家はその間ずっと幸福にひたっていた。

まだ創業間もなかった当時の蒸気船の運航は、川の水位が下がる時期には何とも不確かで曖昧であった。件の木曜日、船は夜の十時をまわっても到着しない。人々は波止場で一日じゅう待ったのだが、それも無駄に終わる。そこへ激しい嵐が襲ってきたものだから、注目の的たる外国人を一目見ることもなく、皆それぞれの家へ逃げ帰った。

十一時になった。灯《あか》りをともしていたのは町じゅうでたった一軒、クーパー家だけだった。雨と雷はまだ荒れ狂っている。クーパー一家は、はらはら心配しつつも希望をつなぎ、客人の到着を待ち続ける。そしてとうとう玄関を叩く音が聞こえた。皆が飛び上がり、総出で玄関に駆けつけた。まず、トランクを提げた二人の黒人が入ってきて階段をのぼり、二階の客間に上がって行った。次にいよいよ双子の兄弟が入ってくる——ほれぼれするような美貌、西部では前代未聞の美しい服を着て、立派な風格を漂わせた青年二人である。片方が他方よりもやや色白であったが、それ以外はどこをとってもまったくの瓜二つだったのだ。

# 第六章

死を迎える時に葬儀屋にまで惜しまれるくらいの人生を送ろう。

――「阿呆たれウィルソンのカレンダー」

習慣は習慣である。窓から一気に投げ捨ててしまうのではなく、なだめすかしながら一段一段降ろしてやるべきだ。

――「阿呆たれウィルソンのカレンダー」

翌朝の食卓の席、双子の魅力的な振る舞いと、軽やかで洗練された物腰に、クーパー一家はたちまち魅了された。かしこまった堅苦しさはすぐに消え去り、親しく打ち解けた空気が流れた。パッツィおばさんは、ほとんど最初から二人をファーストネームで呼ぶほどだった。二人に興味津々の様子を隠しきれない彼女に応えて、兄弟も進んで自分たちのことを語ったので、おばさんは大いに喜んだ。そのうち、彼らが幼い頃には貧しく、苦労をしてきたことが分かった。おばさんはそのことについて質問する機会をうかがい、ちょうど浅黒い方が一休みし、色白の方が身の上話をしていた時に、おばさんは色白の方に向かって話しかけた。

「アンジェロさん、こんなことをお伺いしていいものかどうか、分からないんだけれど。あなた方はなぜ、そんなにお小さい頃、頼れる人もいないようなご苦労をなさったんですの？ああ、やっぱりこれは、あまりにも失礼な質問だったかしら？　お嫌でしたら、無理にお話しいただくことはないわ」

「いいえ、奥様、そんなことはありません。私たちの場合、単に不運だっただけでして、誰が悪いという訳ではないのです。両親はイタリアで何不自由なく暮らし、私たちの他に子どもはおりませんでした。私ども、もとはフィレンツェの古い貴族の出なのです」――これを聞いてロウィーナの胸は躍り、鼻はふくらみ、目はきらきらと輝いた――「そこに戦争が起こりまして、父の軍は敗れ、命からがら逃げ出しました。領地は没収され、財産は剝奪されてしまいました。ドイツに逃れても、知らない土地で友人もなく、実際乞食のような暮らしぶりでした。私たち兄弟は十歳でしたが、その歳にしてはきちんと教育を受けておりまして、勉強もよくしましたし、本も大好きでした。ドイツ語、フランス語、スペイン語、英語、どの言語もしっかり学んでおりました。それから、音楽では二人とも天才で――というのも手前みそですが、でもこれは嘘ではないのです」

「この不運な境遇にひと月しか堪えられず父が亡くなり、ほどなく母も後を追い、私たち兄弟だけが残されました。かねてから私たちには、興行の舞台に立たないかという申し入れがたくさん来ましてて、それを受ければ両親も楽に暮らせたでしょう。ところがそんな考えは彼らのプライドがとうてい許しませんでした。息子たちを見世物にするくらいなら、いっそ餓え死にした方がましだと。ですが、私たち兄弟は、二人が健在のうちは反対されたことを、故人の同意なしにやるしかありませんでした。両親の病気と葬儀で作ってしまった借金のかたに捕まってしまい、返済金を稼ぐために、ベルリンの安っぽい展示館で客寄せの演目に加えられたのでした。この奴隷暮らしから抜け出すのに、二年かかりました。ドイツ中を旅してまわりながら、お金は一文たりとも与えられず、いわんや食費さえありませんでした。ただ働きで興行を続けながら、パンを物乞いしなければならなかったのです」

「奥様、あとはもう話すこともさしてありません。奴隷の生活から逃げ出した十二歳の時、私たちはある意味で、すでに大人になっていたのです。経験からいろいろと貴重なことを学んだのでした。とくに、自分で自分の面倒を見るにはどうすべきか、詐欺師やペテン師に引っかからないようにするにはどうすべきか、他人の世話にならずに利益を上げるにはどうすべきか。私たちはあらゆる場所を、何年もかけて旅しました。そのなかで、様々な外国語を聞きかじって覚え、見慣れない景色やなじみのない風習に触れ、いろいろ珍しい知識をあちこちで身につけて参りました。それは楽しい暮らしでした。ヴェネツィアにも行きましたし、ロンドンにも参りました。パリ、ロシア、インド、中国、日本にも」

そのとき、奴隷女のナンシーがドアから顔を出して叫んだ。

「奥様、そこの旦那方を一目見ようと、お客がぎゅうぎゅうに押し寄せてます。家じゅう大変な騒ぎでごぜえますよ」彼女は双子の兄弟をあごでひょいと指し示し、すぐに引っ込んでいなくなった。

これを聞いて、おばさんは得意の絶頂に達した。この素晴らしい外国の下宿人を隣人や友人に紹介する時の満ち足りた気分を想像し、心躍らせた。彼らは外国人などにはほとんど会ったこともなく、ましてや洗練された品の良い外国人などとはまったく無縁の庶民たちだ。とはいえ、ロウィーナに比べれば、それもまだ穏やかな方だった。ロウィーナはふわふわと雲に乗ったように夢見心地だったのである。何の面白みもないこの退屈な田舎町で、これは最高に、ロマンティックな、最高に歴史的な出来事だ、後々まで伝わる大事件になるのだと彼女は思った。その栄光のごく身近なところで、名誉の光が彼女の頭上に燦然《さんぜん》と降り注ぐのを感じるのだ。他の娘たちはただ指をくわえて彼女を見ているだけだろう。

おばさんの支度は整い、ロウィーナも準備万端、当の外国人たちも同じく準備が整った。双子の兄弟が先頭に立って廊下を渡り、小さな話し声が聞こえている客間の開け放たれたドアを入っていった。兄弟はドアの近くに陣どり、おばさんはルイジのかたわらに、ロウィーナはアンジェロのかたわらに立つ。そして兄弟の紹介が始まると、行列はのろのろと進み始めた。おばさんは満足の笑みを絶やさず、ぞろぞろ続く行列を迎えては、ロウィーナの方へと促した。

「おはよう、クーパーさん」と、握手を交わす。

「ようこそいらっしゃい、ヒギンズさん、ルイジ・カペロ伯爵ですわ。こちらはヒギンズさん」と、また握手。「お目にかかれて嬉しいです」とあいさつし、食い入るように見つめるヒギンズ氏に、ルイジ伯爵は「こちらこそ」と愛想よく応え、丁重に会釈した。

「おはよう、ロウィーニ［ロウィーナの愛称］」と、再び握手。

「ようこそいらっしゃいました、ヒギンズさん。ご紹介します、こちらアンジェロ・カペロ伯爵ですわ」またもや握手が交わされ、「お目にかかれて嬉しいです」ほれぼれと相手を眺めまわしてのあいさつに、「こちらこそ！」とルイジ伯爵から丁寧な会釈と微笑《ほほえ》みが交わされたのち、ヒギンズ氏は次に譲る。

来訪者たちは皆、落ち着かなかったが、正直にもそれを隠そうとしなかった。これまで貴族の肩書きを持つ人間などには会ったこともなく、ここでそんな人間に会うことになるとは予想だにしていなかった。だから、兄弟が貴族出身であることは、彼らにとっては寝耳に水、まったくの不測の事態だった。急なこの事態になんとか対応しようと「殿下」「閣下」といった言い慣れぬ言葉を口にする者もいた。しかし大抵はなじみのない肩書きに怯《ひる》んで、豪華絢爛《けんらん》な宮廷や重々しい儀式、神々しい王の戴冠式などをぼんやりと思い描いてはたじたじとなり、握手をするのが関の山でろくに話もできずじまいだった。しかし、歓迎会ではよくあるように、「あの人たちと長いこと話し込んでしまったよ」と自慢したいばかりに、長蛇の列を止めることなどお構いなしで、人一倍愛想を振りまきたがる者もいるにはいた。この町は気に入ったか、いつまで滞在するのか、ご家族は健在か、しまいには天気の話まで持ち出して、早く涼しくなればいいなどと話して、他の客の足を止めてしまうのである。とはいえ、みっともない言動に出る者は誰一人おらず、この一大行事は最後まで何の問題もなく進み、つつがなく終了したのであった。

その後、来客たちがそれぞれ雑談を交わす中、双子の兄弟は彼らの間を渡り歩いた。すんなりと気さくに相手の胸のうちに入っていっては、褒めそやされ、好感を抱かれ、賛嘆された。そうして来客の心をつかんでいく二人を、おばさんは誇らしげに見守っていた。いっぽうロウィーナは大満足のあまり、時々心中ひそかに呟いたのだった。「あの人たちはうちでお世話する人たちなのよ――うちだけのものなんだから」

おばさんもロウィーナも悠長に構えている暇はなかった。夢うつつの彼女たちに、双子に関する熱心な質問が休みなくあれこれ浴びせかけられる。二人ともが、息をのんで答えを聞き出そうとする人々に取り囲まれていた。二人は「栄光」という素晴らしい言葉の本当の意味を知り、そのこの上ない価値を見出した。この尊い至上の喜びを味わうために、多くの先人がちっぽけな幸福や財産、あるいは己の命までも犠牲にした理由が分かる気がした。これで、ナポレオンたちの生きざまも理解できる――至極もっともなことだと思った。

客間の人々への応対を何とか果たし終えたロウィーナは二階へ上がり、客間からあふれた人々の要望に応えなければならなかった。訪問者が多すぎて、客間ひとつにはおさまりきらなかったのである。ここでも熱心な質問を繰り出すお客たちに取り囲まれ、彼女は再び、日暮れ前の最後の光を浴びるように輝かしい栄光の中にひたった。お昼近くになり、人生でいちばんの晴れ舞台も終幕が近いと悟ると、彼女の胸は痛んだ。晴れ舞台をこれ以上ずるずると長引かせることはもうできない。これに匹敵する出来事は、彼女の人生ではもう起こりえないだろう。しかしそんなことはどうでもよかった。なにしろ舞台は幕開けから盛り上がる一方で、貴く忘れがたい成功をおさめたのである。あとはこれで、彼ら兄弟が、皆が驚嘆し、限りない賛辞を惜しまずにいられないようなとっておきの何かを見せてくれれば。クライマックスにふさわしい、電気のような衝撃を与える何かを――。

そのとき、階下からバタバタと大音響が聞こえてきた。何事かと皆が慌てて駆けおりてみると、兄弟がピアノに向かい、古典的連弾曲を見事に演奏していた。ロウィーナはこれで心の奥底まで満ち足りたのだった。

二人の若者は長いことピアノから離れられなかった。二人の演奏のあまりの素晴らしさにすっかり驚き、魅了された町の人たちは、もっと弾いてくれとせがみつづけたのである。旋律の洪水に酔いしれた人々は、これに較べればこれまでに聴いた音楽などどれも無味乾燥な素人仕事、優美さも魅力もありはしないと思った。その時彼らは、今生まれて初めて、名人の演奏を聴いているのだと悟ったのである。

# 第七章

猫と嘘との間のもっとも決定的な違いの一つは、猫には九つしか命がないということだ。

――「阿呆たれウィルソンのカレンダー」

名残を惜しまれつつ舞台は幕引きとなり、訪問客はにぎやかに語らいながら各々の家に帰って行った。今日ほどの日が再びドーソンズ・ランディングにやってくるのは、ずいぶん先の話だろうと誰もが思った。歓迎会の最中、兄弟は方々から招きを受け、快く応じた。また、地元のチャリティ活動として催される素人演芸会で、ピアノ連弾をすることを自ら申し出た。町の社交界は、二人を迎え入れようという気満々だった。ドリスコル判事は幸い、いち早く二人の案内役を買って出ると、誰よりも早く彼らを町の人々に紹介するという名誉を手にした。判事と連れだって馬車に乗りこみ、本町通りをゆっくりと進む彼らを一目見ようと、人々は窓辺に押し寄せ、歩道に群がった。

判事は彼らを新しい墓地、牢獄、町いちばんの金持ちの家に案内した。その後はフリーメーソン会館、メソジスト教会、長老派教会、投資待ちのバプテスト教会建設予定地、そして町役場に食肉処理場、それから自衛消防団員に制服を着せて架空の火災を消火させた。さらには武装自警団のマスケット銃までも披露した。そうしてこうしたもろもろの盛観について、とどまることなく熱弁をふるい、彼らの反応に満足した。というのも、兄弟も兄弟で、判事が自分たちに向ける賛嘆の目に感激し、できるだけ報いようとしていたからである。これでもし、彼らが旅先の国々で幾千回と似たような経験を重ねていなかったならば、こうした町案内ももっと目新しく思え、もっとうまく感動してみせることができただろう。

兄弟に楽しい時間を過ごしてもらおうと、判事は精いっぱい親切に案内をつとめた。どこかに抜け落ちた点があっても、それは彼が手を抜いたせいではなかった。滑稽話をいくつも披露しては、肝心なオチを失念してばかりだったが、その都度、兄弟が補った。というのも、それらはどれも相当に年季物の滑稽話で、兄弟は以前にも何度か自ら話を更新させていたのである。判事はまた、自らの数多くの栄誉についても語って聞かせた。これまでこれこれの名誉ある地位につき、利益も上げ、一度は議会にも出ていたこと、そして今は自由思想家協会の会長であることを語った。設立から四年たった協会にはすでに二名の会員がおり、すっかり定着していると話した上で、もしご興味があれば今夕の会合にお招きしましょうと誘った。

かくして判事は二人を呼びにパッツィおばさんの家にやって来て、道中、彼らに阿呆たれウィルソンにまつわるあらゆることを話して聞かせた。あらかじめ二人に好印象を与え、ウィルソンに好意を抱いてほしいと思ったからである。目論見は成功し、ウィルソンに対するひとまずの好印象は得られた。さらに、会合の場でウィルソンが、客に敬意を表して、いつもの議題は保留して日常の話題を語り合い、友情と親睦を深めようと提案した時、彼の好印象は揺るぎないものとなり、提案は可決、実行されたのであった。

話ははずんで、またたく間に時間が過ぎ、会合が終わる頃には、それまで町の人から相手にされなかった孤独なウィルソンは、二人の友人という宝を得ていた。彼は兄弟に、先約の用事が済んだら彼の家に寄って行かないかと誘い、二人はその申し出に喜んで応じた。

その日の夜なかば、二人はウィルソンの家に向かっていた。二人を待つ間、阿呆たれウィルソンは、その朝に目にした出来事について、考えあぐねていた。たまたま、明け方と言っていいほどの早朝に目を覚ましたウィルソンが、家を二分する廊下を渡って、向かいの部屋へ物を取りに入った時のことだ。その部屋は長い間、誰も使っていなかったので、窓にはカーテンがなかった。むき出しのままの窓越しに、彼は意外なものを目撃し、興味をひかれたのだった。それは、本来ならばそこにいるはずもない、一人の若い女性である。そこはドリスコル判事の住まいで、書斎と居間を兼ねた判事の部屋の真上は、トム・ドリスコル青年の寝室になっている。この家にいるのは、トムと判事、判事の妹のプラット未亡人、それから三人の黒人の召使だけのはずだ。それでは、ウィルソンが見かけた若い女性はいったい誰なのか？　ウィルソンの家と判事の家は、まん中にある小さな柵越しに庭で隔てられている。境界を示すその柵は、表通りから裏の小道までをまっすぐに突っ切っている。二軒の家の間はさほど空いておらず、ウィルソンにはその女性の姿がはっきりと見えた。その部屋の窓のカーテンは開けられ、窓そのものも開いていたのだった。若い女性は、ピンクと白の大きな縦じまの入った、細身のこぎれいな夏服を着ており、ピンクのヴェールがついた帽子をかぶっていた。歩く時の姿勢や足さばき、身のこなしの練習をしているらしく、とても優雅な雰囲気で、いかにも集中している様子だった。彼女はいったい誰なのか。そして、どういう理由でトム・ドリスコルの部屋にいるのだろうか？

ウィルソンは、相手に見られる危険の少ない場所を選んで身をひそめると、彼女が帽子をとって顔を出すのを待ち構えていた。だがあいにく、彼女は二十分もすると姿を消してしまった。ウィルソンは引き続き三十分ほどもそこにとどまっていたが、女性は二度と現れなかった。

昼頃に彼は判事の家に立ち寄って、その日の大イベント、パツィ・クーパー夫人宅での双子兄弟の歓迎会についてプラット夫人と話した。ついでに彼女の甥《おい》のトムについてたずねると、彼は今、家に帰ってくる途中であり、夜までには帰宅するはずだと答えが返ってきた。さらに、手紙の様子ではきちんと真面目にやっているらしい、自分も判事も満足していると言い添えた。――ウィルソンはそれを聞いて内心、それはどうだか、と突っ込みを入れずにはいられなかった。ウィルソンは夫人に、新しく来た客人がいるかどうかを直接、尋ねるのではなく、もしも彼女があの若い女性について何か知っているならば、何らかの答えをもたらしてくれそうな事柄をいくつか尋ねてみた。その結果、夫人の家の中で起こっていることで、彼女自身が気づいていないことを、自分は知っているということを確認して、判事の家を立ち去ったのであった。

双子の兄弟の到着を待ちながらも、あの女性がいったい誰で、どういう経緯で明け方の早い時間にあの青年の部屋にいたのか、彼はなおも頭をひねっていた。

# 第八章

友情の聖なる熱情は、美しく、揺るぎなく、誠実で、一生変わることなく続いていくものだ――金を貸してくれと言われさえしなければ。

——「阿呆たれウィルソンのカレンダー」

物事のつりあいをよく考えてみるべきだ。老いぼれた極楽鳥であるよりも、若く元気なこがね虫であった方がいい。

——「阿呆たれウィルソンのカレンダー」

このあたりで、ロキシーのその後を追ってみるとしよう。

彼女が自由の身となり、船室係をめざしてこの地を出て行ったのは、三十五歳の時だった。ニューオーリンズとの交易にあたっていたシンシナティの蒸気船グランド・モーガル号に、彼女は副船室係として乗り組むことができた。二、三回航行に出るうちに仕事にも慣れ、楽にこなせるようになった。また、蒸気船暮らしの活気、刺激、独立独歩の気風に彼女はすっかりなじんでいった。やがて出世し、船室係の主任になった。上級船員たちからも好かれて、冗談を飛ばして親しげに扱われるのが彼女には誇らしかった。

八年間、春から秋はこの蒸気船で仕事をし、冬の間はヴィクスバーグの定期船に勤務した。しかし、二ヶ月前から腕のリューマチが悪化し、洗濯ができなくなってしまった。それで船室係を辞職したのだが、金には困らなかった——本人に言わせれば、金持ちといっていいほどだった。というのは、これまで堅実に暮らしながら、老後の蓄えにと、ニューオーリンズの銀行に毎月四ドルずつを積み立てていたからだ。初めの頃、彼女は周りの者に「裸足の黒ん坊に靴をはかせてやったのに、その靴で踏みつけにされた」と言っていた。そんな失敗はもうこりごりだから、今後は誰の手も借りずに済むよう、がむしゃらに働いて生活を切り詰めるのだ、と。そうして船がニューオーリンズの波止場につくと、グランド・モーガル号の同僚たちに別れを告げ、持ちものすべてを背負って船を降りた。

ところが一時間のうちに彼女は船に戻ってきた。銀行がつぶれてしまい、貯金していた四百ドルも一緒になくなっていたのである。いまや彼女は一文なしの身、帰る家すらない。そのうえ当面、体を壊していては働くこともできない。上級船員たちは困り果てた彼女に大いに同情し、ささやかな金を工面してやった。彼女は生まれ故郷に戻ろうと考えた。そこに行けば黒人の友達がいる。不運な者同士はいつも互いに助け合うものだと彼女にはよく分かっていた。若い頃をともに過ごした貧しい仲間たちがいれば、餓死することはないだろう。

彼女はケアロで地元の定期船に乗り込んだ。これでまっすぐ目的地に着く。時間が経ったせいで、息子に対する恨みがましい思いはすっかり洗い流されていた。だから彼女は、穏やかな気持ちで息子のことを思い出すことができた。悪い面は心の外に追いやり、時たま見せてくれたやさしい振る舞いの思い出のみにふけるのだった。彼女はその数少ない思い出を金《きん》で縁どり、美しい装飾で立派に飾り立てた。おかげで思い出すのも楽しくなり、息子に会いたくなってきた。彼女はトムのもとへ、奴隷らしくへつらいに行くだろう。もちろん、彼女としては奴隷らしく振る舞うしかないのだ。時間がたって、トムももしかすると角がとれているかもしれない。ずっと忘れていた昔の乳母に会えば、喜び、やさしくしてくれるはずだ。だとすればなんと嬉しいことだろう。これまでの不運も、一文なしの身の上ですら、忘れてしまえる。

一文なし！　そう思うと、彼女の夢にもうひとつ城が加わった。ひょっとしたらトムはわずかばかりの金を時々恵んでくれるのではないか――たとえば、月に一回、一ドルずつでも。そうやってちょっとずつでももらえれば、どれだけ助かるだろう。

ドーソンズ・ランディングに着く頃にはもう、昔の彼女に戻っていた。暗い気分は消え、潑剌と明るい気持ちだった。ここならきっと何とかなるに違いない。かつての召使仲間たちが食べ物を分けてくれる台所はたくさんあるし、砂糖やりんごといったごちそうをくすねて、持って帰れと言ってくれるかもしれない――または、彼女が自分でそういうものを失敬するチャンスを与えてくれるかもしれない。どちらにしても助かる。それに教会があるのも頼もしかった。彼女は、以前にも増して熱心で敬虔なメソジスト信者になっていて、その信仰心は嘘いつわりなく、強固にして真摯《しんし》だった。そうだ、寝るところがあり食べ物があり、昔座った教会の会衆席を取り戻せれば、死ぬまでずっと完璧な幸福につつまれて暮らせるだろう。

まずドリスコル判事の家の台所へ行ったところ、彼女は皆から大歓迎を受けた。これまでに経験したすばらしい旅の出来事や、珍しい土地に行った土産話、その他、ここを出てからのさまざまな冒険譚を彼女は語って聞かせた。皆はまるで物語の主人公を見るかのように、驚きのまなざしで彼女を見た。彼女の胸躍る経験談に黒人たちは夢中で聞き入り、途中で話をさえぎっては、あれこれ熱心に質問を浴びせ、笑い、歓声をあげ、拍手喝采した。世の中に蒸気船の暮らし以上のものがあるとすれば、その暮らしについて一席ぶって皆の注目と称賛を浴びることであると、彼女は内心思わずにはいられなかった。聴衆は自分たちの食事をたっぷり分けてくれたうえ、食料室の品々を残らずくすねて彼女の籠《かご》を一杯にしてくれた。

その時、トムはセントルイスにいた。ここ二年ほど、おおかたはそちらで暮らしているのだと召使たちが言う。ロキシーは毎日出かけて行っては、ドリスコル家の事情について様々な話を仕入れた。ある時彼女は、トムがそんなに長く家を空けている理由を尋ねると、「チェンバーズ」が答えた。

「本当のところ、坊ちゃんが町にいない方が、旦那様は楽なんだ。それに、いない方が、坊ちゃんをかわいがっておいでだよ。月に五十ドル、坊ちゃんに渡したりして――」

「ありゃまあ、そんなことがあるのかい？　冗談言ってるんでないだろうね、チェンバーズ」

「冗談なんかであるもんか、かあちゃん。坊ちゃんがご自分から俺に言ったんだ。でもな、なんと、坊ちゃんはそれだけもらっても足りねえんだと」

「なんだって。なしてそれで足りねえんだい？」

「かあちゃん、あわてるなって、今話してやるから。月に五十ドルでも足りねえわけは、坊ちゃんのばくちのせいだよ」

ロキシーはびっくりして両手を振り上げたが、チェンバーズはそのまま続けた。

「旦那様にはもうばれてるんだ。坊ちゃんがばくちで作った二百ドルの借金、払わされたからなあ。ほんとだよ、かあちゃん。これっぽっちの嘘もねえ、間違いないよ」

「に、二百——ドルって、ええ！　ああ、いったいぜんたい何の話だい？　二百——ドルだなんてまあ。まったくもう、呆《あき》れたよ。それだけあったら、そこそこ使える中古の黒ん坊が一人買えるよ。おまえ、嘘言ってるんでねえか？——かあちゃんに、まさか嘘ついてるんでねえよな？」

「だから、神様に誓ってもいいよ、ほんとだって——二百ドルだ——俺が嘘ついてるんだとしたら、ここから一歩も動けなくなっちまってもいいさ。とにかくそれで、旦那様がお怒りになってよ。ほんとにかんかんになって、坊ちゃんを勘当《かんどう》なすってしまったんだ」

「勘当」という小難しい言葉を口にした時、彼は得意げな表情を浮かべた。ロキシーは少しの間、懸命に考えたが、すぐにあきらめて息子にたずねた。

「坊ちゃんを、監督なさったのかい？」

「監督じゃねえ、勘当だよ」

「なんだって？　そりゃまた、なんのことだい？」

「遺言状を破ってしまわれたってことさ」

「遺言状を——なんとまあ、破ってしまわれただと！　旦那様がそんなひどいことをなさったって言うのかい！　そりゃねえだろうよ、嘘だと白状しな、このできそこないのニセ黒ん坊が。おまえを産む時、このあたしがどんだけ悲しい思いして苦労したか」

ロキシーの胸に思い描かれた大きな夢の城――時折トムがポケットから一ドルを恵んでくれるというはかない幻――は、見るみる崩れ落ちていった。その残酷な現実は耐えがたく、考えただけでも気が遠くなりそうだった。しかしチェンバーズにとっては、彼女の言うことが可笑《おか》しくてたまらない。

「はぁ、なに言ってるんだ、おかしいよ、かあちゃん！　もしもこの俺がニセモノだっていうんなら、かあちゃんこそ何さまだ？　俺たちは、二人ともニセ白人だよ――違うかい？――すごくよくできたニセモノさ――ニセ黒ん坊としては、俺たち大したことないよ。それにさ――」

「ああもう黙ってろ。馬鹿なことばっかり言ってると引っぱたくよ！　それより遺言状のこと、ちゃんと話してくれよ。破ってしまわれたなんて嘘だって言うんだ――いい子だから――そうすりゃ、おまえのこと死ぬまで忘れやしないよ」

「ああ、破ってないよ――新しいのを作られたからな。坊ちゃんも許してもらえることになったよ。それにしてもかあちゃん、なんでそんなにあせってるんだ？　かあちゃんには関係ねえだろうよ」

「あたしに関係ねえって？　そんなら誰に関係あるって言うのかい？　坊ちゃんが十五になるまで、乳母やってたのは誰だい――言ってみな。かわいそうに、あのお人が文無しになって世間に放り出されるかもしんねえって時に、あたしが何も思わねえでいられると思うのかい？　考えてみな、ヴァレ・ド・チェンバーズ。おまえが人の母親になったことがあったら、そんな人でなしみたいなことは言わねえだろうよ」

「そんならな、かあちゃん、旦那様は坊ちゃんを許しておやりになって、もう一度遺言状を作りなおされたんだよ——そう言えば安心かい？」

彼女はまさしくそれで安心し、しみじみ嬉しさに浸った。その後も毎日この家を訪れていたが、とうとうある日、トムが帰ってきていると知らされた。彼女の胸は高鳴り、体はぶるぶる震えてきた。そしてさっそく「ほんの一目でいいから、昔の黒ん坊の乳母に会って、天にも昇る喜びを味わわせてやってほしい」と言伝《ことづて》を頼んだのである。

チェンバーズがロキシーの頼みを伝えに行くと、トムはいつもの調子でソファにだらしなく身を投げ出していた。子どもの頃にいつも世話を焼き、自分の面倒を見てくれたこの相手に対して、トムはいまも激しい、容赦ない嫌悪感を抱き続けていた。彼は起き上がり、知らずに、名前もドリスコル家の長男の座も奪い取った相手をにらみつけた。あわれチェンバーズの顔が恐怖で真っ青になっていくのをしっかり見届けてから口を開いた。

「あばずれの婆《ばあ》さん、俺に何の用だと？」

チェンバーズは、弱々しい声で母親からの頼みごとを繰り返した。

「黒ん坊のしょうもない用件なんかで俺の邪魔をしていいと、誰が言ったんだ？」

トムはすでに立ち上がっていて、対するチェンバーズはぶるぶる震えていた。次に何が起こるか分かっていたのである。頭をひっこめて左腕でかばったが、トムはその腕にも頭にも拳《こぶし》の雨を降らせた。チェンバーズは殴られるたび「坊ちゃん、どうか！——お許しください、坊ちゃん！」と訴えた。七発殴りつけた後、トムは言った。「とっとと失《う》せろ――ドアの方を向け、出て行け！」とどめに後ろから一、二、三回、思いきり蹴りつけた。最後の一撃をくらい、まじりけのない白人奴隷の体はドアの敷居を飛び越えた。古いぼろぼろの袖で目を拭いながら、足を引きずって立ち去ろうとするその背中に、トムは「ばあやを呼べ！」と吐き捨てた。

彼はその後またソファに身を投げ出して息をつき、かすれ声で呟いた。「いいところに来てくれたもんだ。嫌なことで頭が一杯だったが、八つ当たりでまぎらわす相手がいなかったからな。はあ、痛快だった！　胸がすくぜ」

そこへトムの母親が入ってきた。ドアを閉めると、恐怖と興味にかられた奴隷の性分そのままに、媚《こ》びへつらいもあらわな姿勢で自分の息子に近づいた。およそ一メートルほど前まで来たところで、息子のがっちりとした背格好や立派な風体を二言三言、褒めそやした。しかしトムはまるっきり関心がない様子で、片腕を枕にしてソファの背もたれに足をのせた。

「なんとまあ、立派に大きくなられたことで！　こう立派じゃあ、見違えてしまいますだよ、トム坊ちゃん！　ええ、本当に！　どうかあたしをごらんくだせえな、ロキシーでございます――黒ん坊のばあやを覚えておいでで？　あたしは、もうこれで思い残すことなく死ねますよ、こうして坊ちゃんに――」

「さっさと言え、このクソババアが、さっさと言え――何の用だ？」

「ありゃまあ！　昔とちっとも違わねえトム坊ちゃまだ、ばあやにおふざけばかり言って面白おかしく遊んだ坊ちゃまだよ。あたしは、きっと昔と違わねえと——」

「さっさと言えと言ってるだろ。何の用なんだ？」

そう言われて彼女はひどくがっかりした。懐かしい乳母に会ってトムはどんなに喜ぶだろうか。やさしい言葉の二つ三つでもかけて彼女を心から満足させ、誇らしい気持ちにさせてくれるに違いない——ロキシーは心の中でそんな想像をふくらませ、大事に育んできた。だから、彼に二度もこっぴどく拒絶されてようやく、トムがふざけているのではないこと、彼女の思い描いた美しい夢が愚かな思いあがりであり、あわれな勘違いに過ぎなかったということに、ようやく気づいたのだった。彼女は心の奥底まで傷つき、恥ずかしさでいっぱいになって、咄嗟《とっさ》にどう言葉をつくろえばいいか、どう振る舞えばいいのか分からなかった。やがて彼女の胸は震えだし、その目には涙が浮かんだ。つき放され、絶望した彼女の脳裏を、思い描いていたもうひとつの夢がよぎる。息子の慈悲の心に訴えてみようと、彼女は考える間もなく嘆願しはじめた。

「トム坊ちゃま、ばあやはここのところ、どうにも困っておるんでございます。腕を患《わずら》っちまったもんで仕事もできねえんです。もし、坊ちゃまが一ドル、たった一ドルだけ恵んで下す——」

そこで突然トムが立ち上がり、哀願していたロキシーも驚いて飛び上がった。

「一ドルだって！——一ドルよこせだと！　そんなことを言いに来たのか？　今すぐここを出て行け！　失せないと絞め殺すぞ」

ロキシーはドアの方へのろのろ後ずさったが、途中で立ち止まると、恨みがましい調子で言った。

「トム坊ちゃま、あたしはおまえ様が小さい赤ん坊だった頃は乳を飲ませたし、もう一人前といってもいいお年の頃までお育てしましたよ。今ではおまえ様は立派な大人におなりになって、あたしは貧乏で寄る年波には勝てねえです。だからあたしは、坊ちゃまなら、老い先短い昔のばあやを、きっと助けて下さると――」

彼女のこの口ぶりが、トムをますます不機嫌にさせた。彼の良心が揺り起こされ、彼の心を煩わし始めたからである。それで彼は相手の言葉をさえぎり、自分には今彼女を助ける筋合いはないし助けるつもりもないと、毒々しさは手加減しながらもきっぱりとした口調で告げた。

「トム坊ちゃま、あたしを助けて下さるお気持ちは、ちっともねえんでございますか？」

「ないさ。もう出て行ってくれ。これ以上俺を煩わせるな」

ロキシーは、おとなしく頭を垂れていた。しかし胸の中では、昔からのトムへの恨みつらみに火がついて、またたく間に激しい炎になって燃えあがった。おもむろに頭を上げ、まっすぐ前を向いた彼女は、無意識のうちに、その立派な体格を誇示するように堂々と背すじをのばした。そこには、とっくに失くしたはずの若い頃の貫禄と優雅さがいきいきと蘇っている。彼女は人差し指をあげ、その指を振りながらこう言った。

「それでいいんだな。せっかくチャンスをやったのに、おまえはドブに捨てちまったんだよ。

次にチャンスが来たら、ひざまずいてあたしを拝むことになるだろうよ！」

なぜだか分からぬまま、冷たいものがトムの背すじを走った。かくも意外な人間の口から、かくもおごそかに発せられた言葉を聞けば、誰しも寒けを覚えようというもの――だがトムにはそうしたことに思いあたる余裕もなかった。しかし、彼はごく当たり前の応答を返した。虚勢を張って、あざけるように言ったのである。

「おまえがこの俺にチャンスをやるだと――はっ、おまえがか！　そいつは今すぐひざまずいて拝んだ方がいいんだろうな！　しかし、俺が拝まなかったとして、それでいったいどうなる？　ほら、言ってみろよ」

「こうなるんだよ。おまえ様の伯父上のところへすっとんで行って、あたしが知ってることを全部チクッてやるんだよ」

　トムが真っ青になったのが、彼女の目にも分かった。心乱される想像がトムの頭の中に次々と浮かんでくる。「こいつが知ってるはずがないだろう？　だが、どこかで嗅《か》ぎ出したにちがいない――いかにもそういう顔をしてやがる。二度目の遺言状を作らせてからたった三月、もう借金で首がまわらなくなってる。バレたら人生おしまいだから、何とか隠しとおそうと精いっぱい手を打っていて、このまま行けば、何とかうまくごまかせそうなんだ。それをこの婆《ばばあ》め、どうやって嗅ぎつけやがったんだ。それに何をどこまで知ってる？　ああ、ちきしょう、クソったれ、むかむかする！　だが、ここは何とか婆の機嫌をとっておかないと――それしかない」

そこで彼は、見るだに不快な明るい笑顔を作りつつ、から元気を出して言ってみた。

「いやいや、ロキシー、俺たちみたいな昔からの友達がケンカするものじゃないよな。さ、一ドルだよ——だからさ、おまえが何を知ってるか、話してくれないか」

彼は信用の薄い銀行発行の一ドル紙幣を彼女に差し出した。しかしロキシーは、それを受け取ろうともせず、突っ立ったままだった。今度は自分の方が、この愚かな歩み寄りをバカにする番であり、彼女はその好機を見逃さなかった。凄味《すごみ》ある、執念のこもった声音と態度で彼女は答えた。かくしてトムは思い知った——昔の奴隷であっても、恭《うやうや》しく卑屈に接したお返しに浴びせられた侮辱《ぶじょく》と罵倒《ばとう》の言葉を十分間くらいは思い出すものであり、機会さえ訪れれば嬉々としてその恨みを晴らすものだ。

「あたしが何を知ってるかって？　へっ、教えてやるよ。これをバラせば、おまえさんの遺言状はびりびりに破かれてしまうさ——それだけではねえ、いいか、もっとひどいことになるぞ」

トムは愕然《がくぜん》とした。

「もっとひどいことになるだと？　それはいったいどういう意味だ？　もっとひどいことなんて、あるはずがないだろう」

ロキシーは両手を腰にあてると、あからさまにトムを弄《もてあそ》ぶように頭を振りながら、意地悪な笑いを浮かべた。

「あるさ！　そうだとも！　おまえが知りたがるのも無理はねえな——そんなみみっちい、

はした金なぞ出しよって。おまえに言っても、どうにもなんねえな？——だっておまえは、金なんてからっきし持っちゃいねえんだろう！　あたしはおまえの伯父さんに言うさ——今すぐに言ってやる——そうすりゃ五ドルはくれる、大喜びでくれるとも」

トムをさげすむように言い切ると、彼女はくるりと向き直って出て行こうとする。あわてふためいたトムは、ロキシーのスカートの裾をつかみ、待ってくれとすがりついた。ロキシーは振り向くと、堂々と言い放った。

「いいか、さっき、あたしは何て言った？」

「それは——さあ——覚えてないな。なんて言ったんだっけ？」

「次にチャンスが来たら、あんたはひざまずいて拝むはずだと、そう言ったんだよ」

トムは一瞬、頭が真っ白になった。千々《ちぢ》に乱れる思いに、しばし息を荒らげていたが、やがて口を開いた。

「待ってくれ、ロキシーよ、まさかおまえ、この家の跡取り息子に、そんなひどいことをさせやしないよな？　本気じゃないんだろう？」

「本気かそうでねえか、今すぐ分からせてやる！　落ちぶれて貧乏してるつましい婆が、一人前のいい男に育ったおまえを褒めてやったってのに、おまえは唾を吐きかけるみたいにあたしを口汚く罵ったんだよ。昔は乳を飲ませてもやった、世話も焼いたし、病気になれば看病もしてやった、このあたしをだ。おまえはあたしの他に母親なんかいなかったんだ。あわれな年食った黒ん坊が、腹に入れるもの欲しさに一ドルくれと頼んだだけなのに、おまえはあたしをひどく罵ったよ、あんな汚い言葉でな。まったく、何ていまいましいこったよ！でもいい、もう一度だけチャンスをやる。そら、二分の一秒以内に決めるんだよ――さあ！」

トムはふらふらと倒れ込むように膝をついて、泣きつくような声を絞り出した。

「頼むよ、この通りだ。心からお願いする！　どうか話しておくれ、ロキシー、どうか頼むよ」

過去二百年もの間、償われることのない侮辱と非道を受けてきた民族の末裔《まつえい》は、ひざまずいて懇願する彼を見下ろし、深い満足を味わっているように見えた。やがて彼女は口を開いた。

「立派な白人の若い男が、黒ん坊の婆にひざまずいてやがる！　こんな楽しい場面、神様にお呼びいただく前にたった一度でいいから見たかったよ。さあ、大天使ガブリエル様、角笛を吹いて下さいまし、ロキシーはいつでも喜んで召されますよ。……ようし、立っていいぞ」

トムは言われたとおりに立ちあがり、へつらうようにおとなしく言った。

「お願いだ、ロキシー、もう僕をこらしめるのはやめてくれ。ぜんぶ僕の自業自得だよ。だが、頼むよ、もうこれで許してくれないか。伯父さんに密告するのは勘弁してほしいんだ。かわりに僕に話してくれればいい――僕が五ドル払うから」

「そうだろうとも、払ってくれるだろうともさ。それも五ドルじゃ済みやしねえがな。だが今は、話すのはやめとく」

「ああ、どうか、頼むよ」

「あの幽霊屋敷がおっかないかい？」

「い、いいや」

「よし、そんなら夜の十時か十一時に、あの幽霊屋敷に来な。階段は壊れちまってるから、裏梯子《うらばしご》を上ってくれれば、あたしはそこにいる。他に行くあてもねえから、あの幽霊屋敷があたしの家ってわけだ」ドアの方へ行きかけようとして足を止め、彼女は言った。「さっきの一ドル、もらっておくよ」トムが金を与えると、彼女はそれを眺めまわしつつ、「ふん――この銀行、たぶんつぶれてるな」と言った。そうして再び去ろうとしたが、また立ちどまった。「おまえさん、ウィスキーは持ってるかい？」

「ああ、少しはある」

「持ってくるだよ！」

トムは二階の自分の部屋に駆け上がって、三分の二入ったウィスキーの瓶を持ってきた。瓶を傾けてひとくち味わうと、ロキシーは満足げに目を輝かせ、その瓶をショールの下にしまいながら言った。「こりゃあ上物だな。もらっとくよ」

彼女のためにしおらしくドアを押さえて見送るトムの前を、ロキシーは擲弾兵《てきだんへい》のようにいかめしく、肩をそびやかして立ち去ったのである。

# 第九章

誰かが生まれれば祝い、誰かが亡くなれば悲しむのはなぜか？　それはわれわれが当事者ではないからだ。

——「阿呆たれウィルソンのカレンダー」

あら探しは、その人にあら探しをする性質があれば簡単だ。かつて、石炭について何の欠点も見出せなかったので、先史時代の蛙がたくさん入っていると文句を言った男がいる。

——「阿呆たれウィルソンのカレンダー」

トムはソファに身を投げ出し、両肘《りょうひじ》を膝につくと、ずきずきとうずく頭を両手で抱えこんだ。そして前後に身を揺すりながら、しぼり出すような声で言った。

「黒ん坊の婆にひざまずくとは！　どん底まで落ちぶれたと思っていたが、これに比べたら何てことはない……。唯一の慰めといえば——今度こそ奈落の底のどんづまりということだ。今より下に落ちることはあるまい」

しかし、これは早まった結論であった。

その夜の十時、彼は力なく幽霊屋敷の裏梯子を上っていた。みじめな気持ちに打ちひしがれ、その顔色は青ざめている。ロキシーは足音を聞きつけ、部屋の入口に立って彼を待っていた。

この家は丸太でできた二階建てだが、数年前に幽霊が出るという噂が立ってからは、家としてはもう役立たずになっていた。住む者はおろか、夜には近寄ろうとする者もなく、昼日中ですら大抵の人が近くを通ることを避けていた。他にこのような家は一軒もなく、「幽霊屋敷」といえばこの家のことに決まっていた。長い間手つかずで放置され、もうあばら家同然になっている。阿呆たれウィルソンの家からは三百ヤードのところにあり、その間には空き地が広がるだけだった。つまり幽霊屋敷は、この方角では町のいちばん端に建っていたのである。

トムはロキシーの後ろについて中に入った。部屋の片隅には、ロキシーが寝床にしている清潔なわらの山があり、壁には安物だがきちんと手入れされた服が何着かかかっていた。ブリキのランタンの灯が床に光の斑点を投げかけ、あちこちに木の石鹸箱《せっけんばこ》やろうそく箱が椅子がわりに置いてある。二人は腰を下ろし、ロキシーが口を開いた。

「さて、さっそくはじめるが、金はあとでかまわねえよ。急ぐわけではねえからな。あたしがいったいどんな話をしようとしてるか、おまえ、分かるかい?」

「それは——何ていうか——ああ、ロキシー、あんまりいじめないで、ひと思いに言ってくれよ。僕が道楽とバカ遊びで、首が回らなくなってるってことだろう?」

「行楽とバカ遊びだって！　違う違う、ぜんぜん違うよ。あたしの知ってることに比べたら、そりゃあ坊ちゃん、屁《へ》でもねえことだよ」

トムはぽかんとして彼女を見た。

「ええと、ロキシー、どういうことなんだい？」

ロキシーは立ち上がった。その薄暗い影は、トムには彼にのしかかろうとする運命の化身に見えた。

「こういうことだ――それに、絶対に間違いのねえことだよ。いいか、おまえとドリスコルの旦那様との間には、何の血のつながりもねえ。あたしと少しも変わりやしねえ――そういうことだよ！」そう言うと、彼女の目は勝ち誇ったように強く輝いた。

「なんだって？」

「おうよ、それだけではねえ！　おまえは黒ん坊だ――黒ん坊の、奴隷の生まれなんだよ！――たった今だって黒ん坊で奴隷なんだよ。あたしが口を開いてドリスコルの旦那様に知らせたら、二日もおかずにおまえを川下に売り飛ばしなさるさ」

「とんでもないデタラメ言いやがって、この大ほら吹きの下衆婆《げすばば》アが！」

「嘘なんかではねえ、本当のことだ。神様に誓って、まぎれもねえ本当のことだよ。そうだ――おまえはあたしの子なんだ――」

「こん畜生めが！」

「それでおまえが今日蹴ったり殴ったりしたあのかわいそうな若いのが、パーシー・ドリスコル様の息子さんで、おまえの若主人だ――」

「ふざけるな！」

「あの人こそがトム・ドリスコルで、おまえはヴァレ・ド・チェンバーズだ。おまえは名字ナシだぞ、黒ん坊の奴隷なんだからな！」

トムは飛び上がると、一本の薪をつかみ取って振り上げた。しかし、彼の母親はただ笑いながらこう言った。

「座れや、このひよっ子が！　そんなことでこのあたしがビビるとでも思ってるのかい？　できるもんか、おまえみたいな人間にゃ無理だよ。あたしが隙を見せたら、後ろから銃で撃つつもりなんだろう。おまえのやり口なんかお見通しだ――頭のてっぺんから爪の先まで、おまえのことはようく知ってるんだからな――あたしは殺されたって構いやしない。さっきの話はみんな証文に書いてあるし、信用できる人が持ってるんだ。その人は、あたしが殺されたら、どこへ行けば犯人が見つかるか知ってるのさ。おまえのお袋が、おまえみたいな大馬鹿だと思ったら大間違いもいいとこだ。分かったか！　分かったらおとなしく座って行儀よくするこった。あたしがいいと言うまで立ち上がるんでねえぞ！」

激しい感情と興奮が渦巻き、トムはしばらくの間、ひたすら混乱し、苛立《いらだ》っていたが、そのうちに覚悟を決めたような口調で言った。

「おまえの言ったことは、ぜんぶがデタラメの嘘八百だ。何でも気の済むようにやればいい。もう僕は知らん」

ロキシーはうんともすんとも答えず、ランタンを手にドアの方へ歩きかけた。トムはぞっとして慌てふためいた。

「待ってくれ、行かないでくれ！」泣きつくように彼は言った。「本気じゃないんだ、ロキシー。さっき言ったことはぜんぶ撤回する、もう二度と言わない！　頼むから行かないでくれ、ロキシー！」

ロキシーはしばし足を止め、重々しく言った。

「まずその言葉からやめなきゃならねえぞ、ヴァレ・ド・チェンバーズ。自分と同等の人間みたいに、あたしをロキシーなぞと呼ぶのは許さねえだ。子どもが母親に向かって、そんな呼び方はしねえもんだ。母さんとか、母ちゃんとか、あたしのことはそう呼ぶんだよ――せめて、まわりに他人がいねえときはな。言ってみな！」

トムにとっては至難だったが、彼女の言う通り、何とか口に出した。

「よし、それでいい。分かったら二度と忘れねえようにしろ、自分がかわいかったらな。おまえ、あたしの話が嘘だとかデタラメだとか二度と言わねえと言ったな。警告しとくが、もしもまたそんなことをほざいたら、何もかもおしまいだからな。すぐに判事様のところへ行って、おまえの正体をばらしてやる。証拠もちゃんと持ってくよ。どうだおまえ、あたしの話を信じるかい？」

「ああ、信じるとも」トムはうめいた。「信じるだけじゃない。たしかにそうと分かったよ」

いまや完全にトムを屈服させたことをロキシーは知った。本当のところ、証拠を見せろと言われても何ひとつ出せなかったし、証文があるという脅しにいたってはまったくの嘘だった。しかし、彼女にはトムの人となりが分かっていた。証拠とか証文と言いさえすれば、トムには効き目があることを疑わなかったのである。

彼女はろうそく箱に戻って、再び腰を下ろした。堂々と勝ち誇った思いゆえ、ろうそく箱がいまや玉座だった。

「さて、チェンバーズ」と、彼女は言った。「ここからは金の話だ。もう馬鹿なこと言うんじゃねえぞ。まずはおまえ、月に五十ドルもらってるんだろう。その半分を母ちゃんによこすこった。ほれ、今出すんだよ!」

しかしトムの持ち合わせは、たった六ドルだけだった。彼はその金をまるまる彼女に差し出し、翌月からは言われた通りの額を渡すと約束した。

「チェンバーズ、おまえ借金はいくらある?」

トムは身を縮こめて言った。

「三百ドル近く」

「どうやって返すつもりだ?」

トムは苦しそうな声を出した。

「そうだな、ああ、どうすればいいんだろう。そんな恐ろしいことを聞かないでくれよ」

しかしロキシーはなおも食い下がり、トムは音《ね》を上げてとうとう白状した。彼は変装して町じゅうをうろつき、よその家々から細々とした貴重品を盗んでいたのだった。実際、セントルイスにいるはずのこの二週間も、町一帯を手広く狙い、あちこちで盗みを繰り返していたのである。ところが、これまでの盗品だけでは必要な額に届くかどうか分からず、かと言って町じゅうの人々が泥棒騒ぎでピリピリしている今、これ以上の危険をおかして盗みを続けるのは怖かった。母親はトムの盗みを良しとして、手伝ってやろうかとすら持ちかけたが、彼はかえって慄《おのの》いた。彼はおっかなびっくり、彼女が町から姿を消してくれる方が気楽で安心だし、気兼ねなく堂々と町を歩けるのだと言ってみた。——さらに言葉を連ねて説明しようとした彼を、母親は途中でさえぎった。そして、いつでも町を出ると言った彼女に、彼は驚き、大いに安堵《あんど》したのである。毎月、自分の取り分の金をきちんと得られさえすれば、どこに居ようとかまわないというわけだった。遠くへは行かずに、月に一度、金を受け取りに幽霊屋敷に来ると言った。

「あたしはもう、おまえをさほど憎んではいねえが、これまでは何年もずっと憎んできたよ——誰だって憎らしくなるさ。うまくとり替えてやって、いい家族といい名前をやって、おまえを白人の紳士にしてやり、店で売ってる服を着る金持ちにもしてやったろう——そのあたしがお返しに何をもらった？　いつだっておまえはあたしを見下して、人前で意地悪い、冷たい言葉で罵って、あたしがみじめな黒ん坊だってことを、一瞬だって忘れさせなかったんだ——それに——それによう——」

ロキシーはすすり泣きをはじめ、やがてわあわあ泣き出した。トムは言った。

「しかし、俺はまさかあんたが母親だなんて全然知らなかったんだ。それに——」

「いや、それはもういいんだ、終わったことだ。忘れることにする」そう言った後、彼女は荒々しい口調を取り戻してつけ加えた。「おまえも、あたしに二度と思い出させるんじゃないよ。後悔したくなかったらな、きっとだよ」

別れる段になって、トムはできるだけしおらしい調子で尋ねた。

「さしつかえなければだけど、母ちゃん、僕の父親って誰なんだい？」

気まずい質問かと彼は思っていたが、そうではなかった。ロキシーは一気に胸を張り、誇らしげに頭を上げると、こう言った。

「さしつかえだと、そんなものあるもんかい！　おまえは父ちゃんを恥じることはちっともねえんだよ。おまえの父ちゃんは、町でいちばん身分の高いお人だっただよ。なんたってヴァージニア初代のお家柄だ。ドリスコル家やらハワード家やらと並べてもいい名門でな、そのいちばん栄えた時のお方だよ」なおいっそう自慢げな態度になって、彼女は仰々しく付け加えた。

「セシル・バーリー・エセックス大佐、覚えてるかい。おまえの若主人のトム・ドリスコル様のおやじ様と同じ年に亡くなったんだ。葬式にはフリーメーソンやらオッド・フェローズ［フリーメーソンにならって創立された秘密結社］やらのだんな方、それに教会も総出で見たこともねえくらい紳士淑女がこぞって集まったもんだ。これまで町いちばんの大きな葬式になったよ。その方がおまえの父ちゃんさ」

そうして話すうちに、うっとりとした幸福感は高まっていき、過ぎ去った若い日の美しさが彼女の中によみがえってくるようだった。これで舞台装置がもう少しましであれば、その堂々とした威厳ある態度は、まるで女王のようだと言っても通ったであろう。

「おまえほど血すじのいい黒ん坊は、この町には誰一人いねえんだよ。ほれ、もう行くがいいよ！　堂々と、胸を張って歩くんだよ。おまえにはその資格があるんだから――誓ってもいいさ」

# 第十章

「死ななければならないなんて、何とつらいことだろう」と誰もが言う――生きていかなければならなかった人が口にするには何とも奇妙な不満である。

――「阿呆たれウィルソンのカレンダー」

腹が立った時は、四つ数えろ。すごく腹が立った時は、悪態をつけ。

――「阿呆たれウィルソンのカレンダー」

その晩何度となく、トムは寝ている最中、急に目が覚めて、最初は「ああ、よかった。ぜんぶ夢だった！」と思う。しかしすぐに気づいて、ふらふらとベッドに身を沈めつつ、「黒ん坊！　俺は黒ん坊なんだ！　死んだ方がましだ！」とうめくのだった。

明け方に再び目が覚めて、トムはその恐怖をくり返し味わった。こんな恐ろしい眠りはもうたくさんだと思い、考えをめぐらせた。この上なく恨みがましいその思考は、おおよそ次のようなものだった。

「なぜ黒人と白人とがつくられたんだろう？　生まれる前から呪われた人生が決まってるなんて、まだ生まれてなかった最初の黒ん坊はいったいどんな大きな罪を犯したというんだ？　白人と黒人の間のこの恐ろしい落差は何なんだ？　黒ん坊の運命が今朝はこんなにもつらいものに思えるなんて！——昨夜《ゆうべ》までは、考えたこともなかったのに」

そうして一時間以上、トムはため息をついてはうめき続けた。やがて「チェンバーズ」がうやうやしく、もうじき朝食ですと知らせにきた。この高貴な白人の青年が、黒ん坊の自分にぺこぺこしながら「坊ちゃん」と呼ぶのを見て、「トム」の顔が赤くなった。彼は乱暴に言った。

「とっとと出て行け！」そして相手の若者が去った後につぶやいた。「かわいそうに、あいつは何も悪くないのにな。だが今となっては、どうにも目ざわりなんだ。何と言ってもあいつこそが本物のドリスコルで、俺は……ああ、死んでしまいたい！」

数年前に起きたクラカタウ火山[*1]のような大噴火は、地震や津波を引き起こし、火山灰を濛々《もうもう》と噴出させ、高地を低く、低地を高くし、砂漠にきれいな湖を作り、緑の大草原を砂漠にするなどして、周囲の地形を見る影もなく一変させてしまうものだ。トムに襲いかかったとてつもない大事件も、同じように彼の心の中を激変させてしまった。見向きもしなかった低地が目指すべき高い頂上となり、今まで頂上だったところが谷底に沈み、その崩壊の残骸は、悲しみに沈んだ瓦礫《がれき》に覆われ、硫黄《いおう》の臭気を放っている。

何日もの間、彼は人通りを避けてさまよいながら、絶えず考え続けていた——自分の立ち位置を見定めようと努め、今後の身の振り方に思いを馳《は》せていたのである。それは、これまでにない経験だった。友達に会うと、なぜか、これまでの習慣が出てこないことに気づく——知らず知らずのうちに手を差し出して握手を求めることもなく、腕はそのままぶらりと垂らしているだけだった。彼の中の「黒ん坊」がそのへりくだった態度をとらせ、彼自身はどぎまぎして赤面してしまう。また、白人の友達が握手の手を差し伸べると、彼の中の「黒ん坊」が動揺する。それから、白人の乱暴者や浮浪人とすれ違う時、彼の中の「黒ん坊」が無意識に道を譲ることにも気づいた。彼が誰よりも大切にし、ひそかに思いを寄せるロウィーナから自宅に上がっていけと誘われた時も、彼の中の「黒ん坊」が畏れ多い白人と対等の席につくのに怯《おび》え、中に入ることもなくあわてて逃げ出した。彼の中の「黒ん坊」は、そこかしこ、あらゆる場所で身を縮こめてはこそこそと逃げ隠れした。人々の顔つきや口ぶりや仕草をうかがっては、そこに疑惑の色を見てしまい、すでに見破られている気がしたのである。何とも奇異なトムらしくないふるまいに気づいた人はすれ違いざまに振り向き、彼の後ろ姿に見入った。そして彼が振り返った時——振り返りたくなくても、どうしても振り返らずにいられなかったのである——相手が訝しむ表情で見ているので、彼はぞっとし、そそくさとその場を立ち去るのだった。やがて彼は、常に誰かに追われているような気分になり、追いつめられたような顔をするようになった。そして丘のてっぺんなど、人のいない場所へ逃げるようになった。ハム［ハムはノアの息子でエジプト人・カナン人・ヌビア人の祖とされる］の呪いだと、心中呟かずにおれなかった。

彼は食事を恐れた。彼の中の「黒ん坊」が白人と同じ食卓につくことを恥ずかしく思い、食事の間じゅう露見を恐れるからだった。ある時、伯父のドリスコル判事に「おまえ、どうかしたのか？　黒ん坊みたいにおとなしいじゃないか」と言われると、白を切った顔の殺人犯が「おまえが犯人だ」と告発された時と同じ気持ちを味わった。気分がすぐれないと言い訳をして、トムは食卓を後にした。

彼の表向きの「伯母」が何かと彼を気遣い、かわいがってくれるのも、今の彼には恐怖でしかなかった。そして彼は「伯母」からも逃げるようになった。

それと同時に表向きの「伯父」に対する嫌悪感が、彼の中に次第に募っていった。「伯父は白人だ。俺は伯父の持ち物で財産、単なる品物にすぎない。伯父は俺を犬の子のように売り飛ばせるんだ」と心の中で呟いていたのである。

それから一週間、トムは、自分の性格が百八十度の急変を遂げたと思いこんでいた。しかしそれは、彼が自分のことを理解していなかったせいである。

彼の考え方は、様々な点でまったく変わってしまい、二度と元通りにはならなかった。しかし、彼の内面の基本的な構造は変わっておらず、また変わるはずもなかった。非常に大きな特徴のうち一つか二つはたしかに変貌を遂げ、機会があればはっきり表立った変化が現れることだろう。精神的、倫理的な大変動のせいで、性格や習慣もまるっきり一変したかに見えたが、やがて嵐がおさまるように、何もかもが元に戻り始めた。ものの見方や話し方にしても、だらしなく軽薄な昔の彼のあり方に次第に戻っていったのである。だから、彼の身内でさえ、以前の、意志薄弱で何事にも身の入らなかったトムと違うところを、どこにも見つけられはしなかっただろう。

この町で働いた泥棒稼業は、彼の期待以上に都合よく運んだ。借金の返済に必要な金額をすでに稼ぎ出して、伯父に賭博の借金が露見する恐れも、再び遺言状を破棄される恐れも消え失せたのである。彼とその母ロキシーは、お互いそれなりに友好的な関係になっていた。

それでも、ロキシーとしては、まだ彼を愛する気にはなれなかった。彼女が思うに、彼には「何の取り柄もない」からである。しかし、彼女の性格からして、自分が支配できる物か人かが必要だったので、そんな彼でもいないよりはましだった。彼女のたくましさ、攻撃的で堂々とした態度に、トムが思わず感嘆してしまうことも多かった。あまりに頻繁にそれを見せつけられて、いささか辟易《へきえき》させられたが、彼女が口にするのはおおむね、町の主だった一家の私生活をめぐる耳よりな噂話で(町に来るたび、彼女はそういった家庭の台所を訪れては噂を仕入れてくるのだった)、トムはこれを楽しんで聞いた。まさしく彼の好むたぐいの話だったのである。彼女はいつも自分の分け前をきちんと取り立てたが、そんな時でも彼は決まって、幽霊屋敷でしばしお喋りに興じた。時には、金の受け取り日以外にも、彼女は幽霊屋敷に来て息子と話をした。

時々彼はセントルイスに行き、数週間滞在することがあった。そのうち、またしても誘惑に駆られ、巨額の金をもうけたものの、結局全部すって、さらにかなりの負債をかかえてしまった。できるだけ早く払う、と彼は約束をした。

そのため、また新たに町で盗みを働く計画をたてた。他の町には決して手を出さなかった。家の間取りや家族の習慣も知らない家に入るのは怖かったからだ。双子の兄弟が町にやって来る前日の水曜日、彼は変装して幽霊屋敷を訪れ――伯母のプラット夫人宛てに町に帰るのは二日後になると手紙を出しておいた――金曜の未明まで母親とともにそこに身を潜めてから伯父の家へ行き、自分の鍵を使って裏口からこっそり二階へ上がった。自分の部屋の鏡の前で、化粧道具を使おうという計画であった。彼は犯行時の変装のために若い女性の服を一式持参してきており、それまではロキシーの服を着て黒い手袋とヴェールを身につけていたのである。明け方になって若い女性の服を着て、変装用の化粧をきれいに施し終えたところで、窓越しに、遠く阿呆たれウィルソンの姿がちらりと視界をよぎった。そこでウィルソンの目を意識して、気取ってみたり、優雅にふるまってみたりと、しばらく若い女性らしい振る舞いを披露した。そして奥へ引っ込むと、再びロキシーの服に着替えて裏口から出た。こうして彼は町の中心地に出て、盗みを予定している家の偵察に出かけていたのである。

しかし、彼の心は落ちつかなかった。ロキシーの服を着て、腰が曲がった年寄りのまねまでしている。ウィルソンがまだひそかに彼を見ていたとしても、朝早くに隣家の裏口から出てきたみすぼらしい老婆のことなど気にもかけないだろう。とはいえ、もしウィルソンに出るところを見られて怪しまれ、跡をつけられたらどうなるだろう？　そう考えるだけで、冷や汗が出てきた。彼はその日の盗みをあきらめ、知り得る限りいちばん人目につきにくい道を通って、幽霊屋敷に逃げ帰ったのである。その時母親はいなかったが、やがて戻ってきて、クーパー家で催される双子の大歓迎会のことを話しだした。これこそ神様のお恵み、絶好のチャンスだと言って、彼女はいとも簡単に息子を説得した。そうしてトムは結局、みんながクーパー家に行って出払っている隙に盗みを敢行し、大きな成功をおさめたのだった。ひとたび成功したところで勇気も出て、さらに大胆なことさえやってのけた。稼いだ盗品をそこらの裏通りで母に手渡した後、大歓迎会の会場に赴き、クーパー家の貴重品をいくつかかすめとって戦利品に加えたのである。

この長い脱線の末に、われわれは再び、阿呆たれウィルソンが同じ金曜日の夕刻、双子の兄弟の訪れを待ちながら、その朝の不思議な人影、トム・ドリスコル青年の寝室にいた娘について思いをめぐらせている地点に戻る。恥知らずな振る舞いをしていた娘は一体誰なのか、ああでもないこうでもないと、彼は頭をひねっていたのである。

# 第十一章

作家を喜ばせるのに絶対に確実な三つの方法がある。三段階を成す賛辞を順番に並べよう。一、あなたの作品を一冊読みましたと言う。二、あなたの全作品を読みましたと言う。三、次回作の草稿を読ませてくださいと言う。一で作家はあなたに敬意を抱き、二であなたに感嘆し、三であなたを己の心の奥深くに受け入れることだろう。

——「阿呆たれウィルソンのカレンダー」

形容詞について。迷ったら省くべし。

——「阿呆たれウィルソンのカレンダー」

まもなく双子の兄弟が到着し、談話が始まった。和気あいあい、にぎやかに話が進んだおかげで、始まったばかりの三人の友情は気のおけぬ、深いものになっていった。促されるままにウィルソンが例のカレンダーを取り出し、一つ二つ読み聞かせると、兄弟はさんざん褒めそやした。これに気を良くしたウィルソンは、家に帰って読みたいから少し貸してくれないかと言われた時も喜んで応じた。二人はあちこちを旅する間に、作家を確実に喜ばせる方法を三つ見つけており、中でも最高の手を使ったわけである。

そこに邪魔が入った。トム・ドリスコル青年が現れて仲間に加わったからである。二人が握手をしようと立ち上がると、トムはこれら高貴な客人をまるで初めて目にしたように振る舞った。しかし、それは単なるごまかしだった。歓迎会の最中、クーパー家で盗みを働きながら、二人の姿を垣間見ていたのだから。兄弟はトムを、顔立ちはやさしく、なかなかの美男子で、流れるような動作にしなやかな物腰の人物と見て、洗練されている、とすら思った。アンジェロは、トムはいい目をしていると思ったが、ルイジは何かを隠した油断ならない目つきだと思った。アンジェロは、トムが明るく屈託のない話し方をすると思ったが、ルイジはその度が過ぎているのではないかと思った。アンジェロはトムに好感を持ったが、ルイジは判断を保留した。トムが来てまず口にしたのは、ウィルソンに対する、これまでに数え切れないほど何度も尋ねてきた質問であった。いつも明るく気安く発せられるその質問が、ウィルソンの隠れた傷に触れ、いつもチクリと胸を刺す。このときは、初めての面々の前であるだけに、その痛みはいっそう大きかった。

「弁護士の仕事はどう？　誰か依頼人は来た？」

ウィルソンは唇をかんで、精いっぱい平静を装いながら「いや——誰も来ないね」と答えた。ドリスコル判事は、ウィルソンについて兄弟にあれこれ説明した際、弁護士業のことは良かれと思って省略したのである。トムは明るく笑って言い放った。

「ウィルソンは弁護士なんですよ。今は開店休業ですけれど」

その皮肉はこたえたが、ウィルソンはひたすら自分をおさえ、冷静につけたした。

「たしかに開店休業だよ。弁護する事件がないので、この二十年もの間、会計士としてやっていくしかなかった。それにしたってこの町では帳簿整理の機会もそれほどなくて、なんとかつましく暮らしていくのがやっとだった。そうは言っても、いつでも弁護士として充分な訓練を積んでいたことも嘘じゃない。君くらいの頃にはね、トム、私はすでに将来の職業を決めて、すぐにそのための能力を身につけていたよ」今度はトムが顔をしかめる番だった。「今まで自分の腕を試すチャンスはなかったし、今後もないかもしれない。しかし、チャンスさえあったら、いつでもやる態勢はできている。これまでもずっと法律の勉強を続けてきたからね」

「そうそう、さすがだ、その調子だよ！　ぜひ、その姿を見せてほしいね。何かあったらあんたに仕事を頼むことにするよ。俺の仕事とあんたの弁護士業と、なかなかいい組み合わせになりそうじゃないか、デイヴ」そう言ってトムはまた笑った。

「もしも私に――」ウィルソンは、トムの寝室にいた娘のことを思い出し、「もしも私に、きみの仕事の内密でうしろぐらいところを任せてもらえたら、それなりにモノになるかもしれんよ」と言いかけたが、思いとどまってこう言った。「いや、ここでふさわしい話題じゃないな」

「分かったよ。じゃあ、話題を変えよう。きっとあんたは、俺にまた何かあてこすりを言うつもりだったんだろうしね。例のすごい秘密は最近、どんな感じだい？　ウィルソンはですね、無地の窓ガラスを市場から駆逐してしまおうとしてるんですよ。ガラスを脂でべたべたの指紋で装飾して、宮殿の装飾用にばかみたいな高値でヨーロッパの王侯貴族に売りつけて一儲けする魂胆なんだ。持ってきてみろよ、デイヴ」

ウィルソンは例のガラス板を三枚持ってきて、こう言った。「まず右手の指を髪に入れて自然の脂をつけてもらうんです。その指の腹をこのガラスに押しつけると、皮膚の細かい微妙な線の跡が付きます。こすり落とさない限りは、これがいつまでも残るんですよ。トム、まず君からやってみるかい」

「でも、俺の指紋は、前に一度か二度とっただろう」

「ああ、とったけれど、あの時の君はまだ子どもだった。まだ十二歳くらいだったかな」

「そうだな。あの頃と違って俺もすっかり変わったし、いろいろあった方が王族も喜ぶだろうからな」

彼は短く刈った髪を指で掻きあげ、ガラスに指を一本ずつ押しつけた。アンジェロも、それからルイジも二枚目、三枚目のガラスに指を押しつけ、跡を残した。ウィルソンは、各々のガラスに名前と日付を書きつけてしまいこんだ。トムはいつものように軽く笑って言った。

「黙っとこうと思ったんだが、指紋をたくさん集めたいんなら、あんたはガラスを一枚無駄にしたぜ。双子の指紋はどっちも同じだろう」

「ま、もうやってしまったし、どのみち両方とっておきたいんだ」ウィルソンは自分の席について、そう言った。

「そういえば、デイヴ」トムが言った。「指紋をとる時、一緒に運勢占いもやってただろう。デイヴはね、お二人さん、万能の天才なんですよ——最上級の天才で、この町で無駄に盛りを過ぎようとしている大科学者、地元では冷遇される定めにある予言者なんです。ここでは誰も彼のやる科学なんかまったく興味がないし、彼の頭脳を『妄想工場』と呼ぶ始末——デイヴ、そうだろう？　しかし心配無用、そのうちにきっと名《マーク》を残す日が来ます――いや、指紋《フィンガー・マーク》をですかね、ひっひっひっ！　でも本当に、一度彼に手相を見てもらうといいですよ。『お代の二倍のお値打ち、嘘なら出口でお返しします』っていうところでしょう。本のようにすらすらと手の皺《しわ》を読んでは、これから起こることを五十も六十も言ってくれるし、起こらないことまで五万、六万と言ってくれるんです。ほら、デイヴ、お二人さんにこの町が誇る、知られざる万能天才のわざを、今こそお見せする時だ」

この苛立たしい、礼儀正しいとは言いがたいひやかしにウィルソンは顔をしかめ、兄弟は彼を気の毒に思ってその痛みを分かちあった。ここでウィルソンを救うには、この話を真剣に敬意をもって受けとめ、トムのいささかやり過ぎなからかいは無視するのが最上の策、と二人は的確に判断した。そこでルイジが言った。

「私たちもあちこちを旅するうちに、手相術を見る機会がいくらかありました。ですから、どれだけ驚くべきことができるか、よく承知していますよ。あれを科学、それもとびきり上等な科学と呼ばずしてどうする、と思うくらいです。東洋では――」

トムは驚いて、信じられないという顔で言った。「あんないかさまが科学だって？　もちろん冗談ですよね？」

「いいえ、冗談ではなく、本当のことですよ。四年前、私たちも手相を見てもらいましてね。まるで掌《てのひら》に文字がつらつら書かれているかのように、解読してもらったんですよ」

「つまり、それなりの意味はあると思った、と？」そう尋ねながらもトムの不信感は少し薄れかけていた。

「少なくとも、こういう意味はありました」とアンジェロが切り出した。「まず、私たちの性格については、細部までその通り言い当てられたんです。――自分たちだって、あれほど正確には言えないくらいです。次に、私たちの過去についてですが、重大な出来事が二つ、三つ、明かされましたよ。――それも、その場に居合わせた者のうち、私たち以外には知りようのないことばかり」

「へえ、それはもうまるっきりの魔術ですね！」トムは大声を出した。いまやすっかり興味をそそられていた。「それで、将来のことについては、どうでしたか？」

「おおむね正確だと言えそうですね」ルイジが答えた。「印象深かった予言が一つ二つ、その通りに実現しましてね。中でも特に重大な出来事はその年のうちに起こったのです。細かい出来事についての予言もいくつか実現しています。ことの大小にかかわらず、まだ実現していないものももちろんありますし、それは今後も実現しないかもしれません。しかし、私としてはいずれ実現しそうな気がしますよ。しない方がむしろ驚きでしょうね」

トムはすっかりまじめな調子になって、心底感じ入っていた。そして弁解がましくこう言った。

「デイヴ、俺はあんたのやってる科学をバカにしてたわけじゃないんだ。さっきのはほんの戯言《たわごと》――意味のない軽口ってところさ。お二人の手相を見てあげるといいよ、ねえ、どうだい？」

「まあ、お望みならそうするけれど、何しろ腕を磨こうにもチャンスがなかったから、専門家だなんて看板を出すつもりもないよ。過去の出来事が掌にでかでかと書いてある時は大体分かっても、小さい記述は見逃してしまうことがままあるし——無論いつもってわけじゃないけど——それに将来の出来事になると、もうあまり自信がないんだよ。などと言うと、日々手相を見ているようだがそんなことは一切ないんだ。この五、六年で五、六人見たかどうかというところだし。だんだん冷やかされるようになって、それが嫌でやめてしまったんだよ。ルイジ伯爵、こうするのはどうでしょう。まず、あなたの過去を占わせてください。それでうまくいったら、次は——いや、やはり将来のことを言うのはやめておく方がいいですね。それは専門家に任せておきましょう」

そうして彼がルイジの手をとると、トムが口をはさんだ。

「ちょっと待った——まだ見るなよ、デイヴ。ルイジ伯爵、ここに紙と鉛筆があります。さっきおっしゃった、予言されてから一年とたたずに起こったっていう重大事件のことを書いて下さいよ。そいつを俺が預かっておいて、デイヴがあんたの手から読みとれるかどうか、お手並み拝見としよう」

ルイジは見えないようにして何かを書きつけ、それを折りたたんでトムに渡し、「しかるべきところでお知らせしますので、その時に開いてください」と言った。

ウィルソンはルイジの掌を念入りに調べはじめた。まずは生命線、感情線、知能線。さらに、それらの線を蜘蛛の巣のようにぐるりと取り囲む、さらに細く複雑な線の配置。クッシヨンのように盛り上がった親指の付け根の部分の形と感触。同じく手首のあたり、小指の付け根の部分の形と感触。指については、それぞれの形、長さの比率、力を抜いた時の格好なども丁寧に観察した。見物する三人はルイジの掌の上に頭を寄せて食い入るように見つめ、誰も静寂を破らなかった。部分の観察を終え、再び掌そのものを細かに調べだしたウィルソンは、やがて結果を披露しはじめた。

ルイジの性格、気質、好き嫌い、習性、野心、奇癖などについて、ウィルソンは詳しく語った。それを聞いて時にルイジは顔をしかめ、他の者たちは笑ったが、兄弟そろって、ウィルソンの占いは見事であり正確だと明言した。

次はルイジの過去についてである。今度は慎重に、ためらうようにしながら、掌のくっきりとした線をゆっくりと指でたどった。「運勢点」などの目印で時々指をとめては、そのあたりをじっくりと調べる。そうして一つ、二つ、ウィルソンの口から述べられた過去の出来事について、ルイジがその通りだと請け合い、占いはさらに進んだ。そのうちにウィルソンが突然、驚きの表情とともに顔をあげた。

「ここから、過去のある事件が読みとれるのですが、これは言わないでおく方が――」

「いいえ、言ってください」と、愛想よくルイジは言った。「大丈夫ですよ、困ることは何もありません」

だがウィルソンはなおもためらい、どうしたものか考えあぐねる様子だったが、そのうちにこう言った。

「かなりデリケートなことですから、紙に書くか、あなたに耳打ちするかして、ここで言明するかどうか決めていただく方がいいと思うんです」

「分かりました」ルイジは言った。「では書いて下さい」

ウィルソンは紙切れに何事かを書きつけ、ルイジに手渡した。ルイジは黙ってそれを読んでから、トムに向かって言った。

「ドリスコルさん、さっきお渡しした紙を開いて読んで下さい」

トムは読んだ。

《私は人を一人殺すと予言されました。年が明けないうちに、それは実現されました》

「なんてこった い！」トムは思わず叫んだ。

ルイジはウィルソンの書きつけをトムに渡して言った。

「次にこちらを読んで下さい」

トムが読むと、

《あなたは人を一人殺しました。しかし、それが男か女か、大人なのか子どもだったかは読みとれません》

「これはすごい！」驚いたトムはまた叫んだ。「こんなのは聞いたことがないぞ！ 最もおそるべき敵が自分自身の掌だとはね！ だって、そうだろう――人生でいちばん致命的で、心の奥の奥に隠し持った秘密を掌が記録しているなんて。そこらの魔術師に暴かれたら最後、こりゃもう身の破滅ってものじゃないか。まったく、なんであんたは、掌を人に見せたりできるんですか。そんな恐ろしいことが書かれてるっていうのに」

「いえ、大丈夫ですよ」ルイジは動じずに言った。「私にはその人を殺すだけの理由があったのですから。悪いことをしたとは思っていないのです」

「どんな理由です？」

「相手はですね、殺されて当然だったんです」

「兄は自分で言わないでしょうから、私がその理由をお話ししましょう」アンジェロが活気づいて言った。「兄は私の命を救うためにそうした、ということなんです。だから、それは立派な行為だったのであって、隠さなければならないことではありません」

「まったくその通りですね」ウィルソンが言った。「兄弟の命を救うためならば、すばらしい立派な行為ですよ」

「いや、それはどうでしょうか」ルイジは言った。「そう言っていただくのは非常にありがたいことですが、それが本当に利他的な行為であったか、英雄的行為であったか、高潔であったか、少し考えればすぐボロが出ますよ。見落とされている点が一つあります。もし私がアンジェロを助けなければ、私の命はどうなっていたでしょう。みすみすその男にアンジェロを殺させていれば、私も殺されたのではないでしょうか？　だから、私はアンジェロではなく自分の命を救ったというわけです」

「いや、君はそんなふうに言うけれどね」アンジェロが言った。「しかし、僕はきみという人間を知っているから――きみが自分のことだけを考えていたなんて、まったく信じないよ。

ルイジがその男を殺した短剣は私が持っていますから、いつかお見せしましょう。この一件のおかげで興味深い品となりましたが、実はルイジの手に渡る前にも曰《いわ》くのある短剣でしてね。それをお聞きになれば、よりいっそう興味を持たれると思います。ルイジはそれをさるインドの偉大なる君主、バローダの藩主《マハラジャ》からいただいたのです。二、三百年前から代々伝わってきた品で、王家に仇《あだ》をなした良からぬ輩《やから》を相当の数、殺《あや》めているんです。一見、たいしたことのない見かけなのですが、他の短剣やら、短刀――と言うんでしたっけね――の類《たぐい》とは形が違っていましてね。いま、絵に描いてお見せします」彼は一枚の紙をとり、ささっと描いた。「こんな感じです――幅広の刀身が不気味なんです。しかもこの刃が、剃刀《かみそり》のようによく切れましてね。銘の部分には、歴代の持ち主の名前がイニシャルや暗号で刻まれています。ルイジの名前もアルファベットで家紋と一緒に刻みました。ごらんのとおり、この柄がまた風変わりなんです。鏡のように光沢がある本物の象牙で、四インチか五インチぐらいの長さ――丸くて、大男の手首ぐらいの太さです。刃側の端はまっすぐ平らになっていて、親指をかけやすくなっています。こうして親指を載せて――こんなふうに握って――振り上げ、一気に振り下ろすんです。王からこれをたまわる時、使い方も教えていただきました。そして、その夜が明けないうちに、ルイジは実際にこれを使うことになったのです。それで王は臣下を一人失いました。鞘《さや》には高価な宝石の豪奢《ごうしゃ》な装飾がついています。ですからもちろん、刀よりも鞘の方がずっと見る価値があるんですよ」

トムは内心つぶやいた。

（ここへ来たのは幸運だったな。でなければ、あの短剣を二束三文で売り払ってしまうところだった。鞘の宝石をガラスの模造品とばかり思いこんでいたからな）

「続きを聞かせてください」ウィルソンが言った。「すっかり好奇心をかき立てられましたよ。殺人事件のことを話してください」

「手短に言えば、殺人が起こったのはまさしくその短剣のせいなのです。その夜、泊まっていた宮殿の一室に、現地の下僕が一人しのびこんで、私たちを殺そうとしたのです。きっと、鞘に施された財宝ほしさに、この短剣を盗もうとしたのでしょうね。私たちは同じベッドに一緒に寝ていて、短剣はルイジの枕の下にありました。私は眠っていましたが、ルイジは目を覚ましていました。常夜灯がぼんやり灯《とも》る中、ベッドに近づいてくるおぼろげな人影を認め、鞘を抜いて短剣を構えました。暑かったので、寝具は何もかけておらず、布団が邪魔になることもなかったのです。その輩はベッドのそばまで忍んで来るといきなり身を起こして私の上に覆いかぶさり、右手を高く振り上げました。手にかまえた短剣で、私の喉《のど》を狙ったのです。けれどルイジがすかさず男の手首をつかみ、彼を引きずり倒して、その首にこの短剣を突き刺した。と、こういう顚末《てんまつ》なんです」

聞き終えたウィルソンとトムは、大きなため息をついた。それからその無残な事件について皆でしばらく話した後、ウィルソンがトムの手を取って言った。

「そうだトム、これまできみの手相を見たことは一度もなかっただろう。ひょっとして、うしろぐらい秘密の一つや二つは――あれ、どうしたんだい」

ウィルソンにつかまれた手を、トムはさっと引き抜いたのだった。すっかり慌てた顔をしている。

「おや、顔が赤くなりましたね」ルイジが言った。

トムは険悪な目つきでルイジをにらんで乱暴に言った。

「赤くなったからって、人殺しじゃない！」これを聞いて、今度はルイジのもともと浅黒い頬が紅潮した。しかし、彼が喋るか動くかに先んじて、トムはあわてて言い添えた。「ああ、今のは失言だ。お詫《わ》びします。心にもないのに思わず口から出てしまったんです。本当に申し訳ない——どうか許してください」

ウィルソンが精いっぱい助け船を出したので、その場は何とかおさまった。実際、兄弟に関しては、すっかりまるくおさまったと言ってよかった。二人はルイジが失礼な言葉を浴びせられたことに腹を立てるより、むしろ客人の突然の非礼で恥をかかされたウィルソンを気の毒に思ったのだった。しかし、トムに関しては憂いなしとはいえなかった。うわべは極力平静を装い、ひとまず上手にやり過ごしたが、内心では自分の醜態を目にした三人に対して憤りを感じていた——本来ならば、そんな醜態をさらした自分自身に嫌気がさすところだが、そんなことさえ忘れてしまうぐらい、三人に対して苛立ったのだった。しかしほどなくして、ある出来事をきっかけにもう一度だいぶくつろいだ気持ちになり、思いやりや親しみといった感情を取り戻した。そのきっかけとは、兄弟の小さな諍《いさか》いである。たいしたことではないにせよ、諍いであるには違いなかった。まだひどい喧嘩《けんか》にまでは発展していないが、二人は明らかにお互いに対していらいらしていた。トムにはそれが何とも愉快だった。にわかに気を良くして、傍目《はため》には善意の振る舞いに映るように見せかけつつ、火に油を注ぐような口をはさみ、こっそり諍いを煽りたてた。トムの注ぎこんだ油のせいで、火は今にも燃え盛ろうとしている。そしていよいよ、それが立派な炎になるのを嬉々として見届けようとした時、冷水が浴びせられた。玄関のドアをたたく音が聞こえたのである――それはトムには残念だったが、ウィルソンにとっては喜ばしいノックだった。ウィルソンはドアを開けた。

ドアの向こうに現れたのは、ジョン・バックストーンという中年のアイルランド人で、学はないが人好きのする元気者である。小さな町の大政治家という役回りを担っており、あらゆる社会問題に対していつも首を突っ込んでいた。この時、町をにぎわしていたのは主にラム酒の問題であり、いずれも熱狂的な賛成派と反対派とが存在している。賛成派のバックストーンは今、話題の兄弟を探し出して自派の大会に招待する役目を受け、やって来たのであった。用件について説明した後、彼は、屋内市場の二階にある大集会場にすでに同志たちが集まっているのだと言った。ルイジはその招待を喜んだ様子で受け入れたが、アンジェロの方はそれほどでもなかった。彼は人ごみが好きではない上にアメリカの強いアルコールは受け付けなかったのである。実際、その方が賢明な場合には、絶対禁酒主義者になることもあった。

兄弟はバックストーンと一緒にウィルソンの家を出た。トム・ドリスコルも招かれてはいなかったものの、集会へついて行った。

松明《たいまつ》の長い、ゆらめく列が本町通りを流れていくのが遠くからも見え、大太鼓やシンバルの響き、甲高い横笛の音、遠くからの歓声もかすかに聞こえてくる。行列の最後尾が屋内市場の階段にさしかかる頃、兄弟たちもそのあたりにたどり着いた。大集会場に入るとすでに満員で、松明と煙、ざわめきと興奮が渦を巻いている。二人はバックストーンに導かれ、壇上に連れられて行き——トム・ドリスコルはまだ後ろにくっついている——割れんばかりの大歓声が巻き起こる中、二人は議長に紹介された。歓声が少しおさまったところで、議長が動議を出した。「こちらの輝かしい二人のお客様に、自由な者の楽園にして奴隷にとっては地獄であるところの、栄光ある我らがラム酒賛成派に入会していただこうではありませんか。どうです、みなさん。お声の多さで可否を決めましょう」

この名調子に刺激され、人々は怒濤《どとう》のように熱狂し、雷鳴のごとき満場一致で動議は可決されたのだった。それから、嵐のような叫びがわき上がった。

「二人に酒を！　浴びるほどの酒を注げ！　酒だ！　酒だ！」

そうして兄弟に酒の入ったグラスが手渡された。ルイジはグラスを高く掲げ、唇に持って行ったが、アンジェロはそうせずに下に置いてしまった。そこで再び、嵐のような叫びが起こった。

「もう一人はどうしたんだ？」「白い方は何が不満なんだ？」「説明しろ！　説明しろ！」

議長がアンジェロとなにやら言葉をかわしたのち、告げた。

「諸君、残念なことに手違いがあったようです。アンジェロ・カペロ伯爵はこの会の信条には反対のお立場とのこと――実際、絶対禁酒主義者なのです。我々の会に入会するつもりもなかったというのです。さきほどみなさんのお声で入会歓迎が決まった件についても再考されるよう望んでおいでです。みなさんのご意向を伺《うかが》いたい」

観衆からはいっせいに笑い声があがった。口笛を吹く者、おかしな声でやじをとばす者もいて騒然となったが、議長の槌《つち》が何度も派手に振り下ろされ、何とか秩序らしいものが戻った。やがて一人の男が立ち上がり、発言した。その間違いはとても残念なことに、今は修正できないだろう。会則によれば、何かの修正を行う場合、次の集会に持ち越さねばならないのである。必要はないから動議を出すつもりはないが、この会の名においてアンジェロ伯爵に陳謝したい。そして、一時的加入者たるアンジェロ伯爵に対して、われわれ「自由の使徒」が不快な思いをさせることのないよう力を尽くすことを確約したい。

この発言は大きな拍手喝采で受け入れられたが、中にはこんな風に叫ぶ者もいた。「そうだそうだ！」「絶対禁酒主義者だとしても、とにかくいい奴だよ！」「彼の健康を祈って乾杯！」「彼を祝して歌おう。一滴も残さず乾杯だ！」

グラスがまわされ、壇上の人々がアンジェロの健康を祈って乾杯し、誰もが大声をあげて歌いはじめた。

彼はとってもいい奴だからさ
彼はとってもいい奴だからさ

彼はとってもいい奴だからさ
誰も異論はないさ

トム・ドリスコルも飲んだ。これが二杯目である。アンジェロがグラスを下に置いたとたんそれを飲んでしまっていたからである。二杯の酒で、彼はすっかりできあがっていた。大声で歌い、派手な野次をとばし、おもしろおかしく軽口をたたくその様子は、ほとんど愚かしいほどの浮かれぶりだった。

最前列では、議長をはさんで左右に双子の兄弟が立っている。双子の異常なまでに似通った容貌を見ていて、トム・ドリスコルは気の利いた文句を思いついた。議長が演説をはじめようとするのをさえぎって前に進み出ると、酒に駆られた勢いのまま、観衆に向かってこう言った。

「皆さん、議長の話よりも私の動議を聞いてください。この人間クルミの実一対に何か喋ってもらいましょう」

双子をクルミになぞらえた表現が受けて、爆笑になった。

四百人の観衆の面前でひどい冷やかしを受け、あまりの屈辱感にルイジの南国《ラテン》人の血が一気に沸きたった。彼にはこういうことを不問に付したり、片を付けることを先送りにしたりはできなかった。大股で歩み出ると、まだ何も気づいていないトムの真後ろに立った。それから勢いづけにいったん足を引き、トムをものすごい力で蹴飛ばした。蹴飛ばされたトムは舞台の足元燈を飛び越えて、最前列の「自由の使徒たち」の頭上に落下した。酒に酔っていない人でも、何の罪もないのに頭上に人間が降ってくるのは好まないだろう。酔っているとすればなおさらとても我慢なるまい。ドリスコルの着地先たる自由の使徒たちの面々は一人残らず酔っていた。いや、そもそも会場には一滴の酒も飲んでいない者など、おそらく一人もいなかった。そんな怒りと共に、トムはたちまち次の列の使徒たちの頭上に投げ渡された。すると、この使徒たちもまた後ろに彼を投げ渡し、自分たちに彼を投げてよこした前列の使徒たちに間髪《かんはつ》をいれず殴りかかった。トムがそうして出口へ向かって投げられ続けている間、前から後ろへ、怒り狂い、飛び込み殴り合い、罵りあう喧騒もますます大きくひろがっていったのである。松明が次々と引き倒され、まもなく、耳をつんざくような槌の音、猛り狂う怒声、長椅子のガタガタ倒れる音に混じって、恐ろしい叫びが上がった。「火事だ!」瞬時にして争いはやみ、罵声も消えた。猛り狂った嵐の直後に、誰もが息絶えたかのように物音ひとつしない静寂が生まれたのである。そして次の瞬間には、人々はわれにかえったように、いっせいに勢いよく動き始めた。押し合いへし合いする人の波は、我先に窓や出口へと大きく打ち寄せていた。しかし人々がはけていくにつれ、しだいにその波も小さくなり、ゆるやかになった。

消防隊がこれほど迅速にかけつけたことはこれまでになかった。というのも、彼らの詰所は現場まで目と鼻の先、この屋内市場の裏手の奥にあったからである。ポンプ隊と梯子隊とがあり、当時の開拓地における地方自治の通例どおり、このどちらもが、半分はラム酒賛成派、残り半分は反対派からと、均等に配分されていた。火災発生時、ラム酒反対派の消防隊員たちが詰所で時間をつぶしていた。彼らはわずか二分間で赤い消防服とヘルメットを装着して出動し——私服では決して公の活動をしないのだ——頭上の集会の面々が長く並んだ窓を次々割って飛び出し、市場のアーケードの天井の上にあふれ出ると、消防隊は待ってましたと強烈な水を噴射したので、天井から洗い流されてしまった者を除いて残りはみな危うく溺死しかけた。それでも火よりは水の方がましである。窓から飛び出てくる人たちに容赦なく放水は続けられたが、そうこうするうちにやっと建物の中は無人になった。二階の集会場に上がった消防隊は、今夜の四十倍規模の火災でも鎮火できるほどの水を放ち、床を水びたしにした。田舎町の消防隊は、その腕前を披露する機会がめったにないので、いざ機会が訪れれば目いっぱい活用するのである。そんなわけで、この町の注意深く賢明な人たちは、火事に対してではなく、消防団に対して保険をかけていたのであった。

# 第十二章

勇気とは恐怖に抗うことであり、恐怖を克服することである。恐怖の欠如ではない。臆病さも持ち合わせていなければ、その人のことを勇敢であると言っても、褒め言葉にはならない。それは言葉のいいかげんな誤用にすぎない。ノミのことを考えてみよ！——恐れを知らないことが勇敢であるとすれば、神の創造物の中でこれほど勇敢なものはあるまい。相手が眠っていようが起きていようが、大軍団と乳飲み子ほども違う大きさや力の差も顧みずにノミはあなたを襲ってくるのだ。連日連夜、昼夜を問わず、死と隣り合わせの危険にさらされながらノミは生きている。その恐れを知らぬさまたるや、千年前に大地震の前兆に見舞われた都市の街なかを歩く者が地震を怖れないのと同様である。クライブ将軍、ネルソン提督、パットナム将軍を「恐れ知らず」であると語る際は、つねにノミのことも加えるべきである――それも先頭に。

――「阿呆たれウィルソンのカレンダー」

ドリスコル判事は金曜の夜、十時にはすでに床に就いて眠っていた。そして翌朝、夜明け前に起きて、友人のペンブローク・ハワードと釣りに出かけた。ヴァージニア州が合衆国の中でも主だった、最も威厳ある州だった頃、二人はそこでともに少年時代を過ごした仲だった。だから二人が郷里のことを語る際には、いつも誇りと愛情をもって「旧《ふる》き良き」という形容詞をつけて呼んでいた。ミズーリ州では、オールド・ヴァージニア出身というだけで誰もが一目置かれていたが、これがさらに最初に渡来した旧家「ファースト・ファミリーズ」の末裔ということになると、その優位性はいっそう揺るぎないものになる。そしてハワード家とドリスコル家は、この貴族階級に属していた。彼らの目から見れば、掛け値なしに高貴な家柄である。そこには成文化された法律の条項に劣らず明確で厳格な、いくつかの不文律があった。「FFV（ファースト・ファミリーズ・オブ・ヴァージニア）」の末裔は生まれついての紳士であり、その栄誉ある遺産を守り、その名誉に一点の曇りも付かぬように努めることが、人生最大の義務である。かりにも名誉を傷つけるようなことがあってはならない。その戒律は彼らの海図であり、それにのっとって彼らは人生航路をたどっていく。万が一わずかにでも針路から逸《そ》れてしまえば、名誉は難破してしまう。つまり、生まれついての紳士の座からの転落である。この戒律は時として、宗教上、禁じられていることをも要求し、その際、宗教の方が妥協を余儀なくされる。つまりこの不文律は、宗教であれ何であれ、他との調和のために緩和されることなどありえなかった。何よりも先に名誉があったのである。そして不文律がその名誉の何たるかを規定していた。教会の教義によって定められた名誉や、ヴァージニアの神聖なる境界線が画定された時に除外された、地球上の他の地域での社会的法規範や慣習によって決められた名誉とは、この不文律はいくつかの細部において異なっていたのである。

ドリスコル判事がドーソンズ・ランディングでの最重要住民とみなされるなら、その次は当然、ペンブローク・ハワードであった。彼は「大弁護士」と呼ばれていたが、これは彼が自ずから、長年の功績によって勝ち取った称号だった。彼とドリスコルとは同い年で、六十を一、二過ぎた歳であった。

ドリスコルは無神論派の自由思想家であり、ハワードはきわめて敬虔な長老派教会の信徒であった。しかし、それで二人の親密さが損なわれることは決してなかった。自分の意見はあくまで自分自身のものであり、誰かによって——たとえ親しい友によってでも——修正されたり補足されたり、また提案や批判を受けいれたりするものではない——彼らはそう考える人間だったのである。

その日、釣りを終えた二人が、政治やその他重要な問題について語り合いながら川を下っていた時、ほどなく町から川を上ってくる一艘の小舟とすれ違った。乗っていた男が声をかけてきた。

「判事さん、昨夜、例の双子の一方が、お宅の甥御《おいご》さんを蹴飛ばした話はお聞きですよね?」

「何だと?」

「甥御さんを、蹴飛ばしたんですよ」

老判事の唇は青ざめ、両目が燃え盛った。彼は一瞬、怒りのあまり声を詰まらせ、しばらく経ってからようやく言わんとしていた言葉を出した。

「それで——どうなったのかね? 詳しい話を聞かせてくれ」

男は事の次第を語って聞かせた。すべて聞き終えた後も、判事は無言のままだった。足元の上をすっ飛んで行く甥の醜態を思い浮かべていた彼は、やがて独りごつように呟いた。

「うーむ、どうもわけが分からん。私は家で寝ていた。甥に起こされもしなかった。たぶん、私の力を借りずとも自分で何とかできると思ったのだろうな」そう考えて、判事は誇りと喜びに顔を輝かせ、陽気に、満足そうに付け加えた。「よくやった——それでこそ旧家の血筋というものだ——なあ、そうだろう、ペンブローク?」

ハワードは威厳のある微笑を浮かべ、まったくだと言うようにうなずいた。すると、その話を伝えた男はまた口を開いた。

「しかし、トムは裁判で相手を負かしましてね」

判事はいぶかしむようにその男を見て言った。

「裁判とは？　何の裁判だね？」

「暴行殴打事件ということで、ロビンソン判事に訴えたんですよ」

老判事はにわかに、まるで死の一撃でも喰《く》らったように身がすくんでいった。ハワードは、気を失って前のめりに倒れこんだ判事を両腕に抱きとめ、船の上にあおむけに寝かせた。そして顔に水を浴びせながら、呆然《ぼうぜん》と見つめるばかりの男に言った。

「さあ、もう行ってくれ――意識が戻った時に君がそこにいない方がいいからな。君が不用意なことを言うので、こんなことになってしまったんだぞ。あんな残酷な中傷はするものじゃない、もっと気をつけるべきだろう」

「あんなことを言ってしまって、本当にすみません、ハワードさん。こんなことになるんなら、言うんじゃなかった。ですが、中傷などじゃなく、ぼくが話したのは、ぜんぶそのまま本当のことなんです」

そう言い残して男は舟を漕《こ》ぎ去った。まもなく老判事は意識を取り戻し、心配そうに見下ろしていた友人の顔を悲しげに見上げた。

「嘘だと言ってくれないか、ペンブローク。あれはみんな嘘だと言ってくれ！」彼は弱々しい声で言った。

弱々しさからはかけ離れた太く深みのある声で、ペンブロークは応えた。「嘘だということは、分かりきっていることだろう。トムはオールド・ヴァージニア旧家の家柄、最高の血を引いているんだから」

「おお、よく言ってくれた！　ありがとう」老判事は熱をこめて言った。「いやあ、ペンブローク、さっきのあれは、ひどいショックだった！」

ハワードは友人に付き添い、彼を家の中まで送り届けた。すでに暗くなっており、夕食の時刻も過ぎていたが、判事は夕食のことなど頭になかった。一刻も早くあの中傷をトム本人が打ち消すのを聞きたかったし、またハワードにも聞かせたかった。使いが出され、早速トムが姿を現した。打ち傷だらけで足もひきずり、およそ元気そうには見えない。判事は彼を座らせて尋ねた。

「われわれはおまえの冒険譚を聞いたが、だいぶん尾ひれがついて回っているらしい。それをきれいさっぱり否定してくれ！　おまえは一体どういう策を取ったんだ？　そして今はどうなってるんだ？」

トムは悪びれることなく答えた。「どうもこうもありません。もう済みました。あいつを法廷に引っ張り出して、やっつけてやったんです。阿呆たれウィルソンが奴《やつ》の弁護を担当しまして、ウィルソンにとっては最初の事件だったけれど、負けたんです。暴行の罪で、判事はあの野郎に五ドルの罰金を言い渡しましたよ」

ハワードと判事は、トムが言葉を発するやいなや、そうする理由も分からぬままいきなり立ち上がった。二人は呆然と顔を見合わせ、しばらく立ちつくしていたが、そのうちハワードは顔を曇らせて無言で腰を下ろした。判事の怒りは次第に高ぶり、ついに火が点いて怒鳴りはじめた。

「この卑怯者《ひきょうもの》！　うじ虫！　クズ！　かりにもわが一族の血を引く者が、殴られた決着をつけに法廷に這《は》っていっただと！　そう言うのか？　どうなんだ！」

トムはうなだれてしまった。無言のまま答えられないでいる様子が、その返事を雄弁に語っていた。驚き、恥じる思い、信じられないという思いで彼を見つめる伯父は、見るも気の毒な顔つきをしていた。やがて、判事はようやく口を開いた。

「双子のどちらがやったんだ？」

「ルイジ伯爵です」

「決闘は、申し込んだのか？」

「いや、それは」口ごもるように言うと、トムは真っ青になった。

「今夜、決闘を申し込むんだ。果たし状は、ハワードが持って行ってくれる」

トムの気分が悪くなったのは見た目にも分かった。トムは手にした帽子をぐるぐるとまわしていた。重苦しい時が刻々流れていく中、彼を見守る伯父の顔つきはますます険悪になっていく。ようやくトムはしどろもどろに、切々と訴えた。

「伯父さん、お願いですから、決闘だけは勘弁して下さい！　あいつは人殺しも辞さない奴なんです――僕にはとても――僕は――僕はあいつが怖いんです！」

老判事の口が開いては閉じ、と三度同じ動きをくり返した。それから何とかものが言えるようになり、嵐のような言葉が飛び出した。

「一族に臆病者がいるとは！ ドリスコル家の恥さらしが！ こんな汚辱《おじょく》をこうむるなんて、いったい私が何をしたというのだ！」

悲痛な嘆きをくり返しながら、彼は部屋の隅にある書き物机までよろよろと歩いて行った。机の引出しから一枚の紙切れを取り出すと、彼はそれをゆっくりと細かく切り裂いた。そして部屋を歩きまわりながら、放心したようにその紙片をまき散らしたのである。なおも沈痛な嘆きをくり返しながら彼は言った。

「さあ、私の遺言状がまたただの紙屑《かみくず》になってしまったぞ。今度こそおまえは勘当だ。これも自業自得だからな。これ以上ない高貴な父親に恵まれながら、この卑しい息子めが！ もう出て行け！ ――おまえの顔にわしがつばを吐く前に！」

トムはぐずぐず待ったりはしなかった。それから判事はハワードに尋ねた。

「君、介添え人になってくれるな？」

「もちろんだとも」

「ここにペンと紙がある。果たし状を書いて、すぐに届けてほしい」

「十五分ほどで伯爵の手に届けてやろう」ハワードはそう返した。

トムの心はひどく沈んでいた。食欲は財産とともに失せ、そのうえ自尊心までも粉々になってしまった。彼は裏口から家の外に出て、人目につかない小道をさまよい歩いた。この先、どれだけ慎重に、思慮深く、間違いのないように振る舞えば、伯父の信頼を取り戻し、さっき目の前でびりびりにされた気前のよい遺言状を再び作ってもらえるだろうと思い煩いながら。そう考えているうち、結局、それは可能であるという結論に達した。前にも一度、似たような勝利を手にしたではないか、一度できたことはまたやれるはずだ――彼は心の中でそう考えた。さっそく取りかかろう。すべての力を集中させ、生活に不自由をきたしても、浮かれた勝手気ままな暮らしがどれだけ制限されても、もう一度あの勝利を遂げねばならない。

「まず初めに」と彼は考えた。「盗品の売り上げで借金を清算しよう。次には賭博をやめる。完全に足を洗おう。あれはいちばんの悪習だ――少なくとも今の俺にとってはそうだ。しびれを切らした借金取りが押しかければ、伯父貴にあっさりばれてしまうからな。前にも俺の尻拭いのために二百ドル払わされたのを、高すぎると怒ったじゃないか。たった二百ドルが高いだなんてな！　こっちは伯父の全財産の相続権を失ったんだぞ――だが、伯父貴はもちろんそんな風には考えもしないだろう。世の中には自分の考え以外の視点を持てない人間がいるもんだ。今俺がどれほど借金の深みにはまっているかが知れたら、決闘を待つまでもなく、あの遺言状はおじゃんになっただろうよ。何せ三百ドルだからな！　でも、ばれずに済ませてやる。借金を清算してしまえばこっちのものだ。二度とカード遊びには手を出すまい。とにかく、伯父貴が生きてる間は指一本触れないと誓おう。正真正銘、これが最後の改心ってやつだ。そして俺は是が非でも勝つ。もしもその後しくじったら、俺はもうおしまいだ」

# 第十三章

よりよき世界［天国のこと］へ行ったと分かっている不愉快な人間の数の多さを思うと、生き方を変えねば、と思わされる。

――「阿呆たれウィルソンのカレンダー」

十月。株に手を出すには特に危険な月だ。他の月では七月、一月、九月、四月、十一月、五月、三月、六月、十二月、八月、それから二月。

――「阿呆たれウィルソンのカレンダー」

こうしてトムは一人、重い胸の内を持てあましながら阿呆たれウィルソンの家の前を通り過ぎ、さらに空き地となった一帯を通って例の幽霊屋敷の近くまで来た。それからため息をつくと、暗く沈んだ気持ちのまま、来た道をとぼとぼと引き返していった。トムは心底、気持ちを軽くしてくれる話し相手がほしかった。ロウィーナ！　彼女のことを思うと心は沸き立ったが、すぐにまた気持ちが萎《な》えてしまった――ロウィーナの家には、忌まわしい双子の兄弟がいるのだ。

折しも彼は、ウィルソンの家の、ウィルソンが住んでいる方の側にいて、近づくにつれ、居間に灯りがついているのが見えた。まあこれでよしとしよう。トムは時々、自分が歓迎されていないという気になることがあったが、ウィルソンは決して嫌な顔を見せたことがない。文字どおりの歓迎とは言えずとも、親切に礼儀正しく迎え入れてもらえれば、少なくとも気持ちは傷つかずに済む。戸口で足音がしたのをウィルソンは耳にし、それから咳払《せきばら》いの音が続いた。

「あの腰の定まらない放蕩《ほうとう》息子だな——かわいそうに、今日は話す相手も見つからないらしい。無理もない、足蹴にされて裁判を起こすなんて、みっともないことをやらかした後だからな」

意気消沈したノックの音がした。「どうぞ！」

トムは、入ってくるなり、無言のまま、力なく椅子にへたりこんだ。ウィルソンは慰めるように言った。「どうしたんだい、やけに元気がないね。そう深刻に考えないことだよ。蹴飛ばされたことなんて忘れてしまいなさい」

「いや、違うんだ」悲痛な口調でトムは言った。「そうじゃないんだ、ウィルソン——別の問題なんだ。あれに比べれば千倍も悪い——百万倍も悪いんだ」

「そりゃあ、どういうことだい、トム？　さてはロウィーナに——」

「ロウィーナに捨てられたって？　そうじゃない。俺を捨てたのは伯父貴だよ」

ウィルソンは心の中で「ははあ」と納得し、トムの寝室にいた謎の娘のことを思った。

「いよいよドリスコル家の面々にも露見したのか！」それから彼はいかめしい声で言った。「トム、道楽にもいろいろあるけれど――」

「何を言ってるんだい、道楽なんかとは関係ないさ。伯父貴はあのイタリアの下衆野郎に決闘を申し込めと言うんだ。でもそんなこと、俺はいやだ」

「まあ、伯父さんなら、もちろんそう言うだろうね」ウィルソンは考え深げに、事務的な調子で答えた。「しかし、分からないのは、なぜ昨夜のうちじゃなかったのかということだよ。それから決闘の前であれ、どうしてあんな問題を法廷に持ち込ませたのかっていうことなんだ。法廷はそんな場所じゃないことくらい分かりきってるだろうに、あの人らしくない話で不思議で仕方がない。いったいどうしてそんなことになったんだい？」

「伯父貴は事件のことを知らなかったんだ。昨夜、俺が帰った時にはもう寝てたから」

「それで、君は伯父さんを起こさなかったという訳か？　トム、そんなことがあるのかい？」

どうやらここもあまり居心地よくなさそうだ。トムはしばしもじもじしていたが、やがて口を開いた。

「言わないことに決めたのさ――それだけだよ。伯父貴は夜明けのうちに、ペンブローク・ハワードと釣りに出かけることになってた。で、あの双子を刑務所に送りこんでやれば――絶対そうできると俺は思ってたんだ――あんなひどい罪を犯しておいて、わずかばかりの罰金で済むなんて夢にも思わなかったよ。とにかく刑務所に入れれば恥さらしもいいとこだ。そんな奴を決闘の相手になんて考える伯父貴じゃないからね」

「まったく君って奴はなんて腑甲斐《ふがい》ないんだ！　あの善良な伯父さんによくそんな真似ができるな。私の方がよほど伯父さんの味方だよ。あの時、事情が分かってたら、裁判沙汰になどする前に伯父さんに知らせていたよ。そして伯父さんに紳士として事を決めるチャンスを差し出しただろう」

「なんだって？」ひどく驚いて、トムは声をはり上げた。「あれはあんたの初めての訴訟事件だろう！　伯父貴に告げ口したらその仕事がなくなるってことぐらい、よく分かってるんじゃないのか？　今でこそあれを機に、世間もあんたを弁護士として認めざるをえなくなったわけで、あれがなかったらあんたは一生名もない貧乏人のまま終わるところだったんだぜ。それでもかまわなかったって言うのか？」

「もちろんだよ」

トムは少しの間、相手の顔を見つめ、それから気の毒そうに頭を振った。

「そうだろうな――それは嘘じゃないんだろうよ。なぜか分からんが、あんたはそういう人間だと思えるよ。阿呆たれウィルソン、俺はあんたくらいの大馬鹿者は、見たことがない」

「それはありがとう」

「御礼なんかいいよ」

「それより、君は伯父さんが命じた、あのイタリア人との決闘を断ったんだろう。栄誉ある家名に泥を塗って、君はどうしようもない面汚しだよ！」

「今さらそんなことはどうでもいいさ！　また、あの遺言状がビリビリにされちまったんだから、後はもうどうなったってかまわないんだ」

「トム、はっきり言ってくれないか――伯父さんが君をとがめた理由は、その二つ以外にもあったんじゃないのかい？　つまり、裁判沙汰と決闘を断ったこと以外は何もなかったのかい？」

　ウィルソンはトムの顔を注意深く見守ったが、相手は顔色も変えず、答える声も同じように落ち着いていた。

「ああ、他には何もなかったよ。何かあれば、昨日のうちにもう大目玉さ。伯父貴の奴、昨日はちょうど虫の居所が悪かったことだし。あの双子の兄弟を町じゅう引っ張りまわして案内してやったろう。それで家へ帰ると、先代にもらったっていう古い銀時計が見当たらない。もう壊れちまってるのに、伯父貴はあれをひどく大事にしててさ。最後に見たのは三、四日前で、その後どこにやったか思い出せないって、必死になって探してるところに俺が帰ってきたんだ。失《な》くしたんじゃなくて盗まれたんじゃないかって言ったらカンカンに怒り出して、おまえは馬鹿かってほざきやがった――自分でもうすうす気づいてるのに認めたくないんだってことが分かったよ。盗まれるよりは失くした方が、まだ見つかる望みがあるってわけだから」

「ひゅーっ！」ウィルソンは口笛を吹いた。「また一つ増えたのか！」

「何が一つ増えたって？」

「盗難品さ！」

「盗難品？」

「そう、盗みだ。その時計は失くなったんじゃなくて、盗まれたんだ。またこの町が狙われたんだよ――前にあった事件を覚えてるだろう。あれと似たような謎の盗難がまた起きてるってことさ」

「まさか！」

「嘘じゃない、本当のことだよ！　君自身は、失くした物はないのかい？」

「いいや……そういえば、この前の誕生日にメアリ・プラット伯母さんにもらった銀の筆箱が見当たらなかったんだが――」

「それも盗まれたんだ――盗まれたってことが、そのうちはっきりするさ」

「いや、そうじゃない。時計は盗まれたんじゃないかって伯父貴に言って、こっぴどくしぼられた後、自分の部屋へ戻った。そしたら、筆箱が失くなってたんだ。でも、それは置き場所を忘れてただけで、後からちゃんと出てきたよ」

「他に失くなったものは、本当にないんだね？」

「ああ、大したものは何もない。二、三ドルの小さな金の指輪が失くなってるけど、それも出てくるんじゃないかな。もう一度探してみるさ」

「私が思うに、それは出てこないだろう。大きな盗難事件があったんだからね」その時、戸を叩く音がした。「どうぞ！」

ロビンソン判事、続いてバックストーン、ジム・ブレイク巡査が入ってきた。三人が腰を下ろし、しばらくたわいのない天気の話などをした後、ウィルソンが言った。

「ところで例の盗難事件ですが、また一つ増えたんですよ。もしかすると二つかもしれない。ドリスコル判事の古い銀時計が失くなって、それからトムの金の指輪も見つからないらしいので」

「いや、こいつはたちが悪い」ロビンソン判事が言った。「どんどん被害が増えていくな。ハンクス家、ドブソン家、ピリグルー家、オートン家、グレンジャー家、ヘール家、フラー家、ホールコム家。実際、パツィ・クーパーの家の周りに住んでる誰もが、装身具とかティースプーンとか、簡単に持ち出せる細々した貴重品の類を盗まれている。あの歓迎会の日を狙った犯行であることは間違いない。近所のものはみんなクーパー家に行っていたし、黒ん坊たちも全員、双子を一目見ようとクーパー家の柵越しに覗《のぞ》いていたから、空家になった隣家を心おきなく襲うことができたというわけだ。パツィはすっかりしょげているよ。近所のみんなにも申し訳なく思ってるし、あの双子の外国人にもひどく悪いことをしたと思っている。自分の家のものも失くなっていることを嘆く余裕もないくらいにね」

「前と同じ犯人だね」ウィルソンが言った。「疑問の余地はなさそうだ」

「ところがブレイクは違うと言ってる」

「そう、別の犯人だ」ブレイクが口を開いた。「前回の犯人は男だった。逮捕こそしてないが、職業柄、それを示す証拠をいっぱい握ってるんだよ。ところが今度の犯人は違っていて、女だ」

それを聞いたウィルソンは、例の謎の女のことを思い浮かべた。彼女のことが、頭から離れなくなっていたのだ。ところが、ブレイクの言葉で、ウィルソンはまたしても肩透かしをくらった。

「それが腰の曲がった老女でな、喪服に黒いヴェール姿、腕には覆いつきのバスケットを抱えている。昨日その女が渡し舟に乗るのを見たが、イリノイ州に住んでるんだと思う。しかし、どこの人間だってかまわん、捕まえてみせる——覚悟しておくがいいさ」

「どうしてその女が犯人だと思うんだい？」

「まず、他に怪しい者がいないことが一つ。それに、その女があちこちの家に出入りするのを見かけた黒人の荷馬車屋がいて、教えてくれたんだ——そのあちこちの家ってのが全部、盗難に遭った家ばかり」

情況証拠がたっぷりあることには皆が賛成した。それぞれがしばらく考え込んだ後、ウィルソンが言った。

「少なくとも一つはいいことがあるよ。その女も、ルイジ伯爵の高価なインドの短剣だけは、質入れも売り払うこともできない」

「えっ！」トムが言った。「あれも失くなったのか？」

「そうだよ」

「ほう、それはすごいな！　しかしなぜ質入れも売り払うこともできないんだい？」

「昨夜、双子が自由の使徒の会から帰ってくる時、方々から盗難の噂が聞こえてきたんだ。パツィおばさんは心配して、二人に尋ねてみると短剣がなくなっていた。そこで警察と質屋全部に通報したのさ。たしかに大したものを盗んだが、盗ったばあさんには何の得にもならんよ。すぐ捕まっちまうからな」

「報償金は出るのかい？」バックストーンがたずねた。

「ああ、出てるよ。短剣に五百ドル、犯人に対してはまた別に五百ドル」

「こりゃまた間抜けなことだ！」ブレイクが叫んだ。「泥棒は、自分でも人を使ってでも、質屋には近づけまい。そんなところへのこのこ行く奴は、自分からとっつかまりに行くようなもんだからな。そんなチャンス、どの質屋だって飛びつ――」

その時、トムの顔に目を留めた者がいたら、真っ青になった顔色を訝しんだだろう。しかし、誰一人として目を留めた者はいなかった。「もうおしまいだ！」トムは心の中でつぶやいた。「借金を返すことなど、とても無理だ。他の盗品を全部質入れしても、売り払っても、借金の半分にも満たないだろう。これで決まり――俺はもう終わりだ――今度こそもう駄目だ。ああ、もう最悪だ――どうしたらいいだろう、どういう手が残ってるっていうんだ！」

「まあ、そう慌てることもないだろう。落ち着いて」ウィルソンがブレイクに言った。「私は昨夜、あの二人のために作戦を練ったんだ。深夜の二時までかかったけれど、しっかりした策が出来上がった。短剣は取り戻せるはずだ。そうなったら、作戦の中身を明かすよ」

誰もが好奇心をむき出しにしてウィルソンを見た。バックストーンが言う。

「おいおい、そう言われると、聞きたくてたまらなくなるじゃないか。差し支えなければ、ここで内密に打ち明けては――」

「そうできればいいと思うけれど、他言しないと双子に約束したから、それを守らなければならないんだ。でも保証する、三日もかからないですべて打ち明けるよ。報償金目当てにいそいそと名乗り出る者がいるだろうよ。そしたらすぐに犯人をあげて、短剣も取り戻してみせるから」

ブレイクは落胆しつつ、同時に狐につままれたような気持ちで言った。

「ううむ、そうなるのかね――いや、そうなってほしいと願う。だが、私にはとてもあんたの策が読めないね。一介の巡査にはちょっと難しすぎるな」

ここで話は尽きたようで、発言するものはもういなかった。しばしの沈黙の後、ロビンソン判事はウィルソンに言った。バックストーンとブレイクを伴ってここにやって来たのは、ウィルソンに市長に立候補してもらおうと、民主党の委員会として頼みに来たためであると――というのも、この小さな町も市になることが決まり、最初の選挙が近づいていたからだった。ウィルソンにとって、あらゆる政党の中で目を向けてもらったのはこれが初めてである。ごくささやかな認知ではあるけれども、町の暮らしと活動の中にようやく入れてもらえたということであり、彼にとっては前進だった。大いなる感謝とともにウィルソンがその申し出を受諾したところで、委員たちは引き上げ、トムもその後に続いた。

# 第十四章

本当の南部の西瓜《すいか》は、他のありきたりの品と一緒くたにしてはならぬ神の恵みである。神に祝福された地上のすべての果物の頂きに鎮座し、この世の贅沢の最たるものだ。それを味わえば、天使が何を食べているかが分かる。イヴが食べたのは南部の西瓜ではなかった。なぜなら、イヴは食べたことを後悔したのだから。

――「阿呆たれウィルソンのカレンダー」

ウィルソンがロビンソン判事らを恭しく見送った頃、ペンブローク・ハワードは隣のドリスコル家へ報告に訪れていた。中へ入ると、老判事は厳しい顔つきで背筋を伸ばし、椅子に腰かけて待っていた。

「ハワード――どうだったかね？」

「これ以上ない返事だよ」

「彼が受けたということだな？」闘いに対する悦ばしげな光が判事の目に浮かんだ。

「ああ、受けたとも。すぐさま飛びついた」

「そうか。それは良かった、何よりのことだ。すばらしい。それで、決闘はいつかな？」

「今夜だよ！　今、これからすぐだ！　あっぱれなやつだ――たいしたものじゃないか！」

「あっぱれだと？　いや、それ以上だ！　そういう人間を相手にするのは気分がいいし名誉なことだな。さあ、早速行って準備を整えてくれ――そして彼に私の心からの敬意を伝えてくれ。何とも稀有《けう》な人物、君の言う通りあっぱれな男だな」

ハワードは足早に去りつつこう言った。

「一時間以内に、ウィルソン家と幽霊屋敷の間の空き地に連れてくる――ピストルは、私のものを持っていく」

ドリスコル判事は嬉しさのあまり興奮して部屋の中を歩き回った。が、間もなく立ち止まり、考えはじめた――トムのことを。そして二度、書き物机の方へ歩きかけたが、二度とも回れ右した。しかし、やがてこう言った。

「これがこの世で最後の夜になるかもしれないな。憂いを残してはならん。あいつは役立たずのつまらぬ男だが、それも総じて私の責任だ。今際《いまわ》の際に弟に託されたのに、厳しくしつけて男らしい男に育て上げることもできず、甘やかしてだめにしてしまった。弟の信頼を裏切ってしまったのだから、あれを見捨ててしまうことでさらなる罪を重ねるわけにはいかん。これまでにも一度あれを許したのだし、今も本当は、長く厳しい試練を耐え抜かせてから許すのが筋というものだ。だが、もはや命も定かでなく、そういう危険を冒すわけにはいくまい。やはり、遺言状をもう一度作り直さねばならん。だが、もしこの決闘で生き残ったら、遺言状はどこかへ隠しておこう。あれがまともな人間になって、もう放蕩息子に逆戻りしないことをこの目で確かめるまでは知らせぬのだ」

判事はもう一度遺言状を作った。そして彼の見せかけの甥は、ふたたび遺産の相続人になった。彼が遺言状を作り終えたところへ、例によって意気消沈してあたりをうろつきまわっていたトムが疲れきって帰って来た。忍び足で居間のドアの前まで来ると、ちらりと中を覗き、足早に通りすぎた。この夜、彼にとっての伯父は脅威以外の何ものでもなかったのである。しかし、伯父は書き物をしている！　こんな夜更けに珍しいことだ。一体、何を書いているのだろう？　トムの胸は不安のあまり凍《い》てついた。あれは自分と何か関わりがあるものだろうか？　おそらくそうなのだろう。泣きっ面に蜂とはこのことだ。あの書きつけを一目見たい、そうでなければ、なぜ今書いているのか理由を知りたい、そう思った。その時、誰かの足音が聞こえたので、気づかれない場所に身を潜めた。訪れたのはペンブローク・ハワードだった。何が持ち上がっているのだろうか？

ハワードは満足げに言った。

「準備はすべて整ったよ。先方は介添え役と医者を伴って決闘の場所へ出発した。弟も一緒だ。私とウィルソンとで打ち合わせは済ませた――ウィルソンがあちらの介添え役でね。銃弾はおのおの三発だ」

「よし！　月はどんな具合だい？」

「昼のように明るいよ。あの距離ならば充分だろう――十五ヤードだ。まったく風も吹いてない。暑くて、静まり返っているよ」

「まことに結構、最高の舞台だ。ところでペンブローク、これを読んで署名してくれないか」

ペンブロークは遺言状を読み、証人として署名をすると、老判事の手をしっかり握りしめた。

「そうとも、ヨーク——君がこうするものと、私には分かっていたよ。あの子が金も職業もないまま世間の荒波に放り出されれば、負け犬になるのは目に見えている。彼のことはともかく、親父さんのことを思えば、君にそんな真似などできるはずはないさ」

「ああ、あれの死んだ父親のことを思えばできやしない。かわいそうなパーシー——死んだ弟が私にとってどんな存在だったか、君は知ってるだろう。でも、今夜、私が斃《たお》れない限り、このことはトムには知らせない」

「わかるよ。秘密は守る」

判事は遺言状をしまい、二人は家を出て決闘の場所へ向かった。そして次の瞬間には、トムはもう遺言状を両手に持っていた。重い悩みは吹き飛び、心には一気に光が差してきた。彼は遺言状を丁寧に元の場所へしまうと、帽子を掲げて、一度、二度、三度、頭の上で振り回した。無言のまま、勝利の雄叫《おたけ》びをあげるように大口を開けた。興奮し、喜びに満ち溢《あふ》れて己を相手に祝いながら、時おり威勢よく、無言の雄叫びをくり返していた。

彼は内心呟いた。「俺はまた財産を取り戻した。しかし、これを知ってることはおくびにも出すまい。今度こそしっかりとしがみつくんだ。危ないことはもうしない。博打も酒もやめるんだ。なぜって——なぜってもう二度とそんなところへは行かないさ。それが間違いない道だ。間違いない道は、それしかない。もう少し早く気づくべきだったが、今まではそこまで思いつめていなかった。しかし、今度ばかりは違う——あのおそろしさが骨身にしみた。危ない橋を渡るのはもうやめるんだ。もう金輪際やるものか。今晩だって、伯父貴を軽く言いくるめられるだろうと思ったが、どんどん不安になって、自信もなくして落ち込むばかりだった。伯父貴が遺言状のことを言ってくれるならそれでいい。しかし、言われなくても、こっちからは知ってるそぶりを見せないことだ。そうだ——阿呆たれウィルソンに話してみるか。だが——待てよ。やはり言わないでおくか」そして再び声を出さずに雄叫びを発した後、こう言った。

「俺は生まれ変わったんだ。今度ばかりは絶対にしくじらないぞ!」

最後にもう一度、無言で喜びを表現しようとして、彼はふと、ウィルソンのせいであのインドの短剣を売ることも質に入れることもできなくなったことを思い出した。ということはつまり、債権者に借金を暴露される危険に再びさらされているのだ。喜びは煙のように消えてしまい、足取りは一転した。彼は悲しみにくれ、己の不運を嘆きながら、とぼとぼとドアの方へと向かった。二階に上がり、自分の部屋に入ると、ルイジの短剣を眺めつつ、長い間、ひとり寂しく物思いに沈んだ。とうとう、ため息まじりにこう言った。

「この石がガラスでこの象牙が骨だとばかり思っていた時は、こんなものどうでもよかった。たいした値打ちもないし、俺を借金地獄から助けてくれやしなかったからだ。でも今じゃ

――どうでもよくないどころじゃない。胸がはり裂けそうな大問題だ。金貨の袋がまるまる塵芥《ちりあくた》に変わってしまったのも同じ。これを金に換えられるなら、俺は助かる。いとも簡単に助かるんだ。なのに俺は破滅の運命だ。救命具が手の届くところにあるのに溺れ死ぬようなものだ。世の不運は全部俺のところに来て、幸運は全部他人のところに行ってしまう――たとえば、阿呆たれウィルソンに。あいつもやっと、世に出るきっかけをつかんだからな。それに見合うだけの何をしたというのか、聞かせてほしいね。たしかにあいつは自分の道を切り開いたが、それに飽き足らず、俺の道をふさごうとしやがる。さもしくて、自分勝手な連中ばかりがまかりとおる世の中だ。こんな世界からはもうおさらばしたいよ」蠟燭《ろうそく》の灯が鞘の宝石の上にちらちら揺れるのを眺めても、彼の目には何の魅惑もない。むしろそのきらめきの一つ一つが、鋭く胸を刺す。「ロキシーにはこのことは黙っておかないとな」彼はつぶやいた。「あの女は向こうみずだから、宝石だけえぐり取ってでも売ろうとするだろう。そうすれば――あいつが捕まったら、宝石から足がついて――」考えただけで身震いがする。追い詰められたと思っている犯人のようにびくびくあたりを見回しながら、彼は震える手で短剣を隠した。

ここは一眠りすべきか？　いや、とてもそんな状態ではなかった。抱えている悩みが頭から離れず、苦しみに心をさいなまれていた。彼はこの痛みを誰かと分かち合いたかった。それで、ロキシーにすがろうと思った。

さっき遠くで数発の銃声がしていたが、とくに珍しいことではないから、彼は気にも留めなかった。裏口から外へ出て、西に向かった。ウィルソンの家の前を通りすぎ、さらに奥へ小道をたどろうとして、空き地方向からウィルソンの家の方へ歩いてくる数人の人影がじきに見えた。決闘を終えて帰宅する面々だった。知っている顔、とトムは思ったが、今ここで白人たちと交じわりたいとは思わなかった。そこで柵の陰に身をひそめ、彼らが通りすぎるのを見送った。

会いに行くと、ロキシーは上機嫌だった。

「おまえ、どこへ行ってただ？　あそこにいなかったのかい？」

「あそこ？」

「決闘だよ」

「決闘？　決闘があったのか？」

「そうとも。判事さんがあの双子の片方と決闘したんだよ」

「そいつは驚いた」そう言ってから、トムは内心呟いた。「だから伯父貴は遺言状を作りなおしたのか。死ぬかもしれないと思ったから、俺に対する気持ちも和らいだのか。伯父貴とハワードがあんなに急いでた理由はそれか……。ああ、伯父貴が死んでくれていれば俺の悩みも一気に――」

「何をぶつぶつ言ってる、チェンバーズ。おまえ、どこ行ってたんだ。決闘のこと、知らなかったのかい？」

「ああ、何も知らなかった。伯父さんは、俺をルイジ伯爵と決闘させようとしたんだ。だが俺が断ったから、自分で家の名誉を守ることにしたんだろうな」

トムはそうして伯父をあざ笑い、伯父との会話をこまごまと再現した。一族の中に臆病者がいると分かった時の驚きや恥じ入った様子まで、微に入り細にわたってロクサーナに話して聞かせたのである。あれこれ話し終わって顔を上げると、今度は彼自身が驚く番だった。激しい感情をおさえこむようにロクサーナの胸は大きく上下し、底知れぬ軽蔑を浮かべた顔が彼を睨《にら》みつけていたのである。

「おまえは決闘のチャンスをつかもうともしねえで、自分を蹴飛ばした男と戦うのを断ったというのかい！　そんな情けないとんま野郎を産んじまったあたしに、こんなことを言いに来るしか能がないのか！　ったく！　胸が悪くなる！　おまえの中の黒ん坊の血のせいだ。おまえの血は三十二分の三十一までは白人だが、残りの一つ分だけが黒人だ。そのたったの一つ分がおまえの魂なんだ。助けるだけの値打ちもねえし、わざわざ持ち出してどぶに捨ててやる値打ちもねえよ。おまえは自分の生まれを汚したんだ。おまえのおやじ様が見たらどう思いなさるか、考えてみな。草葉の陰で嘆いておられるだろうよ」

最後の、出生や父親にまつわるロキシーの三つのことばがトムを激怒させた。胸中ひそかに、もし父親が生きていて殺せるのなら、自分が父親を本当はどう思っているのか、ロクサーナに分からせてやりたいと思った。命をかけてでも、負い目をきれいに返してやるのに、と。しかし口にはしなかった。母親の今の状態を見れば、そんなことは言わない方が得策だった。

「おまえの中のエセックスの血は、一体どうなった？　あたしにはそれが分からねえよ。それに、おまえの中に流れているのはエセックスの血だけじゃねえ。ああ、絶対にそれだけではねえ。——そうだとも。あたしの祖父様《じいさま》の親の親の親は、あのジョン・スミス大佐だ。古きヴァージニアで一番いい血筋のお方だよ。そして、そのお方の祖母様《ばあさま》の親の親の……そのあたりが、インディアンの女王のポカホンタスだ。彼女の旦那はアフリカから来た黒ん坊の王様だったんだ——それなのに、おまえはこんなありさまで、負け犬みたいにこそこそと決闘から逃げ出して、うちの血筋をおとしめた！　そうだとも、おまえの中の黒ん坊がそうさせるんだ！」

彼女はろうそく箱に腰を下ろし、物思いに沈み込んだ。トムはその邪魔をしなかった。彼はしばしば思慮に欠けるところがあったが、こういう時にはわきまえていた。だんだんと静まっていったとはいえ、ロクサーナの嵐は完全におさまったわけではない。もう通りすぎてしまったように見えても時折、いわば遠雷のように低い声がふと噴き出した。たとえば——

「おまえの中の黒ん坊の血は、爪の先ほども表に出てないってのに——なのに魂はまるごと染められちまってるだ」

やがて彼女は「ちっぽけな魂だから、ちっとの血で染まるだな」と呟いたが、独り言もそのうちにすっかりおさまり、顔も次第に明るくなってきた——歓迎すべき兆候である。トムは母親の気質をよく分かっていたので、もう機嫌が直りかけているのだと分かった。そんな彼女は時々、無意識のうちに鼻先へ指を持ってゆく。その様子をしげしげと見つめ、トムは言った。

「母ちゃん、鼻の皮がむけてるな。いったいどうした？」

ロキシーは心底愉快そうな声で高笑いした。それは天国の幸福な天使たちと、打ちひしがれて傷を負った地上の黒人奴隷たちだけに、神が与えてくれた心からの笑いだった。彼女はこう言った。

「あの決闘のせいだよ。あたしも巻き込まれたのさ」

「なんだって！　弾が当たったのか？」

「そのとおりだ」

「ええ、一体どういうわけだよ」

「つまり、こういうわけだ。暗い中でここに座ってうつらうつらしてたら、パーンって、表でピストルの音がしてな。何事だろうって部屋を飛び出して、奥の窓まで走ったんだ。阿呆たれウィルソンの家に面した、古い窓さね。窓といっても戸なんかなくて、穴あきの吹きっさらしで――この家はどの窓もそうだがな――そうやって暗がりの中で外を見ると、月明かりに照らされて、あたしのすぐ下に双子の片割れが立ってるでねえか。ちきしょうとか何とか悪態ついてる――大した悪態じゃねえ、ごく大人しいやつさ。浅黒い肌の方が肩をやられて悪態ついてたのさ。クレイプール先生が診て、阿呆たれウィルソンが手伝ってた。ドリスコル判事とペン・ハワードは、少し離れたところで次の回を待ってた。それからすぐまた構えに入って、合図の言葉でまたパーンとやりあって、双子の片方が『痛っ！』と叫んで――

今度は手をやられたんだな――そしてその弾が、ここの窓の下の丸太にもピン！って当たるのが聞こえたんだ。次また撃ち合うと、双子の片方がまた『痛っ！』て言って、あたしも声を出してた。だって、その弾が双子の頬骨をかすめて弾んでこっちの窓まで飛んできて、あたしの顔の前をヒューッと抜けて鼻の頭をこすってったんだからな――あと一インチか一インチ半くらい身を乗り出してたら、鼻がぜんぶ吹っ飛んで、顔がぐちゃぐちゃになってたよ。これがその弾だ、探し出したんだ」

「母ちゃん、ずっとそこに立っていたのか？」

「当たり前じゃねえか！　他にどうするってんだい？　決闘なんて毎日見られやしねえだろう？」

「だって、弾が来るところにいたんだろう！　怖くなかったのか？」

ロキシーはあざけるように鼻で笑った。

「怖いだって！　こちとら、スミス＝ポカホンタスの血筋だよ。弾だろうと何だろうと、怖いものなんかねえさ」

「あんたらが胆が太いのは認めるが、考えは足りないな。俺だったらそんなとこに立ったりしないさ」

「おまえには関係ないだろ！」

「他に怪我人は？」

「ああ、双子の白い方と、医者と、介添人以外はみんなやられたな。判事は無事かと思ったら、髪の毛を少し持ってかれたって、ウィルソンが言ってた」

「なんてこった！」トムは胸の中で叫んだ。「もう一歩で災難が片付いたのに、一インチの差でダメになるなんて。ああ、伯父貴が生き延びたらいずれ俺の正体がばれて、奴隷商人に売り飛ばされるかもしれない――ああ、そうなったら伯父貴はためらいやしないだろう」そして彼は深刻な口ぶりで言った。

「母ちゃん、俺たち大変なことになったぞ」

ロクサーナはびっくりしたように息をのんで言った。

「トム！　おまえいきなり何を言いだすだ？　いったい何がどうしたって言うんだい」

「いや、まだひとつ言ってないことがあったんだ。決闘はしたくないって言ったら、あいつはまた遺言状を破いたのさ。そして――」

ロクサーナは真っ青になって言った。

「そりゃおまえ、もうおしまいでねえか！――金輪際どうにもならねえぞ！　何もかも終わりでねえか。あたいら二人とも、食う物もなくなっちまって――」

「ちょっと待って、最後まで聞いてくれよ。決闘に行くと決めた時、伯父貴は自分が死ぬとも考えたみたいでさ。死んでしまえば、俺を許す機会がなくなると思って、また遺言状を作り直したんだ。ちゃんとこの目で見たから、それは間違いない。でも――」

「ああ、ありがてえ。それじゃ、あたいら助かったんだな！　大丈夫さ！　なんでおまえわざわざ、そんな恐ろしげな――」

「だから、ちょっと待ってくれよ。最後まで言わせてくれ。俺が盗んだ物くらいじゃ、借金の半分も返せない。もたもたしてると借金取りたちが来て——どうなるか、分かるだろう？」

ロクサーナは下を向いて、しばらく黙っていろと息子に言った——ここはひとつじっくりと考えるから、と。やがて彼女は堂々とした口調で言った。

「これからはおまえ、用心に用心を重ねなければなんねえよ。いいか！　こうするんだ。旦那は死ななかった。で、おまえが少しでも馬鹿をしでかしたら、また遺言状は破られちまう。そうなったら今度こそ本当にどうにもならねえ、分かったな！　だからおまえ、これから何日かは、精いっぱいいいところを見せるんだ。すっかりいい人間になったところを、ちゃんと見せてやるんだ。何が何でも信用されるようにふるまって、プラット伯母さんにもうんとやさしくするんだ——旦那も伯母さんの言うことは何でも聞くんだから、おまえのいちばん大事な味方なんだよ。そうしてセントルイスへ行くがいい。そうすりゃ、旦那を怒らせるようなこともなくてすむからな。それから借金取りと取引だ。旦那の命は長くねえって言うのさ——それは嘘じゃねえだろ——ぜんぶ返し終わるまでは利息を払うって言えばいい——高い利息だよ十パー……なんていうんだっけ？」

「月十パーセント、か？」

「おお、それだよ。次に、おまえの盗品を少しずつ、あちこちで売りさばくんだ。利息を払うためにな。どのくらいもつのかい？」

「五ヶ月か六ヶ月分の利息はあると思うよ」

「そんなら大丈夫だな。半年たって旦那が死なねえとしても、心配はいらねえ――神様が何とかしてくださるよ。おまえは大丈夫だ――おとなしくしてさえいればな」彼女は厳しい視線で息子を見つめながらつけ加えた。「おまえ、本当におとなしくするんだよ――いいか、分かったか？」

彼は声を上げて笑いながら、なるべくそうすると答えた。彼女はそれでは納得せず、さらに真顔で言った。

「なるべくじゃだめだ。本当にそうするんだ。ピンの一本でも盗むんでねえ――もう身が危ねえからな。悪い仲間とも、ただの一度だって会っちゃならねえ、分かったな。たった一滴の酒も、たった一度の博打も、やってはなんねえ。それもなるべくじゃなく絶対にだ。どうやって確かめるか、教えてやろう。あたしもおまえの後についてセントルイスへ行く。おまえは毎日必ずあたしのところへ来て、あたしが検査するんだ。もしもおまえが一つでも――たった一つでもだ――やっちまってれば、あたしはすぐにここへ引き返して、おまえが黒ん坊で奴隷なんだと、旦那に知らせてやるさ――証拠つきでな――ああ、本当に、神かけてそうするよ！」そこで彼女はいったん言葉を切った。そしてその意味が相手の胸に充分しみわたったのを見届け、さらに付け加えた。「チェンバーズ、今あたしの言ったことは、冗談だと思うかい？」

いまやトムもすっかり神妙な心地になっていた。軽薄さとは無縁の声で彼はこう答えた。

「冗談だなんて思うもんか、母ちゃん。分かってるよ、俺は真人間になったんだから――これからもずっと。永久に――どんな誘惑の手も届かないところにいるんだよ」
「よし、そんなら家に帰って、さっそく取りかかるんだよ！」

# 第十五章

他人の癖ほど改善の必要のあるものはない。

――「阿呆たれウィルソンのカレンダー」

見よ、愚者は言う、「すべての卵を一つの籠に入れてはならない」と――これは「財産を分散し注意も分散させよ」と言っているようなものだ。しかし賢者ならこう言う、「すべての卵を一つの籠に入れよ、そしてその籠を見張れ」

――「阿呆たれウィルソンのカレンダー」

ドーソンズ・ランディングは喧騒の中にあった。これまではずっと眠ったような町だったが、驚天動地の大事件が立て続けに起きて、今はろくに居眠りもできなくなったのである。金曜の朝、本物の貴族を初めて目にし、パツィ・クーパーの家で盛大な歓迎会が催され、そうこうするうちに大盗難事件が発生した。金曜の夜、四百人の聴衆の前で町いちばんの名家の跡取りが派手に蹴飛ばされた。土曜の朝、長らく日の目を見なかった阿呆たれウィルソンが弁護士としてデビューし、土曜の夜、町の名士とよそ者貴族とが決闘をしたのであった。

おそらく他の事件をぜんぶひっくるめた以上の大きな誇りを、町の人たちはこの決闘に抱いた。そんなことが起こったのは、この町にとって名誉だった。みんなから見て、決闘者二人は人間としての名誉の頂点に達した。誰もが彼らの名を口にし、こぞって褒め称えた。決闘した本人たちのみならず、その介添人にいたるまで、人々に好意的に迎え入れられた。そんなわけで阿呆たれウィルソンも一気に名士になったのであった。土曜の夜、市長選への立候補を求められた時には負ける恐れもあったが、日曜の朝には結果は決まったも同然、成功は約束されていた。

双子の兄弟は、いまや途方もなく大きな存在となっていた。町じゅうの人々が二人を心から歓迎した。毎日毎日、昼夜を問わず、二人は家から家へと食事に招かれては新しい友人を作り、自らの人気をいっそう広め、揺るぎないものにしていった。音楽の偉才を発揮して人々を驚かせ虜《とりこ》にしたかと思うと、音楽以外にも稀有な芸を時おり披露して、ますますみんなの心をひきつけた。二人の方もこの歓迎ぶりに感激し、この町に住みつくことにした。この居心地のよい土地に骨を埋めようと役所に届けを出し、三十日後には正式な住民になる運びとなった。これで彼らの人気も頂点に達し、町の人たちは一人残らず喜び、喝采の声を上げた。双子が次の市会議員選挙に立候補するように求められて承諾した時も、みんな大いに満足したものである。

トム・ドリスコルにとっては、これがおもしろくなかった。そうして双子がもてはやされるたびに、彼の胸はひどく痛み、心を傷つけられるのだった。双子の片割れは自分を蹴飛ばした男であるがゆえに憎らしく、もう一人はその弟だと思うだけで憎らしくなった。

盗難騒ぎの件では、犯人についても双子の短剣などの盗品についても、何ひとつ情報が出なかった。人々がそれを訝しむことはあっても、それを解き明かせる者は誰もいないのである。そうしてかれこれ一週間近くが経っても、依然として真相は謎に包まれたままだった。

土曜日、警官のブレイクと阿呆たれウィルソンとが道でばったり顔を合わせ、お互いに口を開きかけたところへ、トム・ドリスコルが通りかかった。彼はブレイクに言った。

「ブレイク、元気がないな。何か悩んでるみたいな顔つきじゃないか。何か仕事でうまくいってないのかい？　君の捜査はすこぶる評判がいいんじゃなかったか、そうだろう？」――ブレイクはそれに気を良くして相好《そうごう》を崩しかけたが、トムが「田舎の刑事の割にはさ」と付け加えたので、その気分も暗転してしまった。ブレイクは一気に顔をしかめ、不快感を声ににじませて言った。

「実際、評判は上々だ。田舎だろうとなかろうと、刑事としては誰にもひけを取らないくらいにな」

「こりゃ、失礼なことを言ってしまったな。悪気があった訳じゃないんだ。僕はただ、町を荒らしまわったあの婆さんのことを尋ねたかっただけでね。――ほら、君が捕まえてやるって意気込んでた、腰の曲がった婆さんのことさ。君なら必ずお縄にするに違いないよな。だって君は、絶対空威張りなんかしないって評判の男なんだから。それで、どうだい――婆さんはもう捕まえたのかい？」

「あの性悪《しょうわる》婆アめ！」

「おいおい、どうした！　まさか、まだ捕まえてないのかい？」

「ああその通り、まだ捕まえておらんのだ。捕まえられるものなら、とっくにこの私が捕まえているところさ。他の誰にも捕まえられやしないだろうよ」

「それは本当に残念だな、君が気の毒になるよ。あれだけ自信まんまんに捕まえるって公言してた刑事が――」

「心配ない――何も心配はないよ。町の連中も、心配しなくていいさ。あの婆さん、いずれ私の獲物になるんだから、安心していい。もう尻尾《しっぽ》はつかんでるんだ。手がかりだってあるし――」

「それはいいや！　あとはセントルイスからベテラン探偵を呼んで手伝ってもらえば、捜査も進むよ。それで――」

「他でもないこの私がベテランだよ、他人の応援なんかいらん。もう一週――いや、一ヶ月あれば捕まえてやる。誓ってもいい！」

　トムはぞんざいに言った。

「まあそれでいいかな――うん、それでいい。ただ、その婆さん、かなりの歳らしいからさ。

立派な刑事が証拠をそろえてこっそりゆっくりやってるうちに、年くった獲物はもうご臨終、なんてことになりかねないかもな」

そう茶化されて、無骨な顔を真っ赤にしたブレイクが応戦する間もなく、トムはウィルソンに向きなおり、けろりとした顔でよどみなく言った。

「報償金をもらったのは誰なんだい、ウィルソン」

ウィルソンはわずかに顔をしかめた。今度は彼の番だと分かったからである。

「何の報償金だい？」

「何って泥棒の報償金だよ、それと盗まれた短剣のね」

ウィルソンの言い淀むような口ぶりには、居心地の悪さがにじみ出ていた。

「うん、いやその、つまり――実はまだ誰も出てきていないんだよ」

トムはいかにも驚いた風な顔をした。

「ええっ、本当かい？」

ウィルソンはわずかに苛立ちを見せて答えた。

「ああ、本当だよ。それがどうかしたかい？」

「いや、何でもない。ただこさ、僕はてっきりあんたが、新しい方法を考え出したと思ってさ。革命的な、これまでの時代おくれで効率の悪い捜――」と言いかけてトムは言葉を切り、他人が矢面に立つ番になってやれやれと思っていたブレイクの方に向き直った。「なあブレイク、この間ウィルソンは、君があの婆さんを捜査するまでもない、というようなことを言っていなかったか?」

「ああ、言ってたな。犯人も盗品も、どっちも三日以内に見つけ出すって——そうとも!で、もうちょうど一週間経った。その時私は言ったんだ、泥棒にだってその仲間にだって、質入れも売りもできるはずがないと。犯人も盗品も警察へ突き出せば、質屋が両方の報償金を手に入れることになるんだからな。我ながら最高の思いつきだったよ!」

「計画の一部しか知らないから、そんなことが言えるんだ」ウィルソンは苛立ちを隠さずぶっきらぼうに言った。「全体が分かれば、考えも変わるさ」

「うまくいかない、と私は予想した」巡査は考え深げに言った。「とにかくこれまでのところ、予想は当たってるじゃないか」

「けっこう。ではそういうことにして、この後を見てもらおう。今までの成果でいえば、少なくとも、君のやり方より落ちるわけじゃないし」

そう言われてすぐに応酬する言葉もなく、巡査はいまいましげに鼻を鳴らすと口をつぐんだ。

ウィルソンが計画の一部を披露した夜から、トムはその全貌を推測しようとして何日も頭をひねっていたが、とうとう断念した。そこで、自分よりも頭のまわるロクサーナに考えてもらおうと、架空の話をでっちあげて彼女に持ちかけてみた。ロクサーナはしばらく考え、判断を下した。それを聞いたトムは「たしかに、その通りだ!」と胸中叫んだのである。そして今こそロクサーナの仮説を試す時がきたと思い、じっくりと物々しく切り出した。ウィルソンの顔色を見れば、その真否が分かるはずだ。

「ウィルソン、あんたは馬鹿じゃない——それは、最近明らかになった間違いのない事実だよな。その計画っていうのがどんなものか知らないが、ブレイクはあんなことを言うけれど、素《す》っ頓狂《とんきょう》なものであるはずはない。そいつをすべて明かしてくれとは言わないが、仮説を出して考えてみたいんだ——話のとっかかりとしてね。そこからはじめて、核心に迫れればというわけさ。別に他意はない。あんたは短剣に五百ドル、泥棒に五百ドル報償金を出すと言っただろう。あくまで議論を進めるために、短剣の五百ドルは広告を出して、盗人の五百ドルは質屋たちにだけ手紙で知らせる、と仮定してみよう。それで——」

ブレイクは膝を打って叫んだ。

「それだよ！　図星だろう、ウィルソン！　私としたことが、なんでそれを思いつかなかったんだ」

ウィルソンは心中ひそかに呟いた。「普通の頭があれば誰だって思いつくことだ。ブレイクが気づかなかったのは予想通りだが、トムが気づいたのは意外だ。この男、思ってたより隅に置けないな」しかし、それを口には出さず、トムがさらに続けた。

「よろしい。で、泥棒はそんな罠が張られたとは夢にも思わない。短剣を持って行くなり送りつけるなりして、安値で買ったとか道端で拾ったとか適当なことを言って、報償金をせしめようとする——そしてお縄になるって寸法じゃないのか？」

「そうだ」ウィルソンは答えた。

「ああ、そうだろうよ」トムは言った。「疑うべくもないよな。あんたはその短剣、見たことあるのか？」

「いや、ないね」

「あんたの友達では？」

「私の知る限り、見た者はいない」

「なるほど。あんたの計画がおじゃんになった理由が、何となく分かってきたよ」

「どういう意味だい？　君はいったい、何が言いたいんだ？」だんだんと居心地の悪い気持ちに襲われながらウィルソンは尋ねた。

「それはね、そんな短剣など、最初から無かったたってことさ」

「なあ、ウィルソンよ」ブレイクが口をはさんだ。「トム・ドリスコルの言う通りだよ、千ドル賭けてもいいぜ――といっても、千ドルなんざ持ってないけどな」

ウィルソンは血が騒ぐのをわずかに感じた。あのよそ者の双子にだまされたか、という疑念が湧きあがってくる。そう思えば、たしかにそんな感じがしてきた。しかし、そんなことをして、彼らに何の得があるのか。その思いを口にしてみると、トムはこう答えた。

「得ねえ。たしかに、あんたにとって意味があるような得はないだろうさ。しかし奴らは、よそから来て、新しくこの町の住人になろうとしてるところなんだ。自分たちが東洋の王様のお気に入りだと思いこませるのは、得にならないのかい――しかも、一銭の金も使わずに？　千ドルの報酬金がどうこうとぬかして、この辺鄙《へんぴ》な片田舎の住人を恐れ入らせるのは、何の得にもならないかい——これまた一銭の金も出さずに？　ウィルソン、そんな短剣なんてはじめから無いのさ。そうでなければ、君の計画通り、とっくに出てきてるはずさ。仮にそんな短剣があるとすれば、まだ奴らの手の中だ。俺の個人的な見解だが、奴らはそういう短剣を見たことはあるに違いない。というのもあの時、アンジェロは素早くさらさらと鉛筆で短剣を描いてみせたからな。でっち上げであんなに早く描けやしない。もちろん、奴らがこれまでにそういう短剣を持ったことがないとは断言できない。だがこの首を賭けてもいい、もし奴らがこの町に来た時にそれを持ってたのなら、今でも持ってるはずだ」

　ブレイクが言った。

「実に説得力のある話だ。実に説得力がある」

　トムは立ち去りつつ、こう返した。

「婆さんをとっとと見つけろよブレイク、で、婆さんが短剣を持ってなけりゃ、あの双子の兄弟を捜査することだな！」

　トムは悠々と去って行った。すっかり落ち込んだウィルソンは、どう考えていいものか分からなかった。双子に対しての信頼感を捨てるのは、どうにも気が進まない。今のところ決定的な証拠もないので、それはやめておこうと決めた。しかし、そうしたところで——いや、考えなければ始まらない。どうするかは、考えた後のことだ。

「ブレイク、君はどう思う？」

「そりゃウィルソン、どうもこうも、トムの言う通りだと思うね。奴らは短剣を持っていなかったんだ。もし持ってたのなら、今も奴らの手元にある」

彼と別れた後、ウィルソンはひとりで考えた。

「彼らが短剣を持っていたのは間違いがない。もし盗まれたとすれば、計画通りに取り返せただろう、と、これも間違いない。だから、やはり二人はその短剣を今も持っている――そうに違いない」

二人に出くわした時、トムはとくに何の目的も持っていなかったし、話しはじめた時にしても、彼らを少しばかり茶化してやったら愉快だろうくらいにしか思っていなかった。しかし、彼らと別れた時の彼は、意気揚々、何とも楽しい気持ちになっていた。まったくの幸運で、とくに骨を折ることもなく、痛快なことをいくつも成し遂げたのだ。二人の男の弱みを突いて、彼らがたじろぐ様子を目にし、ウィルソンがあの双子の兄弟に抱く好意にわずかな、だが簡単にはぬぐい去れない苦みを加えてやることができたのだ。それに何と言っても、この町で急にのし上がったあの憎々しい双子を引きずり下ろしてやることができたのである。刑事の常として、あのブレイクのことだ、あちこちに出かけては噂話を吹聴してまわるだろう。そうなれば一週間もしないうちに、持ったこともなければ失くしたこともない安物を盗まれたと言い、派手な報償金をかけて被害者面を決め込んでいる二人のことを、町じゅうの者が陰で笑っているに違いない。そう考えるとトムは心底満足だった。

この一週間、トムは家でも完璧に振る舞っていた。彼の伯父や伯母がかつて見たことがないほど立派な態度で過ごした。どこにも落ち度は見当たらなかった。

土曜日の夕方、トムは判事にこう言った。

「伯父さん、実は僕、ずっと思い悩んでいたことがあるんです。これからセントルイスに出かけるので、伯父さんにまたお目にかかれるかどうか分からないと思えば、打ち明けずにはいられません。伯父さんには、僕があのインチキなイタリア人との決闘を怖がっていると思い込ませてしまいましたが、実は、口実を作ってでも決闘は避けねばならなかったんです。いきなりの話だったんで、うまいやり方じゃなかったかもしれませんが。それでも、僕みたいにあいつのことを知っていれば、名誉を重んじる紳士で彼との決闘を望む者はいません」

「そうなのか？　何なんだ、おまえの知ってることというのは？」

「ルイジ伯爵は自ら認める人殺しなんです」

「まさか、そんなことが！」

「本当の話です。ウィルソンが手相術で見抜きまして、それをとことん問い詰めたので、あいつもしぶしぶ白状したんです。ところがあの双子どもは、われわれにひざまずいて、口外しないでくれと懇願したのです。この町では真人間として生きていくからと、誓ったんですよ。あんまり気の毒に思われて、われわれも彼らがその誓いを守る限りは口外しないと約束したんです。伯父さんも同じ立場なら、きっとそうなさいましたよ」

「左様、私もそうしたに違いないよ。そうやって無理に白状させられたとあれば、人の秘密とはその人の所有物であって神聖なものだ。トム、おまえは正しい行いをしたな。誇りに思うぞ」そうして彼は、残念そうに付け加えた。「しかし、私も名誉ある決闘の場で、殺人者なんぞと向き合う辱《はずかし》めは免れたかったところだな」

「あれは仕方がなかったんですよ、伯父さん。もしもあの男に決闘を挑まれるとわかっていたら、自分の誓いを破ることになってもお止めしたでしょう。でもウィルソンだって、当然沈黙を守るものと思いましたので」

「いや、それでいいのだ。ウィルソンは間違っていないし、非難するところなど何もないさ。トムよ、おまえは胸にのしかかる重圧を取り除いてくれた。一族に臆病者がいると思った時には、本当に魂までもが傷つけられた気がしたぞ」

「そうせざるをえなかった僕の苦しい立場を、分かっていただけますよね、伯父さん」

「ああ、分かるとも。もちろんじゃないか、かわいそうに。たった今しがたまで、そんな不当な汚名に甘んじることで、どれだけおまえが苦しい思いをしてきたか、分かるとも。しかし、もう安心しなさい。誤解はすべて解けたのだ。おまえは私の胸の苦しみを解き放ってくれた。それに、おまえももう苦しむことは一切ない。お互いに苦しい思いはもう充分だ」

しばらくの間、老判事は座したまま何かを考え込んでいたが、やがて顔をあげると、満足そうな光を目に浮かべて言った。「殺人者の分際で、あの男が紳士然として私を決闘の場に引き出して侮辱した件については、いずれ決着をつけてやる。だが今はやめておこう。選挙が終わるまでは、あいつを撃ったりはせんよ。だが、その前にあの二人を破滅させてやる方法がある。まずはそちらから手をつけよう。二人そろって落選だ。約束してもいい。あいつが殺人者だという事実は、まだ世間に知れ渡っていないんだな？」

「はい、間違いありません」

「それがいい切り札になるだろう。投票日に演説の中でそれをほのめかすんだ。そうすれば二人とも立つ瀬がなくなるさ」

「きっとそうですね。奴らの息の根を止めてやれますよ」

「それから、投票人の方にも裏で働きかけておけば間違いない。いずれおまえもこっちへ来て、町のろくでもない連中を内々に釣りあげてほしい。金をばらまくんだ。金は私が都合する」

こうしてトムは、あの憎い双子の兄弟にさらなる打撃を与えてやったわけである！ 彼にとっては最高の一日になった。気を良くしたトムは、さらに決定的な一打を狙おうと、こう言った。

「伯父さんは、双子が騒ぎたてているインドのご立派な短剣の件はご存じでしょう？ あれなんですが、いまだにまったく見つからないのです。それで町の人たちは陰で笑いながら噂しはじめてるんですよ。そんな短剣は初めから無かったんだとか、実は今も二人はそれを隠し持ってるんだとか。今日だけでも、そう言ってる者たちが二十人はいましたよ」

たった一つの落ち度もなく過ごしたその一週間で、トムは伯父と伯母からの寵愛《ちょうあい》を回復した。

母親もこれには満足していた。彼女は心中ひそかに、自分がトムを愛しはじめていると思っていたが、そう口には出さなかった。セントルイスへ行け、自分も準備ができたら後を追うから、と彼女は息子に言った。それからウィスキーの瓶をたたき割り、「いいか、チェンバーズ、あたしはおまえに、ひとすじの縄みてえなまっすぐの道を歩かせてやるからね。おまえが母ちゃんの悪い癖をまねしねえように、あたしも酒をやめるよ。前に悪い仲間と縁を切れって言ったが、これからはあたしが仲間になるんだよ。あたしがいい仲間になるんだ。ほれ、もうさっさと行っちまいな、さっさとな！」

トムはその夜、様々な戦利品の入った重い手提げカバンを持ち、不定期便の大きな船に乗り込んだ。そして、悪人特有の眠りにおちたのである。それは無数の悪党らの処刑前夜の逸話でよく知られるように、善人の眠りより安らかで深い眠りであった。ところが翌朝起きた時には、運命は再び暗転した。トムが眠っている間、同族の泥棒がまんまと彼の持ちものを盗み、すでにどこか途中の船着き場で下船してしまっていたのである。

# 第十六章

餓えている時に拾って面倒を見てくれた人間に、犬は決して噛《か》みつかないだろう。これが犬と人間との主たる違いである。

――「阿呆たれウィルソンのカレンダー」

蟻《あり》の習性をわれわれはすべて知っているし、蜂の習性もすべて知ってはいるが、牡蠣《かき》の習性については何も知らない。どうやらわれわれは、これまでずっと、牡蠣を観察する時間を選び違えていたようだ。
——「阿呆たれウィルソンのカレンダー」

セントルイスに着いたロクサーナは、心から落胆し絶望している息子を目にして心を動かされた。強い親心が彼女の胸にあふれた。いまや彼はすっからかんの身、どうしようもない破滅の瞬間はもう目前に迫っている。世間から見捨てられ、友もなくなるのだ。それだけでも、母親が息子を愛する理由としては充分だった。ゆえにロクサーナはトムを愛し、その愛情を彼に告げたのである。しかし、彼はそれを聞いて、内心ぞっとした——彼女は「黒人」なのだから。自分も黒人であるからといって、この蔑《さげす》まれた人種を受けいれる気にはなれなかった。

ロクサーナは、わが子への愛情を言葉や態度に込めて彼にさんざん浴びせた。トムはあまりいい気持ちがしなかったが、精一杯それを受けいれた。母は息子をなぐさめようと努めたが、それは不可能だった。ロクサーナに親密な態度を示されると、彼はたちまち激しい嫌悪を感じた。一時間もしないうちに、そのことを伝える勇気を奮い起こそうとしはじめていた。べたべたした態度をやめてくれ、やるならできるだけ抑えてくれ、そう言いたかった。が、母親が怖くてそれも言えなかった。それに彼女の方でも、親愛の情の発露はひとまず措《お》いて、しばし黙って考え出した。救済策を何とかひねり出そうというのだ。そのうち、彼女はがばっと立ち上がり、出口が見つかったと叫んだ。この不意の朗報を聞いて、トムは息も詰まるほど喜んだ。ロクサーナはこう言った。

「このやり方は、きっとうまくいくよ。あたしは黒ん坊だ。言葉づかいを聞けば、誰も疑わねえさ。あたしを売れば、六百ドルの金になる。その金でばくちの借金を払えばいい」

トムは自分の耳を疑い、しばらくは何も言えずに呆然としていたが、そのうちに、口を開いた。「俺を助けるために、奴隷として売られてもいいっていうのか?」

「おまえはあたしの子じゃないか。母親ってのは、わが子のためなら、何だってやるものじゃないかい? 白人の母親は、子どものためにはどんなことだってやるんだよ。誰がそうさせたかって? 神様さね。黒ん坊を創ったのは誰だ? 神様じゃないのかい。母親なら中身はみんなおんなじさ。あたしは奴隷になって売られていくから、一年たったらおまえが母ちゃんをまた買い戻して自由にしておくれ。やり方は教えてやるからな。どうだい、これがあたしの考えさ」

トムの胸に希望が湧きあがり、あわせて元気も湧いてきた。トムはこう言った。

「母ちゃん、なんてやさしいことを言ってくれるんだ——ああ、ほんとに——」

「もういっぺん言っとくれ! 何度でも言っとくれよ! この世でその一言さえもらえれば充分さ。ほかには何も要らねえよ。ほんにおまえはいい息子だよ。奴隷になってひでえ目にあわされても、おまえがどっかでその言葉を言ってると思えば、どんなに辛くたっていくらでも我慢できるよ」

「俺、もう一度言うよ、母ちゃん、何度でも繰り返し言うから。でも、どうやって母ちゃんを売ればいいんだ。とっくに自由の身じゃないか」

「どうにでもなるさ！　白人は細かいことなんか気にしねえから。黒人にこの州から出て行けって言って出て行かねえなら、半年経てばよそに売っ払っていいって法律がある。おまえは書類を書いて――あたしの売り渡し証書だよ――どこか遠く、ケンタッキーの奥にでも貼り出すんだ。それらしく、署名もいくつか入れてな。金に困ってるから安く売る、って書いとくんだ。きっとうまくいくよ。少し北の田舎の方にある農場にでも売るといい。あっちが儲け物だと思えば、何もうるさく聞かれたりしねえよ」

　トムは売り渡し証書を偽造し、六百ドルを少し超えた金額で、母親をアーカンソー州の綿農場主に売った。母親を裏切りたくはなかったが、運命の風が吹いたのか、この男が彼の前に姿を現したのだった。この男に売れば、わざわざ北の田舎まで行って買い手を探さずに済むし、買い手の質問にあれこれ答えねばならないという危険も冒さずに済む。この農場主はロキシーにひどく満足した様子で、まったく何も聞かなかったのである。さらに男は、初めはロキシーは自分がどこに連れてこられたかも分からないだろうし、分かる頃にはもうその境遇に満足しているはずだと力説した。男は見るからにロキシーに満足している。そんな主人を持つのは彼女にとってもたいへん好都合な話だ、とトムは自分に言い聞かせた。そうしてあれこれ考えるうち、母親を「川下へ」売り飛ばすことで、彼女のためにものすごくいいことをひそかにしてやっているような気にすらなっていた。さらに彼は、何度も自分に言い聞かせた。「ほんの一年間だ。一年経ったら、また自由の身に買い戻すんだ。母ちゃんもそのことを思い出して、我慢してくれるはずだ」そう、ほんのちょっとしたごまかしにすぎない。害はないはずだ。すべてはきっとうまく行く。トムは農場主と申し合わせて、ロキシーの前では、「北の方の」農場がどれほど楽しいところか、働く奴隷たちがどれほど幸せであるか、ということをもっぱら話題にした。こうして哀れロキシーは完全にだまされてしまった。それも、いとも簡単に。——まさか、息子に裏切られるとは夢にも思っていなかったのである。何しろ自分は、わが子のために進んで奴隷になろうとしている。比較的楽であれ苛酷であれ、期間が短かろうと長かろうと、奴隷になることに比べたら、死ですらも貧弱な、月並な犠牲でしかない。彼女は、息子と二人きりでこっそり別れの涙を流し、愛しい息子を抱きしめると、新しい主人と共に旅立って行った。心は打ちひしがれていたが、自分の振舞いは誇らしかったし、ここまでできることに喜びを感じていた。

トムは借金を清算し、これからは改心の誓いからいっさい外れるまい、あの遺言状が再び危険にさらされるようなことは二度とすまいと決心した。手元には三百ドル残っていた。母親の計画では、これを大事にしまっておく。そこに、伯父からの手当のうち、彼女の取り分と決めてある半額を毎月加えていく。そして一年経てば、彼女をまた自由の身に買い戻すだけの資金が貯まるはずだった。

まる一週間ほど、トムはよく眠れなかった。彼を信用しきっていた母親をだましたうしろめたさが、わずかばかりの良心をさいなんだのである。しかし、やがてそんな時期も過ぎてしまい、悪人の常として、またぐっすりと眠れるようになった。

ロキシーを乗せた船は、午後四時にセントルイスを出航した。彼女は船尾の下甲板《げかんぱん》に立って、涙でかすんだトムの姿が次第に遠のき、見送り客の中に紛れて消えてしまうまでずっと見ていた。その後の彼女はどこも見ず、ケーブルを巻いた上に腰かけて、夜更けまで泣いていた。そうしてようやく腰を上げ、騒々しい機関室のあいだの、不潔な寝床へと歩いて行ったが、それは眠るためではなく、ただ朝を待つためだった。朝を待ちながら、悲しみに暮れるだけだった。

農場主とトムの目論見では、ロキシーは船が川上に向かって進んでいると思うはずで、まさか川下に向かっていることなど「分からない」はずだった。とんでもない！　彼女は何年も蒸気船で働いていたのだ！　彼女は、明け方に起き上がって、またケーブルのところへふらふらと歩いて行き、そこに座った。船は、水に浮かんだ数多の倒木を通り越して行った。倒木が水を切り裂いてできた波紋を見れば、胸を切り裂くような事実を彼女は読みとることができただろう。それを見れば、船の進行方向と水の流れる方向が同じであることが分かるのだから。しかし、彼女は物思いにふけっていて、何も気がつかなかった。だがやがて、とりわけ大きな倒木が横たわっているところを船はいつになく近い距離で通り過ぎ、その大きな水音で我にかえって彼女は顔を上げた。そしてその熟練の視線が、事実を明かす水流をとらえたのである。一瞬の間、凍りついたように彼女はそこから目を離せなかった。しかし、やがて深くうなだれて、彼女は言った。
「ああ、神様、罪深いこの哀れなあたしにお慈悲をくださいまし。あたしは川下に売られちまったんです！」

# 第十七章

人気というのも度が過ぎれば問題だ。ローマへ行くと最初はミケランジェロがすでに死んでしまっていることをしきりに残念がるが、そのうちに、彼が生きて創作するところを見られなかったことを残念がるようになる。

——「阿呆たれウィルソンのカレンダー」

七月四日。統計では、このアメリカ独立記念日に亡くなる馬鹿者の数は、一年じゅうの他の日全部を足したよりも多い。しかしそれでもまだ馬鹿者が残っていることからも、七月四日が年に一回きりでは足りないことが分かる。わが国はそれだけ成長したのだ。

——「阿呆たれウィルソンのカレンダー」

夏の日々は何事もなく過ぎていき、そのうち選挙運動が始まった——開始早々から猛烈な戦いになったが、日を追うごとにさらに激しさを増していった。双子の兄弟は全力で取り組んでいた。いまやここに彼らの自尊心がかかっていたからである。最初の頃、あんなにもてはやされた彼らの人気が、今では下降線をたどっているのだ。その主たる理由は、最初にあまりに人気が出過ぎたからで、自然な反動が生じたのである。さらに、あの立派な短剣のせいもあった。そんなに価値があるのなら、本当に存在したのなら、いまだに見つからないのはおかしい、いやまったくもっておかしな話じゃないか、といった噂がしきりに囁かれていたのである。そういった噂に伴うしのび笑い、目配せ、肘で小突く仕草なども、なかなかの効果をもたらした。選挙に勝てばもとの高みに返り咲けるが、負ければ大きなダメージは免れないと双子は見ていた。だから彼らは誠心誠意、運動してまわったのである。しかし、選挙運動も終わりにさしかかった数日間の、ドリスコル判事とトムによる双子への反撃はさらに激しかった。まる二ヶ月の間、トムの振る舞いは相変わらず何ら非の打ちどころがなかった。それで彼の伯父も、投票人にとりいるための資金を彼に預けるのみならず、居間に置かれたその資金を金庫から出すこともトムに任せるほどになっていた。

最後に演台に立ったのはドリスコル判事で、これはもっぱら二人の外国人に反対する演説だった。その破壊力はすさまじかった。判事は兄弟を延々と揶揄《やゆ》し、集まった群衆からは笑いと喝采がわき上がった。山師、いかさま師、サーカスの余興、見世物小屋の化け物、と言って二人をあざけり笑った。鼻もちならぬ爵位をさんざん愚弄《ぐろう》し、貴族の面《つら》を被った薄汚い床屋、紳士のふりをしたピーナッツ売り、肝心の猿もいない大道オルガン弾きと罵った。そう言った後で口をつぐみ、会場が水を打ったように静まりかえり、聴衆が息をひそめて次の言葉を待つまで焦《じ》らすと、判事は最強の一撃を放った。どこまでも冷ややかに、落ちつき払って、あの短剣にかけられている報償金はいんちきで何の実体もない、誰かを殺す――この一言が意味ありげに強調された――機会が訪れれば彼ら自身がそのありかを知るはずだ、と言ったのである。

そうして彼は演壇を降りた。普通はここで喝采や万歳がいっせいに湧きあがるところだが、この時ばかりはみんな呆然と立ち尽くし、場内は静まり返ったままだった。

判事の奇妙な決め台詞はまたたく間に町じゅうにひろまり、人々に異様なほどの興奮を呼び起こした。「あれはいったいどういう意味なんだろう?」と会う人ごとに皆で尋ねあったが、何も分からずじまいだった。判事に問うてもあれは言った通りのことだと返すだけでそれ以上は何も言わなかったし、伯父の真意はまったく見当がつかないとトムは言い、ウィルソンはといえば、人に聞かれるたび、君はどう思うと逆に尋ね返してはぐらかすのだった。

こうしてウィルソンは当選して市長になり、双子の兄弟は大敗を喫した――それは事実上の玉砕であり、彼らは打ち捨てられ、友だちもほとんどいなくなってしまった。トムは気を良くして、セントルイスへと戻って行った。

それからの一週間、ドーソンズ・ランディングには平穏な時が流れた。この町にとってそれは必要な休息の時間だったが、同時に嵐の前の静けさでもあった。町では二度目の決闘の噂が立ち始めていたのである。選挙運動で疲労困憊したドリスコル判事ではあるが、体力が回復すればすぐにでもルイジ伯爵から決闘を申し込まれるだろうと、もっぱらの噂になっていた。
交際をすべて断って下宿にひきこもった双子は、ひっそりと屈辱の傷を癒していた。二人は人目を避け、路上に人影が消えた夜遅くにのみ、健康のために出歩くという生活を送っていた。

# 第十八章

感謝と裏切りは同じひとつの行列の両端にすぎない。楽隊と華やかな役人たちが行ってしまうと、見る価値のあるものはすべて見終わってしまっている。

――「阿呆たれウィルソンのカレンダー」

感謝祭――謙虚で心からの真摯な感謝の気持ちを皆で神に捧げようではないか。ただし、七面鳥はよそう。フィジー島では七面鳥の代わりに配管工を食べるが、われわれにフィジーの人肉食の習慣を冷笑する資格はない。

――「阿呆たれウィルソンのカレンダー」

選挙の後の金曜日、セントルイスは雨になった。一日じゅうやむことなく、激しい雨が降った。あたかも煤《すす》で黒ずんだ町を洗い流そうとしているかのようだったが、もちろんそんなことはできなかった。真夜中近く、そんなひどい雨が降る中を、トム・ドリスコルは劇場から宿屋に帰って来た。雨傘をたたみながら中へ入り、ドアを閉めようとすると、もう一人、誰かが中に入ろうとしていた。きっと他の泊まり客だろう。そのお客はドアを閉めると、トムの後ろから階段を上がって来た。暗がりの中、ドアを探りあてて中に入り、トムはガス燈を灯した。のんびり口笛を吹きながら振り返ったトムの目に、男の背中が映った。部屋のドアを閉め、内側から鍵をかけている男を前に、トムの口笛はやんで、不安がおそってきた。男が振り返ると、ずぶ濡れになったぼろぼろの服からはしずくがしたたり、古いつば広のソフト帽から黒い顔がのぞいていた。トムは恐ろしくなった。出て行けと命じようとしたが、言葉が出ない。口火をきったのは男の方だった。男は低い声で言った。

「静かにしな——あたしはおまえの母親だよ！」

椅子に倒れ込んだトムは、あえぐように返した。

「ひどいことをしたよ、卑劣な真似だった——それは分かってる。でも、ああするのがいちばんいいと思ったんだ——本当だよ、誓ってもいい」

己を恥じて身悶《みもだ》えし、自分を責める言葉を支離滅裂に並べながらも、同時に罪を釈明し、取り繕おうとして、トムはくどくど言葉を並べた。ロクサーナはしばらくの間、その様子を黙って見ていたが、やがて帽子を脱ぎ、腰を下ろした。櫛を入れていない鳶色《とびいろ》の長い髪が肩にふさふさと垂れ下がる。

「白髪になってねえからって、おまえのおかげというわけじゃねえよ」自分の髪を横目に見ながら、彼女は悲しげに言った。

「分かってる、分かってるって！　俺は人でなしだ！　でも、誓って言うけど、ああするのがいちばんいいと思ったんだ。もちろんそれは間違いだったが、ああするのが最善と思ったんだよ、本当だよ」

　ロキシーはさめざめと涙をこぼしたが、やがて啜り泣きの合間に、とぎれとぎれの言葉がもれた。それは怒りというよりも、むしろ嘆きであった。

「人を川下に売っておいて――川下にだよ――それがいちばんいいっていうのかい！　あたしなら犬っころにだってそんな目にはあわせねえ！　もうほとほと参って疲れきっちまった。踏みつけられ、ひどい目にあわされても、昔みてえにわめき散らす力もねえ。ああ、どうだかな――いや、たぶん無理だ。どっちみち、これほどひどい目にあわされると、わめくよりまず泣きたい気持ちになるよ」

　こう聞けば当然、トムの胸には迫るものがあってしかるべきだっただろう。しかし、仮にそうだったとしても、それはもっと大きな思いにかき消されてしまっていた。そのもっと大きな思いのおかげで、重くのしかかっていた恐怖感はなくなり、打ちひしがれていた心も力を取り戻し、小さな魂に安堵の念が満ちていたのである。それでも彼は用心深く沈黙を守ったまま、そのことを口に出したりはしなかった。しばらくの間、沈黙が続いた。窓ガラスを叩く雨音、嘆きのため息のように吹きつける風、そして時々こぼれるロクサーナの低い啜り泣きの声だけが聞こえていた。泣き声は徐々に途切れて小さくなり、そのうちやんでしまった。そして逃亡奴隷は再び口を開いた。

「灯りをちっと小さくしてくんねえか。ああ、もう少し。追われてる身だから、明るいのは嫌だよ。そう、そのくらいでいい。おまえがどこにいるか見えるから充分だ。これまでのことをなるべくかいつまんで話そう。それから、おまえがこれからどうすればいいかも言う。あたしを買ったあの男は、悪い人じゃなかった。農場主としては上等だった。あの旦那が思い通りに仕切れてたら、あたしは召使として居心地よく暮らせたんだろうさ。だが、そいつの女房がひどい顔した北部の女で、はなからあたしに意地悪くして、畑仕事をやる奴隷の小屋に追いやったんだ。しかもあの女、それでもまだ満足しねえで、監督をあおって、あたしにきつく当たらせた。それくらいあたしを憎んで、妬いていたんだな。それで監督は、夜明け前から日が落ちて物が見えなくなるまで、あたしを一日じゅう働かせた。いちばん丈夫な奴隷と同じだけ働けないからって、何度も何度もムチを打たれた。この監督がまた北部の、ニューイングランドの出だ。それがどういう意味か、南部にいればみんな知ってるよ。あいつらは、死ぬまで黒ん坊をこき使って、とにかくムチで叩きまくる――みみず腫《ば》れで背中が洗濯板みてえにでこぼこになるまで。はじめの頃、旦那が監督にあたしのことをいいように言ってくれたのも、かえってあだになっちまった。おかみさんがそれを聞きつけてからというもの、何かにつけて叩かれてばっかし――もうちっとも容赦してくれねえ」

トムの心の中では、農場主の妻に対する怒りの炎が燃え盛っていた。そして胸中ひそかに思ったのである。

「その馬鹿女が余計な手出しさえしなけりゃ、すべてうまくいったのに」彼は農場主の妻への痛烈な呪詛《じゅそ》の文句を付け加えた。

折しも稲妻が一瞬ひらめき、薄暗い部屋を真昼の明るさに変えるほどの強い光が、激しい憤りをあらわにしたトムの顔を照らし出した。それをはっきり目にしたロクサーナは、喜び、またありがたく思った。その表情は、母親のこうむった非道な仕打ちをともに悲しみ、母親を虐待した者たちを憎む気持ちをトムが持ちうることのあらわれではないか。彼女はこれまで、それを疑わしく思っていたのだった。しかしつかの間訪れた幸福感は一瞬で消え去り、彼女の心はまた暗く沈んで行った。彼女は内心、考えた。「あの子はあたしを川下へ売った――そんな非情な息子の、思いやりの気持ちなぞ、じきにまた消えてなくなるんだろうよ」そして彼女は話を再開した。

「十日ばかり前に、ひとりで思ったんだ――あたしはもうこの先長くねえってな。ひでえ仕事もムチで叩かれるのにもとことん参って、苦しい惨めな気持ちしか残ってねえ。もう何もかもどうでもよくなったよ――こんな暮らしを続けるしかないなら、生きてたってしょうがねえ。誰だって、あんな気持ちの時には、先のことなんか気になるもんでもねえよ。そこには十歳ばかしの体の弱い黒ん坊の娘がいて、この子があたしと仲よくしてくれたんだ。かわいそうに母親がいなくて、あたしはその子をかわいがったし、その子もあたしになついてくれたよ。あたしが働いてると、焼いたジャガイモをこっそり持ってきてくれて——監督があたしに満足に食う物もくれねえと知って、自分のぶんをくれたんだ。でもそれを監督に見つかって、あいつはその子の背中を、ほうきの柄みたいに太い棒でぶんなぐったのさ。あの子は悲鳴をあげて倒れ、足をもがれた蜘蛛みてえに、地べたを転がって埃まみれで泣き叫ぶもんだから、もう我慢できねえ。胸の中の地獄の火がパッと燃え盛って、あたしはその棒をひったくって監督を叩きのめしてやったんだ。あいつは倒れたまま苦しそうにして、気がふれたみたいにあたしをののしってた。黒ん坊たちはみんな怯えきってたな。監督を助けようと連中があいつの周りに集まったすきに、あたしはあいつの馬にとび乗って、川めざしてひたすらまっすぐ突っ走ったよ。あのままあそこにいたら、どうなるか分かるってもんさね。旦那がとめないかぎり、あいつはあたしがほんとに死んじまうまで働かせる。さもなきゃ、もっと川下へ売り飛ばされるんだ。どっちみち同じこったよ。そんならいっそ川で溺れ死んで、こんな苦しみは終わりにしたいと思ったんだ。日が落ちて暗くなってきてたが、川までは二分で着いて、ちょうどそこに丸木舟があった。それを見て、いつかどのみち死ぬんなら、今溺れ死ななくてもいいやって思ったよ。それで馬を近くの茂みにつないで、丸木舟を漕ぎだした。早く日が暮れるようにって祈りながら、なるべく目立たねえように切り立った川岸の下を選んでな。出だしはほんとに運が良かったんだ。旦那のお屋敷は川から三マイルも離れてて、ここまで来るにはラバに乗るしかねえ。ラバに乗るのは黒ん坊しかいねえし、連中なら急いで行くことはしねえ——あたしが逃げられるように、なるべくゆっくり行ってくれる。

ずだよ。

ねえと無理だろうさ。それにきっと、黒ん坊たちはできるだけ嘘をついてかばってくれるは

お屋敷まで行って戻る頃には日も暮れてるし、馬の蹄《ひづめ》をたどって後を追うにしろ、朝にならねえと無理だろうさ。それにきっと、黒ん坊たちはできるだけ嘘をついてかばってくれるはずだよ。

暗くなってからは、急いで舟を漕ぎ出した。もう大丈夫だと思えるところまで二時間以上も漕いで、そのあとは流れに乗って進んで行ったんだ。溺れ死にしなくていいのなら、これからどうするか。思いついたことを頭の中でこねくり回しながら、流されて行ったよ。そのうち真夜中すぎて、もう十五マイルも二十マイルも来た頃だったか、川岸に停まってる蒸気船の灯りが見えた。町も材木置き場もねえようなとこだった。そのうち星明かりの中に煙突の形が浮かんできて、あたしは嬉しくて飛び上がりたくなったよ！　だって、その船はあのグランド・モーガル号——シンシナティとニューオリンズの往復便であたしが八年船室係を務めてた船だったんだから。船の横を通りすぎても、どこにも動いてる者の姿は見えねえ——奥の機関室の方から、槌をたたくカンカンって音が響いてきて、機械のどこかが壊れてるんだと分かったんだ。船の下に丸木舟をつけて、あたしは岸に上がったのさ。それから丸木舟を川に流して、船の方へ歩いて行って、一枚だけ陸に渡してあった板を伝って船に乗り込んだんだ。ひどく暑い夜だったから、船荷係も水夫たちも船首楼の前でみんな寝転がってた。二等航海士のジム・バングズは鉄柱に腰かけて、うなだれたまま眠ってる。——船長から見られてもその姿勢ならごまかせるからな！——それに夜警のビリー・ハッチ爺さんも昇降口でやっぱり居眠りだ。みんなあたしの知ってる人たちで、それもほんとに元気そうな顔して

るじゃねえか！　今ここへ旦那があたしを捕まえに来てくれたら、って思ったくらいだ――だって、あたしは友達に囲まれてるんだからな。だからみんなの間を通って、ボイラー室の甲板から後ろの方の婦人船室前の甲板まで行った。そして何千万回も座ったなつかしい椅子に腰かけたよ。まるで自分の家に帰ってきたみてえだったなあ！

一時間ばかし経ってから出航の鐘が鳴って、あたりは急に騒がしくなった。それからドラをたたく音がした。『左舷後進』――『あの音楽はぜんぶ知ってる！』って心の中で叫ぶと、またドラが鳴った。『右舷前進』でまたドラの音。『左舷停止』でまたドラだ。『左舷前進――さあ、セントルイスへ出発だ。危ねえ農園からも逃げられたし、もう身投げしなくてもいい』って思ったよ。モーガル号がいまはセントルイスで商売やってることをあたしは知ってた。あの農園を通りすぎる頃には、すっかり夜が明けていて、大勢の黒ん坊と白人が岸辺をあちこち探しまわっていたよ。あたしのことで大騒ぎになってるけど、こっちはもう奴らのことなんか屁とも思わなかったさ。

ちょうどそこに、サリー・ジャクソンが近づいてきたんだ。昔あたしの下で船室係の助手をしてた女で、今は出世して頭になってた。サリーも船員たちも、あたしを見るなり、みんな大喜びだ。あたしはみんなに、さらわれて川下に売られちまったと言ったんだ。そしたらみんなで金を出し合って、あたしに二十ドル持たせてくれたよ。サリーが立派な服もくれてなあ。ようやくこの町にたどりついて、まっすぐにおまえの定宿へ行って、それからこの家へ来たんだよ。おまえは留守だったが、そのうち戻ってくるだろうって言われたんで、ドーソンズ・ランディングには行かないで、ここでおまえを待つことにしたんだ。この前の月曜日、四丁目の、逃亡奴隷のビラが貼ってある店の前で、農園の旦那を見かけたよ！　気絶して地面に倒れ込みそうになったさ。これはもうだめだと思ったね。旦那はこっちに背を向けて、店の男にビラを渡してた——逃亡奴隷のビラさね。きっとあたしのことが書いてあるんだろう。それで旦那はあたしに報償金をかけてる——間違いねえ、そうだろ？」

トムの胸にどんどん恐怖が降り積もっていく。彼は心の中で呟いた。「もう身の破滅だ。どっちにしろ、俺は終わりだ！　あの農場主にも、取引の時から怪しいと思っていたと言われた。グランド・モーガル号の乗客から手紙が来て、ロキシーが船に乗ってるとか、乗っていた者たちはみんなそのことを知ってる、とあったらしい。ロキシーが自由州へ逃げずにここへ来るってのは、あんたが怪しいってことだぞと農園主は言った。早くロキシーを見つける手伝いをしないと、ただではおかないとあいつは言った。そう聞いても俺には信じられなかった。自分のせいで、息子がどんなひどい危険にさらされるか分かっていて、それでもここに来るなんて。まさかそこまで母性本能が壊れちゃいないだろうと高を括《くく》ってた。だが結局、このざまだ。しかも間抜けなことに、俺はロキシーを探すのを手伝うと誓ってしまった。そんな約束をしたって問題ないと思ったんだ。ここでもし彼女を引き渡せば、彼女は——きっと——でも引き渡さなかったら、俺はどうなる？　引き渡すか、金を払うしかない。そんな金がどこにあるんだ？　俺は、ああ、どうすれば——いや、もしもあいつが今度こそ彼女をやさしく扱うと誓うなら——彼女自身、旦那はいい人だと言っていたことだし——働かせすぎず、食事もきちんと与えると誓うなら——」

その時、稲妻がひらめいて、苦しい煩悶《はんもん》にひきつったトムの顔を青白く照らした。それを見たロキシーは思わず大きな声で言った。そこには不安の念がありありとにじみ出ていた。

「灯りを大きくしな！　おまえの顔がもっと見えるようにな。ああ、それでいい——さあ、おまえの顔をしっかりと見せてくれ。チェンバーズ、おまえ、真っ青になってるでねえか！もしかして、おまえ、会ったのか？　旦那はおまえに会いに来たのか？」

「ああ、まあね」

「いつ？」

「月曜の昼だ」

「月曜の昼！　あたしの後を追って来たのか？」

「いや、ええと、そのつもりだったらしい。でも、確証はなかった。母ちゃんの見たビラはこれだ」彼はポケットから紙切れを取り出した。

「読んでみな！」

興奮したロキシーは、息づかいも荒かった。その目の中に、トムには不可解でどこか不気味な暗い光が宿っている。紙切れの上では、ターバンを巻いた黒人女が、お決まりの型どおり、棒に通したずだ袋を肩にかついで逃げている。よくある粗雑な木版画印刷だったが、大きな太い活字の「報償金百ドル」に目を奪われた。トムは声に出してビラを読み上げた——

少なくとも、ロクサーナのこと、主人の名前、セントルイスでの連絡先、それから四丁目のその店の住所のところは。しかし、報償金はトマス・ドリスコル氏へ請求してもよいという項目は読まなかった。

「そのビラ、寄越しな！」

たたんでポケットにしまおうとしていたところでそう言われ、背すじを冷たいものが走っていった。しかしトムは平静を装ってこう返した。

「このビラのことかい？　こんなもの、持っていても読めなきゃ仕方ないだろう。どうするっていうんだ？」

「どうでもいいから、寄越すんだよ！」トムは母親にビラを渡したが、ためらいの気持ちを完全に隠しおおすことはできなかった。「おまえ今、ちゃんと全部読んだのかい？」

「当たり前だろう」

「じゃあ、手を上げて誓いな」

トムは言われた通り手を上げて誓った。大事そうに紙切れをポケットにしまいこみながらも、ロクサーナはトムの顔から目を離さなかった。

「おまえ、嘘ついてるな！」

「どうして俺が嘘なんかつかなきゃならないんだよ？」

「さあ、わからねえ。でも、おまえは嘘をついてる。とにかくあたしはそう思うよ。でもまあ、どうでもいいさ。あの男を見かけた時、あたしはあんまり恐ろしくて、足がすくんでどこにも帰れねえほどだった。一ドル出して黒ん坊の男からこの服を買ったけど、それから今まで、昼も夜も家の中になんか入れなかったさ。顔を黒く塗って、昼間は焼けた古家の地下室に隠れて、夜は食う物を探しに波止場に出て、大樽《おおだる》の砂糖やら穀物袋の中身やらを少しずつ盗んだ。何も買わずにいたから、腹が減って死にそうだった。ここには近寄らないようにしてたが、今夜はこの雨降りで、出歩いてる人間はほとんどいねえ。だから暗い横町の隅っこで、おまえが帰ってくるのを待ってたんだよ。それで今こうしてるってわけだ」

彼女は何かを考え始めたが、まもなく口を開いた。

「おまえが旦那に会ったのは、月曜の昼なんだな？」

「そうだよ」

「あたしが旦那を見たのは、その日の午後もだいぶ過ぎてからだ。旦那はおまえを探して訪ねてきたんだな？」

「うん」

「ビラはその時にもらったのかい？」

「いや、その時はまだビラはできてなかったんだ」

ロクサーナは怪しむように彼を見た。

「おまえ、ビラを作るの手伝ったのか？」

己のへまをのろい、トムはあわてて取り繕おうとした。今思い出したよ、ビラをもらったのはやっぱり月曜の昼だったよ、と。

「おまえまた嘘をついてるな」ロクサーナはそう言うと、背すじを伸ばして、トムの前に人差し指をつきつけた。

「いいか、よく聞くんだ！　これからおまえにものを尋ねるよ。おまえがどう言い逃れるか、知りてえからな。おまえは、旦那があたしを追ってきたのを知ってた。もしもおまえが、ここで旦那に協力せずに逃げちまえば、この取引には裏があるって旦那は勘づく。それでおまえのことを調べて、おまえの伯父のところへ行きつくだろう。そうすりゃ、ビラを見たドリスコルの旦那は、自由の身になった黒ん坊をおまえが川下に売ったと知ることになるな。あの人がいったいどんな性根の人か、おまえにはよく分かってるんでねえのか！　遺言状なんかきれいに破かれちまって、家からも追ん出されるに決まってるよ。さあ、こっから、あたしの質問に答えるだ――おまえはあの男に、あたしがきっとここへ来ると言ったんでねえのか？　そして、あたしを捕まえられるように、おまえが罠をしかけようって言ったんでねえのか？」

トムは、これ以上嘘をつくことも言い争うことも、もう意味がないと悟った――いうなれば万力にはさまれ、ネジも締められ、どうあがいても逃げる術はないのである。次第に醜く顔をゆがめた彼は、やがて敵意もあらわに言った。

「じゃあ、どうすればよかったんだい？　俺だってあの男に捕まって逃げようがなかったってことくらい分かるだろう」

ロキシーはしばらくの間、蔑みの目で息子をにらんだ後、口を開いた。

「どうすればよかったかって？　おまえときたら、自分の罪の報いを逃れようと、母親を裏切るユダになるのかい！　まったく、こんな話、誰が信じる。犬畜生だって信じねえよ！　この世の中でおまえほど腐れきった汚らしい野郎は誰もいねえよ。しかもその最低最悪な人間のクズを、このあたしが産み落としちまったんだ！」彼女はそう言うと、トムの顔にペッとつばを吐いた。

トムはそれに腹を立てる顔も見せなかった。ロキシーは少し考えてから言った。

「おまえがこれからしなきゃならねえことを教えてやる。まず、農場主の旦那に有り金をぜんぶ渡すんだ。それから、残りはちょっと待ってくれと言って、判事のとこへ行って足りない分を無心して、あたしをあの男から買い戻して自由の身にしな」

「呆れたな！　いったい何を考えてるんだ。三百ドル以上の金を伯父貴に無心するって？　そんな金の使い道、どう説明すればいいんだよ」

ロキシーは淡々とした静かな声で答えた。

「こう言うんだよ。賭博でできた借金のカタにあたしを売り飛ばして、あたしをだまくらかして人でなしの真似やらかして、金を作って買い戻せってあたしにせがまれてるって言うんだ」

「何言ってるんだ、とうといかれたのか！　そんなことを言ったら最後、伯父貴は遺言状をびりびりに破ってしまう——それが分からないのか？」

「分かるとも」

「それなら俺が、伯父貴のところへのこのこ出かけていく間抜けだとは思わないだろう？」

「思う思わないなんてどうでもいいんだ。あたしには分かるんだよ、おまえは判事のとこに行かねばなんねえってな！　おまえが行かないのなら、代わりにあたしが判事のとこに行くってことも、おまえには分かってるんじゃねえのか。そしたら今度はおまえが川下に売られる番だ。どうだい、それでもいいのかい！」

興奮して震えながら立ち上がったトムの目に、よこしまな光が浮かんでいた。彼は急いで戸口まで向かうと、気づまりな部屋を出て新鮮な空気を吸ってこれからどうするか考えを整理してくるとロキシーに言った。しかしドアは開かなかった。ロキシーはニヤッと壮絶な笑みを浮かべて言った。

「鍵はあたしが持ってるよ――ほれまあ、座りな。これからどうするか考えを整理するだと？――おまえがどうするかなんて、あたしには何もかもお見通しだ」トムは腰を下ろし、なすすべもなくでたらめに髪をかきむしった。ロキシーが言った。「あの男、この家にいるのかい？」

トムは驚きのあまり顔をあげた。

「どうしてそう思う？」

「おまえがそう思わせたんでねえか。考えを整理しに出ていくだと！　まず、おまえには整理する考えなんかねえだろうが。それから、そのずるそうな目つきを見ればすぐ分かる。おまえみてえな腐れきった汚らしい野郎は――いや、これはさっき言ったたな。さあ、行ってあの男と話をつけて来い。今日は金曜だ。残りの金を用立てて、来週の火曜か水曜にはまた戻ってくるって言うんだよ。分かったな？」

トムはしぶしぶ「ああ」と答えた。

「それから、あたしが自由の身になったっていう新しい売り渡し証書をもらったら、阿呆たれウィルソンのところへ郵便で送るんだよ。手紙の裏に、あたしが取りに行くまで保管しといてくれって書いてな。分かったか？」

「分かったよ」

「これで話は済んだ。傘を持って、帽子を被れ」

「どうして？」

「おまえは波止場まであたしを送って行くんだよ。この短刀が見えるかい？　あの男を見かけた日から、この服とこの短刀を買ってずっと身につけてるのさ。もしも捕まったら、これで自殺するつもりでな。さあ、静かに歩くんだぞ。おまえが先に行くんだ。もしもこの家の中で何か合図したり、通りで誰かおまえに近づいてきたりしたら、こいつでおまえをぐさっとやるよ。チェンバーズ、あたしの言うことを信じるかい？」

「聞くまでもないだろ。あんたが本当にそうすることは、分かってる」

「そうだ、おまえとは違うんだからな！　灯りを消して、ほれ歩け——鍵はここだ」

二人の後をつける者は誰もいなかった。深夜の街をうろつく通行人とすれ違うたび、いつ背中に冷たい刃を突き立てられるかと、トムは身を震わせた。ロキシーは常に彼の背後にくっついていた。一マイルほど歩くと、人気《ひとけ》のない波止場に出た。雨の降り続く寂しげな暗闇の中で、二人は別れた。

宿への帰途のさなか、トムは打ち沈んだ心を持て余す一方で大胆な考えが頭をかけめぐっていた。そして最後に疲れきって、自分に言い聞かせるように呟いた。「切り抜ける道は一つだけだ。彼女の計画に従うしかない。でも、少しだけ作戦を変える――金を無心して破滅したりはしない。金はあの老いぼれから盗んでやればいいのさ」

# 第十九章

良いお手本ほど我慢のならないものはない。

――「阿呆たれウィルソンのカレンダー」

皆が同じように考えることは、あまり良いことではない。意見が違うからこそ競馬が成立するのである。

――「阿呆たれウィルソンのカレンダー」

ドーソンズ・ランディングでは、しばらくの間、静かで変わりばえのしない平和な日々が過ぎていった。人々はドリスコル判事と双子兄弟の片割れルイジとの決闘がいつ行われるかと気長に待っていた。ルイジも同じように待っていたが、こちらは気長とは言いがたいという噂だった。日曜になり、決闘状を届けるようにルイジに強く頼まれ、ウィルソンが持って行くことになった。しかし、ドリスコル判事は殺人者と闘うことを拒否した――「つまり、名誉ある場では闘わないということだ」と彼は意味深長に付け加えた。

その他の場所であれば、いつでもどこでも相手になるというのである。ウィルソンは判事に、ルイジが犯した殺人についてアンジェロが語るのを聞いていれば、その殺人がルイジの名誉を損なう行いではないと分かったはずだ、と説得を試みたが、頑固な老判事の心を変えられはしなかった。

戻ってきたウィルソンに決闘を拒否されたことを報告され、ルイジは腹を立てた。決して頭が悪い人ではないはずなのに、老判事がウィルソンの言い分より取るに足らぬ甥の言い分を尊重する理由が理解できないと言った。しかし、ウィルソンは笑いながら返した。

「実に簡単な、分かりやすい話だよ。私はあの人のご贔屓《ひいき》じゃない――甘やかされたお人形じゃない。でもあの甥っ子はまさにそういう存在なのさ。判事と亡くなった奥さんには子どもがいなかった。二人にこの授かりものが与えられた時には、判事も奥さんも中年を過ぎていた。二十五年も三十年も、親としての本能が満たされなかったことを斟酌《しんしゃく》してやらなくちゃいけない。もうその頃には渇望感も極限に達して、正気は失われている。だから手に入るものならもう何でも満足してしまうのさ。味覚が退化して、ナマズと川ニシンの区別もつかない。若い夫婦の間に悪魔が生まれれば、親たちもじきに悪魔だと認める。しかし老いた夫婦が養子に迎えた悪魔は、彼らの目には天使であって、何があっても天使であり続ける。トムは老判事にとっての天使であり、あの人はトムがかわいくて仕方がないんだ。他の人にはできないことでも、トムならあの人を説きふせることができる。すべてとは言わないが、かなりのことをね。特に得意なのは、ご老体の頭の中にある個人的な好き嫌いや偏見を操作することだ。もともとドリスコル氏はきみたち二人を気に入っていた。トムはきみたちを憎悪した。それで充分だった。トムの一言で、判事の心はくるりと裏返ったんだ。どれほど古く、どれほど強い友情でも、老いてからようやく授かった愛息子《まなむすこ》が煉瓦一つ投げつければ、簡単に崩れ去ってしまうんだよ」

「それはまた奇妙な哲学ですね」ルイジが言った。

「哲学なんかじゃない――単なる事実だよ。しかも、どこか物哀しさと、美しさがある。子どものいない寂しい老夫婦が、吠えまくるしか能のないしょうもない犬の群れを大切にかわいがっているくらい哀れな眺めはないと思うな。そのうちそこに、ギャアギャア悪態をつくオウムや、ロバみたいな声でがなり立てるインコが加わるだろう。やがてうるさい声の小鳥が百羽や二百羽、それに悪臭ふんぷんたる天竺《てんじく》ネズミやウサギ、おそろしくやかましい猫の群れまでが集うんだ。すべてが他でもない、自然からは与えられなかった子どもという黄金の宝の代わりになるものを、愚かにもただの金物や鉄くずから作り出そうとしている、見当違いの悪あがきなんだ。だが話がそれてしまったな。この地方には不文律がある。きみはドリスコル判事の姿を見かけたら、彼を殺すことを求められている。判事も町の人たちも、きみがそうするものと思っているよ。——逆にドリスコル氏が銃であんたを撃ち殺しても、いっこうに構わないということだ。判事に気をつけなきゃいけないよ！　きみの防備はどうだい——つまり武器の準備はできてる？」

「はい。判事にもちゃんとその機会を与えましょう。あちらが撃ってきたら、応じますよ」

ウィルソンは、立ち去ろうとして、付け加えた。

「判事は選挙運動の疲れがまだ残っているから、一日かそこらは外出することもないだろう。しかし、彼が外に出るようになったら、気をつけた方がいい」

その夜の十一時ごろ、双子は運動するために外出した。薄暗い月光の下、長い散歩に出たのである。

その三十分ほど前に、トム・ドリスコルがハケッツ・ストアに上陸していた。それはドーソンズより二マイル川下にあるさびしい港で、船を降りた客は彼一人だった。そうして川沿いの道をたどってきた彼は、道端でも家の中からも、誰にも見咎められることなくドリスコル判事の家に入ったのである。

彼は部屋の窓のブラインドを降ろし、蠟燭に火をともした。それから外套《がいとう》と帽子を脱いで、身支度を始めた。トランクの鍵を開けると、男物の衣装の下から女装用の衣装一式を取り出し、傍らに置いた。それから焼きコルクで顔を黒く塗り、コルクをポケットに入れた。彼の計画は、一階の伯父の居間づたいに寝室に忍び込み、眠っている伯父の服の中から金庫の鍵を探りあて、居間に引き返して金庫の金を盗むという筋書きだった。蠟燭を手に足を踏み出した時には度胸も自信もみなぎっていたが、歩くうちにどちらも少しずつ揺らいでいった。何かの弾みに音を立ててしまい、例えば金庫を開けている最中に捕まってしまったら？　武器を身につけていた方がいいのではないか。そこで、隠しておいたインドの短剣を取り出し、携えると、失いかけていた度胸がまた蘇ってきて彼は気をよくした。狭い階段が小さくきしむ音にも、髪が逆立ち心臓が止まるように感じながら、用心深く忍び足で降りて行った。階段を半分ほど降りたところで、階下にわずかな光がさしているのを見て彼は不安に陥った。いったいどういうことだろう？　伯父がまだ起きているのか？　いや、そんなことはあるまい。きっと、寝る時に常夜灯を置いていったのだろう。トムは一足ごとに踏みとどまっては、耳をすましながら降りて行った。そっと様子を窺うと、ドアが開け放しになっている。その中をのぞいた彼は、目にした光景に大いに喜んだ。伯父はソファの上で眠っていて、ソファの端に接した小テーブルには灯りを弱めたランプが灯り、その傍らに小さなブリキの現金箱が載っていた。そばには紙幣の束と、鉛筆で数字がびっしり書きこまれた紙片があり、金庫の扉は閉まっている。どうやら老人は金勘定をしているうちに、疲れて眠り込んでしまったらしい。

トムは階段の上に蠟燭を置き、身をかがめて札束へ近づいていった。伯父のそばを通りすぎようとした時、老人は眠ったままもぞもぞ動いた。トムはその場でぴたりと止まった。恩人の顔をじっと見据えたまま、心臓をどきどきさせながら短剣を静かに鞘から抜く。ややあって彼はまた進み始め、ついに獲物に手をのばし、その掌にしっかりと握りしめた。途端、短剣の鞘がすべり落ち、同時に老人の手ががばっと彼をつかんだ。「誰か！　誰か来てくれ！」狂おしい叫び声が耳元で響くと、彼は迷わず短剣を刺し、その束縛から逃れた。左手に鷲掴《わしづか》みにした札が何枚かすべり抜け、床にひろがる血の海に舞い落ちた。短剣を投げ捨てて札をひっつかむと、その場を逃げ出そうとした。札を左手に持ちかえてから、恐怖で混乱したまま短剣を拾い上げたが、こんなものを持っていてはかえって危険な証拠になると思い直し、再び短剣を放り出したのだった。

階段方面に飛んでいき、部屋を出てからドアを閉めた。そして蠟燭をつかみ、自分の部屋へと階段を駆け上がった。その時、夜の静寂を打ち破り、家に近づいてくる忙《せわ》しない足音が聞こえてきた。次の瞬間、トムが自分の部屋に入ったと同時に、殺害された判事の死体の前に双子の兄弟が呆然と立ち尽くしていた。

トムは上着の中に帽子を隠し込んでボタンをとめ、その上から女ものの服をかぶってヴェールをつけた。蠟燭を吹き消し、入って来たドアに鍵をかけ、鍵を持ったままもう片方のドアから裏側の廊下に出る。そのドアにも鍵をかけると鍵を服にしまい、暗闇の中、裏側の階段を降りた。誰にも会わずに済むと彼は考えていた。いまや皆の関心は家の反対側に集中しているのだから。その思惑は当たり、トムが裏庭を通って家を抜け出す頃には、双子の兄弟と死人のもとに、プラット夫人、夫人の召使たち、それに服もろくに着ずにかけつけてきた近所の人たちが十人ほど集まっていた。さらに正面玄関にも、まだ続々と到着していた。

中風を患っているかのように震えながらトムが裏庭の門を出ようとした時、向かいの家から三人の女性が飛び出してきた。すれ違いざま、何事かと彼に尋ねたものの、トムが答える間もなくそそくさと門の中に入って行った。トムは胸中ひとりごちた。「あの婆さんたち、悠長に身なりを整えて出てきたんだな。隣のスティーヴンズの家が全焼した夜も同じだったからな」そしてトムはまもなく、例の幽霊屋敷にたどりつき、蠟燭を灯して、女ものの服を脱いだ。彼の左半身は血に染まっており、血に濡れた札を握りしめていた右手も血まみれになっている。しかしそれ以外には、どこにも血痕はなかった。わらで手の血をぬぐい、焼きコルクでつけた顔の汚れをきれいにふき取った。それまで着ていた男の服も女の服もすべて燃やして灰にし、その灰をまき散らした。それからいかにも無宿人に見えるような格好に変装した。蠟燭を吹き消して下に降りると、ロキシーの手口を一つ拝借しようと思いながら、川沿いの道を下って行った。丸木舟を見つけて川下に漕ぎだし、夜明け近くになると舟を流れに任せてただよわせた。その後、舟を降りて隣り村まで歩き、人目につかぬ所で不定期便の汽船を待つと、いちばん安い甲板船客となってセントルイスに向かった。はじめは気が気ではなかったが、ひとたびドーソンズ・ランディングを過ぎると、胸中こう呟いた。「世の中の探偵が勢ぞろいして探しまわっても、俺を突き止められやしまい。これっぽっちの証拠も残っていないんだから。あの殺人は永遠に解けない迷宮入り事件に仲間入りするだろう。これから五十年は、事件の真相をみんなあれこれ推測するだろうよ」

翌朝、セントルイスで彼は、ドーソンズ・ランディング発の短い電文が新聞に載っているのを読んだ。

「市民の尊敬を集めたドリスコル老判事が、深夜、当地にて殺害された。犯人はイタリア出身の放蕩な貴族あるいは理髪師の男、犯行動機は先の選挙から発した口論と見られる。犯人はおそらくリンチにより処刑されることになろう」

「双子の片割れのことか！」トムはひとりで叫んだ。「なんて運がいいんだ！　こうなったのもあの短剣のおかげだ。運命がいつ味方してくれるか、分からないものだな。阿呆たれウィルソンのせいで短剣を売れなくなった時は心底あいつが呪わしかったが、今は有難いの一言だ」

トムはこうして金持ちになり、ひとり立ちできたのである。彼は例の農園主と話をつけ、ロクサーナが自由の身になったことを示す新しい売り渡し証書をウィルソンに郵送した。それから伯母のプラットに電報を打った。

「新聞にて惨事知るに至り悲嘆す。本日定期船にて発つ。帰着まで耐えられたし」

悲しみに暮れる判事の家にはウィルソンが駆けつけ、プラット夫人をはじめとする人々から聞けるだけの事情を聞いた。市長として捜査の指揮をとる立場にあった彼は、ロビンソン判事が来て検視を行うまで、その場にあるものいっさいに手を触れぬよう命じた。さらにウィルソンは双子の兄弟以外の全員を部屋から退出させたが、ほどなく保安官がやって来て双子を拘置所へ連行した。ウィルソンは気落ちしないようにと二人を励まし、裁判になったら力を尽くして二人の弁護にあたると約束した。やがてロビンソン判事とブレイク巡査が連れだって到着した。二人は殺害現場を徹底的に調べ上げ、短剣と鞘とを発見した。ウィルソンはその短剣の柄に残された指紋に気づいた。これは彼にとって嬉しい発見だった。というのも双子は駆けつけた人たちに、自分たちの手や衣服をよく調べてくれるように頼み、ウィルソン自身を含めたその場の誰も、彼らの身から血痕ひとつ発見できなかったからだ。助けを呼ぶ声を聞きつけてこの家へ駆けこむと、判事はすでに死んでいたと双子は言った。ひょっとしてそれは事実なのだろうか？　ウィルソンはすぐに謎の娘のことを思い浮かべた。しかし、これは若い女性にできるような仕業ではなかった。どちらにしても、トム・ドリスコルの部屋は調べなければなるまい。

検視陪審員が死体とその周辺の状況を調べ終えると、ウィルソンは二階の捜査を提案し、自ら同行した。陪審員たちはトムの部屋に押し入ったが、もちろん何も発見できなかった。

こうして陪審員は、殺人はルイジによる犯行であり、アンジェロはその協力者であるという調査結果を出した。

哀れな双子は町じゅうの人々の憎しみを受けることになった。事件後の数日間ずっと、彼らはリンチで処刑されかねない危険のただなかにいた。まもなく大陪審が開かれると、ルイジは一級殺人の罪、アンジェロは事前従犯の罪で、それぞれ起訴された。彼らは町の拘置所から郡の刑務所に移され、裁判を待った。

ウィルソンは、短剣の柄に残された指紋を調べてひとりごちた。「これはあの双子の指紋じゃないな」つまり明らかに、もう一人別の人間が、自身の利益のためか、誰かに頼まれたのか、この殺人に関わったのだ。

しかし、はたしてそれは誰なのだろうか？　それを解き明かさなければならない。金庫は閉まっていた。テーブルの上にある現金箱の中には三千ドルが入っており、やはり閉まったままだった。それならば動機は盗みではなく恨みだ。判事にはルイジ以外、誰が敵だったというのか？　彼に深い恨みを抱いていたのは世界中でルイジ一人だったのではないか。

謎の娘！　ウィルソンにとって、娘は何とも厄介な存在だった。動機が盗みであれば、あの娘の犯行という線もあるだろう。しかし、復讐のためにあの老人の命を奪おうとする娘などどこにもいまい。判事は若い女性ともめごとを起こしたりはしなかった。彼は紳士だったのだ。

ウィルソンは、短剣の柄に残された指紋をきれいに写しとった。ガラス板の記録には、これまで十五年から十八年ほどの間に集めた女性の指紋が収めてある。しかし、それらを丁寧に調べてみても成果は得られなかった。どこからどう見ても、一つとして短剣の指紋と合致するものはなかった。

殺人現場に残された短剣もウィルソンを悩ませた。一週間前からウィルソンは、ルイジがそういう短剣を所有していて、盗まれたと口では言っているが今も手元に持っているのだと思うようになっていた。そしてその短剣が姿を現したまさにその場所に、双子が居合わせたのである。双子が短剣を失くしたというのは人を欺く嘘だと町民の半分ほどが話していた。いまや彼らは得意満面に、「な、言っただろう」と言っている。

もしも柄に残っていたのが双子の指紋ならば——いや、今さらそれを考えるのは意味がない。柄にあった指紋は絶対に彼らのものではない。そのことは完全に分かっていた。

ウィルソンはトムを疑う気はなかった。まず第一に、トムは人を殺せるような人間ではない。彼にそれだけの資質はない。第二に、もしも殺せるとしても、彼を甘やかしてくれる恩人を、一番身近な肉親を殺すはずがない。第三に、彼自身の利益を考えても何の得にもならない。なぜなら、伯父がいるからこそトムは遊んで暮らしていけるのだし、破棄された遺言状を作りなおさせる機会もあるというものだ。伯父が死んでしまえばその機会もなくしてしまうことになる。そう、実のところ、遺言状はすでに作りなおされていたのだったが、トムがそれを知り得たはずはない。もしもそれを知っていたら、生来隠し事が苦手でおしゃべりなトムがウィルソンに漏らさなかったはずがない。そして最後に、伯母への電報が示すように、殺人が起きた時にトムはセントルイスにいて、朝刊で事件を知ったのである。このウィルソンの推理は、はっきりと筋道を立てて考えたというよりは、むしろ自然に心の向くままに湧いてきたものだった。トムをこの殺人と真剣に結びつけて考えるなどという発想があったとしたら、ウィルソンは笑い飛ばしたことだろう。

双子にとってはもはや見込みなしとウィルソンは見ていた。実際のところ、ほぼ絶望的と言うしかない。というのも、共犯者が発見されなければ、ミズーリの知的なる陪審員たちは二人を絞首刑にするだろうし、共犯者が発見されたところで、ただ絞首刑にされる人数が一人増えるだけだろう。殺人を単独でおかした犯人を見つける以外に双子を救う道はない。しかし、そんな人間を探しだすのは、どうあがいても不可能と思えた。それでも、あの指紋を残した人間は何としても探しださねばならない。ウィルソンが弁護しても双子に見込みはないかもしれないが、彼が弁護しないことにはまったく見込みはないのである。

それでウィルソンは、昼夜を問わずあちこちうろついては考えに考えをめぐらせ、推理を重ねていったが、何の成果も上がらなかった。会ったことのない女性に会うと、さまざまな口実をつけて指紋を採取したが、帰宅してもため息が出るばかりだった。短剣の柄に残された指紋と符合するものはひとつもなかったのである。

謎の娘についてトムは知らないと言い、娘の服装を説明しても見た記憶がないと言い切った。たしかに自分は、部屋の鍵をいつもかけるとは限らない上に、時には使用人たちが家の鍵をかけ忘れることもある。しかし娘が来たとすればほんの一、二度にちがいないのではないか、そうでなければ発見されているはずだとトムは述べた。ウィルソンはその娘を、町を襲った窃盗事件と結びつけて考えようとし、老婆の共犯者だったかもしれない、ひょっとしたら老婆に扮して犯行に及んだ張本人だったという可能性だってある、と口にした。トムは衝撃を受けた様子で、強い興味をあらわにし、自分も娘や老婆らしき人物がいないか見張っていよう、と答えた。しかしながら、みんながまだこれからしばらくは厳重に警戒しているにちがいないこの町に、のこのことくり出してくるほど間抜けではなさそうだから、もう二度とこの町には現れないのではないか、と付け加えた。

誰もがトムを哀れんだ。それほど彼はおとなしく、伯父を失った悲しみに沈んでいるように見えた。実はそれも芝居だったわけだが、すべてが演技というわけでもなかった。起きていれば、彼の伯父ということになっている判事の最期の姿が、暗闇の中にしじゅう浮かびあがってくる。寝たら寝たで、夢の中に伯父は再び姿を現す。トムは殺人現場となった惨劇の部屋には入ろうとしなかったが、彼を溺愛するプラット夫人はそのことにいたく心を動かされた。いとしい甥がどれほど繊細で敏感であるか、そして亡くなった伯父をどれだけ敬愛していたか、「今までは知りようもなかったけれど、これではっきりした」と、彼女は言った。

# 第二十章

どんなに明白で完全な情況証拠であっても、結局は誤っている可能性がある。従って、眉にしっかり唾をつけて注意を払って受けとめねばならない。ある女性が削った鉛筆を例に考えてみよう。もし目撃者がいれば、彼女がナイフで削ったことが分かるだろう。しかし、単に鉛筆を見るだけならば、歯で齧《かじ》って削ったと思うかもしれない。

——「阿呆たれウィルソンのカレンダー」

弁護人のウィルソンとパツィ・クーパーおばさん以外には、投獄された双子を訪れる者もないまま数週間が過ぎ、とうとう裁判の日が来た——ウィルソンの生涯で、いちばん重苦しい日だった。懸命に調べた努力もむなしく、行方知れずの共謀者についての手がかりひとつ、その足取りすら見つけられなかったのである。「共謀者」——ずいぶん前から、その人物をウィルソンは胸のうちでこう呼んでいた。間違いなく正しい名だというわけではないが、そう呼び得る可能性は大きい。とはいえ、共謀者は逃走したというのに、双子はなぜそうしなかったのか。なぜ被害者のもとに残って逮捕されたのか。彼にはどうしてもその理由が分からなかった。

法廷は当然満員で、おそらく閉廷までその状態だろうと思われた。ドーソンズ・ランディングの町だけでなく、周囲何マイルにわたって、この裁判の話題でもちきりだったのである。全身黒ずくめの喪服姿のプラット夫人と、帽子に喪章をつけたトムは、検察官ペンブローク・ハワードの近くに座り、彼らの後ろに一家の友人たちがずらりと並んでいる。双子の方には、悲しみに打ちひしがれた哀れな下宿の老婦人が一人ぽつんと座り、弁護人の顔をかろうじて立てているに過ぎなかった。彼女はウィルソンのそばに座り、精いっぱい友好的な顔を見せていた。「黒人席」にはチェンバーズが座り、ロキシーも良い服を着て売り渡し証書をポケットに入れて座っていた。これは彼女のいちばん大事な持ちものであり、夜も昼も手放さなかった。財産を相続してからというもの、トムは月三十五ドルの金を彼女に渡し続けていた。自分たちを豊かにしてくれた双子に感謝しなくては、とトムは言ったが、彼女はこれにひどく腹を立てた。以来トムは、二度とその話題を口にしなかった。老判事は彼女の子どもであるトムに本来の千倍も良くしてくれた、彼女自身も一度もひどい扱いをされなかったとロキシーは言った。だから、判事を殺めた異邦の悪魔が憎くてならない、二人が縛り首で処刑されるのを見るまでは安心して眠れもしない、と。「縛り首」の判決が出たら、一年牢獄暮らしになってもいいから、「万歳」と一声大きく叫んでやるつもりだ、と彼女は言った。そしてターバンを巻いた頭を大きく振って、「判決が下ったら、屋根を吹っ飛ばしてやるほどの大声で万歳してやるよ」と言った。

ペンブローク・ハワードが検察側の陳述を簡潔に行った。抜け落ちも欠陥もない一連の情況証拠をならべて犯行を立証してみせると彼は言った。被告人ルイジはこの殺人の実行犯であり、動機のひとつは復讐、もう一つは自分の命に対する危険を取り除きたいという欲求である。被告人の弟がその場に居合わせたのは、彼が犯罪に同意した従犯であることを意味する。その犯罪は、人として最低最悪の行為たる暗殺である。それは凶悪きわまりない心で計画され、最も卑怯な手段によって実行された。この犯罪は、判事を愛する妹の胸を悲痛に陥れ、判事が息子のように愛した若き甥の幸福を奪い、たくさんの友人に耐えがたい悲しみを与え、町全体に悲嘆と損失をもたらした。当然、法律に則り、今まさに出廷している被告人に最高刑が科せられ、執行されねばならない。ここまで述べると、残りは最終陳述に持ち越したいと彼は言った。

ペンブローク・ハワードはこの上なく気分が高揚しており、その場の誰もが同じだった。彼が着席した時には、プラット夫人を筆頭に何人かの女性が泣いていた。そして憎しみに燃えた数多《あまた》の目が、哀れな被告人兄弟に注がれていた。

検察側の証人が次々と呼ばれ、長々と尋問された。しかし、弁護側の反対尋問はひどく短かった。これらの証人が弁護側に有利な証言を何ひとつ提示できないことを、ウィルソンは承知していたのである。人々は阿呆たれウィルソンに同情した。ようやく日の目を見た彼のキャリアも、この裁判で傷がついてしまうだろう。

何人かの証人が、ドリスコル判事が選挙演説の際に、「誰かを暗殺するのに必要になれば、被告人兄弟は失くした短剣を再び発見できるだろう」と語っていたことを証言した。これは多くの人の知るところだったが、今振り返れば惨《むご》たらしい予言じみていたと思われた。この陰鬱な証言がくり返されるたび、静まりかえった法廷に強い動揺の波がひろがった。

ハワードが立ち上がり、最後となった日の判事との会話で、殺人の被告人ルイジからの決闘状を弁護人ウィルソンが届けに来たことを自分は知っていると述べた。殺人者と自ら認める人物との決闘を判事は拒んだ――つまり「名誉ある場では」対峙しないが、他の場所でならいつでも相手になる、と意味深長にも付け加えていた、とハワードは述べた。ここにいる殺人の被告人はおそらく、判事と次に顔を合わせたら殺すか殺されるかどちらかになると警告されたのではないか。弁護人ウィルソンがこの陳述を認めるなら、彼に尋問する意志はないとハワードは言った。その陳述を否定しない、とウィルソンは答えた（法廷にささやき声が広がった――「ウィルソンの奴、どんどん追いつめられてるぞ」）。

プラット夫人は、叫び声は聞いていないと証言した。なぜ目を覚ましたのかは分からない、玄関のドアにあわただしく駆けつける足音を聞いたせいかもしれないと彼女は述べた。飛び起きて着のみ着のまま廊下に飛び出し、同時に玄関の段々を駆け上がる足音が聞こえ、それが居間にかけこむ自分の後ろをついてきた。そして居間に入ると、殺された兄のかたわらに被告人兄弟が立っていたと彼女は述べた（とそこまで言ってその場にくずおれ、さめざめと泣いた。法廷全体で感情が高まった）。彼女は再び口を開き、後から来たのはロジャーズ氏とバックストーン氏だったと言った。

ウィルソンの反対尋問に対して、彼女は双子が無実の主張をしたと述べた。散歩をしていたら、かなり距離があったはずの二人の耳に届くほど、助けを呼ぶ大きな叫び声を聞いて駆けつけたのだと二人は主張したという。さきほど名前の上がった二人の紳士と彼女に対して、兄弟は自分たちの手と衣服を調べてくれるように頼んだ――そして言われた通りに検分したところ、血痕は一つとして発見されなかった。

次に、ロジャーズとバックストーンが、プラット夫人の証言が正しいことを認めた。

その後、短剣の発見が立証され、短剣の細部が詳しく描かれた報償金の広告が証拠として提出されると、短剣の実物と広告の描写が厳密に合致することも証明された。いくつかの細々とした事柄を経て、検察側の陳述は終わった。

ウィルソンはクラークソン家の三婦人を証人に立てると述べた。助けを求める叫びが聞こえた数分後、裏門付近でヴェールをつけた若い女が屋敷を立ち去るのを見たことを三人は証言するはずであり、彼女らの証言を踏まえ、これから自分が指摘する情況証拠数点をあわせて考えれば、この犯罪にはまだ見つかっていない人物がもう一人関与していたことが明らかになるだろう、とウィルソンは述べた。そして被告人兄弟に対し正義を為すには、この人物が見つかるまで審理の延期が認められるべきである、と主張し、すでに遅い時間になっていたので、三人の尋問は明朝に持ち越したいとも述べた。

人々はこぞって法廷を出て、興奮冷めやらぬまま、同伴者同士、あるいは数人でかたまって、今日の法廷での出来事をさも興味深そうにわいわい語り合いながら帰途についた。誰もが充実した楽しい一日を過ごしたように見えたが、被告人と弁護人と彼らの友人たる老婦人だけは別だった。彼ら四人には楽しげな様子はまるでなく、これといった希望もなかった。

双子と別れる時、パツィおばさんは、希望と陽気を装って明るく挨拶しようとしたが、途中で泣き崩れてしまった。

トムは自分を絶対に安全だと考えていたが、それでも裁判が始まると、重々しい雰囲気に圧倒され、漠たる不安に陥っていった。ほんの些細な危険の芽にも過敏な性質なのである。しかし、弁護側ウィルソンの陳述内容の乏しさ、弱さがはっきりした途端、気分はまた平静を取り戻し、陽気にすらなった。法廷を出る時には、ウィルソンに辛辣さ混じりの同情を感じた。「クラークソン家のご婦人方が裏道で見知らぬ女に会った」彼は胸中つぶやいた。「奴の言い分はそれだけだ。その女を見つけるのに、百年待ってやってもいいさ——なんなら二百年でも。もうこの世のどこにもいない女だ。その女に仕立て上げていた服はあとかたなく焼いて、その灰も捨て去ってしまったんだから——そうとも、さぞかし簡単に見つかるだろうさ！」こう考えると、足がつかないようにするのはもちろん、疑いさえかけられないように仕組んだ自分の巧妙な策を、トムはまたしても自画自賛したくなるのだった。

「こういう事件ではほぼいつも、些細な点が見落とされる。そして残されたわずかな痕跡から罪が発覚してしまうんだ。だが今回は、痕跡らしきものは微塵《みじん》もない。空に鳥が飛び立った後と同じ――それも、夜の闇の彼方に飛び去ってしまったようなものさ。そんな鳥のあとをたどれる奴でなければ、俺を探り当てることなどできない――あとはどんな奴が出てこようと無駄だ。そんな仕事を託されたのがよりによってあの阿呆たれウィルソンなんだから、気の毒なものだ。この世に存在しない女を、血眼《ちまなこ》になって探す姿は、何とも滑稽であわれだろうよ、しかもその女に化けた本人は、はなから奴の眼の前に座ってるんだから」そう考えれば考えるほどおかしくて仕方なくなった。「その女のことは、いつまでもあいつに言ってやろう。この間までは、いっこうに日の目を見ない弁護士稼業について、どうだい見込みは、とさも親しげに尋ねて苛つかせてやったものだが、今度は鉢合わせするたびに『例の女のことは何か分かったかい、阿呆たれさんよ？』と聞いてやるんだ。奴が死ぬまで、ずっとずっとな」彼は笑いたくなったが、そんなことをしては具合が悪い。周囲には人がいて、彼は伯父の喪に服しているのだ。そこで彼は、今夜ウィルソンのところへ寄って帰ることを決めた。手の施しようのない事件に頭を抱えているウィルソンの姿を目にして、同情と共感を装った言葉をねちねち投げかけてやれば、きっとひどく愉快だろうと思ったのである。

ウィルソンは夕食を欲しなかった。食欲などなかったのである。彼はこれまでに集めた「記録」の中から女性の指紋をすべて取り出し、重い気持ちで一時間以上、懸命になってそれらを調べた。今まで見落としていただけで、彼を悩ませているあの娘の指紋はこのうちのどこかにあるはずだと自分に言い聞かせながら。しかし、それも空しかった。彼は椅子を後ろに引くと、両手でぎゅっと頭を摑んだ。それから、とりとめない不毛な物思いにふけった。

日が暮れて一時間ほど経って、トム・ドリスコルがウィルソンのもとを訪ねてきた。彼は椅子に腰を下ろし、楽しげな笑い声を上げて言った。

「おや、芽の出なかった頃の一人遊びで憂さ晴らしかい」ガラス板を一枚取り上げると、灯にかざしてながめながら言った。「まあ、元気を出せよ。輝きだしたあんたの新しい太陽に、大きな黒点が現れたからって、全部をおじゃんにして子どもの遊びに舞い戻るのは意味ないぜ。この黒点もいずれ通りすぎて、あんたはまたうまくやれるさ」ガラス板を下に置き、トムは言った。「あんたは、全部の勝負に勝てると思ってたのかい？」

「いいや、そうじゃないさ」ウィルソンはため息をついた。「勝てることは期待しなかったが、ルイジがきみの伯父さんを殺したとはどうしても思えないんだ。だから彼が気の毒でならない。本当に気が滅入るよ。きみだってもし彼らに偏見を持っていなければ、私と同じに考えると思うよ」

「はて、それはどうだろうな」トムの顔色が陰険になる。ルイジに蹴飛ばされた記憶が蘇ったのだ。「あの夜、浅黒い肌の方にされた仕打ちを思えば、奴らに同情する義理はないね。偏見があろうがなかろうが、俺は奴らを好きじゃない。奴らが当然の報いを受けることになっても、俺は嘆き悲しむ列には加わらないからな」

また別のガラス板を一枚取り上げ、彼は奇妙な声を出した。「やあ、これはロキシーのラベルだな！　あんたは宮殿の窓を飾るのに黒ん坊の指の跡も使うのか？　これをとった時の日付によれば、俺は七ヶ月の赤ん坊だったのか。あいつは俺と自分のせがれの世話をしてたんだ。親指の指紋にまっすぐ一本線が入ってるが、どういうわけだい？」トムはガラス板をウィルソンに差し出した。

「ああ、それはよくあることだ」ウィルソンはトムの冷やかしにうんざりしながら、気のりしない声で返した。「大体は切り傷か擦《かす》り傷の跡だ」と言って投げやりにガラス板を受け取って、ランプの灯にかざした。

すると突然、彼の顔から血の気がひいた。その手は小刻みに震え、死人のようにうつろな目が磨かれたガラス板を凝視している。

「おい、ウィルソン！　いったいどうしたんだ？　気絶しそうなのか？」

トムは大急ぎでコップ一杯の水を持ってきて差し出した。ところが、ウィルソンはぶるぶる震えながら後ずさって言った。

「いや、要らないよ！——向こうへ下げてくれ！」胸は上下に大きく波打ち、頭に大きな衝撃を受けてぼうっとしたかのように、ウィルソンは力なく頭を左右に振った。やがて彼は言った。「寝れば持ち直すよ。今日はひどく疲れたし、何日も過労が続いたからさ」「それじゃ、きみを休ませるためにも俺は失礼しようか。お休み、ウィルソン」それでもトムは、別れ際に何かからかいの言葉を言わずにいられなかった。「そう深刻に悩むなよ。勝つばかりが人生じゃないし、いつかはあんたも誰かさんを縛り首にするさ」

　ウィルソンは心の中で言った。「その最初の人間がきみということになる——気の毒だと思うがね、いくらきみが人でなしでも」

　冷えたウィスキーを一杯あおって元気をつけ、ウィルソンは再び仕事をはじめた。少し前にトムが何気なくつけた新しい指紋が、ロキシーのガラス板の上にある。彼はそれを短剣の柄に残された指紋と見比べはしなかった（鍛錬を積んだ目をもってすれば、その必要はない）。別のことに集中しながら、何度かくり返しつぶやいた。「なんてバカだったんだろう！　女性でなければだめだと決めてかかるなんて——女装した男ということを、どうして思いつけなかったんだ」ウィルソンはまず、トムが十二歳の時にとった指紋を探して取り出し、次に、彼が生後七ヶ月の乳幼児だった時の指紋を取り出した。そしてこの二枚のガラス板を、同一人物が新たに（そして無意識のうちに）指紋をつけたガラス板と一緒に並べたのである。「よし、これでそろったぞ」ウィルソンは満足そうに言うと、入念に調べてみようといそいそと腰を下ろした。

　しかし彼の弾んだ気持ちは長続きしなかった。かなり長い間、彼は三枚のガラス板をひたすら見つめていたが、驚きのあまり呆然としてしまった様子だった。やがてガラス板を下へ置くと、彼はこう言った。「さっぱりわけが分からない。いったい何なんだ！　赤ん坊の頃のが、他の二枚と合わない」

　三十分ばかり部屋の中を歩き回り、この奇妙な謎について考えをめぐらせた。それから、別の二枚のガラス板を探して取り出した。

再び腰を下ろして、ウィルソンはぶつぶつ独り言を言いながら、ずいぶん長い間頭をひねり続けていた。「だめだ——なぜだ。どうしても一致しない。名前と日付に間違いはあり得ない。だから、絶対に一致するはずなんだ。不注意に記録紙を貼ったことなど一枚だってないのだから。こんなに不思議な謎があるだろうか」

いまやひどく疲れ切り、頭の働きも鈍ってきたようだった。少し眠って頭をすっきりさせ、その後で再びこの謎に挑もうと思った。しかし、浅く落ち着かない一時間の眠りの後、また少しずつ目が覚めていった。はっきりしない頭のまま、彼は上半身を起こした。「さっき見たのは、あれは何の夢だったかな?」それを何とか思い起こそうとした。「ああ、どんな夢だったっけ? あと少しで謎が解けそうな気が——」

言い終わらないうちに、彼はベッドから部屋の真ん中に飛び出し、灯りに駆けよって明るくし、「記録」を手に取った。それに素早く目を走らせると、大声で叫んだ。

「やっぱりそうだったのか! 驚きだ、こんなことがあるなんて。二十三年の間、誰も疑ってもみなかったなんて」

# 第二十一章

彼は地上にいても役に立たない。地下にいてキャベツを啓発しているべきだ。

――「阿呆たれウィルソンのカレンダー」

四月一日――この日は、私たちが他の三百六十四日にいかなる存在であるか、思い知らされる日である。

――「阿呆たれウィルソンのカレンダー」

ウィルソンは必要な衣服を着こむと、勢いこんで作業を始めた。全身隅々まで、すっきりと冴えわたっていた。たったいま為した、希望に満ちた大発見のおかげで、清々《すがすが》しい活力が与えられ、疲れなどきれいに吹き飛んでしまったのである。彼は何枚もの「記録」を正確に複写し、さらに写図器で十倍の大きさに拡大し、複数の白い厚紙の上に描いていった。「記録」の「柄《がら》」を成している、入り組んだ迷路のような渦巻、曲線、輪状線の一本一本をインクでなぞってくっきり黒く浮き立たせた。慣れない者の目には、ガラス板につけられた細かい指紋はどれも同じに見えてしまう。しかし、それが十倍に拡大されると、木目を露わにした木材の切り口を見るように、一つとして同じ図などないことは誰が見ても一目瞭然である。どんなに鈍感な目でも、何フィートも離れた所からでも分かる。この根気の要る骨折り作業をようやく仕上げると、ウィルソンはある計画に基づいてその順を整理していった。正しい順序に並べることが肝要であった。さらに、過去の年月の間に時折作っていた拡大図をいくつか付け加える。

そうこうするうちに朝になっており、とっくに明るくなっていた。彼が簡単な朝食をあわただしく済ませた頃にはもう九時になっており、法廷ではすでに開廷の準備が整っていた。ウィルソンは十二分の遅刻をして、「記録」とともに着席した。

トム・ドリスコルはウィルソンの「記録」を目にして、隣に座った友人の肘をついてウインクした。「阿呆たれの奴、見上げた商売魂じゃないか——裁判に勝てなくても、宮殿の窓の装飾ガラスをタダで宣伝する、またとないチャンスってわけだ」証人の到着が遅れているものの、じきに来るはずだと知らされたウィルソンは、立ち上がって、その証言はおそらく不要だと告げた（途端に人々の愉快げな囁き声が法廷に広がった。「負けを認めるのか！何もしないで降参するとはな！」）。ウィルソンはさらに続けた——「もっと明白な別の証拠がありますので」（この発言に皆が興味をひかれ、驚きのどよめきが生じた。しかしそこには、明らかな失望の響きも混じっていた）「この証拠の提出が突然である理由を弁明いたします。実のところ、これは昨夜遅くに発見したものなのです。ついさっき、三十分前まで、その検証と分類に追われておりました。まもなくお目にかけますが、前もって二つ三つ、申し上げておきたいことがあります。

裁判官殿、検察側によって冒頭で述べられた主張、もっとも丹念に述べられ、攻撃的、挑戦的にと言いたいほどの強い主張、それは他でもありません、あのインドの短剣の柄に残された血痕の指紋を手に持っている人物が殺人犯であるということです」ウィルソンはそう言って、次の言葉に説得力を持たせるため、しばらく口を閉ざした。それからややあって、ひ

ど く静かな口調で「われわれはその主張を認めます」と、付け加えた。

この発言は電撃のように法廷を打った。こんなことを認めるなんて、誰も予想していなかった。あちこちで驚きの声が上がった。ウィルソンは過労で頭をやられてしまったらしい、と人々はほのめかした。刑事訴訟での不意打ちや巧妙な策略にも慣れているはずの老練な判事までが自分の耳を疑い、今何と言ったのか、とウィルソンに尋ねたほどである。ハワードの平然とした顔からは何の表情も読みとれなかったが、立ち居振る舞いからはそれまでのさりげない自信がやや失われたかに見えた。ウィルソンは再び口を開いた。

「われわれは、その主張を認めるだけではなく、むしろ歓迎し、これを強く支持するものです。さしあたり、そちらはひとまず措いて、他の点について、証拠を示しながら考察し、立証していきましょう。その過程で、先ほどの問題にも触れる局面があるはずです」

この殺人の原因と動機に関する説を展開する上で、彼はいくつかの大胆な推理を試みることに決めていた。自分の展開する論理の空白を埋めるそれらの推理は、当たれば有用であり、当たらなくても不利益はないと彼は踏んだ。

「法廷で示された事件のいくつかの状況に即して考えますと、殺人の動機は、検察側の主張とまったく異なることを示しているように私には思われます。動機は、復讐ではなく盗みであるというのが私の確信です。被告人兄弟の一人が、次にドリスコル判事と会ったら命を奪うか奪われるかしかないと通告された直後、あの現場に被告人兄弟がいたということが重要視されてきました。防衛本能につき動かされ、秘かにそこに赴いた彼らが、判事を殺害することでルイジ伯爵の身の安全を確保した、という主張になるわけです。

それならば、なぜ彼らはその後も現場に留まったのでしょう。プラット夫人は助けを求める叫び声を聞いたわけではなく、そのしばらく後に目を覚まし、その部屋へ駆けつけるまでには時間があったのです——そして、そこに入ると被告人兄弟が立ち尽くしていて、しかも逃げる素振りも見せなかったのです。彼らが犯行に及んだのであれば、夫人が来た時にはもう逃走していたはずです。もしも彼らが、丸腰の老人を殺害するほど強い防衛本能の持ち主ならば、その本能が最も発揮されるべき時にどうして働かなかったのでしょうか。こんな時、その場に残る人間がいるでしょうか。そんな仮定でわれわれの知能を侮辱するのはよしましょう。

殺人に使われた短剣に被告人が巨額の報償金を申し出ていた事実も、検察側の強調するところでした。その異例の報償金を受けるために名乗りをあげる盗人は誰ひとりいませんでした。そしてこの事実が、短剣が盗まれたという申し立て自体が虚偽であり欺瞞《ぎまん》であることの有力な情況証拠だとされてきました。さらなる情況証拠として、この短剣について被害者が行ったあの印象的な、予言的にさえ思われる発言が加わりました。また、殺害された死体のもとには短剣の所有者兄弟しかおらず、その部屋で他でもない件《くだん》の短剣がとうとう発見されたという事実についてもしかりです。これらの情況証拠を繋《つな》ぎ合わせた結果、この気の毒な外国人兄弟が殺人の罪を犯したことは疑いない、そう強く主張されてきたのです。

しかしながら、これは宣誓の上で私が証言しますが、短剣だけではなく、短剣を盗んだ人、物にも巨額の報償金がかけられておりました。こちらは内密に申し入れがあり、公表されませんでした。そしてこの事実は、うかつにも他言されました——というより、安全と思われた状況が実はそうではなく、成り行きでおのずと知られてしまったという方が正しいかもしれません。盗人本人が、その場に居合わせたかもしれないのです」（トム・ドリスコルはそれまでウィルソンの顔を見ていたが、ここで視線を下げた）「そうだとすれば、盗人は短剣を売ったり質に入れたりという危険は冒さず、手元に置いておくでしょう」（聴衆の中には、悪くない論だという賛同をこめて首を縦に振る者も何人かいた）「被告人がドリスコル判事の部屋に入る何分か前、そこに一人の人物がいました。陪審員の皆さんが充分に納得されるよう、これから証明いたしましょう」（この発言は大きな興奮を引き起こした。今までうとうとと舟を漕いでいた者も皆顔を上げて、次の言葉を待った）「クラークソン家のご婦人方は、助けを求める叫び声を聞いた数分後、裏門を出て行くヴェールを身にまとった人物——一見したところ一人の女性に会ったのです。必要とあらば、彼女たちに証言していただきましょう。しかし、この人物は実は女性ではなく、女性の服をまとった男性だったのです（またしても興奮が生じた。この推理を述べる間、ウィルソンはその影響を見ようとトムに目を釘付けにしていたが、結果に満足し、『当たったな——図星だ！』心の中で叫んだ）。

この人物の目的は殺人ではなく、盗みでした。たしかに金庫は閉まっていましたが、机の上にはブリキ製の現金箱があり、三千ドルの金が入っていたのです。盗人がこの家に隠れていたことは、容易に察しがつきます。彼はこの金庫のことも、持ち主が夜その中身を数え、収支を管理する習慣があったことも知っていたのでしょう——判事にその習慣があったとすればの話で、無論この点については断定できませんが。とにかく盗人は、持ち主が眠っている隙に金庫を奪おうとした。しかし、体を摑まれて大声を出されてしまった。だから逮捕を逃れるために、あの短剣を使わなければならなかった。そして助けに来る人たちの物音を聞きつけ、何も盗らずに逃げ出したのです。

以上が私の提唱する説です。これからその証拠を提示して、この陳述が正しいことを証明したいと思います」ウィルソンは例のガラス板を数枚掲げた。それが阿呆たれウィルソンがかねがねやっていた、子どもじみた「暇つぶし」の道具であることに気づき、聴衆の重々しい緊張感は一気にゆるんだ。安堵し、元気を取り戻した笑い声が法廷中に湧きおこり、トムも元気を取り戻して一緒に笑った。しかしウィルソンは気に留める風でもなく、テーブルの上に彼の「記録」を並べて言った。

「裁判官殿、ここで少し、これから提示する証拠品について、ご説明させていただければと思います。その後、宣誓のもとに、証人席においてそれらの証拠を立証させていただきたく存じます。人間は誰もが、この世に生まれおちてから死んで墓に入るまで、ある肉体の目印を持ちつづけます。そしてこの目印は特徴が変わらないため、常に本人を識別する鍵となります——曖昧さも疑問の余地もなく、その人物を特定できるのです。それはいわば生理学的な署名であり、偽造も、粉飾も、隠蔽もできません。すり切れ、時間が経ちすぎて読めなくなることもありません。顔のことを言っているのではありません。顔は年をとれば当人と認識しようもないほど変わります。髪の毛でもありません。髪は抜けてしまうものですから。背丈や体格であればよく似た者も存在するでしょう。この署名はその人固有のものなのです。地上にあふれかえったあらゆる人間の中で、同じものは二つと存在しない！（聴衆は再び好奇心をかきたてられた）。

この署名は、創造主によって手の内側と足の裏に刻まれた細い線や波形でできています。ご自分の指の腹にご注目ください。視力の良い方ならば、地図の海岸線のように、アーチ、円、長い曲線、渦巻などの細い線がびっしり刻まれ、その模様が指ごとに異なっていることもお分かりになるでしょう」（人々はこぞって片手を光にかざし、首をひねって自分の指をじっくり観察し、驚きを隠せずに声を潜めて言い合った）「ああ、本当だ——今まで気づかなかったよ！」「右手と左手の指紋はまったく同じではありません」（「これもその通りだ！」と再び驚きの声があがった）「指を一本一本見比べても、隣の人の模様とは異なっています」（皆が互いに手を交換しては比べ合い、判事や陪審員たちまでがこの奇妙な動作に没頭した）「双子であっても右手と左手の指紋は同じではなく、双子同士が同じ指紋を持つこともありえないのです。被告人兄弟の指紋についても、その法則通りのはずです。陪審員諸氏、いかがですか」（そうしてすぐに双子の手が調べられた）「瓜二つの双子に同じ服を着せると、産みの親でも見分けがつかないことがあるといいます。しかし、創造主が刻んだ神秘的で驚くべき署名、この間違いの余地なき識別の印を持たずに生まれた双子は、いまだかつて存在しません。この識別の印さえ知られれば、双子の一方がもう一人の名を騙《かた》っても、人を欺くことはできないのです」

ウィルソンはそこで口を閉ざし、しばらく黙って立ちつくした。そうすると、今まで話を聞いていなかった者までもが、次の言葉に耳を澄ます。水を打ったような静寂が、何かが起きる前触れとなる。挙げられていた手指は否応なく降ろされ、姿勢を正し、首をきちんと持ち上げ、人々の両目がいっせいにウィルソンの顔を凝視した。沈黙が法廷の人々全員を完璧に呪縛するように、彼はさらに間を置いた。一呼吸、二呼吸、三呼吸。そして壁の大時計がチクタク鳴る音がはっきり聞こえるほどの深い静寂が訪れたところで、ウィルソンは片手で例の短剣の刃の部分をつかんで、象牙の柄に残されたいまわしい血痕が見えるよう高く掲げた。それから、落ち着いた静かな声でウィルソンは言った。

「柄の部分に、暗殺者の生まれつきの署名が残っています。皆さんを愛し、また皆さんに敬愛されたあの老人の、悪意の微塵もない血で書かれた署名です。この鮮血によって書かれた署名と一致する指紋の持ち主は、世の中広しといえども、たった一人しかいないのです」彼は言葉を区切って、左右に揺れる時計の振り子を見上げた。「時計が正午を知らせる前に、神の御心の通りに、その人物をこの部屋でお見せしましょう」

法廷中の全員が呆然と、心乱され、入廷してくる殺人犯が入口に現れるのが見えると思っているかのように無意識のうちになかば立ち上がった。そして小さな囁きや叫びが、風のように法廷を走り抜けた。「静粛に、静粛に！ 着席！」人々は保安官の声に従い、法廷は再び静寂に包まれた。ウィルソンはトムをチラッと一目見て、胸中でつぶやいた。「苦悩の合図を出して、助けを求めている。普段は奴を軽蔑している者さえ、今は同情している。むごたらしい一撃で大切な恩人を失った若者にとって、この裁判はどれだけ苦しい試練だろうかと、みんな考えているのだ。たしかにその通りだ」彼は再び口を開き、陳述を始めた。

「否応なく与えられた暇《いとま》に甘んじて、私は二十年以上、この町でこれら不思議な肉体の署名を集めることを楽しみに過ごしてきました。家にはこれまでに集めた何百何千もの署名があります。それぞれの署名に氏名と日付を記した紙が貼ってあり、それは一日後や一時間後でさえなく、記録をとったまさにその時にすぐに貼っているのです。証人台で宣誓してから、もう一度申し上げても結構です。私の家には、裁判官、保安官、陪審員全員、すべての方の指紋があります。白人であれ黒人であれ、この法廷内においでででしたら、その生まれつきの署名を私が提示できない方はほとんど一人もいないでしょう。たとえ誰かが変装して犯行に及んだとしても、その手によって他の無数の人々の中から選別し、間違いなくその正体を暴くことができるでしょう。犯人と私とが、百歳まで生きたとしても、同じようにできるのです！（法廷の人々は次第に興味をかきたてられていった）

それらの署名の中には、何度も繰り返しじっくり見たために、銀行の窓口係がなじみの顧客のサインをよく知っているように知りつくしているものがいくつかあります。ここで何人かの方々にご協力をお願いしたい。これから背中を向けますので、ご自分の髪の毛に指を入れて、それを陪審員席のそばの窓ガラスに押しつけていただきたいのです。加えて、被告人にも同じように押させてください。その後で、この実験にご協力下さった方々に、別のガラスにも指紋を押していただき、ここにも被告人の指紋を加えていただきたいのです。ただしその際、指紋の配列や位置を、前回と同じにしないようご注意いただきたい。というのも、百万分の一回の偶然とはいえ、でたらめなあてずっぽうで正しい指紋を当ててしまうという可能性も無くはないからです。ですから、二度のテストを試みたいのです」

そう言って彼は背中を向けた。さっそく、細い線で構成された楕円形の点々が、窓ガラス二枚に多数押されていった。それらは、窓の外にたとえば木々の葉のような暗いものがあれば見える程度の繊細なものだった。呼ばれて向き直ったウィルソンは、窓のところへ行き、その指紋を吟味《ぎんみ》して言った。

「こちらがルイジ伯爵の右手、三つ下のこちらが左手です。そしてこちらがアンジェロ伯爵の右手、下のこちらが左手です。それからもう一枚の窓ガラスを見ますと、こちらとこちらがルイジ伯爵、そしてこちらとこちらが彼の弟のものです」ウィルソンは法廷に向き直って尋ねた。「合っているでしょうか?」

それに答え、鼓膜をつんざくほどの喝采が湧きあがった。判事が言った。

「まるで奇跡だね!」

ウィルソンは再び窓の方を向いて、人差し指で指紋をひとつひとつ差して言った。

「こちらはロビンソン判事の指紋」(喝采)「こちらはブレイク巡査」(喝采)「こちら陪審員のジョン・メイソン氏」(喝采)「そしてこちらが保安官のものですね」(喝采)「他の指紋については、今ここでどなたのものとは申せませんが、家には氏名と日付入りですべてがそろっています。その指紋帳を見れば、どれがどなたのものかはっきりとお答えできます」

嵐のようにわきあがった喝采の中、彼は自分の席へ戻った。保安官はその喝采を制し、一同を着席させた。言うまでもなく、誰もがウィルソンを見ようと立ち上がっていたからだった。判事、陪審員、保安官全員がウィルソンの一挙一動にすっかり夢中になっていたが、ようやく聴衆に注意を払う余裕を取り戻してきた。

「ところで」と、ウィルソンが切り出した。「ここに二人の子どもの生まれつきの署名があります。写図器で元の十倍の大きさにしてあるので、目の見える方ならどなたでも、この縞模様の違いが一目でお分かりになるでしょう。子どもたちを仮にそれぞれA、Bと呼びましょう。こちらは生後五ヶ月時に記録したAの指紋です。そしてこちらは同じくAの七ヶ月の時のもの」（トムはぎくっと身をすくませた）「お分かりの通り、この二つは同じものです。そしてこちらはBの五ヶ月時のものと、同じく七ヶ月時のもの。この二つもぴったり重なりますが、お分かりの通り、Aのものとはまったく違う図柄になっています。これらについてはまた後で述べるとして、今はひとまず伏せておきましょう。

次にこちらは、ドリスコル判事殺害で告発された二人の生まれつきの署名を十倍の大きさに拡大したものです。証人台で誓約しますが、私は昨夜、この拡大図を写図器で作成しました。陪審員諸氏にお願いします。この指紋と、窓ガラスに押された被告人の指紋とが同じであるかないか、比較の上、法廷にご報告いただけないでしょうか」

度の強い虫眼鏡を陪審長に渡しながら、彼は言った。

その紙と虫眼鏡とを受け取り、陪審員は次々と窓ガラスの指紋と見比べては照合していった。やがて、陪審長が判事に向かって口を開いた。

「裁判長殿。われわれ陪審員一同、双方が同一の指紋であるという結論に達しました」

ウィルソンが陪審長に言った。

「その紙は伏せておいて、こちらの紙をご覧ください。そして、あの短剣の柄に残された決定的な署名を虫眼鏡で見て、じっくりとお比べください。その結果を法廷にご報告願いたいのです」

またもや陪審員たちは事細かに指紋を吟味し、それから報告がなされた。

「裁判長殿。われわれは双方がまったく同一の指紋であると認めます」

検察官の方を向いたウィルソンは、明らかに警告の口調で言った。

「短剣の柄にある血痕の指紋こそが、ドリスコル判事を殺害した犯人が残したものだと、検察官は繰り返し熱心に主張されてきました。われわれがその主張を認め、むしろ歓迎すると申し上げたことも、すでにお聞きの通りです」そして彼は陪審員に向き直った。「被告人の指紋を、殺人犯の残した指紋と比較の上、ご報告下さい」

そして両者の比較が始まった。法廷は深い静寂に包まれ、誰ひとり身じろぎひとつ、咳払いひとつすることなく、固唾をのんで見守った。そしてついに「両者はまるっきり似ておりません」という報告が行われると、喝采が湧きあがり、法廷じゅうにあふれかえった。椅子を飛び上がった人々は役人によってすぐに制され、再びもとの秩序が蘇った。トムは数分ごとに姿勢を変えていたが、何度そうしても安楽はもたらされず、心が穏やかになることもなかった。人々が再び自分に注意を集中してきたところで、双子の兄弟を身ぶりで示しながら、ウィルソンは重々しい口調で言った。

「被告人は無罪です。二人についての陳述はここまでです」（もう一度喝采が湧きおこり、すぐに鎮められた）「それではこれから真犯人を探したいと思います」（トムの目が飛び出しそうになっていた。皆は、なるほど、愛する伯父を奪われた青年にはむごい経験だと納得した）「ここで先ほどの赤子の署名、AとBの件に戻ります。陪審員諸氏に、Aの指紋の拡大図二枚、五ヶ月、七ヶ月おのおのの図をご覧いただきたい。この二つは一致しますか？」

陪審長が答えた。「完全に一致します」

「では次に、Aの八ヶ月目に採取された指紋の拡大図をお調べ下さい。前の二つと一致いたしますか？」

「いや、――まったく異なっています」驚きに満ちた返答だった。

「そう、おっしゃる通りです。では、Bの署名の拡大図に移りましょう。五ヶ月、七ヶ月、この二つは互いに一致しますか？」

「はい、完全に一致します」

「そして三枚目、Bの八ヶ月と記された拡大図をご覧ください。それはBの他の二枚と一致しますか？」

「全然一致しません！」

「この奇妙な不一致をどう説明できるか、お分かりでしょうか？　申し上げましょう。われわれの預かり知らぬところで、おそらく何者かが利己的な目的のために、揺りかごの中の二人の子どもを取り替えたのです」

当然ながら、この発言は大きな衝撃をもたらした。ロクサーナはこの見事な推理に驚愕したが、それで不安になりはしなかった。取り替えを推理することと、取り替えた当人を当てることはまったく別の問題だからである。たしかに、阿呆たれウィルソンは大したことをやってのける人物だが、不可能を可能に変えられはしない。自分ははたして大丈夫だろうか。完全に大丈夫だ。彼女はひそかに微笑した。

「この二人の子どもたちは、生後七ヶ月から八ヶ月までの間に揺りかごの中で入れ替えられたのです」ここで効果的な沈黙を再び挟んで、彼は付け加えた。「そして、入れ替えた人間は、この法廷の中にいます」

そこでロキシーの鼓動が止まった！　法廷内の人々は電気ショックのような衝撃を受け、その入れ替えをやった人間を一目見ようと腰を浮かせた。トムの体から力が抜け、命までもじわじわ抜けていった。

ウィルソンは再び口を開いた。

「Aは子ども部屋のBの揺りかごにおさまり、Bは台所に連れ去られ黒人奴隷となったのです」（騒然たるどよめき——湧きあがる戸惑いと怒りの叫び）「しかし、これから十五分以内に、彼は白人となり自由の身となって皆さんの前に立つでしょう！」（人々の喝采が爆発し、係官たちに制せられる）「Aは生後七ヶ月から今日にいたるまで、不当に奪った身分に居座ってBの名をつけているのです。ここに、彼の十二の年の拡大図があります。これを、短剣の柄の殺人犯の署名と比べて下さい。二つは一致しますか？」

陪審長が答えた。「細かな点まですべて！」

ウィルソンは厳かに言った。「皆さんの友人であり、私の友人でもある、心やさしく寛大なるヨーク・ドリスコル判事――彼を殺害した真犯人は、皆さんの中に座っています。黒人にして奴隷のヴァレ・ド・シャンブル、そして偽ってトマス・ア・ベケット・ドリスコルと呼ばれている者――あの窓に指紋を残したまえ、それがおまえを絞首刑に処するだろう！」

蒼白の顔をウィルソンの方に向けたトムは、何かを訴えるように青ざめた唇をぱくぱくと動かしたが言葉にならず、力なく床にくずおれた。

張りつめた静寂を破って、ウィルソンはこう言った。「しかし、もうその必要もなさそうだ。あの姿こそがまさに彼の自白でしょう」

ロキシーは、突然その場にひざまずいて、両手で顔を覆った。むせび泣きの合間に、言葉が漏れてきた。

「主よ、あたしにご慈悲を、このあわれな、みじめな罪人にご慈悲を！」

その時、時計が十二時を告げた。

裁判官が席を立ち、新しい囚人は手錠をかけられ、連れ去られて行った。

# 結

嘘をつけない者が、自分こそ嘘を見破る最適な人物であると思っていることはよくあることだ。
――「阿呆たれウィルソンのカレンダー」

十月十二日――「発見」記念日――アメリカを見つけたことは素晴らしかった。しかし、見過ごしていたらもっと素晴らしかっただろう。
――「阿呆たれウィルソンのカレンダー」

町の人々は、夜通し眠らず、その日の驚くべき出来事について語り合っては、トムの裁判がいつ始まるのかと憶測を交わした。ウィルソンのもとには町の人たちが次から次へと祝辞を述べにやって来た。皆はウィルソンに演説を求め、彼の言葉のひとつひとつに声を嗄《か》らすほど熱狂した。いまとなっては、彼の発する言葉すべてが金言であり、すべてが驚異だった。不運や偏見との長い戦いはついに終わり、彼はもはや間違いなく成功者だった。

ガヤガヤと熱狂さめやらぬまま、群れを成した人々が三々五々帰って行く中、決まって後悔の声を張り上げる者もいた。

「これだけの人が、俺たちみたいな者から二十年以上も阿呆たれと呼ばれてきたとはね。その立場からもようやくおさらばというわけだ」

「ああ、だがその阿呆たれの席は空席になったわけじゃない。今度はおれたちがそこに座る番だよ」

いまや双子の兄弟は英雄となり、名誉も回復された。しかし西部の冒険物語にほとほと疲れ切ってしまった二人は、すぐさまヨーロッパへ帰って行った。

ロキシーは悲嘆にくれていた。二十三年もの間、彼女によって奴隷の重荷を負わされてきた青年は、偽者と同じように彼女への月三十五ドルの手当てを継続したが、彼女の傷は金で癒されるにはあまりに深かった。目の輝きは失せ、堂々とした態度も消え去って、響きわたるようなかつての笑い声も聞かれなくなった。彼女の唯一の慰めは、教会の活動だけであった。

本物の後継ぎはにわかに財産を得て、自由の身になったものの、その新しい地位にただ困惑するばかりだった。読み書きもできず、話し言葉は黒人の中でも一番下卑た方言である。その姿勢、態度、立ち居振る舞い、笑い方、すべてが野暮で無作法で、奴隷の頃そのままである。ありあまる金や立派な服をもってしても、こういった欠点は隠しきれず、かえっていっそう浮き立たせ、無残に目立たせた。あわれな彼は、白人の居間にいても恐れをなすばかりで、およそいたたまれなかった。安心して寛《くつろ》げるのは台所だけだった。彼にとって、教会の家族席は針のむしろでしかなく、かといって、あの心落ち着く逃げ場となる「黒人席」には、もはや入ることができない。彼にとって、その場所は永遠に閉ざされてしまったのだ。しかし、彼の数奇な運命を追ってばかりもいられない——それは、あまりにも長い話になるだろうから。

すべてを自白した偽者の後継ぎは、終身刑を言い渡されたが、ここで厄介な問題が起きた。パーシー・ドリスコルが死んだ時、家計は大きく傾いており、巨額な借金の六十パーセントの財産しかなかった。当時はそれでおさまったかに見えたものの、後に債権者たちが押し寄せ、苦情を申し立てたのである。自分たちには何の責任もない手違いから、当時の財産目録に当然入れられるべき偽者の後継ぎが入っていなかったことは、たいへんな不当行為であり、自分たちは大きな損害を被《こうむ》ったのであると。「トム」は、実は八年前から法律の定めるところによれば自分たちの財産であり、この八年もの長い間、彼の労働奉仕を得られなかったことがすでに充分な損失である。このうえさらに損失を強いる要求は不当である。そもそも、もしも彼が債権者らの手に渡っていれば、債権者は彼を売却し、彼がドリスコル判事を殺害することもなかったであろう。したがって、真の殺人犯は彼ではなく、罪は間違っていた財産目録にこそあるのだ——彼らはこのように正当性を主張した。誰が見ても筋が通っていた。結局、みなが次のような見解を認めることになった。「トム」がもしも白人で自由の身であれば、彼に刑罰を科するのはまぎれもなく正しいことで、誰にも何の損失も与えない。しかし、経済的価値のある奴隷を終身刑に処し、一生働かせずに閉じ込めてしまうとなると、まったくの別問題になる。
州知事がその言い分を認めてただちにトムを赦免すると、債権者たちは彼を川下に売り飛ばした。

（中垣恒太郎＝訳）

# 「阿呆たれウィルソン」訳注

第二章

**＊1――川下**　奴隷制度が厳しい深南部を示し、奴隷にとって「川下に売られる」ことは最悪の状況を意味するものであった。

第十章

**＊1――数年前に起きたクラカタウ山のような大噴火**　一八八三年、ジャワ島とスマトラ島の中間に位置するクラカタウ火山の大噴火により津波が発生。死者は三万人を超え、二〇〇四年のスマトラ島沖地震が起こるまで、インド洋における最大の津波災害であった。

# 赤毛布《あかゲット》外遊記　抄

# 第二十七章

「ローマの休日のために惨殺された」──決して不平を言わなかった男──苛立《いらだ》たしい話題──阿呆《あほう》なガイドたち──ローマのカタコンベ──熱意で肋骨《ろっこつ》が破裂した聖人──血を流す心臓の奇蹟《きせき》──アラコエリの伝説

ここまでは、順調。己を誇りに思い、満足する権利を有する人間が一人いるとしたら、間違いなく私である。何しろ、コロッセオのことを書き、剣闘士のことを書き、殉教者、ライオンのことを書いて、まだ一度も「ローマの休日のために惨殺された」［古代ローマで剣士に殺しあいをさせて楽しんだことから、「人の娯楽のために犠牲となった」の意の成句］というフレーズを使っていないのだから。バイロンがこの句を生み出して以来、成熟した年齢の自由白人でこれを実践できたのは私一人である。

ローマの休日のために惨殺された、も最初の百七十、八十万回くらいは活字で見てもいい感じだが、それを過ぎるとうっとうしくなってくる。とにかくローマに関するあらゆる本で出会うのだ。それで近ごろ思い出すのが、裁判官オリヴァーのことである。オリヴァーは学校を出立ての若き法学士で、人生に乗り出さんとネヴァダの砂漠に赴いたのだった。行ってみると当時その地は、そしてそこで私たちが送ることになる暮らしは、彼の知るニューイングランドやパリの暮らしとは違っていた。だが彼はウールのシャツを着て、海軍のリボルバーを身につけ、地元産のベーコンとビーンズに親しんだ。ネヴァダに入《い》りてはネヴァダに従う所存だったのである。状況を完全に受け容《い》れたがゆえ、数々の試練をめぐって辛《つら》い思いも味わったはずなのに、オリヴァーは決して不平を言わなかった——すなわち、一度の例外を除いては。彼と、仲間二人、そして私とで、ハンボルト山脈にある新しい銀鉱に向けて旅立った。オリヴァーはハンボルト郡の検認裁判官となるため、私たち三人は採掘に携わるために。距離は三百キロで、時は真冬。私たちは二頭立ての荷馬車を買い、総量八百キロのベーコン、小麦粉、ビーンズ、発破《はっぱ》用火薬、ツルハシ、シャベルを積み込んだ。情けない見かけのメキシコ産「駄馬《プラグ》」を二頭買ったが、二頭とも毛が逆方向を向いていて、体はごつごつ節だらけ、角《かど》の多さたるやオマールのモスク以上であった。馬たちを荷馬車につないで私たちは出発した。恐ろしい旅だった。だがオリヴァーは不平を言わなかった。馬たちは町から三キロ荷馬車を引きずって、へたばった。そこから私たち三人で十キロにわたって荷馬車を押し、オリヴァーは前に回って馬たちのくつわを摑《つか》んで引っぱった。私たちは不平を言ったが、オリヴァーは言わなかった。地面は凍っていて、眠っているあいだに私たちの背中も凍った。風が顔に吹きつけ、鼻を凍らせた。オリヴァーは不平を言わなかった。昼間は荷馬車を押し夜は凍える日を五日続けた末に、旅の最悪の部分に我々は入っていった。六十キロ砂漠、何ならグレートアメリカン砂漠と呼んでもいい。それでもこの誰より穏やかな物腰の男は、いまだ不平を言っていなかった。私たちは朝の八時に砂漠を渡りはじめ、底なしの砂と戦いながら進んだ。一日じゅうあくせく先を行くなか、周りには千もの荷馬車の残骸があり、一万頭もの牛の骸骨があり、ワシントン記念碑をてっぺんまで輪で包むに十分な荷馬車用車輪があり、ロングアイランドを囲えるほどの牛用鎖があり、人間の墓もまたあって、私たちの喉はいつもひりひりに渇き、唇はアルカリの埃《ほこり》で出血し、腹は減り、汗が流れ、そしていつもひどく、ひどく疲れていて、あまりの疲れに私たちは五十メートルごとに砂地に倒れ込んでは馬たちを休ませ、自分が眠ってしまわぬよう己を叱咤《しった》せねばならず——それでもオリヴァーの口から不平は出なかった。翌朝午前三時に、死ぬほど疲れた身でようやく砂漠を越えたときも不平はなかった。その二、三晩後の真夜中に、幅の狭い峡谷で、顔に降ってくる雪に私たちは起こされ、雪に閉じ込められる危険が間近に迫っていることに愕然《がくぜん》としつつ馬たちに引き具をつけ、午前八時まで懸命に進んで、「分水界《ザ・ディヴァイド》」を越えた。これで私たちは救われた。不平はなし。十五日間の苦難と疲労の末に私たちは三百キロの道を踏破し、かの裁判官はいまだ不平を言っていなかった。この男を苛立たせるものがこの世にあるのだろうか、と私たちは首を傾《かし》げた。私たちはハンボルト式の家を建てた。こうやるのだ。山の切り立ったふもとに四角い穴を掘り、直立材を二本立て、それぞれてっぺんに梁《はり》をわたす。国産綿の大きなカンバスを広げ、梁と丘の斜面が接した地点から前に掛けていき、そのまま地面に垂らす。これで屋敷の屋根と前面が出来上がり。両横と裏手の面は、掘って生じた土壁である。屋根の隅を折って引っぱり上げれば簡単に煙突が出来上がる。この陰気な穴倉に、ある夜オリヴァーは独り座って、ヤマヨモギの焚火《たきび》のかたわらで詩を書いていた。自分の中から詩を掘り出すことを彼は好み、なかなか出せぬときは発破でもかけるみたいに無理矢理引き出していた。と、屋根付近から何か動物の足音が聞こえた。石ころが一個二個と、土が若干、煙突を通って彼のそばに落ちてきた。不安になった彼は、「おい！　そこから出ろ！」と何度か間隔を空けて口にした。だがいつしかそのまま寝入ってしまい、じきに煙突からラバが落ちて来た！　火が四方に飛び散り、オリヴァーはうしろに吹っ飛ばされた。それから十夜ばかり経《た》って、オリヴァーは詩を書く自信を取り戻した。そしてふたたびうとうとと寝入り、ふたたびラバが煙突から落ちてきた。今回はラバと一緒に家のそちら側の壁半分くらいが落ちてきた。起き上がろうともがいたラバが蠟燭《ろうそく》を蹴って消してしまい、台所の家具の大半を粉々に壊し、相当な埃を上げた。こうした乱暴な目覚めが続いてオリヴァーもうんざりしたにちがいないが、決して不平は言わなかった。彼は峡谷の反対側の屋敷に引っ越した。そっちにはラバが行かないことを見てとったからである。ある夜八時くらいに、詩を書き上げようとしていると、石ころが一個転がり込んできて――次にカンバスの下にひづめが現われ――それから牛の一部分が――うしろ半分が現われた。オリヴァーは怯《おび》えて身をのけぞらせ、「しっしっ！　出ていけ！」と叫んだが牛は雄々しく踏んばり——が、ずるずる落ちてきて——土埃が滝のごとく降り、オリヴァーが逃れる間もなく、牛がまるごとテーブルに突進してきて何もかもめちゃめちゃにしてしまった！

それから、生まれて初めて——だと私は思う——オリヴァーは不平を言った。こう言ったのである——

「どうも単調になってきたぞ！」

そうして彼は裁判官の職を辞してハンボルト郡を去った。私にとっては目下「ローマの休日のために惨殺された」が単調になってきている。

これに関しミケランジェロ・ブオナロッティについて一言述べておきたい。ミケランジェロの大いなる天才は私としても崇拝していた。かの男は詩に秀《ひい》で、絵画に秀で、彫刻に、建築に秀で、手を染めたものすべてに秀でていた。だが私はミケランジェロを朝食に——昼食に——夕食に——お茶の時間に——夜食に——間食に持つことを望まない。時には変化が欲しい。ジェノヴァにおいて彼はすべてをデザインした。ミラノでは彼か彼の弟子たちがすべてをデザインした。彼はコモ湖をデザインした。パドヴァで、ヴェロナで、ヴェネチアで、ボローニャで、ガイドたちからミケランジェロ以外誰の話を聞いただろう？　フィレンツェでも彼はすべてを描き、ほとんどすべてをデザインし、デザインしなかったものはお気に入りの石の上に座って眺め、私たちはその石を見せられた。ピサではあの古い弾丸製造塔以外すべてをデザインし、塔があそこまで甚《はなは》だしく垂直線からずれていなかったらあれも彼がやったことにされただろう。彼はリヴォルノの波止場をデザインしチヴィタヴェッキアの税関規則をデザインした。だがここローマでは――ここではあまりにひどい。彼はサンピエトロ大聖堂をデザインした。法王をデザインし、法王の衛兵たちの制服をデザインし、テヴェレ川を、ヴァチカンを、コロッセオを、カピトリーノを、タルペーイアの岩を、バルベリーニ宮殿を、サンジョヴァンニ・イン・ラテラノ大聖堂も、カンパーニャ平原も、アッピア街道も、ローマの七丘も、カラカラ浴場も、クラウディア水道も、最大の下水《クロアカ・マキシマ》も――永遠の退屈野郎は永遠の都をデザインしたのであり、人間や本が全部嘘《うそ》をついているのでないかぎり、街にあるすべての絵も奴《やつ》が描いたのだ！　先日ダンがガイドに言った――「沢山だ、もう沢山だ！　もう何も言うな！　全部まとめちまえ！　神がミケランジェロのデザインに従ってイタリアを作ったと言えばいい！」

私は昨日、ミケランジェロがもう死んでいることを知って、かつてないほどの感謝の念と安らぎと静謐《せいひつ》を得、聖なる平安に包まれた。

だがそれだってガイドからやっと聞き出したのだ。奴はヴァチカンの広大な廊下じゅう私たちを引きずり回し、何キロにも及ぶ絵画と彫刻のただなかを通り抜けさせ、ほかの二十の宮殿でも何キロにも及ぶ絵画と彫刻のただなかを通り抜けさせ、システィナ礼拝堂でかの有名な絵画を私たちに見せ、天国全体をフレスコ画で飾れるくらいたっぷりフレスコ画を見せ、その大半がミケランジェロの作だと言う。そこで私たちは、このガイドを相手に、いままでも多くのガイドを打ち負かしてきたゲームをやった。低能なふるまい、阿呆な質問。私たちの意図はいっこうに気づかれない。こいつらには皮肉という概念がないのだ。

ガイドは私たちに彫刻をひとつ見せ、「スタトゥー・ブルンゾ」と言う（ブロンズ像《スタチュー》のことなり）。

私たちは無関心げな顔でそれを見て、ドクターが「ミケランジェロ作？」と訊《き》く。

「ノー――誰知らない《ノット・ノウ・フー》」

それから奴は私たちに古《いにしえ》のフォロ・ロマーノを見せる。ドクターが「ミケランジェロ？」と訊く。

ガイドが目を丸くする。「ノー、彼生まれる千年前」

次はエジプトのオベリスク。ふたたび「ミケランジェロ？」

「ああ、何てこった《モン・デュー》、みなさん《ジェンティールメン》！　これ彼生まれる二千年前！」

決して止《や》まぬその問いにほとほと疲れて、ガイドは私たちに何を見せるのも怖《おそ》れるようになる。思いつくかぎりあらゆる手を尽くして、ミケランジェロは世界の一部を創造したにすぎないことをどうにか私たちにわからせようとガイドはあがくが、なぜかいまだ成功していない。勉強や観光で疲れた目と脳を時に休めることも必要である。さもないと人は阿呆になり下がってしまう。ゆえにこのガイドには今後も苦しんでもらうしかない。それを奴が楽しめぬのなら、お気の毒と言うほかない。私たちは楽しんでいる。

ここで必要悪とも言うべき存在である、ヨーロッパのガイドについて一言述べておきたい。ガイドなしで済ませられたら、と内心願った者は数多いが、そうは行かないことも承知しているので、ガイドに苦しめられる報酬として、ガイドから何らかの愉快を引き出せればと人々は願ってきた。私たちはまさにこれを成し遂げたのであり、もし我々の経験がほかの人々にとっても有益ならぜひ利用していただきたい。

ガイドたちは、すべてをこんがらがらせチンプンカンプンにしてしまうにちょうど十分な程度の英語を知っている。自分たちの語る物語を、すべての彫刻、絵画、大聖堂等々の驚異の来歴を、彼らは空で覚えている。覚えているから、オウムと同じようにそれを語る。もしこっちが口をはさんで、決まった流れから逸《そ》らしてしまったら、最初に戻って一からやり直さないといけない。彼らは生涯ずっと、不思議なものを外国人に見せて賞賛の叫びを聞くことを生業《なりわい》としてきた。賞賛を引き起こして喜ぶのは人間の本性である。だからこそ子供たちは「賢い」ことを言ったり馬鹿な真似《まね》をしたり、そのほか人前であれこれ「見せびらかし」をくり広げる。だからこそお喋《しゃべ》り人間は、驚くべきニュースを告げる第一号になろうと、雨と嵐にもめげず出かけていく。ならば考えてもみよ、それがガイドにとってどれほどの情熱となりうるか――何しろ彼らは、来る日も来る日も他人に驚異を見せ、完全なる賞賛の恍惚《こうこつ》へと引き込むことを自らの特権としているのだ！　いずれ彼らは、普通の落着いた空気の中で生きることができなくなってしまう。この事実を発見して以来、私たちはもはや決して恍惚に陥らなくなり、決して何も賞賛しなくなり、ガイドが見せるこの上なく崇高なる驚異を前にしても、ひたすら鈍感な顔と愚かな無関心しか示さなくなった。私たちは彼らの弱点を発見したのだ。以来、私たちはこれを活用してきた。時には相手が野蛮と化したりもしたが、こちらの平静は決して失っていない。

質問するのはたいていドクターである。いっさい表情を変えず、いわば霊感を受けた阿呆のような顔ができるからであり、その声にほかの誰よりもたっぷり愚鈍さを盛り込めるからである。生まれつきそういうのが得意なのだ。

ジェノヴァのガイドたちはアメリカ人の一行をつかまえて喜んでいる。アメリカ人たちは、何であれコロンブスの遺物を前にすれば心底驚異の念と、この上ない胸の喜び、感情の高まりを表わすからだ。私たちのガイドは、バネ入りマットレスでも呑《の》み込んだみたいにそわそわし、気が逸《はや》って落着かぬ様子だった。彼は言った――

「私と来なさい、ジェンティールメン！　来なさい！　クリストファー・コロンボの書く手紙私見せる！――クリストファー・コロンボ自分書く！――自分の手で書く！――来なさい！」

市営の御殿に彼は私たちを連れていった。さも勿体《もったい》ぶって鍵をじゃらじゃら言わせて錠が開けられた末に、しみだらけの年代物の文書が私たちの前に広げられた。ガイドの目が輝いた。彼は私たちの周りを跳ね回り、その羊皮紙を指でとんとん叩《たた》いた。

「言ったでしょう、ジェンティールメン！　そうではないか！　見なさい！　クリストファー・コロンボ手書き！――自分書く！」

私たちは無関心な顔、どうでもよさげな顔をした。息苦しい静寂のなか、ドクターがきわめて慎重に文書を吟味した。――やがてドクターは、何の関心も表わさずに言う。

「ええと――ファーガソン［トウェインたちがガイドにつけたあだ名］――この――これを書いた人、名前は何と言ったっけ？」

「クリストファー・コロンボ！　偉大なクリストファー・コロンボ！」

　ふたたび慎重な吟味。

「ふぅむ――で、これ自分で書いたのかね、それとも――それともどうやって？」

「自分で書く！――クリストファー・コロンボ！　自分の手書き、自分で書く！」

　するとドクターは文書を下ろして、言う。

「ふむ、アメリカじゃ十四歳の男の子だってもうちっとましな字を書くがね」

「でもこれ、偉大なクリスト――」

「誰だろうと知るか！　こんな下手な字、見たことないぞ。よそ者だと思って、私たちに何でも好き放題押しつけられると思ったら大間違いだぞ。私らは馬鹿じゃないんだ。そうとも。本当に立派な筆蹟があるんだったら、見せてみろ！　ないんだったら、先へ行くぞ！」

　私たちは先へ行った。ガイドは相当動揺していたが、もう一度だけ試みた。これなら私たちが畏れ入ると思えるものがひとつあったのだ。彼は言った。

「ああ、ジェンティールメン、私と来なさい！　私見せる、美しい、おー、立派な胸像クリストファー・コロンボ！――素晴らしい、見事、立派！」

　彼は私たちを美しい胸像の前に連れていき――実際それは美しかった――パッとうしろに飛んでポーズを決めた。

「ああ、見なさい、ジェンティールメン！——美しい、見事、胸像クリストファー・コロンボ！　美しい胸像、美しい台座！」

　ドクターは片眼鏡を持ち上げる。こういうときのために入手したのだ。

「ええと——この方、何ていう名前だっけ？」

「クリストファー・コロンボ！——偉大なクリストファー・コロンボ！」

「クリストファー・コロンボ——偉大なクリストファー・コロンボ。で、何をした人かね？」

「アメリカ発見！——アメリカ発見、ああ、悪魔《クソったれ》！」

「アメリカ発見、と。いやいや——そんな話、通用せんぞ。私たちはアメリカから来たばかりなんだ。そんな話は聞いておらんぞ。クリストファー・コロンボ——いい名前だ——で、その人——もう亡くなったのかね？」

「おお、バッコス《コンチクショウ》の体！——三百年！」

「何で死んだんだね？」

「知らない！——わからない」

「天然痘、とか？」

「知らない、ジェンティールメン！　何で死んだか知らない」

「はしかという可能性は？」

「かもしれない——かもしれない——知らない——何かで死んだ思う」

「両親は生きてるのか？」

「ありえーない！」

「ふむ――で、どっちが胸像でどっちが台座だね？」

「サンタ《いや》マリア《はや》！　これ胸像！　これ台座！」

「ほう、なるほど、なるほど――いい組合せだ――実にいい組合せだ。で――で、この方、胸像になったのはこれが初めてかね？」

　このジョークは外国人には通じない。ガイドにはアメリカンジョークの微妙さがマスターできないのだ［「胸像になった」(on a bust) は「飲んで騒いでいる」の意にもなる］。

　このローマのガイドにとって仕事が刺激あるものとなるよう、私たちは努めた。昨日はまた三、四時間ヴァチカンで過ごし、珍しい品々から成るあの驚異の世界で、何度かもう少しで興味を――賞賛さえも――示してしまいそうになった。抑えるのはけっこう大変なのだ。でも私たちは何とかやってのけた。ヴァチカン美術館でそれができた人間はほかにいない。ガイドは愕然とし、途方に暮れていた。何かすごい物はないかと足を棒にして歩き回り、持てる業《わざ》をすべて私たちに向け、それでも駄目だった。私たちは何に対しても興味を見せなかった。彼の方も最高の驚異と思うものを最後まで取っておいた――エジプト王のミイラ、それもたぶん世界中で一番保存状態のよいミイラである。彼は私たちをその前に連れていった。今回は自信満々、いつもの元気ぶりがいくらか戻ってきた――

「見なさい、ジェンティールメン！――ミイラ！　ミイラ！」

片眼鏡が例によって穏やかに、慎重に持ち上げられる。

「ええと、——ファーガソン——この方の名前、何と言ってたかね？」

「名前？　名前ありません！——ミイラ！——ジプトのミイラ！」

「うん、うん。生まれはここかね？」

「違います！　ジプトのミイラ！」

「ふむ、そうともさ。フランス人、かね？」

「違います！　フランス人じゃない、ローマ人じゃない！——エジプタ生まれ！」

「エジプタ生まれ、と。エジプタってのは初耳だなあ。たぶん外国なんだろうね。ミイラ——ミイラ。実に落着いてるねえ——まさに冷静沈着。ええと、この人——死んでるのかい？」

「おお、聖なる青《なんてこった》、三千年死んでる！」

ドクターが怖い顔をガイドに向ける。

「おい君、いったいどういうつもりだ？　せっかく学ぼうとしているよそ者を、中国人のように扱って！　ろくでもない二級品の死体を押しつけるとは！　そういう了簡《りょうけん》ならこっちにも——こっちにも——イキのいい新鮮な死体があったら、さっさと出せ！——さもないと頭ぶっ叩くぞ！」

　このフランス人の仕事が極力刺激あるものとなるよう私たちは努める。とはいえ、彼の方も、自分で知らぬうちに、ある程度お返しをしてくれたのである。けさ彼はホテルに来て、私たちがもう起きているか訊《たず》ねたが、誰のことを言っているか宿のあるじにわかるよう、私たちの人となりを丁寧に説明した。最後の一言として、そいつらは狂人です、と彼はさらっと言った。何の邪気もない、どこまでも正直な言葉であり、ガイドの発言としては大変よい一言と言うべきだろう。

ガイドをムッとさせること必至《ひっし》の（実はすでに紹介した）一言がある。ほかに何も言うことが思いつかないと、私たちはかならずこれを口にする。ガイドが何か大昔のブロンズ像だか、脚の折れた彫刻だかの美しさを私たちに指し示し、賞《ほ》め称《たた》えて熱狂も使いはたすと、私たちは間の抜けた顔で像を見て、五分、十分、十五分、とにかく持ちこたえられるかぎり精一杯長く黙ってから、こう訊くのだ──

「ええと──この人、死んでるの？」

この一手でどんなに落着き払ったガイドも打ち負かせる。およそ想定外の一言なのだ、特に新米のガイドにとっては。我らがローマのファーガソンは、これまでのガイドの中で誰より気の長い、疑うことを知らぬ、辛抱強い人物である。彼と別れるのは残念だろう。彼と過ごせて非常に楽しかった。彼も私たちと過ごして楽しかったものと思いたいが、その点については私たちは疑念に苛《さいな》まれている。

私たちは地下墓地《カタコンベ》にも行った。それはおそろしく深い地下室に降りるのに似ているが、ただしこの地下室には終わりというものがない。狭い通路はどこも岩が荒く切り出され、進んでいくと、両側は棚が縦に三層から十四層くり抜かれている。どの棚にもかつては死体が置かれていた。名前、キリスト教の象徴、祈りの文句、キリスト教の希望を表わした言葉などがほぼすべての石棺に刻まれている。むろん時代はキリスト教のあけぼのまでさかのぼる。時としてこうした地下の穴倉に、初期のキリスト教徒は迫害を逃れて潜り込んだのである。夜になると食べ物を手に入れに穴から這《は》い出たが、昼のあいだはずっと隠れていた。司祭によると、聖セバスティアヌスも追われていた期間しばらく地下で暮らしたという。そしてある日外に出て、兵士たちに見つかり、矢を射られて殺されたのだ。初期の、すなわちおよそ千六百年くらい前の法王のうち五、六名は、聖職者たちを集めて相談したりするのも大地の内部で行なった。西暦二三五年から二五二年までの十七年間、法王はいっさい地上に現われなかった。その時期に四人が法王の座に就いた。一人がおおよそ四年ということになる。地下の墓場が住居としていかに不健康か、ここからも明らかであろう。のちにある法王は八年間の在職期間をすべてカタコンベで過ごした。また別の法王はカタコンベで発見されてしまい法王の椅子に座ったまま殺された。当時、法王の地位は割の合うものではなかった。厄介なことが多すぎた。ローマの地下には百六十のカタコンベがあり、それぞれに迷路があって狭い通路がたがいに何度も交わりあい、それぞれの通路の始まりから終わりまで両側にびっしり墓が積み上がっている。すべてのカタコンベの通路の長さを丹念に合計していくと千五百キロ近くに達し、墓の総数は七百万に達する。私たちはすべてのカタコンベのすべての通路を通りはしなかった。ぜひそうしたいと思い、必要な手はずも整えたのだが、時間が限られていて断念せざるを得なかった。というわけでサンセバスティアーノ教会地下の、聖カリストゥスの陰鬱な迷路を手さぐりで通り過ぎるにとどまった。あちこちのカタコンベに石で粗《あら》く彫られた小さな礼拝堂があって、初期のキリスト教徒たちはそこで、薄暗い、おどろおどろしい光を頼りに礼拝を行なった。思い描いてほしい、はるか地下に広がる、こんがらがった洞穴の中で行なわれるミサと説教を！

カタコンベには聖セシリア、聖アグネス等々の名高い聖人が何人も埋葬されていた。聖カリストゥスのカタコンベに聖ビルギッタは長いあいだとどまって聖なる瞑想《めいそう》にふけり、聖カルロ・ボッロメーオはカタコンベで一晩じゅう祈りを捧《ささ》げるのが常であった。そこはまた実に驚くべき出来事が起きた場でもあった。

「ここにおいて聖フィリッポ・ネリは、神への愛に激しく燃えるあまり肋骨が破裂した」

この由々しい記述は一八五八年にニューヨークで出版された本に出てくる。著者は「ウィリアム・H・ネリガン師、ダブリン市トリニティ・カレッジ法学博士並びに文学修士、大英帝国考古学協会会員」。ゆえに私はその言葉を信じる。そうでなければ信じられるわけがない。こういう著者でなかったら、フィリッポが昼食に何を食べたか知りたいと思うだろう。

この著者はしばしば、人を信じようという私の気持ちを逆撫《さかな》でする。聖ヨゼフ・カラサンクティウスなる聖者のことを著者は語っていて、この聖者が住んだ家を彼はローマに訪ねた。訪ねたのは家だけである――本人は二百年前に死んだのだ。聖母マリアがこの聖人の許《もと》に現われたと著者は言う。さらに彼はこう述べる。

「聖者の列に加えられるにあたって遺骸が掘り出されると、一世紀近く経っていたにもかかわらず舌も心臓も変わらずに残っていた。それらはいまもガラスケースに保存され、二世紀を経てなお心臓は変わらずに残っている。フランス軍がローマに攻めてきてピウス七世が捕らえられ連れ去られると、その心臓から血が滴《したた》った」

はるか中世の修道士が書いた本の中でこれを読んだら、誰も驚きはしまい。自然にして適切と思うだろう。だが、十九世紀半ばの、立派な教育を受けた、法学博士号と文学修士号を有し、考古学の実力者でもある人物が大真面目に記しているとなれば、およそ自然とは行かない。とはいえ、できることなら、自分の懐疑をネリガンの信心と取り替えたいものだと私は思う。そうして、好きなだけ信じがたい話を彼に作ってもらいたい。

鉄道と電報が支配する無味乾燥な現代にあって、この紳士の疑わぬ、問わぬ素朴さには、今日稀《まれ》なみずみずしさがある。アラコエリ教会に関して語る彼の声をお聞きあれ――

「教会の屋根、主祭壇の真上に、『天の女王よ、悦《よろこ》びたまえ、アレルヤ』とラテン語が彫られている。六世紀に恐ろしい疫病がローマを見舞った。大聖グレゴリウスは人々に悔悛《かいしゅん》の行ないを促し、祈禱《きとう》の行列が組まれた。行列はアラコエリからサンピエトロ大聖堂まで歩くことになっていた。行列がハドリアヌス廟《びょう》（現サンタンジェロ城）の前を通りかかると、天からの歌声が聞こえた（折しもイースターの朝であった）——『天の女王よ、悦びたまえ！　アレルヤ！　汝《なんじ》が生みし御子《みこ》は、アレルヤ！　予言どおりよみがえれり、アレルヤ！』。両手で聖母の肖像画を持っていた教皇は（肖像画は正祭壇の上にあり、聖ルカが描いたと言われる）驚愕している人々とともに『我らのために神に祈りたまえ、アレルヤ！』と続きを唱えた。と同時に天使が一人、鞘《さや》に収めた剣を掲げるのが見え、疫病はその日に止んだ。この奇蹟を裏付ける〔原注：強調は引用者〕四つの証拠がある。聖マルコの記念日に西方教会で毎年行なわれる行列。ハドリアヌス廟（のちサンタンジェロ城）に据えられた聖ミカエルの彫像。復活祭にカトリック教会で歌われる交唱聖歌《アンティフォナ》『天の女王』。そして、教会に刻まれた碑文」

（柴田元幸＝訳）

# 西部道中七難八苦 抄

## 第五章　新たな知己《ちき》――コヨーテ――犬の経験――うんざりした犬――コヨーテの親戚――家から離れて取る食事

ふたたび静謐《せいひつ》と喧騒《けんそう》が交互に訪れる夜。だがやがて朝が来た。ふたたびの嬉《うれ》しい目覚めとともに出会うのは、みずみずしい風、はてしなく続く平らな緑の原。明るい日の光、人間も人間の住処《すみか》もまったく見えない圧倒的な野の広がり、何もかもを驚くほど拡大する力を有し五キロ以上先にある木々もすぐ近くに見せる空気。私たちはふたたび通常軍服を着て、特急馬車に乗り込み、横板から両脚を垂らして、懸命に走るラバたちに時おり、彼らが耳をうしろに引いていっそうせかせか走るのを見たいばかりに声をかけ、髪が吹き飛ばされぬよう帽子の紐《ひも》を結び、何か新しい見慣れぬものはないかと世界そのもののごとく広々とした絨毯《じゅうたん》を眺めわたした。今日なお、あの暮らしを想《おも》うと私は心底わくわくしてくる。快い、大陸を旅する朝に、血管を巡る私の血を躍《おど》らせたあの嬉しさ、狂おしい自由の感覚！

朝食から一時間くらい経《た》って、プレーリードッグの最初の群れが見え、最初の羚羊《レイヨウ》が見え、最初の狼《おおかみ》が見えた。私の記憶が正しければ、この狼とは、奥地の砂漠に住むコヨーテだったと思う。だとしたら、そいつは可憐《かれん》な生き物ではなく、気品も何もなかった。この動物のことはのちよく知るに至ったので、私としても自信をもって断言できる。コヨーテはほっそり長い体の、情けない不健康そうな風采で、ぴんと張った灰色の狼皮に包まれ、相当もじゃもじゃの尻尾は永遠にだらりと垂れてさも寂しくみすぼらしい様相を呈し、目つきは陰険にして邪《よこしま》、細長い尖《とが》った顔、わずかにめくれ上がった唇と剝《む》き出しの歯。全体にいかにもこそこそした雰囲気を漂わせている。コヨーテこそは欠乏の生きた寓話《ぐうわ》にほかならない。彼はつねに腹を空《す》かせている。つねに貧しく、運に見放され、友もいない。最高に卑しい生き物にも蔑まれて、蚤《のみ》でさえ彼を見捨てて自転車を選ぶだろう。とことん無気力で、臆病で、剝き出した歯ですら威嚇を装っているにすぎず、顔全体がそれを詫《わ》びている。そして本当にむさくるしい！——痩せこけ、肋骨《ろっこつ》が浮き、毛は粗《あら》く、とにかく惨めったらしい。人を見かけると上唇をめくり上げ歯を一瞬見せて、それから、進んでいた方向からちょいと曲がって、頭を少し下に向け、とっとっと歩幅の長い静かな足どりでヤマヨモギの茂みに入っていく。ちらちらこっちをふり返りつつ、ピストルで容易に撃てる範囲の外に出たところで立ちどまり、じっくり人を眺めわたし、五十メートルばかりふたたびとっとっと歩いてからまた立ちどまる——さらに五十メートル歩いてまた立ちどまる。そしてとうとう、滑るように進む灰色の体がヤマヨモギの灰色と溶けあい、コヨーテは姿を消す。これはすべて、人が敵意を見せない場合の話であり、もし敵意を見せれば、こうした移動ももう少し本気となり、かかとにすぐさま活を入れて、自分と人間の武器とのあいだに相当量の不動産を築くので、こっちが撃鉄を上げたころにはミニエ式ライフルが必要になっていて、銃身を向けたころにはライフル砲が必要になっていて、狙いを定めたころにはもうよほど息の長い稲妻の光でもないかぎりいまの彼には届かない。けれども、早足の犬をコヨーテにけしかけると、実に愉快な光景が見られる。特に、それが自信家の、速さにかけてはいっぱしの権威だと自負するよう育てられた犬ならなおさらである。いつもの人目を欺く足どりでコヨーテはゆるゆると離れていき、時おりうしろをふり返っては欺瞞《ぎまん》に満ちた笑みを見せるものだから、犬はすっかりその気になって野心を燃え上がらせる。犬は頭をさらに低く地面に近づけ、首をさらに前につき出し、荒い息をさらに荒らげ、尻尾をさらにまっすぐうしろにのばし、狂おしく動く両脚をいっそう熱狂させて動かし、いっそう大きく高く濃い砂嵐を背後にまき上げ、平原の上に長い足跡を残していく！　そしてこの間ずっと、犬はコヨーテからほんの五、六メートルしか離れておらず、なぜ見るみる獲物に近づけないのか犬にはまったく理解できない。犬は次第に苛《いら》ついてきて、コヨーテがさも悠然とするする進んで喘《あえ》ぎもせず汗もかかず笑みも絶やさぬのを見てますますカッカしたあげく、まったくのよそ者にぶざまにだまされたと思い知って憤りはさらに募る。あの歩幅の長い、落着いた静かな足どりは何と卑劣なペテンか。と、気がつけば犬は自分が疲れてきたことに思いあたる。だとすれば、コヨーテは自分から逃げきらないようわざとスピードを緩めていることになる――ここに至って都会育ちの犬は本気で怒り出し、懸命に走り、すすり泣くような声を上げ、罵倒の声を発し、砂をいっそう高く蹴り上げて、コヨーテに追いつこうと必死にわが身に鞭打《むちう》つ。このスパートによって、犬はゆるゆる滑る敵の背後二メートルまで近づき、仲間からは三キロ離れている。それから、狂おしい新たな希望が犬の顔を明るく照らした瞬間、コヨーテはくるっと回れ右して、犬に向かってもう一度やんわりと笑みを見せ、「じゃ、済まんが俺はこれで失敬するよ、ビジネスはビジネスだ、一日中こんなふうに油を売ってるわけには行かんからね」と言っているような雰囲気を漂わせたかと思うと、さっと飛ぶような音が生じ、あたりの空気に突如長いひびが一本入って、見よ、犬は巨大な広野のただなかに独りぽつんと立っている!

犬は頭がくらくらしてくる。立ちどまり、あたりを見回す。手近な砂山にのぼって遠くを見渡し、考え深げに首を横に振り、それから、何も言わずに踵《きびす》を返して隊列に駆け戻り、最後尾の荷馬車の下に大人しくもぐり込んで、何とも情けない気分に陥り、恥じ入った顔で、一週間ずっと尻尾を半旗に保つ。その後一年ずっと、コヨーテ追跡の騒ぎが生じるたびに、犬は無表情にそっちをちらっと見やり、どうやら胸の内で「そのパイ、遠慮しておきますよ」と呟《つぶや》いている。

コヨーテは主に、この上なく荒涼とした、人を寄せつけぬ砂漠に、トカゲ、ジャックウサギ、ワタリガラスと一緒に住み、不安定で危なっかしい、苦労のたえぬ暮らしを送っている。食べるものといってももっぱら、移民の隊列から外れて息絶えた牛、ラバ、馬の死骸と、時おり舞い込むたなぼたの腐肉、廃棄処分を申し渡された軍隊用ベーコンよりはましな肉を手に入れられる白人たちが時たま恵んでくれる屑肉《くずにく》といったあたりらしい。コヨーテは彼らのいとこにあたる砂漠をうろつくインディアンが食べるものならおよそ何でも食べる。そしてインディアンはおよそ嚙《か》めるものなら何でも食べる。奇妙な事実だが、インディアンは史上唯一、ニトログリセリンを食べて死ななかったらもっとくれとせがむ生物である。

ロッキー山脈の向こうの砂漠に住むコヨーテたちの暮らしはとりわけ厳しい。親戚たるインディアンたちが、コヨーテに劣らず迅速に、砂漠に吹く誘惑的な風を嗅ぎとりその香りの発生源たる牛の遺骸までたどり着いてしまうからである。そうなったらコヨーテは少し離れた場にとどまり、食べられるものを人間たちがすべて剝《は》ぎとり、掘り出し、獲物を手に歩き去るのを眺めることに甘んじるほかない。人間がいなくなると、コヨーテと、やはり待っていたワタリガラスとが骸骨を漁り、骨を舐《な》めつくす。コヨーテ、見苦しいカラス、砂漠に住むインディアン、三者は完全なる信頼と友情をもって不毛の地で共存し、ほかのすべての生き物を憎み、それらの生き物の葬儀に手を貸したいと渇望する。そうやってたがいの血縁関係を証《あか》しているのだと人は言う。コヨーテは朝食を得るために百五十キロ旅し、昼食を得るために二百五十キロ旅することを厭《いと》わない。次の食事まできっと三日も四日も間隔が空くにちがいないことを知っているからだ。何もせずゴロゴロして親のスネをかじっているより、旅をして風景を愛《め》でたりする方がいいではないか。

コヨーテの鋭い、禍々《まがまが》しい吠《ほ》え声《ごえ》を私たちはじきに聞き覚えた。夜の暗い平原を越えて声は届き、郵便物の袋のあいだで眠る私たちの夢を乱した。そんなとき、彼の侘《わび》しい姿と辛《つら》い境遇を私たちは思い出し、考えを改めてコヨーテのために祈るのだった——たまには今日一日彼の運が向いて、明日は無限の食べ物に恵まれますように、と。

（柴田元幸＝訳）

# ミシシッピ川の暮らし　抄

## 第四章　少年の野望

子供のころ、ミシシッピ川西岸の村［原注：ミズーリ州ハンニバル］に住む私の仲間たちのあいだで、つねに変わらぬ野望はひとつしかなかった。すなわち、蒸気船乗りになること。一時的な野望ならほかにもいろいろあったが、しょせん一時的でしかなかった。サーカスがやって来て去っていけば、みんなピエロになりたいと焦がれた。ミンストレル・ショーが初めて訪れると、自分たちもああいう人生を送りたいと憧れた。時おり、正しい生活を営んでいれば海賊になることを神さまが許してくれるのではと望みもした。どの野望も一つまたひとつと失《う》せていった。だが蒸気船乗りになりたいという野望だけは変わらずに残った。

一日に一度、安手のけばけばしい定期船が川下のセントルイスから着き、もう一隻が川上のキーオカックから着いた。これらの出来事の前は、一日も期待に光り輝いていた。そのあとは、日は死んだ虚《うつ》ろなものでしかなかった。少年たちのみならず、村全体がそれを感じていた。何年も経《た》ったいまでも、あのころのことが私にはありありと目に浮かぶ。夏の朝の陽《ひ》ざしのなか、白い村はうとうとまどろんでいる。通りは空っぽか、人がいたとしてもごくわずか。ウォーター・ストリートに並ぶ商店の前に店員が一人二人、籐《とう》張《ば》りの椅子を傾けうしろの壁に寄りかかって座り、あごを胸に載せ、帽子を顔に伏せて眠っている——あたりにはかんな屑《くず》がたっぷり散らばり、彼らが疲れはてた訳を物語っている。雌豚とその仔《こ》らが歩道をぶらつき、スイカの皮や種相手に着々仕事を進めている。土手の上に二つ三つ、船の積荷が山になっている。石畳の船着場の斜面にはころが積まれ、ぷんぷん酒の臭いを放つ町名物の酔払いがその蔭《かげ》で眠っている。船着場の先端には薪《たきぎ》を運ぶ平底ボートが二、三隻横たわっているが、さざなみがそれらに打ち寄せるのどかな音に耳を傾ける者も一人としていない。大いなるミシシッピ川、堂々として壮麗たるミシシッピ川は幅一キロ半の水を転がし、陽を浴びて光っている。遥《はる》か向こう岸ではこんもり林が茂る。町の上方の岬、下方の岬が川の眺めの境界となって、それを一種海のように、けれどひどく静かで輝かしく寂しい海に変えている。まもなく黒っぽい煙の幕がどこか遠くの岬の上に立ちのぼる。たちまち、遠目が利くことと声が馬鹿でかいことで知られるニグロの荷車引きが叫びを上げる——「じょ・お・き・せ・んがきたぞぉ!」。そうして情景は一変する! 町の酔払いがもぞもぞ動き、店員たちが目覚め、荷車たちがガタガタやかましく鳴り、どの家も店も人間を差し出して喧騒《けんそう》に一役買い、死んだ町は一瞬のうちに生きいきと動いている。荷車、手押し車、大人、子供、みな共通の中心たる波止場にあちこちから飛んでくる。集まった人々は、初めて目にする驚異を見るかのように、やって来る船に目を釘付《くぎづ》けにする。たしかに船はなかなかいい眺めなのだ――ほっそり長く、くっきりと鋭く、小綺麗《こぎれい》にして華やか。背の高い、先端をお洒落《しゃれ》に飾った煙突が二本あって、何か金《きん》で描いたものがあいだにぶら下がっている。もっぱらガラスと飾り物から成る洒落た操舵室《そうだしつ》が、煙突のうしろの高級船員用甲板室《テキサスデッキ》の上に載っている。外輪覆《パドルボックス》いには絢爛《けんらん》に絵が描いてあったり、船名の上に金箔《きんぱく》の筋が走っていたり。ボイラーデッキ、最上軽甲板《ハリケーンデッキ》、テキサスデッキは真っ白な手すりで囲まれ、飾られている。船首の竿《さお》からは旗が雄々しくたなびき、炉の扉は開いていて炎がギラギラ勇ましく上がっている。上方のデッキはどこも乗客がぎっしり乗っている。船長は威風堂々大きな鐘のかたわらに立ち、皆の羨望を集めている。黒々とした煙が煙突からもくもく大量に上がる――ヤニマツを若干使って作り出すこの壮観は、町に着く直前まで取っておかれるのだ。船員たちは船首楼に集まっている。幅広の下船台は左舷舳《へさき》のずっと先までつき出ていて、その先端に、誰もが羨む甲板員が、とぐろを巻いたロープを片手に凛々《りり》しく立っている。閉じ込められていた蒸気が験水《ゲージ》コックから金切り声とともに飛び出す。船長は片手を上げ、鐘が鳴り、外輪が停《と》まる。やがて外輪は逆に回り出し、水をかき回して泡立て、蒸気船は静止する。それから、乗ろうとする者、降りようとする者、荷を積む者、荷を降ろす者、それがみんないっせいに動き出してすさまじい狂乱が生じる。そのすべてを難なくこなしながら、航海士たちがわめき、罵ること！　十分後、蒸気船はふたたび川を走っていて、竿には旗もなく煙突から黒い煙が出てもいない。さらに十分すると町はふたたび死にたえ、町の酔払いはころのかたわらでいま一度眠る。

私の父は治安判事だったので、父にはあらゆる人間の生死を決める力があって父の気分を害した者は誰だろうが縛り首にできるのだと私は思っていた。まあこれはこれで十分立派だと思ったが、それでもなお、蒸気船乗りになりたいという欲求はくり返し戻ってくるのだった。はじめ私はキャビンボーイになりたかった。白いエプロンを着けて、昔の友だちがみんな見ている前で船べりからテーブルクロスをばさっと振りたかった。次に、いやそれより、とぐろを巻いたロープを手に下船台の先っぽに立つ甲板員の方が目立っていいんじゃないかと思うようになった。だがこれらは白昼夢でしかなかった。現実の可能性として考えるには神々《こうごう》しすぎた。やがて私たちの仲間の少年の一人が町を去った。長いあいだ便りがなかった。やっとのことで、蒸気船の機関士見習い、別名「ストライカー」として彼は私たちの前に現われた。この出来事は、私の日曜学校の教えを根底から揺さぶった。この少年はかつて、俗なことしか頭にないことで悪名高く、私はその正反対だったのである。なのにこいつは、こうして高い地位に就き、私は名もなく惨めな気持ちで取り残されている。出世したくせに、人として寛大なところはこいつにはみじんもなかった。船が私たちの町に停泊していると、錆《さ》びたボルトをこいつは決まって見つけ出し、甲板の先っぽにこれ見よがしに座ってごしごし磨いた。そんな彼を私たちは見て、妬み、心底嫌った。船が休みになるたびに奴《やつ》は村へ帰ってきて、この上なく黒い、油に汚れた服で通りを闊歩《かっぽ》し、自分が蒸気船乗りであることをいやが上にも見せつけるのだった。喋《しゃべ》れば喋ったで、蒸気船の専門用語を、自分はあまりにも慣れているので一般の人々が理解できないのを忘れてしまったとばかりにあれこれ盛り込む。馬の「左舷《ラボード》」がどうの、とさも自然な感じに話すものだから、聞いていて死んじまえと思わずにいられなかった。セントルイスのことも「セントルーイ」と長年の住民みたいに言い、「四番通りを歩いてたら」とか「プランターズ・ハウスの前を通りかかって」とか、火事があって「ビッグ・ミズーリ」号のポンプを交代で汲《く》んだとかいった話をいかにもさりげなく言ってのけ、その日私たちの村と同じ大きさの町がいくつ焼けたか、涼しい顔で法螺《ほら》を吹いた。仲間のうち二、三人は一度セントルイスに行ったことがあって、そのさまざまな驚異をいちおう知っているということで一目置かれていたが、彼らの栄光の日はもはや終わった。みなしゅんと沈黙し、容赦なき「新米《カブ》」機関士がやって来るとこそこそ姿を消すようになった。おまけにこいつは金も、髪油も持っていた。そしてろくでもない銀時計と、けばけばしい真鍮《しんちゅう》の時計鎖も。革のベルトを腰に着け、ズボン吊《つ》りは使わない。同胞たちに心底崇《あが》められ、憎まれる若者がいるとしたら、奴がまさにそれだった。その魅力に抗える女の子はいなかった。こと女の子となると、奴は村のすべての若者を押しのけた。そのうちに、奴の船が爆発したと聞くと、私たちのあいだに、何か月も感じていなかった静かに満ち足りた思いが広がっていった。だがそれもつかのま、次の週に奴は帰ってきて、ぴんぴん生きていて、またしても村の名士、満身創痍《そうい》の身に包帯を巻いて教会に現われた姿はまさに輝ける英雄で、誰もがまじまじと見入り、驚嘆した。そこらへんのただの爬虫類《はちゅうるい》をここまでえこひいきするなんて、さすがに神さまもやり過ぎじゃないか、と文句のひとつも言いたくなるのだった。

こいつのキャリアから生じうる結果はただひとつであり、それがたちまちのうちに生じた。男の子が続々「川仕事」に就いたのだ。牧師の息子は機関士になった。医者と郵便局長の息子は三等船員《マッド・クラーク》になった。卸売り酒屋の息子は船上のバーテンになった。村一番の商人の息子四人と郡判事の息子二人は水先案内人になった。水先人こそ最高の地位だった。当時のように薄給の時代でも、水先人の給与だけは抜群で、月に百五十ドルから二百五十ドル、しかも食費、住居費は要らない。水先人の給料二か月分で、牧師が一年雇えた。こうして、私たちのうちの何人かは、何とも侘《わび》しい置いてけぼりを喰《く》った。私たちは川仕事に就けなかったのだ——とにかく親が許してくれなかったのである。

というわけで、やがて私は家を飛び出した。水先案内人になって故郷に錦を飾るまでは帰ってこない、と大見得を切って。だがなぜかそれは達成できなかった。セントルイスの細長い船着場に行って、イワシのごとくぎっしり並んで横たわる船の何隻かにおずおずと乗り込み、水先案内人の職はないでしょうかと腰を精一杯低くして訊《き》いてみたものの、航海士や船員から冷たくあしらわれ、そっけない言葉を浴びただけだった。当面はそういう扱いにもただ耐えるしかなかったが、いずれ立派な、誰からも敬われる水先案内人となる未来を夢見れば気持ちも慰められた。そのころには金もたっぷり持っていて、この航海士や船員連中の何人かをぶっ殺して、その後始末をつけることだってできるのだ。

(柴田元幸＝訳)

# 戦争の祈り

それは大いなる、胸躍《おど》る興奮の時であった。国中が武器を取って、戦《いくさ》が始まり、万人の胸に愛国心の聖なる炎が燃えていた。太鼓が響き、楽隊が調べを奏で、おもちゃの銃がぽんぽん音を立て、束ねた爆竹がシューシューパチパチ鳴った。すべての手に、そして遥《はる》かに遠く霞《かす》むまで連なる屋根やバルコニーに、陽《ひ》を浴びてきらめく無数の旗がはためいていた。真新しい軍服に身を包んだ若き志願兵たちが、日々華やかに凜々《りり》しく大通りを行進し、鼻高々の父母、姉妹、恋人たちが、募る歓喜に喉を詰まらせつつ、通り過ぎていく彼らに歓声を送った。夜ごとに満員の聴衆が、心の奥底を揺さぶる愛国的演説に息も荒く耳を傾け、涙で頬を濡《ぬ》らし、時おり大竜巻のごとき喝采でしばし演説をさえぎった。教会では牧師たちが旗と国家への忠誠を説き、戦の神に、どうか私どもの大義に力をお貸しくださいと熱い雄弁をほとばしらせ、聞いている誰もが心を動かされた。それは悦《よろこ》ばしい、幸《さち》ある日々であった。一握りの軽はずみな、戦争に異を唱え、その正しさに疑いを投げかける輩《やから》は、何とも厳しい、怒りに満ちた警告を受けたものだから、自らの身の安全を図ってそそくさと姿を隠し、それ以上不興を買うこともなかった。

日曜の朝が訪れた。明日になれば、歩兵大隊が前線に向けて発《た》つ。教会は満員で、志願兵たちが集い、若い顔を戦の夢に輝かせていた――断固たる前進、募る勢い、決死の突撃、きらりと光るサーベル、敵の敗走、戦場の混沌《こんとん》、あたりを包む煙、猛烈なる追撃、ついに敵は降伏する！　やがて赤銅色《しゃくどういろ》に陽焼けした英雄たちは故郷に錦を飾り、歓迎され、崇拝され、栄光の黄金の海に埋没する！　志願兵たちとともに鼻高々の幸福な家族も座り、勝利を勝ちとるか無上に貴《たっと》い死を遂げるかすべく栄誉の戦場に送り出す息子も兄弟も持たぬ隣人たち、友人たちから羨望の目で見られていた。礼拝は進んでいき、旧約聖書から戦をめぐる一節が読まれた。第一の祈りが唱えられた。建物を揺さぶるほどのオルガンの響きがそれに続き、熱い思いを一《いっ》にして教会内の全員が立ち上がり、目を輝かせ胸をときめかせ、烈《はげ》しい祈りの言葉を吐き出した――

この上なく恐ろしい神よ！　命令する方よ！
雷鳴こそあなたの喇叭《らっぱ》、稲妻こそあなたの刀！

それから「長い祈り」が唱えられた。これほど情熱的で、胸に訴え、心を揺さぶる美しい言葉の祈りは誰一人聞いた覚えがなかった。その嘆願の内容はおおよそ次のようなものであった。つねに慈悲深き、恵み深き我らが父よ、我らの気高き若き兵士たちを見守りたまえ、愛国の務めを果たす彼らを助け、慰め、励ましたまえ、彼らを祝福したまえ、戦いの日々にあり危険の時にある彼らを護《まも》り、あなたの力強い手のうちに彼らを包み、彼らに力と自信を与え、血なまぐさい襲撃において無敵の身としたまえ、彼らが敵を打ち砕かんとする奮闘に手を貸したまえ、彼らに、そして彼らの旗と国に不滅の名誉と栄光を与えたまえ——

するとそこへ、一人の老いた、見知らぬよそ者が入ってきて、ゆっくりと、音も立てぬ足どりで中央の通路を、目はまっすぐ牧師に据えたまま歩んでいった。長身の体は足下まで垂れた衣に包まれ、頭には何も被《かぶ》らず、白い髪は泡立つ滝のごとく肩に流れ落ち、皺《しわ》の刻まれた顔は不自然に、ほとんど死人のように青ざめていた。全員の目が彼に向けられ、誰もが唖《あ》然《ぜん》としているなか男は黙って歩みを進めてゆく。そのまま止まることなく牧師の横までのぼって行き、そこで初めて立ちどまって、待った。瞼《まぶた》を閉じた牧師は男が現われたのにも気づかず、胸に響く祈りを続け、やがて熱く訴える声で次の言葉を発して締めくくった——「我らの武器を祝福したまえ、我らに勝利を与えたまえ、おお主なる神よ、我らが父にして国を護り旗を護り給《たも》うお方よ！」

よそ者は牧師の腕に触れて、脇へ退《の》くよう合図した。仰天しながらも牧師が従うと、男は説教壇の前に立った。そしてしばらくのあいだ、金縛りに遭ったような聴衆を、厳《おごそ》かな、この世ならぬ光が燃える目で眺めわたした。それから、深い声でよそ者は言った——

「私は神の御座《みざ》から、全能なる神の言づてを携えてやって来た！」。その言葉に教会内の誰もが愕《がく》然《ぜん》とした。よそ者はそれに気づいたとしてもいっさい注意を払わなかった。「神は神の僕《しもべ》にしてお前たちの導き手たる牧師の祈りを聞き届けられ、それがお前たちの望みであるなら叶《かな》えてやろうという気でおられる。ただしその前に、神の使者たる私が、お前たちの祈りの意味するところを——つまり、その意味するすべてのところを——説き明かしてやらねばならぬ。なぜなら人間の祈りはたいていそうだが、この祈りも、本人たちが自覚している以上の、立ちどまって考えぬかぎり誰も気づかない内容を含んでいるからだ。

神の僕《しもべ》、お前たちの導き手にしてお前たちの僕《しもべ》は祈りを唱えた。本人はじっくり考えただろうか？　これは一つの祈りか？　いいや、二つだ——口にされた一つと、されていない一つ。その両方が、神の耳に届いている。神はすべての嘆願を、言葉にされたものもされぬものもお聞きになるのだ。よく考えよ。心に留《とど》めよ。もしもお前たちが自分の身に祝福を求めているのであれば、心せよ、それによって図らずも隣人に呪いが降りかかるよう求めることにならぬよう！　雨を必要としているお前たちの作物に雨の祝福が訪れるよう祈るなら、その祈りは、誰かお前たちの隣人の、雨を必要としておらず雨によって損なわれるかもしれぬ作物に呪いが訪れるよう求める祈りともなりうるのだ。

お前たちの僕《しもべ》の祈りを、お前たちは聞いた——その、言葉にされた部分を。私は神から、もう一方の、牧師が——そしてお前たちも胸の中で——無言のうちに熱く祈った部分を言葉にする役目を仰せつかってきた。それは、無知のまま、考えなしに為《な》された祈りだったただろうか？　そうであってほしい！　お前たちは『我らに勝利を与えたまえ、おお主なる神よ！』という言葉を聞いた。それだけで十分だ。言葉にされた方の祈り全体が、この意義深い一言に凝縮されているからだ。くどくどしい付け足しは要らなかった。勝利を祈ったとき、勝利から生じる、生じるにちがいない、生じるほかない、口にされていない多くの結果をお前たちは祈ったのだ。すべてをお聞きになる神の御心《みこころ》には、祈りの、言葉にされていない部分も届いている。神はそれを言葉にせよと私に命じられた。聞け！

〝おお主なる神よ、我らが若き愛国者たち、我らが心の英雄たちは、戦場へ出かけてゆきます。どうか彼らのそばにいてやってください。彼らとともに、気持ちの上では、私たちもまた、敵を打ち負かすべく、慣れ親しんだ暖炉前の心地よい平穏を離れます。おお主なる神よ、私どもが敵の兵士たちを、私どもの砲弾で血に染めズタズタに引き裂くのに手をお貸しください。敵たちののどかな野や畑を、愛国者の青白き亡骸《なきがら》で覆うのに手をお貸しください。銃の轟《とどろ》きを、傷を負って痛みにのたうち回る敵たちの悲鳴でかき消すのに手をお貸しください。彼らのつましい住まいを、炎の嵐でもって破壊するのに手をお貸しください。誰を傷つけもせぬ未亡人たちの胸を、空《むな》しい悲しみで締めつけるのに手をお貸しください。幼い子らを抱えた彼らを屋根のない身に貶《おとし》め、荒れはてた国土を、友もなく、襤褸《ぼろ》に身をくるみ、飢えと喉の渇きを抱えて彷徨《さまよ》わせるのに手をお貸しください。夏にあって彼らは太陽の炎に苛《さいな》まれ、冬にあっては氷のように冷たい風に虐げられ、気力もへし折られ、辛《つら》い日々に疲れはて、どうか墓場という避難所を与えたまえとあなたに祈り、拒まれることでしょう――なぜなら、そうです、あなたを崇める私どものために、主よ、彼らの望みを打ち砕きたまえ、彼らの命を枯れさせたまえ、彼らの苦難の旅を長引かせたまえ、彼らの足どりを重くしたまえ、彼らの行く手を彼ら自身の涙で濡らしたまえ、白い雪を彼らの傷ついた足から流れる血で汚したまえ！　愛の名において私たちは、愛の源たる神にこれを求めます、甚《はなは》だしく苦しみながらも慎《つつ》ましく悔恨《かいこん》の念を抱えた心であなたの助けを求める者たちを決して裏切らぬ避難所にして友たるあなたに求めます。アーメン〃

（一瞬間《ま》があった。）お前たちはこういうことを祈ったのだ。もし依然としてそう望むなら、声を上げよ！――誰よりも高きお方の使いは、待つぞ」

あとになって、あの男は狂人だったのだと考えられた。男の言ったことには、まったく何の意味もなかったのだから。

（柴田元幸＝訳）

# 解説——柴田元幸

アメリカ人作家によるアメリカ文学に関する一番有名な発言は、おそらく次の一言である。

アメリカ近代文学はすべて、マーク・トウェインによる、ハックルベリー・フィンという一冊の本から出ている。（中略）これは我々アメリカ人が持っている最良の本だ。すべてのアメリカ的文章はここから出ている。その前は何もなかった。その後もこれに並ぶものはない。（引用者訳、以下同）

——アーネスト・ヘミングウェイ『アフリカの緑の丘』（一九三五年）の一節である。『アフリカの緑の丘』はヘミングウェイのサファリ体験を綴《つづ》ったノンフィクションだが、現在では何より『ハックルベリー・フィンの冒険』をたたえたこの一節によって知られていると言って過言ではないだろう。

「その前は何もなかった」とは何とも乱暴な物言いであり、実際この一節に至る前にヘミングウェイはホーソーン、メルヴィルといった重要な先達もあっさり切り捨てているのだが、アメリカ文学のアメリカ文学らしさということに絞って考えるなら、ヘミングウェイによるこの『ハック・フィン』礼賛、方向性としてはそれなりに有効だという気もする。アメリカ文学におけるマーク・トウェインの重要性ということを考える上でも足がかりになりそうなので、この一言について少し考えてみよう。

ヘミングウェイ自身はこれ以上説明していないので、ある程度こちらの恣意的《しいてき》な読みにならざるをえないが、彼の『ハックルベリー・フィン』礼賛は、ひとまず二つの次元で考えることができるだろう。まず第一に、『ハックルベリー・フィンの冒険』という書物の内容、さらにはハックルベリー・フィンという主人公の人物造型という次元。家なしの自由な少年ハックが逃亡奴隷のジムとともに筏《いかだ》でミシシッピ川を下るという絵図は、『白鯨』におけるエイハブ船長率いるピークォッド号乗組員たちがモービー・ディックと戦うという絵図とともに、アメリカ文学でもっとも有名な視覚的イメージだろう。それは窮屈な社会の外にひっそり生じている理想の小さな共同体であり、人種差別と奴隷制を暗い影として背負ってきたアメリカ社会がひそかに夢見る見果てぬ夢の具現化である。そしてジムとともに川を下る少年ハックは、社会の規範に時として律儀につきあったりもするものの、毎日定刻に起こされて学校に行かされる子供たちよりはずっと自由な存在である（だから『トム・ソーヤーの冒険』でのハックは、社会の枠内で生きざるをえない少年たちから羨望の目で見られている）。時おり現われる横暴な父親につかのま煩わされるとはいえ、ほぼ孤児と言っていいようなその身の上は、自由と独立を至上の価値とする国のヒーローとしてほとんど由緒正しい境遇である。エイハブ、イシュメール、スターバック等々、『白鯨』の登場人物たちはファーストネームのみを与えられファミリーネームは持たず、みなまとめて「孤立者」と呼ばれているし、フィッツジェラルドの『グレート・ギャッツビー』の主人公ジェームズ・ギャッツは自分に親などいないことにして〈ジェイ・ギャツビー〉なる新しい人物を創造する、といったふうにアメリカ文学の少なからぬヒーローたちが孤児的存在だと言えるが、なかでもハックは一番明快に孤児のイメージを体現している。

だがそういった、作品の内容、主人公のキャラクターといった次元に劣らず大事なのは、『ハックルベリー・フィン』をはじめとする多くのマーク・トウェイン作品において、アメリカ英語による文学が初めて本格的に——そしてもしかしたら、まさにヘミングウェイの言うように、「その後もこれに並ぶものはない」レベルの高さで——書かれたという事実である。

たとえばマーク・トウェインより約三十年早く生まれたナサニエル・ホーソーンは、人間の精神の闇の部分に対する洞察に関してはそれこそこれまた「その後もこれに並ぶものはない」深さに達しているが、そのホーソーンをアメリカ英語のパイオニアと見なすのは難しいだろう。たとえばその長篇『緋文字』の第一章は、次のように始まる。

A throng of bearded men, in sad-colored garments and gray, steeple-crowned hats, intermixed with women, some wearing hoods, and others bareheaded, was assembled in front of a wooden edifice, the door of which was heavily timbered with oak, and studded with iron spikes.

The founders of a new colony, whatever Utopia of human virtue and happiness they might originally project, have invariably recognized it among their earliest practical necessities to allot a portion of the virgin soil as a cemetery, and another portion as the site of a prison.

一方、『ハックルベリー・フィンの冒険』第一章はこう始まる。

You don't know about me, without you have read a book by the name of "The Adventures of Tom Sawyer," but that ain't no matter. That book was made by Mr. Mark Twain, and he told the truth, mainly. There was things which he stretched, but mainly he told the truth. That is nothing. I never seen anybody but lied, one time or another, without it was aunt Polly, or the widow, or maybe Mary. Aunt Polly,—Tom's aunt Polly, she is—and Mary, and the widow Douglas, is all told about in that book—which is mostly a true book; with some stretchers, as I said before.

意味を考えずとも、字面からして『緋文字』の方が長い単語が多く、何となく改まった感じがするのに対し、『ハック・フィン』は簡単な単語が多く、インフォーマルな印象を受けるのではないだろうか。ある程度文法の知識がある方なら、ホーソーンの英語はあくまで折り目正しい一方、トウェインの——というより印象としてはハックの——語る英語は標準的文法からずれまくっていることがおわかりだろう。規範に囚《とら》われない自由人ハックのありようが、いわば言語的にも体現されているのである。

もちろん、こうした対照的な文章の両方があることでアメリカ文学が豊かになっていることは言うまでもないが、ひとまずどちらがより「アメリカ的」かを考えるなら、やはりトウエイン＝ハックの方だということになるだろう。それまでの、ヨーロッパ文化に反抗する面も多々あったもののそれと同じくらいヨーロッパ文化を引きずってもいた東部の文学者たち（ホーソーンはその最良の一人だった）の文語的な文章とはうって変わって、マーク・トウエインが駆使したのは、西部、南部、中西部の庶民たちが使う「アメリカの声」そのものと思える口語的な英語だった。それは書き言葉とはいえ、話し言葉に限りなく近い。

両者の違いは、訳してみればいっそうはっきりするだろう。


くすんだ色の衣服を着て、天辺《てっぺん》が尖塔状《せんとうじょう》となった灰色の帽子を被《かぶ》り顎鬚《あごひげ》を伸ばした男たちに、ある者は頭巾を被りある者は何も被っていない女たちも交じった人の群れが、扉はがっしりと樫材《かしざい》で作られ、鉄の大釘《おおくぎ》が何本も打たれた木造建築の前に集まっていた。

新しい植民地の創立者たちは、人間の美徳と幸福に基づくいかなる理想郷を元来構想しようとも、これまで常に、その処女地の一部を墓地に、また別の一部を監獄用地に割り当てることを、いち早い実際的必要のひとつとして認めてきたのである。


『トム・ソーヤーのぼうけん』てゆう本をよんでないとあんたはおれのこと知らないわ

けだけど、それはべつにかまわない。あれはマーク・トウェインさんてゆう人がかいた本で、まあだいたいほんとのことがかいてある。ところどころこちょうしたところもあるけど、まあだいたいはほんとのことがかいてある。べつにそれくらいなんでもない。だれだってどこかで、一どや二どはウソつくものだからね。まあポリーおばさんとか未ぼう人とか、それとメアリなんかはべつかもしれないけど。ポリーおばさん、つまりトムのポリーおばさんだけど、あとメアリやダグラス未ぼう人のことも、みんなその本にかいてある。で、その本は、だいたいほんとのことがかいてあるんだ、さっき言ったとおりところどころこちょうもあるんだけど。

一方は意図的に漢字を多用しもう一方はひらがなを多用して訳し、両者の違いをいっそう際立たせていることは認めるが、それもあながち恣意的な操作ではなく、あくまで原文の雰囲気に忠実に訳せばこうなると考えての選択である。

マーク・トウェインをはじめとする、現実に人々が使っている言葉に極力近づけた、内容的にも現実世界を模した度合いの強い作風を、今日ではリアリズムと呼ぶわけだが、当時はそういう呼称はなく、トウェイン自身もリアリズムという言葉を一度も使っていない。彼はあくまで、町で現実に聞こえているアメリカ英語を積極的に文学に導入し、アメリカ社会で現実に起きていそうな出来事を（「ところどころこちょう」も盛り込んで）活写したということに尽きる。

話し言葉に近い書き言葉というと、明治時代の日本の「言文一致運動」を思わせるが、実際、アメリカのリアリズム文学勃興と日本の言文一致運動は時期もほぼ一致している。言文一致運動が盛んだったのは一八八〇年代なかばから一九一〇年ごろまでと言われるが、アメリカのリアリズムの重要作品も『ハックルベリー・フィンの冒険』が一八八五年刊（イギリスでは一足先に一八八四年）、リアリズム文壇の重鎮《じゅうちん》ハウエルズの『サイラス・ラッパムの向上』も同じく一八八五年、リアリズムに決定論・宿命論的要素の加わった自然主義《ナチュラリズム》の最初の重要作品ドライサーの『シスター・キャリー』は一九〇〇年刊である。一九二〇年代に入ったあたりでリアリズムは下火になり、時代はモダニズムに、すなわちより実験的・革新的な方向に移っていった。

ただし、ここには重要な違いもある。言文一致運動が日本の西洋化をめざす大きな流れの一環だったのに対し、アメリカのリアリズム、特にトウェインによるアメリカ英語の積極的使用は、ヨーロッパ・イギリスに抗してアメリカの独自性を打ち出そうとする試みだった(何かにつけて「アメリカ」を前面に出すのはきわめてアメリカ的なふるまいなのである)。実際その後も、多くの書き手がマーク・トウェインの範に倣《なら》い、文学的文章とは美辞麗句を並べたものではなく、むしろいわゆる美文調、文学臭を排した文章こそ文学的なのだという アメリカ的文章美学を実践することになる。それをもっとも自覚的に実践した一人が、ほかならぬヘミングウェイである。

このように書くと、マーク・トウェインが当初から、一文学者としてアメリカ文学を変革する気概で作品を書いたような印象を与えるかもしれない。だとすれば、その点は急いで訂正しておかねばならない。年譜をご覧いただければわかるように、若いころのマーク・トウェインは、まさに少年時代の憧れの職業だった水先案内人の仕事（この憧れについては、訳出した『ミシシッピ川の暮らし』第四章をご覧いただきたい）に従事したり、銀鉱採掘に熱中したりしながら、西部の生活を面白おかしく伝えるコラムを新聞に寄稿していたのであり、さすがに「片手間に書いていた」とは言わぬまでも、決して「文章一筋」の書き手ではなかった。書くものにしても、コミカルな要素の強い、「お笑いジャーナリズム」とでも呼ぶのが似合いそうな内容が多かった。とはいえ、そうやって読み捨てられるために書かれたトウェインの文章には、いま読んでも独自の輝き、奔放さがある。決して単なる駄文として片付けるべきではない。

そうしたコメディアン＝ジャーナリストとしての真価がまとまった形で発揮されたのが、本書でその第二十七章を訳した『赤毛布外遊記《あかゲット》』である（以下、本書に訳出した作品に沿って話を進めていく）。この章には初期マーク・トウェインのアナーキーな魅力がいろいろな形で表われている。まず、ヨーロッパと聖地を訪ねた旅行記であるはずなのに、のっけからかつてネヴァダに旅したときの話に脱線してしまい、書き方からしていかにも規範を無視していて、しかもその内容たるや思いきり爽快にアホらしい。そしてイタリアに話が移ると、「ミケランジェロ」を徹底的にコケにすることを通して、ヨーロッパ人の自己満足が笑われ、ヨーロッパを有難がるアメリカの風潮も暗に笑われている。高尚とされるものが、常識の側からあっさり斬られる。そしてそれらすべてが、ユーモアに富んだアメリカ英語で語られている。

なお、*The Innocents Abroad* という、素直に訳せば『お上りさん旅行記』とでもなりそうな題を半世紀以上前に『赤毛布外遊記《あかゲット》』と訳したのは浜田政二郎だが、内容のタッチと非常に合っていると思うので、ここでも使わせていただいた。

一方、トウェイン自身の西部体験に基づく *Roughing It* は、荒っぽい暮らし方、といったような意味の題名で、従来は『苦難を忍びて』『西部旅行綺談《きだん》』『西部放浪記』などの邦題が与えられてきたが、ヨーロッパと聖地の旅の記録である『赤毛布外遊記』と対をなすアメリカの旅の記録という側面に鑑《かんが》みて、今回は『西部道中七難八苦』という邦題を案出した。訳した第五章は、コヨーテの描写が何といっても印象的である。コヨーテも、コヨーテと結びつけて考えられているインディアンも相当ネガティブに描かれていることは否定できないが、結局のところ一番揶揄《やゆ》されているのは、都会に住む人間を象徴しているとも思える「都会育ち」の「自信家」たる犬であることを見逃すべきではない。

この解説の冒頭ではもっぱらハックルベリー・フィンに焦点を当てたが、一般的にはハックよりむしろトム・ソーヤーの方がよく知られているだろう。本としても、『トム・ソーヤーの冒険』はトウェインの全作品のなかでもっともよく読まれてきた一冊である。冒頭の白《しろ》漆喰《しっくい》塗りのエピソードなどは、ノーマン・ロックウェルが描いた絵の人気なども加わって非常に有名である。ハックが自らの声で語る『ハック・フィン』とは違って、こちらは大人の語り手が、いわば外側からトムを語る。よくも悪くも『ハック・フィン』より安定した語り口であるわけだが、少年たちが携わるさまざまな冒険を冒険物語の伝統にのっとった語り口で語っているように見えながらも、その語りはどこか対象から微妙に距離をとっており、皮肉な物言い、辛辣な視線もあちこちに交じっていて、実はなかなか複雑な味わいをはらんだ作品である。トムは少年たちのリーダー格だが、前述のようにトムを含めて少年たちは家もなく気ままに暮らすハックルベリー・フィンに憧れている。それを考えると、この『トム・ソーヤーの冒険』という本自体が、いまだ書かれていない、より自由な方法で書かれている『ハックルベリー・フィンの冒険』に憧れているようにすら思えてきて、不思議な切実さが行間から伝わってくる。

一方、『ハックルベリー・フィンの冒険』がアメリカ文学史における最重要作品のひとつであることはほとんどすべての人が認めるところだろう。主人公の少年ハックルベリー・フィンの語り口のイキのよさ、その語りを貫く（ハックにとっては）巧まざるユーモア、自然を描写するときなどに発揮されるみずみずしい感性、さみしい《ロンサム》という言葉を多用し死に惹かれてもいるハックが抱えているメランコリー、逃亡奴隷のジムと筏の上で築くささやかな共同体の愛おしさ、それとは対照的な痛烈な社会批判、等々この作品の魅力はいくつも挙げられるが、ほとんど革命的な語り口とともにとりわけ大事なのは、奴隷の逃亡を助けるか助けないかという問題にハックを直面させることによって、奴隷制という悪をこの作品が直視していることだろう。そりゃあ助けた方がいいに決まっているじゃないか、と現代日本に生きる我々は思うわけだが、当時の通念からしても法律からしても、奴隷の逃亡を助けることは立派な犯罪であり、ハックの「良心」もジムを持ち主の元に帰らせるようハックに促す。そこから本物の葛藤が生じているのである。

　ちなみに、この作品の最後の四分の一では、いわゆる「ネタバレ」にならない範囲で言えば、奴隷を逃がす逃がさないという大問題が一種の茶番に堕してしまっているとも言える。冒頭で引用したヘミングウェイの『アフリカの緑の丘』の一節で「中略」とした箇所も、まさに「最後の四分の一は読むに値しない」という趣旨なのである。この四分の一をどう考えるかをめぐって、従来さまざまな議論がなされているが、まずは何より、アメリカにおける人種問題の深刻さが、こんなところにも露呈していると考えるべきだろう。

　文学史上これほど重要視された作品であるにもかかわらず、『ハックルベリー・フィンの冒険』はたびたび学校や図書館において禁書扱いを受けてきた。新しいところでは、二〇一五年十二月、メリーランドのある高校で、「ニガー」（黒んぼ）という言葉が使われていることに不快を覚えた生徒の抗議を受けて『ハック・フィン』がカリキュラムから外された。近年、この作品が禁書となる場合、おおむねその理由はこのn-word（新聞などではもはや「ニガー」という言葉を綴ることさえ憚《はばか》られる）が多用されていることであるようだ。二〇一一年には、全篇に二百回以上現われる（これは話の内容からして過度に多いわけではない——当時この作品で描かれているような社会にあってこの言葉は「ハロー」と同じくらい日常的だったのだ）「ニガー」という単語を「奴隷《スレイヴ》」に置き換えた版まで出版された。作品全体でもっとも倫理的にすぐれた人物であり、結局ハックの精神的な父ともなるのがまさにその「ニガー」ジムであることを考えれば（もっとも、ジムの人物造型については、ステレオタイプから抜け出ていない、と批判する向きもあるが）、単語ひとつに目くじらを立てるのはどうなのか、と言いたくもなるが、ここでもまた、人種問題の当事者にとってはそれだけ問題の根は深いのだということを肝に銘じるべきだろう。

『ハック・フィン』が初めて禁書とされたのは、刊行後何か月も経《た》っていない時期のことである。むろん当時の場合、禁書の理由も現在とは違っていた。たとえばマサチューセッツ州コンコード（トウェイン以前の東部文学のひとつの中心とも言える町）の図書館員は、この本を下品だと断じ、「知的な、きちんとした人々よりも、スラムに適している」と評した。これを聞いたトウェインは、「これでもう二万五千部売れるぞ！」と編集者に宛てて書いている。まさに転んでもただでは起きない人だが、いずれにしろ、人種の問題にせよ上品／下品の問題にせよ、従来の文学が踏み込まなかったところにトウェインが踏み込んだからこそ、一部の人々を過剰に刺激した――いまもしている――ということは言えるだろう。

Self-made man（一からたたき上げた男）という言い方がアメリカ起源であることからも窺《うかが》えるように、アメリカにあって自分とは親から与えられるものというよりも自ら作るもの、という意識が強い。そこから当然、自己の虚構性ということもいっそう強く意識されることになる。誰よりもアメリカ的な作家トウェインにあってむろんそれは非常に重要なテーマである。そもそも彼自身、サミュエル・クレメンズが「マーク・トウェイン」という一種の仮面をかぶることで作家的アイデンティティを作り上げたのであり、クレメンズは時に「マーク・トウェイン」であることに倦《う》みもした。作品内でも、アイデンティティに対するそうした関心が、たとえば『ハック・フィン』においてハックがいろんな偽名を使いいろんな役柄を演じることによって生きのびることや、『王子と乞食』で少年二人のアイデンティティがそっくり入れ替わるという設定に表われている。だが、このテーマをもっとも有効に使ったのは、これを人種問題と絡めて物語化した『阿呆たれウィルソン』だろう。当時犯罪捜査に適用されはじめていた指紋を取り入れて、推理小説のような展開にもなっているし、何よりストーリー・構成がしっかりしていて読みごたえがあり、後期トウェインの最重要作品のひとつとなっている。本書の構想を始めた時点から、この一作はぜひ全篇を入れたいと考えていた。

きわめて乱暴な分け方だが、前期のトウェインがどこか死に惹《ひ》かれている書き手だとすれば、後期のトウェインは生を嫌悪する書き手だという印象を受ける。そしてその嫌悪が、時おり力強い表現に結実する。「戦争の祈り」はその好例である。トウェインの生前は雑誌に掲載を拒否され、「真実を語ることを許されるのは死者だけだ」と本人も諦念交じりにコメントし、事実トウェインの死後十数年経ってから刊行されたのち、ベトナム戦争中に注目され、二十一世紀に入ってからも何度か映画化され、またカーナル・アゴニーなるヘヴィメタル・バンドが近年（二〇一四年）この物語を歌にしてもいる。トウェインの作品がいまもインパクトを持つことの証《あか》しと見てよいだろう。二十一世紀にふたたび、こうした烈《はげ》しい告発と憤怒の著作がもてはやされるという事実が、現代について何を語っているのか、考えるといささか不安になってくるが……。

むろんヘミングウェイは誇張していた。マーク・トウェインの前に何もなかったなどということはないし、それ以後も『ハックルベリー・フィン』に並ぶものはないと断言するのは（たとえばフォークナーの最良の著作を考えれば）無謀である。だが、マーク・トウェインほど広く愛され、彼ほどアメリカ文学の形成に寄与し、彼ほど文学の楽しさを身をもって演じてみせた人はほかにいない。これは迷わず断言していい。

# 作品解題

**『トム・ソーヤーの冒険』** *The Adventures of Tom Sawyer*（1876）

『トム・ソーヤーの冒険』は一八七六年十二月（イギリス版は六月）にアメリカン・パブリッシング社より刊行されたマーク・トウェインにとって最初の単著による長編小説（先行する長編小説『金メッキ時代』［一八七三年］はチャールズ・ダドリー・ウォーナー［一八二九―一九〇〇年］との共著）。トウェインが幼少期を過ごした一八四〇年頃のミズーリ州ハンニバルをモデルにしたとされるセントピーターズバーグと呼ばれる架空の町を舞台にしている。

すでに作者は四十歳を越えており、一八四〇年代ハンニバルの光景は南北戦争を経て様変わりを余儀なくされていた。奴隷制度は撤廃され、産業や交通手段も変化し、蒸気船でかつて賑わっていた港は寂れ、鉄道網が拡張しつつあった。「少年少女に愉《たの》しんでもらうことを意図して」書かれた物語であると同時に、かつて少年少女であった大人たちに昔の様子を「快く思い出してもらうことも目論見《もくろみ》の一環」であったと「序」に記されているように、発表当時から郷愁《ノスタルジア》をもたらす物語として受けいれられた。二十世紀以後も、一九五五年に開園したディズニーランド内の散策型アトラクション「トム・ソーヤー島」（ウォルト・ディズニー自身が設計したことでも有名）に代表されるように、アメリカ大衆文化における原風景として現在も機能している。

主人公のトム・ソーヤーはすでに亡くなっている母の姉であるポリー伯母さん、従姉のメアリ

（ポリー伯母さんの実娘）、優等生の弟シド（片親ちがい）と共に暮らしている。トムの悪戯《いたずら》と腕白ぶりにはポリー伯母さんや学校の先生たちもいつも手を焼いており、級友とケンカをしたり、学校をさぼる常習犯であったりしているが、要領が良くクラスの人気者でもある。ある土曜日に悪戯をした罰としてポリー伯母さんに塀の白漆喰《しろしっくい》塗りを命じられたトムは、妙案を思いつき、楽しそうに作業を行う。嫌な仕事をさせられているはずのトムを最初はからかっていた友人たちであったが、やがてトムの様子に魅了され、自分たちの宝物を譲る代わりに白漆喰塗りをさせてもらおうとトムに頼み込むに至る。この「白漆喰塗り」のエピソードは、この物語の中でも最も有名なものであり、トム・ソーヤー流のものの考え方、発想の転換を示す象徴的な場面である。アメリカの民衆を描き続けた画家ノーマン・ロックウェルによる絵画作品「トム・ソーヤーとハックルベリー・フィン」（一九三六年）をはじめ、様々に翻案・引用されている。

トムは友人のジョー・ハーパーや、学校にも通っていない浮浪児のハックルベリー・フィンたちと共に家出をして、ミシシッピ川を筏《いかだ》で下り、無人島で海賊の真似事遊びをするなど、男の子の日常の延長線上にある様々な冒険の要素が挿話を織り紡ぐ形で描かれている。さらに、町の名士（判事）の娘である同級生の女の子ベッキー・サッチャーとの淡い恋愛も描かれており、転校してきたばかりのベッキーに「見せびらかし」をして気を引こうとする男の子の心情や、「婚約」を交わし、キスをする幼い男の子と女の子のませたふるまい、学校の先生に怒られそうになり恐怖に駆られているベッキーの窮状をトムが身代わりになって助けるエピソードなど、初恋の要素も時代や文化を超えたこの作品の主要な魅力の一つ。地元の子どもたちがトム・ソーヤーとベッキーに扮《ふん》するコンテストが、トウェインの郷里ミズーリ州ハンニバルでは現在も毎年開催されており、原作に基づく寸劇を行事の際に披露することが習わしとなっている。ほかにも「白漆喰塗りコンテスト」など毎年夏に開催される「トム・ソーヤー祭り」における定番の観光行事が人気。作品の様々な挿話が今日に至るアメリカの日常風景に溶け込んでいる。

ある日、トムは真夜中に家を抜け出してハックと共に墓地を探索していた際に、財宝をめぐる仲間割れに端を発した殺人事件を目撃する。犯人であるインジャン・ジョーは酔っ払いのマフ・ポッターに罪を着せるのだが、やがてトムの証言により判決が覆《くつがえ》り、インジャン・ジョーは法廷から逃走する。ここからインジャン・ジョーに命を狙われるサスペンスの効果が物語の基調を成す。その後、洞窟の中で迷子になってしまったトムとベッキーが暗闇の中で必死に脱出の糸口を探る中、行方をくらませていたインジャン・ジョーと洞窟の中で遭遇し、身の危険にさらされる。何とかトムたちが洞窟から出た後、洞窟が封鎖され、閉じ込められたインジャン・ジョーが餓死した姿で発見されることになる。その後、トムはハックと共に再び洞窟に入り、インジャン・ジョーが洞窟内に隠していた財宝を手にし、大金を手にして意気揚々と町に戻ってくるところで物語は幕を閉じる。「結び」にて、本作品は「一番上手《うま》く終われるところ」で締めくくられた少年少女の物語であることが強調されている。続編となる『ハックルベリー・フィンの冒険』では、トム・ソーヤーたちが大人になったその後の物語ではなく、共同体の中で周縁的な立場にあるハック・フィンと奴隷のジムに物語の軸足が移ることになる。さらにその他の続編として、『トム・ソーヤーの外国旅行』(一八九四年)、『トム・ソーヤーの探偵』(一八九六年)、「インディアンの中のハック・フィンとトム・ソーヤー」(一八八四年執筆、未完)、「トム・ソーヤーの陰謀」(一八九七年執筆、未完)などがあるが、生前に発表されている作品がトウェインの財政難の時期に相当していたこともあり、粗

『トム・ソーヤーの冒険』挿絵
（トゥルー・ウィリアムズ画）

製乱造されたものとして作品の評価は高いものではない。
日本における受容としては、作家でもあった佐々木邦（一八八三―一九六四）による翻訳（一九一九年）が異文化としての西洋のユーモアを移入する上で大きな役割をはたしているが、その反面、トムとベッキーとの婚約をめぐる恋愛の要素が削除されるなど比較文化の観点からも注目されている。また、テレビアニメーション『世界名作劇場　トム・ソーヤーの冒険』（全四十九話、一九八〇年）は定評ある丁寧な仕上がりでファンも多く、再放送などを通じて時代を超えて継承されている。

現在ハンニバルは「マーク・トウェインの少年時代の家博物館」を中心とした観光産業を特色としており、「マーク・トウェイン洞窟」やミシシッピ川をめぐる蒸気船クルーズなどトム・ソーヤーの物語の作品世界を疑似体験できる。「ベッキー・サッチャーの家」にはベッキーのモデルとなった、トウェインの幼なじみで初恋の女性ローラ・ホーキンズ（一八三七―一九二八）とトウェインが一九〇八年に再会した際（トウェインの自宅ストームフィールドにて）の写真（口絵参照）が飾られている（一九〇二年のハンニバル再訪時に再会後、交流が復活していた）。

※本巻収録の翻訳の初出は、『トム・ソーヤーの冒険』（柴田元幸訳、新潮文庫、二〇一二年）です。今回の収録にあたって、若干の手直しを施しました。

**『ハックルベリー・フィンの冒険』** *Adventures of Huckleberry Finn*（1885）

一八八四年十二月にイギリス版、八五年二月にアメリカ版が出版されているが、国際著作権法を意識し、海賊版を防ぐことを狙いとしてイギリス版が先に刊行される運びとなった。イギリス版で

『トム・ソーヤーの冒険』のハック
(左上、トゥルー・ウィリアムズ画)
『ハックルベリー・フィンの冒険』
のハック
(右下、E・W・ケンブル画)

は題名に冠詞の“The”が付されていたが、アメリカ版では省かれており、限定された終わりのある冒険を指すのではなく継続していく様を表している。三人称で物語られる『トム・ソーヤーの冒険』に対して、ハックルベリー・フィンの一人称語りで展開し、方言・俗語を交えた口語表現を駆使した文学の可能性を切り拓いた。冒頭ではハックが物語の作者マーク・トウェインの名前に言及するなどメタ構造を意識するかのような作りにもなっており、映画や舞台版などにおいても作者トウェインが語り手として登場し、物語に誘う役割をはたしている作品（ミュージカル『ビッグ・リバー』〔一九八五年〕など）もある。

トウェインは作中に導入される挿絵に対しても細かい指示を出していたことが知られているが、『トム・ソーヤーの冒険』の挿絵画家トゥルー・ウィリアムズによって描かれていたハックは薄汚い浮浪児の印象が強いものであったのに対して、『ハック・フィンの冒険』で起用されたE・W・ケンブルによるハックは健康的な自然児の姿に生まれ変わっている（前頁参照）。ハックは十四歳の少年で「貧乏白人《プア・ホワイト》」とみなされる階層であり、他の同年代の子どもたちと異なり、学校に通っておらず、共同体の周縁に追いやられた存在である。前作『トム・ソーヤーの冒険』の結末においてハックは裕福なダグラス未亡人の屋敷に引き取られ、ハックにとっては居心地悪く迷惑なことではあるが綺麗《きれい》な服を着せてもらい、教育を受ける機会を得た上に、トムと折半した財宝は共同体の大人たちに適切に管理されることになっていた。長く行方をくらましていた父親のパップ・フィンは息子が大金をせしめた噂《うわさ》を聞きつけ、セントピーターズバーグの町に舞い戻り、息子の財産目当てにハックを連れ去ってしまう。ある日、酔っぱらったパップの暴力に耐えかね、このままでは殺されてしまうと身を案じたハックが豚の死骸を用いて自分の死を偽装し、町を出るところから冒険物語が展開する。道中で深南部に売られる噂を耳にして逃亡してきた黒人奴隷のジムと遭遇し、行動を共にするようになる。ミシシッピ川の雄大な自然を背景に、階級・人種の観点から共に社会の周縁に位置づけられる二人による自由を求めての冒険がくりひろげられていく。セントピーターズバーグにいた際のハックは、あくまでトムの引きたて役の立場に甘んじていたが、町を離れてからのハックは川の流れに身を任せるかのように自分をのびのびと解き放っていく。女の子に変装するなど、常に自分以外の何者かになりすますことでたくましく世間を渡っていく。

『トム・ソーヤーの冒険』発表後、続編となる『ハック・フィンの冒険』執筆中に、トウェインが青年期に蒸気船の水先案内人時代を過ごしたミシシッピ川流域を再訪する機会を得ている。回想録『ミシシッピ川の暮らし』(一八八三年)は前半部の自伝的記述と、後半部の再訪体験記によって構成されており、少年時代を回想する際の希望に満ちた語り口と、すっかり寂れてしまった町の光景を目の当たりにした落胆とが対照的に示されている。この再訪体験は『ハック・フィン』の後半部にも色濃く影響を与えたのではないかという解釈が従来なされてきたが、一九九一年に『ハック・フィン』の自筆原稿が新たに発見され、ミシシッピ川再訪以前から『ハック・フィン』後半部の執筆は進んでいたことが実証された。また、この自筆原稿の発見に伴い、初版刊行時に削除されていた二十頁ほどの原稿「筏のエピソード」が現在の校訂版では復活し、第十六章に加えられている。口語表現の豊かさを示す場面であると同時に作品全体の中では冗長に映るとして賛否が分かれている(本巻では省略)。

『ハック・フィン』は文学史上においても物語の結末をめぐり、もっとも物議を醸した作品の一つである。中でも、第三十一章でハックは当時の法律に抗って逃亡奴隷のジムを救出するか否かの二者択一を迫られ、葛藤しながらも「地獄へ堕《お》ちてやれ」と決心する場面以後、トム・ソーヤーが再登場し、茶番じみたジム救出劇を展開する結末部をめぐる議論に焦点が当てられてきた。ハックはここでトム・ソーヤー「になる（を演じる）」ことで、本物のトム・ソーヤーの指示に従いながら、実は既に自由であるはずのジムを救出する「ごっこ遊び」につき合わされる。トムの不在の間、独力で活《い》き活《い》きと冒険を展開していたハックの姿は失われ、再びトムの従属的な立場に追いやられてしまう。作家アーネスト・ヘミングウェイが「アメリカ近代文学はすべて、マーク・トウェインによる、ハックルベリー・フィンという一冊の本から出ている」とその文学史上の位置づけを高く評価すると同時に、第三十一章までで読むのをやめるべきであると評したように、現在に至るまで『ハック・フィン』の結末をめぐる解釈は読み手の文学観を示す試金石とされている。

『ハック・フィンの冒険』は『トム・ソーヤーの冒険』に比しても深刻で重いテーマを多く内包しながらも、少年の冒険物語としてハッピーエンドで締めくくられることになるのだが、その背後でジムの「所有者」であるミス・ワトソンが亡くなっており、その遺言によってジムは実は自由の身となっていたことがトム・ソーヤーによって明かされる。ハックの父親パップもまた他界していたことが明らかとなり、ハックも逃亡する理由をもたなくなる。「インディアン・テリトリーにとんずらする」と物語を締めくくり、ハックが次の冒険を示唆して終える開かれた物語の結末場面はまさしくフロンティア・スピリッツを象徴するものである。さらに、作品の発表後ほどない一八九〇年に「フロンティア消滅宣言」が出される歴史的背景を参照するならば、フロンティアを志向し続けるハックの姿とアメリカ大衆文化におけるフロンティアへの希求とが重ね合わされている点に、アメリカの文化的アイコンとしてハックが生成されていく要因を見ることができるのではないか。

黒人女性作家トニ・モリスンによれば、この作品が書かれ、発表された時点においてはとうに奴隷制度は廃止されているにもかかわらず、奴隷が逃亡を成就させる物語を想像の世界ですら思い描くことができなかった点に白人作家の限界を見る（評論集『白さと想像力――アメリカ文学の黒人像』一九九二年）。また、ジムの描かれ方があまりにもミンストレル・ショー（白人が顔を黒く塗り、黒人のステレオタイプを強調して演じた寸劇や踊りなどを交えた大衆芸能）における黒人の伝統的な図式に寄り添いすぎているという指摘を皮切りに人種表象をめぐる問題は多文化主義の隆盛に伴い、一九八〇年代後半以降、批判が高まっていった。こうした動向を反映して、ブロードウェイ・ミュージカル『ビッグ・リバー』やディズニーカンパニー制作映画『ハックフィンの大冒険』（スティーヴン・サマーズ監督、イライジャ・ウッド主演、一九九三年）など近年の翻案作品では、ハックとジムによる人種を超えた友情物語に力点が置かれることに特色がある。また、本作品は発表当時においてもマサチューセッツ州コンコード図書館が下品な主題と粗野な言葉遣いを理由に禁書扱いにしたことを契機に論争が沸き起こったが、現在、教育教材の観点から、トウェイン研究者、アラン・グリベン編により、差別語を穏当な表現に改めた教室版（ニューサウス社版、二〇一一年）なども刊行され、文学と差別語表現、人種表象をめぐる議論は今も継続されている。

　俗語表現を含む読者に対する語りかけが魅力的なJ・D・サリンジャーの『ライ麦畑でつかまえて』（一九五一年）、黒人奴隷ジムに対するステレオタイプ的な描き方の問題点を指摘しつつも『ハック・フィン』の文学的価値を認め、黒人版『ハック・フィンの冒険』とも称されるラルフ・エリソンの『見えない人間』（一九五二年）、大不況期シカゴでコロンブスのような人物になることを目指すユダヤ系移民少年の悪漢小説《ピカレスク・ロマン》、ソール・ベロウの『オーギー・マーチの冒険』（一九五三年）

など、後世の作品に連なる系譜を様々にたどることができる。

**『阿呆たれウィルソン』***Pudd'nhead Wilson*（1894）

「阿呆たれウィルソン」は《センチュリー》誌に連載された後、「かの異形の双生児」と併せて、単行本『阿呆たれウィルソンとかの異形の双生児』として一八九四年に刊行された。マーク・トウェインの名前で発表したほぼ最後の中長編小説とみなすことができるものである。二つの中編が合わさって成立しているが、「阿呆たれウィルソン」が独立して取り上げられることも多い。「阿呆たれウィルソン」は、奴隷制度の存続する一八三〇年代南部の町を舞台に設定し、黒人乳母が自分の子どもと主人の子どもとを入れ替えることによってもたらされる悲劇の物語である。

ミズーリ州の小さな田舎町ドーソンズ・ランディングに一八三〇年二月一日に二人の男の子が生まれる。一人は町の名士で投資家のパーシー・ドリスコルの息子トムであり、もう一人はその家に仕える奴隷ロクサーナ（ロキシー）の子どもチェンバーズである。ドリスコル夫人は出産直後に亡くなってしまったことからロクサーナが二人の子どもを育てることになる。ある日、主人のドリスコルの元でちょっとした盗みを犯してしまった奴隷たちが罰として奴隷制度がより厳しい深南部に売り飛ばされるという脅しをかけられたことにより、ロクサーナは恐怖の強迫観念にとりつかれる。自分の息子と主人の息子との間を隔てる運命のあまりにも大きな違いを嘆き、思い余って二人を入れ替えてしまう。ロクサーナは十六分の一黒人の血が入っている出自であり、「一滴でも黒人の血が混じっている者は黒人とみなす」という当時の南部州法（ジム・クロウ法）によって黒人奴隷として扱われていた。ロクサーナは外見から人種の判別がつかないほど肌の色が白く、人種のアイデンティティをめぐる根源的な問いが内包されている。その後、父親であるドリスコルを含めて誰も入れ替えの秘密に気がつかないまま二人の子どもは成長し、大人になっていく。

一方、二人の男の子が誕生した一八三〇年二月に東部出身のデイヴィッド・ウィルソンがこの町にやってきて弁護士として開業するのだが、うるさく吠えたてる犬に対してその犬の半分がもし自分のものであったとしたらその半分を殺してやるのにと発言したことにより、以後、長年にわたって「阿呆たれ」呼ばわりされ続けることになる。ウィルソンは趣味として指紋の採集を行っており、トムとチェンバーズが入れ替えられる以前のそれぞれの指紋も収集・保存していた。当時、最先端の科学的知識であった「指紋」を人物特定の証拠に用いるこの物語の結末場面はミステリー史上においても、「指紋」を謎解きに用いた最初期の例とみなされている。

単行本では二つの中編の物語を貼りあわせたかのような構成がなされており、二つの作品の間を作者の弁明ともとれる文章が繋《つな》ぎ、作品の成立事情について触れている。そもそも一八九二年頃にイタリアの結合双生児（かつてはシャム双生児と呼ばれていた）、トッチ兄弟の公開巡業が見世物として町にやってきた際に、トウェインがその広告を見たことからこの物語は着想された。トウェインは双子の存在に魅了されており、とりわけ、身体の部分を共有しながら共生していかなければならない結合双生児に対して、より一層の強い関心を示していた。『阿呆たれウィルソンとかの異形の双生児』の二つの中編を貫くのも双子の存在であり、作品自体までもが双子の形で繋げられているかのようである。

もともとこの二つの物語は一つの物語として構想されながら、なかなか執筆が思うように進まないことに業を煮やした作者は二つの物語に分割することを選択する。この経緯は「文学的帝王切開」と名づけられ、外国からやってきた結合双生児をめぐり町の人々がくりひろげるドタバタ喜劇として構想された「かの異形の双生児」の物語から、奴隷制度および人種問題の闇をめぐる悲劇「阿呆たれウィルソン」は派生してもたらされたのである。

二つの中編が相互に関連しあいながら補完しあうという、今日の観点からは興味深い小説上の実験とみなすこともできるものであるが、単純に二つの物語に分離しえたというわけではなく、「阿呆たれウィルソン」では、結合双生児ではなく独立した身体を持つ二人の双子（アンジェロとルイジ）になっており、正反対の性格であることが強調されている。また、「かの異形の双生児」は演劇のト書きのような説明書きで物語の進行が処理されている箇所も散見され、トウェインの小説家としての能力の減退を示す根拠として扱われることも少なくなかった。今日では生前に未発表となっていたSF／ファンタジーを思わせる作品や、死後百年間の公開を禁じていた自伝の完全版が刊行されたことにより（全三巻、二〇一〇―一五年）、旺盛な執筆意欲、実験精神と独創性に満ちたトウェイン晩年の思想や世界観に改めて注目がなされており、創作力が枯渇し、悲観主義に陥ったユーモア作家の不遇な晩年像という従来の文学史上の評価も書き換えられつつある。

物語はドリスコル判事の殺人事件をめぐる法廷での劇的な謎解き場面で結末を迎えることになる。本物のトムは主人の息子という元の身分に戻された後も長年、奴隷として育ってきた慣習が抜けきらず、一方、偽者のトムは主人の子どもとしてしかるべき教育を受ける機会に恵まれたにもかかわらず、ギャンブルや浪費癖により身を滅ぼし、殺人に手を染めてしまった挙句、すべての事態が露見後、奴隷として深南部に売り飛ばされる悲劇が用意されることになり両者ともに救いのない結末となっている。

『ハックルベリー・フィンの冒険』では奴隷制度下の一八四〇年代南部に舞台を設定し、逃亡奴隷をめぐる問題に焦点を当てていたが、この「阿呆たれウィルソン」では、さらに一八三〇年代に遡り、奴隷制度、人種差別および人種アイデンティティをめぐる問題をより深く探求しようとする志向を見ることもできる。とりわけ、作品の結末をめぐる解釈として、人格を形成するのははたして「環境」(後天的要因)なのか、あるいは「遺伝」(先天的要因)なのかをめぐり、社会的構築物の観点から人種概念を捉え直す批評動向を受け、一九八〇年代後半以後、あらためて注目がなされてきた。

また、伝統的な作家作品研究において女性が描けないとみなされることが多かったマーク・トウェインの作品の中では、たくましく生きる活力に満ちたロクサーナは特異な存在感を示しており、晩年に執筆されながら未完で終わった作品群などと併せてジェンダーの観点からの再評価も進んでいる。『不思議な少年(ミステリアス・ストレンジャー)』(一八九七—一九〇八年、未完)、『人間とは何か』(一九〇六年)などと共にマーク・トウェイン晩年期の代表作の一つに位置づけられる。

作品の発表後ほどない一八九五年に舞台化されており、トウェイン自身も観劇している。この舞台化作品を継承する形で一九一六年にサイレント映画版(五十分、現存せず)も制作されており、『ハックルベリー・フィンの冒険』の映画版(一九二〇年、現存せず)と共に第二次世界大戦以前のハリウッド映画では珍しい奴隷制度を素材にした映画作品例として映画史上扱われている。

なお、作品の各章ごとに付された「阿呆たれウィルソンのカレンダー」はマーク・トウェインの格言として独立して引用されることも多く、初出となる《センチュリー》誌ではカレンダーが付録として付けられた(口絵参照)。

### 『赤毛布外遊記《あかゲット》』*The Innocents Abroad*（1869）

一八六七年六月から十一月にかけて豪華客船クェイカー・シティ号に乗船し、当時、流行していた聖地巡礼ツアーをジャーナリストとして取材した通信文に基づく旅行記。宗教団体がスポンサーについていたこともあり、訪問先にはヨーロッパのほか、キリスト教の聖地である中近東も含まれていた。ツアーの参加者は全部で七十六人。

「赤毛布」とは都会見物をする田舎者、おのぼりさんを指す明治期の言葉であり、赤い毛布をマント代わりに体に巻いて地方から東京見物に出てきた人々が社会現象として増加していたことに由来する。アメリカの田舎者一行によるヨーロッパ珍道中旅行の内容をくみ、一九四九年に新月社より刊行された浜田政二郎訳（一九五一年に岩波文庫）にて『赤毛布外遊記』と題された。近年刊行されている翻訳では、『地中海遊覧記』や『イノセント・アブロード——聖地初巡礼の旅』などの邦題が採用されている。さらに遡り、一八九八（明治三十一）年に日本で最初に作品の一部が紹介された際（《中外英字新聞》）には『無邪気なる観光団』という題名があてられている。

旅先から《アルタ・カリフォルニア》紙、《ニューヨーク・トリビューン》紙などに寄稿していた通信文をもとに再構成し、一八六九年七月にアメリカン・パブリッシング社より単行本『赤毛布外遊記——新天路歴程』として刊行された（全二巻、全六十一章）。初出記事から大幅に加筆され、読み物としての面白さを加えられている。副題が示すように、ジョン・バニヤンの『天路歴程』（一六七八年）のパロディの体裁がとられ、同時代のとりわけヨーロッパの文明を崇めるかのような旅行ブームや旅行ガイドブックに対する諷刺《ふうし》・諧謔《かいぎゃく》精神に満ちており、ユーモア作家マーク・

トウェインのブランド・イメージを確立した記念碑的出世作。『赤毛布外遊記』の「序文」において、既存のガイドブックや旅行記とは一線を画していることが狙いとして宣言されており、「自分は公平な目で見てきたと思っているからである。そして抜け目なく記述したかどうかはともかく、少なくとも正直に書いたと信じている」と、ありのままを記述するという方法論を選択したことが強調されている。

一八六七年六月八日にニューヨークを出港し、パリでは当時開催されていた万国博覧会を訪問し、ルーブル美術館にて絵画を鑑賞。その後、陸路でイタリアに渡り、ミラノ、ヴェネチア、フィレンツェ、ローマ、ヴァチカン、ナポリなどの都市を回る。ポンペイ遺跡などを訪れた後、再びクェイカー・シティ号に乗船し、聖地を巡る。さらにエジプトのピラミッド、スペイン、バミューダを経て十一月十九日にニューヨーク港に帰還した。

無垢《イノセント》なアメリカ人を代表するという体裁で、旧世界ヨーロッパの歴史や文化を相対化する視点と法螺話《トール・テール》を交えた軽妙な語り口による『赤毛布外遊記』は、最初の一年目だけで七万部ほどの売り上げを記録し、ヨーロッパの読者にも受け入れられ国際的な名声を得るに至った。当時すでに、旅行記の標準的パターンが存在しており、トウェインもまたこのパターンに沿って読者サーヴィスをしつつ諷刺の目を向けている点に最大の特色がある。渡航前の期待感、異国に第一歩を踏み出した時の興奮、ガイドブックの引用による歴史の説明、古い伝統文明の紹介、感傷的な風景描写などといった典型的な旅行記のパターンを巧妙にずらし、当時のヨーロッパとアメリカの政治・文化的な力関係をひっくり返して笑いに転じさせているところに「文学的コメディアン」「アメリカの国民作家」と称されるトウェインの文学の真骨頂が現れている。

女性ダンサーによる激しいカンカン踊りを、手で目を覆い隠すようにしつつも指の隙間から覗き見てしまったり、観光ガイドをからかったり、観光客として女性店員に乗せられて手袋を買わされてしまったりなど、喜劇的な役割を加味された独立したキャラクターとして「語り手」が造型されている点にこの作品およびトウェインの旅行記の独自性がある。

聖地エルサレムの状況についての記述は後の国際情勢を考える上で重要な意味を持つ。二十世紀以後の「パレスチナ問題」に繋がる聖地を取り巻く複雑な事情について洞察が示されており、聖地巡礼の旅の記録が政治・歴史事情をも含む文明批評の趣を帯びる点も、作家マーク・トウェインの資質、文学世界を探る上で示唆的であろう。後の文明批評家としての側面や、晩年の『人間とは何か』に結実される人間観・宗教観の萌芽を初期作品となるこの『赤毛布外遊記』に見出すこともできる。

**『西部道中七難八苦』** *Roughing It*（1872）

『西部道中七難八苦』は一八六一年から六六年に及ぶトウェイン自身の西部体験（サンドウィッチ諸島での特派員時代も含む）が基になっており、第二十一章あたりまでは語り手の旅行記の体裁で展開されている。全体で七十九の章に分かれており、西部フロンティアを出発する経緯に触れた第一章から、実際の旅行体験を踏まえた移動の様子、旅の途中ででくわした人々、動植物、自然描写、風物などについて触れられ、中でも旅の副産物として得られた「法螺話」が聞いたままの形で再現・採録されている点に『西部道中七難八苦』の特色がある。『赤毛布外遊記』により人気が高まっていた時期でもあり、アメリカン・パブリッシング社から予約出版の形態で出版され、最初の二年間で七万部を売り上げるほど売れ行きは好調であった。

出たとこまかせの「旅」そのままに、連想が連想を呼び、思いつくままに語られる『西部道中七難八苦』の物語構造はきわめてゆるやかな作りを成しており、ソルトレークシティに立ち寄った際には、モルモン教の集団の中にさながら潜り込み取材のように紛れ込み、モルモン教徒による共同体の生活ぶりを内側から観察し、記述する（第十二―十七章）。あるいは、ネヴァダ準州の歴史に想《おも》いを馳《は》せ、準州初期の歴史を概観し、準州新政府の貨幣経済、議会のあり方を詳細に分析、検討している（第二十五章）。時に大自然の美しさに圧倒され、時に洪水などの災害を含む大自然の脅威、過酷な現実に打ちのめされる。一攫千金《いっかくせんきん》を夢見、西部に渡ってきた若きトウェインが念願の銀採掘を果たし、大金持ちになる夢を実現させたかと思いきや、あと一歩のところで採掘権をとり逃してしまったエピソード（第四十―四十一章）に至るまで、『西部道中七難八苦』の前半部は「旅行文学」の様相を示している。

一攫千金の夢が潰《つい》えた後、新たな人生の出発として、新聞記者の道を歩んでいく第四十二章以降は、作家「マーク・トウェイン」がいかに誕生していくか、「半自伝的」でもあり、同時に、「マーク・トウェイン」というペン・ネームによる新しいペルソナの生成過程でもある。当初の予定では数ヶ月の「旅行」のはずであった西部旅行が、西部に滞在し続け、結果的に数年間も経過してしまったという巻末の感慨が示すように、実際の「旅」をし続けることにより、人生の目的をも模索している青年サミュエル・クレメンズの姿が浮かび上がってくる。とはいえ「半自伝的旅行記」の趣を持ちつつも前半部以上にゆるやかな構成が採られており、ジャーナリズム論とでも称すべき見識が一方で述べられたかと思うと、見聞したフォークロアの採録に紙数が割かれている。中には独立した短編として扱われることも多い、「バック・ファンショーの葬式」（第四十七章）に代表されるように、読み物としての完成度が高い挿話も盛り込まれている。

第五十四章から六十一章にかけては、カリフォルニアという新しい共同体の生活様式に焦点が当てられており、ヴァージニアシティの暮らしに飽きた後、サンフランシスコに渡り、一時的定住とはいえ、共同体を内側から検証する記述に特色がある。

『西部道中七難八苦』の末尾に位置づけられる第六十二章以降（第七十七章まで）は、特派員としてサンドウィッチ諸島に派遣され、記者としてサンドウィッチ諸島から書き送っていた通信文とも内容が重なるものである。この通信文は後年、トウェインの死後に『ハワイ通信』（一九六六年）としてまとめられ、単行本として出版されることになるが、『西部道中七難八苦』の末尾に継ぎ足しのような形で挟み込まれており、それまでの章に見られる半自伝的旅行記の色彩はすっかり薄れ、サンドウィッチ諸島の生活様式を記者として報告する「観察者」の視点がより顕著に示されている。サンドウィッチ諸島の「歴史」や「政治」「儀式・風俗」「伝説」などが各章ごとにまとめられている。

最終章となる第七十八・七十九章において、トウェインがサンドウィッチ諸島よりサンフランシスコへと帰還し、講演家として出発していく顚末《てんまつ》に触れられているように、サンドウィッチ諸島での体験は、まず講演家として、そして後の作家・文学者として成長、発展を遂げていく上で大きな意味を持つことになる。『西部道中七難八苦』はサンフランシスコから帰還したトウェインが講演家として新たなスタート地点に立ち、長年に及んだ西部体験に幕を下ろし、「旅」を終え、再び故郷に帰るところで結末を迎える。本名であるサミュエル・クレメンズがいかにして西部作家「マーク・トウェイン」のイメージを身に纏《まと》い、人気ユーモア作家としての地位を確立していったのか。

半自伝的回想録であると同時に、国民作家マーク・トウェインのイメージがいかに戦略的に形成されていったのかを探る上で重要な位置づけとなる作品である。

**『ミシシッピ川の暮らし』** *Life on the Mississippi*（1883）

『ミシシッピ川の暮らし』は、自伝的な体験を素地に、故郷であるミシシッピ川流域を中心として、南北戦争以前以後のアメリカ南部の歴史や文化を紹介し、物語る体裁。自身の過去の回想に歴史的背景を加味した第一部と、執筆の途上で実際のミシシッピ川を再訪する旅行記としての第二部とに分けられている。『ハックルベリー・フィンの冒険』の執筆中断と、『ミシシッピ川の暮らし』の南部再訪体験とを深く結びつけて捉える見解が長年、批評の主流を占めてきた。ところが、前述したように、一九九一年二月に発見された、『ハック・フィン』手書き原稿の調査により、南部再訪体験以前にハックとジムが深南部に向かう展開まではすでに描き込まれていたことが確認され、ハックが深南部に向かう冒険は作者トウェインの南部再訪体験以前から予定されていたことが明らかになった。また、出世作となる『赤毛布外遊記』から『トム・ソーヤーの冒険』、『放浪者外遊記』（一八八〇年）に至るまでアメリカン・パブリッシング社から出版していたトウェインであったが、この頃には印税の取り分に対して不満を抱いており、『王子と乞食』（一八八二年）のアメリカ版に続き（国際著作権保護を目的としてカナダ版を一八八一年に先行して刊行）、ジェイムズ・R・オズグッド社より予約出版の形態で『ミシシッピ川の暮らし』を刊行した。しかし、オズグッド社は予約出版に対する経験に乏しく、売り上げは芳しいものにはならなかった。

『ミシシッピ川の暮らし』は冒頭の三章ほどを費やして川の歴史を物語るところからはじまる。白人がどのようにしてミシシッピ川を「発見」したのかを、様々な歴史書を参照しつつその起源を探求している。スペインの探検家によって「発見」された一五四二年にまで遡り、そこにアメリカの「古い」歴史を読む。第四章からは自身の幼年時代に町の少年たちがミシシッピ川にどのような憧れを抱いていたかという実体験に話を接続し、以後、第一部は作者が蒸気船の水先案内人を志し、目指していく修業時代が具体的に細かく綴られていく。執筆時点の一八八〇年代にはすでに南北戦争および産業の発達によって失われてしまった光景、すなわち、かつて全盛時代を築き、高度に専門的な知識と能力を必要とする蒸気船の水先案内の技術を身につけた作者ならではの、過去の光景を再現しようとする志向がここでは見て取れる。本書がミシシッピ川の歴史から説き起こされているように、初期作品に見られるバーレスク（道化話）などの手法ではなく、歴史書や自らが見聞きした実体験や、フォークロア収集などを活用し、できるかぎりの実証性を追求している姿勢に特徴がある。真っ暗な闇夜の中であっても正確に運行することができるほど川筋を記憶し、川面《かわも》のわずかな兆候から操船のための様々な情報を読み込む。蒸気船の水先案内という仕事が持つ神秘的なほど奥深いその「サイエンス」の側面について書き記す資格を自らが備えていることを自覚し、修業時代の失敗談などを豊富に交えつつ物語っている。十九世紀末にかけて発展を遂げる労働組合が水先案内の世界でどのような状況であったのかをめぐる問題や、町の一大イベントであった蒸気船同士の競争の様子などについて、当時の具体的な資料をもとに採り上げている。蒸気船の操船にまつわる技術的な問題を語る立場としてはトウェインはまさにうってつけの存在であり、自らも「蒸気船を自ら動かし、このテーマに関して実践的知識をもった者が、それについてまだこれまで短い文すら書いていないはずと思うからである」（第十章）と書き記しているとおりである。

『ミシシッピ川の暮らし』の第二部（第二十二章以後）は、執筆時にすでに著名人として流通していたマーク・トウェインとしてではなく、変名を名乗り一私人として、セントルイスからニューオリンズまでを町ごとに滞在して回る旅行計画に基づく。第二十章で弟ヘンリーを失った蒸気船事故から執筆までに二十年弱の歳月が流れている。その間の遍歴をわずか一頁で片づけてしまった後に、第二十二章から二十一年ぶりのミシシッピ川流域再訪の旅行体験が綴《つづ》られていく。すでに著名人として名を成していたこともあり、変名での旅はすぐに見破られてしまうことになる。旅の道中において見聞した南北戦争の痕跡や、南北戦争後の産業社会構造の変化によりもたらされた人々の暮らしに対する変化に焦点が当てられている。中でも、自身の出発点となった蒸気船を取り巻く環境がすっかり寂れてしまっている現状に落胆を示す。「今は六隻ほどの蒸気船が眠りこけているこの場所に、かつてはぱっちり目をあいた船が一マイルにわたってひしめき並んでいたのだ！　もの悲しくもいたましいことだ」

第四十一章からは、南部の「首都」であるニューオリンズを訪問し、進取の気性に富んだ活気のある町の風景を楽しんでいる。『アンクル・リーマス』（一八八〇年）の作者、ジョエル・チャンドラー・ハリスと合流し、ジョージ・ワシントン・ケーブル宅に集まった子どもたちの前で朗読をした際の話を収めた第四十七章を経て、第五十三章からは少年時代の故郷ミズーリ州ハンニバルを再訪する。わずか三日間の滞在にもかかわらず、過去の世界に突如、亡霊のように舞い戻ったかのような不思議な感慨にとらわれている。「ハンニバルに滞在した三日間、毎朝私は少年のような気持ちで目を覚ました。夢に出てくる顔は皆若返っており、昔見た顔そのままだったから。だが毎晩眠りにつくときは百歳も年をとったようだった――昼間の間に現在の顔に会っていたから」

ニューオリンズから折り返し、ミシシッピ川の航行の起点となるセントポールまで蒸気船で二〇〇〇マイル、十日間の蒸気船の旅を第六十章にて終える。シカゴを経て、ペンシルヴァニア鉄道により、ニューヨークへと帰還する帰路の途上にて、「私がこれまでに幸運にもなしえた旅行のうちでも、もっとも愉快なものに数えられる五〇〇〇マイルの旅がここで終わる」と記して『ミシシッピ川の暮らし』は締めくくられる。

トウェインは創作においても自伝的な素材を基に、ミシシッピ川流域を舞台にした連作をものしており、『自伝』の執筆に生涯、突き動かされたが、すでに失われてしまった光景、中でも自身のルーツとなる南北戦争以前の南部の光景を再現することに精力を注いだ。それは確実に消滅しつつあった光景を記憶および文章の力で再構築しようとする志向によるものであった。『ミシシッピ川の暮らし』は第二部において蒸気船をめぐる状況が今現在どのようになっているかを調査する試みでもあり、かつての行程を再訪しながら、南部文化の過去と現在について様々な挿話や自らの洞察を交えながら展望されている。少年たちの憧れであったはずの蒸気船の世界はすっかり衰退してしまっている。理想化された追憶の世界と急激な変貌を遂げつつある現実とのギャップが郷愁を誘う。

**「戦争の祈り」** *The War Prayer*（1905）

一九〇五年三月に執筆され、《ハーパーズ・バザー》誌に寄稿するも掲載を拒否されたために初出は没後に出版されたエッセイ集『地球紀行（ヨーロッパとその他の世界）』（一九二三年）となった。執筆の同年には、コンゴ改革協会の依頼に応じ、ベルギー領コンゴ（トウェインの執筆時には正確にはベルギー国王レオポルド二世の私領であり、一九〇八年十一月にベルギー領となった）の圧政を告発する内容を盛り込んだ『レオポルド王の独白』を発表するなど植民地支配・帝国主義に代表される国際情勢に対してもトウェインは積極的に声明を発していた。また、一八九八年の米西戦争（アメリカ合衆国とスペインとの間の戦争）を経て、カリブ海および太平洋におけるスペインの旧植民地領に対する管理権をアメリカが獲得することになるのだが、フィリピンを独立させずアメリカの領土にしてしまったことに対し、トウェインは批判的な見解を示した。一九〇一年に《ノース・アメリカン・レビュー》誌に発表した評論「暗きに座する民に」（『地球紀行』所収）は、トウェインが当時副会長をつとめていたニューヨーク反帝国主義連盟によりパンフレットとして出版されている。

愛国心と宗教、戦争をめぐる人間の群集心理を扱ったこの寓話的作品はベトナム戦争期に独立して刊行されており（口絵参照）、さらに二十一世紀に入り、九・一一（二〇〇一年の同時多発テロ）、イラク戦争以後、再評価が進んでいる。反戦文学の先駆的作品として位置づけられ、ベトナム戦争を含めたアメリカ合衆国の外交政策をめぐる言説と交えて語られることが多い。ハロルド・クロンク監督による短編映画（二〇〇六年）をはじめ、映画や音楽など現代の表現者によって様々に翻案・引用されている。

（中垣恒太郎）

# マーク・トウェイン　著作目録



〈全集・コレクション〉

【原著による復刻版】

・*The Oxford Mark Twain*. 29 vols., Shelley Fisher Fishkin, ed., New York: Oxford University Press, 1996.（オックスフォード版トウェイン全集）

オックスフォード大学出版局より刊行されている『マーク・トウェイン全集』（シェリー・フィッシャー・フィッシュキン編、全二十九巻）。通称「オックスフォード版トウェイン全集」は初版の復刻に加えて、カート・ヴォネガットやトニ・モリソンら著名な研究者および作家による序文・解説を付す。

【原著による校訂版】

・*Mark Twain Library*. Berkeley: University of California Press, 1967-.（マーク・トウェイン・ライブラリー）

カリフォルニア大学出版局より刊行されている「マーク・トウェイン・ライブラリー」シリーズ（現在も刊行中）。トウェインの遺稿管理を統括しているマーク・トウェイン・ペイパーズ&プロジェクトによる最も定評ある校訂版であるが、全集としての完結がなされていない。「マーク・トウェイン・ライブラリー版」で刊行されていない作品については、初版の復刻である「オックスフォード版」を用いるか、「ライブラリー・オヴ・アメリカ版」などを用いることが一般的である。

・The Library of America. New York: Literary Classics of the United States, 1982-.（ライブラリー・オヴ・アメリカ版）

定評あるアメリカ文学全集の一部。「ミシシッピ川流域を舞台にした作品集」（*Mississippi Writings*）、「歴史ロマンスを素材にした作品集」（*Historical Romances*）、「短編集（全二巻）」（*Collected Tales, Sketches, Speeches & Essays*）など独自の編集により各巻が構成されている。

【翻訳コレクション】

- 『マーク・トウェイン短編全集（上・中・下）』勝浦吉雄訳、文化書房博文社、一九九三—九四年。
- 『マーク・トウェイン・コレクション』全二十巻、彩流社、一九九四—二〇〇二年。（研究書一冊を含む翻訳選集）
- 『トウェイン完訳コレクション』角川文庫、二〇〇四年—（刊行中。大久保博による個人完訳選集）

**〈主要作品〉**

【(1869) *The Innocents Abroad*（旅行記）】

- 『赤毛布外遊記（上・中・下）』浜田政二郎訳、岩波文庫、一九五一年。
- 『イノセント・アブロード——聖地初巡礼の旅（上・下）』勝浦吉雄／勝浦寿美訳、文化書房博文社、二〇〇四年。

【(1871) *Mark Twain's (Burlesque) Autobiography and First Romance*（短編集）】

- 『マーク・トウェインのバーレスク風自叙伝』大久保博編訳、旺文社文庫、一九八七年。

【(1872) *Roughing It*（旅行記）】

- 『西部放浪記（上・下）』吉田映子／木内徹訳、彩流社（マーク・トウェイン・コレクション）、一九九八年。
- 『苦難を乗りこえて——西部放浪記』勝浦吉雄／勝浦寿美訳、文化書房博文社、二〇〇八年。

【(1873) *The Gilded Age: A Tale of Today*（小説）】

- 『金メッキ時代（上・下）』那須頼雅訳、山口書店、一九八〇・八二年。
- 『金メッキ時代（上・下）』柿沼孝子／錦織裕之訳、彩流社（マーク・トウェイン・コレクション）、二〇〇一・〇二年。

【(1876) *The Adventures of Tom Sawyer*（小説）】

- 『トム・ソーヤーの冒険』柴田元幸訳、新潮文庫、二〇一二年。本巻収録。
- 『トム・ソーヤーの冒険』土屋京子訳、光文社古典新訳文庫、二〇一二年。

【(1880) *A Tramp Abroad*（旅行記）】

- 『ヨーロッパ放浪記（上・下）』飯塚英一／松本昇／行方均訳、彩流社（マーク・トウェイン・コレクション）、一九九六年。

【(1882) *The Prince and the Pauper*（小説）】

- 『王子と乞食』大久保博訳、角川書店、二〇〇三年。
- 『王子と乞食』村岡花子訳、岩波文庫、一九三四年。

【(1883) *Life on the Mississippi*（回想録）】

- 『ミシシッピ河上の生活』勝浦吉雄訳、文化書房博文社、一九九三年。
- 『ミシシッピの生活（上・下）』吉田映子訳、彩流社（マーク・トウェイン・コレクション）、一九九四・九五年。

【(1885) *Adventures of Huckleberry Finn*（小説）】

・『完訳ハックルベリ・フィンの冒険』加島祥造訳、ちくま文庫、二〇〇一年。

・『ハックルベリー・フィンの冒険（上・下）』土屋京子訳、光文社古典新訳文庫、二〇一四年。

【(1889) *A Connecticut Yankee in King Arthur's Court*（小説）】

・『アーサー王宮廷のヤンキー』龍口直太郎訳、創元推理文庫、一九七六年。

・『アーサー王宮廷のヤンキー』大久保博訳、角川文庫（トウェイン完訳コレクション）、二〇〇九年。

【(1892) *The American Claimant*（小説）】

・『アメリカの爵位権主張者』三瓶眞弘訳、彩流社（マーク・トウェイン・コレクション）、一九九九年。

【(1894) *Tom Sawyer Abroad*（小説）】

【(1896) *Tom Sawyer, Detective*（小説）】

・『トム・ソーヤーの探偵・探検』大久保康雄訳、新潮文庫、一九五五年。

【(1894) *The Tragedy of Pudd'nhead Wilson and Those Extraordinary Twins*（小説）】

・『まぬけのウィルソンとかの異形の双生児』村川武彦訳、彩流社（マーク・トウェイン・コレクション）、一九九四年。

・「ノータリン・ウィルソンの悲劇」『イギリス名作集・アメリカ名作集』野崎孝訳、中央公論社（世界の文学五三）、一九六六年。

【(1896) *Personal Recollections of Joan of Arc*（小説）】

•『マーク・トウェインのジャンヌ・ダルク——ジャンヌ・ダルクについての個人的回想』大久保博訳、角川書店、一九九六年。

【(1897) *Following the Equator*（旅行記）】

•『赤道に沿って（上・下）』飯塚英一訳、彩流社（マーク・トウェイン・コレクション）、一九九九・二〇〇〇年。

【(1904) *Extracts from Adam's Diary*（小説）】

【(1906) *Eve's Diary*（小説）】

•『アダムとイヴの日記』大久保博訳、福武文庫、一九九五年。

【(1905) *King Leopold's Soliloquy*（政治諷刺）】

•『レオポルド王の独白——彼のコンゴ統治についての自己弁護』佐藤喬訳、理論社、一九六八年。

【(1906) *What Is Man?*（エッセイ）】

•『人間とは何か』中野好夫訳、岩波文庫、一九七三年。

【(1907) *Christian Science*（エッセイ）】

•『地球からの手紙／アダムとイヴの日記／クリスチャン・サイエンス』柿沼孝子／佐藤豊／吉岡栄一訳、彩流社（マーク・トウェイン・コレクション）、一九九五年。＊『クリスチャン・サイエンス』は抄訳。

〈没後出版〉

【(1910) *Mark Twain's Speeches*, Albert Bigelow Paine, ed.（講演集）】

・『マーク・トウェイン　スピーチ集』金谷良夫訳、彩流社（マーク・トウェイン・コレクション）、二〇〇一年。

【(1916) *The Mysterious Stranger, A Romance*（小説）】

・『不思議な少年』中野好夫訳、岩波文庫、一九九九年。

未完となっていた『不思議な少年（ミステリアス・ストレンジャー）・草稿』を遺稿管理人であるアルバート・B・ペインが切り貼りをして編纂・刊行したもの。「ロマンス版」と称され、現在は筆者の意図と異なる版であることから普及していないが、日本では『不思議な少年』の題名で現在も人気がある。『不思議な少年（ミステリアス・ストレンジャー）・草稿』は三つの草稿の総体として扱われているが、第一草稿を中心に、第三草稿の末尾を貼りあわせる形で成立している。

【(1923) *Europe and Elsewhere*, Albert Bigelow Paine, ed.（エッセイ集）】

・『地球紀行』野川浩美訳、彩流社（マーク・トウェイン・コレクション）、二〇〇一年。

【(1949) *The Love Letters of Mark Twain*, Dixon Wecter, ed.（書簡集）】

・『マーク・トウェインのラヴレター』中川慶子／宮本光子訳、彩流社、一九九九年。

【(1959) *The Autobiography of Mark Twain*, Charles Neider, ed.（自伝）】

・『マーク・トウェイン』渡辺利雄訳、研究社出版（アメリカ古典文庫六）、一九七五年。

・『マーク・トウェイン自伝』勝浦吉雄訳、筑摩書房、一九八四年。
「思いつくままに語る」というトウェインが編み出した斬新な自伝のスタイルは長い間陽の目を見ることがなく、起こった出来事を編年体となるように編者であるチャールズ・ナイダーが切り貼りをして編纂・発表したもの。この「ナイダー版」が長年にわたり流布していた。

【(1962) *Letters from the Earth*, Bernard DeVoto, ed.（小説）】
・『地球からの手紙／アダムとイヴの日記／クリスチャン・サイエンス』柿沼孝子／佐藤豊／吉岡栄一訳、彩流社（マーク・トウェイン・コレクション）、一九九五年。

【(1966) *Letters from Hawaii*（エッセイ）】
・『ちょっと面白いハワイ通信（正・続）』大久保博訳、旺文社文庫、一九八三年。
・『ハワイ通信』吉岡栄一／佐野守男／安岡真訳、彩流社（マーク・トウェイン・コレクション）、二〇〇〇年。

【(1967) *Mark Twain's Which Was the Dream? and Other Symbolic Writings of the Later Years*, John S. Tuckey, ed.（小説）】

【(1969) *Mark Twain's Mysterious Stranger Manuscripts*, William M. Gibson, ed.（小説）】
・『ミステリアス・ストレンジャー44号』山本長一／佐藤豊訳、彩流社（マーク・トウェイン・コレクション）、一九九五年。
・『不思議な少年44号』大久保博訳、角川文庫（トウェイン完訳コレクション）、二〇一〇年。
長年、「ロマンス版」として流布していた版が筆者の意図と異なる改竄版であることが一般に知られるようになり、現在では『不思議な少年（ミステリアス・ストレンジャー）・草稿』の第三草稿「ミステリアス・ストレンジャー第四十四号」を独立した形で扱うことが多い。

【(1972) *A Pen Warmed-Up in Hell: Mark Twain in Protest*, Frederick Anderson, ed.（エッセイ集）】

- 『地獄のペン――告発するマーク・トウェイン』佐藤喬／西山浅次郎訳、平凡社、一九七五年。

【(1988) *Mark Twain's Letters, vol.1, 1853-1866*, Edgar Marquess Branch, et al., eds.（書簡集）】

書簡集は現在も刊行中。第六巻は一八七四―七五年の書簡を収録。

- 『マーク・トウェイン書簡集（第一巻）一八五三―一八六六』和栗了訳、大阪教育図書、二〇一一年。

【(1989) *Huck Finn and Tom Sawyer among the Indians and Other Unfinished Stories*, Dahlia Armon and Walter Blair, eds.（短編集）】

【(1992) *Mark Twain's Weapons of Satire: Anti-imperialist Writings on the Philippine-American War*, Jim Zwick, ed.（エッセイ集）】

【(2001) *A Murder, a Mystery, and a Marriage*（小説）】

【(2003) *Is He Dead?: A Comedy in Three Acts*（戯曲）】

- 「三幕喜劇 やつは死んじまった?」辻本庸子訳『三田文学』（二〇一〇年秋季号）。

【(2009) *Who is Mark Twain?*（エッセイ集）】

【(2010-2015) *Autobiography of Mark Twain*, 3 vols.（自伝）】

・『マーク・トウェイン　完全なる自伝』全三巻、和栗了／市川博彬／永原誠／山本祐子／浜本隆三／渡邊眞理子訳、柏書房、二〇一三年―（刊行中）。

「墓の下から語る」という狙いにより、一九〇六年一月より口述筆記によって行った自伝制作に基づく。これまでも編集版は存在していたが、はじめてトウェインの意図通りの形で完全版が発表されるに至った。マーク・トウェイン・ペイパーズ&プロジェクトの長年の研究成果による豊富な注釈を付し、没後百周年記念事業として二〇一〇年より三巻本で刊行された。

【(2014) *A Family Sketch and Other Private Writings*（エッセイ・作品集）】

「家族」にまつわるトウェイン自身による文章に加えて、妻オリヴィアや娘スージーの文章も併せて収録。

**〈独自の編集による翻訳作品集〉**

・大久保博編訳『ちょっと面白い話（正・続）』旺文社文庫、一九八〇・八二年。

・柴田元幸訳『ジム・スマイリーの跳び蛙――マーク・トウェイン傑作選』新潮文庫、二〇一四年。

・有馬容子／木内徹訳『マーク・トウェイン　ユーモア傑作選』彩流社、二〇一五年。

・有馬容子訳『細菌ハックの冒険』彩流社（マーク・トウェイン・コレクション）、一九九六年。
晩年の未完作品「細菌ハックの冒険（微生物の中で三千年）」「我が夢の恋人」を収録。

・里内克巳訳『それはどっちだったか』彩流社、二〇一五年。
晩年の未完作品「それはどっちだったか」「インディアンタウン」を収録。

・那須頼雅ほか編訳『「自由の国」から――マーク・トウェインの遺言（マーク・トウェイン晩年作品集）』神戸女子大学英文学会（神戸女子大学英米文学叢書）、一九九五年。

（中垣恒太郎＝編）

# マーク・トウェイン 主要文献案内


## 〈英語文献〉

### 【事典・用語集】

- Camfield, Gregg. *The Oxford Companion to Mark Twain.* New York: Oxford University Press, 2003.
「場所」「読んだ本」「交際をもった名士」「政治」「科学」「教育」「芸術」など三百ほどの項目が並ぶ事典。ほぼすべての項目が単独の著者によって丁寧に書かれている点、一般読者を想定して、読み物として読めることが意識されている点に特色がある。
- LeMaster, J. R., and James D. Wilson, eds. *The Routledge Encyclopedia of Mark Twain.* New York: Routledge, 2011.
総計百八十人におよぶトウェイン研究者により一九九三年に制作された百科事典のペーパーバックによる復刻版。作品や人物のみならず、「言葉」や「動物」など概念にまつわる項目も充実しており、項目ごとに付された基礎文献ガイドも便利。
- Ramsay, Robert L., and Frances G. Emberson. *A Mark Twain Lexicon.* New York: Russell & Russell, 1963.
トウェインが作中で使用した語の語義や用例を出典とともに示した用語辞典。冒頭にはトウェインが用いた単語やイディオムをテーマ別に分類して掲載。アメリカ語の形成過程を探る上で現在でも有効な用語集。
- Rasmussen, R. Kent. *Critical Companion to Mark Twain: A Literary Reference to His Life and Work.* 2 vols. New York: Facts on File, 2007.
一九九五年に刊行された*Mark Twain A to Z* の増補改定版。新たに加えた「トウェインにまつわるインターネット資料の紹介」「映画映像化作品情報」「トウェインが登場する小説」など参考資料が一層、充実している。

• Fears, David. *Mark Twain Day by Day: An Annotated Chronology of the Life of Samuel L. Clemens.* 4 vols. Oregon: Horizon Micro Publishers, 2008-2012.

トウェインの足跡を一日ごとにたどった四巻本におよぶ壮大な年譜事典。新聞などの出典を詳細に示すことで社交的な著名人であったマーク・トウェインの公人としての姿と、自伝などの記述による家庭人としての側面とが浮かび上がってくる。

【評伝・伝記】

• Clemens, Clara. *My Father: Mark Twain.* New York: Harper & Brothers, 1931.

邦訳は、『父マーク・トウェインの思い出』中川慶子／宮本光子／的場朋子訳、こびあん書房、一九九四年。

トウェインの次女クララによる回想録。唯一トウェインより長生きした娘であり、トウェイン一家の家庭生活の逸話や晩年のトウェインの様子などはこの伝記をもとに引用されることが多い。娘から見たトウェイン像は読み物としてもおもしろい。

• Kaplan, Justin. *Mr. Clemens and Mark Twain: A Biography.* New York: Simon and Schuster, 1966.

繊細で内向的な本名の「クレメンズ」という私的側面と自由奔放で粗野なユーモリストの「トウェイン」という公的側面との間の葛藤や分裂を主題にした古典的評伝研究であり、現在も版を重ねて読み継がれている。東部に進出した三十歳以降を中心に描き、女性からの影響を積極的に評価している点に特色がある。

• Powers, Ron. *Mark Twain: A Life.* New York: Free Press, 2005.

ハンニバル出身の作家による詳細かつ大部な評伝。トウェインの創作上の問題点を多く指摘しながらも、作家の立場から作家マーク・トウェインを捉えようとする視点がユニーク。晩年の記述は少ないが、同時代のアメリカ文化史を参照しつつ全生涯を扱う。

• Quick, Dorothy. *Enchantment: A Little Girl's Friendship with Mark Twain.* Norman: University of Oklahoma Press, 1961.

邦訳は、『マーク・トウェインと私——少女とマーク・トウェインの友情の物語』野川浩美訳、ほんのしろ、二〇〇九年。「エンジェルフィッシュ」（最晩年のトウェインと交流を持った少女たち）の一人であった著者による回想録。トウェインとの出会いやその後の親交、クリスマスの思い出といった一九〇七—〇九年の間の交流をめぐるエピソードを紹介。

【古典的な主要研究書】

- Brooks, Van Wyck. *The Ordeal of Mark Twain*. New York: E. P. Dutton, 1920.
心理学を援用した初期トウェイン研究の代表作。文化的に貧困な西部の土壌や周囲の女性をはじめとする抑圧的な環境によって、芸術家としての才能を充分に発揮できなかったと論じた。その後、西部の影響を積極的に評価するバーナード・ディヴォートに批判的に読み替えられる。
- Covici, Pascal, Jr. *Mark Twain's Humor: The Image of a World*. Dallas: Southern Methodist University Press, 1962.
南西部ユーモアの伝統とトウェイン文学の特徴を考察。特にパロディやバーレスク（道化話）、ホークス（人かつぎ）といった辺境のユーモアの手法を芸術的に発展させることで、トウェインがいかにアメリカ独自の豊かな文学世界を創造し、自身の表現の可能性を切り拓いていったのかを、主要作品を中心に検証。
- DeVoto, Bernard. *Mark Twain at Work*. Cambridge, MA: Harvard University Press, 1942.
第二代遺稿管理人である著者により、『トム・ソーヤー』『ハック・フィン』および晩年作品の創作過程や推敲の跡を詳細に検討。原稿やノート類など豊富な資料を検討することで、創作過程に関するそれまでの事実誤認も数多く指摘している古典的基礎研究。
- Ganzel, Dewey. *Mark Twain Abroad: The Cruise of the "Quaker City."* Chicago: University of Chicago Press, 1968.
『赤毛布外遊記』の素材となった豪華客船「クェイカー・シティ号」によるトウェインの足跡と実際の旅行体験を、新聞で発表した通信記事や同行者の書簡、船長の航海日誌などの資料から詳細にわたって再現。トウェインが自身のキャラクターをどのように確立していったのかを探る上でも貴重な研究。

- Hill, Hamlin. *Mark Twain: God's Fool.* New York: Harper & Row, 1973.
死に至る最後の十年間を詳細に跡づけた評伝研究。晩年の文章や秘書の日記、親交を持った人々との書簡など、膨大な未公刊資料を精査。周囲との人間関係の軋轢《あつれき》やビジネス、出版や文学をめぐる様々な問題に直面して苦悩する晩年のトウェインの姿を描き、悲観主義に陥った晩年像を決定づけた研究。

- Lorch, Fred W. *The Trouble Begins at Eight: Mark Twain's Lecture Tours.* Ames: Iowa State University Press, 1968.
トウェインの巡回講演の足跡を現地の新聞報道などを通して詳細に検討。聴衆の反応も丹念にたどっている。最終章には、新聞報道など現存する様々な資料を総合的に検討することによって五つの代表的な講演を再現。講演家としての側面に焦点を当てた基礎文献。

- Lynn, Kenneth S. *Mark Twain and Southwestern Humor.* Boston: Little, Brown and Company, 1959.
アメリカの旧南西部ユーモアとトウェインの文学とを比較考察。前半部でトウェインが活躍する以前の南西部ユーモア文学の発生と発展を時代順に追い、後半部でトウェインの初期の習作や主要長編における南西部ユーモア文学の伝統の反映を具体的に検証している。

- Smith, Henry Nash. *Mark Twain: The Development of a Writer.* Cambridge, MA: Belknap Press of Harvard University Press, 1962.
支配的な伝統文化や価値観に対する様々な姿勢に注目し、作家としての成長の足跡をたどる。「東部に対立する西部作家トウェイン」という地域対立の構図に収まりきらないトウェイン像を提示。主な議論の対象は初期旅行記から晩年の文明批評にいたる主要長編作品まで多岐にわたる。

【現代的な主要研究書】

- Arac, Jonathan. *"Huckleberry Finn" as Idol and Target: The Functions of Criticism in Our Time.* Madison: University of

Wisconsin Press, 1997.

「超正典（ハイパー・キャノナイゼーション）」と称されるほど刊行以来、文学研究の中で常に注目され続けてきた『ハック・フィン』のアメリカ文学史上における特異な位置づけを問題点とともに探る。『ハック・フィン』に高い評価を与える上で影響力を担ってきた過去の研究の政治性を厳しく批判する。

• Budd, Louis. *Our Mark Twain: The Making of His Public Personality*. Philadelphia: University of Pennsylvania Press, 1983.

雑誌や新聞などの大衆メディアに掲載されたトウェイン関連報道やインタビューの分析を通して、生前のトウェインが形成した公的イメージの特徴や変化を時代順に考察。文化的アイコンとしてのトウェイン像の生成過程を探る上で貴重な写真やイラストを多数掲載。

• Csicsila, Joseph and Chad Rohman, eds. *Centenary Reflections on Mark Twain's "No. 44, The Mysterious Stranger."* Columbia: University of Missouri Press, 2009.

『不思議な少年、第四十四号』（一八九七―一九〇八）の執筆から百周年を記念したシンポジウムの成果となる『不思議な少年』論集。作家研究・人種・宗教・哲学・文化主義などの観点から十三本の論考を収録。アラン・グリベンによる作品の成立史・批評史の概観も便利。

• Coulombe, Joseph L. *Mark Twain and the American West*. Columbia: University of Missouri Press, 2003.

『西部道中七難八苦』や『ハック・フィン』などの分析を通して、マーク・トウェインという公的ペルソナが同時代の西部の文化的背景の中でいかに形成されていったのかを分析。特に西部の男性性のあり方、先住アメリカ人、自然描写に注目することで新しい西部研究の可能性を示す。

• Cummings, Sherwood. *Mark Twain and Science: Adventures of a Mind*. Baton Rouge: Louisiana State University Press, 1988.

人一倍、科学やテクノロジーに対する関心を強く抱いていたトウェインが科学をどのように捉えていたのかを考察する。蒸気船乗組員時代に身につけた川の流れを読む技術から疑似科学の領域も含めて、トウェインの科学観・近代観に焦点を当てる。

• Dempsey, Terrell. *Searching for Jim: Slavery in Sam Clemens's World.* Columbia: University of Missouri Press, 2003.

著者はハンニバル在住の弁護士。ハンニバルとその近隣の町で発行された当時の十数種類の新聞、裁判所記録や説教、書簡などの資料をもとに、一八四〇年前後のハンニバルの奴隷制度をめぐる状況や、クレメンズ家の奴隷制に対する姿勢などを詳細に裏づけている。

• Fanning, Philip Ashley. *Mark Twain and Orion Clemens: Brothers, Partners, Strangers.* Tuscaloosa: University of Alabama Press, 2003.

トウェインの人生および作中人物の家族関係などに兄オーリオンの存在が多大な影響を及ぼしたと論じる。父の死以後一家における兄の役割や、その後兄がトウェインを西部に導いた経緯など、ハンニバルでの一八三〇年代から兄が亡くなる一八九七年までを丹念にたどる。

• Fishkin, Shelley Fisher. *Lighting Out for the Territory: Reflections on Mark Twain and American Culture.* New York: Oxford University Press, 1997.

大衆文化をも含めた二十世紀のアメリカ文化とトウェインの関係を、筆者自身の個人的経験も織り込んで紹介。トウェインの故郷ハンニバルでアフリカ系アメリカ人の歴史が軽視されている現状や、二十世紀の世界各国の作家へのトウェインの影響などについても言及されており、世界文学への示唆に富む一冊。

• Fishkin, Shelley Fisher, ed. *The Mark Twain Anthology: Great Writers on His Life and Works.* New York: Library of America, 2010.

アメリカに限らず、アジアやヨーロッパなど世界各国の作家や著名人によるトウェインに関する文章六十一編（一八六九—二〇〇八）を収録したアンソロジー。英語以外の文章は英訳して掲載。日本からは大江健三郎による『ハック・フィン』に関する文章を収録。グローバルな視点でトウェイン文学を読み替える試み。

• Fishkin, Shelley Fisher. *Was Huck Black?: Mark Twain and African-American Voices.* New York: Oxford University Press, 1993.
黒人少年の口語的な語りが導入されているトウェインの小品とハック・フィンの語りの類似性に注目するなどして、ハックの言葉におけるアフリカ系アメリカ人の言語文化の影響を指摘し、『ハック・フィン』におけるアフリカ系アメリカ文化の影響を分析。『ハック・フィン』の斬新な俗語表現の用法がいかに多文化社会アメリカの文化背景からもたらされたのかを実証する。

• Fulton, Joe B. *Mark Twain in the Margins: The Quarry Farm Marginalia and "A Connecticut Yankee in King Arthur's Court."* Tuscaloosa: University of Alabama Press, 2000.
トウェインの別荘に残されていたヨーロッパの歴史書におけるトウェインの書き込みを詳細に分析することで、それらの参考文献が『コネティカット・ヤンキー』の執筆作業や作品内容に与えた影響を細部にわたり考察する。トウェインの読書体験の様子を垣間見る楽しさを併せ持つ。

• Gillman, Susan. *Dark Twins: Imposture and Identity in Mark Twain's America.* Chicago: University of Chicago Press, 1989.
夢にまつわる未完の作品群を含め、『阿呆たれウィルソン』や晩年のトウェインの作品に光を当てた文化研究。アイデンティティの問題や異装・偽装の問題を探求していく中で十九世紀後半のアメリカにおける文化社会的な概念がいかに構築されてきたのかを論じる。

• Gillman, Susan, and Forrest G. Robinson, eds. *Mark Twain's "Pudd'nhead Wilson": Race, Conflict, and Culture.* Durham, NC: Duke University Press, 1990.
社会的構築物としての人種の概念を再検討する一九八〇年代後半からの批評動向の中で、『阿呆たれウィルソン』におけるトウェインの試みが再評価されていったことを示す一冊。ジョン・カーロス・ロウらアメリカ文学・文化研究者らによる十編の『阿呆たれウィルソン』論を収録。

- Gold, Charles H. "*Hatching Ruin": Or Mark Twain's Road to Bankruptcy.* Columbia: University of Missouri Press, 2003.

邦訳は、『マーク・トウェインの投機と文学――破産への道と「アーサー王宮廷のコネティカット・ヤンキー」』柿沼孝子訳、彩流社、二〇〇九年。トウェインは「金メッキ時代」を批判しつつも生涯にわたって投機にとりつかれていた。投資の失敗による破産の経緯を伝記的事実から浮かび上がらせる。近年の伝記研究の進展に加え、当時の投機市場を取り巻く経済文化研究の成果を踏まえている点に特色がある。

- Hutchinson, Stuart, ed. *Mark Twain: Critical Assessments.* 4 vols. Mountfield, East Sussex, UK: Helm Information, 1993.

一九九〇年頃までに出された代表的なトウェイン研究を編年体に収録した四巻本のアンソロジー。第一巻は主に「伝記」を集め、ハウエルズ、ペイン、娘クララによる伝記的記述の抜粋を収録。第二巻は「同時代批評」としてD・H・ロレンス、ラングストン・ヒューズ、アプトン・シンクレアなどの作家による批評を含む。第三巻「批評」、第四巻「二十世紀概観」。詳細な年表、伝記も付され、資料性に富み、二十世紀後半までの批評を一望するのに便利。

- Ishihara, Tsuyoshi. *Mark Twain in Japan: The Cultural Reception of an American Icon.* Columbia: University of Missouri Press, 2005.

主に大正期から一九九〇年代にいたる日本におけるトウェインの受容状況を、同時代の日米関係や日本の社会状況と関連づけて考察。原作を大幅に改変した佐々木邦の翻訳や、戦後の児童向け翻訳、テレビアニメ版などをグローバリゼーションの視点から検討する比較文化研究。大幅に増補改訂した日本語版もある。

- Knoper, Randall. *Acting Naturally: Mark Twain in the Culture of Performance.* Berkeley: University of California Press, 1995.

トウェイン文学と十九世紀アメリカの大衆的見世物文化との多岐にわたる接点を読み解いた文化研究。特に、当時の大衆演芸に顕在化していた階級対立やジェンダーをめぐる様々な問題の反映をトウェインの書き残したエッセイや作品の中に探る。大衆文化の観点から文学者トウェインを捉える画期的研究。

- Leonard, James S., ed. *Making Mark Twain Work in the Classroom.* Durham, NC: Duke University Press, 1999. トウェインを教室で扱う際の問題点や方法論を様々な角度から論じた二十二のエッセイを収録。特に『ハック・フィン』を教室で使用する際の人種、宗教、言語の扱い方、音声映像メディアの利用法など数多くの実際的な授業方法のアイディアを豊富に提供。
- Leonard, James S., et al., eds. *Satire or Evasion?: Black Perspectives on "Huckleberry Finn."* Durham, NC: Duke University Press, 1992. 一九八〇年代後半に沸き起こった『ハック・フィン』を「人種差別」の書とみなすかどうかという論争に対し、アフリカ系アメリカ人研究者がいかに反応したかを示す十五本の論考を収録。刊行百周年に再燃した『ハック・フィン』研究の最新文献リストを含む。
- Melton, Jeffrey Alan. *Mark Twain, Travel Books, and Tourism: The Tide of a Great Popular Movement.* Tuscaloosa: University of Alabama Press, 2002. 主要な旅行記五作品をヨーロッパ、アメリカ、世界といった地域ごとに分類して考察。同時代の旅行記文学や観光ブームとトウェインの旅行記の関係を、観光理論などを用いて分析。旅行記作家としてのみならず、異文化体験がトウェインの文学に与えた影響を探る。
- Robinson, Forrest G. *In Bad Faith: The Dynamics of Deception in Mark Twain's America.* Cambridge, MA: Harvard University Press, 1986. 内心では不正義を承知していながら、己を欺いて結局は体制に順応してしまう人間のあり方を、「欺瞞」の概念で捉え、『トム・ソーヤー』『ハック・フィン』を解読する試み。「欺きの力学」としてアメリカ文化史の問題を捉え直すアメリカ研究の成果。
- Skandela-Trombley, Laura E. *Mark Twain in the Company of Women.* Philadelphia: University of Pennsylvania Press, 1994.

トウェインに対する女性の影響力に焦点を当てた評伝研究。トウェインが偉大な作家になるために、東部エルマイラの文化的背景、妻と三人の娘に囲まれた家庭生活、特に妻オリヴィアの影響がいかに大きなものであったのかを考察する。

- Zwick, Jim. *Confronting Imperialism: Essays on Mark Twain and the Anti-Imperialist League.* West Conshohocken, PA: Infinity Publishing, 2007.

トウェインは反帝国主義連盟の副会長に就任以後、亡くなるまでその職をつとめたとされるがそれまで実態はあまり知られていなかった。反帝国主義連盟の歴史およびトウェインの関わりについて包括的にまとめた最初の研究書。

【アンソロジー】

- Cooley, John, ed. *Mark Twain's Aquarium: The Samuel Clemens-Angelfish Correspondence, 1905-1910.* Athens: University of Georgia Press, 1991.

エンジェルフィッシュとの交友を遺された手紙などをもとに実証的に探っていく研究書。エンジェルフィッシュたちとビリヤードや水浴を楽しむ写真なども豊富に収められており、エンジェルフィッシュの実態がより鮮明な形で明らかにされた。

- Fishkin, Shelley Fisher, ed. *Mark Twain's Book of Animals.* Berkeley: University of California Press, 2009.

動物が登場するトウェイン作品六十五点を時代順に収録した作品集。編者による序論では、トウェインの実生活における動物との関係や動物を扱ったトウェイン作品の特徴などを時代順に概観。「あとがき」では同時代の動物愛護運動とトウェインの関係などに注目しており、近年の動物の視点による人文科学の捉え直しの動向も反映している。

- Rasmussen, Kent, ed. *Dear Mark Twain: Letters from His Readers.* Berkeley: University of California Press, 2013.

読者からのファン・レターとそれに対するトウェインからの返信などを集めたアンソロジー。同時代の読者がどのように作品および作者のトウェインを捉えていたのかが浮かび上がってくる貴重な資料。読者とのやりとりからは誠実な作家の姿が浮かび上がってくる。

〈日本語文献〉

- 勝浦吉雄『日本におけるマーク・トウェイン（正・続）』桐原書店、一九七九・八八年。
明治から昭和五十年代までに日本で出版されたトウェイン関係の様々な文献・資料を、主に翻訳、翻案、注釈書、研究書（論文）、雑録に分類し、解説を付して紹介。大衆メディアにおけるトウェインへの言及や詳細な文献目録、補遺もあり貴重。
- 永原誠『マーク・トウェインを読む』山口書店、一九九二年。
多様な様相を呈するトウェイン文学の姿を十九世紀後半のアメリカの時代状況も視野に入れて検討。分析の主な対象は『ハック・フィン』以前の作品。特に『赤毛布外遊記』論と『トム・ソーヤー』論は、アメリカでの膨大なトウェイン批評を仔細に検討しており貴重。
- 後藤弘樹『マーク・トウェインのミズーリ方言の研究』中央大学出版部、一九九三年。
『トム・ソーヤーの冒険』『ミシシッピ川の暮らし』『ハックルベリー・フィンの冒険』をはじめとするトウェインの作品を素材に、音韻組織・文法構造・語彙語法の観点から「ミズーリ方言」を分類整理したアメリカ英語方言研究。
- 池上日出夫『アメリカ文学の源流マーク・トウェイン』新日本出版社、一九九四年。
民衆的精神に立脚しつつ、ユーモアと諷刺により、社会状況の暗部を告発していったトウェインの社会批評家的側面に光を当てている。「諷刺文学の誕生」としてトウェイン文学を捉え、社会政治問題を告発する姿を強調している点に特色がある。
- 亀井俊介『マーク・トウェインの世界』南雲堂、一九九五年。

自然性と文明性の間で揺れ続けたトウェインのダイナミックな人生と文学の展開を、同時代のアメリカ文学や文化、トウェインをめぐる著者の個人的な経験や感慨などにも適宜言及しながら論じた評伝的作家研究。『ハック・フィン』発表に至るまでを作家活動の頂点とする構成。

• 今村楯夫／後藤和彦／和田悟『トム・ソーヤーとハックルベリー・フィン――マーク・トウェインのミシシッピ河』求龍堂、一九九六年。
ハンニバル、ミシシッピ川流域、ヴァージニア・シティ、エルマイラ、ハートフォードなどトウェインゆかりの土地を紹介する図版と写真中心の文学・歴史紀行。写真を通してそれぞれの光景を視覚的にたどることができる。

• 佐野守男『ハックとトムの神話世界――「ハックルベリィ・フィンの冒険」を読む』彩流社、一九九六年。
「蛇退治・竜退治」などの神話的モチーフを軸にした『ハック・フィン』論。蛇の象徴性（「スネーク・シンボル」）に注目し、ハックとジムの冒険の行く手を阻むトムを「蛇」として捉え、物語の神話構造を分析。『トム・ソーヤーの冒険』の神話的構造」論も収録。

• 井川眞砂／新美澄子／福士久夫／村山淳彦編『いま「ハック・フィン」をどう読むか』京都修学社、一九九七年。
九編の『ハック・フィン』論集成。一九八〇年代後半に激しさを増したトウェイン作品に対する人種主義論争や、社会文化的な関心に力点を置く批評理論の展開を踏まえ、伝統的な作品解釈にとらわれず大胆に論じている。井川による批評史概観は簡潔にまとまっていて有益。

• 後藤和彦『迷走の果てのトム・ソーヤー――小説家マーク・トウェインの軌跡』松柏社、二〇〇〇年。
小説家として出発したわけではないトウェインがなぜ小説の執筆を始め、書き続けていったのか。父との確執や「父殺し」のモチーフが作品を追うごとに顕在化してくる事情を、伝記的背景や、南部を取り巻く事情などを参照しつつ掘り下げていく。

• 辻和彦『その後のハックルベリー・フィン――マーク・トウェインと十九世紀アメリカ社会』溪水社、二〇〇一年。

『ハック・フィン』以後の作品を中心に、テクノロジーの発達などにより急激に変貌を遂げた十九世紀後半アメリカの時代思潮を文化社会的観点から読み解く。トムとハックものの続編を扱う「続編学」、探偵小説や冒険物語などをジャンル論で捉える視点も新鮮。

- 有馬容子『マーク・トウェイン新研究——夢と晩年のファンタジー』彩流社、二〇〇二年。
トウェイン晩年の未完の作品と思想に焦点を当てた研究。夢や無意識の世界を描く作品が多い晩年の作品群に対し、「ファンタジー」の概念を参照することで、創作意欲が枯渇してしまったとされてきた従来の晩年観を新たに捉え直す試み。

- 石原剛『マーク・トウェインと日本——変貌するアメリカの象徴』彩流社、二〇〇八年。
同時代の日米の文化状況を視野に入れながら、明治期から一九九〇年代に至る日本におけるトウェインの影響を探る。分析対象は児童文学、大佛次郎の翻案、戦後児童向け翻訳、テレビアニメ版なども含めて多岐にわたる。アメリカで出版された著書を大幅に増補改訂した日本版。
- 亀井俊介『ハックルベリー・フィンのアメリカ——「自由」はどこにあるか』中公新書、二〇〇九年。
ハックルベリー・フィンを「自然」と「文明」の間で揺れ続ける「アメリカ人の原型」ととらえ、「アメリカ文化とは何か」という根源的な問いをトウェインの人生や作品、さらには十九世紀から二十世紀のアメリカ文学におけるハック・フィンの系譜の中に探る。

- 亀井俊介監修『マーク・トウェイン文学／文化事典』彩流社、二〇一〇年。
没後百周年にあわせて刊行されたマーク・トウェインの文学・文化を読み解く事典。「著作解題」や事項の解説だけではなく、文学世界を探る「キーワード解説」や「評伝」「年譜」「参考文献」なども充実。「現代アメリカ文学から見たマーク・トウェイン」などエッセイも充実。

- 中垣恒太郎『マーク・トウェインと近代国家アメリカ』音羽書房鶴見書店、二〇一二年。
トウェインの文学世界を、近代国家アメリカのイデオロギーと異文化を見る眼差しの観点から考察。「旅行・移動・異文化」といったモチーフが、アメリカ文学・文化史においていかに想像力の源泉として機能しえたのかを具体的な作品分析に即して探る。

• 竹内康浩『謎とき『ハックルベリー・フィンの冒険』――ある未解決殺人事件の深層』新潮社、二〇一五年。
サリンジャー『キャッチャー・イン・ザ・ライ』論など、作品に見出せる謎を精緻なテキスト分析を通して深く読解する手法により定評ある著者の『ハック・フィン』論。一見、整合性がないかのような物語の展開に対しても細部を詳細に関連づけて読み解くことにより、『ハック・フィン』に新たな解釈の可能性を示す。

**〈専門研究雑誌〉**

• 《マーク・トウェイン――研究と批評》(二〇〇二年―刊行中)
日本マーク・トウェイン協会が南雲堂より毎年刊行している研究雑誌。毎回、特集テーマを組み、論文や書評のほか、「マーク・トウェインとわたし」などの読み物も付す。

• *Mark Twain Studies*(二〇〇四年―刊行中)
日本マーク・トウェイン協会が刊行する英文による学術雑誌。四年ごとの刊行。日本の研究者による英語論文のみならず、世界のトウェイン研究者と共にグローバルに展開するトウェイン研究を志向するところに特色がある。

• *Mark Twain Annual*(二〇〇三年―刊行中)
米国マーク・トウェイン学会(Mark Twain Circle of America)が刊行する年刊学術雑誌。

• *Mark Twain Journal*(一九三六年―刊行中)
一九三六年(一九五四年に *Mark Twain Quarterly* から改題)から断続的に現在まで継続刊行されている研究雑誌。トウェインの縁戚であったシリル・クレメンズが五十年以上にわたり編集に携わっていた。実証的な作家研究を重んじる点に特色がある。

(中垣恒太郎=編)

# マーク・トウェイン 年譜

一八三五年　十一月三十日、ミズーリ州モンロー郡フロリダにて、サミュエル・ラングホーン・クレメンズ（マーク・トウェインの本名）は、父ジョン・マーシャル・クレメンズ（一七九八―一八四七）、母ジェーン・ランプトン・クレメンズ（一八〇三―九〇）との間に第六子として生まれる。父方の祖父の名前に由来してサミュエルと命名された。当時、この地域は極西部と呼ばれた辺境の地（フロンティア）であり、一家は一八三五年に移住している。父はヴァージニア生まれの南部育ちであり、弁護士資格を得て、ケンタッキーで法律を専門とする修業をしていた際に、ケンタッキー出身のジェーンと出会い、結婚する。しかし、父の事業はどれもうまくいかず、生活は常に苦しかった。約七十五年周期で地球に接近するハレー彗星が十一月十六日に観測されており、誕生日に近いことから強い関心を持つことになる。

一八三九年（四歳）　十一月、クレメンズ一家、フロリダより東北東に五十キロ近く離れたミシシッピ川沿いの町ハンニバルに移住。当時のハンニバルは、ミズーリ州とイリノイ州にまたがる重要な交易の中心地になると見込まれ、土地も肥沃であり、移住者が多く集まってきていた。「マーク・トウェインの少年時代の家」は、当時の原形を保存するため、一九一二年からハンニバル市の所有となり、現在は「マーク・トウェインの少年時代の家博物館」となっている。

一八四七年（十二歳）　三月、治安判事をつとめていた父ジョン・マーシャル・クレメンズが四十八歳で死去。父の死後、財政状況の悪化により、学校に通えなくなる。雑貨店で働くなどして家計を助けるが、翌年から印刷所の徒弟となり、印刷技術を学ぶ。職人としての叩き上げ（「セルフ・メイド・マン」）の社会人人生が十二歳からはじまる。

一八五一年（十六歳）　一月、兄オーリオン（一八二五―九七）がハンニバルにて創刊した《ウエスタン・ユニオン》紙（後に《ハンニバル・ジャーナル》と改題）の「編集発行人手伝い」として働きはじめ、様々なペンネームで記事を書きはじめる。《ウエスタン・ユニオン》紙（一八五一年一月十六日）に掲載された記事「勇ましい消防士」は最初期の文章。

一八五三年（十八歳）　六月、一人でハンニバルを離れ、ジャーニーマン（渡りの印刷職人）として、セント・ルイスを経て、ニューヨーク、フィラデルフィア、ワシントンDC、シンシナティなどをめぐる（―一八五四年二月）。この間にニューヨークで開催されていた万国博覧会を見物するなど見聞を広めた。

一八五五年（二十歳）　六月、兄オーリオンが妻モリーの出身地、アイオワ州キーオカックに転居。兄の印刷所に一年半ほど滞在し、働く。

一八五六年（二十一歳）　八月、南米のアマゾン川行きを決意する。アマゾンの探検記に触発され、コカイン取引のビジネスに魅了される。準備資金を作るために、キーオカックの新聞《キーオカック・ポスト》紙にトマス・ジェファソン・スノドグラスのペンネームで「トマス・ジェファソン・スノドグラス通信」を断続的に寄稿。

一八五七年（二十二歳）　四月、南米に向かう途中で、ミシシッピ川を運航する蒸気船の水先案内人をしていたホレス・ビクスビーと知り合う。南米行きを中止して水先案内人を目指し、五百ドルの授業料を払って弟子入り。セント・ルイス～ニューオリンズ間の航行術を習う。

一八五八年（二十三歳）　弟ヘンリー（一八三八年生まれ）がペンシルヴァニア号の爆発事故に遭い、六月に入院先で死亡。トウェイン自身も途中まで乗船していたが、船員同士の間で喧嘩騒ぎが起こり、下船していた。弟の死に対して生涯にわたり、自責の念にかられる。

一八五九年（二十四歳）　四月、蒸気船水先案内人の免許を取得。一八六一年に南北戦争勃発により失職するまで事故を起こすこともなく優秀な技術を誇った。五月、ニューオリンズの新聞《クレッセント》紙に「川の情報」という記事を寄稿するなど、通信活動も継続していた。月に二百五十ドルの高給を取り、乗客との会話から様々な人生のあり方を学ぶなど、環境に満足していたが、この年二月に「ハンニバル＝セント・ジョゼフ鉄道」が開通後、鉄道の時代に移行しつつあり、蒸気船産業は斜陽に向かいはじめていた。

一八六一年（二十六歳）　四月、南北戦争勃発により、川が閉鎖され、蒸気船水先案内人の仕事を失う。兄オーリオンが新しく準州となったネヴァダ政務長官に任命される。七月、兄の私設秘書としてネヴァダ準州カーソン・シティに赴く。ミズーリ川のセント・ルイスとセント・ジョゼフ間は船で、その後は駅馬車で移動した。後の自伝的回想録『西部道中七難八苦』の素材に。

一八六二年（二十七歳）　金銀鉱脈の発見で沸き返っていたネヴァダで、仲間たちと鉱脈発掘に熱中するも失敗に終わる。日刊新聞《ヴァージニア・シティ・テリトリアル・エンタープライズ》紙などに寄稿するうちに、記者として雇用される。週給二十五ドル。ミシシッピ川以西で最大部数を誇るネヴァダでもっとも歴史の古い新聞であり、鉱山労働者を主な読者対象としていた。

一八六三年（二十八歳）　《テリトリアル・エンタープライズ》紙に二月三日付で掲載の「カーソン便り」という紀行文ではじめて「マーク・トウェイン」というペンネームを用いる（「水深二尋」を意味する水先案内人の専門用語から）。

一八六四年（二十九歳）　一月、カーソン・シティの長老派教会評議会によるトウェインの講演会が開催される。はじめての有料による講演会。五月、ネヴァダを離れ、サンフランシスコへ。六月、《サンフランシスコ・モーニング・コール》紙の記者になる（—十月）。週給四十ドル。十二月はじめ、サンフランシスコを離れ、シエラ山脈の中にあるキャラヴェラス郡の鉱山町、エンジェルズ・キャンプに近いジャッカス・ヒルに住む。「ヤーン（作り話）」の才人、ジム・ギリス（一八三〇—一九〇七）との親交を得る。即興の話し方や俗語の使い方などを学ぶ。この時期にエンジェルズ・キャンプで知り合った老人ベン・クーンの話から、「ジム・スマイリーの跳び蛙」が生まれる。

一八六五年（三十歳）

二月、ジャッカス・ヒルからサンフランシスコに戻る。十一月、出世作となるスケッチ「ジム・スマイリーの跳び蛙」が《ニューヨーク・サタディ・プレス》紙に掲載。たちまち話題となり、全米の新聞雑誌に転載される。

一八六六年（三十一歳）

三月からサンドウィッチ諸島に四ヶ月滞在。《サクラメント・ユニオン》紙に二十五編の通信を送る（没後、『ハワイ通信』として一冊にまとめられる）。七月、《サクラメント・ユニオン》紙に発表した「ホーネット号遭難事件」の記事がスクープとして話題になり、ジャーナリストとしての文名をあげる。十月、サンフランシスコの「マクガイヤーズ・アカデミー・オヴ・ミュージック」にてサンドウィッチ諸島を演題にした講演会を開く。以後、生涯にわたる十八番の演題に。その後、巡回講演を敢行し講演家として成功する。

一八六七年（三十二歳）

五月、最初の単行本『キャラヴェラス郡の名高い跳び蛙、およびその他のスケッチ集』をチャールズ・ヘンリー・ウェブ社より出版（五万部の売り上げを見込んでいたが、四千部しか売れなかった）。西部での巡回講演の成功を受けて、ニューヨークでの講演に乗り出す。知名度のなさを懸念されていたが、友人たちの支援もあり、成功を収め、講演家としての人気・評価を確立していく。六月、クェイカー・シティ号による聖地観光旅行団に参加（—十一月）。《アルタ・カリフォルニア》紙が旅費を負担し、五ヶ月の旅行期間中に

《アルタ・カリフォルニア》紙へ五十編、《ニューヨーク・トリビューン》紙に六編、《ニューヨーク・ヘラルド》紙に三編の通信記事を寄稿。

一八六八年（三十三歳） 八月、クェイカー・シティ号で知り合ったチャールズ・ラングドンの友人として、はじめてニューヨーク州エルマイラのラングドン家を訪問。後の妻となるチャールズ・ラングドンの姉オリヴィア（一八四五―一九〇四）に恋心を抱き、求婚するもこの時点では断られる。十一月、講演の企画や講演料の交渉を司るジェイムズ・レッドパス（一八三三―一九一）主導による「ボストン・ライシーアム事務局」と契約。講演家としての活動を本格化させる。

一八六九年（三十四歳） 二月、東部の資産家の令嬢オリヴィア・ラングドンと婚約。父のジャーヴィス・ラングドン（一八〇九―七〇）は、サンフランシスコから届いたトウェインに対する人物照会状を見て、その評判の悪さに呆れるも、娘との結婚を許す（「君は友人がいないのか、では私が友人になってやろう」というエピソードは有名）。義父となるジャーヴィス・ラングドンは木材と石炭で財を成した実業家。七月、ハートフォードにあるアメリカン・パブリッシング社から『赤毛布外遊記――新天路歴程』を出版。初版は二万部、最初の三年間で十万部売れ、出世作となる。八月、ニューヨーク州バッファローに転居。日刊新聞《バッファロー・エキスプレス》の三分の一の権利を取得。編集責任と記事執筆との両方をかねる。

一八七〇年（三十五歳） 二月、オリヴィアと結婚。八月、義父ジャーヴィス・ラングドン病没。十一月、最初の子ども、ラングドン・クレメンズが誕生（一八七二年病没）。

一八七一年（三十六歳） 三月、エルマイラから二マイル離れた丘の上にある「クォーリー・ファーム」に転居（エルマイラ大学の管理により、現在訪問可能）。十月、コネティカット州の州都ハートフォードの「ヌック・ファーム」に転居。

一八七二年（三十七歳）　二月、『西部道中七難八苦』をアメリカン・パブリッシング社より出版（最初の二年間で七万部を販売）。三月、長女オリヴィア・スーザン・クレメンズ（愛称スージー）誕生（一八七二―九六）。八月、著作権問題のため単身で最初の英国訪問。この後も米国の著作権整備に尽力する。

一八七三年（三十八歳）　五月、家族を伴い、再び渡英。ルイス・キャロルら英国の文人と交流を育む。六月、「糊付スクラップ・ブック」を考案し、特許を申請。一八七七年までに二万五千冊売れる。その後も発明・特許熱に生涯駆り立てられるが、唯一利益をもたらした発明となった。十二月、『金メッキ時代――ある現代の物語』をアメリカン・パブリッシング社より出版（チャールズ・ダドリー・ウォーナー［一八二九―一九〇〇］との合作による長編小説）。「予約出版制度」による販売でベストセラーとなる。好景気と拝金主義に代表される南北戦争終結後の世相を表す、「金メッキ時代」の歴史用語がこの作品から生まれる。

一八七四年（三十九歳）　六月、次女クララ・クレメンズ誕生（一八七四―一九六二）。八月、小説『金メッキ時代』および舞台版のヒットを受け、『金メッキ時代』の主要登場人物を主役に据えた戯曲『セラーズ大佐――金メッキ時代』を発表。これはトウェインおよび共作者のウォーナーが許諾していない形で一八七四年四月から先行して上演されていた舞台版に対し、トウェインが著作権を主張し、トウェインも脚本に関与する形で発表し直したものである。ニューヨーク市のパーク劇場にて初演。セラーズ大佐役を演じたジョン・レイモンド（一八三六―八七）の演技が評判となり、大成功を収める。十月、十二万ドルを費やしてハートフォードに豪邸を構える（一八九六年に長女スージーが亡くなった後にこの家を離れ、一九〇三年に売却。現在はマーク・トウェイン・ハウス博物館として一般に公開）。

一八七五年（四十歳）　一月、《アトランティック・マンスリー》誌に「ミシシッピ川の昔」を連載（―六月・八

一八七六年（四十一歳）　月、『ミシシッピ川の暮らし』の前半部の素材になる）。七月、『新旧スケッチ集』出版。十二月、『トム・ソーヤーの冒険』をアメリカン・パブリッシング社より出版（一年間で二万四千部、一九〇四年までに二百万部以上販売）。

一八七七年（四十二歳）　十二月、詩人ジョン・グリーンリーフ・ホイッティアの七十歳の誕生日を記念する祝賀会でスピーチを行うが、ラルフ・ウォルドー・エマソン、ヘンリー・ワーズワース・ロングフェロー、オリヴァー・ウェンデル・ホームズなど高名な文学者が多く列席する中で、東部の文学の権威たちをバーレスク（道化話）により笑いの対象とした内容が不興を買う。

一八七八年（四十三歳）　四月、一家でヨーロッパ旅行。ハンブルク、ハイデルベルク、パリに滞在。スイス、イタリア、ベルギー、オランダ、イギリスを旅行（牧師のジョゼフ・トウィッチェルとの五週間におよぶ旅行をも含む）。後の旅行記『放浪者外遊記』の素材に。

一八八〇年（四十五歳）　三月、『放浪者外遊記』をアメリカン・パブリッシング社より出版。七月、三女ジェーン・ランプトン・クレメンズ（愛称ジーン）誕生（一八八〇―一九〇九）。ペイジ植字機への投資を開始（累計二十万ドルを費やした挙句、利益を得られず、後の破産の要因になる）。

一八八一年（四十六歳）　十二月、『王子と乞食――あらゆる時代の若い人たちのための物語』をイギリスのチャットー・アンド・ウィンダス社より出版（アメリカ版はボストンの出版社ジェイムズ・R・オズグッド社より一八八二年の奥付にて出版）。『王子と乞食』の著作権保護を目的としてカナダに二週間滞在した上でカナダ版を刊行するも、カナダの著作権法の適用をうける申請を却下される。

一八八二年（四十七歳）　四月、自伝的回想録『ミシシッピ川の暮らし』の取材として、ミシシッピ再訪の旅を敢行。かつての水先案内人時代の師匠ホレス・ビクスビーとも再会する。

一八八三年（四十八歳）　五月、『ミシシッピ川の暮らし』をジェイムズ・R・オズグッド社より出版。

一八八四年（四十九歳）　十一月、トウェインとジョージ・ワシントン・ケーブル（一八四四―一九二五）の二人による巡回朗読会（十五週間）を開始。続編小説「インディアンの中のハック・フィンとトム・ソーヤー」を執筆開始するも未完。

一八八五年（五十歳）　二月、『ハックルベリー・フィンの冒険』を自身が出版社設立に関わったチャールズ・L・ウェブスター社より刊行。予約出版制度による出版（イギリス版は一八八四年十二月刊行）により、最初の二ヶ月で五万部を超えるベストセラーになる。三月、マサチューセッツ州コンコードの図書館が『ハックルベリー・フィンの冒険』を不道徳という理由により排除したことにより論争が起こる。十二月、友人であるユリシーズ・グラント将軍の『回想録』の出版に尽力する。社主をつとめていたチャールズ・L・ウェブスター社より刊行し、ベストセラーとなる。《センチュリー》誌の人気シリーズ「南北戦争の戦いと指導者たち」に、従軍体験を元にしたエッセイ「従軍失敗談」を寄稿。

一八八六年（五十一歳）　一月、ワシントンDCにて、上院特許委員会は国際著作権の問題に関する聴聞会を開催し、トウェインも出席した。いわゆる「海賊版」という言葉がこの場ではじめて公に用いられる。八月、グラントの『回想録』を割引価格で販売していた業者に対して訴訟を起こしていたが、トウェインが敗訴する。

一八八八年（五十三歳）　イェール大学から文学修士号を授与。

一八八九年（五十四歳）　十二月、『アーサー王宮廷のコネティカット・ヤンキー』をチャールズ・L・ウェブスター社より出版。

一八九〇年（五十五歳）　十月、母ジェーン死去。

一八九一年（五十六歳）　六月、経済状況の悪化のため、一家は経費節減のためにハートフォードの家を離れ、ヨーロッパに移り住む。

一八九二年（五十七歳）　五月、『アメリカの爵位権主張者』をチャールズ・L・ウェブスター社より出版。

一八九四年（五十九歳）　四月、トウェインが社主をつとめていたチャールズ・L・ウェブスター社が前年からの大恐慌のあおりを受けて倒産。トウェインも十六万ドルの負債を抱え、破産宣告。友人であったスタンダード石油会社の副社長ヘンリー・H・ロジャーズの助言により、妻のオリヴィアがその出版社に六万ドル出資しているという理由で、著作権はオリヴィアに移ることを主張。破産により、自身の著作権を喪失する危機を回避することができた。十一月、累計二十万ドルを投資してきたペイジ植字機の実用化を断念。十二月、『阿呆たれウィルソン』をアメリカン・パブリッシング社より出版。

一八九五年（六十歳）　三月、生涯の友人となるヘレン・ケラー（一八八〇―一九六八）とはじめて会う。彼女の大学進学から卒業までの財政支援を行う基金を設立するように、トウェインは資産家の友人であるヘンリー・ロジャーズやジョン・D・ロックフェラーらに熱心に働きかけたことにより、一九〇〇年にケラーはラドクリフ大学への入学をはたす。七月、借財返済を目的とした世界講演旅行を企画・敢行し、約一年間、オーストラリア、ニュージーランド、セイロン、インド、南アフリカなどをまわり、百回以上の講演会を精力的にこなした。妻とクララが同行し、スージーとジーンはエルマイラに残った。英語での講演を興行として成り立たせる条件のために大英帝国植民地をまわる旅程が選択され、結果的に当時の植民地主義の実態を観察する契機ともなった。同月、「フェニモア・クーパーの文学的犯罪」を《ノース・アメリカン・レビュー》誌に掲載。

一八九六年（六十一歳）　五月、『ジャンヌ・ダルクについての個人的な回想』をハーパー社より出版。八月、スージーが髄膜炎によりハートフォードの自宅で亡くなる。十一月、『トム・ソーヤーの探偵』をハーパー社より刊行。

一八九七年（六十二歳）　十一月、世界講演旅行の経験を踏まえた、旅行記『赤道に沿って』をアメリカン・パブリッシング社より出版。十二月、兄オーリオンが七十二歳で死去。続編小説「トム・ソーヤーの陰謀」を執筆（未完）。

一八九八年（六十三歳）　前年からウィーンに滞在。反ユダヤ主義の高まりによるユダヤ人迫害の中でユダヤ人を擁護し、迫害の要因について分析した評論「ユダヤ人について」を《ハーパーズ・ニュー・マンスリー》誌に発表する（八月）。この時期、トウェインをユダヤ人とみなし、批判する反応も現れた。病弱の娘ジーンのために、医療の町として知られるウィーンにて最新の医学の知識を求める。また、亡くなったスージーに対する悲しみを紛らわせるために降霊術にまつわる情報も積極的に集めていた。ウィーンにて『不思議な少年（ミステリアス・ストレンジャー）』の草稿を執筆（一八九七―一九〇八年、未完）。

一八九九年（六十四歳）　十二月、短編小説「ハドリバーグを破滅させた男」を、《ハーパーズ・ニュー・マンスリー》誌に発表。

一九〇〇年（六十五歳）　膨大な借金を完済し（一八九八年末までには完済していた）、九年以上におよんだヨーロッパ生活を終え、一家で帰国。十月、《ニューヨーク・タイムズ》紙に、「お帰りなさい、マーク・トウェインさん」という見出しで特集記事が掲載される。

一九〇一年（六十六歳）　一月、反帝国主義連盟の副会長に就任。反帝国主義連盟は、一八九八年十一月、ボストンで結成された後、各地に支部が組織されていった。二月、評論「暗きに座する民に」を《ノース・アメリカン・レビュー》誌に発表。マッキンレー大統領の帝国主義および米比戦争（アメリカ合衆国とフィリピンとの間の戦争）を批判する内容。反帝国主義連盟はパンフレットとしてこの評論を転載し、十二万部以上を配布した。十月、イェール大学より名誉博士号を授与。

一九〇二年（六十七歳）　五月、故郷ハンニバルを再訪。少年時代を過ごした家（ヒル・ストリート）と両親の眠る墓地を訪れる。『トム・ソーヤーの冒険』のヒロイン、ベッキー・サッチャーのモデルとなった幼なじみのローラ・ホーキンズと感動的な再会をはたす。最後のハンニバル訪問となる。六月、ミズーリ大学から法学博士号を授与。

一九〇四年（六十九歳）　六月、イタリアのフィレンツェで妻オリヴィア死去。秋、イギリスにあるコンゴ改革協会のE・D・モレルから、「コンゴ先住民の福利のため」の寄稿依頼を受け、『レオポルド王の独白』を執筆。レオポルド王によるコンゴ先住民に対する搾取、先住民の手足切断などの暴虐を批判する過激な内容から《ノース・アメリカン・レビュー》誌は掲載を拒否した。十一月、コンゴ問題に積極的に関与し、コンゴ改革協会のアメリカ支部初代副会長に就任。ワシントンDCに出向き、セオドア・ローズヴェルト大統領に直接、コンゴ問題に対する陳情を行う。

一九〇五年（七十歳）　三月、「ロシア皇帝の独白」を《ノース・アメリカン・レビュー》誌に発表。九月、『レオポルド王の独白』をボストンのP・R・ウォレン社より出版。「戦争の祈り」を三月に執筆。《ハーパーズ・バザー》誌に掲載を拒否された（没後出版『地球紀行』［一九二三］）。七月、「イヴの日記」を《ハーパーズ・バザー》誌のクリスマス号に発表。十二月、七十歳の誕生日を記念する祝賀会を、ニューヨークのレストランにて開催。ウィリアム・ディーン・ハウエルズやジョージ・ワシントン・ケーブル、ジョゼフ・トウィッチェル、ヘンリー・ロジャーズやアンドルー・カーネギーなどが列席。

一九〇六年（七十一歳）　一月、一八七〇年頃から構想を進めていた「自伝」に、口述筆記の手法を導入することにより、本格的に取り組む（トウェインの意図を尊重した完全版『自伝』は死後百年となる二〇一〇年に三巻本で刊行開始）。八月、『人間とは何か』を匿名により、二百五十部の限定版で出版。

一九〇七年（七十二歳）　一月、『クリスチャン・サイエンス』をハーパー社より出版。六月、オックスフォード大学より名誉文学博士号を授与。交友を育んでいたラドヤード・キップリングも同日、名誉文学博士号を授与されている。学位授与のための英国訪問から帰国する船上で、ドロシー・クイックという少女に出会う。彼女をはじめとする少女たちを「エンジェルフィッシュ」と名付け、「水族館クラブ」という会を作り、交友を持つ。エンジェルフィッシュの名はバミューダで見た美しい魚に由来する。トウェインの自宅で一緒にビリヤードに興じたり、文通などを行った。学校を卒業する年齢になるとこのクラブも卒業する規則が設けられていた。

一九〇八年（七十三歳）　六月、コネティカット州レディングに転居。ウィリアム・ディーン・ハウエルズの息子ジョン・ミード・ハウエルズにより設計された家であった。この家は後に「ストームフィールド」と命名される。

一九〇九年（七十四歳）　十月頃から「地球からの手紙」を執筆（没後の一九六二年に刊行）。十月、次女クララがユダヤ系ロシア人のピアニスト、オシップ・ガブリロヴィッチと結婚（トウェインの没後、唯一の孫娘となるニーナが一九一〇年八月に「ストームフィールド」で誕生）。十二月、末娘のジーンが「ストームフィールド」の自宅で発作を起こして急死。

一九一〇年　一月、バミューダに滞在（―四月）。四月、バミューダからニューヨークに戻る。四月二十日、ハレー彗星が地球に接近する。四月二十一日、コネティカット州レディングにある「ストームフィールド」の自宅で逝去。享年七十四。妻や子どもたちが眠るエルマイラのウッドローン墓地に埋葬された。

（中垣恒太郎＝編）

## 執筆者紹介

### 柴田元幸

（しばた・もとゆき）1954年東京生まれ。米文学者・東京大学名誉教授。翻訳家。92年『生半可な學者』（白水社、のち白水Uブックス）で講談社エッセイ賞、2005年『アメリカン・ナルシス――メルヴィルからミルハウザーまで』（東京大学出版会）でサントリー学芸賞、10年トマス・ピンチョン著『メイスン＆ディクスン』（新潮社）で日本翻訳文化賞を受賞。ポール・オースター、スティーヴ・エリクソン、フィリップ・ロスなどアメリカ現代作家の翻訳の他、ジャック・ロンドンなどの古典作品の翻訳も手がける。その他の著書に『翻訳教室』（新書館、2006、のち朝日文庫）、『ケンブリッジ・サーカス』（スイッチ・パブリッシング、2010、のち新潮文庫）など。

### 中垣恒太郎

（なかがき・こうたろう）1973年広島県生まれ。慶應義塾大学大学院文学研究科（英米文学専攻）修士課程修了。専門はアメリカ文学、比較文学、現代文化研究。現在、専修大学文学部英語英米文学科教授。著書に『マーク・トウェインと近代国家アメリカ』（音羽書房鶴見書店）、共編著に『マーク・トウェイン文学／文化事典』（彩流社）、『アメリカン・ロードの物語学』（金星堂）など。

読者のみなさまへ

『ポケットマスターピース』シリーズの一部の収録作品においては、身体的なハンディキャップや疾病、人種、民族、身分、職業などに関して、今日の人権意識に照らせば不適切と思われる表現や差別的な用語が散見されます。これらについては、著者が故人であるという制約もさることながら、作品の歴史性および文学的な価値を重視し、あえて発表時の原文に忠実な訳を心がけました。

偏見や差別は、常にその社会や時代を反映し、現在においてもいまだ存在しています。あらゆる文学作品も、書かれた時代の制約から自由ではありません。現代の人々が享受する平等の信念は、過去の多くの人々の尽力によって築きあげられてきたものであることを心に留めながら、作品が描かれた当時に差別があった時代背景を正しく知り、深く考えることが、古典的作品を読む意義のひとつであると私たちは考えます。ご理解くださいますようお願い申し上げます。

（編集部）

ブックデザイン／鈴木成一デザイン室

集英社文庫ヘリテージシリーズ

ポケットマスターピース06
マーク・トウェイン

2016年3月25日　第1刷
2020年8月25日　第2刷

定価はカバーに表示してあります。

編　者　柴田元幸《しばたもとゆき》
発行者　徳永　真
発行所　株式会社 集英社
東京都千代田区一ツ橋2-5-10　〒101-8050
電話　【編集部】03-3230-6094
【読者係】03-3230-6080
【販売部】03-3230-6393（書店専用）

印　刷　凸版印刷株式会社
製　本　凸版印刷株式会社

フォーマットデザイン　アリヤマデザインストア　　マークデザイン　居山浩二



Printed in Japan
ISBN978-4-08-761039-0 C0197